グリムのメルヒェンと明治期教育学

童話・児童文学の原点

"Kinder= und Haus=Märchen" der Brüder Grimm in Japan
—Eine besondere Einführung durch die Herbartische Schule—

中山淳子 著
Junko NAKAYAMA

臨川書店

目次

前　書

「(童話とは)正しいものの種子を有し、美しいものの発芽を待つもの。しかも決して既成の疲れた宗教や、道徳の残滓を色褪せた仮面によって純粋な心意の所有者たちに欺き与えようとするものではない[1]」

宮澤賢治

「グリム童話は…ヘルバルト学派の教育思想と日本の現状の間で不幸な受けいれ方をされた」という石川春江の言葉は的確である。[2]「不幸な」というのは、教育的で教訓的になったこと、メルヒェンが幼い子ども向けの童話になってしまったこと、人によって勝手に切り刻まれることなどである。グリム兄弟の『子どもと家庭のメルヒェン[3](以下グリムのメルヒェンと略記する)』が教育学の手に落ち、それが日本の国によって教育界に取り入れられ、学校教育で全盛を誇ったことにより、「グリム童話」という矮小化されたものになって現在に至ったのは不幸である。『子どもと家庭のメルヒェン』のドイツ語は、現代では一般に Kinder- und Hausmärchen と書かれ

Kinder-
und
Haus-Märchen.

Gesammelt
durch
die Brüder Grimm.

Berlin,
in der Realschulbuchhandlung.
1812.

『子どもと家庭のメルヒェン』初版

るが、グリム兄弟の初版のタイトルは、Kinder=\ und\ Haus=Märchen と、三行に分けて書かれていた。Kinder（子ども）は Haus=Märchen（家庭＝メルヒェン）よりも字が小さく、まず目に飛び込んでくるのは三行目に大きく書かれた Haus=Märchen である。つまり、グリム兄弟が意図したのは、家庭で読まれ、子どもに読み聞かせるメルヒェンであった。(4) Hausmärchen の Haus と Märchen が区切られ、Märchen が大文字で合成語になっているのも現代表記と異なるが、少なくとも現在日本で考えられているような、子どもだけを対象と考えた「グリム童話」ではなかった。

グリムのメルヒェンは、古いゲルマンの法律文献を研究するグリム兄弟によって集められた。兄弟は古い記録に民族の詩、ポエジーを感知する文学的資質に恵まれていた。したがってグリムのメルヒェンは、学識に裏打ちされた理論を根底に持つポエジーであることが基本的な特質である。

グリム兄弟の当時、ドイツはまだ今のような統一国家ではなく、プロイセン、バイエルンなど各地方に分かれており、フランスのナポレオンに支配されていた。そのためゲルマン民族の特自性を求める気運があり、グリム兄弟もこれらのメルヒェンをドイツ人の心の故郷として後世に伝えることを念頭においていた。それが残念ながら日本では、単に幼い子どもを対象とした「童話」になり、「グリム作・（何某）文」という形で原話を変形させた一話選びの安直な絵本が氾濫し、しかも童話には教訓がつくものという独特の思い込みがグリムの香気を失わせた。グリムのメルヒェンは文学伝承として通常ではない特殊な事情を背負って日本に移入されたからである。

鎖国を解いて急速に西欧近代化を求めた日本は、何よりも教育を重視し、福澤諭吉の『童蒙をしへ草』を皮切りに欧米の教育に目を向けた後、プロイセンに範を求め、明治二十年、ヘルバート学派[5]の実践家ハウスクネヒトを招き、東京大学特設教育学科で講義と演習が行われた。この本は、このときハウスクネヒトが演習に使った教授指導書『第一学年』に目を向けたことから出発している[6]。それにより、グリムのメルヒェンの変形の原因をはじめ、それが日本の童話や児童文学に与えた様々な影響が解明された。

『第一学年』では、中心科目である志操教育の教授材料としてグリム兄弟の『子どもと家庭のメルヒェン』全二百十話から選ばれた十四話のメルヒェンを一年間用い、学科統合という理論のもとに、国語、算数、理科、図工、音楽など、他のすべての学科も、そのグリム十四話に関連させて教えるように構成されていた。六歳児を対象にした「材料」としてのグリムのメルヒェンは切り刻まれ、変形され、無残な姿になった。国の教育方式として取り入れられた『第一学年』は文部省管轄のもとで日本中を席巻し、グリムのメルヒェンは変形された形で全国に広められた。

グリム兄弟の『子どもと家庭のメルヒェン』を「グリム童話」という子ども向けのものに矮小化した一方で、この教育学は「童話」という言葉を定着させ、大正期の童話全盛の基底となり、児童文学に大きな影響を与えた。『子どもと家庭のメルヒェン』の全体像は、最初の導入から四十年近くも経た大正末期の金田鬼一訳ではじめて世に出たが、この時すでにヘルバート学派の影は深く定着していた。明治から大正、昭和にかけて数ある教育学の文献も、上田萬年に始まる錚々たる学者、文学者が手がけて隆盛をみた少年少女向け雑誌や単行本、児童文学全集なども、忽然と現れたように見えるお伽話の巖谷小波も、『赤い鳥』の鈴木三重吉も、高木敏雄らの研究書も、この

『第一学年』の原点を見れば、そこからのびる一本の線上に浮かび上がってくる。

　グリムのメルヒェンがヘルバート学派と関係があることは明治の修身童話集の前書などから知られていたが、それ以上の具体的なことや、ラインらの『第一学年』が原点であることは百二十年近く探求されることはなかった。そのため近代児童文学は明治二十年代に始まったと述べられるに留まり、その状況は、例えて言うなら、根を知ることなく切花だけを並べていたとでも言おうか。

　また、ハウスクネヒトの行なった講義についても、谷本富ら弟子たちの書いたものからの推察に留まっていたため、「実態は曖昧で…具体的な決め手となる資料はない」[7]とされ、「ツィラー、ラインの中心統合法の理論を紹介…ツィラーの教材論を紹介しただけでなく、教材編成の具体案までも指導していた」[8]など、ツィラー主体の一体として記述され、ラインに焦点が合っていない。『第一学年』をグリムのメルヒェンと関連づけて顧みることは、児童文学界からも教育界からも行なわれていなかったのである。


　他方、受け入れ側の明治期の日本の文学事情も特殊なもので、もはや平安時代の女性による文学の隆盛の影もなく、戦国時代、徳川時代という男社会を経過したことにより、漢文だけが文学として認められ、坪内逍遥の言葉によれば、文芸は「歌舞伎、浮世絵、小説、狭斜」という四つの要件でなりたつ男性社会の遊戯本位のものであった。さらに、黄表紙から受け継いだ「童蒙婦女」向けの、絵が主体の本の影響は、美しい挿絵も生み出した一方で、語り手が適当に区切り、変形することを許したヘルバート学派の路線の上で、幼い子ども向けの粗雑な絵本も乱造した。

日本におけるグリムのメルヒェンの受容について正しい認識を得るには、まずグリム兄弟自身のメルヒェンそのものを全体として知り、つぎにラインらが教育学に用いた『第一学年』のドイツの原典でグリムのメルヒェンに加えられた変形を知り、さらに『第一学年』の明治の日本語訳に代表される、当時の日本での変形という三者を知らなければならない。たとえば明治後半から昭和にかけての教育関係の童話にかかわる文献に判を押したようにでてくる「童話の價値」「童話への批判」などという言葉は、すべてこの『第一学年』にあることがわかり、どこからが本当に「受容」なのかが明確になる。ラインらの『第一学年』の言葉は、大正、昭和へと隆盛する児童文学の発展のなかにも随所に潜んでいる。

この本には以下のようなことが述べられている。

一　漠然と知られていたヘルバート学派とグリム兄弟の『子どもと家庭のメルヒェン』の関係を、ハウスクネヒトが演習で用いたラインらの『小学校教授の実際　第一学年』と特定し、これを出発点として、日本におけるグリムのメルヒェン受容について、関係する様々の分野の主だった作品を検討し、新しい資料を提供している。

二　ハウスクネヒトの業績を検討するには、『第一学年』を基点として、ドイツの文献と日本の文献を見れば、より明確になることを示唆した。

三　日本の教育界、童話界に決定的影響を与えた明治三十四年の日本語訳の底本になった『第一学年』（第六版）のグリムのメルヒェン部分を訳し、日本語訳との対比を可能にした。なお第五版のメルヒェン部分はす

でに翻訳してあるので、ラインら自身の変化も比較することが出来る。(9)

四　巌谷小波から始まるとされるこれまでの近代児童文学史を再構築する資料を提供している。

五　日本におけるグリムのメルヒェン受容に関して、論理の出発点をドイツに遡ることを可能にしたので、樋口勘次郎の『修身童話』や木村定次郎の『教育お伽噺』をはじめ、児童文学、教育学など、各方面の研究に資する。

六　「童話」という言葉が明治期教育学でメルヒェンの訳語として用いられて全国に定着したことを指摘した。

七　童話の研究史上「幻の名著」として名高い『童話の研究』を著した高木敏雄について、その立脚点がヘルバート学派にあることを特定し、また、高木の、あまり世に知られていない童話集が、ヘルバート学派と直結していることを指摘した。これにより、グリム研究史、童話研究史、そして高木敏雄研究に新しい一歩が加えられる。

最後に、グリム兄弟のメルヒェンについて、ごく基本的なことを紹介しておく。

グリム兄弟とは、兄ヤーコプ（Jacob Grimm 1785-1863）と弟ヴィルヘルム（Wilhelm Grimm 1786-1859）のことである。一歳違いの兄弟は共にマールブルク大学で法律学を学び、古いゲルマンの文書に触れたことがメルヒェンや伝説を集めるきっかけとなった。ヤーコプは研究に生涯を捧げ、言語学と神話学をうち立て、『ドイツ文法』『ドイツ古法』『ドイツ語辞典』『ドイツ神話学』などの著書がある。ヴィルヘルムは常にヤーコプと行動を共にしたが、メルヒェンの改訂や『ヒルデブラントの歌』『ローラントの歌』など古文献の注釈や、『ドイツ英雄伝説』など、より文学的な活動をした。グリム兄弟は『子どもと家庭のメルヒェン』につづき『ドイツの伝説』を出版したことにより、神話、伝説、メルヒェンという近接ジャンルの規定の基礎を築いた。

『子どもと家庭のメルヒェン』は初版（一八一二―一八一五年　総計百五十六話）から第七版の最終版（一八五七年二百十話）まである。ほかに一八一〇年の原稿版もある。ラインらの『第一学年』第六版は兄弟没後の一八九〇年版を読本として指定している。

グリムのメルヒェンが好まれる理由の一つはその文体にあり、スイスのマックス・リュティが明晰に分析している。[10]その抽象的様式という言葉はグリムのメルヒェンの特徴を端的に現しており、水晶の結晶のような透明性、硬質性がある。この点で教育学で変形された日常性の強い日本の「童話」の概念とは区別される。

註

前書

1　宮澤賢治「注文の多い料理店」。本文三―三　島津久基の項、註5参照。

2　石川春江「妖精がはじめて日本にきたころ――明治期のグリム童話の翻訳」、小澤俊夫・石川春江・南川三治郎『グリム童話のふるさと』、とんぼの本、新潮社、一九八六年。

3　Brüder Grimm : *Kinder– und Hausmärchen*.1.Ausgabe 1812–15.Letzte, 7.Ausgabe, 1857.

4　家族文化史を専門とするインゲボルク・ヴェーバー-ケラーマンの言葉。産業革命の結果、十九世紀初頭に家族形態が変化し、職住が分離され、市民家庭ができて、子ども文化が発達し、「…それはグリムの『子どもと家庭のメルヒェン』の時代で、これは、その名前が示すように、――子ども部屋で読み聞かすものとして考えられ（als Vorlesebuch für die Kinderstube gedacht waren）――ヴィルヘルム・グリム（1786–1859）とヤーコプ・グリム（1785–1863）によって、以後このジャンルで典型的とされる紛れもないメルヒェン様式で語り直されたものである。」（Ingeborg Weber–Kellermann : *Das Buch der Kinderlieder.* Atlantis Musikbuch–Verlag, 1997, S.9.)

5　ヘルバート学派とは、ヨハン・フリードリヒ・ヘルバート（Johann Friedrich Herbart.1776–1841）の教育哲学、教育心理学にもとづく教育学の一派で、十九世紀後半において、欧米と日本などで隆盛を極めた。

ヘルバートその人の学問とヘルバート学派とはまったく違うと言われている。教育心理学、教育哲学という学問そのものと、小学校教育の現場に徹した実践マニュアルとの相違であろう。ヘルバート自身の書物には、グリム兄弟のメルヒェンを教育に用いる授業案などの具体的提案はない。メルヒェンを用いた第一学年向けの教育をシステム的に提唱したのはトゥイスコン・ツィラー（Tuiskon Ziller 1817–1882）で、それを継承したのがヴィルヘルム・ライン（Wilhelm Rein 1847–1929）等である。明治以来日本ではヘルバルトと言われていたが、ここでは現代の発音に従ってヘルバートとする。同様に、ツィラーは明治発音ではチルレルとかチラーとされていた。

余談になるが、ヘルバートとヤーコプ・グリムは同じ時期にゲッティンゲン大学にいた。その頃、ハノーファー王エルンスト・アウグスト公が憲法を廃棄し、身分制度議会を復活させようとしたことに対し、当時ゲッティンゲン大学教授であったヤーコプ・グリムら七人の教授が抗議声明を出し、国外追放や罷免処分を受けた「七教授事件」というのがあったが、そのとき、哲学部長であったヘルバートはその処分を黙認したため、学生たちが講義をボイコットしたことは、よく知られている。

6　中山淳子「狼と七匹の子山羊の謎」。川戸道昭・野口芳子・榊原貴教『日本におけるグリム童話翻訳書誌』、ナダ出版センター、二〇〇〇年。

7　寺崎昌男・榑松かほる「エミール・ハウスクネヒト研究」、教育史学会紀要編集委員会編『日本の教育史学』教育史学会紀要　第22集、講談社、一九七九年。

8　寺崎昌男・竹中暉雄・榑松かほる『御雇教師ハウスクネヒトの研究』、東京大学出版会、一九九一年。

9　中山淳子「グリム十四話」。『児童文学翻訳作品総覧』、ナダ出版センター、二〇〇五年。

10　マックス・リュティ著、小澤俊夫訳『ヨーロッパの昔話　その形式と本質』、岩崎美術社、民俗民芸双書37、一九六九年。

第一章　ヘルバート学派導入の背景と影響

一―一　ハウスクネヒトのもたらした『第一学年』

――なぜ二百十話の『子どもと家庭のメルヒェン』から「狼と七匹の子山羊」が多く訳されたか

明治二十年ごろは西洋文学翻訳の最盛期であったと柳田泉は書いている。[1] とはいえグリム兄弟の『子どもと家庭のメルヒェン』（1812–1815 以下グリムのメルヒェンと略記する）の中で、特に代表的なものでもなく特に面白いものでもない「狼と七匹の子山羊」一話だけが二百十話から取り出され、明治二十年に呉文聡が『八ツ山羊』[2]、明治二十二年には中川霞城が「狼と七匹の羊」[3]、同じ年に上田萬年が『おほかみ』[4] として矢継ぎ早に出版するなど、明治時代だけで少なくとも十七種類も翻訳があるのは異様だ。グリムのメルヒェンの翻訳が始まった明治十九年から明治末期までを見ると、「狼と七匹の子山羊」の訳は二番目に多い「蛙の王子」や「黄金の髪の毛が三本ある鬼」の約二倍もある。大正、昭和初期と年数が経つにつれ、その他のメルヒェンも徐々に訳されるようになって「狼と七匹の子山羊」は首位の座から離れるが、少なくとも昭和中期までは、本はもちろん、幼稚園や学校の劇でも確固たる地位を占めていた。日本における明治期のグリムのメルヒェン翻訳について、英文ではあるが最初に論文を発表したホノルル大学のHIROKO IKEDA[5]は、呉文聡の『八つ山羊』（池田はYatsu-Yama-Hitsujiと書いている）と上田萬年の『おほかみ』に触れており、同じく明治期のグリム童話の翻訳に言及した石川春江も「狼と七匹の子山羊の訳」に一章を立て、挿絵も二種類紹介している。[6]その普及ぶりは、当時、神戸・大阪総領事であったポルトガル人モラエスが「狼と七匹の子山羊」を日本の昔話と思い込み、如何に日本的であるかとの解釈を加えてポルトガルに紹介していることで、図らずも証明されている。[7]これはドイツにはない特異な現象である。

その謎を解く鍵は次の文に隠されていた。

「…ヘルバルト派の教育学が日本に紹介されたのは明治二十年（一八八七）、東京大学に招聘されたドイツ人ハウスクネヒトEmil Hausknecht（1853–1927）が普通講義にはKern：*Grundriss der Pädagogik*を、実習にはRein：*Das erste Schuljahr*を使用し、これを英語で講述した…。[8]」（傍線は中山）

この"*Das erste Schuljahr*"、つまり『第一学年』という書物は、ヘルバート学派のヴィルヘルム・ライン（Wilhelm Rein 1847–1929）その他によるもので、小学校一年生、六歳の児童を対象とした詳しい教授指導書である。[9]ヘルバート学派のトゥイスコン・ツィラー（Tuiskon Ziller 1817–1882）に始まり、[10]ラインらに継承された教育案では、小学校一年生はグリムのメルヒェン二百十話から選ばれた十四話を志操教育の一年間の教材とし、その志操教育を中心にして、国語、音楽、絵画、工作、算数、理科など、すべての学科も志操教育の教材であるグリムのメルヒェンに即して学習するように考えられていた。「狼と七匹の子山羊」の話が『子どもと家庭のメルヒェン』から特に選ばれて日本に普及し、立て続けにこの一話だけが単行本等で出版された奇妙な謎は、ハウスクネヒトが用いたラインらによる『第一学年』のグリムのメルヒェンの配列を見れば氷解することは、「狼と七匹の子山羊の謎」で指摘した。[11] メルヒェンの配列は次のようになっている。カッコ内の数字はグリムのメルヒェン（一八五七年版）のナンバーである。

1　狼と七匹の子山羊（5）
2　赤帽ちゃん（26）
3　見つけ鳥（51）
4　ホレさま（24）
5　ならず者（10）
6　雌鶏の死（80）
7　麦藁と石炭と豆（18）
8　麦の穂（194）
9　狼と狐（73）
10　ブレーメンの音楽隊（27）
11　雪白とバラ紅（161）
12　甘いお粥（103）

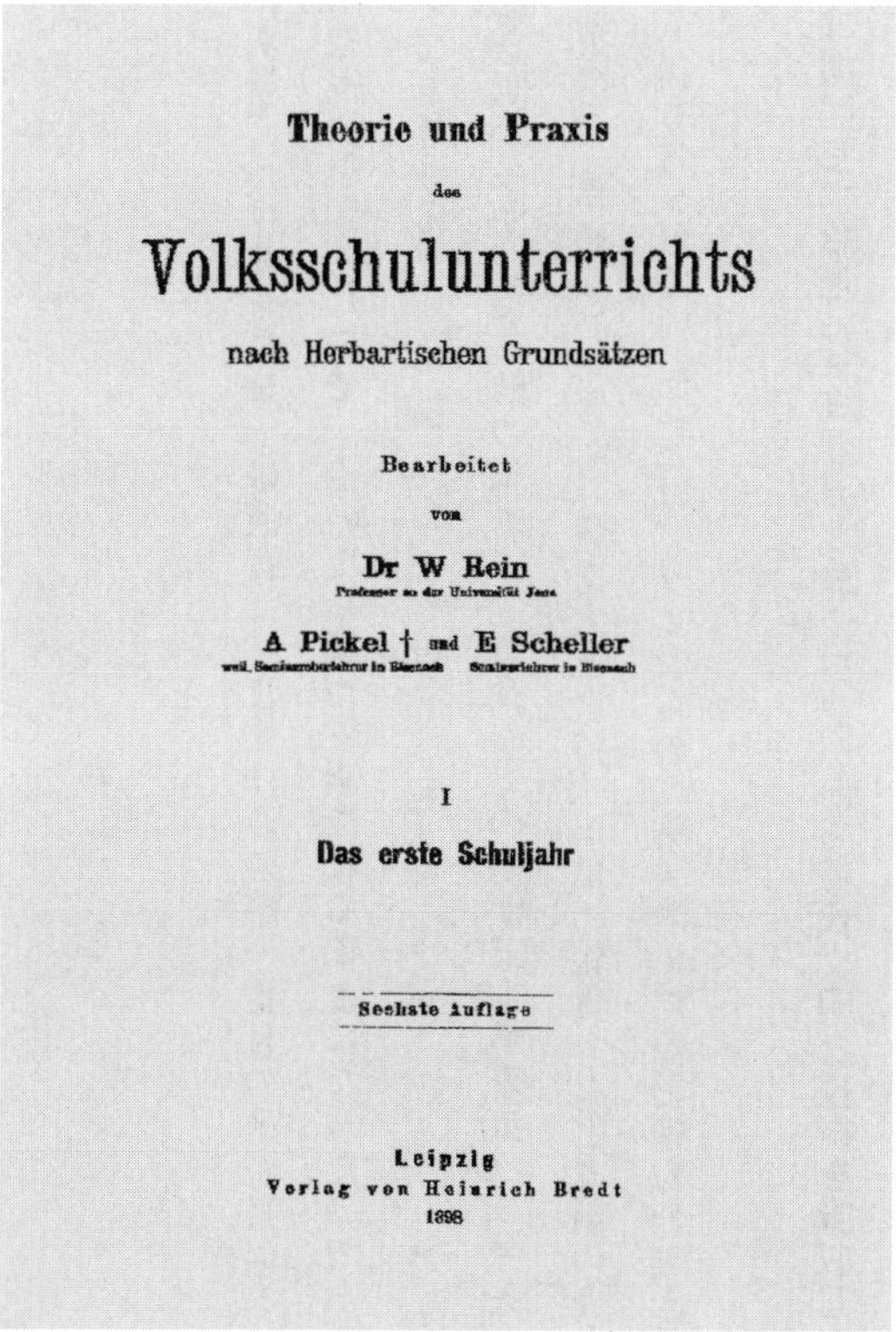
Theorie und Praxis
des
Volksschulunterrichts
nach Herbartischen Grundsätzen

Bearbeitet
von
Dr W Rein
Professor an der Universität Jena
A Pickel † und E Scheller
weil. Seminaroberlehrer in Eisenach　Seminarlehrer in Eisenach

I
Das erste Schuljahr

Sechste Auflage

Leipzig
Verlag von Heinrich Bredt
1898

ラインらの『第一学年』第六版

13　星の銀貨（153）
14　貧乏人と金持（87）

「狼と七匹の子山羊」はこの第一番目にあり、ハウスクネヒトは演習で、まずはこの第一番目のメルヒェンの英語での口述によって、ラインらの五段階教授法を伝えたので、そのため競って訳されることになったのである。『第一学年』については後の章であらためて詳述する。

「狼と七匹の子山羊」のほか、明治期に翻訳が多かった「蛙の王子」、「黄金の髪の毛が三本ある鬼」、「三人の糸くり女」、「灰かぶり」、「ブレーメンの音楽隊」、「幸せなハンス」、「貧乏人と金持」、「星の銀貨」など九話のうち五話がヘルバート学派のラインらのテクストにも含まれていたことは、ラインらの『第一学年』の影響力の大きさを物語っている。

江戸末期、約二百年の鎖国の後、日本は開国し、急速にアメリカとヨーロッパから近代文明と技術を吸収した。開国直前の安政四年（一八五七）、幕府は「欧米諸国との国交上の諸問題の処理のために」蕃書調所を開校し、文久二年（一八六二）には専ら欧米の文献を対象とする洋書調所とし、翌年には開成所と改名している。また「痘苗」が長崎にもたらされたことを契機として、江戸の蘭方医たちが種痘実施のために官許を得て開設した私設の機関を安政五年（一八五八）に発足させた。政府は明治十年（一八七七）、この二つの研究所から今の東京大学を出発させた。最初、東京大学は外国人教授をアメリカ、イギリス、フランスから呼んでいたが、明治十二年、明治天皇の命による『教学聖旨』が出て儒教道徳が復活していたこともあり、明治十四年（一八八一）に政策の方向転換があり、主としてプロイセンから招く方向に方針を転換した。当時の日本政府は、プロイセンを近代君主国家のモデルと考えたからである。(12)

教育学の教授エミール・ハウスクネヒトは明治二十年（一八八七）一月に東京大学に招かれ、ドイツ語、ドイツ文学と教育学を講じた。明治二十二年、東京大学はハウスクネヒトの建議により、特約生教育学科を設け、ヘルバート学派の教育学を教えた。(13)当時の人口統計によれば、大学卒業の年齢に近い二十歳の男性は七十二万六百八十一人であったが、大学生は七百三十一人、〇・一％にすぎない。(14)女性は当時大学に入学を許されなかった。女を劣性とすることは法的にも規定されており、明治二十二年（一八八九）制定の大日本帝国憲法が、第二次世界大戦敗戦後一九四六年に失効するまで、日本の女は、今は要後見人と言葉が変えられた「禁治産者」に準ずるとされ、社会的には一人前と認められず、高等教育も与えられなかった。大学に籍を置く女性が統計上現れるのは、やっと大正十四年の〇・〇二％が最初である。(15)これらの事実が示していることは、大学で学んだ者は、そのことだけで既に日本のエリートであるということで、したがっ

第一図　東京大学雇外国人教師の変遷
（明治10―18年）

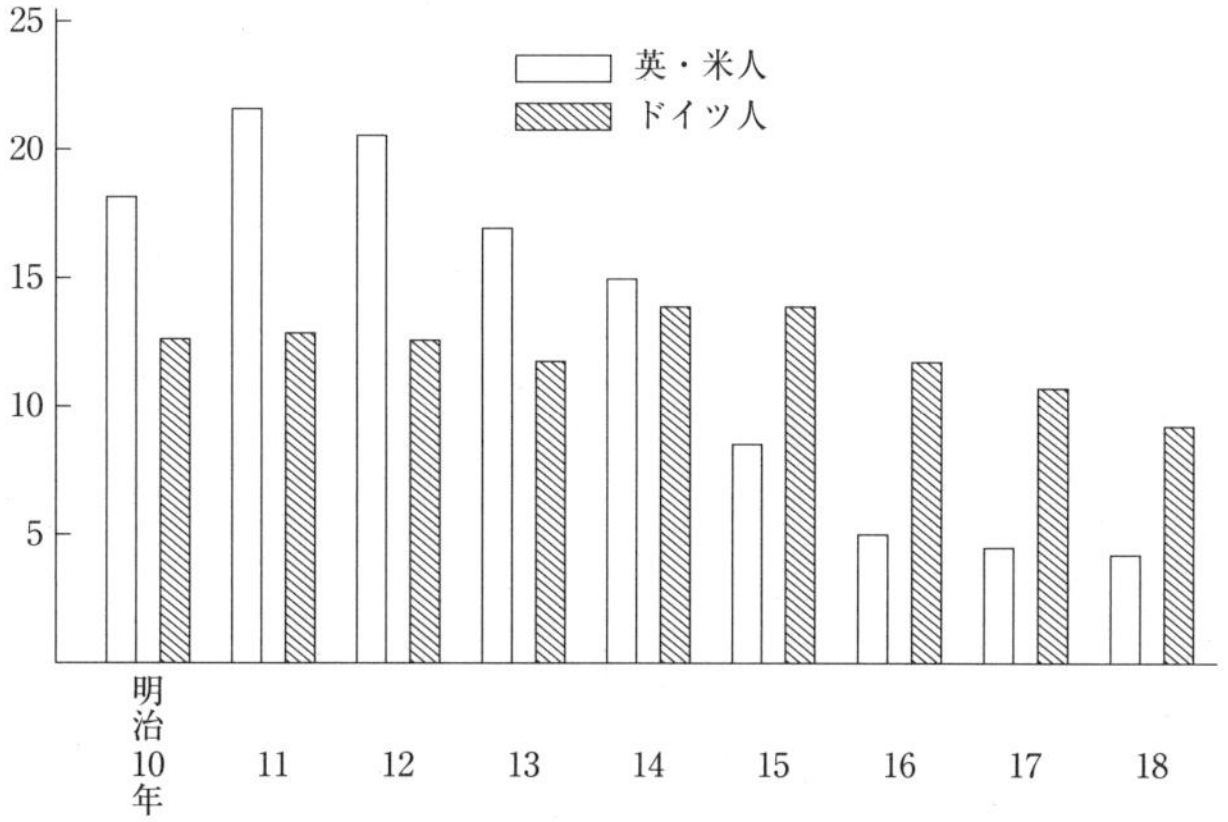

『東京大学百年史』より
明治14年からドイツ人教師が急増している。

てそのようなエリートたちの学ぶ大学によって、近代文明が進歩しているヨーロッパから招聘された教授という存在は、絶対的な権威を持っていた。そのように絶大な権威を持つ人物がもたらしたヘルバート学派の学説が明治二十年代以後の日本の初等教育界に熱狂をもって迎えられ、日本中に急速に普及したのは当然である。

ラインらの『第一学年』の影響が大きかった一つの例として、明治二年横浜で創業し、「欧米各国ノ書籍ハ勿論学校教科書和漢翻訳書及ビ西洋文具類ヲ販売」していた丸善は英文のコマーシャルに、「クリストマスとお年玉、ご褒美として」グリムのメルヒェン三種、イソップ二種、ロビンソン・クルーソー二種ほかを絵入りで紹介している。グリムの三種とは以下のようなものである。

1．"Grimm's Fairy Tales". With Illustrations by E.H.Wehnert. クラウン版、布、金ぶち。1.50.

2．Grimm's Fairy Tales and Other Popular Stories. With numerous Illustrations. クラウン版、布、金ぶち。1.25. 同 half bound.1.50。

3．Grimm's Household Stories. Collected by the Brothers Grimm. Newly Translated.65.

クラウン版というのは381×508㎜（英384×504）の大きさである。日本語のコマーシャルは英文より詳しく「動植物家具及ビ玩具ヲ寫シ傍ラニ其品名の首字ヲ付シ小児ヲシテＡＢＣヲ容易に覺ヘシメ」と書いているので、子どもにアルファベットを教える時代であったことが判る。ただし、この本の金額は相当のもので、庶民とは縁のないものであった。"Grimm's Fairy Tales" は George Routledge & Sons, London 社の出版（511頁）である。(16)

また、メルヒェンによる教育が学校関係で受け入れられた例として、ヘルバート学派がツィラーのメルヒェン授業提唱の当初から教材を児童の居住する地域と関連させることを重視していたので、日本ではグリムのメルヒェンを日本の昔話に置き換える試みが行われ、早くも明治二十年の教科書には「猿とかにとの話」、「こぶ取」がとり入れられ、その後も様々な人たちによって日本の昔話が児童教育に役立つものとして用いられていることである。

明治政府は西欧諸国の教育制度をとり入れ、国家体制を作り上げるのに全力を注いだ。この事情はグリム兄弟のメルヒェン移入のキー・ポイントとなる。藤原喜代蔵の『明治教育思想史』から明治四十年間の教育についての変遷を簡単に要約するなら、[17] 第一期 明治初年頃―五年頃 常識的実利主義（注入主義、自然主義）、第二期 明治五年頃―二十五年頃 実利的教育説、折衷的教育説（開発主義）、第三期 明治二十五年頃―三十五年頃 道徳的教育説（開発主義、ヘルバート派教授説、活動主義）、第四期 明治三十五年頃―四十二年に至る、となる。ヘルバート学派の道徳主義とは、実利的、物質的な生活能力ではなく、「…高貴尊厳なるある物を、体現する境涯に到達せんが為に外ならざるなり。…児童をして人にまで発達せしむる事、是れ教育の目的たらざるべからず」ということである。[18] この言葉はラインらの『第一学年』のドイツ語原典に謳われている「目的」から、宗教性を取り除いた意訳である。[19] 藤原はその末尾に「その思想は全部西洋の輸入にかかるものにして、本邦学者の独創を持って提唱喚起したる学説思想、殆ど一つもなしというも過言にあらず。約言すれば…西洋学説輸入時代」と断定している。明治四十二年にはすでにヘルバート学派は批判の対象となっていたのである。

ドイツの教育学は、明治八年頃から『文部省雑誌』において「独逸教育論摘訳」という形でごく簡単に紹介されてはいたが、明治十三年には　ゴータ師範学校長ケール（Z.Kehl）の *Die Praxis der Volksschule*（1872–77）が、『平民学校論略』として忠実に訳されている。[20] 文中に「ペスタロッチーに学ぶべし」とあり、また、「ルーテル氏」、つまりルターの名前が登場している。さらに明治十五年の『改正教授術』[21] はペスタロッチーによることが明記されている。学制制定の明治五年以降、東京師範学校で行われた若林、白井らのペスタロッツィにもとづく開発主義教育学は、やがてヘルバート学派に全面的に取って代わられた。

明治十五年一月　ドイツ留学経験のある河島醇は文部卿宛に「百世ノ治ハ学制ヲ改正シテ一国ノ思想ヲ一ニスルニ如カザル議」とするシュタイン（Lorenz von Stein）の見解を引用した建議書を提出した。[22]

明治二十二年、東京大学はハウスクネヒトの建議により、特約生教育学科を設け、ヘルバート学派の教育学を教えた。特約生は国からの給費を受けて東京大学でハウスクネヒトの講義を受けた。[23] 国はこのようにしてヘルバート学派を全力をあげて取り入れたのである。大瀬甚太郎によれば、ハウスクネヒトのケルンの講義は「教育学綱要」（『教育学精義』*Grundriss der Pädagogik* のこと。）を殆どそのまま英訳したものであったと言っている。明治二十六年秋、大瀬は教育学研究のためドイツ、フランスに留学し、明治三十年末、帰朝したとき、日本の教育界におけるヘルバート流の教育は、むしろドイツにおけるよりも盛んであったと言っている。[24]

ハウスクネヒトの招聘に関しての情況は、唐澤富太郎によると、浜尾新総長が文部省から海外に派遣され、プロイセンの文部省に、いい教育学の教師を斡旋して欲しいと言ったところ、学問的研究を主とするのと、実際の教育の問題を研究するのとどちらにするかと問われ、学問の基礎をつくるアカデミックな人よりは実際に役立つ人材をと依頼し、一応実務経験者であるハウスクネヒトの名が出たという。[25] この点に関して寺崎、榑松は詳しく、最初はアカデミックな史学教師は月給三七〇円であるのに対し、ドイツ語及教育学の教師は教育実務者を予定して約百円も安い想定であったが、その後「大学ヲ卒業シタル人ニシテ独逸語学及独逸文学教育学ヲ英語ニテ教授スルニ適スルモノ」とアカデミックの方向に条件を変え、月給も史学教師と同額として、結局ハウスクネヒトが招聘されたと書いている。[26]

ヘルバート派教育学が明治二十年代になぜ歓迎されるようになったかについては、既に形式化したペスタロッチーの開発教授やスペンサーの教育説に対して批判がなされるようになり、さらにナショナリズムの気運の高潮とともに、日本的なものが強調され始め、教育においては、従来軽視されていた徳育が重視されるべきであるという気運が起ってきたからであると言われている。

「スペンサー一流の個人的自由主義は素より森[27]の喜ぶ所にあらず。遇々帝国大学独人ドクトル、ハウスクネヒトを招聘して教育学の教師とす。ハ氏講ずる所はヘルバルト派の学なり。ヘルバルト派は又個人主義たり。然かも米国流の協和思想は之にあらず。特に徳育を先にし、人物を旨とし、歴史を主材となす如き、[28]頗る森氏の意に合するあり。ハウスクネヒト氏はもと品川弥二郎駐独公使たる時に推薦するところに係る。而して森氏之を視ること漸く重し。及ち独逸風を斟酌し、特に普魯西に倣いて帝国大学に高等教員養成の設備をなし、尚且つ漸く中学制度をも改造してギムナジウムに似せんとするあり。[29]」

当時日本が目ざしたものは、ひとつには国家主義的教育の導入であり、他のひとつは、教育技術の導入であった。前者は伊藤博文が明治十五年（一八八二）に憲法調査のために渡欧した際、とくにプロイセンの君主政体こそ、日本に適合するものと考えて、憲法研究をプロイセンの碩学に学んだが、この時彼は、当時の日本の英仏米流の教育の弊を改めるのは、このプロイセンの教育であると考えて、シュタインを招聘する運動を起こしたり、[30]文部卿に命じて、木場貞長などをシュタインに従学させた。このような政府の積極的なドイツの思想導入の意図は、伊藤と密接な関係をもつ森有礼文相に引きつがれ、遂にハウスクネヒトを招聘することによって、ヘルバート派教育学説を日本に伝播させることになったのである。この事は、明治初期の外国教育思想の導入が計画的でなく、偶然的な要因によってなされたのにくらべて、ヘルバート派教育学説の移入がかなりはっきりしたドイツ教育学導入計画のもとになされたことを物語っている。つまりナショナリズムの思潮の高まりの中で、明治政府が描いた国民教育の達成という新しい課題を解決するものとして、意識的に導入したというところに、このヘルバート派教育学説の歴史的性格の一つが現れている。しかもこうした伊藤や森のドイツ教育学導入には、近代国家の国民道徳の養成という、国家主義的な意図が秘められていた。この期の教育学界は、明治初期の欧化主義時代の教育が汎世界的性格に偏したがゆえに、十三年（一八八〇）以後の反動的な儒教主義復活時代の教育が、家族主義的な狭隘さをもち、孝中心で、忠君愛国性に乏しく、ともに作り得なかった国家の概念が、この「世界」と「家」の両極に偏した二つを経過することによって、漸く形成されてきたのである。こうして明治二十年代からの国家主義、国粋主義の高揚は、それまでの開発主義教育のように、明確に国家意識を表明していないものでは飽き足らなくなり、国家主義的なドイツ教育学の導入が切実な時代の要求となってあらわれたわけである[31]。

森有礼はイギリス、アメリカでの体験から、日本が欧米に伍して近代国家としての意識を持ち、体面を保つためには教育が最重要と考え、まさにハウスクネヒトが講義を始めたころ、文部大臣として教育の基礎を築いた。しかし明治天皇の側近であり、教育勅語の起草に関与した儒学者である元田永孚は、森有礼が神話を歴史から切り離したことから、天皇と神の関係を軽視し、徳育教育を軽視する欧化主義であるとして怒り、森が暗殺された以後の明治二十三年からは元田の徳育教育が重視されるようになり、それがヘルバート学派の教育実践に重ねられた。先にも見たように、明治二十年代から四十年代初期のグリムのメルヒェン翻訳集につけられた前書は、先に藤原喜代蔵のところで見たように、ラインらの教授の目的をいわば換骨奪胎して、当時日本が理想とした徳育教育を主目的として示している。[32]

このように、ヘルバート学派の文献の翻訳は底流となって教育界一般へ浸透していくのに大きな役割を果たしたが、まずは英語やフランス語からの重訳で始まり、ほどなくドイツ語から直接翻訳されるようになった。ケルンの文献は、明治二十五年から二十六年にかけて、山口小太郎『教育精義 全』、澤柳政太郎、立花銑三郎『格氏普通教育学』、国府寺新作訳『ケルン教育学』、澤柳政太郎、立花銑三郎『格氏特殊教育学』と、わずか二年間で次々に訳されているが、すべて同じ原書 *Grundriss der Pädagogik*（教育学精義）（一八七三）からの訳であり、[33]山口と国府寺はその第一部「普通教育」だけを訳し、澤柳と立花は、第二部「特殊教育」を第二巻として訳している。山口小太郎は、明治四十二年にグリムのメルヒェンをいくつか『家庭お伽噺』に翻訳した和田垣謙三とともに、東京外国語学校でドイツ語を学んでいた。[34]ケルンの原著書はこの一冊しか日本に入った形跡がない。二年間に三種も訳が出ていることは、ハウスクネヒトがこの文献を講義で用いた際、日本の教育学のために訳すことを皆に薦め、それが競って実行されたところに当時のすさまじいまでに高揚した意気込みが現れている。ハウスクネヒト自身は明治二十三年七月、特約生の卒業と同時に帰国しているが、[35]例えば、アメリカ人のヘルバート学者デ・ガルモ（Charles De Garmo）の『俄氏新式教授術』[36]を明治二十四年に訳した本荘太一郎は、「ハウスクネヒト師が…余輩ニ訳述ノ労ヲ取ランコトヲ勧メラレタルニ因ル」と書き、また、同じくハウスクネヒトの講義を聞いていた湯原元一が、オーストリアのリントナー（Gustav Adolf Lindner）の『倫氏教育学』[37]を訳すに当たって、ハウスクネヒトから「本書が日本に紹介されるならば、日本の教育界は一変するであろう」と言われている。リントナーは「ヘルバルト教育主義の二大欠点は、表象を以って精神生活の唯一の要素となし及び体育を以って教育学範囲外にあるべきものとなす」ので、それを補充して評価を得た人物とされる。[38] ハウスクネヒトは大学での講義だけではなく、自宅である官舎でもドイツ語やドイツ文学を教え、影響を与えたらしい。

「翌年（鷗外が帰朝して）四月にはカール・フローレンツが東京大学に来て、独逸文学の講義を始めた。我国における独逸文学の研究は漸く軌道に乗ったのである。東大に独逸文学科が置かれることに決定したのは、明治二十年であり…すでにエミール・ハウスクネヒトが着任して、独逸文学及び教育学を教えたが、二十二年七月には大学官舎でシラーの「鐘の歌」を講じた。[39]」

このように見てくると、ハウスクネヒトという人は、今まで単に日本に教育学をもたらしたということで論じられてきたが、ラインらの『第一学年』をもたらしたという一事により、グリムのメルヒェンに対する認識と、童話・児童文学に対し、その後の日本に現代まで続く、良くも悪くも膨大な影響を与えている。グリムのメルヒェンはドイツで定評を得ていたからこそ教材として取り上げられたが、そのために全体としての姿は失われ、グリム兄弟が意図したような、ゲルマン民族の資料としての性格も、メルヒェンをポエジーという文学的な価値観で見ようとする方向も無惨に踏みにじられたのは、日本独特の残念な現象である。他方、これも良くも悪くも「お伽噺」「童話」「児童文学」の隆盛をもたらす原点となった。

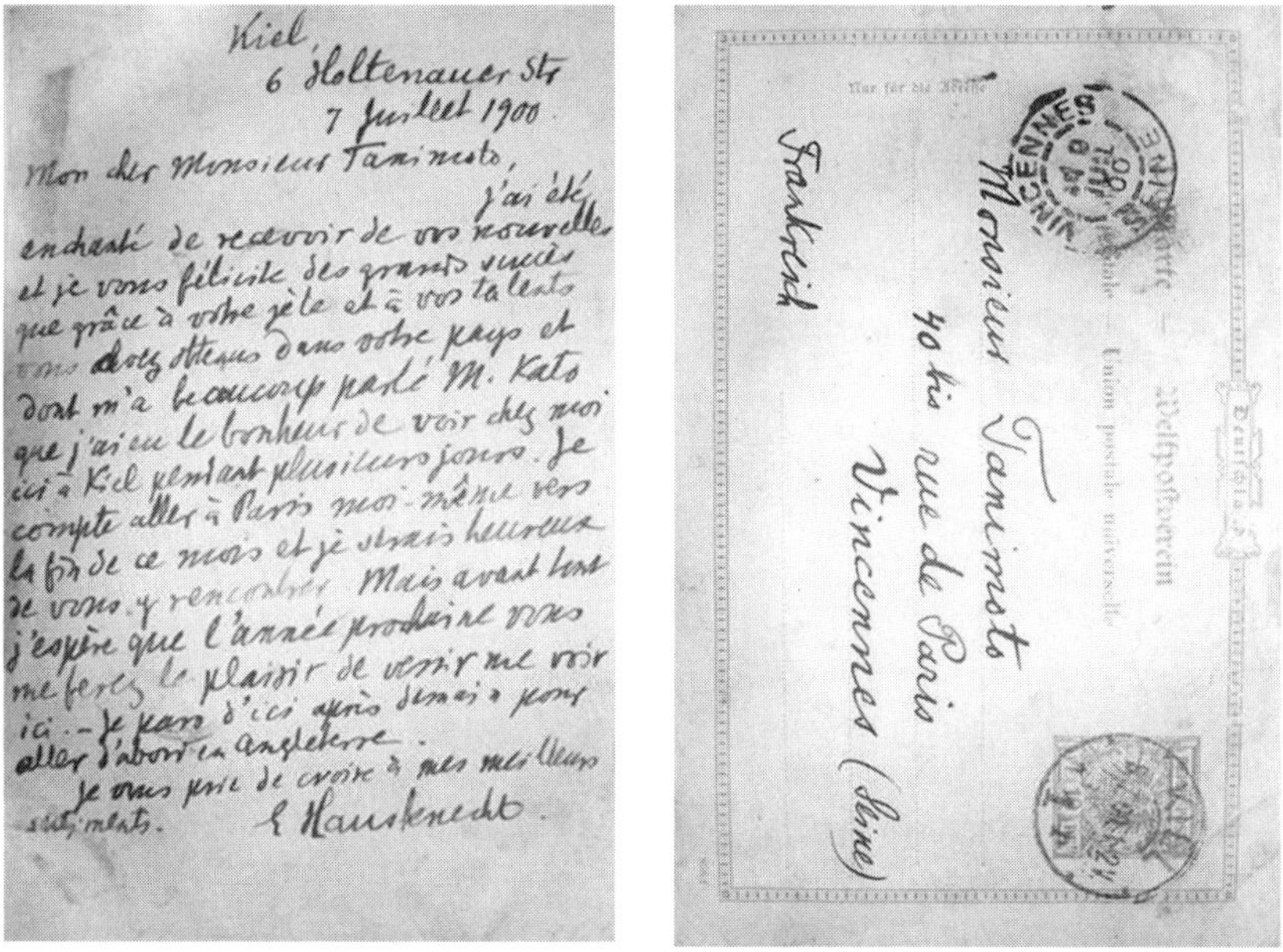

Kiel
6 Holtenauer Str
7 Juillet 1900

Mon cher Monsieur Tanimoto,

j'ai été enchanté de recevoir de vos nouvelles et je vous félicite des grands succès que grâce à votre zèle et à vos talents vous avez obtenus dans votre pays et dont m'a beaucoup parlé M. Kato que j'ai eu le bonheur de voir chez moi ici à Kiel pendant plusieurs jours. Je compte aller à Paris moi-même vers la fin de ce mois et je serais heureux de vous y rencontrer. Mais avant tout j'espère que l'année prochaine vous me ferez le plaisir de venir me voir ici. – Je pars d'ici après demain pour aller d'abord en Angleterre.

Je vous prie de croire à mes meilleurs sentiments.

E Hausknecht

Monsieur Tanimoto
40 bis rue de Paris
Vincennes (Seine)
Frankreich

ハウスクネヒトから谷本宛の葉書（龍谷大学蔵）

ハウスクネヒトに教えを受けた人物たちは、その後の日本の教育界をリードしたが、その一人、谷本富に宛てた葉書が龍谷大学に保管されている。

「あなたの近況を知ってうれしく思う。あなたがあなたのお国で大いなる成功を博したことを祝福します。これはあなたの熱意と能力によるもので、そのことは、ここキールの拙宅でお会いした加藤さんも大いに語っていたところです。私も今月の末にパリに行くつもりです。そこで会うことができたら大変うれしい。しかし、それよりも来年、ここに会いに来てくれたらうれしく思う。今日明日中にも、まずイギリスに行くためにここを発とうと思っている。では。[40]」

日付は一九〇〇年七月七日、谷本はこのときフランスに滞在しており、葉書はドイツのキールから出されている。ハウスクネヒトは今日明日にもイギリスに発ち、月末にはパリへ行くと書き、谷本にもキールに来るようにと誘っている。文中の「加藤」は、東大総長などを歴任した教育哲学者、加藤弘之のことであろう。ハウスクネヒトは明治二十三年には帰国しているので、これは十年後のことである。

一―二　グリムのメルヒェンによる教育――ツィラー、ガルモ、ケルン

一―二―一　ツィラー

ツィラーの名は、当時の教育界の権威である大瀬甚太郎が明治二十四年に著した『教育学』には辛うじてある程度であったが、明治三十四年の『教授法沿革史』には頻出している(1)。

「…チルラーライン氏出で、ヘルバルトの思想を拡張し中心湊合法を主張し、而してその中心たるべき学科を情操科（宗教及び歴史）に定め、凡て他の学科を此の周囲に立てしめて之と連絡を保たしめたり。更に氏等は情操科教材の配列をば開化史的段階に従ひ八階に分ち、第一学年には童話第二学年にはロビンソン物語…」

この言葉は、ヘルバート学派教授法の最も基本的なこと、つまり「情操科（Gesinnung）」が「中心たるべき」ものであることを述べている。「情操」という言葉はこの教授法の翻訳によって初めて創られたとされ、大瀬にかぎらず谷本富など明治のヘルバート学派関係者の文献では「情操」と訳されている。しかしヘルバート学派にとって最も重要なこの言葉は、現代では心情的、情緒的意味合いが前面に出て、本来ツィラーらによって意図されたとこ

ろとずれている。そのためこの本では「志操」という言葉を用いる。ツィラーたちが目指したのはキリスト教に即した志操確かな人間を育てることであった。もう一つ、明治の文献で使われている「歴史」という言葉について、ツィラーが「歴史的（historisch）という言葉は普通より広い意味で用いる」と断っていることに注目しなければならない。(2)「歴史」とも「物語」とも訳せるGeschichteという言葉は、ヘルバート学派では「物語」と訳す方がよい。例えば、一年生の志操教育の教材はグリムのメルヒェン、二年生はロビンソン・クルーソーで、これは「歴史」ではなく「物語」である。また、第三学年（後に第四学年）からBiblische GeschichteとProfane Geschichteの二本立てになるが、biblisch（聖書）のGeschichte（物語）に対するprofan（現世、俗世）のGeschichte（物語）ということで、後者は具体的には、ツィラーの居住していた地方の領主たちにまつわる「伝説」であるので、いく分かは歴史とも言えるが、聖書物語に対しての世俗の物語を意味している。

ツィラーは、ヘルバートの理論に基づいて、プラクティカルな応用として六歳児が家庭から学校へ移行する段階の小学校一年生にはメルヒェンを教材にするのが適当と判断し、グリムのメルヒェンを用いた最初の人物とされる。(3)しかし初学年の六歳児をメルヒェンで教育するという考えはルソーから出発していることを、ツィラーが会長として創刊した教育学会年鑑でツィラー自身が明らかにしている。

「…ルソーの、六歳児の（教育の）開始には…詩的な素材…ことにメルヒェンは…理解しやすく…美的で倫理的であるという詩的で理想的な真実が現れており…想像力をさらに発展させるよい規範であり…ファンタジーは人間生活の真実、心情にかかわるもので…。(4)」

ロビンソン・クルーソーを『第二学年』の志操教育の材料としたのも、ルソーの『エミール』第三編によるものである。ツィラーのこの論文が出た翌年には早くも「批判」が中央の教育学会からあった。古来の伝統として、聖書は子どもの教育に絶対的な存在であったのに対し、「三人の怠け者」や「三人の糸つむぎ女」などの入ったメルヒェンを用いたことが人々を驚かせ、不信と反発を買ったのだ。しかし、神を信じ、持てるすべてを人に与え、そのために天の星が銀貨になって降り注ぐという「星の銀貨」を先頭に置くことで、神と関係のない他のメルヒェンがあっても基本線が確保されたと書かれ、批判が擁護にもなっている。この反発は、後々、宗教性が本質ではない日本では、単なる「童話に対する反論」として受け止められ、「童話の価値」、「童話の擁護」などの弁明を書くことが流行した。

ツィラーは同じ年鑑の別項に「星の銀貨について」という論文を載せ、詳細な授業例を書いており[5]、このメルヒェンのキリスト教的視点での重要性を示している。しかし「星の銀貨」をメルヒェンの先頭に置いたのはツィラーではなく、ゾーストマン（Sostmann）であることは、この年鑑の論文より五年も前の『教育学の基礎』[6]にツィラーが書いている。

「すべての詩の基本である叙事詩、したがって叙事詩的神話の残渣であるメルヒェンは、早い時期に行なわれるべきで、一年生の志操教育のためのゾーストマンによるグリムのメルヒェン改作をもとに…[7]」

この『教育学の基礎』には、ツィラーのメルヒェン教育の基本として年鑑の論文に書かれていることが、すでに具体的に記述されている。「メルヒェンは基礎学校で志操教育の先頭に立つべきで…、総合的な志操要素の配列が子どもらしい思考域の自然な形成に相応するような関係にあるべきで」[8]、「中心には、幼稚園には寓話、一年生にはメルヒェン、二年生にはロビンソン…」[9]「第一学年はグリムから選ばれたメルヒェン…」[10]等々。また「郷土学 Heimat-kunde」を重視し、[11]グリムのメルヒェンや伝説を選んだ理由も、ウーラント（Ludwig Uhland 1787–1862）の英雄叙事詩と並べて、「まずは祖国ドイツの真に国民的なメルヒェンに親しませることだ」と書かれており、[12]また、「ジムロック（Karl Simrock）」[13]の子どもの本が示しているように、メルヒェンによって国民的なものへ沈潜し、他方、ロビンソンによって近代的意識へと入り…」と対立させ、頻繁にロビンソンに言及している。[14]ただしルソーの名はもう出ていない。[15]ツィラーのこれらの言葉は忠実にラインらに継承されている。

『教育学の基礎』で注目に値することは、Darstellender Unterricht（口演授業）という言葉が使われていることである。[16]つまりヘルバート学派のメルヒェン授業は、最初は口演形式で考えられており、「実感を持って受け止められる」ように語ることが求められていたことを示している。口演形式についてはツィラーの『一般教育学』でも提唱されている。

「教材は個々の（生徒の）生活状態と関連して、生き生きと目に浮かぶように描写されなければならない。[17]」

このDarstellender Unterricht（口演授業）は、ラインらの『第一学年』第六版ではグリム十四話の授業案でDarbietender Unterricht（提示授業）と対比され、少数派になっている。この二つのよく似た言葉が具体的にどのように違うのかは、授業法そのものに関わる教育学の問題なので、ここでは論じえないが[18]、ごく簡単に言うと、口演法とは実感できるように語るということで、例えば「実感描写法」などと訳すことも出来る。提示授業は、語りそのものに重点が置かれているわけではなく、物語を段階に分けて展開させながら進み、展開提示法とも訳される。子どもに実感を持たせる授業は自然科学分野にも求められ、サンプルテクストの中で馴染みのないものは、生徒の生活圏内の体験領域にある類似のものと結びつかせるようにと指示がある[19]。「口演」という言葉が巌谷小波などによって日本に定着していることは、注目に値する[20]。

ツィラーの『一般教育学』はツィラー没後の二版以降は、ユスト（K.Just）[21]が出版しており、ユストがツィラーの後継者であることがわかる。ユストはラインらによって口演形式の代表とされている。

ツィラーは展開提示法に疑問を持っていたらしく、「Darstellende Form（口演法）がいわゆる entwickelndes Erzählen（展開提示形式）と一致するかどうかは研究の余地があり」、一八六九年にヘルバートによって推奨された語りと問いかけの形が、口演形式と全体把握であると『特殊教育の材料』に書いている[22]。この本にはツィラーによる国民学校八年の中心となる志操教材が整理されている[23]。

「国民学校は八学年で、各学年は中核を持つ一つの円環を形成する…中心は志操教材で、他のすべての学科はこれに関連させる。中心となる志操教材は以下のものである。」

第一学年（六～七歳）グリムのメルヒェン。1　星の銀貨。2　三人の怠け者。3　三人の糸つむぎ女。4　麦藁と石炭と豆。5　狼と七匹の子山羊。6　雌鶏と雄鶏。7　狼と狐。8　ならず者。9　ブレーメンの音楽隊。

10　ミソサザイと熊。11　見つけ鳥。12　貧乏人と金持。
第二学年（七～八歳）ロビンソン、デフォーの原作。ただし抜粋。
第三学年（八～九歳）。
a　旧約聖書から、創世説のソドム没落挿話のあと、堕罪、兄弟殺し、洪水、バベルの塔。
b　ドイツ英雄時代（テューリンゲンの伝説と一般のドイツの伝説、つまりニーベルンゲンの伝説。）
第四学年（九～十歳）
a　旧約聖書。師士。モーゼを含む（ユダヤの英雄時代）。
b　ドイツの王の歴史伝説。（以下略。）

ツィラーはヘルバートの教育理論を実践に移したのだが、「ヘルバート理論を浅薄にし、狭隘にし、減衰させ、そのためヘルバートの学問とはまったく別物」と言われることになった(24)。

グリムのメルヒェンに関しては、トゥイスコン・ツィラーの前に、一八八〇年代のハルトマンの「七匹の子山羊」「赤帽ちゃん」「見つけ鳥」「星の銀貨」の四話案とか、「星の銀貨」「甘いお粥」「藁と炭と豆」「ホレさま」「狼と七匹の子山羊」「狼と狐」「見つけ鳥」「貧乏人と金持」の八話案など、ゾーストマンのほかにも幾つかの配列があった(25)。しかしツィラーの国民学校八学年の授業計画と、グリムのメルヒェンから十二の話を選んで五段階教授法にした「ライプツィヒの配列」などはラインらにほとんどそのまま継承され、日本に大きな影響を与えた(26)。それにもかかわらずツィラー自身の著書は日本では重視されなかったようで、日本語訳が存在した痕跡はない。ヘルバート学派のメルヒェンによる教育を忠実に実行しようとして『修身童話』などを出した樋口勘次郎などの文献では、ツィラーの名前はラインと並行して「チルレル―ライン」と述べられていることが多い。そのため、明治の童話集だけを手がかりにして、ツィラーも『第一学年』の著者だと思い違いをした論文や本もある。ツィラーの名前はひとえにラインの『第一学年』などを通して、その前提として頻出しているにすぎない。

一―二―二　ガルモ

先述したように、教育学関係の文献の翻訳は明治初期から続々と現れていたが、ヘルバート学派の学術文献も、当初はアメリカやフランスの学者の著書を通じて日本語に翻訳された。明治二十四年の米国博士デ・ガルモ氏著、日本本荘太一郎訳補『俄氏新式教授術』[1]には、「ミソサザイと熊」(102)の初訳と思われるものがあり、グリムのメルヒェンという観点から重要な役割を果している。訳者本荘氏はハウスクネヒトに直接教えを受けた人物で、ガルモが最初のヘルバート学派の本なので訳すようにとハウスクネヒトに言われたとある。ハウスクネヒトがヘルバート学派の文献を翻訳するように勧めたことは他の文献にもある。ガルモはツィラーの説を紹介しており、本荘はかなり忠実にその内容を伝えている。

「第壱年　ぐりむの昔話。第弐年　ろびんそんくるうそう物語。第三年　家長（即ゑぶらはむ）以後ノ耶蘇經物語。てうりんげる物語。第四年級　士師時代、及ビ諸王時代ノ耶蘇經物語。にーべるんげん物語、三年、四年級ではぱりす及ビへれんノ話（イリアッド）を教える」。

ただ当時の翻訳は忠実な逐語訳のように見えても、訳者の言葉が入り込んでいて、どこまでが原著なのかわかりにくいところがあるのだが、「ソクラテスと雀との話」(2)「ロビンソン・クルーソー」(3)などの訳もあり、グリムの昔話については「…ぐりむノ昔話、之レ最モ広ク独逸ニ行ハル、昔話ニシテちれるハソノ中ヨリ特ニ倫理上最モ適切ナルモノ拾二題ヲ選ミ…」(4)と、訳者による注釈を添えた上で、「鷦鷯と熊」一話を選んで訳している。

題目　鷦鷯と熊との話

第一節

(い)　夏の日にてありけるが、或る時熊と狼と諸共に、森の中を散歩してけり。熊は小鳥の艶に能く囀ずるを聴きて、狼よ、あのやうに能く囀するハ、何と云へる鳥なりやと問へり。狼は答ひて、あれは鳥の王なり、吾等は必ず彼の前に拝伏すべきものなりといへり。思ふに、この鳥ハ鷦鷯にして生墻の王となんいへるものなりけり。熊は重ねて、されば吾ハ王宮をこそ拝見したく思ふなれ、いざ道しるべし給ひといへば、狼答ひて、そはよからじ、女王の来るまで、待ち給ふべしといひて留めけり。

(ろ)　王と女王と、間もなく来れるを見れば、己が子供を養はんとて、食物を啣みてぞありける。熊は直様其跡を逐ひ行かんとしけるに、狼は其袖を扣ひていへるやう、今暫し待ち給ひ王と女王とはやがて飛び去るへしと。已にして熊は狼諸共に鷦鷯の巣を管める洞穴を見てぞ逃け去りぬ。

(は)　されども熊はなほ王宮を見でしがなと思ひ、再び巣のある所に立ち戻りて、其中を眺めけるに、王も女王もハや已に飛び去りて、巣の中には只五六疋の児鳥のみなりければ、熊は憚る所なく、之れが王宮にや、さても見すほらしきものかな。また御身達も、などて王子とこそ申さるべき、普通の子供なりと叫べば、児鳥共は大に腹立ちて、我等は決して普通の鳥にあらじ、我等の父は王なり、我等の母は女王なり、汝熊、過言を吐きて、後悔するなとぞ叱りける。

(に)　熊も狼も漸く怖気立ち、急き我が窟へ逃れ帰りぬ。児鳥共は、罵り叫びて止まざりけれる中、親鳥の食を啣みて再び帰り来りければ、異口同音に、御両親には吾等が普通の児鳥にあらざることを、熊に示し給はずば、たとへ餓ひ死なんも、其蝿の足にだも、え触れまじ。今日熊の此所に来りてかくも吾等を辱めたりとぞ訴へける。

(ほ)　老王は之を慰めて、さのみ憂ふるには及ばず、吾直ちに事の始末を明らかにすへじといひて、女王と共に熊の窟に至り、其穴に臨みて、熊よ、汝は心悪き奴かな、何ぞ吾児をはかく辱かしめたるぞ、屹度後悔すな、我今汝を征伐すべしと呼べり。是に於て戦起れり。熊は牛、馬、驢馬、鹿、狼なんど世にあらゆる四足獣を呼び集へて、己が援となしければ、鳥の王も空飛ふものハ、大小の鳥類は云ふも更なり、蝿、蚊、蜜蜂、黄蜂等に至るまて、悉く集めたり。

第二節

(い)　いまや戦の始らんとする頃ほひ、鳥王は敵の大将の誰なるやを探らしめんがために、斥候を放ちぬ。蚊は其性敏捷なるものから、熊と其徒党との寄り集へたる森に飛び行き、樹の葉の裏に止りて、樹下の謀議をぞ伺ひける。かくとは知らず、熊ハ立ち上りて、狐を呼ひ出していへるやう御身は動物の中にて、最とも賢こしければ、我々の大将となりて、見方を率ゐ給ふべしと。狐肯ひて、されば何わざして指図をなすべきやと問へば、一人としてよき答ひを為さゞりき。狐遂に思ひ当りていへるやう、我に毛深き美しき長尾あり。さながら赤き鳥の飾り毛の如く見ゆべし。されば吾之を上げつる間は、見方は何事も都合能きと思して進むべし、若し、之を下げなば、各々生命を失はさるやう走り給ふべしと語り合ひぬ。蚊は此事を聴くや、直ちに飛んで、王の許に至り、かくと復命しぬ。

(ろ)　暁つき方戦始らんとするや、四足獣は各猛り猛りて戦場に突き進み、大地も震ふばかりの勢なりけり。鳥王もまた其軍を率ゐて飛び来りぬ。是に於て両軍入り乱れ、叫び声、唸り声、哮り声すさまじく、聞くも恐ろしきばかりにて、勝敗のいつ決すとも見えざりしが、鳥王は黄蜂を召して、いざ飛び降りて、狐の尾の下側にとまり、力を限りに刺すべしとぞ下知しける。狐始めて刺されし時は、跳り上るまでに痛みしかども、尚も忍びて尾を立て居たり。再び刺されたる時は、暫し其尾を垂れたり。三度刺されたるときは、はや忍び得ずして、両脚の間に其尾を垂れて叫びければ、味方の者ども、之を見て軍ハすでにまけぬること丶思ひ、皆々其窟へと逃け走りければ、鳥軍は思ひの外に、大勝利を得てけり。

第三節

かくて王と女王とは、其宮に飛び帰りて、子供達喜ぶべしうまうま勝利を得たるぞ、とく食ふべし飲むべしといへと児鳥はなほ食ハで、熊をして先づ此巣の前に来りて罪を謝せしめ、吾等は王子なりと呼ばしめ給ふべしと云へり。よりて王また熊の窟に至り、汝心悪き老熊、汝ぢ我が巣に来りて罪を謝し、吾が子は王子なりといふべし。さなくば其身をば微塵に砕くべしと云いければ、熊は恐る恐る鳥の巣のもとに至り、平伏して罪を謝しぬ。是に於て雛鳥も今は満足し、相喜びて、飲みつ食ひつ、夜更くるまで、愉快をは尽してぞ已まざりける。（おわり）

この訳は、ヘルバート学派の教育法に従って物語がいくつかに区切られているが、英語からの重訳とはいえ、グリムの原話が忠実に訳出されており、現在のところ「ミソサザイと熊」の日本の初訳と言える。授業サンプルのところでは、「狼と七匹の子山羊」「狼と狐」などのタイトルも出されている。欄外にはグリムについての注もある。

「ぐりむ兄弟ハ近世ノ語学者ニシテ共ニゴッチンゲン大学ノ語学教授トナリ後倫林大学ニ移サレタル人ナリ」

さらに、二年生向けのロビンソン・クルーソーについても、「之レダニへるでふぉー（中山註・へるはドイツ語のミスターにあたる。）ノ原作ニハアラズシテ之ヲ訓育的教授ノ目的ニ従ッテ、改作セルモノナリ。ろびんそんノ如キモ、之ヲ独逸はむぶるく港ニ居住セル一少年トシテ説出セリ（訳者）」と書いている。三年生向きのテューリンゲン物語も、一話だけ訳しており、四年生向きのニーベルンゲンも粗筋を書いている。

一―二―三　ケルン

「…東京大学に招聘されたドイツ人ハウスクネヒトが普通講義には　Kern：*Grundriss der Pädagogik* を、実習には Rein：*Das erste Schuljahr* を使用し、これを英語で講述した…」[1]という文は、意味深い。ケルンとラインは方向が異なっていたからである。ハウスクネヒトが講義に用いたケルンの『教育学綱要』[2]の前書には、ヘルバート学派への批判的な一言がある。

「このことから、ヘルバート学派の教育関係文献のどのような欠落を埋めなければならないかが自ずと明らかになる。私がそれにどの程度成功しているかは、他の方々の判断に委ねなければならない[3]。」

ハウスクネヒトは、具体的授業例としてはラインらを導入したけれども、ケルンを講義に用いたことによって、当時のドイツ教育界の理論をバランスよく紹介したと言える。ケルンの本は、一つの本でありながら、わずか二年間で前半部分の「普通教育」が三種類、後半部分の「特殊教育」が一種類訳されており、驚異的なエネルギーでドイツの教育学を受け入れた当時の状況がわかる[4]。

子どもに与える教材についてのケルンの考えは見識がある。

「…教材の価値は、子どもが成長するにしたがって消滅していくものであってはならない。…少年たちには一番よいものがいい。…大人になっても価値がなければならず…大人は真に子どもらしいものへ戻る。したがって、どの時代にもどの民族にもというだけでなく、どのような年齢に対しても、まことに古典的な方法で価値を保つのは、子どもっぽい逸話やお話ではなく、歴史や文学などの傑作である。[5]」

子どもの読むものは大人も面白いものでなくてはならない、本物を子どもに与えよということである。大人が読むに耐えないものは子どもに与えるべきではない。「大人が読んでも面白い」という表現は逆なのである。ケルンの本はラインに五年ほど先行しており、ラインの名は挙げられていない。ツィラーの著作については、「傑作」としながらも、「難しすぎる、未完である」などと批判している。[6]

ケルンは教育学の論理の分野では評価されたが、ラインらの『第一学年』は教育現場の実践モデルであったため、そこで教材とされたグリムのメルヒェンは日本の教育現場に大きな影響を与え、「ヘルバルト学派一辺倒」の時代が明治三十五年ぐらいまでつづき、明治、大正、昭和へと、「童話」が教育界、児童文学界で隆盛を極める巨大な基盤になった。

註

第一章　ヘルバート学派導入の背景と影響

一―一　ハウスクネヒトのもたらした『第一学年』――なぜ二百十話の『子どもと家庭のメルヒェン』から「狼と七匹の子山羊」が多く訳されたか

1　柳田泉『明治初期翻訳文學の研究』、春秋社、昭和三十六年。

2　呉文聡訳『八ツ山羊』（西洋昔噺 第1号）、弘文社、明治二十年。

3　西翁訳「狼と七匹の羊」、『小國民』、明治二十二年。

4　上田萬年訳『おほかみ』（家庭叢話 第1）、吉川半七、明治二十二年。

5　IKEDA, Hiroko : *The Introduction of foreign Influences on Japanese Children's Literature through Grimm's Household Tales*.In : *Brüder Grimm Gedenken*, 1963.

6　石川春江「妖精がはじめて日本にきた頃——明治期のグリム童話翻訳」、小澤俊夫・石川春江・南川三治郎『グリム童話のふるさと』、とんぼの本新潮社、一九八六年、一〇七頁。

7　Dr.Maria Teresa Cortez（Coimbra）: "*Deutschland, Japan,Portugal. Eine Weltumsegelung des Märchens" Der Wolf und die sieben jungen Geißlein*". Grimm Symposion in Steinau.16.19.9.1999. Wenceslao Moraes はポルトガルの海軍軍人。著述家。明治三十一年（一八九八）来日。日本女性と結婚し、日本の生活・風俗を紹介。徳島で没。『極東遊記』『大日本』（一八五四–一九二九）。

8　『教育学辞典』、岩波書店、一九三九年。唐沢富太郎『明治教育古典叢書』第二期 解説。国書刊行会。昭和五十六年四月。七二頁。

9　Wilhelm Rein, A.Pickel und E.Scheller : *Das erste Schuljahr. Ein theoretisch–praktischer Lehrgang für Lehrer und Lehrerinnen sowie zum Gebrauch an Seminaren. Theorie und Praxis des Volksschulunterrichts, nach Herbartischen Grundsätzen*, Bd.1. Verlag von Heinrich Bredt. 8 Bde.1878–1885.

10　ツィラーについては前書の註5と次章参照。

11　前書の註6参照。

12　『東京大学百年史』通史 一。三–四頁。なおドイツへの方向転換については四七七頁以降、特約生教育学科については一〇〇九頁以降と、財団法人國民教育奨励会『教育五十年史』、民友社、大正十一年参照。ドイツという統一国家が出来たのは一八七一年である。それ以前、プロイセンは一七〇一年から一八七一年まで王国であったが、第二次世界大戦後の一九四七年、連合国によって解消を命じられるまで、何らかの形でプロイセンとして残っていた。

13　前書の註7と8、および寺崎昌男・榑松かほる「特約生教育学科とドイツ人教師エミール・ハウスクネヒト」（『東京大学史紀要』二号、昭和五十四年）。
14　『日本長期統計総覧』一～五巻、日本統計協会。
15　『日本長期統計総覧』五巻、日本統計協会。
16　和洋書籍及文房具時價月報七三、丸善商社、明治二十二年。
17　藤原喜代蔵『明治教育思想史』、冨山房、明治四十二年。寺崎昌男・久木幸男『日本教育史基本文献・資料叢書』25、大空社、一九九四年。
18　藤原喜代蔵、前掲書七一頁。樋口勘次郎は勘治郎とも書かれる。この本では勘次郎に統一する。三-三-一樋口の項参照。
19　後出、ライン・ピッケル・シェラーの『第一学年』の項　註二-一-23参照。
20　Z・ケール著、村岡範為馳訳『平民学校論略』明治十三年二月原本発行、国書刊行会、昭和五十五年、二九頁。村岡は日本物理学の草分けとして知られる。
21　若林虎三郎・白井毅編纂『改正教授術』、雄松堂、明治十五年。唐沢富太郎編集「明治初期稀覯書集成」、一九八〇年。
22　『東京大学百年史』部局史一、三〇頁。
23　「唯一人の文科大学選科修了者の外は既に中等学校に於いて教育に従事し居るもののみ…業を卒へたるものは十二名なりき。」『東京帝国大學五十年史』上冊一三二八-一三二九頁。「修業年限は一年半、毎月三〇円以内の手当てが給され、授業料は無料で…相当の厚遇であった。」『東京大學百年史』通史一、一〇一二頁。寺崎昌男・榑松かほる「エミール・ハウスクネヒト研究」。
24　唐澤富太郎、前掲書。「（Ziller、Rein による）五段階教授法は明治二五年（一八九二）頃から三五、六年頃まで、教育界は、明けても暮れてもヘルバルト一天張、という情景を呈した」。

25　唐澤、前掲書。七一–七二頁。

26　寺崎・榑松、「エミール・ハウスクネヒト研究」七頁。

27　森有礼。当時文部大臣。

28　ハウスクネヒトの伝えたヘルバート学派の「歴史」という言葉は、「物語」と訳す方がよい。次章参照。

29　谷本富『大学講義全集　第二輯　欧州教育の進化』、附　明治教化の起源、大日本図書株式会社、大正四年、五六九頁。

30　註21参照。「故に新学問の初期即ち明治二十年代位に至るまでは、西洋人の説とさえいえば、無暗にこれを有難がったものであった。例えば伊藤公が憲法取調のために洋行し、スタイン博士に諮詢された以後数年間は、スタインが流行者で、同氏の説だと言えば当時の老大官連は直ちに感服したものであった。当時の川柳に「スタイン（石）で固い頭を敲き破り」というのがあった。」穂積陳重『法窓夜話』岩波文庫、一九八〇年。

31　唐澤富太郎、藤原喜代蔵、前掲書。

32　註17、18参照。

33　同じ人物の同じテクストが相次いで訳されている例。

1　ケルン　Hermann Kern. *Grundriss der Pädagogik*. 1873。
明治二十五年、山口小太郎『教育精義　全』第一部「普通教育学」。
明治二十五年、澤柳政太郎、立花銑三郎『格氏普通教育学』第一部。
明治二十六年、国府寺新作訳『ケルン教育学』第一部「普通教育学」。
明治二十六年、澤柳政太郎、立花銑三郎『格氏特殊教育学』第二部。

2　リントナー　Gustav Adolf Lindner. *Allgemeine Unterrichtslehre*. 1877.
明治二十一年、有賀長雄『麟氏教授学』。

3　リントナー　Gustav Adolf Lindner, Gustav Fröhlich. *Allgemeine Erziehungslehre*. 1879.
明治二十九年、湯原元一補『倫氏教授学』。

明治二十六年、稲垣末松『麟氏普通教育学』。
明治二十六年、湯原元一訳補『倫氏教育学』。
明治二十九年、湯原元一訳補『倫氏教育学講義』。

4　ヘルバート　Johann Friedrich Herbart. *Umriss Pädagogischer Vorlesungen*. 1835.
明治二十九年、藤代禎輔訳述『独逸ヘルバルト教育学』。
明治三十年、村上俊江訳述『ヘルバルト教育学要義』。
昭和四十九年、是常正美訳『教育学講義綱要』。

34　鈴木重貞『ドイツ語の伝来』――日本獨逸学史研究――、比較文学研究叢書②、教育出版センター、昭和五十年六三頁。和田垣謙三は明治二十年当時、東京大学法科大学政治学関係者として国家学会評議員。ドイツ経済学を講じていた。

35　『東京帝国大學五十年史』上冊、昭和七年、一三二九頁。

36　Charles De Garmo : *The essentials of method : a discussion of the essential form of right methods in teaching : observation, generalization, application.* D. H. Heath 1889, 1890.

37　Gustav Adolf Lindner : *Allgemeine Erziehungslehre*.『倫氏教育学』。

38　湯原元一訳補『倫氏教育学』、明治二十六年。唐沢富太郎『明治教育古典叢書』、国書刊行会。昭和五十六年。

39　鈴木重貞「シラー」。福田光治・剣持武彦・小玉晃一『欧米作家と日本近代文学』４ドイツ篇、教育出版センター一九七四年。

40　杉村昌昭訳

一―二　グリムのメルヒェンによる教育――ツィラー、ガルモ、ケルン

一―二―一　ツィラー

1 大瀬甚太郎『教育学』、金港堂、明治二十四年。『明治教育古典叢書』、国書刊行会、第二期、一九八一年。大瀬甚太郎・中谷延治『教授法沿革史』、育成会、明治三十四年。『明治教育古典叢書』。

2 Ziller, Tuiskon : *Allgemeine Pädagogik*. Vorlesungen über allgemeine Pädagogik. Herausgegeben von Dr.Karl Just, Direktor der städtischen Schulen zu Altenberg. Leipzig 1892. Verlag von Heinrich Matthes（W.H.Voigt）.1.Aufl. 1876,2.Aufl.1884, dritte Aufl. 1892, Von K.Just. S.189.

3 Ziller : *Über den Märchen–Unterricht.* Jahrbuch des Vereins für wissenschaftliche Pädagogik. Erster jahrgang. Herausgegeben Prof.Dr.T.Ziller, Leipzig. 1869.

4 Ebenda,S.16.

5 *Jahrbuch des Vereins für wissenschaftliche Pädagogik*. S.29–63.

6 Ziller : *Grundlegung zur Lehre vom Erziehenden Unterricht*. Zweite, verbesserte Auflage mit Benutzung des Handschriftlichen Nachlasses des Verfassers. Herausgegeben von Theodor Vogt : Professor an der Universität Wien. Leipzig, Verlag von Veit & Comp. Erste Auflage 1864.

7 Ebenda, S.343–344.

8 Ebenda,S.165.

9 Ebenda,S.457.

10 Ebenda,S.281–282.

11 Ebenda,S.481.

12 Ebenda,S.497.

13 Karl Simrock（1802–1876）：エッダ、クードルーンなど古い伝承文学を現代語に訳している。

14 Ziller : *Grundlegung zur Lehre vom Erziehenden Unterricht* S.487.

15　二‐一参照。

16　Ziller : *Grundlegung zur Lehre vom Erziehenden Unterricht*. S.139。およびニ‐一参照。

17　Ziller : *Allgemeine Pädagogik*. S.194.

18　二‐二　ライン十四話の授業案参照。

19　Ziller : *Allgemeine Pädagogik*. S.201.

20　三‐三　小波の項参照。

21　一‐二‐一‐2、二‐一‐19、三‐二　Karl Jast 高木敏雄の項参照。

22　Ziller : *Materialien zur speziellen Pädagogik : des "Leipziger Seminarbuches" von T.Ziller* 3. aus dem handschriftlichen Nachlasse des Verfassers sehr verm. Aufl./herausgegeben von Max Bergner. Bleyl & Kämmerer. 1886. S.21.

23　Ebenda, S.20.

24　*Enzyklopädie Brockhaus*. "Herbartianismus".

25　Rein/Pickel/Scheller : *Das erste Schuljahr*. 6.Aufl. S.180. Ziller : *Über den Märchen–Unterricht*. 1869.

26　二‐二　グリム十四話の項参照。

一‐二‐二　ガルモ

1　*The essentials of method : a discussion of the essential form of right methods in teaching : observation, generalization, application*. DeGarmo. D.C.Heath, 1889. 本荘太一郎訳補『俄氏新式教授術』、牧野書房、明治二十四年。唐沢富太郎『明治教育古典叢書』23。

2　本荘太一郎前掲書、一〇一頁。

3 本荘太一郎前掲書、二〇一頁。

4 本荘太一郎前掲書、七四頁。

一-二-三　ケルン

1 『教育学辞典』、岩波書店、一九三九年。唐沢富太郎、前掲書（二）解説、七一頁。註一-一-8。

2 Kern, Hermann : *Grundriss der Pädagogik*. Berlin. Weidemannsche Buchhandlung.Fünfte Auflage,Herausgegeben Von Dr.Otto Willmann ; Proffesor der Philosophie und Pädagogin in Prag, Berlin, 1873.

3 Ebenda,Vorrede.

4 註一-一-33参照。

5 Kern : Ebenda, S.75.

6 Ebenda, Vorrede.

第二章　ライン・ピッケル・シェラーの『小学校教授の理論と実際』

二―一　全体構成と『第一学年』

ラインらの小学校教育は、次頁の表にあるように、八学年にわたって詳しく構成されており、また、各学年ごとに教科プログラムが細かく指示されていた。谷本富がハウスクネヒトの「本邦在住中の主要なる産物[1]」としている山口高等学校の教科案[2]が、ラインらのこの表に基づいていることは明らかである。『小学校教授の理論と実際』シリーズは、『第一学年』から『第八学年』まである。そのうち『第一学年』は初版（一八七八年）から九版（一九二六年）まで改訂を重ね、よく用いられたことを証明している。しかも単に版を重ねただけではなく、内容もかなり大きく変化している。特に中心科目である志操教育の部分を比較するなら、第五版の三十五頁に対し第六版は一挙に倍以上の七十四頁に膨張している。不思議なことにラインが亡くなる三年前の最終第九版は四十頁に大幅減少している。しかし大きく理論部分と実際部分の二部で構成される基本構造は変わらない。その理論部分は「教材の選択と順番」「科目の統合」「教材の編集」、実際部分は人文系と自然系の二部に分けられ、人文系はさらに「志操教

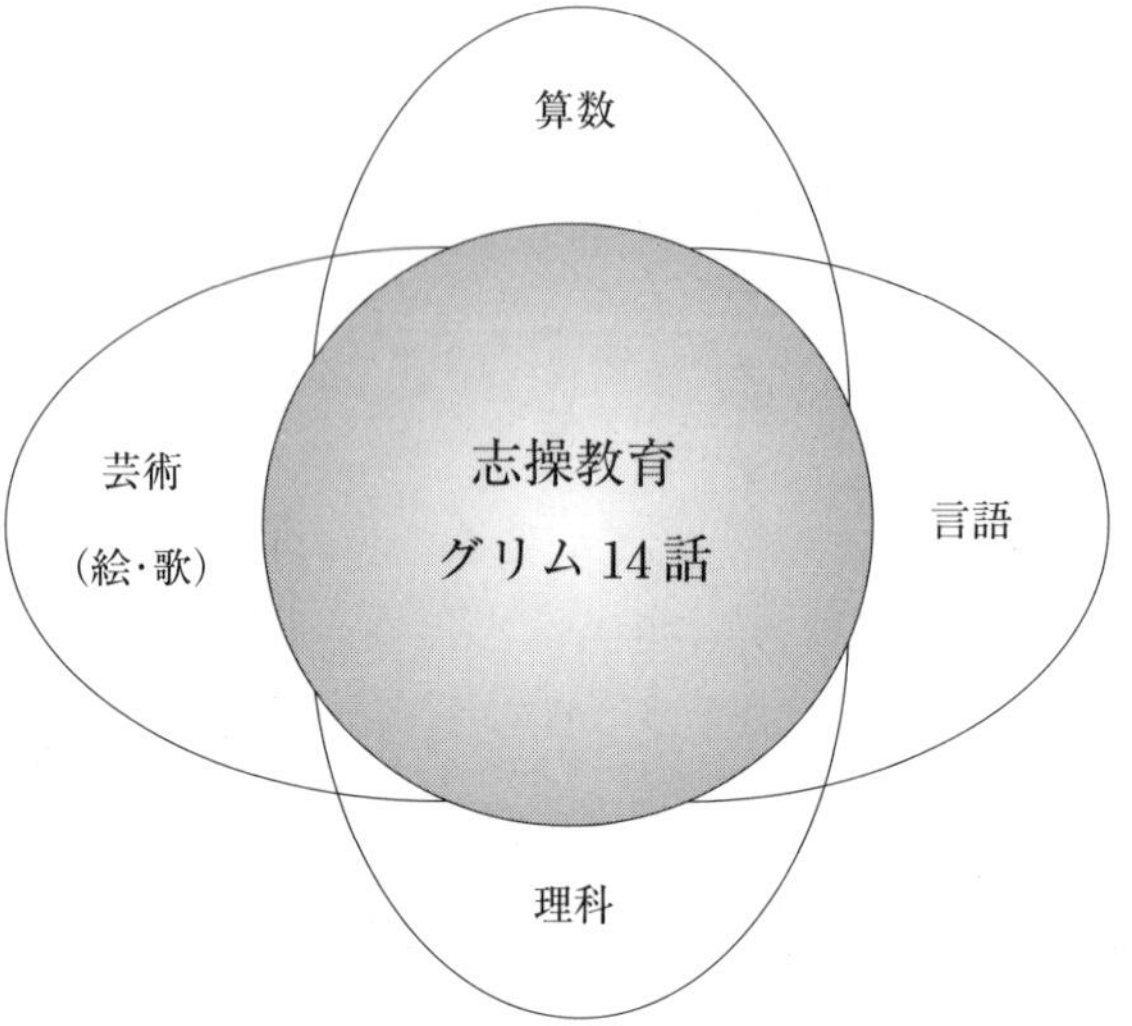

中心科目である志操教育の教材「グリム14話」は、他のすべての教科に共有されている。

育」「芸術・技術教育」「言語教育」に、自然系は「自然科学」と「算数」などに細分されている。

志操教材を中核とするツィラーの統合教育の提唱(3)に従うラインらの教授法も同様に、志操教育をすべての学科の中核とし、どの学科も志操教育の教材を用いることで志操教育と放射状に連結していた。

中心科目である志操教育は、『第一学年』の第五版（一八九三年）までは、二年生までを信仰のための予備的な段階として、（世俗の）物語（Geschichite）だけで行なうことにし、三年生から聖書物語と並存させることになっていた。しかし第六版（一八九八年）で、「（研究の）最近の結果」を取り入れて、三年生までを準備期間とし、聖書物語は四年生から始めると宣言し(4)、『第三学年』の第四版（一九〇一年）から聖書物語と世俗物語との二部構成は四年生へ移された。

志操教材は、『第一学年』ではグリムのメルヒェン十四話、『第二学年』はロビンソン・クルーソーで、ツィラーと変わりないが、主人公をドイツの港町ブレーメンの船乗りに変更したものを用いている。

『第一学年』で「ブレーメンの音楽隊」を学んだのに関連させ、子どもたちの住んでいるところに移して物語を実感させ、地理にも目を向けさせるためである。ロビンソン・クルーソーはルソーの『エミール』以来、幾つかの改作等があり、特にドイツではカンペ（Heinrich Joachim Campe,1746–1818）が『エミール』を翻訳し、ロビンソン・クルーソーを改作して、一八七六年までに九十二版、一八九〇年までに百十二版まで出版されるほど普及していたが[5]、ラインらは教育上大きく手を加えるとはいえ、ルソーやカンペではなく、デフォーに従うと言っている。

『第三学年』の志操教材はツィラー、ラインらの勤務地であったテューリンゲン地方の領主たちの歴史伝説である。取り上げられているのは十二世紀から十三世紀頃の領主たち、たとえばルートヴィヒ跳躍王（一一四〇）、ルートヴィヒ鉄王（一一七〇）、ルートヴィヒ柔和王（一一九〇）、領主ヘルマン（一二二〇）、聖ルートヴィヒ（一二二〇）、聖エリザベートなど、グリム兄弟の『ドイツの伝説（1816–1819）』（以後グリムの伝説と略記する）の初版のナンバー第544話から第561話あたりまでに相当するものである[6]。参考教材としてベッヒシュタイン（Ludwig Bechstein）とグリムの伝説集が挙げられている。ちなみにグリムの伝説のナンバー（初版）とタイトルは次のようなものである。

544．Amalaberga von Thüringen.（テューリンゲンのアマラベルガ）
545．Sage von Irmenfried, Iring und Dieterich.（イルメンフリート、イーリング、ディーテリヒ）

546. Das Jagen im fremden Walde.（よその森で狩りをすること）
547. Wie Ludwig Wartburg überkommen.（ルートヴィヒのヴァルトブルク占領）
548. Ludwig der Springer.（ルートヴィヒ跳躍王）
549. Reinhartsbrunn.（ラインハルトの泉）
550. Der hart geschmiedete Landgraf.（鍛えられた領主）
551. Ludwig ackert mit seinen Adlichen.（ルートヴィヒが貴族たちと土地を耕す）
552. Ludwig baut eine Mauer.（ルートヴィヒが城壁を築く）
553. Ludwigs Leichnam wird getragen.（ルートヴィヒの遺体が運ばれる）
554. Wie es um Ludwigs Seele geschaffen war.（ルートヴィヒの魂がどうなったか）
555. Wartburger Krieg.（ヴァルトブルクの歌合戦）
556. Doktor Luther zu Wartburg.（ヴァルトブルクのルター博士）
557. Die Vermählung der Kinder Ludwig und Elisabeth.（幼いルートヴィヒとエリザベートの結婚）
558. Heinrich das Kind von Brabant.（ブラバントのハインリヒ幼童王）
559. Frau Sophiens Handschuh.（ゾフィーの手袋）
560. Friedrich mit dem gebissenen Backen.（頬に歯形のフリードリヒ）
561. Markgraf Friedrich läßt seine Tochter säugen.（辺境伯フリードリヒが娘に授乳させる）

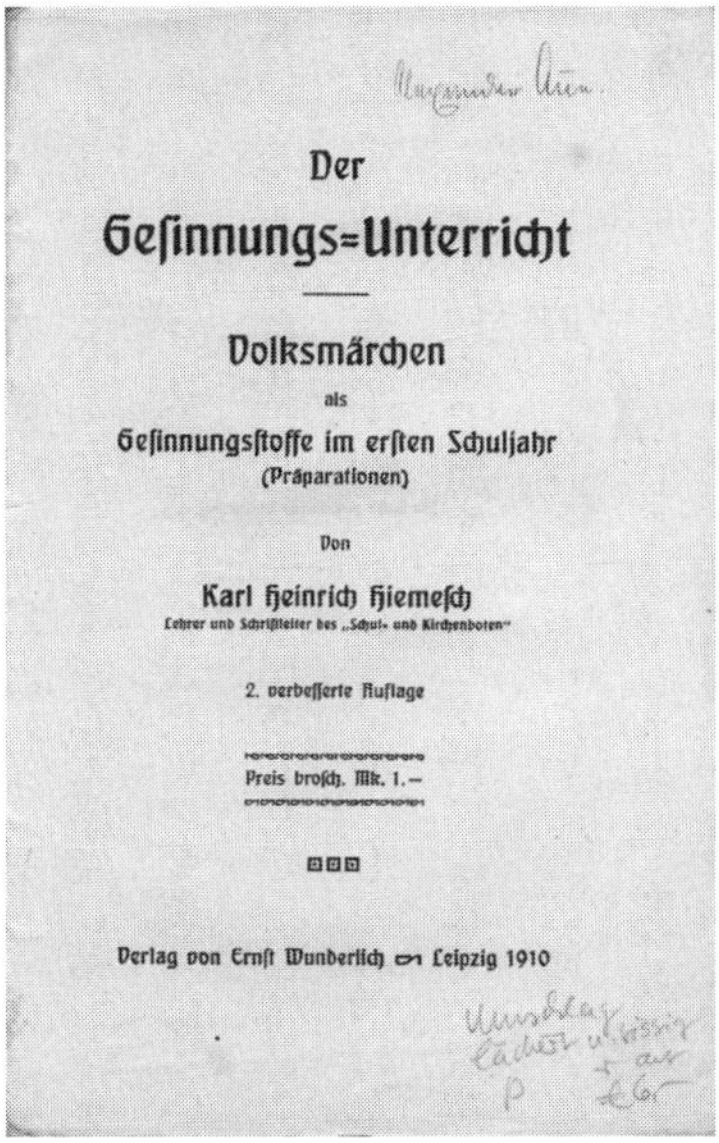
Der
Gesinnungs=Unterricht
Volksmärchen
als
Gesinnungsstoffe im ersten Schuljahr
(Präparationen)
Von
Karl Heinrich Hiemesch
Lehrer und Schriftleiter des „Schul- und Kirchenboten"
2. verbesserte Auflage
Preis brosch. Mk. 1.—
Verlag von Ernst Wunderlich ⇔ Leipzig 1910

ヒーメッシュの『志操教育』

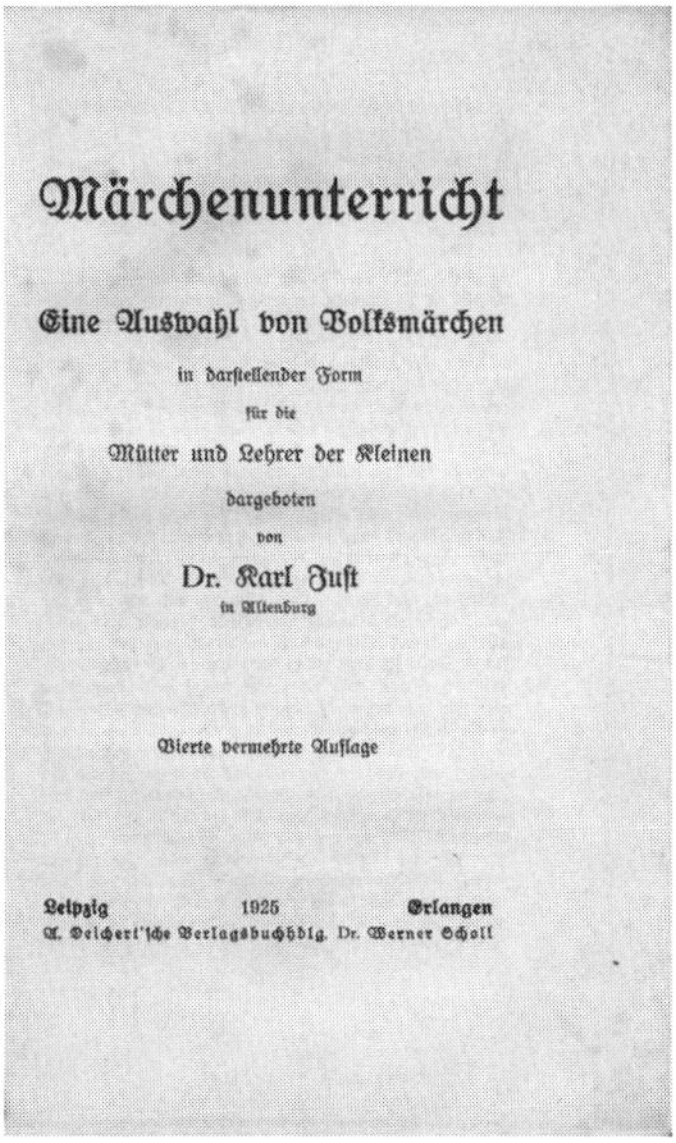
Märchenunterricht
Eine Auswahl von Volksmärchen
in darstellender Form
für die
Mütter und Lehrer der Kleinen
dargeboten
von
Dr. Karl Just
in Altenburg
Vierte vermehrte Auflage
Leipzig 1925 Erlangen
A. Deichert'sche Verlagsbuchhdlg. Dr. Werner Scholl

ユストの『メルヒェン授業』

ラインらは、子どもは環境の中で教育するべきで、種族や郷土の精神と離れてはならないとツィラーが言ったことを引用しながらも、[7] スイスやオーストリアなど他の地域の子どもたちにテューリンゲンの歴史伝説はいかがなものかという反論に対して、一応肯定しながら、テューリンゲンはスラブ人やローマ人と交わらない純粋のドイツ人の伝説だからよいのだと弁明し、四年生以降にドイツ人全体の伝説であるニーベルンゲンとグートルーンに進むように配列したと言っている。

ラインはツィラーと紆余曲折があったようだが、[8] 結局ツィラーを踏襲し、『小学校教授の理論と実際』でもツィラーの名を随所にあげている。そのため、ラインのメルヒェン教育を忠実に実践しようとした樋口勘次郎[9]に代表されるように、当時の数々の童話集などには「チルレル、ライン」と一まとめにした言葉が溢れている。それを鵜呑みにして、原典に当たることなく、『第一学年』の著者を「チルレル、ライン」とした論文や本が現代でも出ている。

ハウスクネヒトが来日して東京大学で『第一学年』を演習に用いたのは明治二十年（一八八七）であるから、三版（一八八五年）か四版（一八八八年）を講義に用いたと考えてよい。第四版と第五版（一八九三年）が第三版とそれほど大きな変化がないまま出された後[10]、日本語訳の底本となった第六版（一八九八年）の授業案の部分は、第五版までの簡単な授業案に比べて量的にも内容的にも大幅に拡大されている。その原因は、ツィラーの『特殊教育の材料』の教案例を参照することが指摘されているなど[11]、第五版にはなかった他の研究者の授業案を採用したことによる。特に十四話のほとんどについて、口演形式（Darstellende Form）のユストの『メルヒェン授業[12]』と、提示形式（Darbietende Form）のヒーメッシュの『志操教育[13]』を参照するようにと、各話ごとに頁数を指示して参照を義務づけている。そのせいか、「甘いお粥」をはじめとして、ほとんどのメルヒェンが、五版では授業の枠組み程度であったものが、第六版では、教師の子どもへの語りかけに対して、子どもがするはずの模範回答が細部まで詳細に書かれ、本来子どもの自由な発言を促すのが目的であったものが、注入主義へ動いている。また、ラインらの教授法では当然のこととして、グリムの『子どもと家庭のメルヒェン』の原典が参考文献として指定されているが、当時の日本では翻訳が充実していなかったので、教授指導書が大きな影響を持ち、ラインらの教授案に書かれているものがグリムの童話として受け入れられ、そのため日本では、グリムのメルヒェン、あるいは童話というものは、「語りかけ」と「教訓」を特徴とするという大きな歪みを受けた。

第五版と第六版の、特に志操教育の部分は、決定的に異なっている。志操教育の部は、第五版では一三二頁、第六版では一三三頁から始まっており、そこまでは、少なくとも頁数は変わりない。つまり、「教授の原理」の部分は大差がない。しかし「教授の実践」の志操教育の部分は、第五版の三十四頁に対し、第六版では一〇三頁、三倍に膨張している。第五版では「見つけ鳥」がラントマンの展開口演授業によると明記しているだけであったのが[14]、第六版では他のメンバーによる授業案を取り入れ、「狼と七匹の子山羊」でイェーナのレーメンズィクの提示形式を用いているほか[15]、「雪白とバラ紅」と「貧乏人と金持」でも、レーメンズィクとは明記していないが提示形式であると明記しており、全体としてもほとんどすべてのメルヒェンでユストの口演形式とヒーメッシュの提示形式を参照するようにと指示している。このことから、第五版に比べて第六版では、ツィラー当初からの口演形式に対して、提示形式の比重が大きくなっていることがわかる。

整理してみると第六版では口演形式は「見つけ鳥」一話、提示形式は「狼と七匹の子山羊」、「雪白とバラ紅」、「貧乏人と金持」の三話。参照としてユストの口演形式とヒーメッシュの提示形式の名を挙げているのは「見つけ鳥」「狼と七匹の子山羊」「ならず者」「雌鶏の死」「狼と狐」「ブレーメンの音楽隊」「星の銀貨」の七話。参照としてユストの口演形式とレーメンズィクの提示形式の名を挙げているのは「藁と炭と豆」、おなじく参照としてユストの口演形式、ラントマンの口演形式そしてヒーメッシュの提示形式を挙げているのは「ホレさま」、ユストの口演形式だけを挙げているのは、提示形式と表明している「雪白とバラ紅」と「貧乏人と金持」の二話、ヒーメッシュの提示形式だけの参照指示を出しているのは「赤帽ちゃん」一話、そして、参照指示なしは「甘いお粥」と「麦の穂」の二話である。

ほかに、全体的な指示として読本の教科書[16]とグリムのメルヒェンの原典[17]が前提とされ、さらに美しい絵で知られるフォーゲルの豪華本が指示されたり[18]、動物関係の絵も指示されている[19]。

ところで、日本の児童文学という観点から、ユストの「口演形式（Darstellende Form）」に注意を払う必要があることはツィラーのところで述べた[20]。この形式は、波多野・佐々木の日本語訳では「摸写的教授」と訳されているが、教師の語りに重点を置いたもので、例えば「七匹の子山羊」では、話をしながら「指で数える」、「低い声で」、「優しい声で」などと、身振りや声の調子を指示している[21]。これはまさしく巌谷小波が得意とし、岸邊福雄も「日本で初めて口演したのは自分だ」と自負して小波と先陣争いをしている「口演童話」である[22]。それに対し、ヒーメッシュの「提示形式（Darbietende Form）」は、波多野・佐々木では「提供的（講話的）教式」と訳され、ラインらの第六版で用いられたレーメンズィクの形式と同じで、「語り」そのものに重点が置かれているわけではない。

第七版以降は日本への影響はほとんどなかったと考えてよいが、最後の第九版はラインらの没後のせいか、非常に簡単なものに戻っている。

『小学校教授の理論と実際』全八巻の中の第一巻『（*Das erste Schuljahr*）第一学年』には、ラインらの目的が明確に書かれている。

「私たちが到達しようとしている目標は、生徒たちの心に、宗教的・道徳的性格を形成するために、可能な限り確固とした揺るぎない基礎を与えることで、これは誰からも認められるであろう。私たちの国民学校は　**躾**　のための学校であるべきで、読み書き勘定の学校であってはならない[23]。」

そして、グリムのメルヒェンによる教育については、序言の冒頭に言及されている。

「一年生の志操教育の教材は、我々の教授案システムでは、ドイツの国民童話から選ばれている[24]」。

家庭から学校への移行過程の教材としてルソーにならい、ゾーストマンやツィラーが選んだ「ドイツの国民童話」であるグリムを[25]、ラインらは忠実に守っている。ラインらは志操教育の冒頭、教材の選択のところで、ジャン・パウルの、ルソーの『エミール』に倣ったとされる教育論「レヴァーナ」（Levana,1806）からと思われる言葉を引用して、メルヒェンによる教育の必要性を印象づけている。

「子どもたちには、子どもたちのエデンの園、つまり美しい理想的な空想世界が、可能な限り長く、保たれるべきだ。子どもたちは、最初の子どもであった最初の両親のように、楽園に住むべきである。」

メルヒェンは子どもの想像の範囲に即し、生徒の宗教習俗観に相応し、簡単な関係が子供らしい方法で示されていて、「真の児童読み物」に与えられている五つの条件を充たしているからだと言う。その五つの条件とは、①真に子どもらしく、単純でしかもファンタジーにあふれているものであること②道徳的な教養を与えるものであること、ただしその意味は、道徳的な判断を認める、あるいは認めないなど、素朴に、しかも生き生きと促すような人物や関係を示すということ③教えられることが多く、社会と自然について勉強になる話に結びつくこと④後々までも価値があり、常にそこに立ち戻るように誘われるものであること⑤深い感銘を与え、多様な関心の源でありうるためにはまとまったものであること。そして、それに完全に一致するのが「我々独逸の国民童話」であると言う。波多野らの日本訳では、この部分はきれいに箇条書になっている。[26] ラインらは一八一三年の正月にヤーコプ・グリムが友人のパウル・ヴィーガントにグリムのメルヒェンを贈るに際して書いたとされる次のような言葉を引用して、教育の中心である志操教育の教材にグリムのメルヒェン十四話を選んだことを擁護している。

「君の子供たちは、望むらくは、この本から多くのことを学んでもらいたい。これを教育用の本と考えてもらうのが我々の明確な意図だ。ただ、理解できるようになるまで待って、このおいしい食べ物を一度にたくさん与えすぎないように、ゆっくりひとかけずつ与えなくてはならない。[27]」

さらに、第五版にはなかったのだが、第六版には、グリムのメルヒェンによる志操教育の項の最後に、「これでメルヒェンの材料は終わる。ただなお、得られた道徳的宗教思想のまとめが必要である」と締めくくっている。[28]

ラインの著書は数種類あるが、翻訳は明治二十八年、二十九年と相次いで数種類出た。ここにもドイツの教育学を取り入れる熱気が感じられる。しかし底本は、年代からすると『教育学摘要（Pädagogik im Grundriß）』ただ一つと考えられる。[29] この本の初版はピッケル、シェラーとの共著『第一学年』の初版より十二年も後のものなので、翻訳は前後逆転している。湯本武比古訳は原著にかなり忠実であるが、能勢栄訳註『莱因氏教育学』は日本での実践案に踏み出している。

「メールヘン。是はグリムの昔話しとて廣く獨逸に行はる、童蒙物語にして我が邦の舌切雀桃太郎の類なり。チルレル氏が特に第一学年の爲に撰定したるものは十二題あり、狼及び七頭の子羊（中山註：子山羊ではない。明治時代には山羊は馴染みがないとのことで、羊と訳されたものも多い。）の話し、鵜鶘と熊との話しの如き是なり。(30)」

「教授の材料は道徳的品性を陶冶するものならざるべからず、吾人は既に教育の目的（品性の築造）と教授の目的（多方興味）とを定めたり…」。「第一学年　メールヒェン、第二学年ロビンソン…。」

ここで「品性」と訳されているのは、『第一学年』にもあったように、ツィラー以来キリスト教の教義に叶った志操（Gesinnung）のことである。日本での実践のために能勢が書いていることは注目に値し、日本のその後の教育界とメルヒェンに重要な意味を持つ。

「第一学年に用ゐる説話の選択は大いに其の児童の住居する場所に関係すべきものなり。成るべく其の国民に固有なるもの、尚又其の国又は其の社会に特殊なるものを用いざるべからず、説話は偉大なる事跡ならざるべからず。其の事柄は純粋に又甚しく空想的なるべからず。道徳的価値を有せざるべからず。」

この言葉も『第一学年』にあり、すでにツィラーにあった。子どもの体験、実感がなければならないという大前提である。というわけで能勢は「我が邦に用ゐるべき歴史的系列[31]を試みに配置すれば凡左のごときものなるべきか」として、「第一学年　昔噺　猿蟹合戦、舌切雀、桃太郎、かちかち山」と書いている。

明治から大正、昭和にかけて子どもの教育や育成を考えた人達は、能勢が行なったように、子どもの住む地域に密着させて実感を持たすというツィラー当初からの基本方針に従って、競って日本の昔話を選ぶことを試みている。その後の日本の昔話、童話の隆盛、さらに大正期の童の全盛は、ここに源を持つ。

ツィラーの「ライプツィヒの配列」はその後の基本となり、ラインらはそこから二話を入れ替えて「アイゼナッハの配列」を作り、最終的にさらに二話を加えて十四話の「イェーナの配列」を作っている。[32]ライプツィヒ、アイゼナッハ、イェーナというのは、ツィラー、ラインらの任地であった。アイゼナッハとイェーナのメルヒェンの入れ替えの理由として、ラインらはラントマンの倫理学的、心理学的な五つの指針を掲げている。[33]簡単に言うなら、子どもに早期から神や宗教行事、自然などに目を向けさせることを目指したものである。

ハウスクネヒトが日本で演習に用いたラインらの『第一学年』は、「狼と七匹の子山羊」が第一番目に来ているイェーナの配列である。

ツィラーのライプツィヒの配列　　ラインのアイゼナッハの配列　　ラインのイェーナの配列

（括弧内はグリム一八五七年版ナンバー）

1　星の銀貨（153）
2　三人の怠け者（151）
3　三人の糸つむぎ女（14）
4　麦藁と石炭と豆（18）
5　狼と七匹の子山羊（5）
6　雌鶏の死（80）
7　狼と狐（73）
8　ならず者（10）
9　ブレーメンの音楽隊（27）
10　ミソサザイと熊（102）
11　見つけ鳥（51）
12　貧乏人と金持（87）

1　星の銀貨（153）
2　ホレさま（24）
3　麦藁と石炭と豆（18）
4　ならず者（10）
5　雌鶏の死（80）
6　狼と七匹の子山羊（5）
7　狼と狐（73）
8　ミソサザイと熊（102）
9　見つけ鳥（51）
10　雪白とバラ紅（161）
11　ブレーメンの音楽隊（27）
12　貧乏人と金持（87）

（つまり『第一学年』の配列）

1　狼と七匹の子山羊（5）
2　赤帽ちゃん（26）
3　見つけ鳥（51）
4　ホレさま（24）
5　ならず者（10）
6　雌鶏の死（80）
7　麦藁と石炭と豆（18）
8　麦の穂（194）
9　狼と狐（73）
10　ブレーメンの音楽隊（27）
11　雪白とバラ紅（161）
12　甘いお粥（103）
13　星の銀貨（153）
14　貧乏人と金持（87）

ラインらの『小学校教授の理論と実際』が日本語に翻訳され、限られたエリートたちから解放されて一般人が読

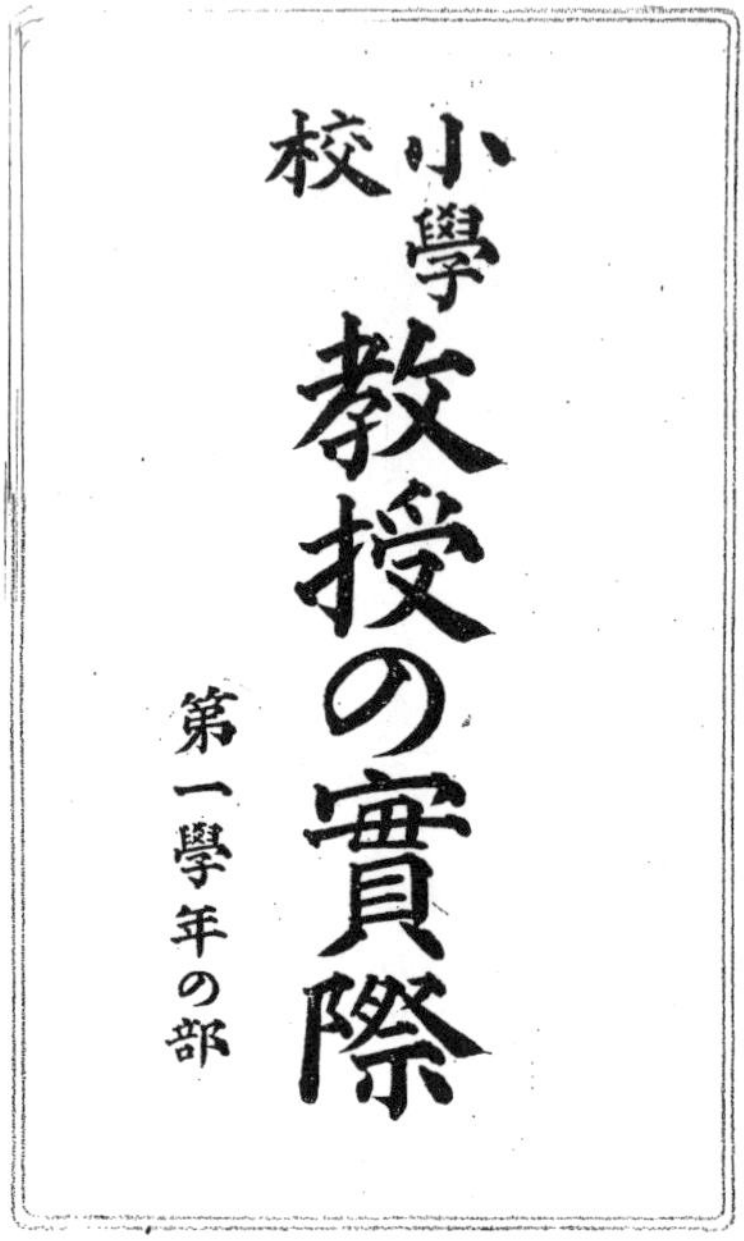
小學校
教授の實際
第一學年の部

波多野貞之助、佐々木吉三郎共訳『小学校教授の実際。第一学年』。同文館、明治35年。

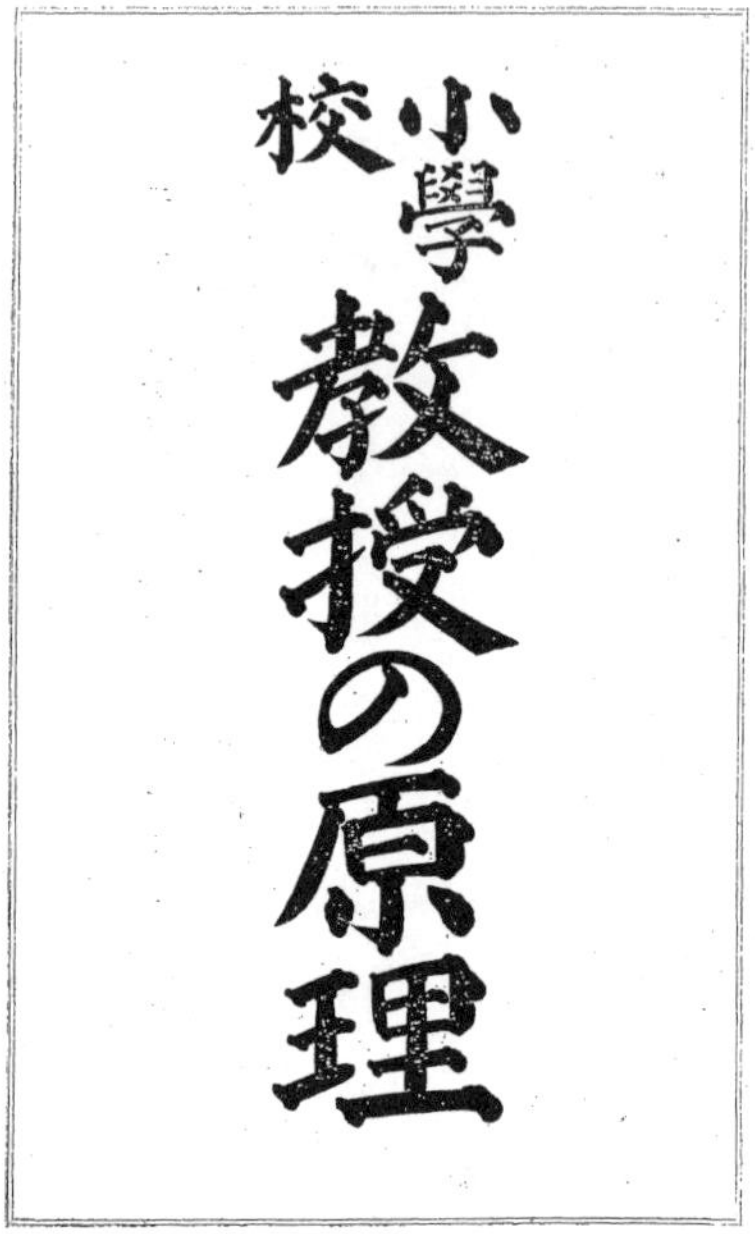
小學校
教授の原理

山口小太郎、佐々木吉三郎訳『小学校教授の原理』。同文館、明治34年。.

めるようになったのは、他の文献紹介に較べて意外に遅く、前半の「A　教授の原理」の部分が明治三十四年一月に『小学校教授の原理』として訳され、後半「B　教授の実際」の部分は一年後の明治三十五年に『小学校教授の実際』として出版されている。(34) 底本になったのは第六版（一八九八年）であった。

日本語訳は、原文が単に叙述していることも、内容に従って項目立てにしているので、目次を見るだけで内容をかなり把握できる。例えば冒頭に「童話教授を疑ふものに告ぐ」という項目があり、「吾人の教則案（訳者曰く、教則案とは教則大綱と教授細目とを合わせたるごときものなり）に於て、第一学年の情操的教材を形ち作るものは、独乙の国民童話の一組なるが、此の考案は第一学年に新旧両約全書中の七八個の物語を課する現行法と大に異なるを以って…少なからず反対説現れ、吾人の童話教授に対する反駁論は、色々の方面より起れリ」とあるが、これはラインらの序言に、「…聖書物語を学校から完全に排除して、代わりにメルヒェンを取り入れるのだと思われて」大きな批判が起きたと書かれていることの訳である。(35) 続いて「童話問題を開化史的段階の根本思想と分離すること勿れ」、「童話を用ゐたればとて宗教道義的教養を忽にせりと思ふ勿れ」と進んでいく。目次部分を原典と対比させてみよう。

第六版原典の目次（中山訳）

前書
序論
A　基礎
　Ⅰ　文化史的な段階に応じた教材の選択と順序
　Ⅱ　学科の連結
　Ⅲ　教材の徹底的研究
B　実践
　A　人文学科
　　Ⅰ　志操教育
　　Ⅱ　芸術教育

1　絵
2　歌
Ⅲ　言語教育
B　自然学科
Ⅰ　自然科学
Ⅱ　算数

この簡潔さに対し、日本語訳は内容を詳しく表示し、非常に長い。この目次に羅列されている言葉は、その後の童話に関係した教育界の文献に氾濫しており、一見ヘルバート学派と関係がないように見えるものも、これらの言葉が使われていることで、結局はその路線上にあることがわかる。

『小學校教授の原理』目次（中山註。原典中山訳の「基礎」。ドイツ語の発音、誤植等は原文のまま。）

序言

童話教授を疑ふものに告ぐ／童話問題を開化史的段階の根本思想と分離すること勿れ／童話を用ゐたればとて宗教動議的教養を忽にせりと思ふこと勿れ／新舊兩約全書の物語は決して初歩の學年に於て教授的に取扱ふべきものにあらず寧ろ後年に廻すべし／寺院、國民生活、家族等の状態は宗教道義的の材料に關係あるものなれども教授方法の原理が主として其權能を有して可なり／現行法と吾人の要求との折衷案は許し難し／童話を聖書物語の豫備的科程として第三學年に至るまでに配當するは宜し／獨斷説を固持するもの殷鑑遠からず／耳あるものは能く聞け目あるものは能く見よ／現今教育の弊／讀み書き勘定／國民學校を輕視すること勿れ國民學校は國民養成所なるぞ／眞正の教育的教授／新教授法の前途／吾人の方案の實施を疑ふものに告ぐ／教育の改良と教育者／教育學研究の必要／教育方法研究の必要／眞の方法とは何ぞ／方法と手振り／人と方法と調和を得助くるに家庭の同情を以てする場合

第一編　根本原理

緒言

吾人の教授學の三大特徴

第一章　開化史的段階に從へる教材の選擇及び排列

教育の目的／教育的教授／興味／興味と教材／從來の教材の成立に影響を及ぼしたるもの／此混亂を脱する方法／教材の選擇排列上に一定の理想を立て得るか

一、ヘルバルト

時代の變遷と年齢の變化との貫聯／人類全躰の行路を具躰的に見はす方法／感情を判明ならしむるために想像を加へて精密に描け／世界の「審美的表現」中に見はれたる四原則

二、チルレル

中心統合的材料／チルレルの教則案系統の豫定事業／個人發達の段階／社會發達の段階／豫備的課程／チルレルに對する批評／チルレルの賜物

三、フォーグト

個人と社會との發達段階を智力上及び實践上より比較す

四、ハルトマン

兒童の發達段階につきて精細なる研究／第一階段／第二階段／第三階段／第四階段／第五階段／第六階段／社會と教育の目的たる品性との關係／社會は如何にして成り如何にして有機物に結合するに至るか／被教育者と社會／被教育者は社會に對して義務あり／義務を盡さんには先づ社會を知らざるべからず／社會を知るには單純なる鋁より始めて次第に複雜なる所に及ぶべし／ハルトマンの説の要點／國民的發達段階／先づ現在の發達段階を解剖すること／フォーグトの考を實際社會に對照して證明す／一、理論的關係／二、實践的關係

五、オー、ヴェー、バイエル
社會の發達の二方面／疑問／自然科學も發達の行路を逐ふを可とす／自然科學中心を人間の物質的勤勞にとる／二系列の一致

六、吾人の見解
ランゲの論を評す／歴史的發達階段の内容／注意一＝人類は通過せる徑路の冗を去り教育の目的を顧みて幾分理想上より取捨し以て主要階段を定めざるべからず／注意二＝最上階級と云ひしは決して絶對的の最上階級を意味せるものに非ず／類化段階と教材／童話的段階／孤立的段階／社會的段階／注意一＝共住の眞意義／宗教々授上より開化歴史的段階を例解す／美術教授上より開化歴史的段階を例解す／模範的敎則案　教育學校は人文的實科的の何れにも偏すべからず・各科は獨立の目的を有せず只陶冶の全體の一要素なり／敎則案に於ける教科の排列ドュルプフェルド氏の案・チルレル氏の案・ヰルマン氏の案・シュルツェ氏の案・批評・ライン氏の案・此案の説明・教材の選擇・形式的要件・材料的要件

七、實際的の推論
環狀教案の排除
第一、環狀教案は混雜を起すものなり／第二、環狀敎案は興味を殺すものなり／第三、環狀教案は温かなる感情を殺ぐものなり
環狀教案の辨護及び之に對する論難
第一、環狀教案は耶蘇の面影を早くより認めしむることを得／第二、環狀敎案は幼兒に聞きたる小供風の談話を次第に改正する機會を與ふ／第三、環狀教案は理解の段階に最も能く適合せしむるを得／第四、環狀教案は初めは個々のものより次第に概括的に進むことを得る自由あり／注意＝新舊兩約全書の物語を混同するに反對する理由

八、吾人の研究の成績
育成事務の系統／國民開化の財寶を傳授する順序

第二章　學科の結合即教授の結合
教材は色々の學科に分る及び其統合の必要

一、教授統合の歴史
第一は關係を單純にせんとしたりき／第二は階段法なりき／第三は牽强的結合法なりき／第四は一中心を立つる方法なりき／概評／統合史一覽表
二、統合思想の倫理的及心理的基礎
統合思想と歴史的段階の思想　(一) 倫理的要求／(二) 心理的要求
三、教授學上の實行
教授は心情の分散を生ぜざらんがために雜駁なることを避けざるべからず／教授は訓練を助けざるべからず／雜駁なる勿れ然れども多方なれ／統合に干するチルレルの盡力／統合と情操教材／情操教材と他の學科／統合と鄕土的觀念／統合思想を貫徹せしむる材料の選擇に關する要件／之を要するにすべての科學を學校的科學となすにあり／學校的科學となして始めて形式的統一の利益を占むることを得／吾人の意見／中心教材としての情操教材／情操的教材としての模範的物語／情操教材と他の學科との結合法／情操的教科の三方面／美術的教材／言語科／地理科、理科、數學科／地理科の任務／自然科學的學科の任務／教則案研究の三眼目／統合の理念／第一學年に於ける統合的教則案／注意／前二章の結論／八學年間の教則案綱要

第三章　形式的段階に從へる教材の取扱方
第一節　基本概念
ヘルバルトの意見／多方興味／探求と靜思 (一)明瞭 (二)聯合 (三)系統 (四)方法／教授の段階／四段階／教授を進行する三法式／單なる模寫的教授／分解的教授／總合的教授
第二節　學習徑路
學習徑路の二大階段／類化作用／抽象作用／心理的概念と論理的概念／類化抽象の二作用と生徒の共働との關係／生徒が類化、抽象に共働する心的作用は即ち探求と靜思となり
第三節　教材の分節（教科、方法的單元、伴隨的教材）
一、教科／二、教授方法上の單元／三、伴隨的教材
第四節　教授の形式的段階
一、概論、形式的段階の元始的徑路は學習の徑路にあらはれたる二大作用に基す（二個段階）

二大階段に各々一つの豫備段階を要す（合せて四段階）／四階段の前後に尚或物を要す（目的提示と應用）

二、各論

目的指示／目的指示の原理／目的指示の形式／目的指示の方法に關する注意／部分目的／復習と目的指示との關係／二重の目的

第一階段、豫備

豫備の必要／豫備の注意

第二階段、提示

提示の形式／提示の順序／提示の注意／模寫的教授の疑義／事物教授の諸形式／ヘルバルト、チルレル等の模寫的教授／ヘルバルトとチルレルとの差違點／ドュルプフェルドとチルレルとの異同／ドュルプフェルド氏及びフォルツ氏等の意見

第三階段、織綜（比較）

第三階段の任務／織綜の注意

第四階段、統括

第四階段の任務／各個觀念と普通觀念／概念と云へる意義／統括を行ふに就ての注意

第五階段、應用

第五階段の必要／應用の方法

形式的段階一般に關する注意

『小學校教授の實際（第一學年）』目次（中山註。原典中山訳の「実践」）

第一編　歴史人文的學科（中山註。原典中山訳の「A　人文学科」）

第一章　情操教授（中山註。原典中山訳の「I志操教育」）

第一節　教材の選擇

其一　第一學年に於ける聖書物語

宗教教授の不進歩／協會と宗教教授／教ふる分量の多少にあらず、生命ある精神の鼓吹にあり／宗教教授驅逐の論は贊成すべからず／兒童の發達階段と宗教教授／吾人の意見／豫備的課程の必要

其二　國民童話

少年物語に關する五ヶ條の條件／童話教授に關する抗議／童話を採用することに贊成する諸説

其三　童話の數及び順序

ライプチッヒの排列／アイゼナッハの排列／エナの排列／童話の順序を規定すべき標準

第二節　童話

第三節　材料の取扱方

序言

甲　教授の實例

童話に對する豫定　見鳥／開發的模寫的教授

乙　教授摘要

第一　狼と七匹の子山羊／第二　紅井帽子／第三　見鳥／第四　ホルレー夫人／第五　無賴漢／第六　牝雞の死／第七　藁と石炭と菜豆／第八　穀物の穗／第九　狼と狐／第十　ブレーメンの市街音樂家／第十一　雪野白子と薔薇野紅子／第十二　甘き粥／第十三　星銀孃／第十四　富者と貧者

第二章　美術教授（中山註。原典中山訳「Ⅱ　芸術教育」）

甲　圖畫（中山註。原典中山訳「1　絵」）

第一節　圖畫教授の始まりに就きて

圖畫教授は第一學年より始むべし／第一學年より圖畫を課すべき理由

第二節　教材の選擇

第三節　材料の取扱に就いて／教授例

乙　唱歌（中山註。原典中山訳「2　歌」）

第一節　材料の選擇及び排列

其一　唱歌教授の重要なること及び教則案系統に於ける位置／唱歌教授の價値

其二　一般に於ける唱歌教授の材料
第二節　教材の處置
其一　初歩の練習と歌との關係
其二　音符の適用
其三　唱歌教授の形式的段階
第三節　各學年に於ける教材の實行及び配當
第一學年　只聽きたる通りに歌はしむる時期
第一　父なる神／第二　五月／第三　獵人及び野兎／第四　子羊／第五　善い仲間／第六　水車／第七　收穫の感謝の歌／第八　鵞鳥泥棒／第九　墻上の猫　杜鵑と驢馬／第十　さー寢ませう私の愛らしき子供よ／第十一　主なる神／第十二　杖の馬／第一學年に取扱へる歌の概覽／之まで習ひたる音樂の理論的法則の一覽
第三章　讀み方及書き方（中山註。原典中山訳「Ⅲ　言語教育」）
第一節　材料
其一　讀み書きを始むべき時期
其二　練習材料の選擇に關する意見
第二節　材料の分節
第三節　教授の方法
其一　從來使用せられたる教授方法の主要なるもの
其二　豫備演習
其三　讀み方及び書き方教授
教授實例
第一　讀み方に對する豫備演習／第二　範語 Hut の讀み方及び書き方／A　讀み方／B　範語の書き方／
第三　範語 Rose／A　讀み方／B　書き方
第二編　自然科學的學科（中山註。原典中山訳「B　自然学科」）
第一章　理科（自然科）（中山註。原典中山訳「Ⅰ　自然科学」）

第一節　教材の選擇及び排列
名目につきて／理科と情操教授との關係／A　アイゼナッハの選擇／B　エナの選擇
第二節　材料の取扱方
A　アイゼナッハの選擇に就いて
B　エナの選擇に就いて
A　アイゼナッハの選擇にかゝる材料の取扱方
第一　教室／第二　花園／第三　野／第四　森／第五　石炭／第六　菜豆／第七　牡雞及び牝雞／第八　栗鼠／第九　鳩／第十　鷲／第十一　二十日鼠／第十二　山羊／第十三　小羊／第十四　騾馬／第十五　犬と猫／第十六　馬
B　エナの選擇に係かる材料の教授の實驗
第一課　房室は人間を保護するものなること／（1）壁　（2）屋根　（3）床板　（4）窓　（5）戸
第二課　遊び仲間としての山羊／（1）山羊　（2）遊び仲間
第三課　草の住家としての牧場
第二章　算術（中山註。原典中山訳「II　算数」）
第一節　教材の選擇及び排列
其一　第一學年に對する材料の選擇
其二　數系列を取るべきか或は個々の數を取るべきか
其三　排列
第二節　教材の取扱
其一　數觀念の陶冶
其二　算術問題の事物的内容
其三　連絡せる問題
其四　統合
其五　問題の解答法
其六　數字

第一實例（數を系列中の一として見たる排列の場合）
　2
　Ⅰ加數としての2／Ⅱ加減數としての2／Ⅲ減數としての2／Ⅳ原數としての2／Ⅴ差としての2／Ⅵ2の注意すべき法則
第二實例（數を一個躰として見たる排列の場合）
　9
　Ⅰ球を置くこと

本文の訳は全体としてはかなり忠実で、複雑な註もかなり訳されている。ただ、ところどころ明らかな誤訳がある。例えば、「雪白とバラ紅」で、木の裂け目に鬚を挟まれて動けなくなっている小人を二人の少女が助けた場面が、「彼等が一寸法師と別れて、樹の幹から森の方に逃げしこと」と意味不明に訳されている。実質的な訳者である山口小太郎は外国語学校でドイツ語を習っていたが、グリム兄弟の『子どもと家庭のメルヒェン』の原典は読んでいなかったと思われる。読んでいたらそのような訳にはならなかったであろう。

その後、明治三十八年までに、『小学校教授の実際　第二学年』、『小学校教授の実際　第三学年』、『小学校教授の実際　第四学年』が波多野貞之助、佐々木吉三郎によって翻訳され、同文館から出版されている。これらの原典もそれぞれ版を重ねたようだが、『第一学年』ほどのことはなく、『第三学年』は第四版までしかない。（初版　一八八〇年、二版　一八八四年、三版　一八八九年、四版　一九〇一年）。『第三学年』の日本語訳の底本は第四版である。

日本語訳が『第四学年』までしかない理由は、当時、日本は尋常小学校は四年生までしかなかったので、翻訳もそこまでになったとも考えられるが、内容的に見ても、高学年になるに従い、中核の志操教育の材料が西欧文明の基礎であるギリシアのヴェルギリウスなどを用いており、ラテン語、ギリシア語を基礎知識としない日本の文化事情と余りにも相違していたため、使用することが無理であったと思われる。現存する部数では、『第一学年』が最も多い。つまり、一年生向けのものが最もよく普及したということであろう。

二―二　グリム十四話（第六版）

『第一学年』の第六版は、日本におけるグリムのメルヒェンと、「童話」という言葉と概念に、決定的な影響を与えた日本語訳の底本となった重要なものである。ここにグリムのメルヒェン十四話の授業例の部分を翻訳したが、大部なので末尾に収めた。これはイェーナの配列である。この訳に平行させて明治三十五年の日本語訳を並べ、照合できるようにした。なお、各話の冒頭には、日本最初の学術的な全訳として知られる金田鬼一訳をつけた(1)。ラインらのメルヒェン授業案をグリムの原話と対比するなら、グリムのメルヒェンがドイツの教育の場でどのように扱われ、どのように変化したかがわかり、さらに日本語訳と対比するなら、日本に入ってどのような変化があったかが一目瞭然になる。日本語の原典には相当の誤植等があるが、そうした所にも当時の状況が示されているので、あえてそのまま再現した。

ラインらの授業方法は、一つのメルヒェンを全体として扱うのではなく、一話を数個に区切り、その一区切りご

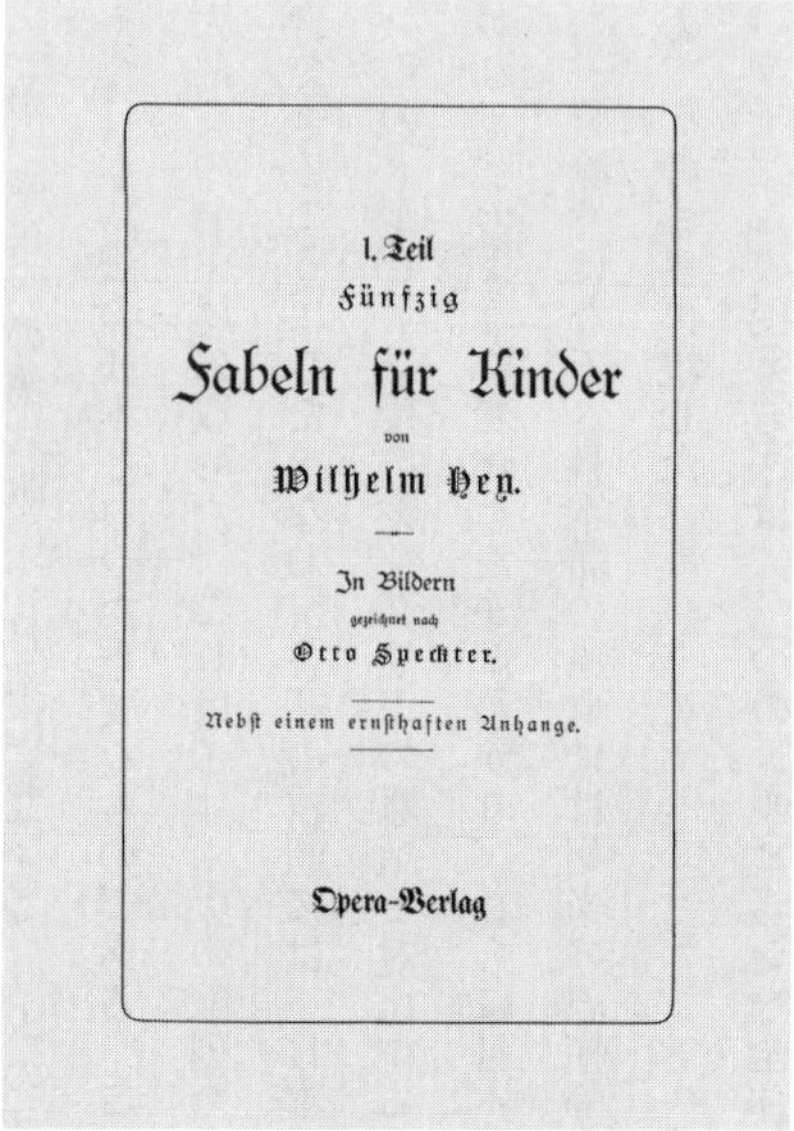

ハイの『子どものための百の寓話』

とに五段階を踏んで志操教育を行い、順次進んで一つのメルヒェンを終えるというものである。第一段階　準備（Die Vorbereitung）、第二段階　提示（Die Darbietung）、第三段階　連結、比較（Die Verknüpfung, Vergleichung）、第四段階　概念のまとめ（Die Zusammenfassung des Begrifflichen）、第五段階　応用（Die Anwendung）。原本には記号の不統一、括弧の欠損等のほか、様々な研究者の案を採用しているせいか、メルヒェンによって形式も異なっており、区切りの言葉も統一がない。原案を考えた人の教授法によって、それぞれ微妙に異なった意味を持つのであろうが、ここでは教育学の論議には立ち入らない。ただ原語の相違を明確にするため、ドイツ語が異なってるものは訳語も別の言葉を用いている。「単元（Einheit）」「編（Stück）」「部（Teil）」など。「部」を用いているのは「提示授業」と掲げた「雪白とバラ紅」一話のみ、「単元」を用いているのは「見つけ鳥」「狼と七匹の子山羊」「ならず者」の三話、「編」を用いているのは「赤帽ちゃん」「ホレさま」「麦藁と石炭と豆」「狼と狐」「ブレーメンの音楽隊」「貧乏人と金持」の六話、キーワードだけで区分するのは「雌鶏の死」「甘いお粥」「星の銀貨」の三話、まったく区分なしは「麦の穂」一話である。キーワードのつけ方にも変化があり、物語の進行に従って、例えば「赤帽ちゃん」のように、「お母さんの家で」「森の中で」「おばあさんの家で」などと、物語の場面ごとにつけられているものと、登場人物ごとにまとめ、例えば「狼と七匹の子山羊」の「お母さん」「狼」「子山羊」などのようなものがある。これらは、例えば「狼と七匹の子山羊」など[2]のように、第五版とはかなりの部分で異なっているものがある。

十四話のイェーナの配列は次のようである。タイトルの上の数字は配列の順番で、下の数字はグリム兄弟の『子どもと家庭のメルヒェン』の最終決定版（一八五七年）のナンバー、括弧の中は明治の日本語訳のタイトルである。最下段は副読本として指示されたハイの寓話[3]のタイトルとナンバーである。

イェーナの配列	明治の日本語訳	ハイの寓話
1　狼と七匹の子山羊　5	（狼と七匹の子山羊）	
2　赤帽ちゃん　26	（紅井帽子＝アカイボーコ）	
3　見つけ鳥　51	（見鳥＝ミドリ）	2「窓辺の小鳥」
4　ホレさま　24	（ホルレー夫人）	
5　ならず者　10	（無頼漢）	11「犬と牡山羊」
6　雌鶏の死　80	（牝鶏の死）	20「カナリア」
7　麦藁と石炭と豆　18	（藁と石炭と菜豆）	
8　麦の穂　194	（穀物の穂）	4「納屋の前の小鳥」
9　狼と狐　73	（狼と狐）	42「狐と鴨」

10 ブレーメンの音楽隊 27 （ブレーメンの市街音楽者）
11 雪白とバラ紅 161 （雪野白子と薔薇野紅子） 2 「窓辺の小鳥」
12 甘いお粥 103 （甘き粥）
13 星の銀貨 153 （星銀嬢）
14 貧乏人と金持 87 （富者と貧者） 13 「馬と雀」

二―三 「童話」の定着（末尾の十四話の翻訳と対比部分と照合してお読み下さい。）

二―三―一 十四話のひずみ――人物の入れ替えなど

ヘルバートその人の学問とヘルバート学派とはまったく違うと言われている。[1] 教育心理学、教育哲学という学問そのものと、小学校教育の現場に徹した実践マニュアルとの相違である。日本でのグリムのメルヒェンの受容について考えるとき、主として意味を持つのはヘルバート学派であり、ハウスクネヒトが当初演習で使った『第一学年』の第三版あるいは第四版、その帰国後に出された第五版、そして最も重要なのは日本語訳の底本になった第六版と、その日本語訳である。もちろん教育学、教授法の立場からは、版の変化の過程は意味を持つが、グリムのメルヒェン受容という視点からは七版以降は無視してもかまわない。日本語訳は、ヘルバート学派の実演サンプルとしてのラインらの教育学がはじめて一般に紹介され、グリムの十四話が全体として姿を見せたもので、ごく限られた専門家の手から離れて、ドイツ語には馴染みのない全国の教育関係者や童話関係者たちが熟読し、教育界、児童文学界に決定的な影響を与えた。たとえば木村小舟の『教育お伽噺』[2]の十四話の部分は、ほとんどこの日本語訳からの書き直しであることは、タイトルを見ただけでもわかる。「狼と七匹の子山羊」、「見鳥」、「ホルレー夫人」、「穀物の穂」は『第一学年』日本語訳とまったく同じである。その他もいくらか変更を加えた程度で、『第一学年』の「紅井帽子」が「紅帽子」、「藁と石炭と菜豆」が「藁と石炭と菜豆の旅行」、「ブレーメンの市街音楽者(家)」が「市街音楽者」など(註。日本語訳には「者」と「家」が混在。)。「紅」の字を使ったものは他になく、使われている漢字に特徴があり、菜豆、市街音楽者も同様に『第一学年』で使われて特徴的である。木村については後述する。『第一学年』とその日本語訳にはグリムのメルヒェンから見ていくつかの注目すべき点があるが、その第一点として、おそらく日本初訳、ないしは、日本での初紹介が十四話中八話もあることだ。

十四話中の番号	日本語訳のタイトル	グリムのタイトルと番号
2	(紅井帽子＝アカイボーコ)	赤帽ちゃん　26
3	(見鳥＝ミドリ)	見つけ鳥　51
5	(無頼漢)	ならず者　10
6	(牝鶏の死)	雌鶏の死　80
8	(穀物の穂)	麦の穂　194

9　（狼と狐）　狼と狐　73
11　（雪野白子と薔薇野紅子）　雪白とバラ紅　161
12　（甘き粥）　甘いお粥　103

日本語訳は、当時の日本らしく、翻訳の域を出て翻案に近い部分もある。また、ラインらの教授法のため、話が細かく区切られ、原文にない言葉や情況が入り、正真正銘の翻訳とは言いにくい。しかし、翻案文化が栄えた時代で、巷には、たとえば巌谷小波の、山羊を猫にした「子猫の仇」や劇の形にした「羊の天下」などを筆頭に、大幅に変形されたものは枚挙に暇がない。したがって、『第一学年』日本語訳とそれらの翻案との差は五十歩百歩だとも言える。

二つ目の、そして、見過ごすことの出来ない大きな特徴は、グリムのメルヒェンの登場人物を入れ替えたり、状況を変更していることだ。男と女、親と子。この変更はすでにドイツの原典からあったものもあり、日本で加えられたものもある。

まず、男と女の性の入れ替えである。その一つは「見つけ鳥」で、拾われた子は、グリムのメルヒェンでは男か女か不明だが、通常、グリムのメルヒェンとしては男の子と解釈されており、出版前の原稿（一八一〇年）では、カール（Karl）という男の子であった。それがラインらの原書ではすでに女の子同士とされ、日本語訳でも二人とも女の子になっている。『第一学年』以外の翻訳や翻案でも変更があり、女子向けの雑誌にもかかわらず、「甲一と鳥蔵」という男同士のものもある。[3] 教育の場では異性の仲良しでは具合が悪いと考えられたのだろう。

性の入れ替えの二つ目として、「ならず者」では、ラインらの原典にはなかったのに、日本語訳で牡鶏（男）と牝鶏（女）が入れ替えられた。グリムのメルヒェンではくるみ山でたらふく食べた後、歩いて帰るのがおっくうになって、牡鶏がくるみの殻で馬車を作り、出来上がった馬車に牝鶏（女）が乗って、牡鶏（男）に「牽いて」と言う。ラインではそのまま、牝鶏が車に乗って、牡鶏に牽くようにと言っている。ところが日本語訳の「無頼漢」では、車に乗っているのが牡鶏（男）で、牝鶏に牽けと命令している。明治の末期ともあれば、妻が車に乗って、夫に牽けと命ずるようなことは、実際の家庭内ではともかく、教育の場では許せなかったのであろう。この日本語訳を精読し、その教えを忠実に実践している木村小舟はその著書、『教育お伽噺』では振り仮名を逆に入れて、ひどい混乱を起こしている。車に乗ったのは牡鶏と書かれ、しかも振り仮名は「めんどり」になっている。車を牽いてと命じられたのは牝鶏と書かれ、振り仮名も「めんどり」になっている。男と女がいたはずなのに、振り仮名だけを読んでいくと、すべて「めんどり」になっている。漢字を読んでいくと、牡鶏と牝鶏はいるのだが、その立場が、波多野らの日本語訳と同じく、グリムの原典とは入れ替わっていて、牡鶏が車に乗って、牝鶏が牽くようにと言われており、しかも振り仮名が漢字と違っていて、「めんどり」だけがいるという複雑さだ。

木村の混乱はここだけではない。やってきた鴨に牡鶏が突きかかられるところがあるのだが、やはり牡鶏と書いて「めんどり」と振り仮名をつけている。（傍点中山）

…けれども肝《かん》腎《じん》の牽《ひき》人《て》がありませんそこで牡雞《めんどり》が車に乘《の》つて『牝雞《めんどり》さん！お前牽《ひ》いてお呉《く》れ』と云ひましたが、牝雞《めんどり》は首を振《ふ》つて、そんな事ア厭《いや》です、私が乘《の》るのな…

…が、何時《いつ》の間《ま》にか雞が見付《みつ》け出して盗《ぬす》んだものですから、非常《ひじやう》に腹《はら》を立てゝ、其嘴《くちばし》を以て先づ牡雞《めんどり》を突《つ》きました。
が、牡雞《をんどり》もなか〳〵強《つよ》い者《もの》ですから、足《あし》の距《けづめ》で以て鶩《あひる》を突《つ》いてやりました、この樣《やう》…

これを見ると、どうも単なる印刷ミスではなく、牡鶏たるもの、男たるものがあるべき「強い」立場を損なってはいけないという苦心の入れ替えのように思える。その直後の文では振り仮名がなくなり、グリムの原作と同じく、牝鶏が車に乗って、牡鶏が御者になっている。

性ではなく親子の性格に手が加えられたものもある。ラインらは宗教教育上、親は偉く、間違いを犯すはずがなく、子どもは親の言うことを聞くべきだという論理をメルヒェンに取り入れた。「赤帽ちゃん」の教授案では、「狼と七匹の子山羊」に言及し、子山羊たちが恐ろしい目に遇ったのは「自分たちの責任であり」「お母さんの責任ではありません」と明言し、「ホレさま」では「(井戸に糸巻きを落としたのなら）自分が井戸に入って取ってきなさい」という酷薄な継母の仕打ちはまったく述べられることもなく、ひたすら二人の少女が勤勉か怠け者かだけを対比させ、少女が水に落ちたのは、「小川で洗濯をしているときに落ちた」と、単なる事故に書き換えている。

最も重大な親と子の入れ替えは、第五版まではグリムの原話のままであった「甘いお粥」の母と娘を、第六版から入れ替えたことで、お鍋を勝手に使って粥を出し、止められなくなるという大事件を起こしたのを娘にして、母親が事態を収拾することにした。そして、「我々は、メルヒェンをこのように変更することは遺憾なことではなく、倫理・宗教に使用するためには必要なことと考える」と註をつけた。[4] グリムの原話では、お鍋は娘が森で出会ったおばあさんから貰ったもので、それを母親が娘の留守中に一人でお粥を出して食べ、止める言葉を忘れて事件になったのだ。ラインらは、「お母さんはどのようにしてこの災難を終わらせましたか」「（子どもは）自分を過信してはいけないことをよく肝に銘ずること」「（子どもは）大切なことを忘れてはいけない」と書いている。その部分は日本語訳になると「（私は、モー一人でそんなことが出来る）と考へて、小癪めいた、生意気めいたことをしたのが、何よりの悪いことであったのですね。」「生意気なことをしなさるな」という言葉が並び、「悪いこと」「小癪」「生意気」などという否定的な言葉が子どもに向けられ、ラインらの原典に較べて大人の姿勢が高圧的で、冷酷である。そして、少女が「かあさん、堪忍して頂載な、私は…（お粥を止める）言葉（を）…忘れ…」と謝り、母が呪文を唱えてお粥は止まる。母と娘を入れ替えるという変更は、お鍋を貰った本人が言葉を忘れるという不合理なもので、物語そのものが破壊されている。さらに子どもが複数になっている。ここまで物語を崩しては、もうグリムでもなく、文学でもない。子どもの鋭い感性は、文学性が損なわれ、ポエジー（詩）ではなくなった奇異な練り合わせの合成物を、感動をもって受け止めることはないであろう。そのようなものは「面白くない教育」でしかない。他にもいたるところでグリムの原作にはない

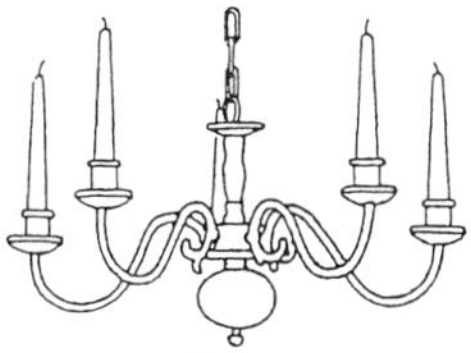
Krone

『独和大辞典』小学館
昭和60年版1291頁

物語情況を創出している。「甘いお粥」では、母親は病気で、少女も看病のため働きに行けないという、哀れな親子の設定を長々と書き、「星の銀貨」でも母が病気で、父も病で、だんだん悪くなって亡くなり、「母も最早医者の手に合わないで」亡くなる等々と書かれている。グリムのメルヒェンと対比すれば、こうした日常的な情況へ持ち込む説明的な部分が大幅に書き加えられていることがわかる。その結果、抽象的で、水晶の結晶のように透明なグリムのメルヒェンの特徴が失われ、(5) 日常性の強い「童話」になっている。

そのほか、グリムの「見つけ鳥」ではレンチャンが変身するのは「教会の中の吊り燭台（Krone）」だが、ラインらは「教会の上の十字架（Kreuz）」に変えている。ドイツ語そのものはKroneとKreuzで、うっかりすれば見過ごすほどの違いだが、教会の中に吊り下げられている幾つもの灯りが冠状についた灯具（Kronleuchter）と、教会の上の十字架では、メルヒェンとしての印象は非常に異なる。ラインらはかなり神経質にキリスト教を前面に出そうとして、メルヒェン本来のイメージを変質させた。

ラインらの『第一学年』は、グリムの十四話を志操教育の教材として用いているので、本質的に含まれている伝承文芸としてのメルヒェンの面白さ、文学性、芸術性などは眼中にない。例えば『見つけ鳥』では魔女も登場するが、レンちゃんたちもあざやかな魔法を次々とくりだして追っ手を逃れている。バラの木とバラの花、教会と吊り燭台、池と鴨への変身。これはマジック・フライト（魔的逃走）の一種、変身逃走といわれる魔法比べのメルヒェンだが、その面白さを子どもに指摘する文は『第一学年』には一切ない。

「雌鶏の死」では、雌鶏は、クルミを見つけたら半分わけして食べようという約束を破り、大きな胡桃をこっそり一人で食べて喉につかえた。牡鶏は水を求めて走るが、交換条件を出されて次々にたらい回しになる。行く先々では、雌鶏がクルミを喉に詰めて…と最初から詳しく事の次第を言わなければならない。これは「連鎖話」の代表とされ、また、早口言葉の遊びでもある。早口で、次々に増えていく言葉を順序正しく何回も繰り返さなくてはならない。それに、雌鶏が死にそうで一刻も早く水が要るという切迫した状況設定は、手に汗をにぎる緊張感を与える。さらに弔いにくる動物たちの名前も次々に増えて加わる。それがまた次々に死んで、誰もいなくなる。その緊張感と面白さは完全に消去され、肝心の連鎖の部分が井戸が「遠い」という一言で片付けられている。この「雌鶏の死」には、三番目の「ならず者」と同様、雄鶏と雌鶏が登場するが、グリムでは当然独立した別個のメルヒェンである。しかしこの指導書では同一の登場人物の話として扱い、ならず者であったはずの雄鶏が、雌鶏の死をひたすら嘆くよき夫になっていることに対して、つじつま合わせの説明を入れなければならないという無理がある。この話に限らず、志操教材として悪いことをしたら罰を受けねばならないことが強調され、雌鶏は相変わらず悪いまで死ぬという罰をうけたが、雄鶏はだいぶ良くなっていたという筋書きに変えている。さらに、雌鶏に死なれた雄鶏の悲しみから、両親が生きているうちに大切にしなさいという教訓を引きだしているのもかなり無理がある。ひたすら牝鶏のために走り回り、その死を嘆き悲しむ可愛い雄鶏の姿は消え、森の動物たちが嘆く雄鶏のためにお葬式に集まり、結局みんな一緒に死んでしまうという可愛らしく、感動的な、そして言葉遊びの面白さもあるメルヒェンをこのように読むことは、子どもの感性を混乱させる以外のなにものでもない。その上、日本語訳ではさらに混乱が起きている。「(雄鶏は井戸に走るが) 余り遠いもんだから、仕方なく、胡桃山まで行ッて、井戸水を持ッて来なければならなかッたのです」。鶏たちは胡桃山で胡桃を食べていた筈なのに、胡桃山まで行って水を持って来なければならなかったというのはおかしい。ラインらのテクストの翻訳は短期間に行われており、真に敬服に値する優れたものであるが、ここは残念ながら誤訳である。原典の言っていることは、「(牡鶏は)とても遠い井戸に走らなければならず、それから胡桃山に水を持ってこなければならなかったので(牡鶏はその間に死んでしまった)」ということなのだ。このような誤訳になったのは、訳者たちがグリムの原文を読んでいなかったからではないかとも思われる。

「麦の穂」は、なぜ麦は上の方にしか実がつかないのかという由来譚で、「麦藁と石炭と豆」も、なぜ豆に黒い筋があるかというおなじく由来譚だが、その理由を語る面白さもドイツ語原本ですでに消されている。教育者にとってグリムのメルヒェンはまさしく教育の「材料」以外のなにものでもなかったのであろうが、第六版でその傾向は極端に強くなる。「甘いお粥」の「(食べ物が一人分しかなければ)お母さんに上げる」という部分も、第五版にはなかった。「狼と狐」の、「聞かない人は感じなければならない」という言葉も第五版にはなかった。この「体で感じる」ことについて、日本語訳は、子どもの罰せられ方を詳しく具体的に書いている。「人の言ふことを用ひぬものは、打たるるか、縛らるるか…身体上の苦痛を感ぜねばならぬ」。明治時代の罰は、打たれたり、縛られたりしたのだ。

日本語訳のタイトルの命名は工夫があって面白い。「紅井帽子」はわざわざ「ボーコと読む」と註をつけ、「見鳥」も「〈ミドリ〉と読め」と指定している。「帽子」を「ボーコ」と読ませるのは、たしかに愉快な思い付きではあるが、残念ながら文学的感性があるとは言いがたい。他方、ミドリという名前は、当時評判の樋口一葉の『たけくらべ』の主人公「美登利」に関係づけたのではないかと推察される。他に「ホルレー夫人」、「雪野白子と薔薇野紅子」、「星銀嬢」など。「紅」という字は「アカ」と読んだと思われる。紅井帽子はアカイボーコ、薔薇野紅子はバラノアカコ。多少時代は下がるが、金田鬼一の『グリム童話集』では「雪白と薔薇紅」に「ゆきじろとばらあか」と振り仮名がつけられている。

十四話全体の特色として、グリム兄弟の『子どもと家庭のメルヒェン』二百十話のうち、ほぼ一割しかない動物話の比率が、この指導書では半分になっている。ちなみに六篇のメルヒェンで副読本として指定されているのはヴィルヘルム・ハイの、「子どものための百の寓話」である。[6] イソップに代表される動物寓話は教訓性が表面に出ているからであろうか。グリム兄弟は子どもの教育が念頭になかったわけではないが、教訓が主目的ではなく、あからさまに書くようなことはなかった。

二―三―二　ジェンダーのひずみ

また、少女の話が半数近く、女への躾が強く前面に出て、しかも厳しい試練を受けるものが多いのも大きな特徴である。「ホレさま」、「赤帽ちゃん」、「甘いお粥」、「星の銀貨」、「雪白とバラ紅」の五話、躾に関係してはいないが、「見つけ鳥」も女の子の話である。そもそもグリムのメルヒェンが女に厳しく、男には甘いことはボッティクハイマーによって指摘されている。[1] 他方、男に関しては「麦藁と石炭と豆」、「ブレーメンの音楽隊」、「狼と狐」、「貧者と富者」の四話があるが、不思議なことに、これらのメルヒェンの登場人物は、動物や物の姿とはいえ、すべて大人の男、しかも、生きていくことの困難さが全面に出た話である。年をとり、体力がなくなり、リストラされた男たち、あるいは、上役に痛めつけられてこすっからく陰険に立ち回る下っ端、あるいは心やさしい貧

『子どもと家庭のメルヒェン』（KHM）最終版（第7版、1857年版）の男女比

表1　男女年齢層比

KHM 1857年版男女年齢層比		
	女性総数	男性総数
	2404	4916
	成年女性	成年男性
	1115	3816
社会関係	219	2822
家族関係	896	994
	若年女性	若年男性
	1289	1100
社会関係	296	181
家族関係	993	919

表3　KHM 1857年版　家族関係

TOKEN（延べ語数）257530、TYPE（語種）17974

	女性総数	1862	男性総数	1913
	女性成年	896	男性成年	994
1	女、妻	444	男、夫	520
2	母、お母ちゃん	262	父、お父ちゃん	401
3	奥方	45	名付け親	33
4	継母	34	身内の者	14
5	女、女房	31	近所の人	12
6	祖母、おばあさん	31	名付け親	10
7	やもめ	6	祖父、おじいさん	3
8	名付け親	6	義理の父親	1
9	姑	5		
10	近所の人	3		
11	名付け親	2		

	女性若年	993	男性若年	919
1	少女	325	兄弟	287
2	娘	236	息子	214
3	花嫁	138	少年、男の子	151
4	乙女	126	若者、青年	78
5	姉妹	125	童子、童	52
6	乙女、侍女	16	花婿	50
7	継娘	12	背の君	28
8	お嬢さま	8	友達	18
9	継姉妹	5	若者	13
10	女友達	1	少年、男の子	10
11	嫁	1	従兄弟	9
12			兄弟	5
13			義理の息子	2
14			継兄弟	1
15			孫	1

表4　200回以上出現

	女性	1483	男性	3005
1	女、妻	444	王	816
2	少女	325	男、夫	520
3	母、お母ちゃん	262	父、お父ちゃん	401
4	娘	236	殿	342
5	王女、プリンセス	216	兄弟	287
6			仕立屋	224
7			息子	214
8			狩人、猟師	201

表2　KHM 1857年版　社会関係（身分・職業）

TOKEN（延べ語数）257530、TYPE（語種）17974

	女性総数	515	男性総数	3003
	女性成年	219	男性成年	2822
1	王妃	161	王	816
2	料理女	15	殿	342
3	百姓女	7	仕立屋	224
4	おかみさん	5	狩人、猟師	201
5	家畜番	5	農夫	141
6	水車屋の女房	5	兵隊	132
7	伯爵夫人	3	宿屋の亭主	104
8	宿屋の女将	3	召使	77
9	百姓の女房	3	水車屋	66
10	貴婦人	2	下僕	59
11	乳母	2	親方	54
12	領主夫人	1	水呑百姓	50
13	鍛冶屋の女房	1	料理人	48
14	羊飼	1	強盗	47
15	羊飼の女房	1	伯爵	42
16	小間物屋の女房	1	楽人	42
17	宿屋の女房	1	ユダヤ人	40
18	盗人	1	盗人	38
19	小間物屋	1	牧師	34
19	皇后	0	荷馬車曳	30
20	大公夫人	0	靴屋	28
21	方伯夫人	0	商人	28
22	先生	0	鍛冶屋	22
23	医者	0	騎士	21
24	召使	0	皇帝	18
25	産婆	0	飾り職	17
26	尼僧院長	0	医者	16
27	尼	0	家畜番	16
28	強盗	0	羊飼い	13
29	ユダヤ女	0	肉屋	9
30	女勇士	0	渡守	8
31	土地貴族	0	パン屋	8
32			領主	7
33			英雄	5
34			教皇	4
35			司祭	4
36			小間物屋	3
37			大公	4
38			騎士	2
39			先生	1
40			司教	1

	女性若年	296	男性若年	181
1	王女、プリンセス	216	王子、プリンス	181
2	下女	48		
3	侍女、腰元	14		
4	水車屋の娘	10		
5	召使、腰元	3		
6	部屋女中	3		
7	王の花嫁	1		
8	王の侍女	1		

中山淳子作成

しい人というもので、大きな特徴である。どのような理由からこれらが子どもの教育に採用されたかは、教員の語るべき言葉と、子どもの答えが示唆しているが、苦難に充ちた人生への視点ではなく、局部的な善悪のみが教訓として用いられている。本来メルヒェンは人間の真実を核としているものである。ところで、男の子どもが主人公の話が少ないのはグリムのメルヒェン全体の特徴的傾向であるが、だからと言ってラインらの十四話のうちに一つも含まれていないのは偏りがある。一般にグリムのメルヒェンは「白雪姫」や「茨姫」などが知られていて少女のものだと勘違いされることもあるが、実は成年男性の世界である。ラインらが用いたグリムのメルヒェンの最終決定版、第七版の、網羅的ではないがほとんどの登場人物について、単語の出現頻度数（登場人物数ではない）を調べると、女性総数（二四〇四回）は男性総数（四九一六回）の四三％弱にすぎない。年齢構成を大まかに若年と成年に分けると、最も多い成年男性（三八一六回）が一位の若年女性（一二八九回）、成年女性（一一一五回）、若年男性（一一〇〇回）の三者を合わせた数（三五〇四回）より大きく、全体の半数を上回る。ということで、グリムのメルヒェンは成人男性の物語である。単語個別に見ると、あらゆる人物のうちで「王」が最多（八一六回）で、「夫、男」が二位（五二〇回）、三位に「妻、女」（四四四回）が入るが、四位「父」（四〇一回）、五位「殿」（三四二回）で、これも明らかに男性成人が主体であることを示している。(2)

メルヒェンによる授業材料は、最初、ツィラーが十二話を選んだ。それをもとにラインらが入れかえや補充をした。(3)ツィラーから抜かれた話は「三人の怠け者（151）」、「三人の糸つむぎ女（14）」、そして「ミソサザイと熊（102）」の三話である。「三人の怠け者」は、王の後継者選びという、古くからあるタイプの話で、若い男が主人公である。いちばん怠け者に国を譲ることになり、首を括られる羽目になったときにナイフを手に持たされても、それで縄を切るよりそのまま首を括られる方がましだと言った三男が選ばれるという末子成功譚である。怠け者話も世界に広がりを持つ笑い話である。「三人の糸つむぎ女」は、女の仕事とされる糸つむぎの嫌いな娘が、母親が働き者だと触れ込んだために王子に望まれ、結婚することになるが、糸つむぎのために体が変形した三人の女を結婚式に招待し、そのように醜くなるなら糸つむぎはしなくてもよいと王子に言わせる話。つまり、女が男に策略で勝ってめでたしという現実的な話である。「鷦鷯と熊」もヨーロッパ中世からある「ライネケ狐」系統の古い話で、ドイツ語で「垣根の王」と言われる鷦鷯の子どもを熊がけなしたことで、鳥軍団が知恵者キツネが指揮する獣軍団と戦争をするが、策略で弱小の鳥が勝つという動物寓話で、男のメルヒェンである。[4] 怠け者の笑い話が教育用に二話も入っていたのは不思議な気もするが、伝承昔話の香りは残っている。これらの話を取り除いた理由は、「三人の怠け者」が「報われるのは如何なものかと思われた」からであり、「三人の糸紡ぎ女」も「同様の理由である」と書いている。[5] ラインらは取り除いた男系の二話と怠け者の女の子の話の代わりとして、新たに五話を入れ、そのうち四話が女の子の躾にかかわる「ホレさま」、「赤帽ちゃん」、「甘いお粥」、「雪白とバラ紅」で、残る一つは、穀物は根元まで穂であったのに、粗末に扱った女のせいで神様が怒り、今のように穂が小さくなったという「穀物の穂」である。「星の銀貨」は最初から入っていたので、全体としてみると女の子が命さえも失うほどのつらいことに耐えるようにと説くメルヒェンは十四話のうちで五話になり、男の子どもの物語は一話もないというアンバランスの教授材料になった。ラインらの偏向性は大きい。悲惨な状況になるのも女の子が多く、また、耐え忍ぶのも女の子ということである。当時はルソーの『エミール』第五編に明言されているように、女は男のためにあるとする良妻賢母の時代であった。「雪白とバラ紅」で王子が妻に選んだのも、つらい家事を黙って引き受けるおとなしい雪白で、女としては雪白のあり方が、元気のよいバラ紅に勝るというメッセージになっている。そもそも「雪白とバラ紅」は、『子どもと家庭のメルヒェン』の初版が出てから二十五年も後の第三版（一八三七年）に、グリム兄弟のうちの弟のヴィルヘルムが、ある女性の本から採り入れたものである。『子どもと家庭のメルヒェン』は第七版（一八五七年）まで改訂を重ねるうちに、民族の伝承を残すというヤーコプの最初の意図が、ヴィルヘルムの好みで子ども向きの美しく甘いメルヒェンへ変貌したことは知られている。伝承メルヒェンの人間の真実を語る厳しさ、面白さは、ツィラーの選択にはいくらか残っていたのだが、ラインらでは薄れた。グリムのメルヒェンが「読み書き」ではなく、文学でもなく、志操教育の教材であることに注意しなければならない。教授目標に高らかに宣言されているように、志操教育こそが、この教育法の主眼であった。ラインらは『第二学年』の教育をすべて男の子の物語であるロビンソン・クルーソーだけで行なうことについて、女の子には聖書物語にした方がよいのではないかとの声があったらしく、二年生ではまだ性の違いがそれほど認識されておらず、女の子も男の子同様の興味を持つし、そもそも聖書物語も主として男の子のものである、と苦しい弁解をしている。(6) ロビンソン・クルーソーが教育に良いとされたのは、ルソーの『エミール』で推奨されたことによるが、それはあくまで男の子であるエミールのためのものであった。そして、女（ゾフィー）は、ひとえに男（エミール）のためになるように教育されるというのが『エミール』であった。

ラインらの原文で親子の立場が入れ替えられた上に、受け入れ側の日本では男女の性が入れ替えられ、細部には忠孝の思想と強烈な男尊女卑が当然のこととされた。グリム自身が「お子さま」と書いているところを「ご令息」と、男の子と決めつけて訳しているように(7)、細部でも家父長制が顔を覗かせている。

当時の日本の女子の立場については、例えば次の言葉などが明確に教えている。

「近頃は男女同等の論世に行なはふるにより人々稍婦女子を貴とぶに至り婦女子の教育夫婦の関係などに付きては大に人々の注意着目する所とはなりたり然れども我邦にては婦女子を軽蔑すること数百年来の習慣なれば今にても動もすれば婦人は男子より少しく劣りしものとして数へ一言のしたに童蒙婦女子とて浅智恵なるものの引例とはなせり(8)」。

また、明治二十九年の『西洋仙郷奇談』の序で矢野龍渓が書いている。(9)

「婦幼之ヲ読マバ自ヲ戒シムルニ足リ、士君子之ヲ読マバ以テ人ヲ誨ルニ足ラン。」

同じ物を読みながら、女は幼児と同等にされ、自分を戒めなければならない存在であるのに対し、男は「士君子」として人を教えるものだという概念であった。同様の表現は多く、「草双紙は童蒙婦女の慰み物」という言葉もある。(10)子どもと蒙昧な男と既婚女性と未婚女性が一まとめにされて「大人君子」と対比された。

中村徳助は『世界新お伽(11)』に「本書は…極めて清新なる材料、恰当なる話題によりて…友愛、孝心の精神…談笑綺語の間に、少年諸君を稗益する…父兄諸卿が子弟教訓の資料にもなりぬべし」と書いている。少年も父兄諸卿も子弟も男性である。語るのも男、聞くのも男、お伽噺をめぐる状況でさえ現実を映して男が主体であった。

岸邊福雄『お伽噺仕方の理論と実際』(12)は、継母のいじめが「女子の偏狭なる哀れな気質」のせいであるとし、それは「西洋と日本で同一」であるから継母ものは東西にあると述べている。明治二十年以降、日本は日清戦争から日露戦争へと邁進していた。戦は男の世界である。そのような時代背景の中で行なわれた第六版を底本とした日本語訳は、ドイツでの変形をいっそう強く変形させた。教育の場でのこのような変形は、グリムのメルヒェン本来の姿を変形させ、教育や児童文学のあり方にまでひずみを与えた。

二―三―三　「童話」の定着

ラインらの後半部分『小学校教授の実際』の日本語への訳出に当って、訳者は、「こは、確かに世界に於ける最も進歩せる研究の一たることは疑いなし」のものであり、当時の教育界が海外教育の様々な理論を取り入れて論議しているが、「空理空論に過ぎ」るので、「その訣点に対して、小補あることを」めざし、さらに、「童話問題は、我が国に於て未だ明らかならざりしもの、本書は之に対して頗る詳密を究、実際家諸君必読の文字たるを疑はず」と書いている(1)。

志操教育の項の最後には、「…以上の材料によりて、道義宗教的思想を如何ほど得たるか、之を総括列記すること頗る必要なるべしと雖、本書未だ之に及ばざりしは、著者の頗る遺憾とするところなり」と書かれている(2)。この後半部「、本書未だ之に及ばざりしは、著者の頗る遺憾とするところなり」という部分はラインらの原文にはない。[3]「童話に対する反対」という大問題も、聖書を使わないでメルヒェンを教材にすることに対してツィラーの当初からあったのだが、日本ではキリスト教の教育という大前提がないために、単に「童話に対する批判」と解釈され、多くの教育関係の童話集などにおいて、必ずというほど語られ、学界を二分した。[4]これは方向違いの無益な論争であった。

ラインらの『第一学年』が日本に紹介されたのは、「明治二十年…翻訳文学の全盛」とされ[5]、また、「明治二十年頃が欧化主義の頂上であった。政治上では条約改正、領事裁判撤廃が高唱され、時の外務大臣井上馨氏が、その方便として欧風の舞踏会を鹿鳴館で、行った時代である。反動は際やかに来て、今度は国家主義が高唱される時代となった[6]」と書かれる時代でもあった。結果的にはツィラーの「子どもの地元に置き換えて身近なものとして理解させる」という提言に従ったことになるが、大勢の人がグリムという外国の昔話ではなく、グリムのような日本の昔話集を得ようと試みた。樋口一葉に文学レベルでの昔話の再話を書かせようと試みた樋口勘次郎をはじめ、木村小舟、能勢栄、高木敏雄、中田千畝、佐々木信綱、そして時代は下って島津久基など、そして、明治の少年文学の創始者とされる巌谷小波もその流れにあったと考えられる。[7]少年少女向け雑誌もこのころから急速に童話を取り入れた。明治十八年創刊の巌本善治による『女学雑誌』も明治二十一年（第九十五号）から〈「子供のはなし」と題して、「猿蟹合戦、かちかち山又は舌切雀、花咲き爺の類ひ真にたわひも無き談しのように聞こえて実は子どもの為に至極宜しきを得たるお談しなり」と童話の意義をみとめ、外国には多くのおはなしの本があり、子どもに勧懲の旨をおもしろく教える道が備わっているのに、我が国ではまだこの邊の教育に深く注意するものがないのは甚だ残念であるとして、母親が子供にきかせる「お談（おはなし）」の編集を行な〉った。[8]また、『少年園』[9]をはじめとして、児童雑誌が次々に出版されていく。教科書にもラインらの影響が出てくる。「…やがて二十年前後の頃に、学制の改革が行われ、それに伴って、これまでに見ない完備した読本が編纂せられた。即ち尋常小学読本八冊――内一冊は入門書で、これには教授用の見事な入門掛図がつけられた――」「…日本五大噺や、瘤取の説話などを、尋常二三年用に加え…」[10]。これはラインらに従った日本語版である。そうした本で選ばれた昔話は、桃太郎、舌切り雀が最も多く、次いで猿蟹合戦とかちかち山、そして、花咲爺がきて、さらに浦島太郎が次点というところである。これはいわゆる五大お伽話といわれるものと一致している。他には瘤取り爺、物臭太郎、松山鏡、金太郎、海幸彦山幸彦、羽衣、一寸法師、姥捨て山、文福茶釜、かぐや姫、大黒様、狐の手柄、大江山、玉取り、出世息子、養老の滝、竹篦太郎、因幡の白兎、猿の生胆、五条橋、俵藤太などがあげられている。

明治四十二年の『藤原喜代蔵先生著　明治教育思想史』[11]には、教育の弊害五点をあげたうちの第四点目として「…音調の抑揚や、一種の姿態に依りて、児童に面白味を感ぜしむるにありとなし…」とある。これは口演形式への批判である。また、日本語訳教本は全国大多数の教員のバイブルとなったが、「…徒に教授の形式に拘泥し、五段階教授は必ず履修せざるべからざる教授の段階なりと誤解して、心理の法則に反する不自然の教授をなす教師、滔々として続発したることは、その弊害の第五点なり」と書かれている。第六版では、生徒の発言を促すための教師からの質問に対して、想定される、あるいは、求めるべき生徒の回答が、すでにドイツ語の原典で明快に区別されないところが多い。そもそもツィラーは口演形式を提唱したのだが、ラインらは第六版になると、他の研究者による提示形式に傾いている。しかし日本語訳では、ツィラーの口演童話法[12]の影響か、それとも単に印刷の乱れか、ほとんどの部分が教師の語りのように読めるところもある。ラインらは授業形式として教師と子どもの対話を授業案に書いたのだが、グリムのメルヒェンの原話を大前提として指示している。つまり、グリムのメルヒェンを使って「教える方法」を書いたのだが、日本では、グリムのメルヒェンの全訳がなかったこともあり、大前提としてのメルヒェンが消え、ラインらの授業サンプルが「グリム童話そのもの」として強いインパクトで認識された。教師が語りかけ生徒が答えながら物語を展開させていくラインらの授業の進め方は、「教師が語る」ことが重視されるようになり、語りの技術に変形し[13]、さらに、その術に秀でた巌谷小波の影響も大きかったと思われるが、日本ではツィラーやユストとの関係も知られないまま、「口演童話法」が確立された。童話の教育的価値、教育の目的、童話の材料、童話の教訓、童話を選ぶ基準など、ラインらの童話教育そのままに加えて、「話し方」という項目をもつ研究論文がすでに明治三十四年にあり、この時期には語り重視の教授法は確立していたことがわかる。[14]饒舌な樋口や木村の文に見られるように、明治二十年以降、矢継ぎ早に出されてくる教育学関係の文献や童話集などが、子どもへの語りかけの形式、道徳性、教訓など、みごとにヘルバート学派に発している。

また、日本の童話界にとって、以下のような貴重な証言もある。

「童話の理論的研究への関心は、明治三十年代にヘルバルト学派の教育学説の影響下に高まっていたが、そういう事情から当然、童話教授＝童話の話し方が研究の中心課題になっていた。これは小波や久留島武人たちによってはじめられた「おとぎばなしの口演」と相まって、話術の研究を進めることになった」。「明治末年から進みだしていた童話研究は…大正十一年頃一応の完成をとげたが、それは二つの主題——おはなし（実演童話）の研究と、童話（メルヘン）の発生・発達を主とする研究に集中していた[15]」。ヘルバート学派の「童話教授」は、ラインを通じて日本に入ったのだが、最初の提唱者ツィラーの「童話の話し方」が発展したのは、日本の教育界での自然の経過なのか、小波の影響が大きかったのかは、ここでは特定できない。

『第一学年』の訳者の一人は、「波多野氏は、公務殊に繁劇にして…止むを得ず、佐々木一已の専断に出でたりしもの少なからず」、と断り、さらに「理学博士田中正平君及び友人中谷延治君によりて裨益と補助とを得たり、又牧野寿吉君は『小学校教授の原理』訳述の際より終始一日の如く、訳述の筆記、校正等一切の任務に当たり」と書いている。明治十四年にドイツ学協会が結成された際、その目的の一つとして「何科に限らず獨逸書を翻訳し、あるいは既訳書を刊行して、広く世益を計ること[16]」とされたことがまだ生きていて、理科系の者まで翻訳に携わっている。ハウスクネヒトも「（ケルン、ライン）を英語で講義した」とあるように、まずは英語がポピュラーで、菅了法、上田萬年等にもほのめかされているが、グリムのメルヒェンも最初は英語からの翻訳が主流であった。ドイツ語人口はまだ少なかったのだ。当時、シェイクスピアを始めとして、英語の文学翻訳は盛んであった。『子どもと家庭のメルヒェン』の英語訳として傑出していたテイラー版なども日本に普及していたと考えていい。日本では「Aschenputtel（灰かぶり）」が「シンデレラ」という英語名で定着したのも、その辺に由来すると考えられる。菅了法『西洋古事　神仙叢話[18]』「シンデレラの奇縁」、愛柳子『幼年雑誌[17]』（明治二十四年）「清き貴女シンドラー」、渋江保『小学講話材料・西洋妖怪奇談[19]』「シンドレラ嬢奇談」と、すべて英語系のシンデレラである。その他としては『第一学年』の訳が出るまでには、白雨楼主人訳『少年世界』（明治三十二年）に「踊靴」という訳があったのみである。ここではグリムにあるように黄金の靴ではなく、ガラス（硝子、ビイドロ）の靴をはいていたと書かれていて、ペロー（Perrault, C.）の「サンドリヨンまたは小さなガラスの靴」であるが、物語の舞台がイギリスなので、英訳からの重訳と思われる。日本ではシンデレラと言えばガラスの靴と思い込まれているのは、ペロー系が強かったのであろう。ちなみに「灰かぶり」は、ラインらの第六版では、メルヒェン教材の最後に、ヒーメッシュにより授業用に加工されたものが「奴隷」というタイトルで言及されている。

寓話や昔話を移入することは、福澤諭吉が"The Moral Class–book"（1839）を『童蒙をしへ草』（明治五年）と訳して以来[20]、教育重視の気運の中で明治初年からあった。主として英語を通じ、啓蒙を念頭に置きながらも文学としての方向づけもあった[21]。しかし国の方針として採り入れられたヘルバート学派の教授法は、教科書検定、国定教科書など、文部省による強烈な影響力[22]のもとで日本を席捲し、強烈な影響力を発揮し、現代まで脈々と続く刻印を押した。

ヘルバート学派の教授法そのものは急速に普及したが、材料として用いられたグリムのメルヒェンがそれ自体として紹介されたわけではなかった。ラインらの原文にはグリムのメルヒェンの真髄であるPoesie（ポエジー、詩、文学）という言葉が使われ、文学性に優れていたために教育材料としてヘルバート学派から選ばれたはずであった。ケルンに明確に示されているように、本来ヘルバート学派の教育は、子どもに本物を与えるという精神であった。コンペーレの教授論もそれをはっきり書いている。しかしラインの原書でも、その日本語訳でも、ポエジーという認識が実質上跡形もなく消え失せていた。『子どもと家庭のメルヒェン』は、ファンタジーとしての次元を離れ、ポエジーとしての香気を失い、単なる「グリム童話」という矮小化された存在になり、また、対象が小学校一年生であったので、やさしい文体でなければならず、同時にもう一方の対象である小学校教師や母親に対しては、子どもに合わせて自由な改作を必要なこととして薦め、自由に細切れにしたり、人物を変えたり、言葉を加えたり

童話協会　昭和6年撮影（菅忠道『日本の児童文学』大月書店、1956年より）

することを当然とした。また、倫理教育という視点からお説教がついた。教育者養成のための日本語訳は、ヘルバート学派が本来目指したのびやかさとは異なる。当時の童話集や研究書の前書などには、ヘルバート学派の言う想像の楽しさ、のびやかな子どもらしさという言葉は出てくるが、日本語訳は、「甘いお粥」その他の授業案の細部で随所に見られたように、むしろ冷厳である。山口、波多野、佐々木らの訳者たちは文部省の直轄とでも言うべき東京高等師範学校の教員であったから、この訳は与って力があり、一般の小学校教員がこのように厳しい方向で養成された。当時の小学校の先生はそのように威厳のある存在であった。

この『第一学年』の日本語訳で使われて大きな影響力を持った「童話」という言葉は定着していく。翻訳初期の明治二十年ごろは、主として英語から訳されたため、Fairy Tales の直訳として「神仙叢話」（一八八七年）、「妖怪奇談」（一八九一年）などとされた。一方、巌谷小波は文学の立場から『少年世界』（一八九五年）や『日本お伽噺』（一九〇〇年）で「お伽噺」を使い、「お伽のおじさん」として知られた。小波の影響力は大きかった。しかし二瓶一次『童話の研究』（一九一六年）の「小波先生序」には、「おはなし即ち童話」という表現もあり、明治期から大正初期までは童話とお伽噺が混在していた。岸邊福雄の『お伽噺仕方の理論と実際』（後述）も、「理論と実際」という言葉によってラインらのテクストから来ていることが明らかであるが、本文中には「童話をお伽噺といふ」と書き、両者を区別していない。沼田笠峰は雑誌『小学校』で「お伽噺の取扱」、「童話やお伽噺」と区別の意識なく書いている。そして蘆谷蘆村（重常）の『教育的応用を主としたる童話の研究』（後述）には「童話は教育的称呼、お伽噺は世俗的称呼」とある。世俗の代表はもちろん小波のことである。この言葉は、「童話」という言葉が教育界で使われ、学校教育を通して定着した経過をはっきり証言している。童話という言葉は、高木敏雄が考察しているように、古くからあったが（後出高木敏雄の項参照）、ハウスクネヒトが東京大学教育学科でラインらの『第一学年』と平行して講義に用いたケルン（Hermann KERN）の Grundriss der Pädagogik（1873）（一―一参照）の講義を聞いた特約生十七人のうちの一人、山口小太郎が明治二十五年に『教育精義』として翻訳した際、メルヒェン（Märchen）を「童話」と訳している（二二六頁、原典五二頁）。のちにラインらの『第一学年』でも「童話」と訳された。童話という言葉はヘルバート学派を取り入れた教育学の場でメルヒェンの訳語として用いられたことにより、幼い子どもに語りかけ、教訓を含み、日常性があるという特性を与えられ、グリムのメルヒェンともども、国の教育システムに乗って日本全国に定着していく。文部省掌轄のもとでヘルバート学派の「童話教育」は日本中に広められ、「小学校講話材料」、「修身童話」、「家庭叢話」などの言葉が使われてくる。そして明治の末期から大正十年ぐらいまで、文学者の童話創作が盛んになり、与謝野晶子の「金魚のお使い」をはじめとする一連の「文ちゃん」童話[23]や小川未明の『赤い船』をはじめとして「童話集」や「童話の研究」と銘打った本が続々と出て[24]、集大成とも言うべき鈴木三重吉の『赤い鳥』（大正七年）が文学史上大きな寄与をすることになる。日本童話協会（大正十一年）や童話作家協会（大正十五年）も設立された。明治期の小波の影響力も、国の教育に用いられた童話という言葉に対抗することは出来ず、消えざるを得なかった。そして、昭和になると児童文学という言葉になる。もっとも、昭和三十一年の『日本児童文学史』には、「…大正時代にあれほど栄えた童話・童謡も、今日に生きながらえているものは、そうたくさんはない。」と書かれている[25]。童話の隆盛はたしかにすばらしい芸術も生み出したが、童話協会や童話作家協会の創立時の名簿や写真などを見ると、男たちばかりの大集団である。その割に作品が生き残っていないところを見れば、かなりの数の人たちにとって、童話を書くことは内的な必然性のある芸術行動ではなく、職業としての時流に乗った童話制作であったとも考えられる。

ヘルバート学派がメルヒェンを教材としたことにより、少年文学というジャンルが認識され、大人の文学と別個のものとして確立されたのだが、教育の目的が表面に出すぎ、少年には戦争もの、滅私奉公、勇気のある男の子が賞賛され、女の子は耐え忍び、両親や夫のために尽くすことを求めるようなものも多かった。そのなかで坪内逍遥によるとされる「…とり立てて情育だとか、趣味涵養だとかは云わない。子供にとり一服の清涼剤でありさえすればよい…[26]」という言葉は清々しく毅然としている。

日本の童話の概念の推移は、はからずも金田鬼一の大正末期の日本初めての『子どもと家庭のメルヒェン』全訳と、およそ三十年後の昭和二十八年訳の文体の違いにも示されている。

（大正訳）

一八一　雪白《ゆきじろ》と薔薇紅《ばらあか》

貧乏な寡婦《やもめ》がゐました、寡婦《やもめ》は小《ちひ》さな小屋のなかに淋《さび》しい生活《くらし》をしてゐました。小屋の前に庭がありました、庭には薔薇《ばら》が二本生《ほんは》えてゐました、一本《ぽん》には白い花が咲いて、もう一本《ぽん》のには紅《あか》い花が咲きました。寡婦《やもめ》は二人子《ふたアりご》持《もち》でした、子供二人《ふたり》はその薔薇《ばら》とおんなじでした。一人《ひとり》は雪白《ゆきじろ》といふ名前で、もう一人《ひとり》のは薔薇紅《ばらあか》といふ名前でした。

（昭和訳）

一八一　雪白と薔薇紅

びんぼうな寡婦《やもめ》がいました、やもめは、ちいさなちいさな小屋《こや》のなかに、さびしいくらしをしていました、小屋のまえにお庭がありました、お庭にはちいさい薔薇の木が二本はえていました、一ぽんは白い花がさいて、もう一ぽんは紅い花がさきました、それから、やもめは二人子《ふたりご》もちでした、子どもふたりは、このかわいらしいばらの木とおんなじようでした、ひとりは雪白《ゆきじろ》、もうひとりは薔薇紅《ばらあか》という名まえでした。

この部分のグリム原語　*Schneeweißchen und Rosenrot*

Eine arme Witwe, die lebte einsam in einem Hüttchen, und vor dem Hüttchen war ein Garten, darin standen zwei Rosenbäumchen, davon trug das eine weiße, das andere rote Rosen ; und sie hatte zwei Kinder, die glichen den beiden Rosenbäumchen, und das eine hieß Schneeweißchen, das andere Rosenrot.

さっぱりとした大正の訳がグリムの原語に近い。たしかに原語では小さなもの、可愛らしいもの、親しいものを表す縮小語尾、「…chen」がついているとは言え、それはことさら別の形容詞にするほどのものではないので大正の訳でいいのだが、昭和の訳は「小さな」とか、「かわいらしい」という形容詞を余分に入れ、それも「ちいさな」と畳語もあり、「庭」が「お庭」になっている。貧乏、生活、生え、咲いて、持ち、子供、名前といった漢字も平仮名になった。この変化は金田個人の変化ではあるが、時代による言葉の推移は当然としても、日本の社会の中での子どもの位置の変化と、それに従った童話という存在の変化でもある。子どもという存在が確立する時代の波と、明治の学校教育の大きな基盤の上でグリムのメルヒェンが幼児化され、子どもに与えるものとなり、童話とはこうしたものという確固とした型になって、それが現代にも続いている。

明治の教育学を論じるには、また、その後の日本のグリム、童話・児童文学を論じるには、まずグリムのメルヒェン全体を読んだ上で、ヘルバートの教育理論を出発点として、ラインらの原著等とその日本語訳を検討し、次いで日本の主導的著書とそれらの文献を照合し、検討しないかぎり、正しい考察とはなり得ないだろう。

註

第二章　ライン・ピッケル・シェラーの『小学校教授の理論と実際』

二―一　全体構成と『第一学年』

1　谷本富『最新教育学大全』。

2　寺崎、竹中、榑松『御雇教師ハウスクネヒトの研究』。

3　一―二　ツィラーの項参照。

4 Rein/Pickel/Scheller : *Das erste Schuljahr.* 6.Aufl. S.168.

5 Rein/Pickel/Scheller : *Das Zweite Schuljahr.*3.Aufl.S.6–7.

6 Brüder Grimm : *Deutsche Sagen.*（1816–1819）. 翻訳は、桜沢正勝、鍛治哲郎訳『ドイツ伝説集』人文書院 一八九七―一九九〇年。中山淳子「ドイツの伝説（抄訳）」『翻訳西洋文学』《EURO》、翻訳西洋文学会 第6号から第10号まで。一九八二―一九八七年。

7 Rein/Pickel/Scheller : *Das dritte Schuljahr. Die Auswahl des Stoffes.* および Ziller : *Grundlegung zur Lehre vom Erziehenden Untericht.* S.481.

8 金子茂「W．ライン教授学の形成過程の分析」（その1）。『九州大学教育学部紀要』（教育学部門）第24集、一九七八年。同（その2）第25集、一九七九年。（その3）『教育学論集』第38集、中央大学教育学研究会、一九九六年。

9 例えば、「此はグリムの原作でチルレル、ラインなどが撰《えら》みたる十二の昔噺の中の一つであります」というように使われている。三―二―一樋口勘次郎の項およびその註6参照。

10 第五版のメルヒェン教授案部分の訳は、中山淳子「グリム十四話――明治教育の原点」、『児童文学翻訳作品総覧』ドイツ篇。大空社、ナダ出版センター、二〇〇五年参照。

11 Rein/Pickel/Scheller : *Das erste Schuljahr.* 6.Aufl.S.191.

12 Just,Karl : *Märchenunterricht. Eine Auswahl von Volksmärchen in darstellender Form für die Mütter und Lehrer der Kleinen dargeboten von Karl Just.* Leipzig, Erlangen : A.Deichert'sche Verlagsbuchhdlg. Dr. Wermer Scholl. 1.Aufl.1895, 2.Aufl.1905, 3.Aufl.1912, 4.Aufl.1925. この「口演形式」という訳語は、第五版の中山淳子訳（「グリム十四話――明治教育の原点」前掲書）では「表示形式」としている。第五版には、ユストとヒーメッシュの名前や、その授業方式については言及されていないため、提示形式との対比が明確に把握されず、このような訳語になった。

13 Hiemesch,K.H. : *Der Gesinnungs–Unterricht. Volksmärchen als Gesinnungsstoffe im ersten Schuljahr* (Präparation) Lpz. : E.Wunderlich 1885.2.Aufl.1910.

14　"Dieser Entwurf ist von Herrn H.Landmann angefertigt worden auf Grund seines Unterrichts in der Übungsschule des Pädagogischen Universitäts-Seminars zu Jena." Rein/Pickel/Scheller : *Das erste Schuljahr.* 5.Aufl. S.150.

15　F.Lehmensick ：*Darbietender Form mit Vorbereitung*（*Analyse*）*und Darbietung*（*Synthese*）. Päd.Studien 1894.Hert I. in dem Aufsatze : *Warum Märchen?* Rein/Pickel/Scheller：*Das erste Schuljahr.* 6.Aufl. S.191

16　Text : *Lesebuch–II. Schuljahr* : Leipzig Bred 1891.

17　Grimms *Kindor– und Haus–närchen.*（= KHM）.Grosse Ausgabe.Berlin 1890.Wilhelm Herz.（Ohne Bilder.）.

18　*Grimms Kinder– und Haus–märchen. Illustriert von Vogel.* Braun und Schneider, München. Münchner Bilderbogen.

19　*Deutsche Bilderbogen von Weise.* Stuttgart.

20　一-二-一　ツィラーの項参照。

21　Just : S.30–31.

22　三-二　岸邊、三-三　小波の項参照。

23　Rein/Pickel/Scheller：*Das erste Schuljahr.* 6.Aufl. S.16–17.

24　Rein/Pickel/Scheller：*Das erste Schuljahr.* 6.Aufl. S.1.この言葉の中の「我々の教授案システムでは」という部分は、第五版では「ヘルバート・ツィラー教授システムでは」と書かれていた。

25　一-二　ツィラーの項参照。

26　Rein/Pickel/Scheller : *Das erste Schuljahr.*6.Aufl.S.173. 波多野らの訳では二十五頁。

27　*Deutsche Rundschau.* 1885,S.55 ff..Rein/Pickel/Scheller：*Das erste Schuljahr.* 6.Aufl. S.173.

28　Rein/Pickel/Scheller：*Das erste Schuljahr.* 6.Aufl. S.236.

29　Wilhelm Rein：*Pädagogik im Grundriß.* Leipzig, G.L.Göschen, 1. Aufl.1890, 2.Aufl.1893, 3.Aufl.1900, 4.Aufl.1907,

5.Aufl.1917, 6.Aufl.1927. 能勢、湯本ともに底本は初版、または第二版である。
『莱因氏教育學』、W．ライン著、能勢栄譯註　金港堂書籍、一八九五年。

『ラインの教育學原理』、W．ライン著、湯本武比古譯、紅梅書屋、一八九六年。

『ラインの教育學原理』、ウィルヘルム・ライン著、湯本武比古譯、山海堂書店、普及舎、一九〇〇年。

『ライン氏教育學』、波多野貞之助解説、育成會、一九〇一年、教育学書解説、分冊第十二。

30 能勢栄『莱因氏教育学』一二二頁。

31 一四一頁。「歴史」は「物語」と読み替える。註一－一－28参照。

32 Rein/Pickel/Scheller : *Das erste Schuljahr*.6.Aufl. S.179–182.

33 Rein/Pickel/Scheller : *Das erste Schuljahr.* 6.Aufl.S.181. 波多野らの日本語訳では四六頁。
H. Landmann. *Beiträge zum Märchenunterricht im ersten Schuljahr.* Veg. 4.Heft. Aus dem Pädagogischen Universitäts–Seminars zu Jena.Langensalza..Bazer u.S. 1892.

34 前半：山口小太郎、佐々木吉三郎訳『小学校教授の原理』。同文館、明治三十四年。
後半：波多野貞之助、佐々木吉三共訳『小学校教授の実際　第一学年』。同文館、明治三十五年。

35 Rein/Pickel/Scheller : *Das erste Schuljahr.* 6.Aufl.Einleitung.

二－二　グリム十四話（第六版）

1 金田鬼一「グリム童話集」、『世界童話大系』第二・三巻獨逸篇、世界童話大系刊行會、一九二四—二七年。

2 第五版のメルヒェン部分の訳は、中山淳子「グリム十四話——明治教育の原点」前掲書。

3 Wilhelm Hey,1789–1854。イェーナとゲッティンゲン大学で神学を学び、家庭教師、ゴータの牧師と宮廷説教師をしたのち、一八三二年からイヒタースハウゼン（エアフルト）で教区監督を務めた。宗教的な詩や歌や動物寓話を数多く書き、一八三六年に『子どものための百の寓話』を出版し、画家オットー・シュペクター（1807–1871）が挿絵を描いた。

中山淳子「グリム十四話」前掲書には訳と絵を載せている。

二-三「童話」の定着

二-三-一　十四話のひずみ——人物の入れ替えなど

1　前書の註3参照。

2　木村定次郎（小舟）『教育お伽噺』家庭百科全書第一三編、博文館、明治四十一年。その一部は復刻されている。川戸道昭・榊原貴教『明治期グリム童話翻訳集成』全5巻。ナダ出版センター、一九九九年。木村の雅号「小舟（ささふね）」は、木村が巌谷小波の強烈な崇拝者であったことによる。

3　佐藤天風訳『女鏡』明治三十六年。川戸・榊原。前掲書第三巻。

4　Rein/Pickel/Scheller : *Das erste Schuljahr.* 6.Aufl. S.226.

5　マックス・リュティ著、小澤俊夫訳『ヨーロッパの昔話』、岩崎美術社民俗民芸双書37、一九六九年。

6　註二-二-3参照。

二-三-二　ジェンダーのひずみ

1　Ruth B.Bottigheimer : *Grimm's Bad Girls and Bold Boys. The Moral and Social Vision of the Tales.* 1987 by Yale University. ルース・ボッティックハイマー、鈴木晶、田中京子、広川郁子、横山絹子訳『グリム童話の悪い少女と勇敢な少年』紀伊国屋書店、一九九〇年。

2　中山淳子・山田善久『グリム・データベース（新版）』による単語頻度検索。「グリムデータベース」は、グリム兄弟のKinder- und Hausmärchen（＝KHM）とDeutsche Sagenを電子コーパス化し、処理プログラムTEDDYを組み込んだ統合ソフトウェア。内容は、

Kinder- und Hausmärchen（1857）	211話	257530語	787 S.	（Winkler）
Kinder- und Hausmärchen（1812–15）	156話	148649語	403 S.	（Vollmer）
Deutsche Sagen（1816–19）	585話	169571語	555 S.	（Winkler）

表の数字は単語頻度であって、登場人物数ではない。例えば、「王」は816であるが、これは、「王という単語」が八一六回出現しているということで、八一六人の王がいるわけではない。また、単語頻度に登場しないからといって、その人物がいないわけでもない。例えば「灰かぶり」の父親が再婚した女性、つまり、灰かぶりの継母の二人の連れ子にとって、灰かぶりの父親は「継父」であるが、物語の構成上、言葉としては出てこない。註三—一—5参照。

3　二—一、ツィラー、ラインらのリスト参照。

4　グリムのメルヒェンというと、「白雪姫」、「灰かぶり」、「茨姫」、「赤帽ちゃん」などが知られているが、単語頻度のデータを見ると、実は男性の世界だということがわかる。家族関係では、男性と女性でそれほどの差はないが、社会関係では、成人男性が二八二二回で、女性の十倍ほどもある（表1参照）。女性は社会的存在ではなかったということである。身分・職業など、社会関係の年令区分は、男性成年二八二二回に続くのは、女性若年二九六回である。次いで女性成年二一九回。男性若年は最少で一八一回（表2）。単語そのもので最高は「王」八一六回で、続く「男、夫」五二〇回に対しても、大きな差をつけており、まして、女性の最高「女、妻」四四四回に対してはほぼ二倍である（表4参照）。つまり、グリムのメルヒェンは王様を核として、王の周辺の若い女性、王女、美しい娘が中心の話である。

5　Rein/Pickel/Scheller：*Das erste Schuljahr.* 6.Aufl.S.180.

6　Rein/Pickel/Scheller：*Das zweite Schuljahr.* 3.Aufl. 1 Auswahl der Stoffe.　ロビンソン・クルーソーのドイツ語改作をしたカンペに関しては二—一、第二学年の項参照。

7　波多野ら『第一学年』二六頁。Rein/Pickel/Scheller：*Das erste Schuljahr.* 6.Aufl.S.173.

8　福音新報、明治十七年七月九日。

9　井上寛一訳『西洋仙郷奇談』東陽堂支店、明治二十九年。

10　三田村鳶魚「明治年代の合巻の外観」。『早稲田文學』明治文學号。大正十四年三月号。

11　文学士中村徳助著、文学博士上田萬年先生序『世界新お伽』盛林堂、明治四十三年。

12　岸邊福雄『お伽噺仕方の理論と実際』明治の家族社。寶文館、一九〇九年。一〇二頁。

二―三―三　「童話」の定着

1　波多野ら『第一学年』三―四頁。

2　波多野ら『第一学年』二〇八―二〇九頁。

3　Rein/Pickel/Scheller : *Das erste Schuljahr*. 6.Aufl.S.236. "Dmit ist der Stoff der Märchen abgeschlossen. Nur die Zusammenstellung der gewonnenen sittlich–religiösen Gedanken ist noch nötig."

4　久保天随（得二）。「少年文學の教育的價値」『帝國文學』第七巻第二（署名なし）。「少年文學則ちメールヘン、ファーベル等を少年に讀ましむるにつきて、教育學者は、現今直角的反對をなせる二派に分れたるがごとし」。久保は東京大学漢学科卒業。ペスタロッツィ「酔人の妻と隠者の夕暮れ」翻訳、育成会（明治三十四年）、ゲーテの「ヴェルター」抄訳。金港堂（明治三十七年）。明治三十年前後から『帝國文學』に書くことが多く、特に明治三十一年あたりは編集に携わり、文学作品のほか「雑報」にT．Kの署名や無署名でよく書いている。三―一および三―四―一巖谷小波の項参照。

5　柳田泉『明治初期翻訳文學の研究』。春秋社、昭和三十六年。

6　窪田空穂「明治前期の國語國文界の見取圖」、『早稲田文學』明治文學號、大正十四年七月号。

7　第三章の二および三のそれぞれの項参照。

8　福田清人「明治の児童文学」、巖谷小波『明治少年文学全集』筑摩書房。昭和四十五年。四一四頁。

9　山県悌三郎。明治二十一年創刊。

10　木村小舟「教科書の変遷」、『明治少年文化史話』童話春秋社、一九四九年。二九頁。復刻版、大空社、一九九四年。

11　冨山房、一九〇九年。五五二―五五三頁。この事実は、ツィラーの当初からの「口演形式」が日本に入っていたことを証言している。ツィラーの項参照。

12　ツィラーの教授方式は口演授業（Darstellender Unterricht）であった。ツィラーの項、二-一-9参照。高木敏雄の項（三-二-三）参照。ユストの教授法の具体的なことは、大正に入って高木敏雄が紹介するまで日本では知られていたとは考えられない。

13　樋口勘次郎氏「童話の價値及話方一斑《ママ》」。蘆谷重常『教育的応用を主としたる童話の研究』勧業書院、大正二年四月。巌谷小波序、樋口勘次郎序。

14　松本孝次郎「童話に関する研究」、『実際的児童學』。吉岡兵助・同文館、明治三十四年。

15　菅　忠道『日本の児童文学』大月書店、昭和三十一年。一二一頁および一二三頁。

16　『東京大学百年史』部局史一、三〇頁。

17　Taylor, Edgar : *Grimms Collection of German Popular Stories*. G.Cruikshank. Bohn's Library. 1823.

18　菅了法訳『西洋古事　神仙叢話』集成社、明治二十年。菅了法（1857–1936）は慶應義塾大学出身。京都本願寺に学び、後にオックスフォードで学ぶ。鹿児島に本願寺別院を建立。

19　渋江保訳『小学講話材料・西洋妖怪奇談』博文館、明治二十四年。これも英語からの重訳である。渋江保は渋江抽斎の息子。森鷗外の「渋江抽斎」（大正五年）には、「保さんは後に蘭語を学ばずに英語を学ぶことになつたが…」と書かれている。上田萬年が「おほかみ」を訳したのも年代と情況から見てヘルバート学派の影響と思われるが、英語からの重訳であることが明記されている。

20　桑原三郎『福澤諭吉と桃太郎──明治の児童文化』慶應通信、平成八年二月。一五頁、八〇—八一頁。「福澤先生が子ども向きに著作に昔話を利用なさったのは文部省より十六年ばかり早く、チルレル、ライン等ドイツの教育学者が、グリム童話を教材に取り上げた影響を受けて、昔話を日本の子どもたちの教育にも利用しようとした樋口勘次郎よりも三十年ばかり前のことだったのであります」。川戸道昭「グリム童話の発見──日本における近代児童文学の出発点──」。川戸道昭、野口芳子、榊原貴教前掲書。福澤諭吉の『童蒙をしへ草』には、英語からの重訳だが、幾つかのイソップ寓話が含まれている。とりあえず以下の七話が確定できた。（カッコ内は山本光雄訳『イソップ寓話集』岩波文庫のタイトル。）「百姓其子に遺言の事（百姓と彼の息子たち）」、「黄金の卵を生む鵞鳥の事（金の卵を産む鶏）」、「御殿の鼠と田舎の鼠の事（田舎の鼡と都会の鼡）」、「蝦蟆の仲間に君を立てる事（王様を求める蛙たち）」、「蟻と蝗螽の事（蝉と蟻たち）」、「風と日輪と旅人の事（北風と太陽）」、「羊飼ふ子供狼と呼びし事（悪戯をする羊飼い）」。最後のものは「狼少年」として知られているもの。

21　たとえば慶應義塾大学系の人たちの訳したものは、文学としての楽しさを伝えている。中山淳子「狼と七匹の子山羊」。前掲書。

22　明治五年、学制発布。標準教科書。明治十四年、教育令公布。明治十九年小学校令制定。教科書検定制度。明治二十三年、教育勅語発布。明治三十六年、小学校令改訂。国定教科書制度確立。文部省が教科書を作成。

23　古澤夕起子『与謝野晶子　童話の世界』、嵯峨野書院、二〇〇三年。

24　三－二　高木敏雄の項参照。

25　菅　忠道『日本の児童文学』大月書店、昭和三十一年。

26　桑原三郎『諭吉　小波　未明――明治の児童文学』、慶應通信、昭和五十四年、三八一－三八三頁。この辺り、雑誌のタイトル、発行年に乱れあり。

第三章　研究書、童話集に見るラインらの影響

三―一　明治および大正初期のグリムのメルヒェン事情

明治二十年以降、急速に出版されたグリムのメルヒェンの翻訳集などにつけられた前書などを見れば、「チルレル」、「ライン」、「ヘルバルト」[1]などという名前が頻繁に現れていて、グリムのメルヒェンとヘルバート学派との関連は一目瞭然である。しかし、教育の分野はグリムのメルヒェンそのものへの関心が薄く、他方、童話・児童文学関係者はドイツ教育学の文献を見ることはなかったため、グリムのメルヒェンとヘルバート学派について、教育学の分野でも、童話・児童文学の分野でも、それ以上の具体的な記述はなかった。[2]私の管見によれば、児童文学史のなかでヘルバート学派について最も詳しいのは菅忠道で、[3]「ヘルバルト学派にあって文化段階説をとるチラー、ラインなどは、個々の児童の心意発達が、人類の歴史的発達と同一順序に進むという考えにもとづき、古代から現代に至るまでの文化の発達を中心教材として児童の情操陶冶を計画し、低学年児童のために、グリムの童話を獨逸の国民性を現した国民的童話として選び、これを統合的中心教材とした。ヘルバルト学派によって、はじめて童話は

組織的・系統的に教材に編入されることになったのであった」という言葉であろう。だが、この言葉はヘルバート学派とグリムのメルヒェンの関係については的確であるが、日本への移入については述べていない。続いて「ドイツ本国でも、この試み（中山註。メルヒェンによる教育）には反対があったのだから、移植地に非難者が出ても、それは当然であったかもしれない。」という言葉がある。ドイツでは伝統であった聖書ではなく童話を教材とする授業に対して批判が起り、ラインらの『第一学年』にも童話批判に対する反論ないし弁明が書かれているのだが、キリスト教国ではない明治の日本の教育界では実感を伴わなかったために、単に童話への批判と受け止めた童話批判が起ったという事実が知られていれば、この言葉はなかったはずである。菅は第Ⅱ章「少年文学の誕生と成長」で、明治二十年ごろから急速に出てきた少年雑誌に言及し、『少年園』の編集者山県悌三郎が東京高等師範学校の出身で、文部省の教科書編集に携わった等、教育界との関連にも触れているが、山県がヘルバート学派と直結していたことには触れていない。第Ⅲ章は「おとぎばなしの確立」で、まずは巌谷小波を詳細に論じた後に、「教育界と課外読物」の部で「ヘルバルト学派の童話教育」が来ている。その書き出しの「児童文学の教育的価値は、教育界でも次第に認められるようになって来た（傍点中山）」という言葉は、童話教育が教育界から出ている事実と逆転している。さらに言葉は続いて、「これを、理論的にも実践的にも支援し助長した（傍点中山）ものこそ、明治二十年代から三十年代にかけて教育界を風靡したヘルバルト学派の教育学説であった」となっている。この逆転した著述の順番や書き方は、ひとえにヘルバート学派から童話教育が出発したという事実が確認されていなかったところから来ている。

その後、石川春江が、東京大学に招かれたハウスクネヒトの名前を挙げ、「グリム童話は子ども向の話として、ヘルバルト学派の教育思想と日本の現状の間で不幸な受けいれ方をされたといえるだろう…教訓をぬぎすててグリム童話が本来のグリム童話として受けいれられるには次の時代を待たねばならなかった」と核心を突いたのが、これまでに最も踏み込んだ言葉であった。[4] 教育界から出発したため、グリム童話は、あるいは一般に童話というものは、教訓がつくものという概念は現代でも残っている。残念ながら石川はそれ以上の具体的な記述をしなかった。この文のタイトルでは、『子どもと家庭のメルヒェン』が翻訳され始めたことを、「妖精がはじめて日本に来たころ」と表現しており、また、「明治時代妖精はまだ自分のすみかを持ち得なかったのである」と、図らずも「不幸な受け入れ方」の一つの、「可愛らしい」「グリム童話」という思い込みにはまり込んでいるのは皮肉である。ラインらが読むべきものとして指定し、一般に日本で知られている第七版（一八五七年）のグリムのメルヒェンに妖精（Fee）はいない。[5] 初版（一八一二年）では、第十二話「ラプンツェル」と第五十話「茨姫」にあったが、その後、「ラプンツェル」では「魔法使い（Zauberin）」に、「茨姫」では「賢女」（weise Frau）に置き換えられている。「ラプンツェル」は、イタリアの Petrosinella、フランスの Persinette という経緯を辿って、ドイツに入った。[6] これらには妖精はいた。グリム兄弟は、シュルツ（Friedrich Schulz）がフランスの「ペルシネット（Persinette = パセリ）」（一六九八年）をドイツ語に訳して（一七九〇年）、少女の名前をパセリからラプンツェル（Rapunzel = 野ぢしゃ）に変えたのを踏襲している。Fee はそのままグリムの初版までは受けつがれ、その後魔法使いに変えられた。その間にリープレヒトが魔女（Hexe）と訳したのを考慮したのかも知れない。「茨姫」はグリム兄弟のうち、兄のヤーコプが原稿を書き取っているが、「（フランスの）ペローの〈眠りの森の美女〉から」と、原稿の最後にメモ書きしている。ラプンツェルの場合も茨姫の場合も、妖精（Fee）はフランスから伝わった外来語なのでグリムのメルヒェンでは排異界の存在。グリム兄弟『子どもと家庭のメルヒェン』初版（1812-15）。

TOKEN（延べ語数）148649、TYPE（語種）12436、TTR（語種／延べ語数比）0.083660

	女性	トータル	83	男性	トータル	381
1	Hexe,n	魔女	33	Gott,es	神	98
2	Fee,n	妖精	19	Teufel ,s	悪魔	91
3	Maria	マリア	11	Männchen,lein,erchen	小人	69
4	Zauberin	魔法使	5	Riese,n	巨人	61
5	weise（n）Frau（en）	賢女	4	Zwerg,e,en,lein	小人	26
6	Nix,e	水の精	4	Zauberer,s	魔法使い	13
7	Teufelin	女悪魔	2	Geist	精	8
8	Heilige	聖女	2	Hexenmeister,s,mee-	魔術師	5
9	Mutter Gottes	聖母	1	Petrus	聖ペトルス	4
10	Göttin	女神	0	Engel	天使	3
11	weiße Frau	白衣の女	0	Gespenst,er	幽霊	1
12				Kobold	コボルト	1
13				Waldmännchen	森の小人	1
14				Joseph	聖ヨセフ	0
15				Christus	キリスト	0
16				Georg	聖	0
17				Götter	神々	0
18				Hinzelmann	ヒンツェルマン	0
19				Poltergeist	家の精	0
20				Berggeist	山の精	0
21				Hausgeist	家の精	0
22				Heiliger	聖人	0

中山淳子作成

異界の存在。グリム兄弟『子どもと家庭のメルヒェン』最終版（1857）
TOKEN（延べ語数）257530、TYPE（語種）17974、TTR（語種／延べ語数比）0.069793

	女性	トータル	143	男性	トータル	778
1	Hexe,n	魔女	67	Gott,es	神	205
2	Zauberin	魔法使	21	Riese,n	巨人	140
3	weise（n）Frau（en）	賢女	18	Teufel,s	悪魔	112
4	Nixe	水の精	15	Männchen,lein,Männerchen	小人	84
5	Maria	マリア	14	Petrus	聖ペトルス	74
6	Mutter Gottes	聖母	6	Zwerg,e,es,en,lein	小人	60
7	Heilige	聖女	2	Engel	天使	32
8	Göttin	女神	0	Geist,er,ern	精	30
9	Fee	妖精	0	Joseph	聖ヨセフ	15
10	Teufelin	女悪魔	0	Hexenmeister,s,mee-	魔術師	10
11	weiße Frau	白衣の女	0	Zauberer	魔法使い	6
12				Gespenst,er	幽霊	4
13				Kobold	コボルト	2
14				Heiliger,en	聖者	2
15				Christi	キリストの	1
16				Georg	聖	1
17				Götter	神々	0
18				Hinzelmann	ヒンツェルマン	0
19				Poltergeist	家の精	0
20				Berggeist	山の精	0
21				Hausgeist	家の精	0

注．Riese 1個は「ちび」に対するからかい　　中山淳子作成

除され、ドイツ語の魔法使いと賢女に振り分けられ、イメージも変化した。しかしグリムのラプンツェルの魔法使いはゴーテルさん（Gotel＝名付け親）と呼ばれており、敵対的存在の魔女ではない。賢女は予言能力があり、主人公に好意的で、その点で「魔女」（Hexe）と区別される。[7]『ドイツの伝説』にFeeという言葉はない。この言葉がドイツでは使われていなかったことの証であろう。

『子どもと家庭のメルヒェン』は、英語のテイラー版（一八二三年）普及と、一八〇〇年代中期からのヘルバート学派の隆盛でアメリカにも知られており、日本でも明治初期から英語からの重訳や翻案があったと見てよい。[8]明治二〇年には菅了法（桐南居士）が『西洋古事　神仙叢話』[9]に十一話、呉文聡が『八つ山羊』[10]を同じ年の九月に、上田萬年が『おほかみ』[11]を二十二年、渋江抽斎の息子、渋江保（幸福散史）が『西洋妖怪奇談』[12]に三十七話を訳している。このように『子どもと家庭のメルヒェン』全体を訳すのではなく、二百十話の中から一話だけ、あるいは幾つかとりだして、雑誌の中や単行の絵本として出版したのが日本の特徴であった。特に明治期ではグリムのメルヒェンがただ一話だけ訳され、単行本として、あるいは他の物語等と抱き合わせて、出版されたのが百四十種ほどもあるのに反し、二話以上を含む単行本は、現在までに判明しているところでは明治二十年から明治末までの二十四年間に、わずか十四種ほどしか発見されていない。「狼と七匹の子山羊」一話が突出して多く訳されたのがラインらの『第一学年』の影響であったように、[13]こうした傾向は教育界からの強い影響力によるものであった。

グリムの翻訳に関して、最初に重要な役割を果たしたのは慶應義塾関係者であったという指摘があり、[14]上田訳を除く三書までが「慶應義塾関係者であったことは注目されてよい[15]」。さらに、グリムの翻訳ばかりでなく少年文学に大きく寄与した巌谷小波の兄である巌谷立太郎も慶應義塾で学んだ後、今の東京大学に移り、さらにドイツへ留学して弟にオットー（Franz Otto）[16]のメルヒェン集を送り、決定的な影響を与えている。慶應義塾関係の訳者たちは、どちらかと言えば文学としての楽しさを目的として翻訳しているのが特徴である。井上寛一はフランスのペローやボーモン夫人などの「碧ひげ」「睡美人（眠れる森の美女）」「燻娘（シンデレラ）」などを読み、「うっとりとして、身は羽はえ天にのぼり、天上のくにに遊ぶかと…」とメルヒェンの楽しさを吐露し、楽しさに陶然としているが、その本につけられた矢野龍渓の前書は教訓を旨としている。[17]『独逸童話集』[18]に短い序言を書いている尾崎行雄も慶應義塾大学に明治七年入学したのだが、今の東京大学となる工学寮に転じ、ヘルバート系の刻印を受けて「狼と七匹の子山羊」に関わったことになる。翻訳当初の楽しむ文学の慶應義塾系を、ヘルバート学派の東京大学教育学系が官の力で席巻したと言える。ヘルバート学派は浸透したのである。

明治期において翻訳に携わったのは、英語、ドイツ語、フランス語を理解できた当時の最高のエリートたちであったが、[19]メルヒェンに関しても情況は同じであった。「狼と七匹の子山羊」を訳した上田萬年は国語学者としてドイツに留学し、インド・ゲルマン語の言語学者ヘルマン・パウル（Hermann Paul 1846–1921）に解釈学を学んだ後に東京大学教授になった。東大系の人たち、例えば和田垣謙三も、のちに東京帝国大学教授法学博士となるなど、錚々たる官職に就いている。専門を問わず外国語をマスターしたエリートたちをメルヒェンの翻訳に向かわせたのは、政府が総力をあげて教育に力を注いだ背景があったと考えられる。

そのようにして出された明治の文献や童話集の前書などからグリムのメルヒェンに関する記述を少し拾ってみる。その一つ、渋江抽斎の息子渋江保[20]は『西洋妖怪奇談』（一八九一年）に、「グリム氏独逸怪談を根本とし…自ら勧懲を寓し以て家庭教育の一部にあてんと…」と書いている。

久保天随は「少年文學の本領[21]」で次のように書いた。

「そも少年文學は、教訓を主とする者にして積極的に有益明晰なる理義を含有し、之を一貫するに健全確固なる思想を以てせざるべからず。更に之を細説すれば、第一に自童的なるべく、第二に創造的なるべく、第三に道徳的にして、正邪善悪に関する判定を下すに慣れしむべく、第四に多訓的にして、社會天然の現象事項に関連し、不朽の価値を有し、常に反省を爲さしめざるべからず。而して第五には調諧的にして、深き印象を與えしめ、種々興味の源泉を疏導するものたるべきなり。この五件の要求に適合したる者は、少年文学中の絶品にして、悠久の価値あり。余輩はグリムの国民的小話の善く之に當つべきを知ると共に、ロビンソン・クルーソーの一書を有する英国文壇の千古の光栄を羨望せずむばあらざるなり。」

『西洋妖怪奇談』表紙

これは、ラインらの原典の中で「真の児童読み物」の五つの条件として挙げられているもの[22]とほぼ同じである。後述する波多野らの日本語訳では「少年物語に関する五か条の条件」と訳されている[23]。教育関係の本ではなく、東京帝国大学の文学評論の中でラインらの『第一学年』が規範とされていることは、当時のヘルバート学派の全盛の状況をよく表している。久保は

『帝國文學』によく寄稿し、一時期は編集もしており、ヘルバート学派の志操教育に立脚して、メルヒェン教育のための「少年文學」について情熱的な記事を幾つか書いている。

「…余輩は自國に以て、グリムを有せず、ニイバルンゲン、リード（ママ）を有せず、ホーマーを有せず、バイブルを有せず。されば今の場合に於ては、零砕さる断片を拾ひ蒐め…[24]」

「…わが廿世紀の少年文學はただに桃太郎、かちかち山の舊窠を護りて可なるべきか。グリム、ハウフ、アンデルゼーンの餘唾を舐りて甘んずべきか。伊蘇普物語の翻譯を以て止むべきか…[25]」

「殊にファーベルに至りては少年がみづから行ふ罪悪に對し自ら身を顧みて之を悔ひさするの力あり。ファーベルは実に少年が罪悪の鏡なる也。少年文學が教育的價値はほぼ、是の如し。然らば如何にして是等文學を教ふべき。如何に其材料を撰擇すべき…[26]。」

教育資料研究会纂訳『話の泉』[27]は、著者名がなくあくまで会の編纂として、それまでの訳本のうちではかなり多く二十一話訳しているが、このタイトルや教育資料研究会という編者名は歴然とヘルバート学派のものである。その匿名の緒言には「独逸の童話作家グリム、ハウスブレンダー、ベッヒシュタイン」から「教育上もっとも有益なものと、「支那の史伝逸話などの知徳に関した面白いものとを纂訳し」たとあり、グリムが「童話作家」として紹介され、教育が前面に出ている。続けて「童話の教材としての価値、およびその取扱方に関して、世に疑惑を抱くものもあるから」と、「童話に対する非難及び弁解」という章を設け、「独逸で、ラインが国民学校の一二学年に於いて、童話教授を施すべき事を主張されましたが…一派のものから非難を受けました」と記している。「童話の効用」という章においては「かよーな要求」といった、言文一致の棒引き仮名の文体で、童話には感情上、知力上、言語上の効用があると紹介している。これらはすべてラインらそのままである。棒引き仮名は評判が悪く、やがて消滅した。感情とは、同情心、道徳心であり、知力とは、童話には「各方面のことが雑っている」から知識が得られ、言語によって与えられたものから状況を想像させるので想像力を高めるのであり、言語は正しい国語を教えるものであるとしている。そして「教師は話に富むべし」という章では、「特に教育上の目的を持って居る話」を童話であると定義づけている。ヘルバート学派は童話を教育の手段にしたのであるから、この点で著者の発言は逆転している。さらに童話を「成立の上から」仮作的と事実的に分け、事実的童話には歴史的、地理的、理科的等に分けるとしているのは興味深い。仮作的とするのは、グリムのジャンル規定からすれば伝説である。メルヒェンのことを指し、事実的とするのは、ファンタジーによるフィクションであり、まさしくメルヒェンと伝説が混同され、概念が混乱しているとはいえ、ジャンルにかかわるグリム兄弟の『子どもと家庭のメルヒェン』や『ドイツの伝説』の前書による学説の、日本でのごく初期の紹介と言える。ただ、理科的という言葉が入っているのは理解できない。ちなみに、現代においても日本ではメルヒェンと伝説について、グリム兄弟が考えたようなジャンル概念はほとんど認識されていない。

和田垣謙三、星野久成訳『家庭お伽噺』（一九〇九年）[28]は、それまでの最大の訳書である橋本晴雨訳『独逸童話集』[29]の二倍以上の五十八話をまとめて訳しているが、前書は一転して簡単に「最も興味多くかつ有益なる種類を選抜し子女の読物」としており、かすかに「有益」という言葉がヘルバート学派を思わせ、修身、道徳が目的とされてはいるが、その解説等は姿を消している。とはいえ、「グリムは頗る温健にして、その中に有益なる思想を含蓄するを以って…私見を付加して…道徳的適用を示すこととはなしぬ」ということで、表面から消えてはいるが、「道徳的通用」という言葉からすでに抜き難くラインらの教育の特性が定着していることがわかる。並列タイトルとして GRIMM'S FAIRY TALES とあるところをみれば、これも英語からの重訳であったと見られる。和田垣謙三は、経済学者、法律学者とされているが、『第一学年』を翻訳した山口小太郎とともに東京外語に学んで、ドイツ語も堪能であった。

近藤敏三郎『新訳解説　グリムお伽噺』(30)も二頁弱のはしがきに「お伽噺は…児童の性質を感化薫育し…精神を開発する…お伽噺の教育に裨益することの大なるを知るべし」として、「グ氏兄弟のお伽噺の如きは…材料悉く児童の精神を発揚し、善を勧め、悪を懲らし、人道を教へ、知識を啓開せざるはなし」と、樋口、木村と同じ線上にある。また、グリム兄弟の業績を簡潔に紹介し、『子どもと家庭のメルヒェン』については「其結構の新奇なる、其詞藻の豊富なる…学校の教師は唯一の講資となし、家庭の父母は無二の話材となし…泰西文明国の三尺の童子、一人としてグ氏兄弟の名と、其の御伽噺とを知らざるはなし」と絶賛している。

『世界新お伽』(31)は文学士中村徳助著、文学博士上田萬年先生序という重々しいものであるが、イソップなど広範囲な噺を取り入れ、グリムは数話しか含まれていない。上田萬年の序は「子どもの教訓ともなり慰安ともなりぬべき」ものとして、まず教訓が先に来ており、紛れもなくヘルバート学派の路線上にある。とは言え、お伽話が多く新刊されるなか「材料の陳腐に、話題の不適なる」と、当時のメルヒェンをめぐる状況を批判している。著者中村徳助は「本書は…極めて清新なる材料、恰当なる話題によりて…友愛、孝心の精神…談笑綺語の間に、少年諸君を稗益する…父兄諸卿が子弟教訓の資料にもなりぬべし」と、格調高く、高踏的に教育路線を前面に出しているが、「談笑綺語の間に」という言葉で、少しやわらげられている。「少年諸君」「父兄諸卿」「子弟」という言葉は、お伽話の読者から女性を排除している。

三―二　研究書の系列
――岸邊福雄、高島平三郎、高木敏雄、蘆谷重常、二瓶一次、柳田國男、中田千畝

グリム兄弟が『子どもと家庭のメルヒェン』（1812-1815）と『ドイツの伝説』（1816-1819）を分けて出し、その前書にメルヒェンと伝説、神話などの特質を書いたことにより、伝承文学のジャンル規定の基礎が築かれ、その後のメルヒェンと伝説、神話など、近接ジャンルの研究に道を与えた。目を転じて日本の明治後期以降を見ると、全盛をきわめた硯友社巌谷小波系の「お伽」や「少年文学」といった読み物等とは一線を画す一連の研究書がある。

三―二―一　岸邊福雄

その一つ岸邊福雄の『お伽噺仕方の理論と実際』[1]は、理論と実際というタイトルや「本書の特徴と欠点」と自ら欠点を挙げる形式、「教育上いかなるお伽噺をとるべきか」などの章など、ラインらヘルバート学派のものであり

ながら、お伽噺という言葉は小波のものである。岸邊は兵庫県の高等師範学校の卒業で、幼児教育を対象とし、語ることを主眼としており、「童話口演に関する本としては日本で最初のもの」と書かれ、[2]「教壇に於ける童話口演の開祖ともいふべき岸邊福雄氏」と言われ、[3]小波と口演元祖を争っている。その状況について、次のような言葉がある。

「口演童話」の創始者がだれかは、確定的なことは言えない…「学制」に始まる近代小学校の教師がイソップ寓話を語ったことがある…岸邊福雄は、小波が創始したようにいわれるが、私の方が先にやったと言った…かれ（岸邊）は公開の社会教育的立場で童話を講演している（三六年）。これを最初とする説もある。小波の「わが五十年史」によると明治二九年に京都旅行のとき…「お伽噺口演」を試みている。同三一年には大日本婦人教育会の嘱託を受け毎月一回学習院女学部および幼稚園で「お伽噺口演」をしたという。私はこのほうをとりたい。[4]

この考察はヘルバート学派の前提には立ち入っていない。「口演童話」はツィラーが提唱し、ユスト、トロルと続くヘルバート学派のメルヒェン教育の当初からの授業形式であった。[5]したがって、口演形式の元祖争いについては、「日本における」という限定詞が必要であろう。岸邊と小波の相邊は、岸邊が「教室に於ける」幼児教育を目的とした口演であるのに対し、小波は娯楽性が強いことである。

岸邊は日本のお伽噺と西洋のお伽噺を比較しているが、その観察は明快で、日本の昔話の特長をよく捉えている。

西洋	日本
王子、お姫様がめでたく結婚。	爺婆ばかりで子どもが出ない。
漁師、百姓が王の娘婿。	花咲爺、カチカチ山、舌切り雀、瘤取り爺。
子どもを幸福ならしめる。	忠孝本位、老いをいたわり、子どもは後回し。
恋愛がある。	神仏の権威で子どもを怖がらせ、罰する。

しかし継母ものが東西にある原因を女性の「偏狭な気質」のせいにしているのは、当時の男性の偏見である。[6]

三―二―二　高島平三郎

高島平三郎『教育に応用したる児童研究』[1]は心理学系で、「其の大綱は、ヴントに拠った」[2]と明言しており、参考文献にはペスタロッツィ、フレーベルなど、ヘルバート学派に先行する人たちの名はあるが、ラインらヘルバート学派の名はない。それにもかかわらず童話の項は、「童話のおこり」、「童話と教育」、「童話を教材とするに反対する説」など、ラインらの路線上にあり、「童話の最も古いものは神話より来たものであらう」[3]と、グリムの説も引かれている。また、「童話の種類」ではメルヒェンとその近縁ジャンルを四種類に分け、日本の昔話を当てはめている。

1．民族童話‥桃太郎、舌切り雀、花咲爺、かちかち山、猿蟹合戦など、「古代より伝へられて居るもの」で、「神話より来たものと同じ」、「名高い獨逸のグリムの童話なども、日耳曼民族の間に、古くより行はれて居るものを集めたので、同じく民族童話に属するのである」「何れの国にも、大抵その民族に固有の童話がある。是等は皆狭い意味に於ていふ所の童話であって、童話の中の純粋なるものである」

2．假作童話‥「作者が文学又は教訓の目的を以て、民族童話に擬へて作ったもので…明治になってより…此種の児童文学も盛んに興り、殊に近年に至っては、假作童話が續々世に出づるやうになった。併しその中には、西洋の翻案が大部分を占めて居るやうである。」

3．寓話‥最も有名なのはイソップ物語である。

4．傳説‥「成り立ちが、狭い意味でいふ所の童話よりも、後れて居り、多くは根拠を一の民族又は一の地方の歴史的事実より取って居る。傳説には多くの種類があるが…英雄傳説、民族傳説が、すべての傳説の代表であらう。」「我國には、民族童話と一緒になった傳説が甚だ多い。古くは、素盞嗚男尊の大蛇退治、因幡の白兎、天岩屋など…浦島太郎、頼光鬼退治…」

この記述は、グリムのメルヒェンを民族童話に分類していること、假作童話として翻案ものが幅を利かせているのを苦々しく思っていること、伝説を英雄伝説と民族伝説に分け、日本では民族童話と伝説が渾然一体になっていることを指摘しているなど、適切な記述である。

三―二―三　高木敏雄

大正初期の童話研究書の最も初期の代表的なものは高木敏雄の『童話の研究』（一九一六年）[1]とされる。高木敏雄は明治九年四月十一日、熊本県に生まれた。明治二十九年第五高等学校文科卒業。同年東京大学文科大学入学、同三十三年ドイツ文学科卒業。紆余曲折の後、大正十一年、新設の大阪外国語大学のドイツ語主任教授になり、ドイツに留学することになった、その送別会のあと、腸チフスで急逝するという無念な終わり方をしている。

高木はすでに東京大学在学中から『帝國文學』に神話についての論文を発表し、マックス・ミュラー（Friedrich Max Müller 1823–1900）を批判したラング（Andrew Lang 1844–1912）の「人類学的神話学」に拠りながら、ミュラーの用いた「比較神話学」という名称を用いた『比較神話学』[2]等の著書により、説話学者としてよりは神学者として知られていた。大林太良は高木の論文を集めた『日本神話伝説の研究』[3]の解説で、明治三十二年にはじまるヨーロッパの神話学説の影響をうけた日本近代神話学の最初期の代表者を高木としている。[4]高木は、研究活動の最も初期には「日本説話のインド起源説に関する疑問」[5]を書いて説話への関心は強かったものの、本としては『日本神話物語』[6]、『日本建国神話』[7]等、神話関係の発表が多かった。とは言え、よく見ればメルヒェンに関する記述がそこかしこにあり、例えば『比較神話学』には『子どもと家庭のメルヒェン』の「貧乏人と金持」を「富者と貧者」というタイトルにして、このメルヒェンへのグリム兄弟自身の注釈（一八二二年）から「…『ハーゲン奇談全集』三七、キルヒホーフ「エンヅンムート」一五八一、オーストリーの説話、マイエルの童話、『子どもと家庭のメルヒェン』の八二番…」などと、ほぼ訳している。また、「英雄神話　第三節　怪物退治説話」のところでは「狼と山羊」（「狼と七匹の子山羊」）が智力の勝利のサンプルとして出てくる。高木はゲルマニストとして当然とはいえ、グリムのメルヒェン、伝説等を読んでおり、グリムの『ドイツの伝説』第一七〇話「タンホイザー」について、「精霊洞奥の下界に棲む、恋愛の女神エヌスは…有名なる詩人タンホイゼルを誘ひて、その宮殿の伴ひぬ」と紹介している。(8) 高木の伝説研究について大林は「(柳田の平板な項目による分類の)『日本傳説名彙』…に比し、はるかに体系的である」と評価しているが、(9) 高木はグリムの伝説集を踏まえていたのだ。しかし、『比較神話学』の前書で、「参考せし著述の最重なるもの、二三を挙ぐれば」として、十五人ほどの研究者の名前を挙げているが、不思議なことにヤーコプ・グリムの名はない。ゲーテの『伊太利紀行』の本邦初訳は特筆に価する（隆文館、一九一四年）。大正二年から三年にかけて、高木は柳田國男と共同で出した雑誌『郷土研究』に、「日本童話考」(10)、「人身御供論」(11)、「英雄傳説桃太郎新論」(12)、「早太郎童話論考」(13) 等の論文と、『修身教授　童話の研究と其資料』(14) と『日本傳説集』(15) の二冊の著書など、メルヒェンや伝説について凄まじい勢いで書いている。その後はすこしペースが落ちて、『童話の研究』(16)、『日本國民傳説』(17)『家庭訓育童話』(18) そして没後に『日本神話傳説の研究』(19) が出される。

高木は、すでに『比較神話学』の「比較説話学の概念及び世界大擴布説話の一例」のところで、メルヒェンについて次のように考察している。(20)

「獨逸語の「メールヘン」、これを翻して、遊離説話と云ひ、童話と云ひ、お伽噺と云ひ、或は略して単に説話とも云ふ」「国民の詩的産物の中には、神話あり、傳説あり、遊離説話あり。何れも国民の生活と、密接なる関係を有するも、凡ての国民を通じ、凡ての時代を通じて、国民の意識にその根柢を有すること最も深く、最も広く民間に流布するものは、遊離説話に及ぶものなし」

この段階では高木のメルヒェンに対する訳語は多様であったことがわかる。また、メルヒェンと類縁の伝説と歴史について「傳説はもちろん歴史から出たものである」としている。とはいえ、高木はメルヒェンと伝説のジャンルをそれほど明快に分類しているわけではない。早太郎伝説を「日本童話早太郎」として論じ、桃太郎を「早太郎童話論考」の中では桃太郎童話としながら、「英雄傳説桃太郎新論」とした論文がある。そもそも日本の昔話では、マックス・リュティが分析したようなメルヒェンの特性としての抽象性を認めることは難しく、メルヒェンと伝説を峻別するのは難しいという前提がある。[21]

「日本説話のインド起源に関する説明」[22]や「暗号か、傳播か」[23]という論文では、当時知られていたベンファイ(Benfey, T.)のメルヒェン・インド起源説に疑問を呈し、自分自身の見解については、「一般神話・伝説・童話の比較研究においては、デーンハルトと同じように伝播説の可能であるということを、あらかじめ明言して…自分の態度を表明しておく」と語っている。「ゲルマン神話学の祖グリムは、ドイツの動物説話をば、純粋のドイツ国民の産物であるといい、ドイツの森林の空気は、この説話の中にも流通しておるといった。しかしながら、今日の比較説話学者は、むしろインド平原の空気がその中に流通しておると信ずる。ともかくも比較研究の潮流が、今日まで建設せられたすべての学説を洗い倒さんとしておるのは、現今の有様である」[24]。ちなみにツィラーも、メルヒェンのインド起源を唱えたベンファイとグリムを注意深く比較して教育に用いなければならないと言っていた。[25]

大学卒業直後の若い高木は、グリムを「日耳曼神話学の祖グリム」と表現しているが、動物説話に限って論じ、寓話を典型的な童話とみて、寓話は教訓を唯一の目的として悟性に訴える形式の割合が多いと述べている。明治四十三年に読売新聞に書いた「驢馬の耳」のうちの「虎狼古家漏」では、「有名なグリムの家庭童話は…近世における世界童話文学としての珍品である」と評価している。この文では「グリムの家庭童話」という言葉があり、メルヒェンが「家庭」のものとされているのはグリムの意図そのものである。その三年後、高木は日本童話に関して次のように書いている。

…自分は「日本童話」という語を、単に日本の文学に現われた童話、日本に傳わっている、あるいは語りつぎ語り傳えられている童話という意味に、日本固有という意味でなく用いて見たい。誰でも知っている『グリム童話』に採られている童話は、これまで久しく「ドイツ」民族固有のもののように思われていたが、最近の研究の結果は、その七、八割までが外国傳来のもので、しかも十五、六世紀以後に輸入されたものが、すこぶる多数を占めていることを明らかにした[26]…

高木は、グリムとドイツを強く意識して、グリムに倣って日本童話というものを広く捉える根拠とした。

さらに三年後、現在高木の研究として世に知られる『童話の研究』が出る。この本は、『日本神話傳説の研究』が復刻された際の大林太良の解説では「未見」と書かれていたが[27]、この言葉を受けたのか、その三年後の昭和五十二年に山田野理夫と関敬吾によって、一ヶ月違いで二種の復刻版が出た。山田は「幻の書」と書き、関は「幻の名著」を「古本屋のくずのなかから」見出したと言い、「わが国最初の童話研究概説である」と絶賛している[28]。復刻版は、どちらも現代の読者向きに書き改められ、特に山田版は「童話」という言葉に錯覚したのか、文をやさしくしている。それに比べれば関版はまだ原本の雰囲気を残しているが、行変えが増え、各章ごとの小目次がなくなり、ヘルバート学派に選ばれたグリム十八話のリストも、関が独自に組みなおしている。これは研究書なので、本来の姿で復刻した方が当時の情報を直に伝えて意義があったと思われる。復刻版が原典通りなのは喜ばしい。

高木の『童話の研究』とヘルバート学派との関係は、私の管見によれば、これまで論じられたことはない。だが、高木はヘルバート学派全盛時代の明治二十九年に東京大学に入学しており、実はヘルバート学派と直結していた。そして『童話の研究』は婦人文庫刊行會『家庭文庫』全十六巻の中の一巻である。この会の編輯顧問や評議委員は、東京帝国大学教授文学博士芳賀矢一、同法学博士和田垣謙三、東京女子医学専門学校校長吉岡彌生、女子英学塾長津田梅子、東京文化大学学長文学博士上田萬年、実践女学校長下田歌子など、当代の学界教育界の長たちが挙って名を連ねている。『家庭文庫』は近代良妻賢母時代の女性知識層のためのシリーズであった。その「序」は婦人文庫刊行會の名で書かれている。

「児童が童話を好むのは…殆ど本能的なる自然の欲求で…家庭より学校への過渡期に於る調和的馴致劑で…童話は実に精神的食物である…」

「家庭より学校への過渡期に於る調和的馴致劑」という言葉はツィラーが一八六九年にメルヒェンによる小学校第一学年の教育のところで述べている。[29] また、「童話は実に精神的食物である」という言葉とほぼ同じ意味のことが、グリム兄弟のメルヒェンの序言に書かれている。序にはさらに「世界の大亂に際して、獨逸が驚くべき強大なる勢力を示したのは、其の国民的童話の選擇適用を根柢としたる小学教育の賜である…」と書かれ、「我国の現状」は「寒心に堪へぬ」ので、「斯道の泰斗、高木敏雄先生に囑して」この本を出したとある。ヘルバート学派のグリムのメルヒェンによる教育がドイツの国力の源であるとし、その結果、「先年文部省が我国固有の童話を纂める爲に、各府縣當局をして其の管内の小學校に命じて、其の地方に於て過去及び現在に行なはるゝ童話を蒐集せしめんとした事があった」が失敗したという言葉は、どれほど国が「童話」による教育に力を入れていたかの証である。さらに、「身親しく児童教育のことに従ひながら、民間童話の存在を無視し、唯徒に忠君愛国を説き、仁義禮智信を訓ふる没理漢の多いのは何故であろう」とか、「無責任なる翻譯翻案の御伽物を愛児に與へて、反つて其の弊を覚らないものが多い」と、当時の教育界とお伽系列双方に見られる「童話」をとりまく状況を苦々しく捉えている。高木は、かつてはさまざまに表現していたメルヒェンの訳語を、この『童話の研究』で「童話」に確定したと宣言している。

「自分はグリムの所謂『キンデル・ウント・ハウスメールヒェン』の意味に、童話と云ふ語《ことば》を使って見たい。二十世紀の今日に於ては、かく使ふのが正しい、否かく使ふのが、童話と云ふ語《ことば》の唯一の正當な使用法であると信じている[30]」

高木はそう決めた理由を、山東京伝と曲亭馬琴が古くから童話という言葉を用いているからだと言う。つまり、山東京伝が『異制庭訓往来』に「祖父祖母の物語とあるは、むかしむかしぢゝとばゝとありけり、といふ発語をとりて、名目としたるものなるべければ、童《わらべ》の昔ばなしはいとふるきことなり」という文があると指摘していること[31]、曲亭馬琴が『玄同放言』[32]で「景清」「玉藻前」「久米仙人」「酒顛童子」などの伝説の考証を試み、また『燕石雑誌』[33]で「猿蟹合戦」「桃太郎」「舌切雀」「花咲爺」「兎大手柄」「猿の生胆」「浦島子」の説話に童話という名をつけて「わらべのものがたり」と読ませていることを指摘し、「馬琴には間違った点が少なくないが、歴史的傳説もしくは地方的傳説と民間童話との区別を明瞭に理解して、童話の二字を正しく使った」から「京傳とともに特筆すべきこと」であると認識したというのである。

高木はドイツに対して日本を強く意識していたので、日本に古くからある由緒正しい言葉として童話という言葉を誇りをもって選んだ。しかし、時を経た現在、ヘルバート学派による童話教育の普及した当時の状況の中に高木を置いて見ると、このころ日本の教育界の権威たちもこぞって「童話」という言葉を使い、広く定着していた。高木は童話という言葉の理由付けを求め、みごと探し当てたのだ。高木は童話という言葉を選んだことへの反証として、童話の類語であるお伽噺と昔噺についても定義し、昔噺は昔の噺で、過去のことを材料とした一切の話、お伽噺は徒然を慰めるもので教訓を含むとし、「序」で述べられているのと同じように、当時のお伽噺界の状況を言葉厳しく弾劾している[34]。

高木は『童話の研究』執筆に際して、グリムとトロルのメルヒェン教育を念頭に置き、童話研究を学問レベルにすることを意図している。冒頭では童話、昔噺、お伽話の区別を論じてジャンル考を行ない、ついで機能的立場から童話を規定して、①娯楽を主とし、②教育の目的をもって、③児童を相手に、④家庭で祖父母によって語られ

童話	(ト)選	(ヒ)選	(チ)選	(エ)選	(ア)選	(ユ)選
(い)	一	一	一	八	一	一
(ろ)	二	二	五	一	六	四
(は)	：	：	四	七	三	三
(に)	三	三	．	二	：	：
(ほ)	六	四	：	四	二	二
(へ)	八甲	五	八	五	六	七
(と)	八乙	六	六	六	五	五
(ち)	七	九	九	一〇	一一	八
(り)	：	：	一〇	：	八	九
(ぬ)	九	八	七	九	七	六
(る)	一〇	：	一二	一四	一二	一二
(を)	：	：	二	：	：	：
(わ)	：	：	：	一一	一〇	一一
(か)	四	：	：	一三	：	：
(よ)	：	：	三	：	：	：
(た)	五	七	一一	三	九	一〇
(れ)	：	一〇	：	：	：	：
(そ)	：	：	：	一二	：	：

表中《へうちう》(い)(ろ)(は)は個々《こゝ》の童話《どうわ》を示《しめ》し、(ト)はトロルの略《りゃく》、(ヒ)はヒーメッシュ(チ)はチルラー(エ)はエナ市《し》、(ア)はアイゼナッハ市《し》、(ユ)はユストの略《りゃく》、それから数字《すうじ》は個《こ》々の選択《せんたく》に係《かゝ》るもの、順序《じょじょ》即《すなは》ち児童《じどう》に課《くわ》する順序《じゅんじょ》を示《しめ》すのである。

高木の表。

Troll	Hiemesch	Ziller	Jenaer Auswahl	Eisenacher Auswahl	Just
1. Sterntaler	1. Sterntaler	1. Sterntaler	8. Sterntaler	1. Sterntaler	1. Sterntaler
2. Wolf u. 7 Geißlein	2. Wolf u. 7 Geißlein	5. Wolf u. 7 Geißlein	1. Wolf u. 7 Geißlein	6. Wolf u. 7 Geißlein	4. Wolf u. 7 Geißlein
3. Rotkäppchen	3. Rotkäppchen		2. Rotkäppchen		
4. Kornähre.			8. Kornähren		
5. Fundevogel	7. Fundevogel	11. Fundevogel	3. Fundevogel	9. Fundevogel	10. Fundevogel
6. Frau Holle	4. Frau Holle		4. Frau Holle	2. Frau Holle	2. Frau Holle
7. Bremer Stadt=musikanten	9. Bremer Stadt=musikanten	9. Bremer Stadt=musikanten	10. Bremer Stadt=musikanten	11. Bremer Stadt=musikanten	8. Bremer Stadt=musikanten
8a. Hähnchen und Hühnchen	5. Hähnchen und Hühnchen	8. Hähnchen und Hühnchen	5. Hähnchen und Hühnchen	4. Hähnchen und Hühnchen	7. Hähnchen und Hühnchen
8b. Hühnchens Tod	6. Tod d. Hühnchens	6. Tod d. Hühnchens	6. Tod d. Hühnchens	5. Tod d. Hühnchens	5. Tod d. Hühnchens
9. Wolf u. Fuchs	8. Wolf u. Fuchs	7. Wolf u. Fuchs	9. Wolf u. Fuchs	7. Wolf u. Fuchs	6. Wolf u. Fuchs
10. Der Arme u. Reiche		12. Der Arme u. Reiche	14. Der Arme u. Reiche	12. Der Arme u. Reiche	12. Der Arme u. Reiche
	10. Aschenputtel				
		2. Die drei Faulen			
		3. Die drei Spinne=rinnen			
		4. Strohhalm, Kohle und Bohne	7. Strohhalm, Kohle und Bohne	3. Strohhalm, Kohle und Bohne	3. Strohhalm, Kohle und Bohne
		10. Zaunkönig u. Bär		8. Zaunkönig u. Bär	9. Zaunkönig u. Bär
			11. Schneeweißchen u. Rosenrot	10. Schneeweißchen u. Rosenrot	11. Schneeweißchen u. Rosenrot
			12. Der süße Brei		

トロルの表。トロル、ヒーメッシュ、ツィラー、イエーナ（ライン）、アイゼナッハ（ライン）、ユストが各自選んだメルヒェンのリスト。

る、⑤物語文学であると要約し、この五つの条件の一つが欠けても童話ではないとしている。「五つの条件」を設定することは、久保天随も行なっており（三―一参照）、ラインらヘルバート学派のものであった。つづく「童話の目的」、「童話選択の標準」、「童話の適用」、「童話の弁護」、「知力の勝利」などの項目もヘルバート学派そのものである。童話は、「小学校一年生の子どもが家庭から学校へと移行する際に、子どもが消化できるようなものとして与える」という言葉も使われている。「しからば小学校における修身教育の資料として応用される童話は国によりて当然相違もあるべきはずのもので…」というのも、同じくツィラーに始まるヘルバート学派が、児童が住んでいる地域の中で学ぶことを大前提としているのと同じである。高木はその上で、「参考として外国の例を考えるのは、けっして無益の業ではあるまい…次に述べるのは、国家主義、軍国主義の教育に重きを置くドイツの例である」と書いている。この言葉は否定的に用いられているのではなく、当時の日本が国家主義、軍国主義を理想として進んでいたことから出ている。ちなみに、少年を軍国主義に駆り立てた巌谷小波は高木より六歳年上であった。

高木の『童話の研究』の特徴的なところは、明治の教育学関係、童話関係の本に氾濫しているツィラーの名は「チルラー」という表記で出てくるのだが、同じように氾濫していて、グリムのメルヒェンに関して日本では決定的に重要な意味を持つ「ライン」の名前がないことだ。ヘルバート学派という言葉も一度も出てこない。それでありながら、例えば谷本や樋口を始めとして、ヘルバート学派のメルヒェン教育や教育学を紹介している日本の人たちが、誰一人としてグリムのメルヒェンとの関係を言及していないユスト、ヒーメッシュ[35]、トロル（Max Troll）[36]等を紹介している。『童話の研究』が出されてほぼ百年、山野や関によって再発見されてからでも三十年近い現在でも、メルヒェンや児童文学に関する本に、これらの名前が書かれたものは高木以外にはない。『童話の研究』には、高木が選択童話と言っているツィラー、ライン、ヒーメッシュ、ユスト、トロルらが夫々選んだ十八話のメルヒェンの表がある。[37] そして、トロルの『メルヒェン教授』にも同様の表がある。高木はトロルの表の名前とメルヒェンを記号化しているが、この二つの表の内容はまったく同じで、人物についても、トロルに始まりユストに終わるところも、トロルの表そのままである。さらに、「修身の資料としての童話の価値が、その道徳的内容に存することはいうまでもないのであるが、万事にめんどうなことを好む教育学者は、この場合においても、きわめて厳重な選択をして、選択された個々の童話の適用についてもまた随分とやかましいことを考えるもので、たとえばトロルのごときは、児童の生活範囲すなわちその検分経験の範囲内に存し、したがって容易に児童に理解される倫理的関係を次のように分類して、その選択に係る十一篇の童話を個々の分類項目の本に配置している」として、トロルの「(選択されているグリムのメルヒェンの) 倫理的関係」九項目を訳している。[38]

また、高木は、「『童話教育』と題する著述で知られるユスト、『小学教育における修身教授』という本を書いたヒーメッシュ」と書いているが、[39] これらの本からの引用等は一切ない。このことから見て、高木はユストとヒーメッシュはトロルの本に書かれている参考文献リストから知ったのであって、直接には読んでいないと推察される。『童話の研究』の第五章「童話の適用」の最後は、「以上はトロルの考案した童話適用の概要であるが、宗教心の涵養に意を用いていること、善の勝利を説いても、物質的報酬ということを少しもいわずに、神の命令だとして善をすすめていることなどは、とくに注意すべき点である」と締めくくられ、高木がこの部分でトロルを見ていることは言明されている。

(一)兩親《りやうしん》に對《たい》する兒童《じどう》の態度《たいど》

(イ)從順《じうじゆん》……童話《どうわ》(ろ)(に)(ぬ)

(ロ)勤勉《きんべん》……童話《どうわ》(ほ)

(二)兒童《じどう》に對《たい》する兩親《りやうしん》の態度《たいど》

(イ)慈愛《じあい》……童話《どうわ》(ろ)(に)(た)

(ロ)救助《きうぢよ》……童話《どうわ》(ろ)(た)

(三)兒童《じどう》相互《さうご》の態度《たいど》

(イ)同情《どうじやう》……童話《どうわ》(い)(と)

(ロ)和合《わがふ》……童話《どうわ》(た)

(ハ)不和《ふわ》……童話《どうわ》(へ)

(ニ)救助《きうぢよ》……童話《どうわ》(と)

(ホ)共同《きようどう》……童話《どうわ》(た)(ち)

(四)人間《にんげん》相互《さうご》の態度《たいど》

(イ)同情《どうじやう》……童話《どうわ》(い)(た)(ほ)(ぬ)(へ)(と)(る)

(ロ)無情《むじやう》……童話《どうわ》(ほ)(ち)(と)

(ハ)救助《きうぢよ》……童話《どうわ》(い)(に)(ほ)(と)(る)

(ニ)強制《きやうせい》……童話《どうわ》(へ)(ろ)(と)

(ホ)信義《しんぎ》……童話《どうわ》(た)

(ヘ)破約《はやく》……童話《どうわ》(へ)

(ト)虚言《きよげん》……童話《どうわ》(ぬ)

(五)動物《どうぶつ》に對《たい》する人間《にんげん》の態度《たいど》

(イ)同情《どうじやう》……童話《どうわ》(か)(へ)

(六)神《かみ》に對《たい》する人《ひと》の態度《たいど》

(イ)信頼《しんらい》……童話《どうわ》(い)

(七)人《ひと》に對《たい》する神《かみ》の態度《たいど》

(イ)憐愍《れんみん》……童話《どうわ》(い)

(ロ)褒賞《はうしやう》……童話《どうわ》(い)(ろ)

(ハ)責罰《せきばつ》……童話《どうわ》(る)

(八)善《ぜん》の果《くわ》

(イ)勝利《しやうり》……童話《どうわ》(い)(ほ)(ち)

(九)惡《あく》の果《くわ》

(ロ)應報《おうほう》……童話《どうわ》(ろ)(に)(か)(た)(ほ)(ち)(ぬ)(と)(る)

高木によるトロルの九項目の紹介

(Siehe nebenstehende Tabelle.)

Die von uns ausgewählte Märchenreihe enthält eine Fülle ethischer Verhältnisse, die allesamt in der Lebens- und Umgangssphäre des Kindes und darum seinem Verständnis nahe liegen. Folgende Zusammenstellung wird dies bestätigen:

1. Verhalten der Kinder zu Vater und Mutter.
   Gehorsam: 7 Geißlein, Rotkäppchen, Fuchs.
   Fleiß: Die Fleißige in „Frau Holle" daheim.
2. Verhalten der Eltern zu den Kindern.
   Kindesliebe: Geißenmutter, Großmutter, Förster zu Fundevogel.
   Hilfsbereitschaft: Geißenmutter, Förster.
3. Verhalten von Kindern zu Kindern.
   Mitleid: Sterntalermädchen, Hähnchen zu Hühnchen.
   Verträglichkeit: Lenchen und Fundevogel.
   Zank: Hähnchen und Hühnchen.
   Kameradschaft: Lenchen und Fundevogel, Bremer Stadtmusikanten.
   Hilfsbereitschaft: Hähnchen bei Hühnchens Tod.
4. Verhalten von Mensch zu Mensch (Nachbarn).
   Mitleid: Sterntalermädchen, Förster in Fundevogel, Fleißige (Äpfel und Brot), Esel (zu Hund, Katze und Hahn), Hähnchen (zu Stecknadel und Nähnadel), die Waldtiere in „Hühnchens Tod", der Arme und seine Frau (zu dem Fremden).
   Mitleidslos, hartherzig: Sanne, die Faule (zu Äpfeln und Brot), die Herren der Bremer Stadtmusikanten, der Fuchs, der Reiche, Brunnen und Braut in „Hühnchens Tod".
   Hilfsbereitschaft: Sterntalermädchen, der Jäger in „Rotkäppchen", die Fleißige, das Hähnchen, die Mäuse, der Stein in „Hühnchens Tod", der Arme und seine Frau.
   Zwang: Hähnchen zwingt die Ente, der Wolf den Bäcker, Müller und Fuchs, der Brunnen und die Braut zwingen das Hähnchen.
   Halten des Versprechens: Lenchen und Fundevogel.
   Nichthalten des Versprechens: Hähnchen und Hühnchen (gegenüber dem Wirt). Hühnchen (gegenüber dem Hähnchen).
   Lüge: Der Wolf belügt die Geißen und den Bäcker, der Hahn den Wirt, der Fuchs den Wolf.
5. Verhalten der Menschen zu den Tieren.
   Mitleid: Die Menschen in der „Kornähre" (zu den Hühnern), der Wirt im „Hähnchen und Hühnchen".
6. Verhalten der Menschen zu Gott.
   Vertrauen: Sterntalermädchen.
7. Verhalten Gottes zu den Menschen.
   Mitleid: Kornähre.
   Belohnung: Sterntaler, der Arme.
   Strafe: Der Geizige.
8. Vom Siege des Guten reden: Sterntaler, Fundevogel, Frau Holle, Stadtmusikanten.
9. Von der Vergeltung des Bösen geben Beispiele: Sieben Geißlein, Rotkäppchen, Kornähre, Fundevogel, Frau Holle, Stadtmusikanten (Räuber werden vertrieben), Wolf und Fuchs (der Nimmersatt stirbt), Hühnchens Tod (das ungenügsame Hühnchen erstickt), der Reiche und Arme (der Geizige wird bestraft).

トロルの「倫理的関係」9項目

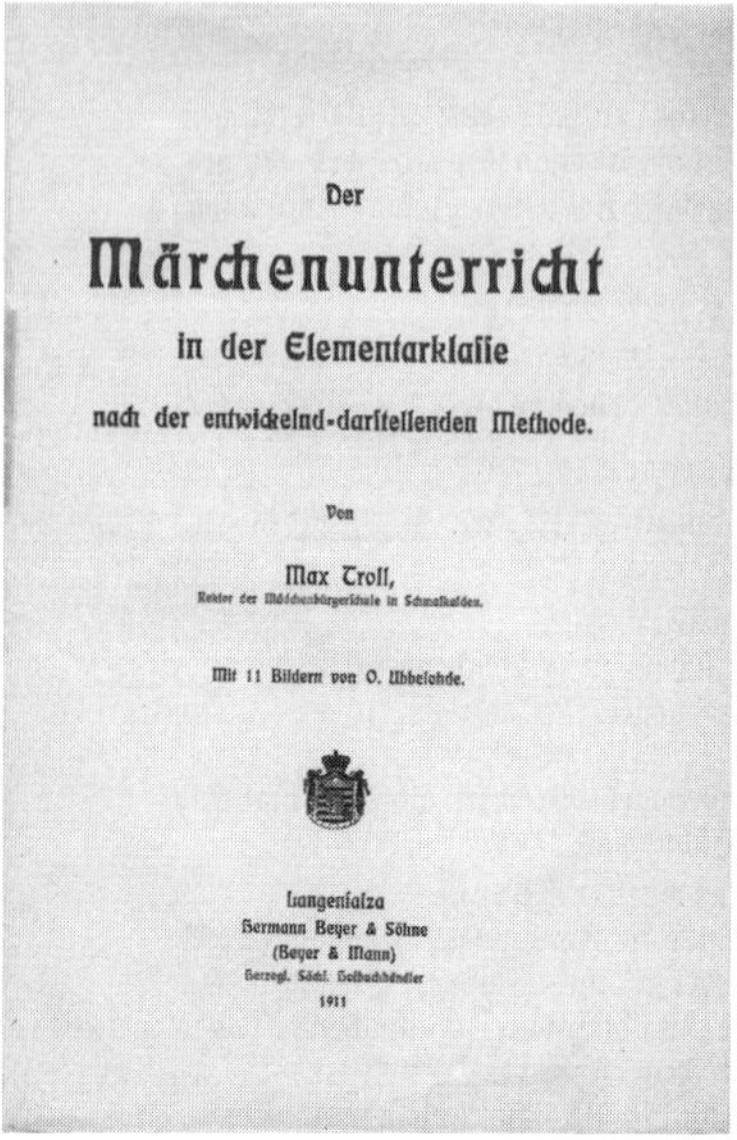

Der

Märchenunterricht

in der Elementarklasse

nach der entwickelnd-darstellenden Methode.

Von

Max Troll,

Rektor der Mädchenbürgerschule in Schmalkalden.

Mit 11 Bildern von O. Ubbelohde.

Langensalza
Hermann Beyer & Söhne
(Beyer & Mann)
Herzogl. Sächs. Hofbuchhändler
1911

トロルの『メルヒェン授業』

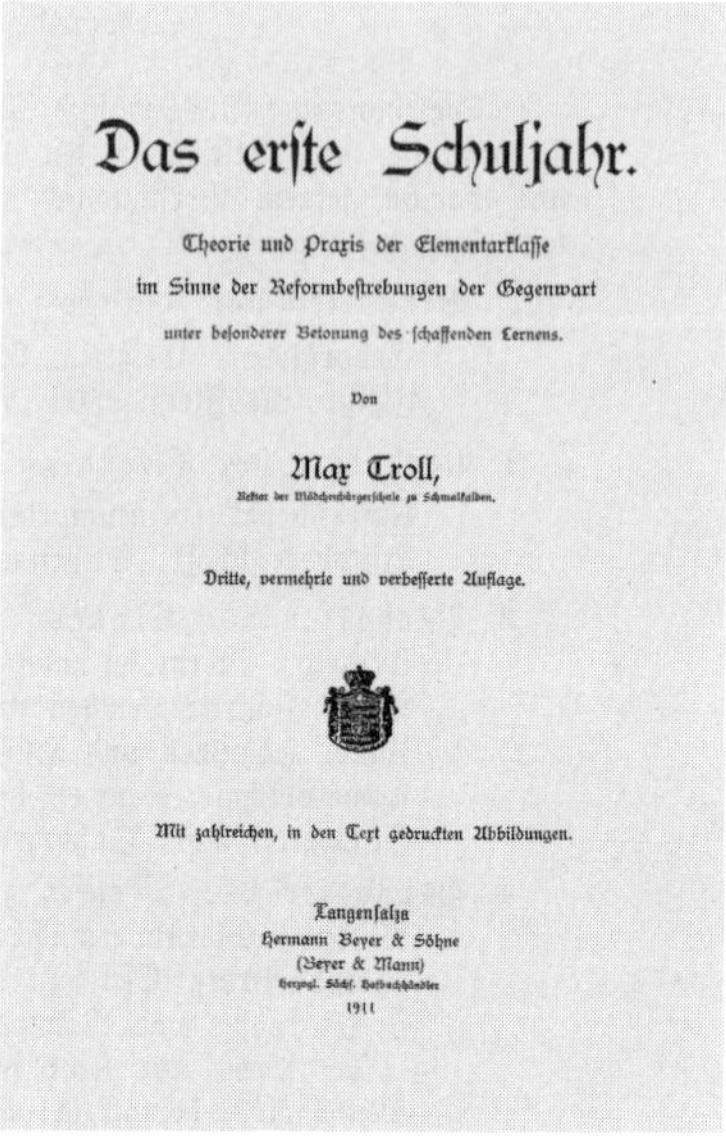

Das erste Schuljahr.

Theorie und Praxis der Elementarklasse
im Sinne der Reformbestrebungen der Gegenwart
unter besonderer Betonung des schaffenden Lernens.

Von

Max Troll,

Rektor der Mädchenbürgerschule zu Schmalkalden.

Dritte, vermehrte und verbesserte Auflage.

Mit zahlreichen, in den Text gedruckten Abbildungen.

Langensalza
Hermann Beyer & Söhne
(Beyer & Mann)
Herzogl. Sächs. Hofbuchhändler
1911

トロルの『第一学年』

ところで、トロルにはラインらの『小学校教授の理論と実際』とそっくりに、各学年別の「理論と実際」という主旨で『第一学年——初級クラスの理論と実際。創造的学習を特に強調した現代の改革志向において』[40]という著書が『メルヒェン教授』に先立ってある。当時はトロル以外にも『第一学年』というタイトルの本が続々と出版されていた[41]。それらに選ばれているグリムのメルヒェンそのものはツィラー、ラインらの選択を踏襲しており、基本的にはツィラーらの教授法に沿いながら、各人が微調整を加えた教授法を展開しているに過ぎない。ツィラーがメルヒェン教育を提唱して以来、ラインらが九版まで版を重ねる一方、同様の本がさまざま出て、メルヒェン教育法は百家争鳴の状態であった。トロルの『第一学年』が出版された一九〇七年には、ラインらの『第一学年』は七版まで出ていた。ラインはそのころは教育学会の会長であったが、ラインらのテクストは版を重ねるにしたがって、教師の発言まで逐一細かく指定し、複雑になっていた。そのように厳密に指定された教授法は考案者以外の者には使いにくい。トロルの『メルヒェン授業』の前書には、「落第生（Sitzenbleiber）」が多いとあり、『第一学年』のタイトルには「授業案の改革」という言葉がつけられている。

このトロルの『メルヒェン授業』と『第一学年』という二種の本を高木はどのように用いたのか検証してみる。『第一学年』の初版（一九〇七年）はライン・ピッケル・シェラーらの『第一学年』の第七版（一九〇三年）を参考文献として挙げているが、ヒーメッシュの文献指示はなく、十八話のメルヒェン一覧表もない。第二版（一九〇九年）は未見。他方『メルヒェン授業』（一九一一年）には、ツィラー、ユスト、ヒーメッシュなどの参考文献が列挙されており、十八話のメルヒェン一覧表と、そのメルヒェンに含まれる九項目の倫理関係が述べられている。また、自分自身の『第一学年』の第二版を参考文献としてあげている。『メルヒェン授業』の内容の「子どもの空想性」「メルヒェン提示の方法」「メルヒェン授業の必要性と価値」「メルヒェンの選択」「教授案での配列」等は、高木の『童話の研究』に含まれているものと類似している。『メルヒェン授業』の半年後に出されたトロルの『第一学年』の第三版には『メルヒェン授業』と同じく十八話のメルヒェン表と倫理の九項目はあるが、ヒーメッシュやユスト、ツィラーなどの参考文献リストはない。なによりも『第一学年』の構成は、各メルヒェン毎に、地域の勉強、歌、遊戯、絵、算術の教授法が附属しており志操教育の材料であるグリムのメルヒェンを中心にして、他のすべての授業をするという具体的な教育実践指導書になっているが、高木にはこの部分がまったくない。また、実践に選ばれているメルヒェンには、グリムのほかに「イエスの誕生」「十二歳のイエス」「イエスが子どもを祝福する」というような宗教説話が入っているが、これも高木にはない。こうした事実から、高木はトロルの『メルヒェン授業』の方を用いたのであり、『第一学年』は見ていないと言える。なお、トロルの『メルヒェン授業』はメルヒェンの語りを重視する「展開―口演形式」[42]で、ドイツのメルヒェン、つまりグリムのメルヒェンを選んだ理由について、故郷の大地に根付いたものであるからとトロルが書いているのも[43]ツィラーからのものである。

ところで、高木には『童話の研究』に先立つ三年前に、もう一冊の童話研究書があった。『修身教授　童話の研究と其資料』である。[44]高木の論文や本を復刻した関、大林、山田の三氏[45]とも、グリムのメルヒェンと日本の童話研究に関して看過できないこの本に言及していないところを見れば、これは「世に知られていない、もう一冊の童話研究書」とでも言おうか。児童文学について明治の初期からの膨大な数の翻訳を網羅した『児童文学翻訳作品総覧　明治 大正 昭和 平成の135年翻訳目録』[46]にも載っていない。しかしこの本は『童話の研究』の中核とも言うべき内容を持つもので、高木敏雄の研究活動の過程を示すものとして、また、グリムのメルヒェン翻訳の一つのサンプルとして、さらにはグリムを移入した教育学関係や、「童話」、「児童文学」の視点からも意義深い。タイトルの「修身教授」、「研究と其資料」という言葉や、第一篇　総説の「童話教授の価値」、「材料の選択」、「童話教授の方法」などという項目は『童話の研究』と同じで、ヘルバート学派のものである。

「本書に採録する家庭童話の数は、すべて十八篇にして、悉く世界童話集中の珍たるグリム童話集に出づ。此の十八篇はすべて、小学校に於ける修身教育の資材として、家庭童話の必要なることを始めて唱道したるチルラー氏、「童話教授」の著者ユスト氏、「小学一年に於ける修身教授」の著者ヒーメッシュ氏、「小学教育の理論及び実際」の著者トロル氏等の選択せしところにして…此外アイゼナッハ市の選択に係るものは、その材料と数とに於てユスト氏の選択せるものと、全然一致し、唯其順序に於て少しく異るのみ。エナ市の選択に係るものは、総数十四にして、内十一は同じくユスト氏のものと一致し、残余の三個の中二個はトロル氏の選択せるものと一致し、唯一個のみ何れのものとも一致せず。本書の第十八番の童話これなり[47]。」

高木は「四者二市」が選んだ延べ数七一のグリムのメルヒェンから重複を取り去った十八話を「選択童話」として詳しく紹介している。「選択童話」としたのは、グリムのメルヒェンから教授用に選択された童話という高木の造語で、ヘルバート学派の言葉では「メルヒェンの配列」のことである。高木の記述は時系列を無視してユストやトロルを基準にし、「アイゼナッハ市のもの」、「エナ市のもの」を論じているが、正しくはツィラー、ラインらのアイゼナッハの選択、同じくラインらのイェーナの選択、ヒーメッシュ、ユスト、トロルの順番である。「アイゼナッハ市」と高木が言うのは、ラインがアイゼナッハにいたときにツィラーの選んだ十二話の一部を入れ替えて選んだ十二話の配列で、「エナ市」といのは、ラインがイェーナに移ってから再度選びなおして十四話にした配列である。つまり、「二市の選択」はラインらの選択になるグリムのメルヒェンの配列のことである。このことから見て高木はラインらの『第一学年』を知らなかったと言わなければならない。また、ここには高木が参照した筈のトロルの『メルヒェン授業』はあげられていない。ヘルバート学派にあっては、子どもの発達を考慮した教育的見地から「童話の配列」は重要とされ、様々の配列が出来たのだが、高木の念頭に配列の重要性への配慮はない。また、ヘルバート学派の提示形式などの教授法にも一切触れず、ひとえに家庭でのお話の材料としている。また、ツィラーを始めとする六種の教授案がすべてグリムのメルヒェンから採られていることについて独自の考察をしているが、キリスト教の教育のためというヘルバート学派の事情を踏まえていないので、考察の方向が異なり、徒労に終わっている部分がある。ゲルマニストとしての高木の視線はグリムのメルヒェンそのものに向けられている。

翻訳された十八話。括弧の中は一般的な訳とグリムの番号。

1　星の小判（星の銀貨　153）
2　狼と子山羊七疋（狼と七匹の子山羊　5）
3　藁と炭と豆（麦藁と石炭と豆　18）
4　赤頭巾（赤帽ちゃん　26）
5　竜宮のお婆さん（ホレさま　24）
6　雄鶏と雌鶏（ならず者　10）
7　牝鶏のお葬式（雌鶏の死　80）
8　畜生仁和賀（ブレーメンの音楽隊　27）
9　鷦鷯と熊（ミソサザイと熊　102）
10　狼と狐（狼と狐　73）
11　金満家と貧乏人（貧乏人と金持　87）
12　三人怠惰者（三人の怠け者　151）

13　雪枝と桃枝（雪白とバラ紅 161）
14　稲の穂（麦の穂 194）
15　三人小母さん（三人の糸つむぎ女 14）
16　鳥松（見つけ鳥 51）
17　灰団子（灰かぶり 21）
18　御粥鍋（甘いお粥 103）

これらのタイトルはかなり独自性があるが、メルヒェンの訳そのものは、大筋ではグリムの原典に忠実で、ラインらの『第一学年』や、その日本語訳に見られるような、登場人物の性や親子の入れ替えなど、物語自体を損なうような変化はない。ただ、細部では文化の違いや時代の影響や高木個人の価値観で修飾され、微妙にニュアンスが変わっている。「星の銀貨」の一部を一例としてあげてみる。

高木訳（傍点中山）	傍点部の原文
可愛らしい女子《むすめ》さんが有りました。	小さな
可哀相に、お父さんも、お母さんも、死んで了ひまして、	（なし）
その御握飯《おにぎり》は、近所の小母さんに、戴いた	やさしい心の人

温和しい、正直な子でありましたから　　いい子で信心深い
今に神様が助けてくださるだろう、と思って、　　神のみ心にまかせて
山の中で年取った乞食に遇ひ　　かわいそうな男に

緒言の最後には「最近数十年に於ける童話を材用とせる少年読本類の刊行は、数百種の多きに達すべし」と書かれていて、当時の状況が分る。さらに「而も本書の編者を除きては、未だ一人の日本文献に現れたる民間童話の蒐集と公表とに着手せしものあるを聞かず。此方面に於ける編者の事業は、萬人環視の下に、昨年四月以来日々進行し、ひさしからずして其大部分の完結を見んとす。本書の編者は、本書に次で、小学校教育修身参考資料としての、日本童話選の編纂に着手せんことを期す」と高らかに宣言している。この日本童話選とは、大正七年に同じく大葉久吉によって出された『家庭教訓童話』[48]である（後述）。メルヒェンの蒐集はグリム兄弟のしたことであり、高木はそれと同じ事に日本で初めて着手することを強くアピールしている。ただし、教訓という言葉はグリムと無縁のものである。次の修身教授と言うのも、ヘルバート学派そのままである。『修身教授　童話の研究と其資料』が出された数ヵ月後には『日本傳説集』[49]も出され、また、柳田國男と雑誌『郷土研究』も共同出版しているので、この年、高木がどれほど意気軒昂であったかが分る。

『童話の研究と其資料』の存在や重要性が認識されなかった理由は、一般人や研究者がその重要性を認識する知識を持たなかったからである。具体的には明治二十年にヘルバート学派のライン、ピッケル、シェラーの『第一学年』によってグリム兄弟の『子どもと家庭のメルヒェン』十四話が日本に伝えられたこと[50]、高木の『童話の研究』

の背景が、実はヘルバート学派のトロルによるものだということ、『修身教授　童話の研究と其資料』が、『童話の研究』に先立つ中核で、トロルの六種類の「第一学年教授案」に選ばれているグリムのメルヒェン十八話を訳したものであることなどが知られていなかったからである。濃紺に白い桜を散らした装丁は、ドイツに対抗する日本という高木の思い入れを表している。

高木の『童話の研究』は、トロルの『メルヒェン授業』を読み、そこに紹介されているグリムの十八話を翻訳し、その上で独自の考察を加えて『修身教授　童話の研究と其資料』を出した上での集大成である。ユストやヒーメッシュの名前はトロルからの引用である。しかし高木は当時の日本人からみた批判を随所に加え、「トロルの示した倫理的関係の中に、忠君とか愛国とかいうものが欠けているのはもの足らぬように思われるかもしれない」などといった言葉を書いている。高木がトロルに行き着いたのは不思議だが、そこまで行きながら、多数の教育系童話集にあふれているラインらに到達していないのも不思議に思われる。何らかの理由で、意図的に無視したのであろうかとも考えられるが、先述のように、ラインらの選択を市の選択と訳しているところを見れば、やはりラインらの具体的なメルヒェン教授案を知らなかったと考えられる。

『日本傳説集』は『童話の研究と其資料』と同じ年に出されている。高木は学生時代から多くの論文を書いて華々しく登場したのだが、その後七年の中断の後、一九一一年からまた書きはじめ、一九一二年には少なくとも三篇の論文を書き、一九一三年には爆発的に少なくとも十種の執筆をしている。翌一九一四年には一気に少なくなる。『日本傳説集』は、東京朝日新聞社が「民間傳説及童話募集」の広告を出して集まった「数百件」の中から

「一方に於ては、選択の厳正を守り、他の一方に於ては、報告者の意志を尊重する」という条件で二百五十余りに絞り、独自の分類により編集したものである。「厳正なる意味に於ての民間伝説集と名づくべきものを未だ一つも持たず民間伝説の研究に関しても、未だ何らの信頼するに足るべき定説を示されていない今の世間に於て…」渇望されているので出版したと自負している。高木が「自ら筆を執って、報告者の文章をつづり直し…原文の趣を保存」したと言っているところは、グリム兄弟の『子どもと家庭のメルヒェン』への序文を踏襲している。

『修身教授　童話の研究と其資料』で自信にみちて予告されていた『家庭教訓童話』(51)には、著者名として高木敏雄の名前がなく、発行者で、科外教育叢書刊行会編集部編纂代表の大葉久吉の名前しかない。凡例に「文学士高木敏雄氏の執筆されたものである」と書かれているので、はじめて高木のものと分るという異例の形式である。そのためか、この本も埋没している。『家庭教訓童話』というタイトル、凡例として書かれている言葉から、これもへルバルト学派であることを表している。前書には次のように書かれている。

「…国民教育に根底をおき、学校科外に於ける無上の良教科書、青少年に対する絶好の良友…」「…有益にして趣味ある材料をあらゆる方面に採り…」「…知らず識らずの裡に智能を啓発し徳器を成就し、堅實善美なる性情を涵養せしめん…」「…読者の自学自習に適せしむべく其の行文を平易簡明にし、又絵書をも挿入…」

この言葉は大葉のものか高木のものかは判定しがたい。

収められているのは三十二話、一話平均九頁あまりの比較的長い話である。かなり創作的な手を入れているので特定しにくいが、その中にグリムのメルヒェンの翻案が少なくとも三話含まれている。

10　茶目（ならず者 10）
12　廃兵仁和賀（ブレーメンの音楽隊 27）
20　鳥獣大合戦（ミソサザイと熊 102）

これは三つともヘルバート学派のリストに入っているものである。「廃兵仁和賀」だけが『修身教授　童話の研究と其資料』の翻訳と同じタイトルであるが、他の二つは変えられており、特に「茶目」は内容から少しずれたタイトルである。他には「古家漏（古家の漏り）」、「章魚坊主（猿の生き胆）」「飛んだお土産（松山鏡）」など、現在では落語などで親しまれているものがある。観音、地蔵など、信仰にかかわるものも多く、全体として土俗的、日常的で、文体も構成も冗長で緊張感が緩く、文学性において高度なものとは言い難い。日本文学の特性とは言え、グリムのメルヒェンの特徴とされる抽象性からは距離がある。

『童話の研究』などが半世紀以上埋没したことについて関敬吾は、「当時の皇国史観と、高木の世界史的研究方法の結論との間に、彼を沈黙させる、きびしい現実があったのではないか」と言い、「(昔話研究には) 柳田國男がとったいわゆる一国民俗学的方法と、比較・文献学的方法、すなわち、本書の著者高木敏雄が取った方法が」あり、「日本における昔ばなし研究は、おおむね柳田の方法によってきた」ため、高木のものが埋没したと言っている。しかしメルヒェン集である『家庭訓育童話』に対して、伝説集である『日本國民傳説』[52]では、共著の小笠原によるものかどうか不明であるが、強烈な皇国史観が全編を貫いており、「是等の傳説を除いては、我国の歴史を解することが出来ぬ」と神話と伝説を直結させている。また、外国、とくにドイツやグリムを非常に意識して、日本が遜色なく、ときにはそれ以上であると、何度となく胸を張っている。「『子どもと家庭のメルヒェン』は世界で有名なもので、いまの日本でもだれひとりとして知らぬものはないくらいである」、「ドイツの民間には『子どもと家庭のメルヒェン』のほかにも、いろいろの童話集がおこなわれている。もっとも、いちばん評判のよいのはグリム童話集である」、「グリムの収集はきわめて完全におこなわれ、その取捨選択はきわめて正統におこなわれたので、その童話集は世界の童話の粋を集めたものとして、すべての童話集にまさっている」などの言葉がある。童話の研究については、「他の文献科学の研究と同じく、材料の比較に重きをおくのであって、材料の研究が源泉と徴証によるのはいうまでもない」と、科学性を重んじている。

関敬吾は、高木の論文にはボルテ・ポリフカの『グリム昔噺の注釈』第一巻、一九一三年刊の分析方法がしばしばみられると言っている。[53]「富者と貧者」（グリムでは「貧乏人と金持」（87話））の類話についての詳しい記述などを見ると、高木はボルテ・ポリフカの『子どもと家庭のメルヒェン』への注釈本を参照していると思いたくなるのだが、しかしこれは『比較神話学』（一九〇四年）にすでに載っており、[54]発表年不祥の論文「日本古代の山岳説話」にも入っている。ボルテ・ポリフカの第一巻は一九一三年、「貧乏人と金持」の項がある第二巻は一九一四年であるから、『比較神話学』の段階では、この件に関しては、高木はボルテ・ポリフカを読むことはできなかった。他の個所では、このような分析はあまり見られないので、高木はボルテ・ポリフカではなく、グリム兄弟自身の一九二二年の注釈を丹念に読んでいたと考えられる。関はまた、「アルファベットと数字とを複合する方法もしばしばみられる」と言っているが、これは『童話の研究』と同じ大正二年に書かれた『早太郎伝説』で、人物や出来事をAa＋Caなどと表しているのが一つあるのと、先述のトロルの表の記号化ぐらいのものである。関が『日本の昔話　比較研究序説』を書いたのは、関が高木の『童話の研究』の復刻を出した年で、トロルの表の記号化が強く印象にあったと思われる。関はヘルバート学派のグリムのメルヒェンによる教育の詳細や、トロルの著書を知らないので、『童話の研究』に驚嘆し過ぎたのではないかと思う。高木の研究はグリムとヘルバート学派の土台の上に立って、アジア、日本を加えた高木独自のものであった。神話学、伝説、童話という、グリム兄弟と同じく、近接する三つのジャンルについて著書を著し、文献学として童話を研究しようとしていること、そして、グリムがドイツのオリジナリティを主張したのと同じように、高木は日本のオリジナリティを求めていること自体、高木は忠実にヘルバート学派の路線上でグリムの足跡を追っていたことを示している。『子どもと家庭のメルヒェン』を皮切りに、『ドイツ語辞典』、『ドイツ文法』と、深く広範な業績があるグリム兄弟であり、『ドイツ神話学』も兄のヤーコプの大きな業績である。このグリムの軌跡は文法や辞典など語学系を除いて、高木の研究そのものであった。「民間童話の蒐集」や「傳説集」も、まさしくグリムのしたことである。グリムのメルヒェンを「家庭童話」と訳し、日本の童話をグリムに倣って外国種も含み込んで広く捉えるなど、高木は誇り高く日本のグリムであろうとしていたのだ。

三−二−四　蘆谷重常

高木敏雄が「童話」について盛んに論文を発表していた頃、他にも『童話の研究』とついた本が何種類か出ていた。この事実は教育界で用いられた「童話」という言葉が注目を浴びる状況になったことを現している。その一つは蘆谷重常著『教育的応用を主としたる　童話の研究』[1]である。これについては以下のような言葉がある。

「…明治期の童話教育論を集大成したものが、蘆谷蘆村（重常）の『教育的応用を主としたる　童話の研究』（大正二年）であった。これはまた、童話の体系的な研究書として、はじめてのものでもあった。[2]」

菅忠道のこの言葉は間違っていないが、その一ヵ月後には高木の『修身教授　童話の研究と其資料』が出ているので、ほぼ同時に出たとも言える。菅は高木のこの本にまったく言及していないので、その存在を知らなかったとみて差し支えない。「蘆谷蘆村は実演童話界の中央組織」として…実践的課題としてステージ童話の技術研究、理論的課題として童話の発生・発達という二つを主とする童話学の建設をめざしていた」と書かれているが[3]、ヘルバート学派のメルヒェン教育には、そもそも理論があって実践があり、実践には二つの形式があり、その一つは、メルヒェン教育の最初の提唱者ツィラーの口演授業（Darstellender Unterricht）で[4]、高木敏雄が参照したトロルの方式であり、ここに「ステージ童話」と書かれ、小波が「口演童話」と言っている「語り」を主としたものである。もう一つの形式はラインらの第六版で比重が増した提示形式（Darbietender Unterricht）である[5]。「童話の発生・発達」の背景にはツィラーも言及していたベンファイの理論があり、結局、蘆谷もヘルバート学派そのものである。この蘆谷の本には文学系の権威者として巌谷小波、教育系権威者として樋口勘次郎の序がある。小波の序には、「通俗教育の必要が認められ、童話即ちお伽噺の研究が注意され、内務省及び帝国教育会で講習会が行われ、（小波は）講師を勤めた」とあり、国が挙げて童話教育に力を注いでいたことを証言している。蘆谷の『童話の研究』の内容としては心理学からのアプローチも含まれるが、大部分は童話教育について述べており、各教科との連絡（1．修身科、2．国語科、3．歴史地理科、4．理科）、「童話の価値及話し方一班」などというところはヘルバート学派の再現である。

蘆谷重常は大正元年から昭和十一年ぐらいまで、いくつか童話関係の文献を著しているが、『童話の研究』はその最初期に属する。「ジョオシ、タウンセンド氏、英国王立亜細亜協会会員アルブスノット氏、英国考古学会会友エドゥイン、ハァトランド氏ノ著書に負う所少なからず」と著者の序に明記されているので、これらの文献を底本としており、ラインらドイツ語のテクストは直接参照していないと思われる。内容的には、ラインらが「チルレル氏の…一二篇…を一四個に改め、凡てグリムの童話より選んで…情操教授の統合中心とした」と要点を書き、『第二学年』のロビンソンについては、「ルソーが其の『エミール』に於いて之を激賞してより、欧州初等教育の教科書としてどの位の感化を及ぼしたか知れぬ(6)と書いている。また、第三章　教育上より見たる童話という章があり(7)、教育に寓話やメルヒェンが用いられた経緯について、「イソップ物語を最も多く賞用した人は、宗教改革者マルチン、ルーテル Martin Luther である…予は聖書以外に於て天下に之（イソップ物語）に優れる書籍のあるを知らぬ。かかる鄙近にして簡単な文章の中から、最も準備なる訓戒、忠告、教授を受けうるものは外には全くない(8)」と書いているが、聖書を引き合いに出していることから、蘆谷自身の文と言うよりは、翻訳の文のようである。

グリムについては、アンデルセン、イソップ、アラビアンナイトなどと比較しているが、「グリムの童話が従来最もひろく我国に語り傳へられたのは、我國の教育が独逸に範を採り、独逸はまた童話教育の本場であって、その童話はグリムを以て主としたるが為であるかも知れぬが…」[9]と、明治の状況を示している。グリムのメルヒェンからは、1、小さい兄妹（11）　2、ハンスとペギイ（15）　3、狼と七疋の子山羊（5）　4、背嚢と帽子と角笛（54）　5、大胆な裁縫師（20）　6、聖母マリアの養ひ娘（3）　7、白い蛇（17）　8、善い売り買ひ（7）　9、忠義なヨハン（6）　10、賢い百姓（104）　11、ブレメンの音楽師（27）　12、雪子姫（53）　13、怜悧なハンス（32）の要約が述べられている。ペギイはマーガレットの愛称で、マルガレーテの愛称であるグレートヒェンの忠実な英語訳で、このことからも蘆谷が英語文献を参照していたことがわかる。これらの一連のメルヒェンには、ツィラー、ラインらの系列からは「狼と七匹の子山羊」と「ブレーメンの音楽隊」の二つしかなく、大きく変化している。最後に、説話法の実例があり、語る技術が明確に示された口演形式だが、「因幡の兎」、グリムの「狼と七疋の子山羊」、アンデルセンの「雛菊」の話がラインらの指導書と同じように段落に分けられて教授案が示されている。これはヘルバート学派そのものである。

さらに、第三学年の「チューリンゲン物語」の詳細を述べているが、これは、佐々木らによって明治三十八年に訳されているラインらの『第三学年』の第四版と同じものである。日本の昔噺としては、他に、桃太郎、かちかち山、猿蟹合戦、花咲爺、舌切り雀、浦島太郎、瘤取りなどが取り上げられている。

三―二―五　二瓶一次

大正初期に『童話の研究』と銘打った研究書が相次いで出された二つ目の例は、高木の『童話の研究』の数ヵ月後、蘆谷同様名前も同じ『童話の研究』を出した二瓶一次である[1]。これには蘆谷の『教育的応用を主とたる童話の研究』にもまして多くの権威者が名を連ねているが、「小波先生序」には、「教育中毒」の時代があり、それは「文明国の面汚し」であったとある。荻原忠作の序には、「童話の教育的勢力は実に侮り難き」「研究に着眼するの士の僅少なること」「お話即ち教育」などという言葉がある。ほかに真船民伊先生序、沼田笠峰先生推薦、蘆谷重常先生跋、沼田笠峰、山内秋生、鈴木哀果書簡等がきらびやかに飾られており、童話研究が権威主義の中にあったことがわかる。

このように教育界への批判が読み取れる序や推薦文と相反して、内容的にはヘルバート派による教育実践者のもので、蘆谷重常の『童話の研究』とかなり似ており、「ヴィルマンが童話と年齢との関係をのべたこと」にも触れているほか[2]、ライン氏の「道徳的陶冶の効あるもの」、トロル氏の「道徳的思想に富むもの」といふ選択箇条[3]、「ヘルバルト派中のツィラー、ライン諸氏が教育の方法を論じて、児童精神発達の順序は人類の開化発達の段階と相応ずる[4]」などの言葉、あるいは「童話と修身科との連絡関係[5]」という項目など、ヘルバート学派そのものである。トロルの名があるが、それ以上の言及はないので、高木の『童話の研究』をふまえていると思われる。「ヘルバルト派の教育学者と童話」の項では、ルソーが「チルレル、ライン諸氏に百年を先立って」『エミール』のなかで、童話ロビンソン・クルーソを絶賛し、ロビンソンを用いたと、先の蘆谷と同じことを述べている。

「グリーム」と「アンデルセン」を対比させているところでは、アンデルセンは文学的で思想があり、読む童話で、後世にグリームを凌ぐであろう。グリームは口碑にもとづく聞く童話であるとしているのも蘆谷と同様である。また、グリムは「なんらの個性的色彩に満てる中心思想といふものがない」「アンデルセンは絢爛華美…近代的色彩にみちた形式と内容とをもってゐた[6]」と書いたあと、「文学といふ立場からのみ見る場合にはアンデルセンの童話は確かに優れてゐる。が、しかし童話が有する唯一の武器であるところの単純素簡といふ點に於ては迥かグリームに劣る…[7]」という言葉は的確だが、そもそも創作としてのアンデルセンのメルヒェンと伝承であるグリムのメルヒェンを比較するという基本的なずれがあるのも蘆谷と同じである。[8]「西洋の代表的童話」として、「グリームの童話」の「狼と山羊の話」「赤頭巾」「命の水」「三人兵士」をあげ、「いまや二つや三つを知らないものはない」、「創作品ではない…集めて編纂した童話」であると紹介している。このメルヒェンのうち、「狼と七匹の子山羊」以外は先の蘆谷と重なっていない。グリムの業績について、「日本においてこれを求めれば文学士高木敏雄氏の事業が相当する」と、これも蘆谷と同じことを書いている。

「グリームの童話の特徴はすべてを通じて簡潔であり、素樸であるところにある。内容も外形も極めて単純であり、簡素である…あまりと奥行を持たないのである」「グリーム兄弟が其の編纂に當って自己の思想を何等加へなかった點に於て面白味がある」という言葉はグリムの本質をついており、マックス・リュティを思わせる。[9]「…（グリムは）極めて口述に適していた。此點が一般に歓迎せられ、一般に行き廣がった第一の理由であるのである」というのは、グリムの原作のメルヒェンではなく、ヘルバート学派の「語りかける童話」教育が明治の学校で普及したことから来ていると思われる。グリムのメルヒェンは洗練された簡潔な文体で語ることも出来るが、「読むメルヒェン」、あるいは「読み聞かせるメルヒェン」であった。

興味深いのは、西洋のお伽噺と日本のお伽ばなしの比較で、[10]「空想」は、西洋のアラビアンナイト、グリームが勝り、「恋愛」の項では、アンデルセン、グリーム、アラビアンナイトに結婚が多いと述べ、ヴェデキントの「春期発動」（一八九四年）にまで言及している。「日本にはまだ両性間を謳ふた童話がない」、「西洋の物語に見る男女両性の愛を取り扱ったものと同座し得べき性質のものではない」という視点は、たしかに教育関係者のものではない(11)。

二瓶もグリムに対応させて日本の昔話を取り上げ、瘤取り、かちかち山、舌切雀、花咲爺をあげ、さらに、当時の文部省による国定読本の昔噺等を分類し、学年が上るにつれて、童話が少なくなっていると指摘している。ただし、「読本中には童話がたくさんあるが、修身には、一つもわが国固有の童話を挿ない」のは、「その価値がないから」で、童話は児童文学、国民的文学として読本にあるべきだと言っている。ヘルバート学派の大前提であるキリスト教が日本では大前提となり得ず、単に童話として捉えられ、修身科でなく、国語読本に移されてもなんら不都合はなかった。ラインらは「物語（Geshichte）」と大きく枠を定めて、一年生はグリムのメルヒエン、二年生はロビンソン、三年生は聖書と土地の領主にまつわる伝説という順序で教材を配列しているが、二瓶はこれに忠実で、純童話、寓話、その他（歴史、口碑伝説）という細かい分類をしているところも蘆谷と同じである。ハウスクネヒトに教えを受けた谷本富らの山口師範学校のリストや、波多野らの翻訳などが影響しており、ほぼ忠実にヘルバート学派の教授案を日本に当てはめており、イソップからの寓話はともかく、純童話とその他とされた歴史物語、口碑伝説に取り上げられた選択は真剣なもので興味深い。

一年生　純童話：猿と蟹、桃太郎、瘤取り、花咲爺

寓話：兎と亀、狐と鶴、犬の欲張り、
その他（歴史物語、口碑伝説）：牛若丸、餅の的
二年生　純童話：浦島太郎、
寓話：鵜と烏、狐と野菊、サヾエの自慢
その他（歴史物語、口碑伝説）：ノミノスクネ、因幡の兎、富士の巻狩、那須の与市
三年生　純童話：無し
寓話：鹿の水鏡、かうもり
その他（歴史物語、口碑伝説）：天の岩戸、小子部のすがる、鵯越のさかおとし
以下略

さらに説話の実際という項目では、国定読本の桃太郎（と山内一豊の妻）をラインらの五段階教授法で提示しているところも、どれほど忠実にラインらの教授案が実行に移されたかを示している。

第一段　婆さんが桃を拾って帰るまで
第二段　桃太郎の誕生まで
第三段　桃太郎の生立ち及出征
第四段　鬼ヶ島合戦
第五段　凱旋

欄外には、ラインらの『第一学年』などと同じように、指導のための細かい指示が書かれている。二瓶の書いていることは、ほぼ同時期の蘆谷のものと非常に似ており、また、昔話の四分類などは数年前の高島平三郎のものとほとんど同じである。明治後期から大正初期にかけてこのように類似した童話研究書が続々と出されたことは、ラインらの『第一学年』が源となって童話が教育手段として国を挙げて奨励され、どれほど注目されていたかの証である。

三―二―六　柳田國男

柳田國男は「(高木敏雄とは) 一年半ほどの間、殆ど毎日のやうに往来して居たことがあった」と『比較神話学』の前書に書いているが、それは『郷土研究』を出した大正二年頃のことである。柳田は明治八年、高木は明治九年生まれの一歳違いであった。この前書には「高木君の新しすぎた学問」という表現もある。この関係は一年余りで解消され、高木は大正十一年、松山高校のドイツ語講師になるまで七年ほど、郷里の熊本に退いた。関係が途絶えた原因については不明とされるが、グリム兄弟やドイツ語の文献を読むことにおいては、柳田は独文科卒の高木の敵ではあり得ず、高木の「新しすぎる」学問に対して微妙な状況が生じ、そこに二人の齟齬の一端があったかもしれないという推察もできる。ともあれ、学界主流の人物と見解が異なれば、悲哀を被ることになるのはよくあることらしい。後述の中田千畝について野村純孝が、柳田に離反した者の凋落を「高木と同じだ」と述べている(1)。柳田学を受け継いだ人たちは、偉大な柳田を著書のなかでも個人的な感慨をもって「柳田先生」と書く。大藤時彦もその立場であるが『柳田國男の学問とその影響』(2)の中で、「高木敏雄の昔話研究は柳田先生より一歩先んじていたといえよう…柳田先生がこの方面に手を染められたのは昭和に入ってから」であると言っている。また、関敬吾は『日本の昔話』(3)の中で「近代的科学的意味における伝説・昔話研究の端緒となったのは高木敏雄の研究であり…柳田國男はこれよりやや遅れ」、「高木は比較研究方法に徹して…柳田の研究方法はわが伝承文化を対象とする日本民俗学、言い換えれば一国民俗の枠内における研究であった。柳田の科学的立場からすれば日本民俗学の樹立ということが一つの大きな目標であった」として、ゴンム(4)からの「論理的摂取」が見えると指摘している。相馬庸郎は、柳田の大学時代に関して「…東大法科大学政治科入学。明治三三年七月東大卒業」としか記述されていないことについて、柳田の他の詳細な記述と違い、大学時代をあっさり片づけていると言っている。(5)橋川文三も「柳田國男の青春体験」において(柳田の)「大学における勉強の内容も、今のところ資料とすべきものが乏しい」と言い、さらに「柳田の回想は、そのおどろくべきディーテールの鮮明さの反面、ある経歴、ある人間関係について、しばしば鮮やかに沈黙している。これはそれ自体、柳田の人と思想を見る上で一つの問題点である」と、鋭い見解を述べている。(6)時代的にみて柳田が在学した頃の東京大学にヘルバート学派の影響がなかった筈がない。「鮮やかに沈黙している」ことの中に柳田の原点があるような気がする。

三―二―七 中田千畝

『日本童話の新研究』は大正十五年に文友社と坂本書店から出版されたが、昭和五十五年に村田書店から復刻された。序は巌谷小波。復刻版で解説を書いている野村純一は、「危うい達成」「多くの文献を用いての博覧強記ぶりにはかつ目したが、この人の場合には却ってそれが危うい。きわめて危うい」と書いている。中田は報知新聞編集者で三十歳の若さであった。野村によれば、最初中田が執筆していた雑誌『旅と伝説』は、第八号から柳田國男の連載が始まると、創刊当時の執筆陣は淘汰され、「中田千畝の退場」となる。「新興民俗学の学統に参加せず」の高木敏雄同様、柳田学派と袂を分かったことで不遇となったとのことである。(1) 野村はまた、「中田千畝の『日本童話の新研究』は、高木敏雄の『童話の研究』と切り離しては考え難く、書名、緒論等が高木のものと重なり、高木を「まさに意識しつつ、それでいてなおこれを積極的に修正」しようとしているが「どれほど超えることができたものか、…いささか疑わしい」と書いている。

中田によれば、明治期に小波によってお伽噺という言葉が使われ、大正になって童話となり、大正十五年を「童話の全盛期」と言っている。「数百の新聞、数百の月刊誌、教科書、童話書の出版は年二三百種」。中田の言葉から、当時の日本の童話の代表は、桃太郎、舌切雀、かちかち山、浦島太郎、花咲爺、猿蟹合戦で、その他として、羽衣物語、姥捨山、竹篦太郎、文福茶釜などがある。ヘルバート学派への言及はない。ヘルバート学派はすでに表面から消えていた。しかし中田は高木の『童話の研究』を踏まえており、このようなタイトルの本を書いたこと自体、ヘルバート学派の流れの中にあったことの証である。

三―三　教育学系童話集の系列
――樋口勘次郎、佐々木吉三郎・近藤九一郎・富永岩太郎

三―三―一　樋口勘次郎

当時、教育界でヘルバート学派の路線に沿って精力的に活躍した樋口勘次郎は、「女子乃友」（一八九七年）の「金持と貧乏人との話」の冒頭に「此はグリムの原作でチルレル、ラインなどが撰《えら》みたる十二の昔噺の中の一つでありまます。此処にはいささか改作しておきました」と、断り書きをつけている。(1)

樋口らの前書も含めて、当時の日本語で書かれたものだけを読んでいるかぎり、ツィラーとラインの共同作業によってグリムのメルヒェンが十二話選ばれたかのように誤認するが、ツィラーはラインに先行する師であり、最初にグリムのメルヒェン十二話を小学校の授業に用いることを提案し、紆余曲折の後、ラインがそれを改良し、最終的に十四話を選んだのである。日本に入ったのは、ラインらの十四話であり、ツィラーは直接には関係ない。「チルレル、ライン」と続けて書くのは樋口の特徴で、随所に出てくる。そのため、注意深く樋口の言葉を読まないまま、この二者を一まとめにして『第一学年』の共著者と間違えた文献は、教育の分野にもドイツ文学関係にも出ている。(2)

樋口のメルヒェン関係の本としては、『修身童話』と、『独逸童話集』[4]の前書「童話教授につき」が知られている。『修身童話』[3]（一八九八年）には教育界の権威、谷本富のはしがきがある。

「昔ばなしは、児童のお伽草として…教育の材料として、最も能く児童の天性に適応せるもの…想像を旨とせるのもならざるべからず。…教育の目的とする所は、主として児童の徳性を練磨するにあり…昔噺は…自ら善悪正邪を判別せしめ、賞罰応報の理を感得せしむべし…」、「初めて就学せる児童の教材の一部分となすの便なるに如かざるべきか…欧米諸国にては、実に夙に斯くなされたるをみるなり。グリムは勿論、アンデルセンの昔噺なども亦…」、「げに昔噺は…遠き昔より、かたりつたへて、所謂国粋の最も粋なるものと称せらるべきものなり…彼の国に於ける昔噺に…独逸にて有名なる〈ホルレ〉女の譚は、女神フルダ或いはフリッグの古伝なりなど言ふが如し。」

谷本は特設教育学科でハウスクネヒトから直接講義を受けてヘルバート学派の意図をよく消化しており、谷本を通じてラインらのメルヒェン教育が現場の教育関係者に伝えられており、その影響は大きい[5]。谷本はヨーロッパ伝承のホレさまが女神フルダの古伝と書く高度な知識を持っていた。ただ、伝承蒐集のグリムと基本的に異なる創作童話のアンデルセンをグリムと同列で扱っており、現代まで続くその混同がこの時代にあったことを示している。

谷本とは異なり、特設教育学科で講義を受けたわけではないが、東京大学のお膝元の高等師範学校で影響を受けていた樋口自身もほぼ同じことを書いている。

「グリムの昔噺が、尋常小学一年級の修身教授材料として、児童の理解に適し、興味に応し高尚なる感情を養ひ、明瞭なる倫理を教へ、時間を超越し、空間を解脱し、自在なる想像をはたらかして、純潔なる詩歌的生活を為さしめ…好材料なることは、チルレル、ライン等の夙に唱導せるところ」

勘次郎はツィラーのグリム十二話に同数の日本の昔話を並列させている。

「尋常一年級の分は、桃太郎、猿蟹合戦、花咲爺、瘤取爺、舌切雀、勝々山、浦島太郎、物臭太郎、大江山、狐の手柄、松山鏡、大黒様の十二編より成り、毎編、ライン氏撰むところの（チルレル氏の撰みたるとは、いさ、か異なり、）グリム氏作童話壱編と右二種の談話に関係ある理科談とを付録とす。」

樋口勘次郎が日本固有の童話を熱望したのは、児童の生活する地域の環境の中で教育を行うという、ツィラー当初からの方針があったのだが、それが当時の日本の皇国史観とうまく合体し、「桃太郎の話は…義勇奉公の精神を養ひ、冒険遠征の思想をこぶし、父母養育の洪恩を悟らしむるを旨とす」という言葉や、「…てんしさま　にちゅうぎを　つくし　たいと　おもいます」という桃太郎の言葉にストレートに出ている。勘次郎の『修身童話』について以下のような証言がある。

「…桃太郎の話を皇国民教育に利用しようとした意味でも、時代の先駆けと見られると思います(6)」

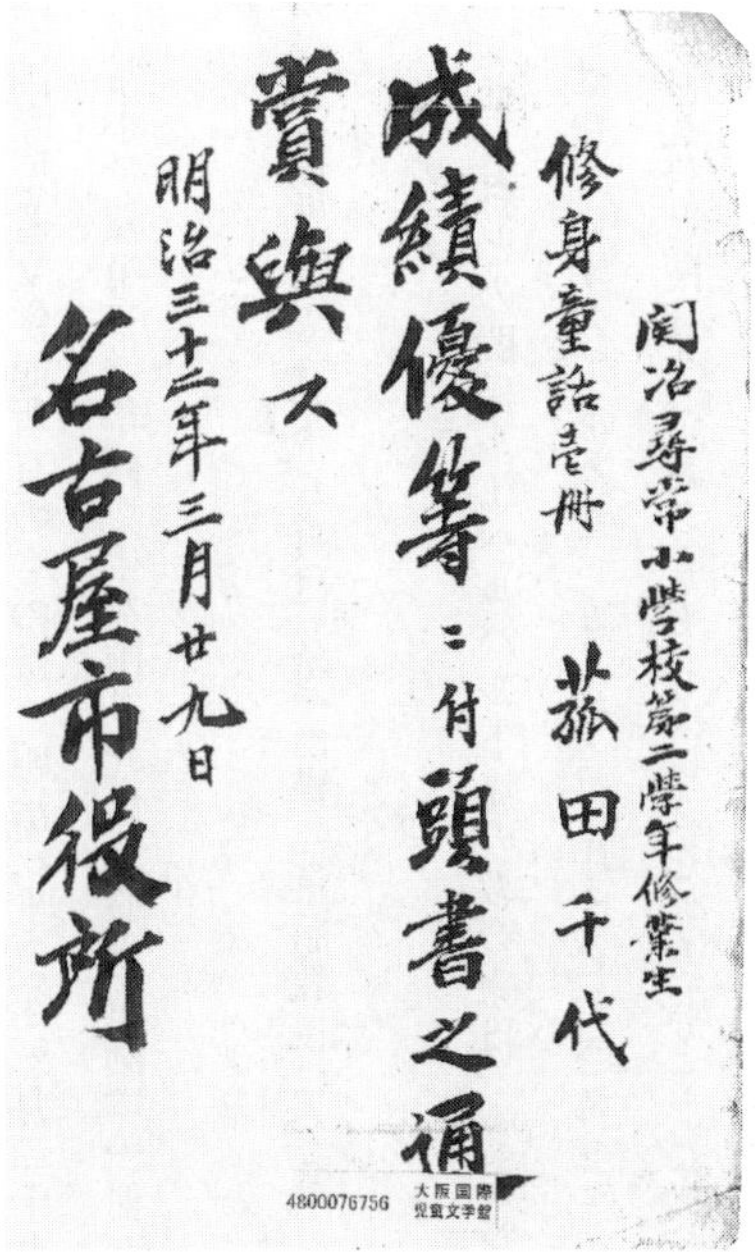

大阪国際児童文学館所蔵『修身童話』

この言葉は否定的なものではなく、皇国史観が大切なものだとする時代のものである。

巌谷小波は明治四十四年にお伽噺について各界の人物にアンケートをしたが、勘次郎は「昔話の価値は、第一倫理の判断を養ふことにある。第二の価値は因果応報の哲理を知らしめるにあると答えている[7]。ここでもキリスト教によるラインら倫理の主旨と、仏教の因果応報が合体している。樋口は後に『統合主義新教授法』などとタイトルをつけた本をいくつか出しているが、これもラインらの『小学校教授の理論と実際[8]』に書かれたように、理科、算数、音楽など、すべての学科を統合して教えることである。樋口はツィラー、ラインらの論理を忠実に日本で実践しようとしたのである。この本には尾崎行雄[9]が巻頭言を書き、「小学教育に於ける童話が偉大の効果を有する」ので「全国小学校に一巻を呈す」とある。尾崎はグリムについて「童話の作者として世に最も著はれたるは、独逸の人グリム兄弟となす。其作欧米到る処として訳せられざるなく、近時我国に盛に刊行せらるるお伽噺亦骨子を之に採りて新裁の衣を著けたるに過ぎざるもの多し」と、樋口とは正反対とも取れる見解をつけ、当時の状況を批判している。大日本国民中学会会長という肩書きのもとに尾崎が関係しているという事実は、ラインらの教授法が日本にどれほどの重みを持っていたかの証である。樋口のこの本は学校教育の場で重宝されたようで、大阪国際児童文学館所有のものは、明治三十二年三月二十九日付けで「成績優等ニ付頭書之通賞與ス」と書き、関冶尋常小学校第二学年修業生菰田千代に『修身童話』一冊が名古屋市役所から与えられている。

『独逸童話集』の十八頁に及ぶ前書「童話教授につき」でも他教科との関連は明快に書かれている。(10)

「他教科との関係――ヘルバルト流の教育家は、之を意衷（Gesinnung）教授の中心として、他の教材を皆之に統一せむといふのであるが、かく統合の中心とせざるまでも、他と関係連絡をはかることは必要のことである。之れを修身科と関連すべきこともしくは之を修身科として教授すべきことは前に童話の価値についていったことでわかる…国語科…博物教授…美術科…唱歌」…図画や手工…遊戯…」（ママ）

樋口が「意衷教授」としているのは、波多野らでは情操教育と訳されている。樋口はツィラー、ラインらの言葉をそのまま引用している。

「児童に道徳上の教訓を與ふること…童話は社会を支配して居る道義の規則をきわめて了解し易い形に写し出して仁滋、礼譲の尊ぶべき事、勤勉、忍耐の大切なること、因果応報の誤らざることなどを識得解悟せしむるものである…童話は倫理的の断定をなす基礎を児童の心中に作るので…」

樋口は、この童話集が「童話教授」と「家庭の読物」という二つの側面を持つことを紹介し、さらに「童話教授につき」では、「教育的価値」、「教授上の注意」、「教授例」と三章立てにして、ヘルバート学派の説を忠実に詳しく伝え、「私はチルレルの意を講釈するので、彼の言葉其のままを伝へるのではない」と断っている言葉は正直である。ラインではなく、ツィラーを出している理由はわからない。

「童話の教育的価値」のところでは、想像力には「美学上、道徳上の努力の根源」があり、「人生をしてますます高尚な境域に進ましむる」もので、「一層完全なる理想を作らしめ」「天空に飛翔せしめ」るが、樋口の考えでは、想像力が欲するのは「角帽、えび茶、陸軍大将、楠正成、おひな様、汽車旅行、海外外遊」と、急転直下、現実的な次元に落ち、当時の日本の社会状況を示している。しかしその文中には、童話は「過去と現在に縛られず」「社会にある種々の欠点をも其のままに写しだして善い点と対照せしめてある」と、メルヒェンの本質にかかわる言辞があり、想像力を高めるには「教育者の用いる方便材料」としてではあるが「詩的制作物」という言葉を使っていることからも、ヘルバート学派の本来の意図を伝え、メルヒェンをいささかなりとも文学として認識している。とはいえ、日本の児童に適していない所は「換骨奪胎…程よく変化し、又は可然言葉を補って」と示唆している。冒頭に引用した「グリムの原作でチルレル、ラインなどが撰《えら》みたる十二の昔噺の中の一つであります此処にはいささか改作しておきました」という言葉はこのことを指しているのだが、「いささか改作しておきました」と平然と言えるのが、明治の翻訳文化であった。「グリムの童話はドイツの歴史及び国民性が生み出した…我国の児童に語るにあたりては余程取捨選択をした上に、尚若干の変化を加えて話すといふことが必要で…この書によって日本の各地に伝播せられて後、次第に我国人の思想と口とによって潤飾せられて、日本風の童話となってしまはんことは、誠に望ましい…」。最後には、「昔噺とグリム童話との優劣」という大胆な章がある。「一寸行司がしにくい」と言いながら日本の昔噺は「千編一律に因果応報を説きすぎてある、鎌倉時代の坊さんなどがこしらえたものだといふが…」と言い、さらに「欲の深いお爺さん婆さんと、無我の爺婆との対照であり過ぐる。アンデルゼンやグリムにはかういふ欠点は少ない」と加え、道徳教訓は昔噺が勝るが「我国の昔噺は凡二十許のもので、種が早くつき易く、「日本昔噺の単調を破らむがため」翻訳ものは歓迎すべきであると言っている。

少し本題からはずれるが、『修身童話』の前書の勘次郎の言葉で面白いのは、樋口一葉に教育のための童話を書かせようとしたことだ。

「其の後、小学の教育に経験なきものに、学齢児童を目的とする者（ママ）を書かしめむことの、不可なるを悟りたれば、文章家の筆をかりて、余の考案になれる童話を著さんと思ひ、昨年六月、故樋口一葉君に托せしが、着手後間もなく、七月末なりけん、君病を得られて、十一月二十三日といふに、不帰の客となられたれば、此の望みも中絶しにき。」

勘次郎は、ヘルバート学派に即して、材料の選擇、排列、他科との関連について卒業論文を書き、二十八年に卒業後、高等師範付属小学校教員になり、教科書の編纂を行っていた。そこで明治二十九年六月十七日に博文館を通じて一葉に手紙を出したのだ(11)。

…小學初年級用修身談として桃太郎花咲爺の類なる昔噺より着手仕度是にハ漣山人の作も有之候へとも小學教育に其まヽ用ゐんハ如何かと思ハるヽふし多く又教師の参考までにかき添ふへき事も少なからす候へハ御助力を得て改作仕度考ニ御座候…

これに対して一葉は日記に次のように書いている。

「二十三日午後樋口勘次郎約の如く来る　背ひくヽいろくろく小ふとりのせし品格なき人なり　左のみハものかたる事もおほからす…まずは手はじめに桃太郎さるかになどの昔しはなしより着手あらまほししとて漣君のものしたる昔しはなしそこはくさしおきて行く…此人の趣意一あたりおもしろけれど学校の教科書に小説を用ひんといふやうの斗画あるいささか行はれかたきことならずやとかたふかる。[12]」

一葉は桃太郎花咲爺の学校の修身教科書のための改作の依頼に対し、まずは会ってみようと、決して否定的ではなかったが、面会してみると「背ひくヽいろくろく小ふとりのせし」と外観にまず嫌悪を抱いた。一葉が師と仰いだ半井桃水の瀟洒な姿が対照的に思い出される。次に「品格なき人なり」と一刀両断に人物を否定している。たしかに、小波をけなしたことにも品格のなさが現れている。さらに「左のみハものかたる事もおほからす」と、語り合える存在ではなかったことを表している。

七月十二日の勘次郎再訪問のときも話が弾むことはなく、お帰り願っている。

「かたる事もさのみハなき上けふは人々のけい古日なれは其由いひて断りいふ、しはしにして歸る。」

昔話の改作については、手紙では桃太郎花咲爺とあったものが、日記では「さるかに」が入っている。勘次郎は巌谷小波（漣山人）の『日本昔噺』をけなしたうえで一葉に改作を頼んだのだが、この点に関して、『樋口一葉全集』の［補注］には「…勘次郎の計画は、一葉の知る教材の概念を甚しくはみ出たものであったが、彼女の危惧は小説を古典と同等の位置に置く事を許容しない潜在観念、即ち純文学としての信頼を缺いた小説に対する意識や、王朝・中世文學、漢籍、儒書等の講讀を通じて身に着いた傳統的教育観に根ざすと思われる。(13)…」と書かれている。しかし、この解釈はすこし方向が逸れている。勘次郎は最初に「修身」のための教材となるものを書いて欲しいと依頼しており、「文学」として小説を教材にしようとしたのではなかった。横道にそれるが、「品格なき人なり」と一葉に書かれた人が『尋常修身教科書』、『高等修身教科書』などを出し、修身教育の根幹に携わっていたことをどう考えるべきであろうか。

久保天髄は、教育関係者たちの修身童話について否定的に語っている。

「…西羣に擬せる修身童話等の如き、元より不文なる教育家の手よりいでしもの、その稱道するに足るもの少なき、固より怪しむに足らず。(14)」

自らの文学性について限界を知る勘次郎が、グリムに対応して当代一流の一葉に話を持ち込んだのは良い着眼であった。勘次郎が求めたものは日本のグリムであった。グリムのメルヒェンのように、伝承を踏まえながら文学性の高い文体の童話集を求めたのである。勘次郎が一葉に嫌悪感を抱かれることがなければ、そして、一葉が病に倒れることがなければ、文学の薫り高い昔話集が出来ていたかもしれない。

樋口勘次郎は『修身童話』シリーズの第一巻「桃太郎」を出した明治三十一年に『統合主義新教授法』、『統合主義各科教授案』、『教授法講義』など、ラインらの教授法をそのまま日本向けに書き直したと言ってよい教育者向けの本を次々に出し、その後も同様の本を出している。特に『教授法講義』は文部省講習会と副題がつけられ、「上　理論の部」、「下　実際の部」と、ラインらの『小学校教授の理論と実際』をそっくり踏襲している。また、明治三十七年に出た橋本晴雨の『獨逸童話集』の樋口の「童話教授につき」は、いわばラインらの『第一学年』の要約とも言えるものである。その中の（第三　教授例）の冒頭には以下のように書かれている。

…ライン氏が、ピッケルといふ人とシェラーといふ人を補助としてかいた「ヘルバルトの主義に従へる小學教育の理論及び実際」といふ本のなかから、童話教授の例を譯戴して吾國の父母及び教師の参考に供しませう…

そしてラインらの「狼と七匹の子山羊」の教授例を簡単に紹介している。

この『獨逸童話集』は大日本國民中学會の出版、その会長は尾崎行雄で、巻頭には尾崎の「…之を刊行して全国小学校に一巻を呈す」という言葉がある。つまり、この本はいわば国の意思で日本全国に配布されたと言ってもよいもので、万人が知っていたと考えてよい。ヘルバート学派の日本全盛時代である。この時期には波多野氏らによって『第一学年』の日本語訳はすでに出されており、ライン、ピッケル、シェラーという著者名も書かれていたが、それは教育の専門家向けのものであった。樋口は『獨逸童話集』という一般向け、子ども向けの本で『第一学年』の中身を簡潔に紹介し、出典も著者名も明記した。しかし出典と著者名に注目した童話、児童文学関係者、グリム関係者は、私の管見によればなかったようで、グリムのメルヒェンがラインらの『第一学年』によって特殊な地位を占めて日本中に広められ、その後の日本近代童話、児童文学の隆盛の原点になったと認識されることはなかった。現代においても、明治、大正の童話、グリムのメルヒェンの翻訳、児童文学に目を向ける人は必ずこの本に目を通すはずだが、これを見逃し、『第一学年』の著者は、樋口などの文中に頻出する「チルレル、ライン」としている研究関係者さえある。この本を注意深く読み、ラインらの『第一学年』と照合するなら、樋口が『統合主義新教授法』などで述べていることはラインらの『第一学年』のものであることがわかり、グリムのメルヒェンの特殊な移入状況もわかったはずだ。

樋口を論じるには、ヘルバート学派やラインらの原典など、前提となる状況を把握しなければ、正しい評価は得られない。樋口は自ら書いているように「チルレル、ラインをそのまま伝え」ており、「子どもの生活する地域に移しかえて実感を持たせる」というツィラーらの主旨に従い、猛烈なエネルギーで日本に移しかえることを実践したのだ。せっかく滑川道夫はヘルバート学派のラインによってグリムが伝えられたことに言及しながら[15]、児童文学者であるため、ラインらの原典など教育学の文献に遡ることなく、考察が浮遊せざるを得なかった。ツィラーに始まるラインらの原典はキリスト教を前提とした志操教育を主旨としており、教訓性は根本的なものだが、それに対して滑川は、「当時の教育界は、天皇制教学思想に由来する〈教訓性〉をもつもの以外の文学作品を教材にするなどは考えられないことであった。頑固な教育者たちは、昔噺さえ教訓と結びつけ（傍点中山）…」と、教訓性が日本の教育者によるものとして、本末転倒の解釈をしている。また、樋口の「修身科教授法」にドイツの「狼と七匹の子山羊」が材料として選ばれているため、文部省が「純粋なる日本昔噺」ではないと批判したことに樋口が反論したことについて、「かれ（樋口）は勇敢に先駆的開拓的実践を示した」が、「この時点では〈教訓性〉から離脱することは出来なかった」と述べているが、教訓性から脱却できないのは、樋口のせいではなかったのだ。

三―三―二　佐々木吉三郎・近藤九一郎・富永岩太郎

佐々木らの共著による『教材叢書　修身訓話　尋常科　第一巻』[1]はラインらの教授法の最も忠実な日本での実践版である。佐々木吉三郎はラインらの『小学校教授の理論と実際』の『第一学年』から『第四学年』までの日本語訳をした人物であり、この『修身訓話』を皮切りに『修身教授撮要』（一九〇二年）、『修身教授集成』（一九〇六年）など、多数の著書がある。

「ヘルバルト派の如きは…感服せざるを得ない…」

「我々は将来是非前後に連絡のある、左右に連絡のある処の一つの教則案を定めてみたい…手初めとして」

ということでこの修身訓話を試みたと書いている。それまでの修身教材は忠義、孝行、恭険、廉直、立志、勤勉、正直など、徳目に応じて断片的で、子どもに人間の感動を与えなかったので、修身の教材を読書、算術、理科などにもあてはめる「中心統合」に近い方法がよろしいと、ラインらの日本での実践を試みている。

これに先立つ樋口勘次郎の『修身童話』などでは、強調するべきところを何種類もの付点をつけ、ほとんど全文付点だらけの文を書いているのだが、ここでもかなり控え目とはいえ、同じような付点が用いられている。この印は、教師が子どもを指導する指針である。

○○○○○　は道徳的の要旨を述ぶるところに

●●●●●　は殊に注意すべき言語及理科に関する材料の如きもの

◎◎◎◎◎　は格言俚諺等に

、、、、、　は談話の仕方が面白みの在るとこと及大体の筋道を現はして居るやうな処に。

含まれている昔話は八話。

花咲爺の話、一寸法師、松山鏡、舌切雀の話、金太郎、文福茶釜、瘤娘の話、桃太郎の話。これらの昔話はラインらの教授法そのままに、一つの物語をいくつかに区分し、語りかけの様式にしている。瘤娘は文ちゃんという少女が主人公で、母への忠誠を天子さまに認められて、親子ともども幸せになるという話だが、他の昔噺と異なり、伝承として知られているものではなく、出典も不明である。従順な女の子が母ともども最高の幸せになるという構造は、「雪白とバラ紅」と同じで、グリムのメルヒェンにも溢れているが、これは天子さまというきわめて限定された現実的存在を中心にしていることで、ファンタジーにあふれたメルヒェンから遠く、子どもが主人公になっているというだけの道徳教育を前面に出した童話にすぎない。一見してわかるように、他の昔噺はすべて男性が主人公である。そこで、従順であることが最も大切なこととした女の子向けの童話を一つ入れたと思われる。

参考例。「桃太郎」。

おぢいさんおばあさん

桃太郎の話

第一回

昔或る處におぢいさんとおばあさんとがありました、其おぢいさんとおばあさんはどんな人であつたかと云ふと、二人共に大變に能く働く人で、朝は早くから起きるし、夜は遲くまで寢ないでお働きをしました、みなさんどんなことをするのがお働きと云ふのでありますか……さうお働きには色々あります皆さんがお稽古に精を出すのもやつぱりお働きですね、おぢいさんとおばあさんのお働きは田畠を耕したり山に行つて薪を取つたり庭やお座敷を掃除したりなどするのですね、サアーそんなに能く働きますから、皆の人から賞められて、あのおぢいさんとおばあさんは誠に善い人だ、善い人だと言はれました、そればかりではありません、能くお働きをするもんですから、お金も段々と溜つて來るし、それで樂に暮すことも出來ますから、二人は大變面白く暮して居りました、皆さんはなぜ此おぢいさんとおばあさんとが賞められたかわかりますか……又なぜお金がそんなに溜りましたらうか、能く考へて御覽なさい、そんなに面白く樂に暮して居りましたが、タッタ一つ誠に哀いことには、子供と云ふものが一人もなかつたことですな、それだからおぢいさんが余所にでも行きますとね、おばあさんがタッタ一人になつて家に居らなければならんでせう、おぢいさんが歸つて來なすつたところがたつた二人きりですから、誠に淋しいのでありませう、そこでおぢいさんとおばあさんは子供が欲しくてたまりません、併し一人もありませんから、余所のお嬢さんやポッチャンなんぞが遊びに來ますとね、マアー〳〵御隣のお嬢さん、坊ちやん、能くお出でだと云うて、そりやマーどうも抱いたり、撫でたり、玩具《おもちや》をやつたり、お菓子を呉れたりして可愛がつて居りました、して其ポッチャンやお嬢さんがもう歸りませうと言うと、「マアー宜い物を上げるからもうチッと遊んで居らつしやい、マアー遊んで居らつしやい」と云うて、中〻放しません位でした、なぜ此おぢいさんとおばあさんが余所の子供をそんなに可感がつたのでせうか……さうですうちに子供がありますんから子供がはしいのですね其れで余所の家の子供達はいつもその樣に能く可愛がつて居ましたが、「どうぞ自分達にもタッタ一人でも宜いから、子供をさづけて下さい、神さま、御願でございます、佛さま御願でございます」と言うてね、手を合せて毎日〳〵拜んで居りました、皆さん、どんなにおぢいさんとおばあさんが子供が欲しかつたらうね、かわいさうでならないでせうかういふおぢいさんやおばあさんに一人でも子供が出きたら、それは〳〵嬉しがつて其子供をどんなに可愛がるか知れないねどうだらう神さまや佛さまが子供をさつけて下さるかしら、あすになつたらわかりませう

おぢいさんは山に薪採り

おばあさんは川に洗濯

第二回

ところが或る夏の日でありましたが、おぢいさんが山へ薪を採りに行きました、おばあさんは門の處までおぢいさんを送つて往つて、おぢいさん、左様なら早く御歸りなさいと言うて家へ戻つて來て………「おぢいさんは此暑いのに毎日〳〵働いて、御苦勞なことである、私《わし》も遊んでは居られないおぢいさんが昨日《きのう》汗だらけになすつた着物でも早く洗つて上げやう」と言ひながら、おぢいさんの着物を抱へて川へ洗濯に行きました、おばあさんが洗濯する川は池の水やドブの水のやうな穢い水ではないのです、井戸の水よりも奇麗で、底の方にチー、小さいお魚なんぞ遊んで居るのが、シッカリ見える所で、大變に奇麗な川であるんです、其川にお洗濯をして居りましたが、其川の水に寫つた自分の顔を眺めて「嗚呼私ももう年を寄つたが、まだ子供がなくて何より悲しい、神さまや佛さまに何時も御願ひ申して居のだけれども、もう駄目だらうか、サテナー〳〵」と獨言を言ひながら、ポチヤ〳〵洗濯を始めて居りますと、川上の方からドンブリコッコスッコッ

三―四　お伽噺・童話集の系列
――巖谷小波、木村定次郎（小舟）、石井民司（研堂）、鈴木三重吉、森林太郎・松村武雄・鈴木三重吉・馬淵冷祐、島津久基、菊地寛、宇野浩二

三―四―一　巖谷小波

巖谷小波は「明治時代に、日本における児童文学を確立した人」と言われ、[1]『こがね丸』は明治の児童文学の出発点であり、[2]『こがね丸』に「少年文學」という辞を冠したことにより、小波は近代児童文学の祖と言われている。その傑出した才能と環境に恵まれた個人的状況は認められて当然であるが、教育学におけるメルヒェン事情に目を向ければ、小波は決して突発的な存在ではない。

「…巖谷小波が刊行した「日本昔噺」（明治二七年）、「日本お伽噺」（明治三〇年）「世界お伽噺」（明治三二年）のシリーズが大成功をおさめたことから、それに促されて、幾つかの類似のシリーズが刊行され始めました。樋口勘次郎の『修身童話』（明治三一年）はその走りでありましょうが、やや下って有力出版社から発行された目ぼしいシリーズに次のようなものがあります。金港堂「お伽文學」（明治三七年）、春陽堂「家庭お伽噺」（明治四一年）、冨山房「少年世界文學」（明治三五年）[3]」

この考察は逆転している。樋口勘次郎は純粋に教育学の立場から行動しており、すでに明治二十七年、樋口一葉に教育のための日本昔噺の再話を依頼していた。[4] 巌谷小波の所属していた硯友社の創立は、まさしくグリム兄弟のメルヒェンがヘルバート学派を通じて導入され、メルヒェンによる児童教育が爆発的に起った明治二十年である。いわば欧米文化導入の真っ只中にあった。その創立者とされる尾崎紅葉、夏目漱石、上田萬年が揃って一八六七年生まれで、明治二十年当時ほぼ二十歳、東京大学で最も新鮮なドイツ事情に触れていた。この事実だけでも、グリムのメルヒェンが教育材料とされていることを小波が知っていたと考えていいのだが、小波は子ども時代からドイツとのかかわりは深く、ドイツにいた兄のプレゼントでオットーのメルヒェン集を読んでいた。[5] 明治二十年の日記には、ドイツの新聞を読んでいたと書いており、ドイツ事情はリアルタイムで直接知っていた。[6]「こがね丸」の巻頭には「『少年文學』と云へるは、少年用文學との意味にて、獨逸語の Jugendschrift（juvénile littérature）より来れるなれど…鴎外兄が所謂稗物語も同じ心なるべしと思ふ」と書き、小波の少年文学がドイツと直結していることを示している。小波は早くも明治二十一年には我楽苦多文庫からグリムの「鉄のハンス」を皮切りに、「六羽の白鳥」、「森の中の小人」と立て続けに独自のスタイルで翻訳、ないしは翻案している。これらのメルヒェンはラインらの教授指導書には含まれていなかった。このことから、小波はグリム兄弟の『子どもと家庭のメルヒェン』そのものを読んでいたと判断される。その後、明治二十八年には「狼と七匹の子山羊」を「子猫の仇」というタイトルで、山羊を猫にかえて、

「（親猫）コレコレ、みんにゃ好い児だから、阿母さんが一寸お使ひに行って来るまで、音にゃしくお留守番する

んだよ。（子猫）にゃいにゃい。」

といったふざけた訳、というより翻案をしているが、さらに明治三十七年にも「羊の天下」というタイトルにかえて、劇形式に翻案している。小波の戯作路線の文体は、「江戸文芸から継承した言語表現のおもしろさを無視することはできない…地口、パロディ、換骨奪胎等の技法や、複雑怪奇なストーリイ[7]」と書かれている通りである。

このように自由奔放、のびやかな小波に対して、いくつかの批判が行われている。たとえば、直接ハウスクネヒトの講義を聞き、日本におけるヘルバート学派の権威で、当時、高等師範学校教授であった谷本富は、

「…漣山人の〈日本お伽噺〉…著述は、教育上の注意といふ方より評せば、多少あかぬここちもすなり…[8]」と書き、

樋口勘次郎も

「…巌谷漣君の編まれたる、《日本昔噺》二四篇、その筆妙ならざるにあらずといへども、其の言語も、其の文字も、又其の事実も、小学の教授に適せざるは、其の目的の他にあるにも、よるべけれども、すこぶる遺憾に思いたりければ、最初数編の公にせられたる頃、同氏に忠告を与へんとして、其の居をたたきしことありしが、恰も他出せられたりときさて、むなしく帰りたるままになりぬ…」と書いている[9]。

勘次郎の小波批判は執拗であったらしく、樋口一葉を訪れたときも「(小波を) くさしおきて」帰ったと一葉の日記に書かれている[10]。教育学関係者から非難を浴びる小波は、一見ヘルバート教育学と無縁のように見えるが、まぎれもなく「ヘルバート学派一点張り」の渦中にあったことは、「狼と七匹の子山羊」を何度も扱っていることが分りやすい証拠の一つであろう。さらに『小波お伽全集』第一四巻のタイトルが「教訓篇」というのも紛れもないヘルバート学派の路線であり、『学校家庭　教訓お伽噺』というのも、まさしくラインらのもので[11]、自序の「修身科の教材」という言葉も明らかにヘルバート学派の路線を現している。そしてなによりもヘルバート学派の教授法の「口演形式」、「語りかけの文体」で書き、それを実行して「おとぎ口演」を創始した巌谷小波とされていることこそ、小波がヘルバート学派の紛れもない実践者であったことを証明している。「口演」はヘルバート学派のメルヒェン教育の当初からの形式であった[12]。

『学校家庭　教訓お伽噺』の自序には次のようなことが書かれている。

「元来お伽噺には、文学的のものと、教訓的のものとがある。メエルヘンの多くは前者で、イソップの比喩談の如きは後者に属するものだ。併し何れにしても、お伽噺を以って修身科の教材にしやうとすれば、多少参酌しなければならぬのは勿論である…ライン教授が、独逸国民学校の初等科の教材として選定した、かのグリンムのお伽噺の中にも、一部の教育者間には、多少の非難がある様でもある…されば今この教訓お伽噺の、西洋の部を編むに当たっても、大いに其選定に苦んだが、殊更に其教訓の意味を明示しないのは、教育者が自己の常識によって夫々適当の教訓を施した方が、はるかに自由であらうと思ったからだ…」

ここには「ライン教授」という直接的な言葉さえあり、「非難がある」というところも、そのままヘルバート学派である。ただ、教訓とあるからにはイソップのような動物寓話ばかりを入れることとなり、グリムなどのようなメルヒェンを入れることが出来ないので、「大いに其選定に苦んだ」というあたりに小波らしさがあり、「殊更に其教訓の意味を明示しない」のは小波の文学の立場からの見識である。小波の悩みは大きかったようで、当時の文筆界、教育界の諸氏にお伽噺をどう思うかというアンケートをした。以下にその回答の一部を抜粋する。(13)

東京市教育課長　戸野周二郎君「…ヘルバート一派の如きは、お伽噺は、修身上の材料とならざるべからず、しからざるものは、教育上何等の価値なし、と論じて居る…」

文部省視学官　吉岡郷甫君「西洋お伽噺の想像わ思い切って大きいが日本のわ極々小さい、それに教訓が余りに露骨である、随ってこせこせした、ませた人間を作り易い、今日の教育家の多くわ、教訓の露骨に表れたものでなければ価値がない様に思って居るが、それわ大きな誤りだ、教訓の露骨なものわ面白くない、面白くないものわ感応も少ないわけである、お伽噺の重なる価値は、児童の想像力を刺激する所にあるのだから…」

早稲田大学講師文学博士　坪内雄蔵君「明治的、国民的…お伽噺を選定または創作して貰ひたい…普通行はれているのは過去の又は外国のと名づくべきものが多い。それらを悉く棄てよといふのではないが、思想、感情、思考、言語等の上に於けるお伽噺の影響の小ならざるを思へば、綴り方も内容も特に新時代のために工夫せらるべきであらう。」
京都美術学校講師　中川霞城君「…博士チルラーは曰く、お伽噺は学校初年の教育に基礎を与へるものであると。」
文学博士　佐々木信綱君「寛政七年に生れ、安政六年に死んだ黒崎翁満は言霊指南や源氏百人一首の著者ですが、お伽噺に趣味を持って居る、舌切り雀、桃太郎、勝々山、猿蟹、花咲爺、乙姫などを、古風の長歌に作りました。…」
学習院女学部長下田歌子君「…お伽噺に趣味の多い有益なものを撰んで、児どもに聞かせたらならば、寧ろむつかしい教場での修身の講話に勝る程の裨益があらうと思ひます。
又往昔のお伽噺に類した種々の物語は、近世及び現今普通に行はるるお伽噺と違って、決して修身といふ丈の狭い範囲で無かったと思ひます…」
女子高等師範学校教諭　東基吉君「…お伽噺の教育的といふ意味をただ表面に顕れた修身的の事実の如何に由らないで…広く解釈したい…一見してなんら教育的（修身的）の意味のないと思はれる滑稽なお伽噺も、馬鹿げた様な由来譚も、皆相当に教育的なのである。」
樋口勘次郎君「昔話の価値は、第一倫理の判断を養ふことにある。第二の価値は因果応報の哲理を知らしめるにある…」
このアンケートの回答に対する小波のコメントは、「文学者よりも、寧ろ教育者の方面に於て、最も重き注意を払っていることが解る…実地教育家の参考たらしむるに、頗る適当のものだと思った…」というものである。ただ、「(小波が) おとぎばなしを教育材料としてしかみない世人の観念を打破し、これを文学として扱い、児童文学者を文壇作家と同等にみるようにならなければ、おとぎばなしは発達もしないし、りっぱな少年文学は現れよう筈もないと、のべてはいるが、社会の現実に妥協するほかはなかった[14]」という言葉が小波のコメントの説明をしている。

小波がメルヒェンをどのように考えていたか、外部の見解はどのようなものであったかについては、当時の論争がある。まずは『少年文集』に「漣山人に與ふ」という武島羽衣の文が出された[15]。

「…方今少年文學の牛耳を執るものは岩谷漣なり。彼は其掌中に未来の国民を鹽梅しつつあるなり…従って吾人が山人に対する要求は一にして足らず。其二三をいはば…山人の述作は、想像偏小にして、未だ剪裁飣餖の弊あるを免れず…世界に雄飛せんとする海國少年の想像は、決して狭小なる範圍の控勒を施すべきにあらざる也…忠君愛國の気象を鼓吹せよ…前門狼をひかえて志りへに獰虎の咆哮せる我國民には最是國家的観念の必要あるを…唯に散文のメールヘンを作るのみならず、併せて韻文のフェーブルを作れ。韻文は最記臆に適す…吾人の求はなほ是に止らざれど、さまではとて止めぬ。山人以て如何となす。」

武島は、小波は未来の大人である少年の心を掌握しているので、小さな中身のないことばかりを書くのではなく、少年に国家的観念を持たせ、世界に雄飛するような大きなものを与えよと叱咤激励している。キリスト教に即した志操教育をするはずのヘルバート学派のメルヒェン教育は、日本に入って十年ほどで時代の波にもまれ、国が飛躍するための少年を育てよと迫る文を書かせることになった。武島は滝廉太郎の作曲で知られる「花」や、「天然の美」の作詞をした人で、このような勇ましい文を同一人物が書いたとは不思議な気がする。時をおかず『帝國文學』に「少年文學」という文が出た[16]。やはり小波への要望を書いている。

「…我國在来の「桃太郎」「猿蟹合戦」「かちかち山」等の諸小話は事理明白に過ぎ、着想又浅薄にして、現実的、小刀細工的、島国根性的の臭味を脱せざるを説き、此派の代表者なる漣山人に向って属望するところありき。爾来今に至る迄山人（漣山人のこと。中山註）が忠実なる細筆は暫しも休む時なく、頗る余輩の心を得たりと雖も、其着想と其容易と尚遺憾なしとは言ふべからざるものあり…今や我國には少年の侶伴たるメルヘンの作者は山人を措いて外に求むべからず、為に之に望むところも尠からず。」

小波は、「少年文學」が無署名であったのと、先の「山人以て如何となす」と返答を迫った「漣山人に與ふ」と内容がよく似ていたため、この文も武島のものと思い、「メルヘンに就て」という文を雑誌『太陽』に書いた。

「…客月発行「少年文集」評論欄に、「漣山人に與ふ」なる一説拝見、其節早速御挨拶申可之處、當時小生関西地方旅行中にて、つひつひ取紛れ候折から、又候本月発行の『帝國文學』中に「少年文學」なる一項相見え候、是も貴君の御起稿なりや否やは存じ不申候へども、略々同意味の評論と存知候間、乍序茲に御答申候。[17]」

このように悠然とした書き出しではじまる小波の文は、逐一貶されているところに答え、次に要望に答えて、メルヒェンについての自分の考えを書き、自分自身の立場についても悠然と書いている。

「…所謂御談義たらんより、矢張り御はなしたらんを期し、而も其御はなしに依りて、知らずしらずの間に、少年の頭脳に餘裕を與へ…されど、必しも寓意、教訓の筆法を、絶對的に、排斥する者には之無、時として之を用ふるも、そは忠孝仁義等の道徳主義を採らず、寧ろ尚武冒険等の腕白主義に依らんと欲する者に御座候…メルヘン即ち御伽噺少年文學の類は、本邦文壇の別架に置かれ、批評の風は一切此邊を吹かず…」

教訓や寓意が直接的なお説教ではなく、忠孝を説いたりするのでもなく、自由闊達な少年を育てようとしているのだが、「メルヘン即ちお伽噺少年文學」は文壇からは批評さえない立場にあると小波は託っている。

漣山人がこのような文を出すと、こんどは『帝國文學』に「漣山人に與ふ」という、武島が『少年文集』に出したのと同じタイトルの文が無署名で出た。

…余輩が曩きに一言を山人に寄するや山人は「メルヘンに就て」なる一文を太陽に掲載し…但し余輩の所説の端

なくも武嶋羽衣氏の『少年文集』に於ける一節と相符号する所ありとて彼我混合せられしは余輩の頗る意外とする處なりき。余輩は不幸にして其「少年文集」の一節を讀むに及ばずして筆を着けたりしなり。よし同意味の評論とはいへ累を羽衣氏に及ぼさん虞あれば念のために爰に一言して置くものなり。…「大鵬主義に進まんとする」今後の御手際の程を見んと欲するなり。(18)

この一連の無署名の文は、内容から見て久保得二（天随）の可能性が高い。久保はこの数年後にヘルバート学派のオットー・ヴィルマンの『ウヰルマン教授新論』を翻訳しており、教育には相当関心があったようだ。久保は当時『帝國文學』の編集に携わっており、論説や詞藻の部で、天随、古くは秋碧などの名前でいくつかの文を書いている。漣関係の文が載っているような雑報の部は無署名のものが多い。しかし第七巻一号には、〈余輩は數は（ママ）少年文學の叙述に就いて、聊か注文をなし、之を本誌の上に論ぜしこともあり。満天下垂髫子弟の爲に、一個の小波山人を謳歌するに吝らざることすらありき…〉という、K. T. の署名のついた文があり、久保得二と思われ、また、無署名であっても、少年文學と銘打った文や、『エミール』などに関連させて家庭教育に言及する文のうちのかなりのものは内容から見て久保天随のものと推察される。

「…群小作家の横行する現今の時世に於て自ら一派を開拓し少年文学の名目を標榜し…巌谷小波の如きは多少の識力を備ふる者となすべく、又聊か高しとすべきに庶幾からむか…然れども、彼の作るところ未だ必ずしも余輩を満足せしむるものならず。何となれば、多くは古今東西に存在せる童話の紹介に止まり、又、その創作に係るものは、僅に以て無害の読物となすべきに過ぎざればなり…」[19]

この文は、小波がそのようなものしか書けないのは「少年文學の真本領を知悉せざるに由るか…」または知っていても実行に至らないかであるとしている。ほぼ同時に二人の人物から、同じような文が出されたところに、小波への物足りなさと期待とが示されている。しかし、久保が言う「少年文學の真本領」とは実はラインらの規定のことであった[20]。

その後も『帝國文學』の雑報には小波に言及したものがいくつかある。

「…少年文學は…維新以後の産物…博文館と巌谷小波の功績…少年文學の作者としての『巌谷の阿爺さん』…文壇に一個の新要素を加えたる…新要素とは何ぞ、所謂お伽噺の叙述これなり。…山人の趣味ある筆によりて、はじめて所謂お伽噺文學なるもの、明治少年の所有となりぬ…[21]」。「…此間に唯獨りグリンム、ハウフを學びて顧みざる大江小波の漣山人をも、俗文學者の徒、漫に少年のお伽として度外に付するの看あるは更に怪しむべき也[22]。」

小波のお伽噺の文学としての評価は様々に論じられているとしても、小波はヘルバート学派教育学の「材料」としてのお伽噺に対し、文学としてのお伽噺を目指していたことは間違いない。小波はグリムのメルヒェンがヘルバート学派によって教育材料とされたことを承知した上で、当初は、広義での少年教育を目指し、「聞く楽しみ」を目的として、「演ずること」、「語ること」も重視した。グリム兄弟の『子どもと家庭のメルヒェン』を本来の文学の立場で全体として読み、翻案を試みたのだが、国の方針に直結した教育界や久保、武島など、ヘルバート学派が直接伝えられた東京大学系の論客の攻勢は強かった。また、日清戦争、日露戦争に向けて直進していた時代のため、小波も戦時色一辺倒のものを書き、結果的に「少年」、つまり次世代の大人たちは、お伽話を読みながら富国強兵の世界に駆り立てられた。巌谷小波は「お伽ばなしの小父さん」とか、「さざなみお伽ばなし」としてもてはやされた優しい印象とは異なる人物で、彼が編集していた博文館の雑誌『少年世界』などは軍国主義一色であった。日清戦争の始まった明治二十七年創刊の『少年世界』（博文館）は、たとえば、第16号の表紙は、軍服を着た子どもが海軍の旗を持って地球の上に乗っている絵である。不思議なことにその地球は二人の天使らしき子どもが支えている。地球の周りにはトンボが群れている。秋津（トンボ）島日本というのであろうか。その十年後、日露戦争の始まった年の『少年世界定期増刊』第10巻第14号の、グリムの「狼と七匹の子山羊」の翻案「お伽芝居羊の天下（グリンムお伽噺）」の最初の頁には、特に武功のあった軍人に与えられる金鵄勲章の文字と絵があり、少年たちの夢をあおっている。奥付の広告欄には『少年日露戦史』（巌谷小波山人著博文館）が載っており、第一篇「開戦の巻」、第二編「決死隊の巻」、第三編「九連城の巻」、第四編「南山の巻」、第五編「得利寺の巻」と内容も紹介し、戦争の原因、三国の干渉、挙国一致、露国の…などのほか、すべての巻に付録、軍国読本として、皇族関係、軍人関係、戦記などの読み物がある。これらの考え方は、その後、第二次世界大戦中はもちろん、以後でも、現在でも、いまだに口にする人がいるほど強く日本人に浸透している。「見よ次号の本誌！」という勇ましい言葉で始まる次号の広告は、戦時の天長節、海戦地雑談、護国幼年会、海国神仙譚、少年守備隊、十九世紀の勇士、独楽の仇

「少年世界」第１巻16号表紙

「少年世界」第10巻14号

討などの文字が並んでいる。『日露戦争実記』の一頁にわたる広告もある。

「桃太郎の鬼征伐に、大きな理由付けをしたのは、明治二七年七月に博文館から刊行された巌谷小波の『日本昔噺桃太郎』であります。日清戦争のまさに始まろうとするときでしたから、日本国民の戦意が大変昂揚しておりまして、二四歳の巌谷小波もおおいにこの波に乗りました。…鬼ヶ島は天皇の皇化（みおしえ）に従わぬ外国（とつくに）の島となって…たぶんに軍国主義的な感じがしてまいります…」という言葉は小波のこの傾向を証言している。(23)「少年文學」は男の子だけを対象としていた。

翻案文化について少し述べるなら、小波が翻案を手がけたのは、当時、硯友社でも石橋思案などのほか、尾崎紅葉もグリムのメルヒェン翻訳に手を染めたという事情がある。明治時代以降の日本では翻案文学は高く評価され、隆盛していた。欧米の文化を入れることは、当時では知識層の当然なすべきことと考えられていたことは、『帝國文學』などにも見て取れる。例えば翻案は換骨奪胎と捉えて「美なるがごとく聞え」るとし、焼き直しを「頗る厭ふべきものあり」ととらえて区別した文があり、[24]また、翻訳については「其の終極の目的は、等しく吾國文學を奨進するに在れば」と推奨されているが、「原著の内容を叙述するに止まり、措辞用語の妙より思想感情の趣を傳ふるに非されば、原作者を恥しむるの議は免れ難かる可し」書かれている。[25]土居光知は翻訳と翻案の違いについて、翻案とは「ある国語による表現を他の国語に、原作の思想や生命を害うことなく移植することである。西洋の近代文学を翻訳するためには、近代的日本語が十分に成長していなければならぬ…近代的文体が発達しなかった間、日本の文士たちは、西洋の近代小説を訳するために、「読み本」や講談などの口調を、劇のばあいには、狂言や歌舞伎のせりふなどの伝統をひく文体をもってした。それでは、作中人物と、その言葉の間に不調和が生じ…そのような不調和を克服しようと工夫を凝らしたものが翻案であって、人物も情景も、場面もすべて日本的にされている」と規定している。[26]矢野峰人は、「凡そ一国の文学が将に興らうとする時…題材や表現に於ける範を、先進国または未知国の文学に求めるのを常とする事は、英国に於けるエリザベス朝や王政復古期、また我明治時代にみられる通りで」、「翻案」とは「異国の種子を自園に移し植え咲かせた新奇な花」と規定している。[27]昭和四十年代の研究では、日本の西洋からの翻案の最初は、寛永年間のホーマーの翻案とされる『百合若大臣』と、イソップの翻案とされる元和年間の『戯言養気集』である）とのことで、翻案は隆盛を極め、「主な翻案作品は百に近い[28]」状態であった。当時は個の意識、知的所有権という概念は存在しなかった。それに、思い起こしてみれば、日本には「本歌取り」という伝統がはるか昔からあった。前人の作品を踏まえて、そこから独自の作品を作ることは、罪悪とは正反対の評価を得るもので、知識の広さ、教養の高さを前提とする芸術活動と捉えられていたという一面もある。ただ、独自の発展をさせる本歌取りとは異なり、小説の翻案が作品のテーマやプロットを用いている場合は、作品の根本的なものを取っているので、私的所有権の認識の進んだ現代には、明治期以来の考え方は苦しい。音楽の分野なら編曲と言っているもので、原作者の名前は出さなくてはならない。

三―四―二　**木村定次郎（小舟―ささふね）**

木村定次郎（小舟＝ささふね）は、ラインらの『小学校教授の理論と実際』の日本語訳『小学校教授の実際』[1]を全面的に用いて『教育お伽噺』（一九〇八年）[2]を著している。ヘルバート学派への、というより、その日本語訳への忠実ぶりは、グリム十四話のタイトルにも明らかで、波多野らの訳に多少加筆した程度で踏襲している[3]。

ラインらの日本語訳のタイトル	木村のタイトル
狼と七匹の子山羊	狼と七匹の子山羊
紅井帽子	紅帽子
見鳥	見鳥
ホルレー夫人	ホルレー夫人
無頼漢	ならず者

牝鶏の死	牝鶏の最後
藁と石炭と菜豆	藁と石炭と菜豆の旅行
穀物の穂	穀物の穂
狼と狐	狼と狐との話
ブレーメンの市街音楽者（家）	市街音楽者
甘き粥	粥の海になった話
星銀嬢	星娘

木村が波多野らの日本語訳を用いたとする根拠は、赤帽ちゃんに対して紅という字を使った例や市街音楽者という言葉が他にはなく特徴的であることのほか、なによりも、ラインらが教育上の理由でこだわったメルヒェン配列をそのまま並べていることは動かしがたい証である。ただし、木村はライン・波多野らの配列から十一番目の「雪野白子と薔薇野紅子（雪白と薔薇紅161）」と十四番目の「貧者と富者（貧乏人と金持87）」の二話を抜き、代りに「漁夫の妻（漁師とその妻19）」、「雪姫物語（白雪姫53）」、「半助の御褒美（幸せなハンス83）」、「拇太郎物語（親指小僧37）」、「お姫様と蛙（蛙の王1）」の五話を加え、アンデルセンの「裸の王様」一話を紛れ込ませている。ヘルバート学派は子どもの発達に合わせてメルヒェンを選び配列しなければいけないと考えていたのだが、教育学者ではない木村にはそれは考慮に入らなかったため、彼自身が面白いと思ったものが入ったと考えられる。しかし、子どもの居住する地域のものを教材とするという、ツィラーの当初からのヘルバート学派の方針は踏襲して、日本の部と

して、「海幸彦山幸彦」、「羽衣」、「瘤取り」、「一寸法師」、「玉取り」、「出世息子」、「姥捨山」、「養老の滝」のほか、教育お伽噺として昔話を十六話入れている。

個々のメルヒェンの内容からもラインらの日本語訳を用いたことは明らかである。「ならずもの」では、波多野らの訳では牡鶏と牝鶏、つまり、男と女の立場が入れ替えられているのだが、木村はその入れ替えをそのまま用いている。このように特殊な変更は、日本の他のメルヒェン集にはない。しかも偶然か故意か、振り仮名を入れ替え、ひどい混乱をひきおこしている。[4] また「甘いお粥」では、グリムの原話と異なり、ラインらの第六版で初めて行なわれ、波多野らの日本語訳にもそのまま訳されている、母親と娘を入れ替えるという、話の筋の上で不合理な変更を、木村もそのまま用いている。[5] このような入れ替えも他のメルヒェン集では起きていない。

総説では、聖書ではなくメルヒェンで教育することに対して批判が起ったのだと、ドイツの事情を忠実に伝えているが、ツィラーの名はなく、ラインだけを名指していることからも、ラインらの『第一学年』を用いたことがわかる。また、ラインらの指導書の子どもに対する質問を欄外に、たとえば「母山羊はなんと言て出でしか」といった具合に指示している。

木村は、大学教育は受けていなかったが大変な勉強家で、最初は名和昆虫館に勤めており、多少は英語、ドイツ語も読めたかもしれないが、確かなことはわからない。[6] 木村は緒言で「…家庭及び学校に於て、お伽噺の材料に供せんが為めに編述したるものなれば、特に教育の二字を冠し…」と書き、三十八頁あまりの総説に「お伽噺に関する議論」を書いている。樋口と同様、お伽噺の起源、種類、効用、教育的価値、非難及び弁解、童話の選択、教育の実例等々、ラインそのままである。木村の特徴は、ヨーロッパの学説を樋口よりもさらに具体的に日本や中国等

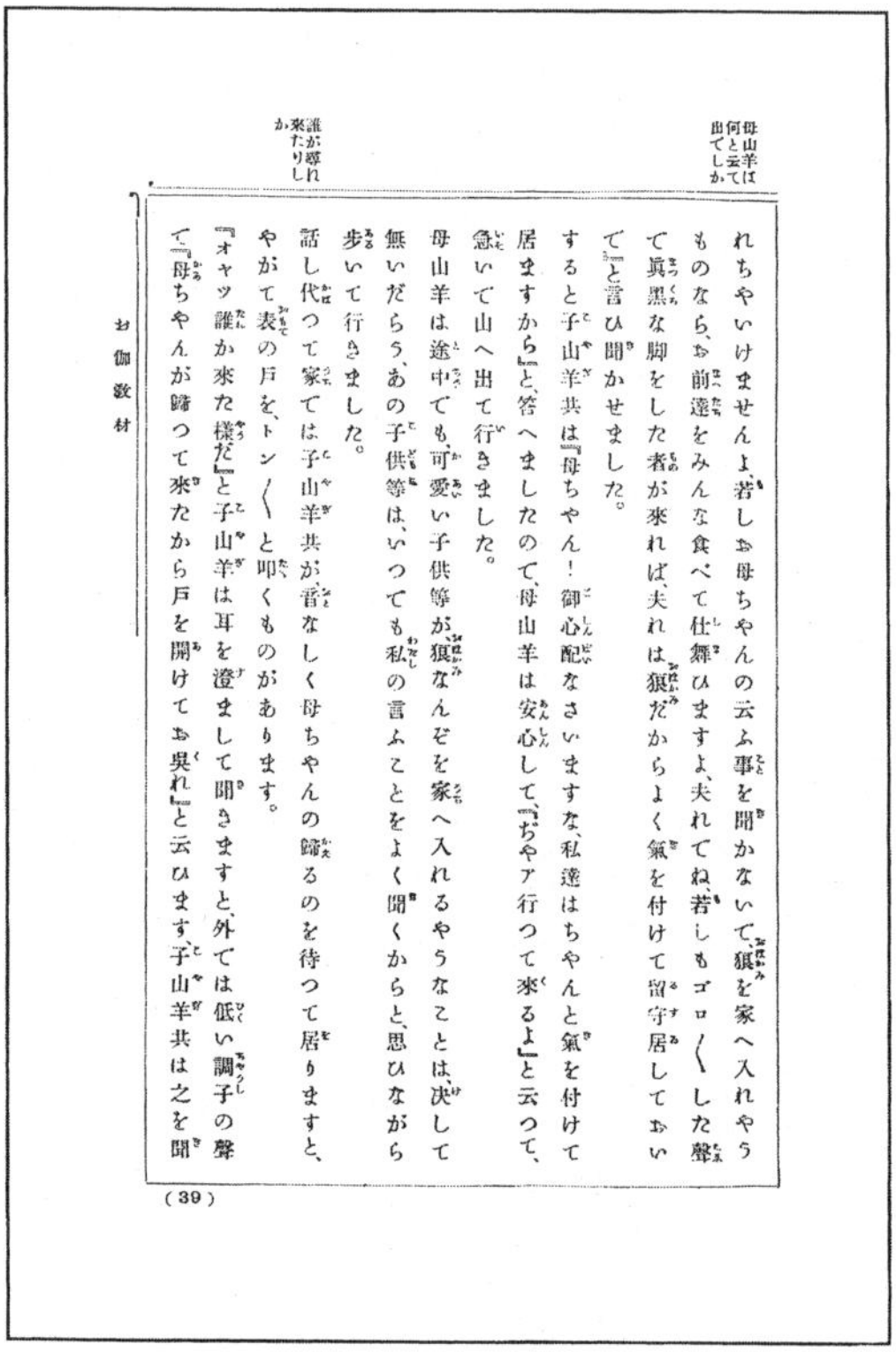

母山羊は何と云て出てしか

誰が尋れ來たりしか

れちやいけませんよ、若《も》しお母ちやんの云ふ事《こと》を聞《き》かないで、狼《おほかみ》を家へ入れやうものなら、お前達《まへたち》をみんな食べて仕舞《しま》ひますよ、夫れてね、若しもゴロ〱した聲《こゑ》て眞黑《まつくろ》な脚をした者《もの》が來れば、夫れは狼《おほかみ》だからよく氣《き》を付けて留守居《るすゐ》しておいて』と言ひ聞《き》かせました。

すると子山羊《こやぎ》共は『母ちやん！御心配《ごしんぱい》なさいますな、私達はちやんと氣《き》を付けて居ますから』と、答へましたので、母山羊は安心《あんしん》して、『ぢやア行つて來《く》るよ』と云つて、急《いそ》いで山へ出て行《い》きました。

母山羊は途中《とちう》でも、可愛《かあい》い子供等《こどもら》が狼《おほかみ》なんぞを家《うち》へ入れるやうなことは、決《け》して無いだらう、あの子《こ》供等は、いつでも私《わたし》の言ふことをよく聞《き》くからと、思ひながら歩《ある》いて行きました。

話し代《かは》つて家《うち》では子山羊《こやぎ》共が、音《おと》なしく母ちやんの歸《かへ》るのを待つて居《を》りますと、やがて表《おもて》の戸を、トン〱と叩《たゝ》くものがあります。

『オヤツ誰《たれ》か來た様《やう》だ』と子山羊《こやぎ》は耳を澄《す》まして聞《き》きますと、外では低《ひく》い調子《ちやうし》の聲て、『母《かあ》ちやんが歸つて來《き》たから戸を開《あ》けてお呉《く》れ』と云ひます、子山羊《こやぎ》共は之を聞《き》

お伽教材

(39)

狼と七匹の子山羊　木村小舟訳（KHM５）
（『教育お伽新』　明治41年10月）

の文献にあてはめていることで、神話としては古事記、十八史略、創世記、一切蔵経を挙げている。続いて「お伽噺の種類」では、「仮設的の話を小説様に書いたもの」を「メエルヘン」とし、伝承されたものを「民間仮設談（ホルクスメエルヘン）」とし、新作を「創作仮設談（クンストメエルヘン）」であると、樋口と同様、当時の最先端の研究を伝えている。しかし「独逸のアンダアセン、グリンム、オットウ」「小波山人」が「クンストメエルヘン」の泰斗であるとの言葉は、当時の日本の状況からみて、いたしかたない混同であり、また、巌谷小波の信奉者としての木村らしい混同である。他に教訓比喩談（ファーベル）としてイソップと雑比喩経、雑宝蔵経、比喩品、六度集経などを列挙し、博覧強記ぶりを発揮している。さらに、「桃太郎」「舌切雀」「大江山」など日本固有のものを「伝説（ザアゲ）」と分類し、さらにザアゲを「民間口碑（ホルクスザアゲ）」と「勇士口碑（ヘルデンザアゲ）」に再分類し、グリム兄弟の説を消化していてい

る。そして最後に「詮じ来れば神話（ミトロギー）を基本として、夫れより斯くの如き枝葉を生じ来たものと見ればﾞ差支えない」と、やはりグリムの説で締めくくっている。木村はラインらの教授法を通じて、結局は曲がりなりにもグリム兄弟のジャンルに関する概念を全体的に紹介している。「教授の実例」では樋口と同様、ライン、ピッケル、シェラーによる「狼と七匹の子山羊」の五段階法を忠実に、しかし日本的に改めて再現しているが、最後には「文部省編纂の修身書は…聊か物足らぬ様な感がします…お伽噺を交えたらよいでせう…文部省も別に何らの制裁を加へるやうなことはありますまい」と結んでいる。「お伽噺に對する非難及辯解」の項ではメルヒェンでの教育に対して起った非難について、ラインらの弁解をほぼ正しく載せているが、「…現時日本の教育界に於ける一派の非難はと言ふと、之は極単純な皮相な議論で…お伽噺には犬や猿が人間と同じ様に物を言ふたり、或は雀がお爺さんを御馳走したりする様な、実際有るまじき事が書いてあるが、若し斯う云う嘘を子供に教へて置けば、やがて其子供が大きくなった時に…お伽噺のために…教育の信用を失墜する…」というのであると続けている。メルヒェンに対する非難は、聖書ではなくグリムを用いたことが大きな理由であったから、その根本的な理由がない日本では必要がなかった筈のものである。必要のない論議まですべて真似てしまったところに、急速に成長しようとする近代日本のいじらしいまでにひたすらな姿が見える(7)。

実は、木村もラインの『第一学年』を参照していることを明記し、「お伽噺教授の実例」として「狼と七匹の子山羊」の教授例を紹介している。

「ライン氏がアイゼナッハ師範学校教授ピッケル、同シェルレルの両氏と共に著した、ヘルバルト主義小學校教授の実際と云ふ本の、初年級に於ける情操教授の大半は実にお伽噺教授法で充たされて居りますが、其内の『狼と七匹の子山羊』の教授例を左に掲げて其一班を知るの便に供します。[8]」

木村は四年前の樋口勘次郎による橋本晴雨の『獨逸童話集』と同様[9]、教授例のところで初めてラインらの名前を出しているが、ここに引用した文も樋口の文と酷似している。『狼と七匹の子山羊』の教授例そのものは樋口より波多野らの訳に忠実である。つまり、樋口に続き木村も『第一学年』の著者を紹介していたにもかかわらず、そして、木村の本もよく読まれていたにもかかわらず、樋口の場合と同様、『第一学年』に注意を払い、グリムのメルヒェンと照合しようとした人はいなかった。

巌谷小波（さざなみ）にちなんで小舟（ささふね）と名乗ったほど小波に忠実な木村は、少年文学に情熱を注ぎ、小波お伽噺を目標とし、「童話」ではなく「お伽噺」という言葉を用い、学校向けではなく家庭向けに『教育お伽噺』を出し、修身の教科書にお伽噺を入れたらよいと文部省に提言するほどであったのに、生真面目な勉強家の性格のせいか、参照したのは教育界のヘルバート学派の教授指導書で、実質的にはラインらをそのまま用い、教育界を批判しながら、「家庭および学校」での「お伽噺」での教育の「材料」を書いて娯楽性は少ない。木村の矛盾はヘルバート学派のメルヒェンによる教育が日本に揺ぎなく定着し、童話が教訓を含む教育の手段として定着していたことの証である。

三－四－三　石井民司（研堂）

『明治事物起源』[1]や雑誌『小國民』[2]などで知られる石井研堂の童話についての基本的立場は、「童話は必ずしも教訓の筋でなければならないという約束も無い」、「童話集は素より修身書でないことを一言断っておく」などというはっきりした言葉[3]から、教育界に意識的に対抗していることがわかる。「幼童が、之を読み、之を聴いて、想を恠奇の境に馳せ、神を夢幻の間に往かしめ、それだけ心意上に慰安と歓楽を支えさえすれば、その目的は達いたのである」という言葉が石井の立場である。「桃太郎猿蟹合戦花咲爺の類の普通日本童話は…近年巌谷小波君の手によって遺憾無く大成された」が、「地方の口碑」には「まだ誰も手を着けず」、「西洋種の文芸の、年を追うて行なはれ来るにつれ、わが童話の如きも、漸く世人に忘れられんとする傾き無いでもない」ので、「直接間接に各地方出身の人士について、その口授、あるいは筆録を請うて」「本書の編纂」をしたとある。ただ、埼玉県だけがなく、逆に、台湾、韓国、サハリンが当時の事情を反映して入っている。こうした蒐集意思はグリム兄弟が伝承を集めてメルヒェン集を出したこと、あるいは、その路線上での高木敏雄を思わせる。ただ、グリムの言うようなジャンル概念が日本には存在しなかったため、時間空間に縛られないメルヒェンの原則とは逆に、各話に採取地がつけられ、伝説の形になっているのも高木と同じである。内容的にも、瓜姫のように一般的な昔話も少しはあるが、ほとんどは日常生活の中の怪奇譚が多く、伝説が主体である。石井の『日本全國　國民童話』や『小國民』はラインらにもとづく教育学に反旗を翻しているように見えるが、昔話、伝説などの伝承を蒐集し、子どもたちに与えようとした行為と、国民童話という名称自体がヘルバート学派の枠内にある。

三―四―四　鈴木三重吉

鈴木三重吉も漱石の膝下にいた人物として、ハウスクネヒトが伝えたラインらの童話教育の影響があったと考えられるが、一見したところ、「私の作篇等について」の『赤い鳥』に言及しているところで、「児童の芸術教育」という表現にかすかにその痕跡が認められるにすぎない。『赤い鳥』が創刊されたのは大正七年であり、すでにヘルバート派の影響は表面から消え去り、童話による教育がポピュラーになっていたからと思われる。

「大正五年六月、長女すずが生まれる。…いろいろの子供の読みものをも漁って…そのことごとくが実に乱暴で下等なのにおどろき呆れた。そこで私は…すずに話してやりでもするような、純情的な興味から…非常に苦しい芸術的努力を注いだ…。(1)」「さしあたっていい言葉がないから、一時僕は童話と呼ぶつもりだが、日本の子供のために僕は一流の文学者が進んで童話を執筆しなければ嘘だと思う。(2)」

ここには三重吉の目で見たお伽噺と童話に関する考え方が示されている。当時流行っていた小波を筆頭としたお伽噺は文学ではない。理由は、乱暴で下等、ルーズな文章で、言葉に対して鈍感で、比喩が下等で、お伽噺という言葉自体がすでに非文学的だからだと、容赦なく否定した。全盛を極めていたのは小波らの少年向けのものであった。そこで「自分の娘に話してやりたいもの」として、「さしあたっていい言葉がない」から「童話」というものを考えるということで、童話という言葉がお伽噺という言葉に対して、高尚で文学的なものとされている。そして、「日本の子供のために…一流の文学者が進んで童話を執筆しなければ嘘だと思う」ので、自ら実行に移し、結局、文学としての「童話」というジャンルを確立した。ただ、三重吉が童話への道へ進んだ理由は、自分の娘に話してやりたいものがほしいというだけではなかった。三重吉の書生という立場であった小島政二郎は童話に手を染めるようになった三重吉の言葉として、次のように書いている(3)。

「僕はいよいよ小説が書けなくなった…仕方なしに出版をやって見たが、これも長くは続かない…文学の畑で未開の地を求めるとなると、童話が残されていることに気が付いた。」「いきなり創作といってもなかなかオイソレとはできないから、まず昔から日本に語り伝えられているお伽噺ね、あれを僕の筆で文学の高さまで持って行ってみようと思っている。それから小波のしているように、西洋の名作のリライトだ。」「それから創作童話に手を染めるべきだろう。」

三重吉はとかく言いながらも小波を踏まえて存在している。小島政二郎は、「童話という言葉は、この時初めて彼の口から聞いたように思う。この話を聞いていて、巌谷小波が一生を賭けて開拓している事実があるのに、残された処女地というのはおかしいと私は思った。」と、多少の疑問を呈しつつも、「(『少年世界』『日本少年』『少年倶楽部』などの）少年雑誌に横行している非文学的なお伽噺や少年物語を一掃しようとするところであったのだ」と、三重吉の言葉を肯定し、その意図を解説している。

三重吉の言葉は矛盾を含み、あまり高潔とは言えない意図も見えるが、「一流の文学者が進んで童話を執筆しなければ嘘だ」という言葉で、子どもをめぐる童謡、絵画などの「芸術運動」として『赤い鳥』を創刊し、芥川龍之介に「蜘蛛の糸」を書かせ、西條八十に「かなりあ」、北原白秋に「あわて床屋」を書かせるなど、香り高い童話や童謡を世に出したことは大きな成果で、児童文学史上得がたい価値を持つ。「お伽噺」が「非文学的」なので「さしあたって童話」という言葉を選んだという三重吉の言葉は、お伽噺が戯作路線に乗りすぎた結果でもあり、教育界に基盤をおく童話という言葉が、文学を包含できるものと解釈されたからである。グリムを「材料」とした「童話」が教育の場から家庭へと広がり、大正期に入って『童話の研究』というタイトルをつけた本が相次いで出されるほどに[4]「童話」が定着したことにより、その土壌の上に鈴木三重吉の『赤い鳥』が大きく羽ばたいたと考えられる。

ただ、遠藤周作は、『海と毒薬』で、小学校で『赤い鳥』を読み聞かせる先生の気に入ることを意識して、「純真で少年らしい感情を感じさせる作文」を書き、それが「良心的」だと褒められて、自分の欺瞞を意識する少年を描き、『赤い鳥』の教育学的特徴を批判的に書いている。これは作家自身の体験を踏まえていると思われるので、昭和九年頃と考えてよい。このことは、ヘルバート学派の極めて弱まった形での残渣が『赤い鳥』にあり、それが昭和の初期にもあったことを示している。

三重吉が『赤い鳥』を創刊した大正七年には、小川未明の代表作とされる『金の輪』が出ている。情感に溺れた序文のタイトルは、内容にそぐわない「童話の詩的価値」というもので、この言葉にヘルバート学派が厳然と残っている。

三―四―五　森林太郎・松村武雄・鈴木三重吉・馬淵冷佑

『標準於伽文庫』[1]は全六巻から成り、「日本童話」、「日本伝説」、「日本神話」の順番で出版された。これは『日本お伽集』神話・伝説・童話として二巻に纏められて復刻されたが[2]、なぜか童話と神話の出版順序が入れ替えられ、「日本神話」「日本伝説」「日本童話」と並べられている。挿絵が白黒以外は省かれたのはともかく、順番を逆にした理由は不明であるが、復刻とするからには原本を忠実に再現する方が良かったのではないかと思われる。この復刻版の解説には「口承文学の学問がほとんど先行していなかった当時にあって」神話、伝説、童話の分類を整序して出版したことは、それぞれの領域の学問的な知識が無ければできないことであるのに、当時は、柳田の『遠野物語』（明治四十三年）、高木敏雄『日本傳説集』（大正二年）、同『童話の研究』（大正五年）があるばかりの状態であったから、「異常の苦心」の結果であったろうと書かれている[3]。しかし、編者の一人、森林太郎は明治二十年にドイツから帰国しており、ドイツの事情に精通し、文学潮流、グリム兄弟の神話、伝説、メルヒェンについての業績は熟知していた。扉は森の自筆で、字を取り巻く唐草模様に鳥と波の枠の絵も子煩悩な森自身のもので、よほど楽しんでいたことが見て取れる。また、松村は高木敏雄の東京大学の七年後輩で、比較神話学者であり、ヤーコプ・グリムの『ドイツ神話学』も研究の基礎の一つで、むしろグリム研究の日本における本格的な継承者である。彼は中国、アジアの文献ばかりでなく、欧米の文学書、研究書を縦横に使いこなしており、「異常な苦心」は必要ではなかった。馬淵は小学校の教諭であったから、東京大学の特設教育学科でハウスクネヒトがヘルバート学派のラインらの教科書を紹介したことにより、グリム兄弟の童話を教育に用いることを当然の知識として持っていたと考えられる。当時は欧米のものを直接受け入れる時代であったから、一定の人たちに限られていたとは言え、現代の我々よりもむしろ外国に直結していた。森を始めとして全員最先端の欧米の学問的知識を持つ高度な知識人たちは、江戸戯作の路線上にあるお伽噺の風潮や、他方の、異様に切り刻まれ、変形された教育関係者のグリムのメルヒェンに対して、この文庫を出すことによって、さりげなく文学的に秀で、学問的レベルで童話、伝説、神話のジャンルのあり方の模範を提示したと考えられる。伝承をこの三者に分類することはグリムに端を発している。明治政府の動きと、その結果としてグリム等のドイツの学問的知識が日本でどれほど重視されたかという流れを辿れば、このように学問的で、また文学的にも優れた文庫が出されたことは当然のことである。

初版の童話、伝説、神話の各巻には物語ごとに解説がつけられているが、神話の巻だけは上巻、下巻ともに「総説」をつけ、上巻では「万一の誤解に備え」、編集の態度を、「神話と歴史との限界線を画する方面の研究に手を出そうとしたわけではありません」、「歴史上の人物が神話中にはいっている時に、その神話の全体をやはり神話として取り扱うのが」説話学者の態度であり、自分たちは「比較説話学上の分類に従事し」たのだと断っているところに、当時の、神話を歴史に取り込んでいった動きに対する配慮が読み取れる。下巻では「説話的分子が漸く希薄になり、民族的及び史的要素が頗る濃厚になって」いて、「興味の多い問題」としながら、自分たちは説話に留まると、再度慎重に断っている。

各物語への解説は、森と松村の手になるものとされるが、主として松村が書いており、特に神話部分は松村の専門であり、その先輩高木の『比較神話学』から、〈(古事記の)「海月なす漂へる」の一句は、海洋的国民の神話にあらざれば、決して見る能はざる比喩的文字なり。「葦牙」にありては、詩的修飾の妙、殆ど凡ての賞賛を値すと

〈云ふべし〉という部分を解説の冒頭に引用している。この「詩的比喩」という表現はやはりグリムを遠い源としていると解釈される。ここに高木から松村にいたるグリムのポエジーの流れを見るのは行き過ぎであろうか。

比較神話学者である松村の解説は、日本の神話、伝説、童話を論じるのに、古い日本の文献に精通しているのは当然として、ほとんどすべての項目で、ギリシァ、ローマ神話に始まり、その他の古い作品集にも言及し、イギリス、アメリカ等欧米の研究書に論拠を求め、ペルシャのシャーナーメ、中国のもの等、アジアの多数の文献も縦横に援用して、世界の中の日本という視点に立っている。これも高木と同じ流れである。伝説の部の「姥捨山」のところでは、グリムの『子どもと家庭のメルヒェン』にもあるから、同一趣向の物語がヨーロッパにもあるとして、「恐らくは印度がその源泉でありましょう」と、これも当時知られていたベンファイの印度起源説に立っている。グリムの『子どもと家庭のメルヒェン』へのその他の言及は、神話の部の「賭」のところで「あるものが他のものによりて遠くに飛ばされるというモチーフで、「これは諸国の童話界に広く現れています。Grimm の童話集に、ある男が悍婦に蹴とばされて行方知れずなったとある如き…」とあるのは、どこから来たのか不明であるが、童話の部の「猿蟹」のところで「佐賀地方の童話は、この蒙古の物語と恐らく血縁的関係がありましょう。そして猿蟹もあるいはこれを源泉流としているかとも疑われます。しかし佐賀地方のも蒙古のも、噺の前半はグリムなどによく現れる形式で、猿蟹の前半と少しく趣を異にしています」とあり、また、神明裁判に関して神話の部の「雉のおつかい」は中古ゲルマンにもあったと言っている。興味深いのは「舌切雀」に関して滝沢馬琴の「捜神記」に遡る説に「賛同しかね」ると言っていることである。「こういう人たちの考証の態度は、徒に衒学癖や牽強癖を発揮するばかりで、時代的関係若しくは系統的関係を眼中に置かず、ただむやみに部分的に類似した断片的な物語を引用することが多いのですから輙く信用するわけにいきません」と言うのである。松村の学問的態度は、近世国学者の芳賀矢一等によってヘルマン・パウル（Hermann Paul）らのドイツ文献学が導入され、国文学が「すべての学界に君臨した」とされることと無縁ではなく、この分野の学問がドイツを範としていた時代の証である。[4]松村は、一九二二年（大正十一年）に出版した『童話及び児童の研究[5]』は、欧米にも無い童話の全一的統合的研究であると自負しており、具体的には民俗学的、民族心理学的研究、文芸的考察、児童心理学的研究、文化学的研究等を包含している。しかし、緒言には「チルレル」、「ライン」というヘルバート学派の人たちの名前が書かれており、童話の哲学からはじまって、児童の本能と創造的反応、童話劇…児童の心理的発達段階と童話等々、本の構成自体も、まぎれもなくヘルバート学派の線上に位置している。しかし、メルヒェンこそ文学の真髄としたノヴァーリスやグリム兄弟のドイツ・ロマン派や、その他の文学と研究書を縦横に使って、教育学から文学に入り、文芸学の立場から、メルヒェンの形式論が言及されており、時代の限界があるとはいえ、完成度が高い。

「…ふしぎなことに、児童文学史のうえで（むしろ児童書の歴史でと言いたいが）、この標準お伽のシリーズは一顧をも払われていない…」のは、「おそらくは、前代の巌谷小波のお伽本の圧倒的な盛名に蔽われ、また同時代に台頭した鈴木三重吉や小川未明の童話本の気鋭な創意に斥けられて、影響や傾向にのみ敏感な史家の眼を逸らしたのではあろう」という文がある。[6]明治からのヘルバート学派による教育界の影響で、童話の対象を幼い子どもだけに焦点を置くという認識が普及したため、鴎外らの品格ある読むお伽噺集が注目されなかったとも考えられる。

三―四―六　島津久基、菊池寛、宇野浩二

『日本国民童話十二講』[1]の扉の裏には次のような紹介文がある「東京帝国大学文科大学国文科卒業。第一高等学校教授・東大助教授、及び東洋大学國分科長・海軍経理学校教授等歴任、現に東京帝国大学教授、文学博士。著書、近古小説新纂。対訳源氏物語叢話・義経伝説と文学・国文学の新考察・紫式部等。当社企画顧問」。このように漢字ばかりを連ねた重々しい著者経歴と対照的に、「さざなみのおじさん」の『日本昔噺』や『日本御伽噺』に「寝食を忘れて読み耽ったあの頃の自分をも懐かしく想起する」と島津は後書に書いている。このように華麗な肩書きが、豊かな上流中流家庭の幸せな幼児時代を土台として出来上がったのだと言っているようでもあり、そのように幸せな幼児に「さざなみのおじさん」は忘れ難い影響を与えていたという事実は興味深い。「はしがき」には「国民童話」という言葉がある。その定義は「一地方だけの特殊な民間口碑でなく、国民一般に知られ語られ親しまれている童話で、且文学化されて（文字による童話の形となり）一層国民全体のものとなっているもの」としている。明治三十四年にラインらの『第一学年』が翻訳されたとき、Volksmärchenは「国民童話」と訳されている。ナショナルか、単なる愛国主義かの区別は微妙で、簡単に決め付けるわけにはいかないが、少なくとも日本にあっては、日清、日露を経て、第二次世界大戦も終盤に近い時代であったことからみて、国粋的であったと思われる。前書には「童話は夢である。国民童話は国民の夢で」あり、「父祖代々繰返し聞かされては語り継がれて」「なつかしく我々にほほ笑みかけ、永遠の若さに我等をよみがへらせ」「常に新しい生命と光と楽しさとを持って、時代を担ふ幼き人たちをはぐくみ導いてくれるのは、我等の国民童話である」とあり、これはグリムの『子どもと家庭のメルヒェン』の前書と似通う。しかし「単なる夢ではな」く「絶対の大きな訓である」というところにヘルバート学派が名残をとどめている。この気配は「年齢に応じ個性の知能に応じて…教訓を体得させる」という文にも見える。そして、「童話は、いかめしい理論の壇場ではない。物々しく角張った御談義の修身所ではない。何よりもまづ肝心なことは、それが面白くなくてはならぬ事である。面白くなくては、童話はその価値の大半を失ふ」というところは、ヘルバート学派の上に小波が顔を出している。つまりこの前書には、明治から大正の経過の跡が残り、そして第二次世界大戦の雰囲気があり、「父祖代々…語り継がれ」とか「模型飛行機遊びや軍艦ごっこも」という表現に女性は介在しないのだが、それが「我等日本人の童話」であるという男性社会を表している。島津が選んだ十二の国民童話は、因幡の白兎、かぐや姫、桃太郎、一寸法師、さるかに合戦、五條橋、舌切雀、花咲爺、かちかち山、猿の生き肝、浦島太郎と俵藤太、金太郎である。この選び方には、先行の森、松村らのメルヒェン、伝説、神話など、グリムに端を発するジャンル分類の気配が消え、すべてが童話として大きく捉えられている。森、松村らの分類では、白兎は神話に、一寸法師、五条橋、浦島太郎、俵藤太、金太郎は伝説に入っていた。つまりグリム兄弟を踏まえた上での高木、森、松村らの日本の昔話のジャンル分類の流れが、島津に至って消滅した、あるいは、ドイツ文献学の影響が消えたと考えることもできる。しかし「国民童話」という言葉にヘルバート学派がしっかり残っている。

菊池寛は昭和二年に『グリム童話集』を訳し[2]、宇野浩二も『子どもと家庭のメルヒェン』から幾つか訳しているが、どのような意図であれ文学作家たちがメルヒェンに手を染めていたことは興味深い。文壇の大御所として多数の弟子の作品に名を連ねた紅葉とほぼ似た立場ではあるが、「ドイツ語は大変だが自分で訳した」と直接の関与を明記した菊池とは異なり、宇野の場合、童話へのかかわりは彼の全集から抹殺されている。宇野自身の見解に拠るものか否かは不明であるが、いずれにせよ抹殺されたという事実に、幼稚化したメルヒェンへの評価が示されているのかも知れない。

このように通観してみると、明治四十二年の和田垣、星野あたりからヘルバート学派による教育界への直接的な影響が定着して底流となり、導入から二十年を経て、表面にはむしろグリム兄弟への関心、メルヒェンそのものへの興味が示されてくることがわかる。同時に、教育材料であったものから、教訓を含みながらも読書を楽しむための目的が前面に出て、近代的な家庭と子どもが出現してくる過程との相関関係を示している。そしてようやく大正十三年に到り、純粋に学術的、文学的で、しかも楽しい全訳を目指した金田鬼一の『グリム童話集第一部』が出て、[3]これによって初めてグリム兄弟の本来のメルヒェン集の全体像が伝えられた。その前書は、娯楽方向にせよ教育方向にせよ、翻案ともいえる当時の粗い翻訳事情を批判し、メルヒェンの本質をつき、グリム兄弟の意図する所をあます所なく伝えて、まことに誠実である。また、図らずも金田訳の初版と昭和二十九年の復刻版の相違は、日本における童話の幼稚化の過程を示している。[4]『子どもと家庭のメルヒェン』から一話だけ選んで単行本にしたり雑誌に載せたりする傾向は大正期に入ると止まり、市民社会に子どもという存在が出現したのと呼応して、グリム兄弟の存在を前面に出した文学、あるいは娯楽という方向に向った。しかし金田訳は別として、大勢として全訳とは程遠く、任意に幾つかの話を選び出し、子ども向けの文体にして、教訓を加え、適当に変形させることは定着し、沈静して表面から姿を消した。ヘルバート学派の宗教性、道徳教訓などの特徴は、童話に関する常識というレベルになっていた。しかし、たとえば宮澤賢治の「(童話とは)正しいものの種子を有し、美しいものの発芽を待つもの。しかも決して既成の疲れた宗教や、道徳の残滓を色褪せた仮面によって純粋な心意の所有者たちに欺き与えようとするものではない[5]」という童話観は、グリムのメルヒェンの本質を突いており、このような形で日本に定着した童話の傾向に対する反論と取れる。

註

第三章　研究書、童話集に見るラインらの影響

三―一　明治および大正初期のグリムのメルヒェン事情

1　現代発音ではツィラー、ヘルバート。

2　たとえば滑川道夫もヘルバート学派のラインによってグリムが伝えられたことに言及している。『日本作文綴方教育史』昭和五十二年。厚徳社。三―三―一　樋口勘次郎の項参照。

3　菅　忠道『日本の児童文学』大月書店、昭和三十一年、六五頁。

4　石川春江『妖精がはじめて日本にきた頃—明治期のグリム童話の翻訳』、前書参照。

5　中山淳子・山田善久『グリム・データベース（新版）』による検索。この表は「妖精 Fee」という単語の出現頻度について、グリムのメルヒェンの初版（上の表、1812–15）と最終版（下の表1857）での変化を示している。初版では「妖精」という単語は十九回（十九人ではない）出現しているが、最終版では〇回、一度も出現していない。この表からは他にも様々なことを読み取ることが出来る。たとえば、初版と最終版では話数も一五六話から二一〇話まで増えているので、それを考慮に入れた上で、表の上に記載されているTOKEN（延べ語数）、TYPE（語種）、TTR（語種／延べ語数比）の初版と最終版の差異を見れば、初版から最終版にかけて一つのメルヒェンが長くなっているのに反し、TTR（語種／延べ語数比）が低くなっている（0.083660→0.069793）。つまり最終版は初版に比べて同じ単語が使われる頻度が大きく、言葉の多様

性が低く単調になったと言える。また、異界の存在の出現順位の変化等の様々な解釈ができる。中山・山田論文〔「グリム・データベース」（新版）を用いた『子どもと家庭のメルヒェン』と『ドイツの伝説』の分析〕、日本ドイツ語情報処理学会編『ドイツ語情報処理研究』2007および、註　二―三―二―2参照。

6　「ラプンツェル」のPetrosinella、Persinette、Rapunzelという経緯は次のようである。まずはイタリアのバジーレ（Giambattista Basile）の『ペンタメローネ』（一六三四年）の「ペトロシネッラ（Petrosinella＝パセリ）」で、妊婦が食べたくなったのは、パセリで、少女にその名がついている。これはイタリアン・パセリなので、パセリではなく三つ葉ちゃんと訳すと、生れたときに胸にその葉のあざがあったというイメージがより近くなる。ほぼ半世紀のち、フランスのドゥ・ラ・フォース（Charlotte-Rose de La Force）の「ペルシネット（Persinette＝パセリ）」（一六九八年）が出て、これをビーアリング（Friedrich Immanuel Bierling）がドイツ語に訳し、ペルジネッテ（Persinette）を出した（一七六五年）。食べたものはパセリ（Petersilie）、その所有者は妖精（Fee）、少女の名もパセリであった。さらにシュルツ（Friedrich Schulz）が二度目のドイツ語訳を出し（一七九〇年）、パセリをラプンツェル（Rapunzel＝野ぢしゃ）に変えたが、Feeはそのままであった。その後、リープレヒト（Felix Liebrecht）が直接バジーレのペトロシネッラからドイツ語に訳した（一八四六年）。少女の名前はペトロジネッラ。バジーレでOrca（人食い鬼）と書かれていたものは魔女（Hexe）と訳した。Orcaは男性で、女性形はOrchéssaであるから、イタリアの男性の怪物がドイツでは魔女に変えられたことになる。このリープレヒト訳にはヤーコプ・グリムが序言を書いている。Bernhard Lauer:*Petrosinella, Persinette, Rapunzel— —Zur Überlieferung eines europäischen Märchenstoffes.* Ausstellungen im Brüder Grimm-Museum. Herausgegeben von Bernhard Lauer.Große Reihe-Band II. *Rapunzel, Traditionen eines europäischen Märchenstoffes in Dichtung und Kunst.* Brüder Grimm-Museum Kassel.1993. 参照。

7　魔女、魔法使い、賢（い）女については、鈴木満『図解雑学グリム童話』ナツメ社、二〇〇五年に簡潔に分析されている。

8　どの民族でも昔話は子どもを教育する一面を持ち合わせていたが、特にルソーの『エミール』（一七六二年）以来、教育理論として物語の位置は明確になってきた。『エミール』のおよそ百年後、ヘルバートの教育論理を実践レベルにしたツィラーの“Grundlegung zur Lehre vom Erziehenden Unterricht”（一八六四年）には、すでに一年生の授業はゾーストマンのグリム改作で行なわれていることが書かれている（第一章二　ツィラーの項参照）。つまり、幕末日本の頃にはグリムのメルヒェンによる教育は広く欧米に知られていた。

9　註二-三-三-18参照。

10　註一-一-2参照。

11　註一-一-4参照。

12　註二-三-三-19参照。

13　一-一参照。

14　註二-三-三-20参照。

15　川戸道昭「グリム童話との出会い——『神仙叢話』の刊行と初期の翻訳児童文学」、川戸道昭・榊原貴教『明治期グリム童話翻訳集成』全5巻、アイ　アール　ディ企画、一九九九年。および川戸道昭「慶應義塾と初期の西洋文学翻訳者」、川戸道昭・榊原貴教『明治翻訳文学全集《新聞雑誌編》』二十五巻、『ユゴー集』Ⅱ、大空社、一九九八年。

16　Franz Otto : *Der Jugend Lieblings- Märchenschatz*. Verlag und Druck von Otto Spamer.1880.

17　註二-三-二-9参照。

18　橋本晴雨訳『独逸童話集』大日本國民中学の会、明治三十九年。

19　註一-一-20のように、物理学者も教育学の翻訳に携わった。

20　註二-三-三-19参照。

21　『文學評論　塵中放言』。大阪錘美堂、明治三十四年。久保得二（天随）については、三-四-一　巖谷小波の項参照。

22　Rein/Pickel/Scheller : *Das erste Schuljahr*.6. Aufl. S.173.

23　波多野・佐々木訳『小学校教授の実際　第一学年』、二五頁。

24　久保天随、「教育と家庭」、『帝國文學』第七巻第一（明治三十四年）（署名　T、K）。註二-三-二-4参照。

25　「少年文學の教育的價値」『帝國文學』第七巻第二（署名なし）。
26　同書。
27　学海指針社、明治三十七年。
28　小川尚栄堂、明治四十二年。
29　橋本晴雨。前掲書。
30　精華堂、明治四十三年。
31　中村徳助前掲書。

三―二　研究書の系列――岸邊福雄、高島平三郎、高木敏雄、蘆谷重常、二瓶一次、柳田國男、中田千畝

三―二―一　岸邊福雄

1　明治の家庭社出版、寶文館。一九〇九年。
2　山内秋生「明治大正の童話界」。『日本童話選集』第二輯、丸善株式会社、童話作家協会編、一九二七年。五三七頁。
3　山内秋生、前掲書二三頁。
4　滑川道夫「日本童話選集の史的意義」。復刻版、『日本童話選集　解説編』、大空社、昭和五十八年。
5　一―二　ツィラーの項、二―三―三―12参照。
6　岸邊『お伽噺仕方の理論と実際』一〇二頁。二―三―二　参照。

三―二―二　高島平三郎

1　洛陽堂、一九一一年。

2 Wilhelm Wundt (1832–1920)。ドイツの哲学者、心理学者。スイスのテューリッヒ、ドイツのライプツィヒ大学教授。実験心理学会創設（一八七九年）。
元良勇次郎・中島泰蔵合訳『ヴント氏心理学概論』、富山房、一八九八―一八九九年など。

3 高島平三郎『教育に応用したる児童研究』。三四九頁。

三―一―三　高木敏雄

1 婦人文庫刊行会『家庭文庫』一九一六年。復刻、上笙一郎・山崎朋子編纂、クレス出版、二〇〇六年。

2 東京博文館蔵版、一九〇四年。

3 全二巻、岡書院、一九二五年。

4 高木敏雄・大林太良編『増訂　日本神話伝説の研究』全二巻、平凡社。一九七三―七四年、一、三七八頁。「そのなかでも研究の量質ともにこの時代を代表しているのは高木敏雄である。」高木自身も『比較神話学』の序のあとに「神話学に關して、未だ一個の著書をも有せざる明治の學界に、此の冊子を出すに臨みて…爾の責任は重く、爾の前途は遠し。爾の先に、未だ爾の行く可き途を行きし者あらず。焉でか疾く、爾の後に、爾に續く者あるを知らんや。爾の道はいと荒れたり。風あらん、波もまら有らん。さらば吾小冊子よ、幸に健全なれ。」とパイオニアであることを昂揚した文で誇り高く宣言している。

5 『帝國文學』七巻三号、一九〇一年。

6 服部書店、一九一一年。

7 宝文館、一九一二年。

8 『比較神話学』第三節　仙郷淹留説話　其二　海宮説話。三三二、三五〇頁。

9 高木・大林、前掲書、一、三九二頁。

10 『郷土研究』一巻二号。

11 『郷土研究』一巻六号、七号、八号、九号、一〇号。

12 『郷土研究』一巻三号、四号。

13 『郷土研究』一巻一一号。

14 発行者　大葉久吉、寶文館、一九一三年。

15 郷土研究社、一九一三年。

16 『家庭文庫』、婦人文庫刊行会、一九一六年。

17 高木敏雄・小笠原省三共著　敬文館、一九一七年。

18 科外教育叢書刊行会編集部編纂、代表者並発行者　大葉久吉、一九一八年。

19 高木敏雄・相続者高木九一郎『日本神話傳説の研究』岡書院、一九二五年。

20 四四頁。

21 マックス・リュティ著、小澤俊夫訳『ヨーロッパの昔話』、岩崎美術社民俗民芸双書37、一九六九年。

22 『帝國文學』七巻三号、一九〇一年。目次では「日本説話のインド起源に関する説明」となっている。

23 高木・大林。前掲書二、四二二頁、一九一二年。

24 「日本説話のインド起源に関する疑問」、『帝國文學』七巻三号。文中「デーンハルト」とあるのは、Oskar Dähnhardt のこと。Oskar Dähnhardt : *Natuarsagen. Eine Sammlung naturdeutender Sagen,Märchen,Fabeln und Legenden*.1907.Leipzig und Berlin.Druck und Verlag von B.G.Teubner.

25 一-二-一　ツィラーの項参照。

26 「日本童話考」、『郷土研究』一巻二号、七一—七六頁、一九一三年。高木・大林。前掲書、二、二〇—二一頁。

27　高木、大林。前掲書。一、三九一頁。

28　山田野理夫・高木敏雄『童話の研究――その比較と分析』太平出版社、一九七七年。関敬吾・高木敏雄『童話の研究』講談社、一九七七年六月。

29　一―二―一　ツィラーの項参照。

30　『童話の研究』一二頁。

31　山東京伝『骨董集』文化十年―十二年（一八一三―一五）、小河多右衛門『異制庭訓往来』天和三年（一六八三）。

32　文政一―三年（一八一八―二〇）、日本随筆大成。

33　滝沢馬琴『燕石雑誌』、文化七年、日本随筆大成編集部『日本随筆大成』第二期、一九、吉川弘文館、一九七五年。

34　『童話の研究』一二頁。

35　ユストについては一章の二―一、二章の一、および註二―一―12、ヒーメッシュは同13参照。

36　Max Troll : *Der Märchenunterricht in der Elementarklasse nach der entwickelnd–darstellenden Methode*. Von Max Troll, Rektor der Mädchenbürgerschule in Schmalkalden. Mit 11 Bildern von O.Ubbelohde. Langensalza, Hermann Beyer & Söhne（Beyer & Mann）Herzogl. Sächs. Hofbuchhändler,1911.

37　『童話の研究』第五章、「童話の適用」。

38　『童話の研究』、第五章、「童話の適用」。Troll : Der Märchenunterricht.S.14–16.

39　『童話の研究』、一二六頁。二章の一および註二―一―12、同13参照。

40　Max Troll : *Das erste Schuljahr : Theorie und Praxis der Elementarklasse im Sinne der Reformbestrebungen der Gegenwart.* Langensalza : H.Beer & Söhne. 1.Aufl.1907, 2.Aufl.1909, 3.Aufl.1911.

41　例えば次のようなものがある。Adolf Klauwell : *Das erste Schuljahr. Praktische Anleitung für den ersten Unterricht*. Leipzig, Julius Kinkhardt. 1899. Oswald Forster : *Das erste Schuljahr : Teoretisch–praktisches Handbuch für Lehre der Elementarklassen.*

Leipzig, Voigtlandr. 1908. Eugen Keller : *Das erste Schuljahr ,ganzheitlicher Unterricht.* München,Ehrenwirth.

42　一一二一　ツィラーの項および二章の一参照。

43　Troll : Der Märchenunterricht. S.10.

44　宝文館、一九一三年。すでに『新イソップ物語』宝文館には、「畜生仁和賀」、「鳥獣大合戦」、「狼と七疋の山羊」が訳されていた。

45　註26、關、山田、前掲書。註4、高木・大林、前掲書。

46　大空社。ナダ出版センター。二〇〇五年。

47　高木『修身教授　童話の研究と其資料』三頁。

48　科外教育叢書刊行会、一九一八年。

49　郷土研究社、大正二年（一九一三）。これは高木の没後、相続者高木九一郎により武蔵野書院より再発行され、また、山田野理夫編集、宝文館出版（一九九〇年）もある。

50　中山淳子「狼と七匹の子山羊の謎」、川戸、野口、榊原、前掲書。

51　科外教育叢書刊行會。

52　小笠原省三との共著、敬文館、一九一七年。

53　関敬吾『日本の昔話　比較研究序説』、日本放送出版協会、一九七七年、一六三頁。Johannes Bolte, Georg Polívka : *Anmerkun gen zu den Kinder – und Hausmärchen der Brüder Grimm.* Georg Olms Verlagsbuchhandlung Hildesheim. 1912。これは一般にボルテ・ポリフカと称されている五巻本で、グリム兄弟の『子どもと家庭のメルヒェン』の注釈本である。

54　高木『比較神話学』、三三二、三五〇頁。

三−二−四　蘆谷重常

1　勧業書院　大正二年四月。

2　菅　忠道『日本の児童文学』大月書店、昭和三十一年。一二二頁。

3　同書一二三頁。

4　一−二−一　ツィラーの項参照。

5　一−二−一　ツィラーの項、および二−一参照。

6　蘆谷一二頁。

7　蘆谷五六頁。

8　蘆谷五七頁。

9　蘆谷二〇三頁。

三−二−五　二瓶一次

1　戸取書店、一九一六年。同年には同じ路線の水田光『お話の研究』、『お話の実際』（大日本圖書）も出ている。

2　四六頁。

3　六〇頁。

4　八五頁。

5　一〇九頁。

6　一六一頁。

7　一六二頁。

8　一八八―一八九頁。
9　註二―三―一―5参照。
10　一五八―一六一頁。
11　一二九―一三〇頁。

三―二―六　柳田國男

1　中田千畝『日本童話の新研究』文友社、大正十五年、および坂本書店。復刻。村田書店、昭和五十五年。
2　大藤時彦「柳田國男の学問とその影響」。和歌森太郎、高崎正秀、池田弥三郎、山本健吉編『民俗文学講座　第一巻』弘文堂、昭和三十五年、二二二頁。
3　関敬吾『日本の昔話』、一六一―一六二頁。
4　「ゴンムの『歴史科学としてのフォクロア』など自家薬籠中のものとされたようである。」関、前掲書一九七頁。Gomme, Sir G.L. *Folklore as an historical science*.1908.London.
5　相馬庸郎「主体形成期の探求」、神島二郎編『柳田國男研究』、筑摩書房、一九七三年。二七六頁。
6　橋川文三「柳田國男の青春体験」、神島二郎編前掲書。三七頁、三九頁。

三―二―七　中田千畝

1　柳田の項参照。

三―三　教育学系童話集――樋口勘次郎、佐々木吉三郎・近藤九一郎・富永岩太郎

三―三―一　樋口勘次郎

1　樋口勘次郎『女子乃友』、中嶌邦監修、東洋社。明治三十年。（復刻版）『日本の婦人雑誌』、大空社、一九八六年。
2　ツィラーとラインの関係とメルヒェン教育については、二―一『第一学年』の項参照。
3　樋口勘次郎著、東京帝国大学教授　上田萬年、高等師範学校教授　谷本富、東京開発社社長　湯本武比古序　『修身童話』　開発社、明治三十一年。
4　橋本晴雨前掲書、註三―一―18参照。
5　三―二―五参照。
6　桑原三郎『福澤諭吉と桃太郎――明治の児童文化』慶應通信、平成八年二月。一四―一五頁。
7　『小波お伽全集』第十四巻（教訓篇）「学校家庭　教訓お伽噺」博文館、明治四十四年。註三―四―一　小波の項参照。
8　Rein/Pickel/Scheller : *Das erste Schuljahr.* 二―一『第一学年』の項参照。
9　橋本晴雨前掲書、註三―一―18参照。
10　橋本晴雨前掲書、註三―一―18参照。
11　塩田良平・和田芳恵・樋口悦『樋口一葉全集』第三巻（上）、筑摩書房、昭和五十一年。五〇四頁―五一六頁。
12　塩田良平・和田芳恵・樋口悦前掲書。
13　同書。
14　「少年文學の本領」、『文学評論　塵中放言』。註二―三―三―4参照。
15　『日本作文綴方教育史』厚徳社、昭和五十二年。

三―三―二　佐々木吉三郎・近藤九一郎・富永岩太郎

1　同文館、一九〇〇年。
三-四　お伽噺・童話集の系列——巌谷小波、木村定次郎（小舟）、石井民司（研堂）、鈴木三重吉、森林太郎・松村武雄・鈴木三重吉・馬淵冷祐、島津久基
三-四-一　巌谷小波
1　渋沢青花「童話作家協会の創立と解散まで」。童話作家協会編『日本童話選集』丸善株式会社、一九二六年。一一六頁。
2　福田清人「明治の児童文学」。巌谷小波『明治少年文学全集』筑摩書房、昭和四十五年。四一三—四一八頁。
3　桑原三郎『諭吉　小波　未明——明治の児童文学』。慶應通信、昭和五十四年。三八一頁。なお、ここに書かれている金港堂「お伽文學」（明治三十七年）と、冨山房「少年世界文學」（明治三十五年）に相当するものは見当らない。
4　三-三-一　樋口勘次郎の項参照。
5　オットーのメルヒェンに関しては、植田敏郎『巌谷小波とドイツ文学』大日本図書株式会社（一九九一年）に詳しい。
6　同書　四四二—四四三頁。
7　十川信介「文明開化の伝統——『早稲田文学』明治文学号」。『明治文学回想集』岩波文庫、一九九八年。三四六頁。
8　樋口勘次郎『修身童話』はしがき。
9　樋口勘次郎、前掲書、序。
10　三-三-一　樋口勘次郎の項参照。
11　博文館、明治四十四年十二月。
12　一-二-一　ツィラーの項、及び二-一-三「童話」の定着　岸邊福雄の項参照。

13 巌谷小波、前掲書。
14 菅 忠道『日本の児童文学』大月書店、昭和三十一年。六四頁。
15 第四巻第三号、明治三十一年。
16 第四巻第二号。
17 漣山人「武嶋羽衣君に答ふ」、「太陽」第四巻、第拾号、時事評論 文芸界、明治三十一年（一八九八）四月十八日執筆。
18 『帝國文學』第四巻第五号。なお、この件に関して、『日本児童文学大系』第一巻。巌谷小波集。なお、「巌谷小波参考文献」（四二七頁）は、帝國文學の号数に誤りがある。
19 久保得二（天随）。「少年文學の本領」。三一一参照。
20 三一一参照。
21 第五巻第九「少年文學の新要素」。無署名。
22 『帝國文學』第六巻第「少年文學の真面目」。無署名。
23 桑原三郎『福澤諭吉と桃太郎—明治の児童文化』慶應通信、平成八年二月。一三—一四頁。
24 『帝國文學』第一巻第一〇号。恐らく武島羽衣の文と思われる。
25 『帝國文學』第三巻第一号。
26 吉武好孝『近代文学の中の西欧—近代日本翻案史—』教育出版センター、一九七四年（比較文学研究草書一）。
27 吉武好孝、前掲書。
28 吉武好孝。前掲書。三五頁。『戯言養気集』は慶長年間作という説もある。少なくともイソップ「烏と狐」一話は含まれている。

三─四─二　木村定次郎（小舟）

1　波多野らの前掲書。

2　木村定次郎（小舟）『家庭百科全書第一三編「教育お伽噺」』博文館、明治四十一年。

3　二─三─一参照。

4　二─三─一参照。

5　二─三─一参照。

6　木村小舟記念館（岐阜県）中島泉氏。「巖谷小波がベルリン大学付属東洋語学院から日本語学教師として招聘され、博文館に在勤の　まま二年間独逸に行くことになり、その不在中は「少年世界」の主筆は江見水蔭氏が兼ね、「少年世界」及び「幼年世界」の記者には武田桜桃四郎氏とこの年九月入館の木村定次郎氏（小舟）がこれに当った」。『博文館五十年史』明治三十三年。「木村の外国語の能力についてはわかりません…博文館入社以前は岐阜の名和昆虫館で働いていた筈で、外国語の文献等もある程度は読む必要があったのではないかと想像します。」

7　一─二─一　ツィラーの項参照。

8　木村小舟前掲書二六頁。

9　三─二─一樋口の項参照。

三─四─三　石井民司（研堂）

1　橋南堂、一九〇七年。

2　『小国民』は石井研堂主宰の明治二十二年からの雑誌。復刻版、不二出版。

3　「著者の告白」、『日本全國　國民童話』、同文館、一九一一年。

三-四-四　鈴木三重吉

1　鈴木三重吉、小島政二郎『赤い鳥をつくった鈴木三重吉：創作と自己・鈴木三重吉』ゆまに書房、一九九八年。ヒューマンブックス「児童文学をつくった人たち　六」。

2　前掲書。

3　同。

4　高木敏雄の項参照。

三-四-五　森林太郎・松村武雄・鈴木三重吉・馬淵冷佑

1　培風館、大正九年。

2　平凡社東洋文庫二二〇（一九七二年）、二三三（一九七三年）。

3　同書。瀬田貞二解説、後書。

4　高木市之助「日本文学研究法概説」、和歌森太郎、高崎正秀、池田弥三郎、山本健吉編『民俗文学講座第一巻』弘文堂、昭和三十五年、三頁。

「…日本文学研究法が真に学問的性格を帯びてきたのは、近世の国学的方法の中へ、芳賀矢一博士等によって独逸文献学的方法が摂取られたあたりからであるといえよう。…博士が近世国学の正統の中で生い立った上で、明治二十年代にすでに一家を成した後に、独逸に留学して、その国のH.Paulあたりの独逸文献学に接し、この、根本精神というか、そうしたもので相つながる二つの学問を結び付けることによって、近世国学から近世国文学への道を拓かれた…博士の学統は…東京大学と国学院へ伝えられ…日本文学を対象とするすべての学問…すべての学界に久しく君臨して来たことは周知の事実である。もっとも大正期になると、このような文献学的そしてアカデミッシュな日本文学研究は、いろいろな意味で反論されはじめ…」。

5　大正十一年。

6　平凡社復刻版解説。

三-四-六　島津久基、菊池寛、宇野浩二

1　山一書房、昭和十九年。復刻版、上笙一郎、富田博之『児童文化叢書』第Ⅱ期十五巻、大空社、一九八七年。

2　『小学生全集』第四巻。興文社・文芸春秋社、一九二七年。

3　金田鬼一訳『グリム童話』。世界童話大系獨逸篇、第二・三巻、世界童話大系刊行會、一九二四—二七年。岩波文庫。

4　二-二　参照。

5　宮澤賢治が二十九歳のときに出版した「イーハトーヴォ童話」と名づけた「注文の多い料理店」で語っているメルヒェンの本質。

「場所は、イーハトーヴォ、実在の岩手県ではなくて著者の心象中に実在したドリームランドとしての岩手県。そこではあらゆる事が可能で、一瞬にして氷雪の上に飛躍したり大循環の風を従えたり、時間、空間を超越することもできるし、蟻と同一次元で語ることもできる。…それは一つの文学としての形式をとっている。その特徴は四点。

1．正しいものの種子を有し、美しいものの発芽を待つもの。しかも決して既成の疲れた宗教や、道徳の残滓を色褪せた仮面によって純粋な心意の所有者たちに欺き与えようとするものではない。

2．より好い世界の構成材料を提供しようとはするけれども、決して奇形に捏ね上げられた煤色のユートピアではない。

3．それは…必ず心の深部において万人の共通である。卑怯な成人たちに畢竟不可解なだけである。

4．田園の新鮮な産物。我等は…心象スケッチを田園の風と光りの中から…世間に提供する。

おわりに――明治期の日本文学

グリムのメルヒェンを「童話という材料」としたヘルバート学派教育の移入が国によって行われ、普及したことによる様々の影響を見てきたが、他方、大前提としての、受け入れ側の明治期の日本文学の状況にも少し触れておく。

「徳川時代の民間文芸は、歌舞伎、浮世絵、小説の三角関係により…わが文芸をして遊戯本位の低級なものたらしめ…更に狭斜という一網を加えて、四角関係と見るべきもので、随ってわが徳川期の野生文芸は…その必然の結果として、ポオノグラフィーに傾くか、パッフンネリーに流れるか、少なくともこの二つの者に幾分かずつ感染せないわけには行かない宿命を有していた…、戯作（文学）と浮世絵（美術）とは、之を表現する手段、様式に他ならなかったのである」。

これは徳川期から明治期にかけての日本の文学について明快に分析した坪内逍遥の文である。[1] 坪内はまた次のようにも言っている。「維新前には…一体に読書界の趣味標準が低く、馬琴によって向上せしめられた読み本系の小説といえども、やはり童話系統のままで成長したもので、要するに、成人の消閑の具たるに過ぎなかった。だからその主眼とすることは話柄の新奇であり、脚色の巧緻であり、挿絵の鮮麗であった。これを厳粛な活人生の記録として、もしくは特殊主観の芸術的表現として敬意を表しつつ読むものなぞは、ただの一人もなかったのだ」[2]。さらにまた、「読み本系、草双紙系」の小説が、「歌舞伎、浄瑠璃、狭斜風俗、花柳情話」と、「源平時代と以後の物語、戦記、史譚、伝説、街談巷説の布衍、潤色、改作、翻案、組み合わせ」、そして「しな（中国）文学」を材源としていたが、それがつきて不振に陥った」とも書いている[3]。徳川時代から小説などの文学が遊里と切り離せない状況にあったこと、低俗なものであって芸術として読まれたものではないこと、創作ではなく、敷衍、潤色、改作、翻案、組み合わせというような作法が行われていたこと、挿絵が重要な地位を占めていたことなどがよくわかる。すこし別の方向になるが、戯作とか、読み本、あるいは草双紙と呼ばれた小説類がどれほど低く評価されていたかについて、市島春城も「漢文でなければ文学でない様に思われた時代には戯作者は一概に擯斥を受けた。当時は西洋のいわゆる文学なるものの一端も世に理解されていなかった」と書いている[4]。とはいえ明治期の新聞小説や合巻について、「その皮相浅薄を批判することは簡単だが、だからといって、それらがおのずから内包していた開花期のエネルギーや、江戸文芸から継承した言語表現の面白さを無視することはできない。事実彼らが得意とした地口、パロディ、換骨奪胎等の技法や、複雑怪奇なストーリイは、形を変えつつ、今も脈々と流れ続けているからである」との見解も示されている[5]。田山花袋によれば、「…明治二七年から二八年の日清戦争があったころ、日本は近代国家としての体形を整え、ヨーロッパの影響を受けて文学も大きく変わった。…国会が開けてから――委しく言えば例の品川弥二郎大臣のクウデタア以後に現れた文学は、経国文章主義に依る文学ではなく成った。文学は遊戯になり芸になり、青少年へのお伽噺と成った」[6]とあり、その頃から活躍しはじめた泉鏡花について、「…学生にも芸者にも官吏にも商人にも多数の読者――読者というより熱狂的なファンを得たことは、以って瞑すべしである」(7)という文がある。「遊戯になり芸になり…青少年へのお伽話」になった文学でさえ、読者層が男性ばかりで、女性としては芸者しかいない。芸者は、社会的に地位のある人物や、エリートとしての学生たちを、金銭を介在させて楽しませる存在で、それらの知識は、いわば、営業上必要なものであった。一般の女性たちも一旦は『女学雑誌』に投稿するなど、女権拡張に目覚めたとはいえ、やはり家庭に閉じ込められていたため、表面的には読者ではあり得なかった。

「グリム童話」には絵本が多く、翻訳でも挿絵があるのが普通となっていることについて、三田村鳶魚の言葉はその基盤の状況説明になるだろう。

「合巻は黄表紙の一変したものであるから、一冊を通じて画の余白に本文を細かな仮名で書いてある…従来の草双紙は童蒙婦女の慰み物と定められていたのに、一度新聞に小説が連載されるようになっては、大人君子のつもりでござった人々も、それを見るようになった…近代文学の出発点とされる逍遥の『当世書生気質』(歌川国峰、長原止水。逍遥も下絵を画いている)や二葉亭の『浮雲』(大蘇芳年、緒方月耕)にしても、挿絵は大きな位置を占めていた。(8)」

つまり、古くからの絵巻物の伝統を引き継いだ黄表紙が、文字の読めない子どもや学問のない人、女たちのために絵で物語を描き、その説明として余白に文字が書いてあり、絵が主体で、文字は補足的な役割をしていたのだが、近代ヨーロッパ文学に影響を受けた新しい文学の浸透とともに、「遊戯になり、芸になり、青少年へのお伽噺」となって広がったのである。

グリム兄弟の『子どもと家庭のメルヒェン』はこのような土壌に移し替えられたのだった。

註　おわりに――明治期の日本文学

1　坪内逍遥「新旧過渡期の回想」。『早稲田文學』明治文學号、大正十四年三月号。

2　同書。

3　同書。

4　市島春城「明治文學初期の追憶」。『早稲田文學』明治文學号、大正十四年七月号。

5　十川信介「文明開化の伝統」。『明治文學回想集』岩波文庫、一九九八年。三四六―三四七頁。

6　田山花袋「明治三十年前後の文壇」。『早稲田文學』明治文學号、大正十五年一月号。

7　生方敏郎「明治三十年前後――読者として」。『早稲田文學』明治文學号、大正十五年一月号。

8　三田村鳶魚「明治年代の合巻の外観」。『早稲田文學』明治文學号、大正十四年。

資料　グリム十四話（第六版）——グリムの原話、および明治の日本語訳との対比

第二章で述べたように、ライン・ピッケル・シェラーは『小学校教授の理論と実際』でグリムのメルヒェンを十四話選んだ。その十四話について、ラインらの教育法ではどのように用いられたか、そして明治の日本ではどのように受け入れかを検証する資料として、以下のように対比させた。

1　グリムのメルヒェン（金田鬼一の大正十三年訳）
2　ラインらの明治の日本語訳（上段）
3　その原典（第六版）の中山訳（下段）

ラインらの『第一学年』で志操教育の材料とされたグリムのメルヒェンは「イェーナの配列」と言われるものである。「狼と七匹の子山羊」、「赤帽ちゃん」、「見つけ鳥」「ホレさま」、「ならず者」、「雌鶏の死」、「麦藁と石炭と豆」、「麦の穂」、「狼と狐」、「ブレーメンの音楽隊」、「雪白とバラ紅」、「甘いお粥」、「星の銀貨」、「貧乏人と金持」の順番である。ただし、『第一学年』では、三番目の「見つけ鳥」が教授例のサンプルとして最初に出ているが、ここでは配列通りの場所に入れた。なお、第二章で書いたように、十四話の教授案は大きく口演形式と展開提示形式に分かれるほか、複数の教育学者の原案が取り入れられているため、メルヒェンによって用語や構成は不統一な

場合もあり、印刷などにも乱れがあるが、それも当時の状況を示す情報と考えてそのまま再現した。明治の日本語訳も相当の乱れがあるが、旧漢字などもそのまま再現している。

これらの資料は、直接的には第二章、第三章のためのものであるが、もちろん全体への基礎的な資料である。明治の翻訳は解説的な性格もあり、ラインらの原典に対してかなり分量が多い。そのため、下段の翻訳部分に空白ができたところには、ラインらに指定されているフォーゲルの挿絵（*Kinder- und Hausmärchen!* ges. durch die Brüder Grimm. III.v.Herm.Vogel.）とミュンヘンの一枚絵を幾つか入れた。

一　狼と七匹の仔山羊

　むかし昔、一匹のお母《かあ》さんの山羊《やぎ》が居りました。お母さんの山羊には仔山羊《こやぎ》が七匹居て、それを人間のお母《かあ》さんが自分の子供達を可愛がるのと同《おんな》じやうに可愛がつて居りました。或日のこと、山羊のお母さんは森の中《なか》へ入つて食物《たべもの》を採《と》つて來《こ》ようと思ひまして、七匹を殘らず呼寄《よびよ》せて申しました、『皆《みんな》いいかい、母《かあ》さんは森へ行くからね、お前達はよく〳〵狼を用心《ようじん》おしよ。狼がお家《うち》へ入《はい》つて來ようもんなら、お前達を一同《みんな》まるごとがり〳〵喰べてしまひますよ。狼の悪黨はね、屢々《よくなり》服裝をちがへて來《く》るがね、聲は嗄枯《しやが》れてるし足《あし》は眞黑《まつくろ》だから、お前達にも直識別《すぐみはけ》がつきますよ』仔山羊《こやぎ》達は申しました、『お母《かあ》さん、一同《みんな》屹度《きつと》氣を付けますからね、心配しないで行つてらつしやいまし』そこでお母《かあ》さんはめー〳〵と啼《な》いて、安心して出掛けました。

　間もなく扉を敲く者があつて、『開《あ》けてお呉れ、坊《ぼう》や、お母《かあ》さんですよ、各自《めいめい》にお土産《みや》を持つて來ましたよ』といふ聲がしました。けれども仔山羊《こやぎ》達は、その聲が嗄枯《しやが》れてゐたので、それは狼だと知りました。『開《あ》けない』と仔山羊達が怒鳴《どな》りました。『お前はお母《かあ》さんぢやない、お母さんはね、美《い》い可愛《かわい》い聲をしてらしやる、お前の聲は嗄枯《しやが》れつ聲だ。お前は狼だい』すると、狼は何處《どつか》の店へ往《い》つて、大きな白墨《はくぼく》を一本買ひました。その白墨を喰べて、狼は聲を美《よ》くしました。それから、狼はまたやつて來て、扉《と》を敲《たた》いて、『開《あ》けてお呉れ、坊や、お母《かあ》さんですよ、各自《めいめい》にお土産《みや》を持つて來ましたよ』と、大きな聲をしました。けれども、狼は眞黑《まつくろ》な前肢《まへあし》を窓へ掛《か》けて居ました、それを子供達が見まして、『開けない、お母さんはお前のやうな眞黑《まつくろ》な足ぢやないよ。お前は狼だい』と怒鳴《どな》りました。すると狼はパンを燒く人の許《ところ》へ駈けてつて、『蹴躓《けつまづ》いて足を痛めた、パン粉《こ》の捏《こ》ねたのを俺《おれ》の足へ塗布《なす》つて呉れ』と申しました。それからパン燒《やき》が狼の足へ塗《ぬ》つてやりますと、今度は粉《こな》を碾《ひ》く人の許《とこ》へ駈付《かけつ》けて、『俺《おれ》の足へ白い粉《こな》をふり撒《ま》いて呉れ』と申しました。粉屋《こなや》は、『狼の奴、誰《だれ》か欺《だま》す心算《つもり》だな』と考へて、謝絶《ことわ》りますと、狼は、『貴様《きさま》、やらないと、貴様を喰《く》つちまふぞ』と申しました。それで、粉屋は怖くなつて、狼の足を白くしてやりました。まつたく、人間てえものはこんなものです。

　すると、この悪漢《わるもの》は、例の入口の扉《と》の許《とこ》へ行きました、これで三度目《どめ》です。そしてこつこつと扉を敲いて申しました。『開《あ》けてお呉れ、坊や、みんなの大切《だいじ》な母《かあ》さんが歸《かへ》つて來ましたよ、各自《めいめい》に森からお土産《みや》を持つて來てあげましたよ』仔山羊《こやぎ》たちは、『お前が一同《みんな》の大切《だいじ》な母さんだか何《なん》だか解《わか》るやうに、先へお前の足を見せて御覽！』と大きな聲を出しました。すると、狼は前足《まへあし》を窓框《まどわく》へ掛けました。仔山羊たちは、その足が白かつたのを見て、狼の言つたことは悉皆眞實《みんなほんとう》だらうと思つて扉を開けました。ところが這入《はい》つて來たのは、狼でした。仔山羊たちは縮《ちぢみ》上つて、體《からだ》を匿《かく》さうとしました。一匹は卓《つくゑ》の下へ、二番目のは寢床の裡《なか》へ、三番目のは煖爐《ストーヴ》の裡へ、四番目のは臺所《だいどころ》へ、五番目のは戸棚の裡へ、六番目のは洗濯盥《せんだくだらひ》の下へ、七番目のは壁に懸つてる時計の振子《ふりこ》の箱の裡へ跳込みました。けれども狼は仔山羊を悉皆《のこらず》見つけだしまして、無雜作《むざうさ》に片端《かたつぱし》から巨《おほ》きな口腔《くち》の裡《なか》へぐいぐいと鵜呑《うのみ》にしてしまひました。が、時計の裡《なか》に入《はい》つてた一番幼《ちひさ》いの、これだけは狼が見つけませんでした。狼は、喰べたいだけ喰べてしまつてから、蹣跚《よろよろ》と立去つて、外《そと》の綠々《あをあを》とした草原の、とある樹《き》の下へごろりと轉《ころが》つて寢ました。

それから左程經《さほどた》たない間《うち》に、お母《かあ》さんの山羊が森からお家《うち》へ歸つて來ました。お母さんの眼に入《はい》つたのは、まあ、何でしたらう！入口の扉《と》は丸《まる》つきり開放《あけばな》しになつて居ました。卓《つくえ》だの、いくつもある椅子や腰掛は引繰返《ひつくりかへ》されて居ました、洗濯盥《せんたくだらひ》は壞《こわ》れて碎片《かけら》になつて居ました、夜具蒲團《やぐふとん》や枕は寢臺《ねだい》の外《そと》へ引摺出《ひきずりだ》されて居ました。お母さんは子供達を探しました、けれども、何處《どこ》にも子供達は見つかりませんでした。お母さんは子供達の名を順々に呼んで見ました、けれども、誰《だアれ》も返事をしませんでした。一番最後《ばんしまひ》にお母さんは一番末の子供の名を呼びますと、優しい聲が、『母《かあ》ちやん、僕は時計んなかに入《はい》つてるう』と、大きくしました。お母さんは其の兒《こ》を外へ出しました、さうして其の兒がお母さんに、狼がやつて來て他《ほか》の子供は悉皆《のこらず》喰べちまつたと、お話をしました。お母さんが可哀相な子供達のことを聞いて泣いた光景《やうす》は、皆《みな》さんお解りになりませう。

終《しまひ》にお母さんの山羊は泣き悲み乍ら外《そと》へ出ました、一番末の仔山羊《こやぎ》は一緒に行きました。お母さんが草原へ行きますと、例の狼が樹《き》の傍《そば》に轉《ころが》つて樹の大枝《おほえだ》が震へるやうな高鼾《たかいびき》をかいて居ました。お母さんの山羊は四方八方から狼を眺め、狼の滿溢《いつぱい》になつたお腹《なか》の中で、何《なん》だかもく〳〵ぴく〳〵動いてるのを見ました。『おや〳〵、可哀相に、狼が呑込んで晩の御飯《ごはん》にした私《わたし》の子供達がまだ生きてるのかしら、と考へました。仔山羊はお母さんの差圖《さしず》で家《うち》へ駈けてつて、鋏と針と痲糸を持つて來ました。それからお母さんの山羊は、此の怖ろしい獸《けだもの》の太鼓腹《どんばら》を割きました、ところが、お母さんが一割《ひとさき》しますと、その途端《とたん》に既《も》う仔山羊が一匹頭《あたま》を外《そと》へ突出しました、それからずん〳〵割いて行きましたら、後《あと》から後《あと》から續いて、六匹とも殘らず跳出してしまひました、六匹ながら未《ま》だ生きて居りました、そして、此の怖ろしい獸はがつ〳〵して居て、仔山羊たちを全《まる》ごと鵜呑にしたものでしたから、仔山羊たちは怪我一つして居りませんでした。ほんとうに嬉しいことでした。仔山羊たちはお母さんの胸《むね》に抱付いて、お嫁《よめ》さんを貰ふ裁縫師《したてや》さんみたやうにぴよん〳〵跳廻《はねまは》りました。お母さんの山羊は、『さ、もう好《い》いにしといて、そこらへ行《い》つて石《いし》つころを探《さが》しといで。此の憎らしい獣《けだもの》のお腹《なか》んなかへ、寝てえるうちに、石つころを詰めてやりませう』と申しました。そこで七匹の仔山羊たちは、大急ぎで石《いし》つころをよち〳〵引摺《ひきず》つて來て、それを狼のお腹《なか》のなかへ入《はい》るだけ詰込みました。それからそのお腹をお母《かあ》さんの山羊が目にも留まらない早業《はやわざ》で舊《もと》の通りに縫合《ぬいあ》はせました。仕事が迅《はや》かつたので、狼は些《ちつと》も氣が付かず身動きもしませんでした。

狼は、寝たいだけ寝てしまつてから、やつとこさと起上《おきあが》りました。そして、胃袋のなかに入つてる石つころが狼の咽喉《のど》を渇々《からから》にしたものですから、狼は泉へ行つて水を飲まうとしました。ところが、狼が歩《ある》きだして身體《からだ》を動かしてみますと、お腹の中の石つころがぶつかり合つてごと〳〵いひました。そこで狼の言ふことには、

『何ががら〳〵ごと〳〵と
　俺《おれ》の腹《はら》ンなかで轉《ころ》がるんだ？
六匹の仔山羊《こやぎ》にちげえねえと思つたが、
　この鹽梅《あんべえ》ぢや石ころばかりでけつかるな』

それから狼が、泉の傍《そば》へ行つて水の上《うへ》へ屈《かが》んで飲まうとしますと、狼の體《からだ》を重《おも》い石《いし》つころが水の中へ引張込《ひつぱりこ》みました、そして、哀れ無殘《むざん》に溺死《おぼれし》んでしまひました。七匹の仔山羊はこれを見て、其處へ駈けて來て、『狼が死んだ！　狼が死んだ！』と割れるやうな聲を出して、嬉しさのあまりお母さんの山羊と一緒に泉の周邊《まはり》を踊廻《おどりまは》りました。

第一　狼と七匹の子山羊

一「狼と七匹の子山羊」

乙　教授摘要

摸寫的教授の詳細なる準備（教案）を知らんと欲せば、ユストの童話教授（Märchen-unterricht Leipzig, Deichert 1896）を見るべし、又提供的《ダルビーテンデル》（講話的）教式の詳細なる方面に關しては、ヒーメシ氏の情操教授（Heimesch : Der Gesinnungsunterricht, Leipzig, Wunderlich : 1885）を見るべし、尚ほ又チルレル、ベルグ子ルの「特殊教育學に於ける材料」二一乃至二七頁（Materialien zur Speziellen Pädagogik Ziller, Bergner 1886 Dresden. S. 21–27）を看考せよ。

こはエナの上席教授フリッツレーメンシックの起草にかゝるものとす。

Text : Lesebuch（f. II. Schuljahr 3. Aufl. : Leipzig Bredt 1891.）S. 19 sowie in Grimms Kinder- und Hausmärchen（Grosse Ausgabe Berlin 1890 bei Wilhelm Herz）S. 15.

Präparation bei Just, Märchenunterricht S.16. Bei Hiemesch. Gesinnungsunterricht Leipzig., Wunderlich 1885. S. 31.

Bilder : In Grimms K. und H M. illustriert von Vogel, erschienen bei Braun und Schneider München : S. 23.

Stoffskizze in Materialien zur speziellen Meth., Dresden 1883 § 64.

目的　一人の母ありて、其子供等を家に殘し置きたるまゝ、出かけねばならざりしこと

授業案

（口演形式の詳細な授業案はユストを見よ　Märchen-Unterricht. Leipzig, Deichert 1896. 提示形式のものはヒーメッシュを見よ　Der Gesinnungsunterricht, Leipzig, Wunderlich 1885. さらに参照　Materialien zur speziellen Pädagogik. Ziller, Bergner 1886. Dresden. S.21–27.）

イェーナの上級教師　フリッツ・レーメンズィク草案

｛テクスト　読本（f.II. Schuljahr 3.Aufl : Leipzig Bredt 1891.）S.19. 同じくグリムの「『子どもと家庭のメルヒェン』(Grosse Ausgabe Berlin 1890 bei Wilhelm Herz.）S.15.

授業案　ユストは Märchenunterricht S.16. ヒーメッシュは Gesinnungsunterricht, Leipzig,Wunderlich 1885 S.31.

絵　In Grimms K. und HM. illustriert von Vogel, erschienen bei Braun und Schneider München : S.23.（中山註。以下グリム-フォーゲルとなっている。）

資料梗概　Stoffskizze in Materialien zu speziellen Meth,* Dresden 1886. §64.（＊中山註。これは Tuiskon Ziller の没後、Max Bergner によって出版された Stoffskizze in Materialien zur speziellen Pädagogik. のことと思われる。）｝

目標　ある母について。母は子どもたちから離れなければならなかった。

第一單元　母（譯者曰く以下のところは、一々「教」又は「生」など附記せず讀者推して考へよ）

第一階段

兒童の經驗に結合して、汝等の母も、亦、折り〳〵汝等を、家に殘して置いて、出かけることあるでせうが、何時そんなとがありますか、どういふ譯で、お母さんがそんな時にどこへ行きますか、さういふ時には、お母さんが、あなた方に、何といつてお出かけです。

第二階段

(a) ところが、今日からお話するのは、山羊の母のことであります、山羊の母だから、まさか市場へ行つた譯ではないのですね、何處へ行つたですか、（山へ）何のためにです、母山羊が、草や葉や花を持つて來やうと思つてゞあります、左樣、誰のために、そんな食料を持つて來やうと思ふのですか、それは、飢えたる子供等のためです、何處の山にいつたです、（此の所は鄕土の觀念によつて定まるべし）彼の母山羊が、出かけるときに、何といひましたか、色々のことを聞かしてから、かういふことを附け加へていふたのです、「若しひよつとして、狼が來るかも知れないから、御氣を付けなさい」と、なぜです、狼は悪い奴でね、山羊を食ふからです、それぢや、母が子供になんと告げたでせう、「狼を入れちやいけないよ、お前達は、聲と脚とでよく知り分けることが出來るから、」といひました、そ

第Ⅰ単元　**母親**

子どもの体験に結びつける。**みなさんのお母さんも、ときどきみなさんたちだけにしなければなりませんね。**どんなときですか。なぜですか。どこへお出かけになるのでしょう。お母さんはみなさんたち子どもに何とおっしゃいますか。

でもこのお母さんは一匹の年をとった山羊でした。（原註。ゴシック文字は、ここでは主要な転回点、主要な問題、主要な推進力を含んでいることを示す。）市場に行ったのではありません。どこでしょう。（森の中です）何のために？　草や葉っぱや花を採って来るのです。誰のために餌を取ってこようとしているのですか。お腹を空かせた子どもたちのためですよね。なんという森に行くのでしょうか。（地元のことを考える）お母さんは出かけるときなんと言われますか。**このお母さんは付け加えました：狼に気をつけなさい。**なぜでしょうか。狼は悪く、子山羊たちを食べようとしています。そのため、お母さんは子どもたちにどんなことを言われたのでしょうか。狼を中へ入れてはいけません。声と脚で狼だとわかります。つまり？

れぢや、之までのところをお話してご覧。

總括　母山羊が子山羊を家に置いて出かけしこと

「お母さん、お腹《ナカ》がすいて堪まりません」と、子山羊共が言ひ出しました、そこで、母は子供を、みんな呼寄せて、「お前達は、お腹がすいたそうだから、かーちゃんが、山に行つて食べ物を持つて來てあげるからね、留守の間には決して狼なんぞを入れちやいけないよ、狼は、お前達みんなを骨ぐるみに食つて仕舞ひますぞ、若しごろ〳〵した聲を立て丶、眞黒な脚をして來たらば、それは狼なことは分るから、よく氣をつけなさいよ」と、斯ういひましたから、子山羊共は「御心配はいりません、私達はちやんと氣をつけて居ますから」といふもんだから、そこで、母は「左様なら」といつて山へ行きました、それで途中でも、子供等が、決して、狼なんぞを家へ入れることはないだらうなァ、あの子供等は、何時でも、私のいふことを守るからと、思ひながらいきました。

(備考)　教師が、教案として、書いて準備をするときには、第一に、教授材料を分節し、第二に重なる問、第三に具躰的の成績物(總括)第四に、抽象されたる性質の結果(系統ある文章等)を示さゞる可らず、然れとも、個々のものは其内容一様ならざれば、之に應じて、教授は、自由に其教案を形成することを得べし。

Siehe den Artikel „Pädagogisches Universitätsseminar" im Encyklop. Handbuch der Pädagogik.

Ferner Materialien zur Speziellen Methodik, Dresden 1886 S. 3. 110.

第二階段

(b)　母山羊はよいお母さんであるでせうか、だつて、子供を

まとめ　**どんな風にお母さんが子山羊たちから離れたかということ。**

「お母さん、お腹が空いた」と子山羊たちが言いました。するとお母さんは七匹の子どもたちを呼び集めて、おっしゃいました。「みんな、私は森の中へ行って、餌を取ってきます。狼を入れてはいけません。狼はみんなを丸ごと食べてしまいます。分っていますね、狼はしわがれ声をしていて前脚は黒いのです。」すると子山羊たちは言いました。心配しないで、ちゃんと気をつけますから。そこでお母さんはメェ(行ってまいります)と言って森へ行きましたが、「子どもたちは狼を中に入れないでしょう。いつもよく言うことを聞くのだから」と思っていました。｛教授案を書く場合には、教師は、1　教材の分割、2　核となる質問、3　具体的な結果(まとめ)、4　抽象的性格の結論(体系的な文)を書かねばならない。個々の場合には授業は自由に構成される。(Siehe den Artikel „Pädagogisches Universitätsseminar" im Enzyklop. Handbuch der Pädagogik. Ferner Materialien zur speziellen Methodik, Dresden 1886 S.3.110)｝

Ⅱb　**このお母さん山羊は良いお母さんですか**。子どもたちから離れましたね?　はい、子どもたちがお腹を空かせたの

置き去りにしたではありませんか、左様、子供が、お腹がすいたから、お母さんが、可愛いさうだと思つて、それで出かけたのですね、それのみならず、途を歩きながらも、よく子供のことを心配して居つたのですから、よいお母さんですね。

第三階段

(a) あなた方のお母さんも、必ず善いお母さんであるに違ひありませんが、お母さんが、あなた方のために、どんなことを御心配なさりますか、お母さんは、ご飯をたいたり、着物を縫つたり、床を布いたりして下さりませう、そしてお父さんが、どうです、お父さんも、やつぱり、子供のために色々お世話をして下さりますね、日一ぱい、お父さんがお働きなさるのも、皆あなた方のためですよ。

第三階段

(b) けれどもお父さんやお母さんが御出かけになつて、あなた方ばつかり殘つたときは、あなた方は、家に居るのが大變恐わいことだと思ひますか、殊に、あなた方が、唯一人、闇の夜に坐わつて居らなければならないことになつたらどうです、い丶え、ちつとも恐わいこと丶思ひません、神様が、私達を守つて下さりますから、神様は、天に居らつしやつて、私達に決して難儀なことが起らないやうに、見て居らつしやるのです、どうでせう、山羊の子供等も、

です。お母さんはかわいそうだと思いました。ですから出かけ、考えたのです。「子どもたちの**面倒をみなくては。**」

Ⅲ a **みなさんのお母さんたちもきっと良いお母さんですね。**お母さんがどのように面倒をみて下さいますか。お料理をして、服を縫いますね。ベッドをきれいにして下さいますね。お父さんは？ お父さんも私たち子どものことを心配して下さいます。一日中私たちのために働いて下さいます。

b でも、お父さんもお母さんも出かけて、みなさんたちだけになると、**ほんとうに怖くありませんか**。不安になりませんか。特に暗い中でみなさんだけになったとき。いいえ。神様が護って下さいます。神様は天上においでになって、私たちに何も悪いことが起こらないように見下ろしておいでになります。神様は山羊の子どもたちもお護りになりましたか。

矢張り神さまが守つて下さるでせうか。

第四階段

(a) 父母は、其子の爲めに心配し給ふものなり。

(b) 神は吾等を守り給ふものなり、神は「恐るゝ勿れ、吾こゝにあればなり」と宣ふものなり。

第五階段

どうです、あなた方のお父さんや、お母さんも、も一、早や、今日も色々あなた方のために、お世話をして下さつたでせう、(朝早く起して下さつて、着物を着せて下さり、珈琲を飲まして下さり、それから學校によこして下さつたです)そら、あなた方が、學校で持つて居るお道具でも、何でも、御覧なさい、どれ位お父さんや、お母さんが、あなた方のために、御心配なすつて居らつしやるか分りませう、(凍えないやうに着物を着せ、飢えないやうに御辨當を下さり、學ぶためにお書物を下さる)

神様は、あなた方の様な子供が、家に居るときばつかり、守つて下さるでせうか、いゝえ、學校に行く途中でも、市場に行く途中でも、山を登るときでも、つまりどんな途中でも、守つて下さるのです、どんなにして、吾々が晩の祈を捧ぐるか、「神よ、私は疲れました、休まして下さいませ」と、かういひます、學校が終つたときには如何に祈るか。

Ⅳ a **お父さんとお母さんは子どもたちの世話をします。**

b **神様は私たちをお護りになります!** 神様はおっしゃいます。怖がらなくていい、私がついている!

Ⅴ みなさんのご両親は、今日、どのようにして下さいましたか。(朝早く起こして、服を着せて、コーヒーを下さり、学校に送って下さいました。) みなさんが学校に持ってきているものを見てごらんなさい。ご両親のお心づかいがどれほどあるかわかるでしょう。(寒くないように服、お腹が空かないようにパン、勉強が出来るように本。)

神様は子どもたちがお家に居るときだけ、護って下さるのですか。いいえ、学校に来る途中もです。市場に行くときもです。岩場の道を歩くときもです。どこへ行くときもです。晩にはなんてお祈りしますか。疲れたので、休みます。

学校が終わるときは?

私たちが行く道すべてに
あなたの祝福がありますように。

「有ゆる吾々の途に於て、
神のお惠みを垂れ給へ」

第二單元　狼

目的　子山羊等は狼を這入らせたでせうか、い丶え、母が前に戒めておいたのですから、狼が見えたときに、其れを忘れませんでした、なんで、狼だということが分りましたら、(脚と聲で)そればかりではなく、子山羊等は、狼が何をしに來たかも知つて居ます、即ち狼が來たのは、子山羊を喰つて仕舞はうと思て居ることを知つて居るのです。

第二階段、A、

(a)　そこに低くい聲で呼ぶものがありました「あけてお呉れ、おつかさんが歸つて來たよ」そしたら、子山羊は(いや〳〵、お前さんは、私のお母さんぢやないよ、お母さんは、そんな聲ぢやないよ、お前さんの聲は、ごろ〳〵してるもの、お前さんは狼だよ)

(b)　暫く時が立つてから、今度は優しい聲で、「あけてお呉れ愛らしき子供等よ」と呼びながら、黒い前脚が窓を叩きました、それだから、子山羊は、すぐと分つて(いや〳〵私等のお母さんはそんな黒い脚ぢやないよ、お前さんは狼だよ)

「パン屋さん、私の脚にねり粉を塗って下さい、私は、脚

第Ⅱ単元　狼

目標　**子山羊たちは狼を中に入れましたか。**いいえ。お母さんが注意を与えていました。子どもたちは狼がどんな風だか知っていました。ほかにどこで見分けることが出来たのですか。(前脚、声！)狼が何をしたいかも子どもたちは知っていました。子山羊たちを食べようとしていることです。

a　**すると突然外で低い声がしました。**開けてちょうだい。お母さんですよ。すると子山羊たちは？(いや、いや、お母さんじゃない。しわがれた声だもの。お前は狼だ。)

b　それからしばらくして、きれいな声がしました。「子どもたち、開けてちょうだい。」そう言って**黒い前脚が窓をノックしました。**すると子山羊たちは？(子山羊たちはすぐ気がついて言いました。お母さんはそんな黒い前脚じゃない。お前は狼だ。)

パン屋よ。練り粉を脚につけてくれ。打ち身なんだ、と狼はパン屋に言いました。何のために？　そして粉屋には‥前脚に

を物に銜きあてましたから）と、狼の奴めが、パン屋に言ひました、さー、之が何のためだらうね、（　）それから製粉所《コナヤ》へ行つて、「おい、己れの脚に、白い粉を振り撒け、已れのいふことを聞かないなら喰ひ殺すぞ」と、狼がいひました、さー、之は何のためでせうね（………）

(c)　やがて又狼は戸口に來て、「あけてお呉れといひました、」「お前さんの脚をお見せ」、そこで子山羊等は何と考へたでせう（あー之はお母さんに違ひない）そして（戸を開けた）そこで何が起りました、「おい、ほら、隠れよ、狼だよ」といふまゝに、テーブルの下や、寝臺の下や、ストーブの中や、臺所や、箪笥の中や、水甕の中や、思ひ〳〵に隠れたのです、ところが、狼が、段々に其れを見付けていつたのです、始めには、二番目には、それから其次には、……唯一匹丈けは見付けなかつたのです、けれども、其一匹も實に恐わくて、今喰はれるか、今喰はれるかとぶる〳〵震ひて居つたのでせう。狼は腹一杯に喰べて、もー疲れて仕舞ひました、それからどうしましたか、（樹の下にいつて、ぐつすりと晝寢しました）

總括　狼が子山羊を呑み下だせしこと、

(a)　暫時の後、家の戸を叩くものがありました、「お聞きゝなさいよ、誰か來たやうです」、ところが低くい聲を以て「おあけなさい、愛らしき子供等よ、お母さんが歸つて來ましたよ」と

白い粉をまぶしてくれ。してくれないとお前を喰うぞ。狼は何をするつもりでしょうね。

c　またもや狼はドアのところに立ちました、「開けなさい！」「まず前脚を見せて。」子山羊たちはどう思ったのでしょう。（お母さんだ！）それで？（ドアを開けました。）それでどんなことになりましたか。「隠れるのだ。狼だ。」テーブルの下へ！　ベッドの中へ。暖炉の中へ、台所へ、戸棚の中へ、洗い桶の中へ。一番下の子山羊は時計の胴の中に隠れました。狼は子どもたちを次々に見つけてしまいました。一人目、その次、それから？　ただ一人だけ見つけられませんでした。でもこの子山羊は怖くてどんなにか震えていたことでしょう。

さあ、狼はお腹がいっぱいになって、眠くなりました。狼はどうしたでしょう。（外の木の下で眠り込んでしまいました。）

まとめ　**狼が子山羊たちを呑みこんでしまったこと。**

a　しばらくして、ドアをノックする音がしました。「聞いてごらん！　なんだろう。」（低い声で）「開けなさい、子どもたち。お母さんが帰ってきましたよ！」すると子山羊たちはド

いふものだから、子山羊等は、戸の手前で、静かに「そら、あの聲をお聞きなさいな、あれはお母さんぢやありませんよ」といひました、そうして、今度は聲高くいふのには「お前さんは、私のお母さんぢやないよ、お前さんの聲は、ちつとも優しくないぢやないか、お前さんは狼だよ」といひました。

(b)

そこで、狼の奴めは、ははあ、聲で以て知り付けやがつたな、宜し〳〵、僕は、これから聲をやさしくしやうといふまゝに、商人の所にいつて、白堊の一切れを食ひました、(譯者曰く藥の積り)それから再び山羊の中にいつて、前脚で以て窓をたゝいて(今度はやさしい聲で)「開けてお呉れ、愛らしき子供等よ、お母さんだよ」といひました所が、子山羊共が考へて、「なーに、やつぱり汝《オマイ》は狼だよ、私達のお母さんは、そんな黒い足ぢやありやしないよ、誰が開けるもんか」と叫びました。

ところで、狼か考へるのに「ハハア、向側がパン屋だな、うまいぞ、あの奴に己れの脚を白くさしてやらう」といふまゝ、そつちの方へ、びつこを引いて泣きさうな聲をしていふのには、「どうぞ後生ですから、私の脚に粘り粉を塗つて頂戴な、私は、今、物に衝き當てたのですから」といふと、パン屋は可哀さうだと思つて其通りにしてやりました、ところが、狼の奴め、製粉所《コナヤ》にいつて、人に物をいひつけるやうな聲で以て、「おい、己れの脚に粉をふれ、己れの言ふことを聞かないなら喰ひ殺すぞ」と怒鳴ると、製粉師は震ひ恐れて、其通り粉をふつて脚を白くしました。

(c)

狼が、三度目に、又やつて來て、「お母さんが歸つたよ、開けてお呉れ」といふと、子山羊が「まあー一遍お前さんの脚を

アの内側で小さな声で話し合いました。「あの低い声を聞いてごらん。あれはお母さんじゃない。」そして大声で言いました「お前はお母さんじゃない。きれいな声じゃないもの。お前は狼だ。」

b　すると狼は考えました。「声でわかったのだな。では、声を良くするとしよう。」狼は商人の所へ行き、一かけの石灰石を食べました。そうしてまた家に行きました。狼は前脚で窓を叩き、(きれいな声で)言いました。「開けてちょうだい、子どもたち。お母さんですよ。」でも子山羊たちは言いました。「やっぱりお前は狼だ。お母さんはそんなに黒い脚なんかしていない。開けないよ。」

狼は考えました。「向こうにパン屋が住んでいる。あいつに俺の前脚を白くさせてやろう。」狼は脚を引きずって向こうに行き、(泣き声で)言った。「練粉を脚に塗ってくれ。打ち身なんだ。」パン屋はそうしました。それから狼は粉屋に行って(強い威圧的な声で)言いました。「粉を脚にかけてくれ。そうしないと引き裂くぞ。」粉屋は震え、とても怖がり、前脚を白くしました。

c　狼はやってくると、三度目に言いました。「開けなさい、子どもたち。お母さんですよ。」子山羊たちは言いまし

見せて御覽」といふものだから、狼は「そら」といふまゝ、前脚を窓板の上に上げました所が、子山羊が異口同音に、「あーそうだ〳〵、脚が白く、聲もやさしいから、お母さんに違ひなからうよ」といひながら戸をあけました。

　すると、思ひもよらぬ狼が這入り込んだのであつたもんだから、子山羊共は之は大變だと大狼狽へにうろたへて、「テーブル」の下へ行くものもあれば、椅子の下に隠くるゝものもあり、「ストーブ」の下に行くものもあれば、簞笥の中に這入るものもあり、五番目の子は寝床の中に這入つて行くし、六番目の子が、手水鉢の中に這入る、お終《シマヒ》の七番目の子は、時計箱の中にもぐり込みました、けれども、隠れた所で駄目でした、狼は、見付けては呑み、又見付けては呑みして、只、時計箱の中に這入つたの丈けを見付けない計りでしたから、狼は牧場の方へ出かけて、樹の下で、横になつたまゝ、ぐつすりと寝込みました。

第二段階、B、

　此話の中で一番善いものは誰で、一番賢しこいものは誰でありますか。

　誰といつてね、子山羊共は皆善いのです、なぜなら、お母さんの言ひ付け通りを守つて、狼を中へ入れなかつたからです、併し利口だとはいはれません、なぜなら、彼等は先きを見透すとが出來なかつたために、とう〳〵欺《ダ》まされて仕舞つたからであります。

　利口といふことでは、狼の方が寧ろ利口です、なぜなら、

た。「まず前脚を見せてよ。「ほら」狼は言って前脚を窓の下枠に置きました。すると子山羊たちはお互いに言いました。「そうだね。これは白くて声もきれいだ。お母さんだろう。」そこで子どもたちはドアを開けました。

　入ってきたのです——**狼が**。子どもたちは怖くてどこへ行ったらいいかわかりませんでした。一人はテーブルの下に、もう一人は椅子の下に、三人目は暖炉の下に、四人目は戸棚の中に、五人目はベッドの中に、六人目は洗い桶に入りました。最後の子どもは時計の胴の中に無理やり入りました。でもだめでした。狼は子どもたちを見つけて、一人また一人と呑み込んでしまいました。ただ時計の胴の中に入ったのだけは見つけられませんでした。それから狼は帰って行きました。外の草原の木の下に横になると眠り込みました。

Ⅱb　**この話の中で一番良いのは誰ですか、一番賢いのは誰ですか。**

　良かったのは山羊たちです。お母さんの言うことを聞いて狼を入れませんでした。でも賢くはなかったのです。不注意で、騙されました。

　賢かったのは狼です。なぜなら、家に入るにはどうすればよいかを知っていたからです。でも、ただ悪いことをするために中に入ろうとしたのです。悪者です。

どうしたら家の中に這入れるだらうか、何處から始めてよからうかといふことを知つて居つたからです、併し、狼は、悪事をするために這入らうと思つたのですから、畢竟《ツマリ》悪る者です、決して善いものといふことは出來ません。

第三階段

吾々が、狼と子山羊とを比べて見ると、畢竟《ツマリ》、かういはなければならないのです、「善くないものであるよりは、寧ろ先見なきものであれ」と

第四階段

(a)「不正をなすものよりは、不正を仕向けられたる方が、寧ろ優れり」

(b)「嘘を言ふな」

(c)「良心（ママ）の言ひ付けを守れ」

第五階段

「汝等は、僞りを捨て、誠を話せ」といふ、即ち、僞りを言うてならぬことの箴言《イマシメ》を、既に知つて居るに違ひないね、誰でも一度、嘘をついた以上は、人は、其人を信用しなくなつて、假令、眞實をいうたときでも、僞りと思はるゝものです、あなた方は、嘘をつくやうな人は、お終《シマヒ》には顔を眞赤にするほど耻かしい目に逢ふものだといふことを知つて居ますか、誰か、さういふ目に逢つた人を知つてるなら話して御覧なさい、あなた方が「どんな人にも、だ

Ⅲ　でも、狼と子山羊を較べると、私たちは言わなくてはなりません。

やっぱり悪いよりは不注意の方がいい。

Ⅳ　a　**悪いことをするよりは、悪いことで苦しむ方がいい。**

b　**人を騙してはいけません。**

c　**両親の言うことを聞きなさい。**

Ⅴ　嘘についての格言を知っていますね。嘘をつくのはやめて本当のことを話しなさい。一度嘘をついた人は、本当のことを言っても信じてもらえません。嘘つきは顔が真っ赤になって、恥ずかしくなることを知っていますね。例を話して下さい。誰も騙すことができない人がいることを知っていますね。なぜ格言は言っているのでしょうか。嘘は醜い恥辱。

どうすれば、両親の言われることを聞くことができますか。良い子どもたちは両親の眼差しから察するのではないでしょうか。聞くことと見ることだけが役に立ちますか。いいえ。自分

まされないといふ人が世の中にある」と思ひますか、「僞りは人間の悪しき疵である」といへる諺はなぜですか。あなた方は、おとつさんや、お母さんが、おつしやることを、どうしたらば、よく聽くものといはれませうか、善い兒童は、お父さんや、お母さんが、目の前に居らつしやらないときには、どうするものでありませうか、總てのことは、聽いて、差し圖を受けてからのみ、すべきものでありませうか、否、人といふものは自分で、よく考へるといふことがなければなりません、山羊のお話で、それを證據立て、御覽なさい。

第三單元　山羊共

目的　母山羊が家に歸ること、

(a)　母山羊が、歸つて來たときの樣子は、どうでしたらう、戸《ア》が開かつて居る、そして、机と椅子と腰掛とがひつくり返つて、手水鉢が粉微塵になつて、蒲團と枕とが、寢臺から引き出されてありました。

母山羊が、心配してどうしたでせう、頻りと尋ねましたけれども、一向見付かりません、呼びましたけれども、一向見付かりません、そこで、猶ほ、そちこちを廻はつて居つたら、お終《シマヒ》に、幽かな聲が聞えました、皆さんが、其聲がどこから來たのだか分りませう、母山羊が、そこで、どう

でよく考えなくてはいけません。山羊たちで証明してごらんなさい。

第Ⅲ単元　山羊たち

目標　**お母さん山羊が家に帰ってきたこと**

a　お母さん山羊はなんということを見なければならなかったでしょうか。ドアは開いていました。テーブルも、椅子も、ベンチもひっくり返り、洗面器は粉々になっていて、掛布団も枕もベッドから引き剥がされていました。

不安に駆られてお母さんは何をしたでしょうか。探したのです——でも、誰も見つかりませんでした。呼んでも——誰も答えません。とうとうかすかな声が聞こえました。お母さんは、それがどこから聞こえてくるのか、みなさんはわかりますね。

しましたかね、子山羊が、何を物語りましたか、それから、どうしましたか。

(b) 考へて御覧、母山羊と其一匹の子山羊とが狼を見付けたのです、どこで、どうして、そこで二匹は子山羊共を引き出しました、どうして、山羊共がどんなに嬉しかつたらうね。

(c) なほ、狼は、罰を受けなければならん筈ですね、母山羊は「石を持つてお出で、私達は石を狼の腹に詰めておいて、其れを縫ひ付けておかうよ、なぜッて、さうしないとね、若し狼の奴が、目を覺ましたときに、其處からやつて來て、また、お前達をつかまへて行くから」といひました、狼が目を覺ましたところで、さて、どうしたらう、狼が、大變、歩くのがおつくうになつて仕舞つた、之は、子山羊を喰つためであるだらうか知らん。

狼は、大變に咽が乾いたものだから、小河の方にいつて、水を飲まうとして、前にかゞみました、そしたらどうなりました、石の重みで、川のなかへ落ちて、とう〳〵溺死しなければならんことになりました、(註、こゝに、川といへるは、此教案にてはエナの附近にある、ザールの一支流としたるも、何處の川にても可なり、或は泉とするも可なり、要は其地方の狀態を考ふべし)

總括、

お母さん山羊は何をしたでしょう。子山羊は何を話したのですか。それから？

b　考えてごらんなさい。お母さんは狼を見つけたのです。どこに？　どんなふうに？　そうしてお母さんは子山羊たちをまた取り出したのです。どんな風に？　山羊たちはとても喜びましたね。

c　でも狼はやはり罰を受けねばなりませんでした。「石を持っておいで。狼のお腹に詰めて、縫って閉じましょう！」だって、そうしなければ、目が覚めて、逃げたら、またお前たちを取りに来ますからね。で、狼は目が覚めたとき？　歩くのがとても大変でした。山羊のせいかな？

そうです、そして、狼はとても喉が渇きました。ラッヘ川（ザーレ川の支流。共用の井戸があまり使われないところでは川にしなければならない。地域化。）へ行って、水の上に身をかがめました。すると？　石が狼を水の中に引き込んで、狼は溺れ死ぬ羽目になりました。

まとめ　**狼が水に落ちたこと。**

(a) 母が森から歸つて來ると、さー大變です、戸が開いて居る、机や椅子が引つ繰り返へつて居る、手水鉢が紛微塵になつて居る、蒲團と枕とが寢臺から引出されて居るといふ始末であります。

そこで、母山羊は、家の子供等は何處に行つた、「白や」、「班や」といつて呼びました、そして、あつちこつち殘る隈なく探しましたが、とう〳〵一匹も見付かりません、母山羊は、一々名を呼んで見ました、けれども、誰一人答へるものがありません、ところが靜かな聲で、「かーちやん、私は、時計箱の中につつ込まつて居りますよ」といふものがありました、そこで、母が其方へ走つて行つて、戸をあけて、一番小さな子を引き出しました。

(b) 「狼の奴が何處に居るか」と母山羊が呼んで、すぐと牧塲の方に出かけましたが、狼が、そこに横になつて寢て居りましたから、母山羊は、之を見るより「あゝ私の愛らしき子供よ」といつたきり、暫くの間、狼を見詰めて居りましたが、また言葉を續けて「あゝ若し彼等がまだ生きて居るだろふか」といひました、そこで母山羊は、色々心配をして考へて見てから、「オイ剪刀を持つてお出」といつて、よく用心しながら、狼の腹をチヨキ〳〵とはさみました、ところが、張りきつて居る腹の中から、小さな子山羊の頭がピヨコリ〳〵覗き出ましたから、「これは有り難い」と思つて、又チヨキ〳〵とはさんで、其子を、みんな出しました、ところが、其子供等は、お腹の中から出して貰つたんですから、嬉しくて「かーちやん」と言つて、お母さんに取り付いて來るし、お母さんは、また、子供等をだきよせて、嬉しさの餘り、泣きながら「ア、、本當に、私は、

---

a　そこへお母さんが森から帰ってきました。どんなことになっていたでしょう。ドアは、開いていました。――テーブルは、椅子は、ひっくり返っていました。――洗い桶は、粉々で――掛布団や枕は、ベッドから剝がされていました。

「子どもたちはどこかしら」お母さん山羊は叫びました。あちこち走り回りました。どこもかしこも探しました。――誰もみつかりませんでした。お母さんは子どもたちみんなの名前を呼びました。――誰も答えませんでした。

突然小さな声がしました、「お母さん、時計の胴の中にいますよ。」お母さんは走って行ってさっと扉を開け、一番下の子を引っ張り出しました。

b　「狼はどこ？」お母さん山羊は叫びました。お母さんと子山羊は外の原っぱへ走りました。そこに狼は**寝ていました。**「ああ、かわいい子どもたちよ」とお母さん山羊は言って、長いこと狼を見つめていました。「ああ、ひょっとすると、まだ子どもたちは生きているんじゃないかしら」と、悲しみにくれていたお母さんは考えて、「鋏をとって来て」と言いました。お母さんは用心深く狼の体に鋏を入れました。すると早くも小さな頭が覗きました。もう少し切って、お母さんは子どもたちを全員取り戻しました。子どもたちはお母さんにぴたりと寄り添い、お母さんは子どもたちを引き寄せ、喜びのあまりメェメェ言いました、「私はお前たちが大好き。さあ、取り戻したのよ。」

お前達をどんなに可愛いがつて居つたか知れないよ、今、お前達が此の通り生き返つて來て呉れて、このお母さんが、どんなに嬉しいか知れないよ」といひました。

(c)　狼が、知りつけないやうに、靜に、子山羊共が、石をさがして、そうして、狼の腹に詰めると、母山羊が其れを縫いつけました。

間もなく、狼が十分眠つたものですから、目を覺まして、立ち上つて見ると、なんだか腹の中が、ガラ〳〵し始めたから、狼はいがみながら、

「今日は、なんといふ、巳れの腹がガラ〳〵ボン〳〵するんだよ、太鼓のやうにさ、

己れは、子山羊を六匹ばかり喰つた積りだつたが、おかしいな、石ころでも食つたやうぢやいか」といつて居りましたが、何分咽が乾いたものだから、泉にいつて、水を飮まうと思つて、水の上にが、ゞみかけたら、あはれや、重い石のために溺死しなければならないやうなことになりました、さー之で、山羊共が悪る者を退治して仕舞つた譯でありますね。

第二階段

(b)　狼が溺れて仕舞つたことは困つたことではありませんか。

いゝえ、狼は、さう、ならなければならない筈のものです、屹度さうでなくちやいけません、若しさういかなくつては、山羊共は、何時、命を取られるか分りませんもの、

---

c　狼に気づかれないようにして、山羊たちは石を探し、狼の体にいっぱい詰め、お母さんが縫って閉じました。

まもなく狼は眠りから覚め、立ち上がりました。すると石がゴロゴロしだしたので、狼はブツブツ言いました。

何がコロコロゴロゴロポチャポチャ
お腹の中で今日はグルグルするんだろう？
六匹の子山羊だと思うんだけど
いつの間にか大きな石になったのかな？

狼は喉が渇きました。井戸のところへ行きました。狼が水の上に身をかがめると、重い石が狼を下に引っ張り、狼は惨めに死ななければなりませんでした。今こそ山羊たちは悪者から解放されました。

Ⅱb　でも、狼が溺れ死んだのは気の毒ではありませんか。

いいえ。狼はそうならなければいけなかったのです。それ以外のことはありえません。そうしなければ山羊たちの命は安全ではなかったでしょう。そうしなければ狼はほかの山羊や無実の動物たちをもっと追い回すでしょう。

山羊ばかりではありません、外の罪のない獣共も、まだ〳〵、狼にだまされるのに違ひありません。狼がそんなになつたのは當り前です、なぜなら、可哀さうに罪もない子山羊を欺かして、其れを呑んで仕舞つたんですもの、溺れて死んだのは矢ッ張り罰があたつたのです。

第三階段

自分の仕たことのために罰せらるゝことは、何事も皆左様なものです。

此のことは、あなた方は、慥かに、何時か聞いたことがあります、もー一度お話しなさい、あなた方が、前に、かういふ目に逢つたこともありませう、（兒童の經驗からの實例）なぜ、子供等が、狼のやうに、そんなにひどく罰せられないでせうか、それは、子供等がしたことは、狼がしたことのやうに、そんなに悪いひどいことではないからであります、そうして子供等は、あらためやうとすれば、改めることが出來るからです、けれども、悪いことをして仕舞つたからには、矢張り罰を受けなければならないことは違ひありません。

第四階段

「悪事を働けるものは、罰せらるゝは當り前のことなり、悪しきことをなす勿れ、然らば、汝に悪しきことが到來せざる可し」

そして狼はやっぱりそれに値したのです。かわいそうな無実の子山羊たちを騙して、呑み込んでしまったのです。狼が溺れたのは、罰なのです。

Ⅲ　そして、行なったことに対して**罰を受ける**ということは、他の人にも当てはまります。

みなさんも聞いたことがありますね。話して下さい。見たこともあるでしょう。（子どもの経験から例）。どうして子どもたちは狼のようにひどく罰を受けなければなりませんでしたか。子どもたちは、狼がしたほど、**それほど**悪く、恐ろしいことをしたわけではないのに。それに、子どもは直すこともできたのです。でもやっぱり悪いことをしてしまったのですから、罰を受けなければならなかったのです。

Ⅳ　**悪いことをした人は罰を受けます、それは正しいことです。**「悪いことをしてはいけません。そうすればあなたには何も悪いことは起こりません。」

Ⅴ　でも、罰が全然ないなら、もっといいでしょう。両親併し、若し、全く罰しられないやうなことが出來るなら、それはずつと善いことです、若し、兩親が、其子供等に、只、接吻し、寵愛するのみであつて、一向罰することの要がないやうならば、それは立派ですね、

それで、あなた方はまあー、盗み食ひ位なことをやつたならば、其子供等は、どうなるべきものかと思ひますか、けれども、若し、其れが、丸で罰を受けることがないやうな、善い子になつたならば、もつと、ずつと善い子ですね、

さういふことは、決して出來ぬことではありません、どうしたら宜うございませう、（兩親に常に從順なる子は善い子であります）

が子どもたちにキスをして撫でてくれて、けっして罰を与えなければね。

いいですか、こんな子どもたちはどうなるのでしょう。つまみ食いをする子どもは？（泥棒）その他。もちろん、罰を受ける必要がないというのが、もっといいことです。子どもたちはそうすることができます。いったいどのようにして？（良い子でいて、いつも両親の言うことを聞くのです。）

二　赤づきん

むかし昔、小さい可愛らしい女の兒がありました。この女の兒は、ほんの見ただけの者でも可愛がつたのですが、誰よりも一番可愛がつたのはこの女の兒のお祖母《ばあ》さんで、お祖母《ばあ》さんは、この子には何を與《や》つたらいいか解らないくらゐでした。ある時、お祖母さんはこの兒に紅天鵞絨《あかびろうど》のかわいい頭巾《づきん》をやりました。そして、これがこの兒に大變よく似合つて、それからは他《ほか》のものは被《かぶ》りませんでしたので、みんながこの兒のことを『赤づきん』『赤づきん』と稱《い》ひました。或日のこと、お母《かあ》さんが赤づきんに向つて、『赤づきんや、ちよいとおいで！此處《こゝ》にお菓子が一つと葡萄酒が一本ある、これをお祖母《ばあ》さんとこへ持つておいで。お祖母さんは御病氣で弱つてらつしやる、かういふ物を召上るとお藥になるのよ。さ、暑くならないうちに、行つといで。それからね。お前、外《そと》へ出たらね、しづうかに歩いてくんですよ、お轉《てん》婆《ば》をして脇路《わきみち》へなんぞ入《はい》つちやいけませんよ。そんなことをすると、轉《ころ》んで瓶《びん》をこわすよ、ね、お祖母さんへあげるものが無くなつちまふからね。それからね、お祖母さんのお室《へや》へ入《はい》つたらね、お早うございますつて申上げるのを忘れちやいけませんよ、入《はい》つてすぐにそこいらぢうきよろきよろ見廻しちやいけませんよ』と仰有《おつしや》いました。

『そんなこと、あたし大丈夫だわよ』と、赤づきんがお母《かあ》さんに申しました、そして握手を致しました。お祖母さんといふのは、村から半時間も離れてる森の中に住んで居りました。赤づきんがその森の中へ入《はい》りますと、狼が赤づきんに出會《でつくわ》しました。赤づきんは、狼が悪い獸《けだもの》だといふことを知りませんでした、それで、狼を怖いとも思ひませんでした。『お早う、赤づきん』と、狼が申しました。『有難う、狼さん』『どちらへ？　こんなに早くから』『お祖母さんとこへ』『前垂《まえだれ》の下に何を持つてるの？』『お菓子と葡萄酒。昨日《きのふ》燒《や》いたの。これ、病氣で弱つてるお祖母さんに好《い》いのよ、體《からだ》へ力がつくのよ』『お祖母さんのお家《うち》は何處《どこ》？』『森のずうつと奥でね、まだ大丈夫十五分はかかるわ。大きな樫《かし》の樹《き》が三本あつて、その下にお祖母さんのお家《うち》があるのよ。下には胡桃《くるみ》の生垣《いけがき》があるのよ。あなた、知つてるぢやないの』と、赤づきんが申しました。狼は考へました、『若い柔《やはらか》い奴《やつ》、こいつあ脂肪《あぶら》が乘つててうまいぞ、こいつあ婆《ばばあ》よりうめえや。一番だまくらかして、二匹ともぱつくりやつちまふ算段をするんだなあ』狼はすこしの間赤づきんと並んで歩きましたが、やがて、『ねえ、赤づきん、まあ、そこいらぢうに咲いてる綺麗な花を御覽よ。何故《なぜ》まはりを見ないの？　小鳥があんなに面白い歌をうたつてるのが、まるで聞こえないんだね。まるで學校へ行きでもするやうに、一生懸命に歩いてるぢやないか。森の中はこんなに面白いのになあ』と申しました。

赤づきんは眼をあげました。そして、日の光が木の間《こま》を洩れてあつちこつちと踊《をどり》をどつてるのを見、何處《どこ》も彼處《かしこ》も綺麗な花で一ぱいなのを見て、赤づきんは、『お祖母《ばあ》さんに、採りたての花束《はなたば》をおみやげに持つてつたげたら、きつとお喜びになるわ。まだ早いんだから、大丈夫遲れずに向ふへ往かれるわ』と考へました。そして森の横路《よこみち》へ入《はい》つていろんな花をさがしました。赤づきんは、花を一つ手折りますと、もつとさきへ行つたらもつと綺麗なのがあるんだらうと思ひました、そして花から花の跡を追つて、だんだん森の奥へ入《はい》りこみました。ところが、狼の方は眞直《まつすぐ》にお祖母《ばあ》さんのお家《うち》へ行つて、とんとんと戸を叩きました。『どなた?』『赤づきんよ、お菓子と葡萄酒を持つて來たの。あけて頂戴な』『把手《とつて》を押してお呉れ、お祖母《ばあ》さんは弱つてて起きられないからね』と、お祖母さんが聲を張上げました。狼は把手《とつて》を押しました、戸は勢よくあきました、そして狼は、一言《こと》も云はずにいきなりお祖母さんの寢床《ねどこ》のとこへ行つて、お祖母さんをぐうつと鵜呑《うのみ》にしてしまひました。それから、狼はお祖母さんの着物を着て、お祖母さんの頭巾《づきん》を被《かぶ》つて、お祖母さんの寢床《ねどこ》へ横になつて、幕《まく》を引いて置きました。

赤づきんは花を探《さが》して駈けずり廻つてゐました、そして採れるだけ採つて、もう一本も持てなくなりましたら、お祖母さんのことをおもひ出しました。それで、赤づきんはお祖母さんのとこへ行くことにしました。往つてみますと、戸があいてゐましたので、赤づきんは不思議に思ひました。それから室《へや》のなかへ入《はい》りますと、なかの様子が何《なん》だか平常《いつも》と變つてるやうな氣がして、赤づきんは、『まあ、どうしたんだらう。今日《けふ》に限つて何《なん》だか氣味《きび》がわるい。いつもはお祖母さんとこへ來ると嬉しいのにねえ』と考へました。赤づきんは、『お早うございます』と、大きな聲を出しましたが、何《なん》の返答《へんじ》もありませんでした。それから直《すぐ》、赤づきんは寢臺《ねだい》のとこへ往つて幕《まく》をあけてみました。するとそこにはお祖母さんが横になつて居ました。お祖母さんは、頭巾《づきん》を顔の方まで被《かぶ》りさげて、妙《めう》な格好《かつこ》をしてゐました。『あらまあ、お祖母さん、お祖母《ばあ》さんのお耳は大きいのねえ!』『お前の言ふことが、なりつたけよくきこえるやうにさ』『あらまあ、お祖母さん、お祖母さんの眼《め》え眼《め》は大きいのねえ!』『お前がなりつたけよく見えるやうにさ』『あらまあ、お祖母さん、お祖母さんのお手々《てゝ》は大きいのねえ!』『お前がなりつたけよく摑《つか》めるやうにさ』『だけどね、お祖母《ばあ》さん、お祖母さんのお口《くち》はおツそろしい大きいのねえ!』『お前が、なりつたけよく喰《た》べられるやうにさ』かう言《い》つたか言はないうちに、狼は寢床のなかから一足跳《そくとび》に躍《と》びだして、可哀さうに、赤づきんをぱつくりと鵜呑《うのみ》にしてしまひました。

狼は、思ふさま喰べてしまつてから、また寝床《ねどこ》へ横になつて、ぐつすり寝てしまひました、そして恐ろしい大きな鼾《いびき》をかきだしました。丁度その時、その家《うち》の前を獵夫《かりうど》が通りかかりました。そして、『婆さまがべら棒な鼾聲《いびき》をかいてるな。どうかしたんぢやないか、見てやらにやならん』と思ひました。獵夫《かりうど》はお室《へや》へ入《はい》りました。そして寝臺《ねだい》の前へ來ますと、狼が寝床《おとこ》のなかにねてゐるのが見えました『こん畜《ちき》生《せう》、こんなとこにゐやがる。ながいこと探させやがつたなあ』と、獵夫《かりうど》が申しました。そして獵夫は鐵砲を頰《ほ》つぺたへ當てて狙《ねら》はうとしましたが、この時、狼はお祖母さんを喰《た》べたのかも知れない。そしてまだ命が助かるかも知れないと思ひつきましたので、鐵砲をうつことをよして、鋏《はさみ》をだして、睡《ね》てゐる狼のお腹《なか》をぢよきぢよき切りだしました。二切《ふたき》り三切《みき》り切りましたら、赤いかわいい頭巾《づきん》の目のさめるやうな色が見えました。それから、また二切り三切りぢよきぢよきとやりましたら、女の兒が外《そと》へ跳出《とびだ》しました、そして、『ああ、怖《こわ》かつたこと！　狼のお腹《なか》んなかは眞暗《まつくら》ねえ！』と叫びました。それから、お祖母さんが、まだ生きて居て、外《そと》へ出て來ました。お祖母さんはやつと呼吸《いき》ができる位でした。赤づきんは手早く大きな石ころを持つて來て、それを狼のお腹《なか》んなかへ詰めました。それから、狼が眼を覺まして、跳出《とびだ》さうとしましたら、石つころがあんまり重たいので、すぐにべたべたと平太張《へたば》つて、死んでしまひました。

これを見て、三人は大喜びでした。獵夫《かりうど》は狼の毛皮を剝《む》いて、それを持つて家《うち》へ歸りました。お祖母さんは、赤づきんの持つて來てくれたお菓子を食べ葡萄酒を飲んで、元氣を盛りかへしました。それから、赤づきんは、『お母《かあ》さんがいけないと仰有るのに、自分ひとりで森の脇路《わきみち》へ入《はい》りこむやうなことは、生涯《せうがい》二度《ど》と再びやるまい』と考へました。

また、かふいふ話もあります。ある時、赤づきんが、齡《とし》をとつたお祖母さんのとこへ、またお菓子を持つて行きますと、別の狼が赤づきんに話をしかけて、赤づきんを往來から横みちへ連込まうとしました。けれども赤づきんは用心をして、自分の歩く路を眞直《まつすぐ》に歩いてゆきました、そしてお祖母さんに、いま途中で狼に遇ひました、狼は御機嫌ようと申しましたが、悪計《わるだくみ》のあるのは眼《め》で知れましたとお話をして、『若し往來でなかつたら、狼はあたしを食べちまつたでせうね』と申しました。『おいで！　狼が入《はい》れないやうに、戸へ錠をおろしてやりませう』と、お祖母さんが申しました。やがて間《ま》もなく、狼が戸を叩いて、『お祖母《ばあ》さん、あけて頂戴な、赤づきんよ、お祖母さんにお菓子を持つて來たの』と大きな聲を出しました。けれども、兩人《ふたり》はうんともすんとも言はず、戸もあけませんでした。さうすると、胡麻鹽《ごましほ》頭《あたま》は家《うち》のまはりを二三遍忍び足《あし》に歩いてみましたが、とうとう屋根の上へ跳上つて、赤づきんが夕方宅《うち》へ歸るまで待つことにしました。そのときに、後《あと》からそつとくツついてつて、暗《くら》がりで赤づきんを喰《た》べることにしました。ところが、お祖母さんは、狼のもくろんでいることに氣がつきました。家《うち》の入口《いりぐち》に大きな石の湯槽《ゆぶね》みたやうなものがありました。お祖母さんは子供に向つて、『赤づきんや、馬尻《ばけつ》を持つておいで！　昨日《きのふ》お祖母さんは香腸《ちようづめ》をこしらへたの、お前、あの香腸をこしらへた水をこの水槽《みづぶね》のなかへ入れとくれ』と申しました、赤づきんは、その水をいつ迄もいつ迄も運んで、とうとう大きな大きな水槽《ぶね》を一ぱいにしました。さうすると、香腸《ちようづめ》の芳《い》い香《にほひ》が狼の鼻の孔《あな》へぷんぷん入《はい》りました。狼は鼻《はな》をふんふんやつて、下《した》を覗いて見ました、それからしまひには頸《くび》をあんまり長くしましたので、體《からだ》をささへることが出來なくなつて、ずるずる辷出《すべりだ》しました。そして、ずる〳〵ずる〳〵尾根から辷つて、丁度その大きな水槽《みづぶね》のなかへ落《おつこ》つて、溺れてしまひました。赤づきんは嬉々《いそ〳〵》と家《うち》へ歸つてゆきました。そして誰《だれ》にもどうもされませんでした。

第二　紅井帽子（アカイボーコと讀む）

Text: Grimm S. 79.
Präp.: —Hiemesch S. 36.
Bilder: Grimm—Vogel S. 103. Deutsche Bilderbogen von Weise, Stuttgart 244.

目的　今度のも狼に就いてのお話ですが、狼が一人の小さな女の子を食はうと思つたことのお話をしませう。

第一節　母に就いて

両親が、又、子供を後に残して出かけていッたのですか、いや、さうぢやない、狼は、やはり人を恐わがッてるから、人の家へは、滅多に這入ッて來ないものです

二「赤帽ちゃん」

（テクスト　グリム79頁。
授業案　ヒーメッシュ36頁。
絵　グリム-フォーゲル103頁。ヴァイゼのドイツ一枚絵、Stuttgart 244番。）

目標　もう一つ狼の話、つまり、**小さな女の子を食べようとしたこと。**

第一編　**お母さんの家で**

おや、ここでもまた両親が居なくなったのですか。あ、違います。狼は怖がっていて、人間の家へは入りません。そうでは

今度のは、狼が、森で以て、其の女の子に出會ッたのです、其の子は、何のために森になんぞへ行ッたのでずか、それは、かういふわけです、或る日、其子のお母さんが、其子を呼んでいふのには、帽子や、茲に、お菓子一折りと葡萄酒一壜と取り寄せて置いたがね、今日は、丁度お祖母《バア》さんの誕生日であるから、之を持ッて行ッて上げたいね、お前が、之を持ッて行ッて上げたら、嘸お祖母さんが喜んで召し上がるだらうから、持ッて行ッてお上げ」と、いふことで其子がお祖母さんの家に其れを持ッていかうと思ッたのです、あとは分りませう、ははァ、其れでは、お祖母さんが、森に住んで居らしたのでせう、そこで其子が、籠をさげて、お祖母さんの所に行かうとして居るときに、狼に逢ふことになるのでせう、さうです、も一ッ先きにお母さんが、いうて聞かしたことがあります、（あんまり途を駈けてはいけないよ、又あちこち路くさを喰はないやうに、又、お祖母さんに逢ッたら、今日は誠に結構な日で御座いますと御言ひなさい等）

さうして子供はどうしたの？（別れて出立ちました）

總括　母が、子供をお祖母さんの許に送りしこと。

さきに總括の二つの重なる形式を、見鳥の話と七匹の子山羊の話とに就いて示したりしが故に、以下之を略すべし。

なくて、狼は森の中で赤帽ちゃんに出会ったのです。赤帽ちゃんはそこで何をしようと思ったのですか。

それは、お母さんが話していることから聞くことが出来ます。「さあ、ここにお菓子とワインがあります。今日はおばあさんのお誕生日ですからね」。それで？　おばあさんはお誕生日だったので、なにかプレゼントをもらうはずでした。お菓子、おばあさんが好きなものです。ワイン、体がとても弱っていたからです。それで？　おばあさんは森の中に住んでいたようです。赤帽ちゃんが腕に籠を下げてやってくると、狼が赤帽ちゃんに出会ったのです。そうです。でも、私たちはお母さんが言っていたことをまず聞いてみなくてはなりません。（わき道に逸れてはいけませんよ。あちこち覗きまわってはいけませんよ。こんにちはとご挨拶をするのですよ。）

子どもは？（お母さんに行って参りますの握手をしました。）

まとめ　**お母さんがおばあさんのところへ子どもをお使いに出したこと。**（大規模なまとめ方（見つけ鳥）と、簡単なまとめ方（七匹の子山羊）という、**まとめ方の二つの主な形式**が示されているので、他はなくてもよい。）

第二節　森に於て

狼が、何を喰いたいと思ッて居りますか、皆さんは、どうありたいと思ひますか、どうぞ、狼が其子を見付けなければよいと思ひます、ところが、狼の奴が、すぐと、其子を見付けて仕舞つたのです、一躰、其時は、其女の子が、紅《アカ》い帽子《ボーシ》を被ぶつて居つたのです、それだから、緑の森を通して、遠くからキラ〳〵見えたのです、どうぞ、此日丈け、狼が、其路に居てくれないやうにしてほしかつたけれども、間が悪く、丁度來て、そして其紅い帽子を被つて居たたのを見付けたのです、あなた方が、そこで、どうなつたと思ひますか、すぐと狼が飛びかゝつて子供を呑んで仕舞つたと思ひます、いゝえ、さうぢやないです、外にどうしたと思ひますか、狼が、其少女に話をしかけました、（どちらへお出でですか、何を、お持ちですか、お祖母さんは、何處にお住ひですか）、けれども、狼が其子を矢張り食つて仕舞はうと思つたのでせうか、多分よく考へて見たでしょーまさか、そんな悪いことはしまいと思つたでせう、いゝえ〳〵、どうして、狼は考へたですよ、私は之を食つてしまいたいと思ふ、けれども、出來ることなら、お祖母さんと、二人ともに、喰つて仕舞ふ様にしたいものだと、それで、どうしたと思ひますか、狼がね、少女をだまして道を間違はして仕舞つたのです、（まあー　こつちの花をお

第二編　森の中で

私たちは狼が何をしようとしていたか知っています——女の子を食べるのです。皆さんはどんなことを望みますか。狼が女の子を見つけないように！　でも狼は簡単に女の子を見つけたのです、だって女の子は赤い帽子をかぶっていたのですからね。それで？　それは緑の森の中で遠くからでも光っていました。今日は狼がこの道に来なければいいのに！　でもやってきて赤帽ちゃんを見たのです。皆さんはどんなことを考えますか。いまにも狼は赤帽ちゃんに飛びかかって子どもを飲み込んでしまうでしょう。でも違いました。そうはしなかったのです。そうです、ではいったいどんなことを？　狼はちょっとした会話を赤帽ちゃんとしました。（どこへ行くの？　何を持っているの？　おばあさんはどこに住んでいるの？）でも狼は赤帽ちゃんを食べようとしたのですね？　きっと狼はよく考えて、そんなに悪いことはするつもりではなかったのです。いえ、いえ。狼は考えたのです、**二人とも**食べるようにしよう、つまり？　狼は赤帽ちゃんを道から逸らせて森の中へ誘い込みました。（「花を見てごらん！　小鳥たちの鳴き声をきいてごらん！」）それで赤帽ちゃんは？　お母さんが言い聞かせたことを考えなかったのでしょうか。いいえ。そうではなくて、何を考えたのでしょう。（太陽の光、花、花束。）

覽なさいとか、あ、彼處に小鳥が囀つてるのをお聞きなさいとかいつて）そこで、少女はどうしたらう、少女は、お母さんがいうて聞かして下さつたことを、氣をつけて居らなかつたでせうか、否　それなら、何のために、そんな方に迷はされたでせう？（太陽の光線、花、花環）

總括　狼が、赤井帽子を森に誘へしこと。

第三節　お祖母さんに就いて

(a)　あなた方は、お祖母さんが、どうなつただらうか分りますか、お祖母さんの家では子、誰か戸をとん〳〵と叩くものがあるものですから、「何方ですか」と聞くと、そこに、「私は紅井帽子でございます、お菓子と葡萄酒とを持つて參りました、どうぞ開けて下さい」といふ聲がしました、けれども、お祖母さんは、酷く弱わつて、もー起き上がることが出來ません、そこで、何といつたと思ひます、「たゞ、かけ金を押しなさい、すると開《ア》くよ」さあー、其處で、どうなつたか分りませう（狼がお祖母さんの寝床に行つて呑み込んで仕舞ひました）して、狼が、それからどうしたか考へてご覽、着物や、被ぶり物や、幕なんぞをどんなにしましたか、なぜそんな事をしたのですか。

(b)　森に居つた紅井帽子は、どうなりましたか、少女はお母さんの言ひ付けを思ひ起しました、さうです、今は、少女

まとめ　**狼が赤帽ちゃんを森の中に誘い込んだこと。**

第三編　**おばあさんの家で**

a　おばあさんの家で何が起ったか、皆さんは知っていますか。誰かがドアをノックしました。「どなた?」。すると声がしました――「赤帽ちゃんです。お菓子とワインを持ってきました。開けてください」。でもおばあさんはとても弱っていて起きることが出来ませんでした。ですから何と言ったのでしょう。掛け金を押して開けなさい。するとどうなったか、皆さんはすぐわかりますね――（おばあさんのベッドに行って、のみ込んでしまいました）。でも、狼が次にどんなことをしたか考えてください。服、ナイトキャップ、ベッドのカーテン。なぜ?

b　森の中にいる赤帽ちゃんは? そう、遂にはお母さんの言いつけを思い出したでしょう。たしかに。赤帽ちゃんは花を

は持ち切れない程の花を摘んだから、「あゝ、お祖母さんの處にいくのであつたよ、私は早く行かなければならない」と思ふたのです。

お祖母さんの處に着いたときに？（戸があいて居る、部屋がひつそりして居る、寝臺の窓掛が、引き裂かれて居る、お祖母さんは、一向居なさらないといふ始末であります）、それで、少女は心配に思つて、獨言をいひました、（今日は、何があつたゞろう、あゝ心配でならないなあ、私は、いつもお祖母さんの處に來ると大變面白かつたのに）そうして、少女は、聲高々と言ひました、「お早うございます」（ところが一向答がない）さて、少女はどうしましたか、（窓掛けを寄せて見ると）其處にお祖母さんの大きな被ぶり物が、第一に目に止まりましたから、「お祖母さんどうなすたの」と叫びました、處が耳が見えましたから、「お祖母さん、あなたはなぜそんな大きい耳をして居なさるの」といつたら、「あい、之は、よく聞こえるやうにして居るのさ」といひました、それから、今度眼が見えましたから「お祖母さん、あなたは、なぜ、そんな大きい眼をして居なさるの」といふと、「あい、之はよく見えるやうにして居るのさ」、それから、手と口とのことを聞くと、「よく摑めるやうに、よく喰へるやうに」といふまゝに、寝床から飛び起きて、それから、どうしたと思いますか、（あはれや少女は喰はれて仕

たくさん採って、もう持ちきれませんでした。そのとき考えました、あ、おばあさん。急いでおばあさんのところへ行かなくちゃ！

　赤帽ちゃんがやってきたとき？（ドアは開いていて、部屋はとても静かで、ベッドのカーテンが閉まっていて、おばあさんは見えませんでした。）いいですか。そこで赤帽ちゃんは不安な気分になって言いました（今日はどうしたのかしら？　ものすごく怖いの。いつもならおばあさんのところがとても好きなのに。）そして大きな声で言いました、お早うございます！　だけど？（答えがありません）。赤帽ちゃんはどうしましたか？（ベッドのカーテンを開けました）。するとまずおばあさんの大きなナイトキャップが見えました。すぐ子どもは大きな声で言いました。「まあ、おばあさん。なんて変なの？」その時子どもは耳を見ました。「なんて大きな耳なの？」「お前の言うことが良く聞こえるようにね。」今度は子どもは目を見ました。「なんて大きな目をしているの？」「お前が良く見えるようにね。」そして手は（捉まえ）、口は（食べる）。こう言うと狼はベッドから飛び出して――そして？――（赤帽ちゃんをのみ込みました。）

舞ました）

(c) あゝ、可哀さうですね、子供もお祖母さんも、實に可哀さうです、若しも、あの子山羊のお話のやうに、誰か人が來て、母山羊のしたやうなことをして呉れゝばよかつたけれども、どうだらう、お母さんでも來て下さるだらうか、少女は再び生き返らなければ、何と悲しいことであらうね、どうぞ、あんまり遅くならない中に、來て呉れゝばよいのですがね、

ところが、丁度其時、獵人が通りかゝりました、そして狼がごろ〳〵咽を鳴らして居るのをきゝました、あなた方は、獵人が何と考へたか分りませう、（ははァ、之はお祖母さんが、病氣でもなすつて居なさるだらう）して、獵人が、何を見つけましたか、狼です、そこで獵人は何といひましたか、「まてよ、此灰色頭よ、（狼奴よ）手前は己れのものだぞ、今、鐵砲玉の味を見せてやるからな」そこで、どうしましたか、（幸にも、彼れが、狼を討撃《ウチコロ》さないで）彼れは、母山羊がしたやうなことをしたのです（腹をはさんだのです）、そしたら、紅井帽子が中から見えて來たから、獵人はお祖母さんと二人とも助けました。

さて、其罰はどうなつたでせう、それは、前に山羊の話できいたのと同じです、（重い石を詰められたから溺死しました）そうして、喜びを得たものは誰でせう、獵人は（狼の

---

c ああ、残念なことです。かわいそうな子どもとおばあさん。子山羊たちのときのように誰かが来て、子山羊たちのときと同じようにしてくれたらね。ひょっとするとお母さんでしょうか？　赤帽ちゃんが帰ってこないなら。遅すぎなければいいのだけど！

いいえ、猟師が通りかかって、狼が鼾をかいているのを聞きました。皆さんは猟師が何を考えたかわかりますね。（おばあさんはどうかしたのかな？）そして猟師は誰を見たでしょう？（狼です）。猟師は何と言ったでしょう？（待ってろよ、おいぼれめ。お前を捕まえたぞ。今こそ撃ち殺してやるぞ。）それで猟師は何をしたでしょうか。（幸いなことに猟師はそうはしなくて、）山羊のお母さんがしたようにしました。（狼の体を切り裂いたのです）すると赤い帽子が光っていましたので、猟師は二人を助け出しました。

そして罰は？　私たちはもう知っていますね、ちょうど子山羊たちの場合と同じです。（重い石、狼は落ちて死にました。）

そして嬉しい事は？　狩人（狼の毛皮とワイン）おばあさんは（ケーキ）赤帽ちゃんは？

毛皮及び葡萄酒）お祖母さんは（お菓子）紅井帽子は、？

總括　狼が、母と子供とを呑み込んで罰せられしこと。

第二階段

(b)　紅井帽子は、大變な心配をしなければならなかつたのですが、それは、やつぱり、自分も悪るかつたのです、どうしてさうでせうか。

少女は、お母さんの言ふことを守らなかつたです、もー、お母さんの言ひ付けを忘れて仕舞つたのです、少女は、狼のために、森の中に誘はれて仕舞ひました、畢竟《ツマリ》、狼のいふことを聞いたので、しかも、其狼は一ッの悪漢《ワルモノ》でありました、少女は、正しき道から離れて、岐路に陥りました、併し、おしまへには、それが、再び正しき道に歸つて來ました、なぜなら、少女は、ついに母の言ひ付けを思ひ出したからです。

第一階段

これから、また、前のお話にあつた子山羊のことをも、考へなければなりません、子山羊共も心配をし、而かも、一通りでない心配をしなければならなかつたのですね、あれも、紅井帽子と同じく、やつぱり、自分に罪があつたからですね、なぜッたら、お母さんは、前に、用心をするやうに教へて下すつたのですのに、それに從はなかつたからです、丁度、紅井帽子も、其の通りのことをしたのです、お

まとめ　狼がおばあさんと子どもをのみ込んで罰を受けたということ。

Ⅱｂ　**赤帽ちゃんはたくさんの恐怖に耐えなければなりませんでした。しかしそれも自分の責任でした。**どうして？

お母さんの言うことを聞かなかったのです。お母さんがしてはいけないと言ったことを考えませんでした。狼に惑わされて森の中へ入ってしまいました。狼の言葉に従いました。狼は悪者だったのです。赤帽ちゃんは正しい道から逸れ、わき道へ入り込みました。でも最後にはまた正しい道にやってきました。お母さんの禁じたことを思い出したのです。

Ⅲ　そうです。ここで私たちは子山羊たちのことも考えなければいけません。子山羊たちも恐怖に耐えなければなりませんでした。大きな恐怖ですがこれも自分の責任だったのです。お母さんではありません。お母さんは注意をしていました。赤帽ちゃんの場合も同じことです。お母さんは警告を与えていました。でも子山羊たちも赤帽ちゃんも別の声を聞きました。子山羊たちは用心深くなく、十分賢くはなく、赤帽ちゃんは十分しっかりしていなかったのです。悪い狼が誘ったとき、それに従ってはいけなかったのです。悪者なのです。

母さんが氣をつけなさいと言つたのに、子山羊共も紅井帽子も、他の人の言ふことを聞いて仕舞つた、ね、子山羊共は、先きの見えない者共で、十分利口ではなかつた、紅井帽子も、僅かに十分利口といふことは出來なかつた、彼の女は狼のやうな悪る者が誘ふたときに、それに從つてはならない筈であつた、無頼漢に從へばやつぱり無頼漢になるのだから。

第四階段

(a) 若し悪しき子供が汝を誘ふならば、必ず決して彼れに從ふなかれ。

(b) 汝自ら邪道に陥る勿れ。

(c) 正しき道をはなるゝな。

第五階段

(a) 町にも隨分悪るい子供が居りますか、私共の町にも、矢張りありますか、ありますとも、それぢや御話にあるやうに「僕はね、君が小鳥といふものは、どんなに愉快に歌ふものだか丸で知らないと思つてるよ、だからね、君、いつか學校に行くときに、僕と一所に遊びに行かないか、森にいつて見ると、そりや面白いよ」といふやうなことをいふものがありますか、あなた方は、さういふときには、なんと考へますか、彼等は、なんのために、さういふことをいふのですか、（彼等は、人をだまして、そして、學校に行く正

Ⅳ a 悪い少年たちが誘っても、ついて行ってはいけません。

b 誘惑されてはいけません！

c 正しい（正義の）道から逸れてはいけません！

Ⅴ a 町にも悪い少年たちはいますか？ 私たちの町にも？ はい、います。そのような少年たちは言います（メルヒェンから数えあげなさい）。「お前は小鳥たちがどんなに楽しそうに歌っているか、聞いていないと俺は思うね。お前は学校にでも行くようにまっすぐ歩いているけど、森はとても楽しいのさ。」どういう意味でしょうね。何をしようとしているのでしょうか。（誘っているのです。学校に行く正しい道から逸らせようとしているのです。）どうしたら赤帽ちゃんよりも賢く行動することができるのでしょうか？（言うのです、いやです！ そしてもうその後は耳を貸してはいけません。）

しい道から、側道《ワキミチ》に連れ出さうと思ふのです）、さういふときに、紅井帽子などより、もつと利口なことを仕やうと思へば、どうしたらよからうね（世間の言ひ草にある如く「否やですよ、もーそんな手は食ひますまい」といふべし）。

(b) それは、何時でも、只、男の子にばかりあることですか、女の子にはそんなことはありませんか。

(c) 或子供が、お母さんにいふのには、「若し善い子供が私を誘ふときにはどうしませう」（考へなさい、狼だつて、矢張り、さきには、よいやうなことをいつて、ごく罪のないやうなことをしたんですからね）

(d) 「エル、ライニック」の二つの話を物語るべし（Vaterländ：Lesebuch von Franke. Weimar bei Böhlau II. 174）

(e) 「恐る丶勿れ、我、汝と共にあり」といへる格言が、如何に吾々の今の物語に適するか（救はれしことを見て）「不正をなすよりも不正を受くるものが、一層善なり」とは眞か、（お婆さんと狼とをくらべて）「汝は人を欺く可らず」（そこにお出でなさるは何方です云々と、狼が紅井帽子にいへし如く）「悪をなさぬならば、汝に悪は來らざる可し」（狼、狼の所業、狼の最後）

(f) 或る悪るい子供が、あなた方を欺かさうとしたことがありますか、そしてあなた方が、用心を深くして、決してそれに迷はされないやうに、十分強くありましたか。

---

b　それはいつも少年たちでしょうか？　少女たちもそうではありませんか？

c　ある子どもがお母さんに言いました。でも**良い**少年たちが誘ったら？（気をつけなさい。狼も善良で無邪気なようにしていました。）

d　お話　R.Reinick（ライニック）の二つの話。**祖国**　フランク族についての読物。ベーラウ社、ワイマール　Ⅱ　一七四頁。（中山註　Reinick, Robert : Märchen-, Lieder- und Geschichtenbuch. Gesammelte Dichtungen Reinicks für die Jugend. M. zahlr. Bildern. これは一八六〇年頃から相当人気があった少年向けの本である。）

e　私たちの話に次の格言はどのように合っていますか。怖れるなかれ、私はあなたの傍にいる。（救い！）不正をするよりは不正に苦しめ（おばあさんと狼）。嘘をつくなかれ。（外にいるのは誰？「赤帽よ」と狼は言った。）悪いことをしなければ、悪いことは起りませんか？（狼、その行い、その最後）。

f　もう悪い少年が皆さんたちを誘惑しようとしましたか？　皆さんたちは用心深くしっかりしていましたか？

g　グスタフ　ヴァイゼ（Gustav Weise）――シュトゥットガルトのドイツ一枚絵二四四番。このメルヒェンにはミュンヒェンの一枚絵一〇五五番は学校では取り入れられない。

h　付属資料　誰が花を考えだしましたか？

(g)「獨逸繪草紙」二百四十四號（Deutsche Bilderbogen No.244, von Gustav Weise—Stuttgart.）此童話には、「ミュンヘンの繪草紙」一〇五五が學校に缺く可らざるものなり。

(h) 伴隨的教材　どんな花を思ひ出しましたか。

（中山註　Weise, Gustav : Naturgeschichte in Bildern. Das Tierreich mit 250 Abbildungen für den Anschauungs–Unterricht und beschreibenden Text. Stuttagrt, Weise, o.J.（um 1900）動物草紙。一枚絵（Bilderbogen）とは、一枚の紙に物語の要所の絵を描き、物語を絵で表したもの。参照。鈴木満『図解雑学　グリム童話』ナツメ社、二〇〇五年。）

三　めッけ鳥《どり》

むかし昔、森《もり》の番人《ばんにん》が一人居りました。森番は森へわけ入《い》つて狩獵《かり》をしました。森番が森の中へ入《はい》りますと、何だか喚《わめ》く聲が聞こえました。その聲はまるで幼《ちひさ》い小兒《こども》のやうでありました。森番は聲のする方へ何處までも何處までも行つてみましたら、とある丈《せい》の高い樹のところへ出ました。樹のうへには幼《ちひさ》な兒が一人坐つて居りました。これは、母親がこの兒と一緒に樹の下でぐつすり寢込んでゐたのを、鷲のやうな鳥が、母親の膝にゐる小兒《こども》を見つけて、飛んで來て、嘴《くちばし》で攫《さら》つてつて、此の高い樹の上へ置いたのでした。

森番は登つてつて、小兒《こども》を下《した》へおろして、『この兒は宅《うち》へ連れていつて、宅《うち》のレンちやんと一緒に育ててやらう』と考へました。それで森番はその小兒《こども》を連れて歸りました。そして、二人の小兒は一緒に成人《せいじん》しました。樹の上でみつかつた小兒は、鳥がさらつて來たのでしたから、「めッけ鳥《どり》」と名をつけられました。めッけ鳥とレンちやんは、仲よしも仲よしも、二人始終《しょっちゅう》顔を見てゐないと悲しくなるほどの大《だい》の仲好《なかよ》しでした。

森番のところに婆《ばあ》さんの料理人が居ました。その婆さんが、或る晩手桶を二つ持つて水を運びだしました、一遍ではなく、何遍も何遍も井戸端《ばた》へ行くのでした。レンちやんはこれを見て、『ねえッたら、サネ婆《ばあ》や、どうしてそんなに水を澤山酌むの？』と言ひました。『お嬢さんがね、誰《だれ》にも言はなきや、婆《ばあ》やが話してあげます』レンちやんは、大丈夫、誰《だあれ》にも言ひッこないと言ひました。すると、料理人は、『明日《あした》の朝、旦那が狩獵《かり》に行つちやつたら、この水を沸かすの。お湯がお釜《かま》んなかでぐらぐら煮立《にいた》つたら、めッけ鳥を中《なか》へたたき込んで、ぐつぐつ煮てやる』と言ひました。

翌朝《あくるあさ》早く、森番は起きて狩獵《かり》へ出かけました。森番が居なくなつたときには、小兒《こども》たちはまだ寢床にゐました。この時、レンちやんがめッけ鳥に向つて、『あんたがあたしを棄てなきや、あたしだつてあんたを棄てやしないことよ』と言ひました。『いつんなつたつてそんなことない』と、めッけ鳥が言ひました。それを聞いてレンちやんが言ふやう、『あんたにほんとの事言つてよ。サネ婆やがね、昨夜《ゆふべ》水を手桶に澤山家《うち》へ持込んだのよ。そいからあたしね、婆《ばあ》やどうしてそんなことするのつて訊いてみたの。そしたらね、婆《ばあ》やがね、あたしが誰《だあれ》にも言はなきや、話したげるつて言つたから、あたし屹度だあれにも言はないからつて言つたの。そしたらね、婆やがね、明日《あした》の朝《あさ》、お父《とう》さんが狩獵《かり》に行つちやつたら、お釜へお湯を一ぱい沸《わ》かして、あんたをお釜んなかへ抛《はふ》りこんでぐつぐつ煮ちまふんだつて言つたのよ。だからね、あたし達はね、急いで起きて、着物を着て、一緒に何處《どこ》かへ行つちまいませうよ』

そこで、小兒《こども》兩人《ふたり》は寢床《とこ》から起きて、手早く着物を着て、何處かへ行つてしまひました。お釜のお湯がぐらぐら沸立《にた》つと、料理番の女は寢室《ねま》へ行きました。めッけ鳥をさらつて來てお釜の中へ抛込《はふりこ》むつもりなのでした。ところが、室《へや》のなかへ入《はい》つて、寢臺《ねだい》のとこへ往つてみましたら、小兒《こども》たちは、兩人《ふたり》とも居りませんでした。婆《ばあ》さんは氣が氣ではなくなりました。婆《ばあ》さんは、『旦那が歸つて來て、小兒たちの居なくなつたのを知つたら、何《なん》んてッてやらうか？　早く追駈けてつて、引戻してやれ』と獨語《ひとりごと》を言ひました。

そこで、料理番の婆さんは、下男を三人遣《や》つて、駈けてつて、小兒《こども》たちに追付《おつつ》くやうにと吩咐《いひつ》けました。小兒たちは森の入口に坐つて居りましたが、遠くから三人の下男《げなん》が駈けてくるのを見て、レンちやんは、めッけ鳥に、『あんたがあたしを棄てなきや、あたしだつてあんたを棄てやしないことよ』と言ひました。すると、めッけ鳥は、『いつになつたつてそんなことない』と言ひました。それを聞いてレンちやんが、『あんた、薔薇《ばら》の幹《みき》におなんなさい、あたしはかわいい薔薇《ばら》の花んなつて上《うへ》へくツつくわ』と言ひました。三人の下男は森の入口へ來ましたが、そこには薔薇《ばら》の花が一本あつて天邊《てつぺん》ぢよくにかわいい薔薇《ばら》の花が一つくツついているほかには何《なん》にもなく、小兒たちなんぞは何處《どこ》の隅《すみ》にも居ませんでした。下男どもは、『此處《ここ》ぢや手の下《くだ》しやうがありやしねえ』と言ひました。そして、家《うち》へ歸つて料理番の婆《ばあ》さんに、行つて見たけれど、薔薇《ばら》の木が一本あつて、その天邊《てつぺん》ぢよくにかわいい薔薇《ばら》の花が一つくつついてるだけ、他には何處《どこ》を探しても何《なん》にも見えなかつた、と言ひました。これを聞くと、料理番の婆さんが叱りつけました、『拔作《ぬけさく》！　その薔薇《ばら》の木を押《おつ》ぺしよつて、その薔薇《ばら》の花を探つて、家《うち》へ持つて來なきや駄目ぢやないか。早くお爲《し》よ』仕方がありませんから、下男どもは又ぞろ探しに出て行きました。ところが、小兒《こども》たちは下男どもが遠くの方からやつて來るのを見ました。すると、レンちやんが、『めッけ鳥《どり》ちやん、あんたがあたしを棄てなきや、あたしだつてあんたを棄てやしないことよ』と言ひました。めッけ鳥は、『いつになつたつてそんなことない』と言ひました。レンちやんは言ひました、『そんなら、あんた教會におなんなさい、あたしはそんなかのシヤンデリヤになるわ』（註。佛語「シヤンドリエール」の日本化した言方。花ランプ、花電燈。實用と裝飾を兼備して、大廣間の照明に必要なるもの）三人の下男が其處へ行つて見ますと、そこには、教會が一つあつて、その裡《なか》にシヤンデリアがあるばかりでした。そこで下男どもは、『こんなとこで何《ど》うするんだい。家《うち》へ歸らうや』と話し合ひました。下男どもは家《うち》へ歸つて來ますと、料理番の女は、何《なん》にも見つからなかつたかと訊きました。駄目だよ、教會があつたぎりさ、裡《なか》にやシヤンデリアがあつたつけ、と下男どもは言ひました。『馬鹿！』と料理番の女が叱りました。『何だつてお前達あその教會をぶッこはして、シヤンデリアを持つて來なかつたんだい？』今度は、料理番の婆さんが自分で出かけることにして、三人の下男と一緒に小兒たちを探しに來ました。ところが小兒たちは例の三人の下男が遠くの方からやつて來るのを見ました。その後《あと》から料理番の女がよたよた歩いて來ました。すると、レンちやんが、『めッけ鳥《どり》ちやん、あんたがあたしを棄てなきや、あたしだつてあんたを棄てやしないことよ』と言ひました。それを聞くと、めッけ鳥は、『いつになつたつてそんなことない』と言ひました。レンちゃんが言ひました。『池におなんなさい、あたしは鴨んなつて池へ浮いてるわ』料理番の女は其處へやつて來ました。婆さんは池を見ると、池の上へ腹這《はらばひ》になつて、池の水を飲んでしまはうとしました。けれども、鴨が素早く泳いで來て、嘴《くちばし》で頭《あたま》をくわへて、婆さんを水の中へ引摺《ひきず》りこみました。糞婆《くそばば》あは否應《いやおう》なしにあツぷあツぷ溺れ死んでしまひました。そこで、小兒《こども》たちは連れだつて家《うち》へ歸つて、心底《しんそこ》から嬉しく思ひました。この二人は死なけりや、まだ生きて居ます。

第三　見鳥

之に關しては、巻首に示せる「ランドマン氏の著」、一六三頁を見よ、其他、ユストの著五四頁及びグレーへ氏の「獨逸學校の實際」第十三號にある「ヒイメス氏の論文」三十九頁を見よ、

材料の適用に就ては、一八八六年ドレスデンに於て發行せられたる、「特殊教育學の材料」と題する書の六十七頁を見よ、

第四階段

1 (a) 困難なるものを助けよ。
(b) 善き子供は人に親切なり。
(c) 姉妹は互に和らぐべし。
2 善き仲間は、たとひ不幸に逢ふも、之を見捨てざるものなり。
3 善良にして信心なるものは、神の助けを受くべし。

ミュンヘンの繪草紙二〇四號を見よ。

三「見つけ鳥」

{テクスト　読本19頁。グリム144頁。
絵　グリム-フォーゲル152頁。ミュンヒェン一枚絵204番。
授業案はラントマン（Landmann）163頁参照。}
{授業案　さらにユスト54頁、グレーフェ（Gräfe）の Dt.Schulpraxis 1887 No 13、ヒーメッシュは51頁。
資料の梗概　Mat. zur spez. Päd.（Dresden 1886）§67.}

Ⅳ

1 a 困っている人を助けなさい！
b 良い子どもは人に同情します。
c きょうだい仲良く。
2 良い仲間は不幸なときに離れてはいけません。
3 善良で敬虔な人は神が助けます。

ミュンヒェン一枚絵204番。

甲　教授の實例

童話に對する豫定　見鳥《ミドリ》（少女の名）

（Von H. Landmann in Jena auf Grund seines Unterrichts in der Übungsschule des "Pädagogischen Universitäts– Seminars" zu Jena.（Vergl. das 4. Heft : Aus d. Pädag. Univers.–Sem. zu Jena. Langensalza, Beyer u. S. 1892.）Vergl. die Arbeit von Just : Märchenunterricht.

開發的模寫的教授

目　次

第一單元

目的　吾々は、少女が、なぜ善き母に訣別《ワカ》れしか、又どうして人の手に渡りしかを話さう。

1　鷲が子供を奪ひしこと、
2　母の悲、
3　獵人少女を家に連れ歸りしこと、
4　廉子と見鳥とが、互に睦ましかりしこと、

第二單元

目的　廉子と見鳥とが、非常なる難儀を免れしことを話さう。

1　下女のお殘《ザン》婆が、見鳥を殺さうと思ひしこと、
2　廉子と見鳥とが、家に行きしこと、

第三單元

一．授業例の詳細

メルヒェン授業案「見つけ鳥」

〔H・ラントマンのイェーナ教育大学ゼミナールの実習学校での授業に基づく。（参照　イェーナ教育大学ゼミナール第4冊。Bayer u. S. 一八九二年。）参照　ユスト「メルヒェン授業」〕

（展開―口演方式授業）

概要

第Ⅰ単元

目標　小さな女の子がお母さんを失って、それから知らない人たちのところへ来たことについて話しましょう。

1　鷲が子どもを攫ったこと
2　お母さんが悲しんだこと
3　狩人がその小さな女の子を家につれて帰ったこと
4　レンチャンと見つけ鳥が好きあったこと

第Ⅱ単元

目標　レンチャンが見つけ鳥を大変な危機から救ったこと

1　ザンネばあやが見つけ鳥を殺そうとしたこと
2　レンチャンと見つけ鳥が森の中へ行ったこと

目的　子供等が居ないのを見出したときに、下女が何をなしたかを話さう。

1　下女が、三人の下男に追ッ駈けさせしこと、

2　下男共は二度も出駈けしこと、

3　下女自身も共に行きしこと及び下女が死せしこと、

第一單元

目的　今日はね、まだ年のいかない小さい女の子が、とう〳〵お母さんが亡《ナ》くなつて、そしてね、餘處の人の處に連れて行かれたことのお話をして上げます。

第一及第二階段

(1)　教昔可哀さうな貧乏な一人の子がありましたが、其子はどうも大變な困つたことに出會つたのです、それは大事なお母さんに別れて仕舞つたのです、皆さんは前にあの「狼と七匹の子山羊」といふお話と、「赤子帽子」のお話とをきゝましたから、何とか考がつくでせう、何が起つたのでせう？　生先生分りました、あのお母さんが病氣になつて、そうして死んだのでせう、教いゝえ、今度のはさうぢやないのです、その小さな女の子がね、お母さんの處から、さらはれていつたのです、生あゝ其れでは狼が來たん

第Ⅲ単元

目標　子どもたちがいなくなったと知ったとき、料理女が何をしたか

1　料理女が三人の下男を送ったこと

2　下男が二回目に出かけたこと

3　料理女が自分も一緒に出かけて死んだこと

第Ⅰ単元

目標　今日は、ほんとに幼い女の子がお母さんを失って、知らない人たちのところへきたことについて話しましょう。

第Ⅰ・第Ⅱ段階

1　かわいそうな子どもが大きな不幸に出会いました。お母さんを失ったのです。一体どんなことが起きたのでしょうか。**お母さんが病気になって、亡くなったのです。**（ゴシックは児童の答えとして想定されたもの。）ここではそうではありません。幼い女の子がお母さんから攫われたのです……**狼がやってきて、子どもを森へ引きずっていって、食べました。**そうだとするなら女の子は死んでしまって、知らない人たちのところへ来ることが出来ませんね。（目標を思い出させると、子どもたちが逸れない。）……**狼は子どもをのみ込んでしまうと、樹の下に横**

だ、そうして其子が森に引きずられていつて、そうして其處で喰はれたんだ、教だつて、其れぢや、其子は死んで仕舞つて、もう餘處の人に連れて行かれることは出來ない譯になる、(こゝは目的に示せることを思ひ起さしめて、迷路に陥らざらんやうに注意せる有様なり)、生あゝ分りました、狼が其子を呑んで仕舞つて、樹の下に寢て居ると、そこで獵人が來て、それから鐵砲で打ち殺して、お腹を割いて呉れたので、生き返へつて來たに違ひない、(譯者曰く、こは兒童が第一の狼の話を想ひ出だせるなり、元來、見鳥の童話はエーナの排列によれば第三の童話にして、第一は「狼と七匹の子山羊」第二は「紅井帽子」第三は「見鳥」なること前に述べたるが如くなるゆゑに)教獵人は其子をお母さんに返して上げたいと思つたんだらうかね、生さうです、けれども獵人には何處の子か分らなかつたのでせう、教その子は獵人に話すことが出來ないだらうかね、生先生、だつて、小さい子と仰しやつたぢやありませんか、小さい子ですもの、話すことが出來ませんさ、教それで獵人はどうしたでせう、生其子を自分の家に連れて行きました。

教さう、さきに「紅井帽子」のお話にあつたのと、丁度同じやうであつたのです、併し、今度のは少し違ふ、子供をさらつたのは狼ではなくて鷲でありました、それはかういふ話なんです、お母さんは大變貧乏でね、冬になつたたつ

になって眠りました。そこへ猟師がやってきて、狼を射殺しました。それから狼のお腹を切り開き、――女の子はまた生き返りました。猟師は女の子をお母さんのところへ連れて行ってあげたくはなかったのでしょうか。**はい、猟師は子どもが誰のものかわからなかったのです。**女の子はそれを猟師に言うことは出来なかったのですか。**その子はまだとても小さくて、話すことが出来なかったのです。**猟師はどうしましたか。**自分の家へ連れて帰りました。**

そうすると話はほとんど赤帽ちゃんと同じようです。でも、狼がいたのではなくて、肉食鳥が子どもを攫ったのです。こういうことです。お母さんは本当に貧乏でした。寒い冬のために炭や薪（苺や花を入れ替えてもよい。適当なところなら散歩というのも選ばれる。）を買うお金さえもありませんでした。どのようにしてお母さんが薪を手に入れたか、私に話して下さい。**森へ行って、枯れた木を集めました。**それから？ **それから大きな束にして家に運びました。**お母さんは小さな女の子をどこに寝かせていたのですか。**お母さんは小さな女の子も一緒に森へ連れて行きました。薪を拾い集めている間は樹の下に寝かせ、その間子どもは眠っていました。**お母さんは子どもに気をつけていなかったのですか。**お母さんは、悪い獣がさらって行かないように、子どもからそんなに遠くに行くことはありませんでした。**でも鷲がさらってしまったのです。お母さんはそれに気が

て、石炭や薪を焚いて暖つたまらうと思つても、其れを買ふ丈けのお錢がなかつたのです、お母さんは、どうすれば、冬になつて薪を焚くことが出來るたらう？（此處は薪取りとせず、苺取り又は花を取りて賣ることに換ゆるも可なり、又は只散歩に山に行きしといひても可なり）生あゝ知つて居ます、其お母さんが山に行つて枯木を拾つたんです、教うむ、それから、生それから、あの大きい把《タバ》を束《タ》ばねて、家へ背負つて來ました、教其時何處に小さな子を置いたのだらう、生山に連れて行つて、柴を拾つてるときは、樹の下において其處へ寢かして置きました、教それぢや其お母さんは子供の番をしなかつたのですか、生いゝえ、だつて、子供の處からそんなに離れて行かないんだから、悪い獣なんかゞ、さらつて行くとは出來ません、教ところが、鷲がそれをさらつて行つたのです、さうして、よく考へなさい、お母さんはちつとも其れを知らなかつたのですよ、どうしてそんなことが起つたのでせうね、ろれはお母さんが、或時、澤山柴を拾つて、大變疲れたときに起つたことなんです、其處まで言つたら分りませう、誰か言うてご覧なさい、生或時、お母さんが、大變疲れたもんだから、樹の下の柔かな、苔の生へて居る處に、坐つて休んで居る中に、とうとう、居眠りをしました、教さう、其子はどうなつて居つたのですか、生お母さんが、膝の上に懐

つかなかったことを考えてみて下さい。どうしてそんなことになったのでしょう。お母さんはたくさんの薪を集めるのに本当に疲れていたのです。誰が話をしますか。**あるとき、お母さんは本当に疲れていました。そこで、樹の下の柔らかい苔の上に腰を下ろして眠ったのです。**子どもはどこにいましたか。**お膝に抱っこしていたのですが、子どもも眠っていました。**続けて！　**二人がぐっすり眠り込んでいると、一羽の大きな鷲**（子どもがほかの鳥の名をあげても、そのままにしておく。鳥という名があげられても、矛盾することはない。）**が飛んできました。鷲は爪で子どもをつかむと遠くへ飛び去りました。**どこへ？　**自分の巣へ。**でもお母さんは鷲を防ぐことが出来なかったのです。**お母さんはぐっすり眠り込んでいたので、気がつかなかったのです。**というふうにお話はなっていました。私たちは何について話しましたか。

いて居つたのに、其子も矢つ張り眠つたのです、教それから、生二人とも、ぐつすり眠つて仕舞つたものだから、大鷲（他の鳥にても可なり）が、そばに飛んで來て、爪で以て子供を引つ攫んで、其れを遠くに持つて行きました、教何處へ、生巣の中へ、教だつて、お母さんが、それを止めることが出來る筈でせう、生お母さんが、ぐつすり眠つて居るんですから、一向知らなかつたんです、教さう、お話は丁度其通りでした、それでは、どういふ處からお話をしたんでしたつけね、一度話して御覽。（譯者曰く、彼國にては、家庭にて、此等の童話を聞き居るもの多きか故に、教師が拍子をとりて、巧みに問答すれば、生徒が、先き々々を自から繼ぎ足し行くことを得るなり、か丶る教授の仕方は、いはゆる開發的模寫的教授法なり、此實例は、此法によれるものなるが故に、教師のいふべき處と思はる處も、生徒が、ヅン々々いひ居るを見るべし）

標題　鷲が一少女をさらひしこと、

總括　或る貧しき女が、小さき女の子を連れて山へ行きました、それは今の暖かい中に、柴を取つて置いて、寒くなつたら、其れを焚かうと思ふのです、それで、其の子を樹の下に寝かして置いて、お母さんが、枯れ柴を拾つて居りました、お母さんは、始終氣を附けて、悪い獸なんかが來て、小供をさらつて行かないやうにして居ました、或時、お母さんが、山で大變疲れたも

標題　鷲が小さな女の子をさらったこと。

まとめ　一人の貧しい女が小さな女の子を連れて森へ行きました。寒い冬に暖かくするために薪を集めようとしていたのです。小さな女の子をお母さんは樹の下に寝かせました。お母さんが薪を集めている間、そこで眠っているのです。お母さんは悪い獣が来て攫っていかないように、いつも気をつけていました。あるとき、森の中でお母さんも眠くなりました。そこで樹の下に座り、眠りまし

んだから、樹の下にお坐わりをして、やすんで居る中に、とう〳〵居眠りをしたのです、其時、小さな子は膝にだかれて居たのでしたが、やつぱり其子も眠つて居つたのです、さうして居ると、大きな鷲が飛んで來て、爪で以て其子をむっつと攫んだまゝ、巣の方に運んで行つたのです、併し、お母さんはぐつすり眠つて居つたものですから、一向氣が附かなかつたのです。

(2) 教サア、お母さんが、目をさましてから、どうしたでせうね、(兒童の經驗界に横はる所の感情によつて、母の境遇を想像することを得べければ、決して答ひ得ざるものにはあらざるべし) 生お母さんが、目を覺まして見ると、可愛い子が居ないもんだから、大變びつくりしました、教そして何と考へたんだらう、生なんでも、悪い獸がさらつて行つたのだらうと思つたのです、教そして、お母さんが探したんでせうか、生山を殘らず、探がして歩いても、見付らない、教それでどういう氣持ちがしたんでせうね、生お母さんが、大變悲しくなつて、ひどく泣きました、教ネ、お母さんは、たつた一人で家に歸らなければならなかつたのですよ、そして、家には、たつた自分一人きりですから、どうしても可愛い子を忘れることは出來なかつたのです、皆さんは、其お母さんが、一日何をして居つたか分りませう、生もう、一日泣いてばつかり居つたんでせう、教さうです、もう目が紅くなるまで、毎日毎日泣いてばつかり居

た。お母さんは小さな女の子を膝に抱いていましたが、子どもも眠っていました。二人が眠っていると大きな鷲が飛んできました。鷲は爪で子どもをつかみ、自分の巣へ連れて行きました。お母さんはほんとにぐっすり眠っていたので、気がつきませんでした。

2　こんどは母さんが目を覚ましたときのことを話して下さい。(母親の状況は子どもがすでに体験したことのある感情を呼び起こす。そのため子どもは答えられないということはない。) **お母さんが目を覚ますと、かわいい女の子はいませんでした。そこでお母さんはとても驚きました。**——それで考えたのは?——**悪い獣がさらったのだと考えました。**お母さんは探しましたか。**森中を探しましたが、見つかりませんでした。**どんな気持ちがしたでしょう。**とても悲しくなって、ひどく泣きました。**今はお母さんは一人で家に帰らなくてはならなくなり、家に帰っても一人ぼっちでした。子どものことを決して忘れることが出来ませんでした。お母さんが毎日どうしたか知っていますか。**毎日泣きました。**目が真っ赤になるまで泣きました。

つたのです。

標題　母が大に悲みしこと、

總括　お母さんが、目を覺ましたら、子供が居ないもんだから、大變にびつくりして、ハハア、これは屹度悪い獸がさらつて行つたに違ひないと考へて、それからお母さんが、山の中を殘らず探したのですが、一向見付らなかつたので、大變に悲しくなつて、ひどく泣いたのです、今は、只一人で家に歸らなければならない、そして、家に、只一人で住まはなければならないのですから、お母さんは、其の子のことを忘れることは出來ないで、目を泣き腫らして、毎日々々泣いては考へ、考へては泣いて居りました。

(3)

教さらはれた子供はどうなつたと思ひますか、生鷲は其子を巣へ運んで行つて、そして其處で引つ搔いて殺して仕舞つたと思ひます、教だつて、前に外の人の手に渡つたといひましたらう、それを考へたならば、まだ生きて居らなければならない筈でせう、どうでせう、鷲がまた、子供を取り返へされたらうかしらん、生アー分つた、獵人が來て、其鷲をうち殺したんだ、教イ、エ、其子がね、山中にさらはれて行つたのですが、其山に、或る獵人（森林官）が出かけて來たのです、何のためだらう、生先きに野兎を打たうと思つたのでせう、教ところが、一匹も見付らないもんだから、段々山の方へ深か入りをして行つたんです、

標題　お母さんはとても悲しい。

まとめ　お母さんが目を覚ましたとき、子どもはいませんでした。そこでとても驚いて考えました、悪い獣が子どもをさらったのだ。お母さんは森の中へ入り、小さな子どもを捜しましたが、見つかりませんでした。そこでとても悲しくなって、激しく泣きはじめました。一人で家に帰らなくてはならず、家でも一人で暮らさなくてはなりませんでした。お母さんは小さな女の子を忘れることが出来ませんでした。毎日子どものことを考えて、目が赤くなるまで泣きました。

3　さらわれた子どもはどうなったでしょうか。**鷲は子どもを巣へ運ぶと、そこでつつき殺しました**。私は、子どもは知らない人たちのところへ来て、生き延びたに違いないと思います。鷲から離されたのではないかしら。**猟師がやってきて、鷲を射殺したのです**。見てみましょう。子どもが連れて行かれた森の中へ、猟師（森番）が狩に来ました。そのことを話して下さい。**森の中で猟師が狩に来て兎を撃とうとしました**。しかし兎はいなかったので、森の奥深く入りました。森の中は本当に静かでした。突然猟師は何かが叫んでいるのを聞きました。……**それは小さな女の子でした**。猟師は考えました。そこには——きっと——**狼が小さな女の子を食べようとしているのだ、すぐ**

さうすると、山の奥の方だから、しんとして静かであつたのですが、不意に何か音がするのを聞きました、生先生分りました、狼が小さい子を喰はうとするのだらうと思つて、其れを打ち殺さうと思つたのでせう、教さうです、彼れが其處でどうしたゞらう、生すぐと子供の叫ぶ方へ追つ駈けていきました、教それから、生ちよつと駈けていつたら、少女の居ることがわかりました、教何處に居たのですか、生鷲の巣に、それだから、ずつと高い處に、教鷲も居つたんだらうか、生鷲は居りません、山の方へ飛んでいつて居りました、教獵人はそれからどうしたらうか、もつと話して御覧、生すると、獵人はずん／＼木登りをして、其子を下に下ろしました、教左様、其子は一向疵がついて居らなかつたんです、そこで獵人が獨言をいつたね、何といつたんだらうか、生あゝ汝《オマヘ》は可哀いさうだ、汝のやうな可愛い子が、死んで仕舞つて堪まるもんか、教左様、さういつて、私の家には廉ちやんといふ女の子が居るから、汝《オマヘ》さんを連れて行つて、廉ちやんの御友達にして、大きくなるまで育てゝ上げませうね、とかういつて其通りにしたのです。

標題　獵人が其少女を家に携へ歸りしこと、

總括　獵人が狩りに行つて兎を打たうと思つたが、一匹も見付らんもんだから、どん／＼奥の方へ行きましたら、思ひかけない、

撃ち殺してやろう。猟師は急いで何をしましたか。**急いで子どもが泣き叫んでいるところへ走りました。**つづけて。**しばらく走ると、猟師は小さな女の子を見つけました。**どこにいたのですか。**高い樹の上の鷲の巣の中です。**鷲もいましたか。**鷲はいませんでした。森の中へ飛んで行ったのです。**猟師のことをもっと話して下さい。**猟師は急いで木に登り、子どもを下ろしました。**女の子はぜんぜん突かれていませんでした。猟師は言いました、かわいそうな子どもは死なせないぞ。うちへ連れて帰り、小さなレンチャンと一緒に育てよう。

猟師はそうしたのです。

標題　猟師は小さな女の子を家に連れて帰る。

まとめ　一人の猟師が狩に来て、兎を射ようとしました。しかしすぐには見つからなかったので、森の奥に入りました。突然小さ

小さい子供の聲がしますから、いや變だぞ、狼の奴めが子供を喰ふ所に違ひないと思つて、この畜生、遁すものか、乃公《オレ》の鐵砲玉の味を見ろと、急いで其の其の（ママ）方に駈けていつたんです、一寸の間、駈けていきましたが、行つて見ると、其子が狼に喰はれるのではなくて、木の上にある鷲の巣の中に居るのですから、獵人は、あゝ可哀さうだと思つて、急いで木登りをして、其子を下に懷き下ろしました、そして、家へ連れて歸つて廉ちやんのお友達にしてやりました。

(4)

教廉子が、其子を見たときに、どうしましたか、生廉子が大變喜んで、自分の姉妹であると思つたのでせう、教左様、それで、廉子は、其子が何といふ名の子だか知りたいと思つたんですが、併し、其れは、お父さん（獵人）さへも知らなかつたものですから、お父さんは、これは、私が、鳥の巣で見付けた子だから、見鳥ちやんとお言ひなさいと斯ういつたのです、どんなに可愛がつたでせう、生廉子はね、見鳥を連れてそうして一所に遊んでやつたの（其の他之に類似の答あるべし）教夜になつたら？　生夜はね、一つの寢臺の上に一所に寢たんです、教この様にして、見鳥はだん〳〵大きくなつて來ましたが、廉子は、よく可愛がつてやつて、大變仲のよいお友達となりましたから、お父さんは喜んで、二人とも、善い子であるといつて、よろこんで居らつしたのです、ね、善い子といふもの

な子どもの泣く声が聞こえました。猟師は、狼が子どもを食おうとしているのだと考え、狼を撃ち殺そうと急ぎました。少し走ると、小さな女の子が高い樹の上の鷲の巣にいるのを見つけました。猟師は急いで木に登り、子どもを下ろしました。それから家のレンチャンのところに連れて帰りました。

4　レンチャンは、小さな女の子を見たとき、どうしましたか。**レンチャンはとても喜びました。妹だと思ったのです。**レンチャンは、妹がなんという名前か、知りたがりました。でもそれは猟師も知らなかったのです。そこで言いました、見つけ鳥ということにしよう。どうして。**鳥の巣で見つけたからです。**レンチャンはとても喜び、見つけ鳥をとてもかわいがりました。誰がそのことについて話しますか。**レンチャンは見つけ鳥を抱っこし、一緒に遊んだりなどしました。**でも夜は？　**夜はベッドで一緒に寝ました。**まもなく見つけ鳥も大きくなって、レンチャンがとても好きになりました。二人ともとてもいい子どもたちだったので、猟師は喜びました。良い子どもたちのことをもっと話して下さい。二人は喧嘩しましたか。**レンチャンとみつけ鳥は一度も喧嘩しませんでした。**ときおり、猟師はレンチャンに苺を持って帰りました。レンチャンはどうしたでしょう。**レンチャンは見つけ鳥にもいくつかあげました。**でも、見つけ鳥が苺を持っているときは？……**見つけ鳥はレンチャンにもあげました。**二人はお互いにとても好きだったの

はどういふことをするものですか、も少しお話しなさい、どうでせう、此子供等は喧嘩などをしたんでせうか、

生いゝえ、喧嘩などはしませぬ、教お父さんがね、折り折り廉子の所に苺などを御土産に持つて來ることがありましたが、廉子はそんな時どうしたでせう、生それを見鳥ちやんに分けて上げました、教若し見鳥ちやんが、苺を戴いた時には？　生それを廉ちやんに分けて上げました、教此のやうに、お互に仲の善いのですから、もし、かた〳〵の方が、ちよつとでも見えなくなると、大變に心配する位であつたのです。

　標題　廉子と見鳥とが仲善かりしこと、

總括　獵人が家に歸ると、廉子は小さな女の子を連れて來たのを大變に喜びました、そして、直ぐに何といふ名ですかと聞きましたから、父は、此の子の名を見鳥といひなさい、なぜだつて、此の子は、私が鳥の巣で見付けた子ですからといひました、見鳥と廉子とは、大變よい子供でありましたから、父も大變喜んだのです、二人は決して喧嘩などはしないで、若し、どちらか苺か何かを戴いたときには、必ずかた〳〵の人に分けて上げるやうにして、二人の仲は大變睦しかつたのですから、若しかた〳〵がちよつとでも見えなくなると、すぐ心配をするやうな工合でありました。

目的　今、吾々は一度全躰を話して、そうして二人の中でどち

で、もう一人がいないと、とても悲しむのでした。

標題　レンチャンと見つけ鳥が好きあったこと。

まとめ　猟師が家に帰るとレンチャンは小さな女の子をとても喜びました。すぐ名前を知りたがりました。そこで森番は言いました、鳥の巣で見つけたから、見つけ鳥という名前にしよう。見つけ鳥とレンチャンは本当にいい子になり、猟師はたいへん喜びました。喧嘩はしません。一人が苺や何か他のものを持っていると、もう一人と分けあいました。子どもたちはお互いにとても好きでしたので、もう一人がいないと、悲しくなるのでした。

目標　さあ全部話をして、二人のうち、どちらが私たちの

らが私達に氣に入るかを考へませう。

深究　教誰が氣に入りますか、何ぜですか、生獵人です、獵人は女の子を助けましたから、教ほかの人も獵人をよい人と思ひますか、獵人は慈悲深い人であります、誰のために獵人は色々心配をしてやりましたか、何を彼れが子供にやりましたか、何ぜ、二人の子供もあなた方に氣に入りますか、左様二人は大人なしくして喧嘩などはしないし、何でも自分の貰つたものは、他の一人に分けて上げるし、大變仲の善いお友達であつたからですね、それに就いて大變喜んで居る人は誰でしたか………左様、宜しい、それでは悪いものといふは誰でしたか、生鷲です、教なぜですか………又可愛さうだと思ふのは誰ですか、生見鳥のお母さんと見鳥、教なぜ、生不幸に遭つたから、

第三階段　前にも、悪い獣のために子供等を捕はれた、或るお母さんがありましたが、何といふお母さんでありましたか、生母山羊、教宜しい、併し、見鳥のお母さんは、もつと酷い不幸なんでせう、なぜですか、生其お母さんは、とう／＼見鳥に逢ふことが出來なかつたからです、教獵人が仕たこと丶、母山羊がしたことと、同じ事がありますか、生獵人が廉子と見鳥とを、よく世話してやつたことが、母山羊と同じです、教どんなにして？、山羊どもが、難儀を救はれ

気に入るか見てみましょう。

5　**堀り下げ**。誰が気に入りましたか。なぜですか。**猟師です。猟師は小さな女の子を危機から救いました。**誰が猟師を気の毒がらせますか。猟師は情け深いのです。思いやりの心を持っています。猟師は誰のことに心を配りますか。子どもに何を与えますか。なぜあなたたちにも子どもたちが気に入るのですか。子どもたちは**お行儀がよく、喧嘩をしません**、持っているものを分けあいます。良い仲間です。それを喜んでいるのは誰ですか。悪いのは誰でしたか。**鷲です。**なぜ？　誰が私たちを気の毒に思わせますか。**お母さんと子どもです。**なぜですか。**不幸にあったからです。**

第Ⅲ段階　やはり悪い動物のために子どもを失ったお母さんの名前を挙げて下さい。**山羊のお母さんです。**でも見つけ鳥のお母さんの方がもっと不幸です。なぜですか。**もう見つけ鳥を取り戻せないからです。**猟師は山羊のお母さんのように、どんなことをしましたか。どのようにしてですか。**レンチャンと見つけ鳥のために心を配りました。**お母さん山羊も危機から救いましたか。ほかにまだ仲の良い仲間やお行儀の良い子どもたちのことを知っていますか。**子山羊たちです。**なぜ。鷲のように悪いのは誰でしたか。

ましたつたらうか、皆さんは、尚ほ、外の、よいお友達や、大人しい子供達を知つて居りますか、生子山羊共、教なぜ……又、誰かの鷲のやうに悪いものを知つて居ますか。

第四階段

不憫な人を助けよ。よい子は人に親切なるものである。姉妹は仲よくせよ。

　わが愛らしき姉妹《ハラカラ》よ、

　吾が父母が喜ぶも、

　悲むも皆吾々の、

　善きと悪きによるぞかし、

　溫良《オトナ》しくあれ姉妹よ。（譯者曰く、原書は、詩形を以て敘述しあれど、今は意味のみをとりて敢て彫琢を加へず、以下折々然る處あるべし、讀者之を諒せよ）

第五階段

どんな時、汝等は人を憐まねばなりませぬか、汝は、既に困難を救ふことが出來ますか、汝はパンか、砂糖か、林擒かを人に遣つたことがありますか、冬の頃、鳥が飢ゑたときにどうしますか、どうしたら、お父さんやお母さんを喜ばしてあげることが出來ますか。

第二單元

目的　今日は、廉子が、見鳥の大變な難儀を助けたことをお話

第Ⅳ段階　誰かが困っているときは、助けなければなりません。情け深くないといけません。兄弟、姉妹は信頼し合っていなければいけません。

　かわいい妹よ、

　いつもほんとにお行儀よくしていようね。

　そうしたら、お父さまもお母さまも

　私たち子どものことを喜ばしく思われるのです。

第Ⅴ段階　どのようなときに情け深くないといけないのですか。危機から救うことが出来ますか。あなたの持っているパン、砂糖、りんごを、誰にあげることが出来ますか。鳥が飢える冬に、あなたは何をしますか。どのようにして、あなたはお父さんとお母さんを喜ばすことが出来ますか。

第Ⅱ単元

しませう。

第一及第二階段

(1) 見鳥は實に可哀さうな子ですね、第一、お母さんに別れて仕舞つて居るのに、今日は、其上に、また酷《ヒド》い目に出會ふんですよ、どんなことが起るだらうと思ひますか、生見鳥が大病になつたと思ひます、教そんなことでは、とても、廉子が御醫者さんでないから助けることは出來ますまい、なんでも、それと丸で違つた難儀です、まーお聞きなさい、其獵人の家ではお殘婆《ザンバヽ》といふ下女を使つて置いたのです、それが、どうも、意地悪るい女で、ちつとも見鳥を可愛がつてくれないのです、なぜでせうね、生見鳥は家《ウチ》の子でないんですから、教其下女が、一向、見鳥をよく思はないで、獵人が山に行くとね、見鳥は實に困つて仕舞ふのです、お晝になつても………生先生分りました、下女が腹一杯たべさせないんでせう、教さうです、そして部屋の中に這入つて來ると………生下女が又外へ押し出す、教さうです、それのみならず、大變悪口をいうて、お前は家の子でないから、さつさと出ていけと言ふのです。

若し獵人が山から歸つて來て、「見鳥や今歸つたよ、そら苺をお土産に持つて來たよ」といつて、苺を呉れて、大層可愛がつてやるというと、………生お殘婆がむつと憤《オ》こるんでせう、教さうです、そして丸で眞赤になる位、憤るの

目標　今日はレンチャンが見つけ鳥を大変な危機から救ったことについて話しましょう。

第Ⅰ・第Ⅱ段階

1　それにしてもかわいそうな見つけ鳥です。最初はお母さんがいなくなり、今度はまた不幸が襲いかかりました。どんなことになったのでしょうか。**見つけ鳥はとてもひどい病気になりました。**それならレンチャンは助けることが出来ません。お医者さんだけです。まったく別の不幸が襲ったのです。いいですか。猟師には一人の年を取った料理女（女中）がいました。名前はザンネばあや。これはとてつもなく悪い女で、見つけ鳥のことが我慢ならなかったのです。なぜ。**見つけ鳥は家の人ではなかったからです。**料理女は見つけ鳥をよく思っていませんでした。猟師が森に出かけてしまうと、見つけ鳥につらく当たりました。お昼ごはんのとき……**料理女は見つけ鳥に十分食べ物をあげませんでした。**見つけ鳥が部屋に入ってくると……**料理女は外に追い出しました。**そして小言も言いました、出て行きなさい。お前はこの家の人ではないから。

猟師が家に帰ってきて、見つけ鳥を本当にかわいがり、苺をあげると、……**ザンネばあやは腹を立て**……黄色くなるほどで——心のなかで思いました、見つけ鳥は家から出なければいけない。いいですか、料理女は何をしようとしているか、聞きな

です、そうしてお殘婆は考へたね、見て居れ、どうしたって、見鳥奴《メ》を家から追ひださずに置くものかと、それで色々工夫して居るのです、或る日のこと、お殘婆が二つの手桶を持つて來て、それに水を一杯入れて、大きな釜に運んだのです、そうして、四度も汲んで入れますから、廉子が見て、變なことをすると驚いて居つたのです、何故、驚いたのでせう、生下女が、大變澤山の水を釜に運ぶから、教さうです、それで、廉子も亦心配をしたのですね、そうして考へたのです、生これは、下女が見鳥を釜で煮殺さうとするのぢやないかしらん、教そこで、廉子が何といつて聞いたでせう、生おまいは、何故、そんなに澤山水を汲むの？　教すると、お殘婆が「若しあなたが誰にも告げないならば、話して上げませう」とかういふから、廉子は「屹度、いはない」とかう約束をしたのです、さ、其下女は何と言つたでせうね、生私は、見鳥を、釜入れに仕やうと思ふのですよ、教ところが、獵人が、固より之を知る筈がないのです……生その婆が、獵人が山へ行つた後で、それをやらうと思つたのでせう、教さやう、其事も、婆が廉子に話して聞かしたのです、それぢや、どう話したんでせうね、生「朝早く、家の旦那（獵人）が山へ入らしたら、私は、見鳥奴を釜の中に入れて、それを煮殺して仕舞ひませうと思ひます」といつたのです。

さい。ある日、料理女はバケツを二つ手にして、大きなお鍋に水を入れました。何度も井戸に行きました。それをレンチャンが見て、不思議に思いました。どうして。**料理女がそんなにたくさんの水をお鍋に入れるのを不思議に思ったのです。**レンチャンは心配になって、考えました……**料理女は見つけ鳥を投げ込むつもりだ。**そこでレンチャンはなんて質問しましたか。**どうしてそんなにたくさんの水をお鍋に入れるの。**するとザンネばあやは答えました。誰にも言わないなら、**おしえてあげよう。**レンチャンは誰にも言わないと約束しました。料理女はなんと言ったのでしょう。**見つけ鳥を入れるつもりさ。**だけど猟師に気づかれてはいけない……**猟師が森に出かけている間に、そうしようと思ったのです。**このことも料理女は言いました。何と言ったのですか。**明日の朝早く、猟師が森に出かけてしまったら、見つけ鳥をお鍋に入れて煮るつもりさ。**

標題　お殘婆見鳥を殺さうと思ひしこと、

總括　獵人は、お殘婆といふ下女を使つて居りましたが、其婆は大變悪い女で、見鳥を家《ウチ》の子ぢやないからといつて、ちつとも可愛いがつてやらないのです、それで獵人が家に居らぬと、すぐ見鳥に辛《ツ》らく當つて、食《タ》べ物すらも碌々やらないのです、そして、其婆が、見鳥の顔を見さへすると、悪口をいひ、又部屋に這入つて來ると、それを押し出して入れなかつたりするのです、けれども、獵人は、見鳥を可愛がつてやつて、折り〳〵、山から苺などを持つて來てやるのですが、すると、下女はむつと憤り出して、見鳥めを追い出さずに置くものかと、齒嚙みをして工夫をして居るのであります。或る日のこと、下女が井戸から水をくんで四度も大釜に、運びますから、廉子は不思議に思うて、なぜ、おまいが、まあーそんなに澤山の水を釜に運ぶのかと聞きましたら、下女の答ひに、「若しあなたが誰にも告げなさらぬならばお話しますが、實は、主人が、山へ入らしつた後で、私は湯を沸して、見鳥を釜入れにしますのさ」といひました。

(2)　教廉子は、之を聞いて如何しますか、生廉子は、其事を、すつかり、見鳥に告げてからいふのには、「お逃げなさいよ、さうでないと、おまいさんは殺されて仕舞ひますぞ」と言ひました、教其時、廉子は見鳥が逃げるなら勝手に逃げるまゝに、打つちやつて置きましたか、生いゝえ、

標題　ザンネばあやが見つけ鳥を殺そうとしたこと。

まとめ　猟師には、ザンネばあやという一人の年を取った料理女がいました。でもこれは悪い女でした。見つけ鳥が家の人ではないので、我慢がなりませんでした。猟師が森に出かけてしまうと、料理女は見つけ鳥につらく当たりました。食べるものを十分に与えませんでした。顔をみると小言を言い、部屋に入ると外に追い出しました。猟師は見つけ鳥をほんとうにかわいがり、苺を森から採ってきました。料理女はそれを見ると、黄色くなるほど腹を立て、考えました、見つけ鳥を家から追い出してやるぞ。

ある日、料理女はたくさんの水をお鍋に入れました。何度も井戸に行きました。そこでレンチャンが言いました、どうしてそんなにたくさんの水をお鍋に入れるの。料理女は答えました、誰にも言わないなら、教えてあげよう。あした朝早く、猟師が森へ出かけてしまったら、熱いお湯を沸かして、見つけ鳥を投げ込もうと思う。

2　さあレンチャンは何をするつもりですか。**レンチャンは見つけ鳥に全部話して、逃げなさい、そうしないと死ぬことになるよと言いました。**では、見つけ鳥はレンチャンをおいて行ったのですね。**いいえ、レンチャンも一緒に行きました。**確かにそうでした。でも、子どもたちは、ザンネが気がつかないように、そっとしなければなりませんでした。そこで、レンチャンは朝早く、森番が森へ出かけ、料理女がまだ寝ているうちに、まず話をして、それから見つけ鳥と一緒に出かけました。皆さんは、どんな風だったか、話すことが出来ますね。**次の朝、猟師は朝とても早く狩に出かけました。ザン**

廉子は矢張り一所に出だすのです、教左様、尚ほ其上に、二人はお殘婆に見付けられないやうに、すぐ知れないやうに、其のお支度をしなければならなかつたのです、廉子は、次の朝早く、まだお父さんは山へ行かないし、まだ下女か寝て居る中に、其の事を話して聞かして、見鳥と一所に逃げて仕舞つたのです、さー、それからどうなつたかはお話が出來ませう、生朝になつてから、朝早く、獵人が狩りにいつて仕舞つて、お殘婆がまだ寝て居つたときに、教廉子と見鳥が矢張り、床に寝て居つたのですね、それから廉子が見鳥になんと言つたんでせう、生「昨日婆《バー》やが、釜に澤山水を汲んだから、私が聞いたらね、まあーかういふんですよ、明日の朝早く、とうさんが狩りに行つたら、私は見鳥を煮殺すんですつて、それですから、さ起きなさいよ、私達は、一所に山の方へ逃げやうぢやありませんか」、といふと、見鳥は、「廉ちやん、ほんとうですか、あらまあ有り難うございます」といつて、手に手を取つて逃げ出したのです、教さうです、尚ほ其外にね、逃げで行く前に、廉子が見鳥にいふのには、「あなたが私を見捨てなさらぬならば、私なんかは決してあなたを見捨てることはありませんよ」とかういつた所が、見鳥は、「お嬢さん、そんな勿躰ないことをいうて下さりますな、私が、なんで、あなたをお見捨て申しませう」と、斯う答へたので

ネばあやはまだ眠っていました。レンチャンと見つけ鳥も、まだベッドにいました。そのときレンチャンは見つけ鳥に言いました――**昨日、ザンネばあやがたくさんの水をお鍋に入れたの。**私が聞いたら、ばあやは答えたの、**あしたの朝早く、猟師が狩に出かけてしまったら、見つけ鳥を入れるのさ。さあ、**起**きなさい。一緒に森の中へ逃げましょう。見つけ鳥は満足して、二人は逃げました。**でも、逃げる前にレンチャンは見つけ鳥に言いました、私を捨てないなら、私もあんたを捨てない。見つけ鳥は答えました、今も、これからも、捨てない。このことを私に話して下さい。

す、さ、今までの所をお話して御覧なさい。

標題　廉子と見鳥とが山へ行きしこと

總括　次の朝早く、獵人が狩りに行きましたときは、下女もまだ眠つて居りますし、廉子も見鳥も矢張り寝て居つたのでありますが、其時廉子が見鳥にしか／＼といひ、見鳥が聞いて禮をいうて共に逃げました。

深究　あなた方は、此下女を、どんな人間だと思ひますか、生悪いと思ひます、教なぜです、生此婆は、見鳥を家に置くまいと思つたから、教左様、なほ、又、此婆は嫉妬深い女でしたね、何時そんなことがありましたか、生獵人や廉子が、見鳥によくしてやると、何時でもやきもちをやきました、教どんな所が、此下女の一番悪い所ですか……そんなことをするものは、誰に氣に入らぬことになりますか、……吾等の愛らしき神に濟まないのですね。

二人の仲間のことで、實によいと思つたことを私にいふことが出來ますか、生二人のものは、決して見捨てないといふことであります、教何時見捨てないといふことですか、生どんな難儀不幸のときでも見捨てないのです。

(3)　あなた方が、難儀に遭つたときには、矢張りお互に助けなければなりませんね、あなた方が、お友達が、ちつとも食べ物のないときに、一と切れのパンでも上げるやうにすれば、又あなた方が、餘處の人から、矢張り助けらるゝ、や

標題　レンチャンと見つけ鳥が森へ逃げたこと。

まとめ　次の朝、猟師は朝、とても早く、狩に行きました。料理女はまだ寝ていて、レンチャンと見つけ鳥もベッドにいました。そのとき、レンチャンが見つけ鳥に言いました。私を捨てない……するとレンチャンは言いました……話してあげる……などなど……だから、さあ、早く起きて森へ行きましょう。見つけ鳥は満足して二人は逃げました。

掘り下げ　料理女について、あなたはどう言いますか。**悪い女です。**なぜ。**見つけ鳥を家においておこうとしませんでした。**妬み深い人でもありました。いつのことですか。**猟師とレンチャンが見つけ鳥を良く思ったときです。**料理女の一番悪いところは何ですか。そのようなことは誰の気に入りませんか。神様にです。

二人の仲間について、一番すばらしいことは何ですか、言って下さい。**お互いに捨てないところです。**しかもどんな時にですか。**困ったとき、不幸なときにもです。**

第Ⅲ段階　あなたたちも、困ったときはお互いに助け合います。仲間がパンがないときは、あなたはあげます。彼もまたそうします。それが正しいのです。なぜなら

第Ⅳ段階　「良い仲間は、不幸なときに捨てない」。

第Ⅴ段階　同級生が病気のとき、あなたはどうしますか。

うになるのです、さういふことは、ごく善いことですから、是非、人を助けなければならないのです。

第四階段

「友達の、不幸なるときにも見捨てざるこそ、善き友達の務めなれ」。

第五階段

學校のお友達が病氣のときに、どうしますか。

第三單元

目的　子供等が立ち退いたことを知つたときに、下女がどうしたか、之からお話しませう。

第一階段及第二階段

(1)　廉子と見鳥が立ち退いた後で、下女が目を覺まして、さて、どうしたでせうかね、生彼の女が火を焚き付けて、どんどん薪を添へ加へて、湯を煮立てたのです、教それから生湯が煮立つてから、寝室に行つて、見鳥を連れて來やうと思つたら、一向居ないばかりでなく、おまけに、廉子も見えません、教成る程、それぢや、お殘婆が心配になつたんだらうね、生さうです、彼の女が第一に、廉子のお父さんに濟まないと思つて、恐しくなつたのです、なぜなら、子供等は、もー其處に居なくなつて仕舞つたら、主人は、大變機嫌が悪くなるだらうと思つたからです、教廉子

第Ⅲ単元

目標　子どもたちが逃げたことを知ったとき、料理女はどうしたでしょうか。

第Ⅰ・第Ⅱ段階

1　レンチャンと見つけ鳥が逃げてしまうと、料理女も起きました。さあ、料理女は何をしたでしょうか。**火を起こし、お湯が沸くまで薪をせっせとくべました。**続けて。**お湯が沸くと料理女は部屋に行って見つけ鳥を連れてこようと思いましたが、逃げていました。レンチャンもいませんでした。**ザンネは心配になったに違いありません。**はい。猟師のことを恐れていました。子どもたちがいなくなったら、猟師はとても怒るでしょう。**猟師は料理女に罰を与えるでしょう。料理女は、子どもたちが森へ逃げたのだと気がつきました。連れ戻そうと考え

のお父さんは、其下女を罰するだらうね、ところが、其婆がひよつと思ひ付いたのに、「ははァ、あの子供奴が、山に逃げて行つたに違ひない、どれ、連れ戻してやらう」といふまゝに、畠に居る三人の下男共を呼んで來て、そして、其人達に頼んだのです、さ、何といふたか誰か話して御覧、生そこで、お殘婆が、僕の者にいうて、「おい熊殿《ドン》、八殿、長殿あのね、早く駈けていつて、お嬢さん（廉子）をお連れ申して返つて來てお呉れ、見鳥の餓鬼奴は山に逃がしてやつても、よいけれども、」教そしたら下男共は駈けたらうか、生どん〳〵山の方に駈けたのです、教左様、ところがね、廉子と見鳥とは、若しや跡追ひ駈けて來はしないかと、時々振り返つて見ながら、逃げて行つたのですが、後の方から、下男共が追つかけて來るのを見ましたから、さあー、大變です、けれども、見鳥と廉子とはちつとも、恐れないのです、皆さんはどうして恐れなかつたか分りますか、二人の子は、どんなに考へて居つたのでせうね、生二人は、なに愛らしき神様が、屹度助けて下さるだらうと考へて居つたのです、教さうです、愛らしき神様は、其通り、助けて下さつたのです、まあー、お聞きなさい、廉子はね、再び、見鳥にかういつたのです。生先生、分りました「あなたさへ、私の所をお見捨てになさらないなら、私は、決して、あなたを見捨てる様なことはしませ

ました。家には、料理女を助ける下男が三人いました。先を話すのは誰ですか。**そこでザンネばあやは下男たちに言いました、急いで子どもたちを追いかけて、レンチャンを連れ戻しなさい。見つけ鳥は森の中においておきなさい。**そこで下男たちは走り……**森をめざして急いで走りました。**まもなくレンチャンと見つけ鳥は下男たちが追いかけてくるのを見ました。いまや危機は最大です。でもレンチャンと見つけ鳥は恐れませんでした。二人はどう考えたのでしょう、知っていますか。**二人は、神様がきっと助けてくださると考えました。**そして神様は助けてくださったのです。どのようにしてか、聞きなさい。レンチャンはまた見つけ鳥に言いました、**私を捨てないなら、私もあなたを捨てない。**見つけ鳥は言いました、あなたはバラの木になりなさい。私はその上の花になる。それから？ **見つけ鳥はバラの木に、レンチャンはバラの花になりました。**下男たちが子どもたちを見つけたかどうか話して下さい。**下男たちはやってきましたが、子どもたちが見分けられませんでした。**何を見たのですか。**バラの木とてっぺんのバラの花しか見ませんでした。**そこでどうしましたか。**また家に帰りました。**そして料理女に言いました、**バラの木とてっぺんのバラの花しか見えませんでした。**それを聞くと料理女は下男たちに腹を立てて言いました、お前たちはバラの木を真っ二つに切って、バラの花をち

ん」と、教さうです、さうすると、見鳥のいふのには「お嬢さん、勿躰ないことを仰つしやいますな、どうして私があなたを見捨て申すことが出來ませうか」と、斯ういつたですか、ところが廉ちやんが言ふのには、それぢやね、あなたは、薔薇の樹におなりなさい、私は薔薇の花になつて、其上に咲いて居ませうといふて居ましたが、さあー、其れから、どうなりましたらう、生それから、見鳥が薔薇の樹になつて、廉子が其花になりました、教さう〳〵、それから下男等が子供等を見付けたでせうか、生いゝえ、下男共が來て見たら、一向子供等が見えなかつたのです、教何を見たですか、生あの、薔薇があつて、花が其上に咲いて居るのを見たばかりです、教そこで、下男等がどうしたの、生仕方がないから、家へ歸つて仕舞ひました、教さうです、そして、下女のお殘婆に、何といつたですか、生おい、お殘殿《ドン》駄目だつたよ、なーんにも見えやしない、たーだ薔薇の樹に花が咲いたのを見た丈けだもの、仕様がないぢやないか」、教下女が、それを聞くとね、ぶすくつた顔をして、下男共に言ひ付けていふのには、「あゝ役に立たない人達だよ、ほんとーにさ、何故、そんなら、其薔薇の樹を切つて、花を摘み取つて家に持つて來ないのさ、詰らない人達だな、さつさと又行つて持つておいでよ」

標題　下女が三人の下男共を遣りしこと

ぎって持ってくるべきだった。急いで行ってそうしなさい。

標題　料理女が三人の下男を送ったこと。

總括（評者曰く原書既に之を略せり）

(2) 教下男共が、二度目に山の方へ行つたときに、どうしたか話してご覧、生彼等は、またも、大汗かいて駈けだしました、教するとね、廉子と見鳥とは「アラ、下男共がまた來ましたよ」といつて、それから二人がまた互に言ひ交はすのに、「あなたさへ私を見捨てないならば……云々」、それからどうしたか考へて御覧、廉子が、「見鳥さん、あなたがお寺になりなさい、私は十字架になりますから」と斯ういつたですが、それからどうなつたです？ 生すぐと其通りになつたのです、それだから、下男共が來て見たら、なーんにも無くて、たゞ、寺があつて、其上に十字架がついて居つたきり、なんにもないから、復た家に歸つて、下女にさういつたです、教さうすると其下女の婆奴、また憤り出して、「此たわけ者共奴、なぜお前達が、其寺を打ち破わして、其十字架を持つて來ないのさ」、

標題　下男共再び追ひ駈けしこと（總括は原書既に之を略せり）

(3) 教三度目には、お殘婆、自分ですた〳〵とやつて行きましたが、どうしたか、誰か御話が出來ますか、生其下女婆が、自分で出かけて、廉子を連れ戻して、見鳥を殺して仕舞はうと思つたのです、ところが、二人の子は、今度は、お殘婆が自分で追つ駈けて來るのを見ましたから、廉子が

まとめ

2　下男たちが、二回目に行ったことを話して下さい。**そこで下男たちはまた急いで走りました。** レンチャンと見つけ鳥はまた一緒に何と言ったでしょうか。私を捨てないなら……。子どもたちは何になったか、考えて下さい。レンチャンは言いました、あなたは教会になりなさい、私はその上の十字架になる。そこで？ **すぐそうなりました。下男たちがやってくると、教会と十字架しか見えませんでした。そこでまた家に帰って、料理女にそう言いました。** 料理女はそれを聞くととても腹を立て、下男たちを叱りました、お前たちバカだね。教会を壊して、十字架を持ってくるべきだった。

下男たちが二度目に行ったという題名でまとめ

3　三回目にはザンネも一緒に行きました。これについても話すことは出来ますね。**料理女は今度は自分も一緒に行きました。そして、レンチャンを連れ戻して、見つけ鳥を殺そうと思いました。子どもたちが料理女たちが来るのを見たとき、レンチャンは言いました、捨てないなら……など。** そしてレンチャンは言いました、あなたは池になりなさい、私は鴨になる。つ

「見鳥さん私はあなたさへ私を見捨て、下さらないならば、………云々」と互に堅く約束しました、教それから、廉子は、「見鳥さんあなた池におなりなさい、私が鳥になりますから」と斯う言つた、すると、生すぐ、其通りになつて、お殘婆が來て見ても、其處に池があつて鳥が居る切り、外には何物もなかつた、教けれどもお殘婆は、中々、意地悪るい婆だから、其儘には歸らないね、皺かれ聲で、「ははァだまされるもんか、見鳥奴が、池になつて居あがる」といふまゝに、はら這ひして其池の水を呑み乾して仕舞はうと思つたのです、ところが、其處に、お殘婆に困つたことが、もち上がつたのです、それはね、鴛がつーッと泳いでやつて來て、生分りました、分りました、お殘婆を池の中に引き摺り込んだでせう、教よく中てましたね、さうです、そこで悪たれ婆がぶく〳〵〳〵ッと水を呑んで沈んで仕舞つたのです、さーどうでせう、此時あゝ嬉いと思つたのは誰でせうね、生先生々々、二人の子供です、それで二人は大變に喜んで、そうして家に歸りました、教それで其二人の子は死を免れたから、今でもまだ生きて居るのでせう、目出度し〳〵。

標題　下女が自分で出かけて死せしこと

深究　罰を受けたのは誰ですか、正しいものは誰ですか、なぜです、誰に罰せられたのでせう、どんな人が難儀に遭へば

づけて下さい。**すぐそのようになりました。そしてザンネが来たとき、池と鴨しか見えませんでした。**でも、料理女は池が見つけ鳥だとわかりました。そこで池の縁に腹ばいになって、池を飲み干そうとしました。でもこれはまずいことになりました。つまり、鴨が泳いできて……**料理女を池に引きずり込みました。**それで悪い魔女は溺れ死ぬことになりました。さあ、誰が喜んだでしょう。**子どもたちは喜び、嬉々として家に帰りました。**そして、死んでいなければ、今でもまだ生きています……。

料理女が自分で出かけ、死んだという題名で**まとめ**

掘り下げ　罰を受けたのは誰ですか。それは正しいことですか。なぜ。罰は誰が与えるのですか。困ったときに助けても

助けらる、だらうか、誰が助けるだらうか、なぜ？

第三階段

誰か外に罰を受けたものはありましたつたか（狼でした）――（譯者曰く此童話は前に述べたるが如く、エナの排列の第三列に位するものにして、其の前に「狼と、七匹の子山羊」と、並に「紅井帽子」といふ二童話を終へたる後に、課すべきものなる故、此處に比較の材料に取れるなり）――なぜですか、そんなら助けられたものは外にもありましたか（紅井帽子と子山羊です）

第四階段

神は信心なる善き人を助く。

第五階段

何時《イツ》か罰を受けたことがありますか、何時か神様に褒めて戴けると思つたことがありますか。

終りにミュンヘンの「見鳥」に關する繪草紙に就きて、全躰の物語を纏めて話さしむべし。

伴隨的教材、ハイス氏の「墻上の鳥」（Vogel am Fenster）といふ寓話を用ゐて可なり。

らえるのはどんな人ですか。誰が助けるのですか。なぜ。

第Ⅲ段階　同じように罰を受けたのは誰ですか。（狼）なぜ。誰が救われましたか。（赤帽ちゃん、子山羊。）

第Ⅳ　善良で信心深い人を、神は助けます。

第Ⅴ段階　いつ、あなたは罰を受けますか。どんなときに、神はあなたが好きですか。最後にグリムの見つけ鳥のミュンヒェンの一枚絵と結びつけて、話全体と関わる話を続ける。副読本としてハイの「窓辺の小鳥」。

ミュンヒェンの絵草子204番

資料　グリム14話（第6版）——グリムの原話、および明治の日本語訳との対比

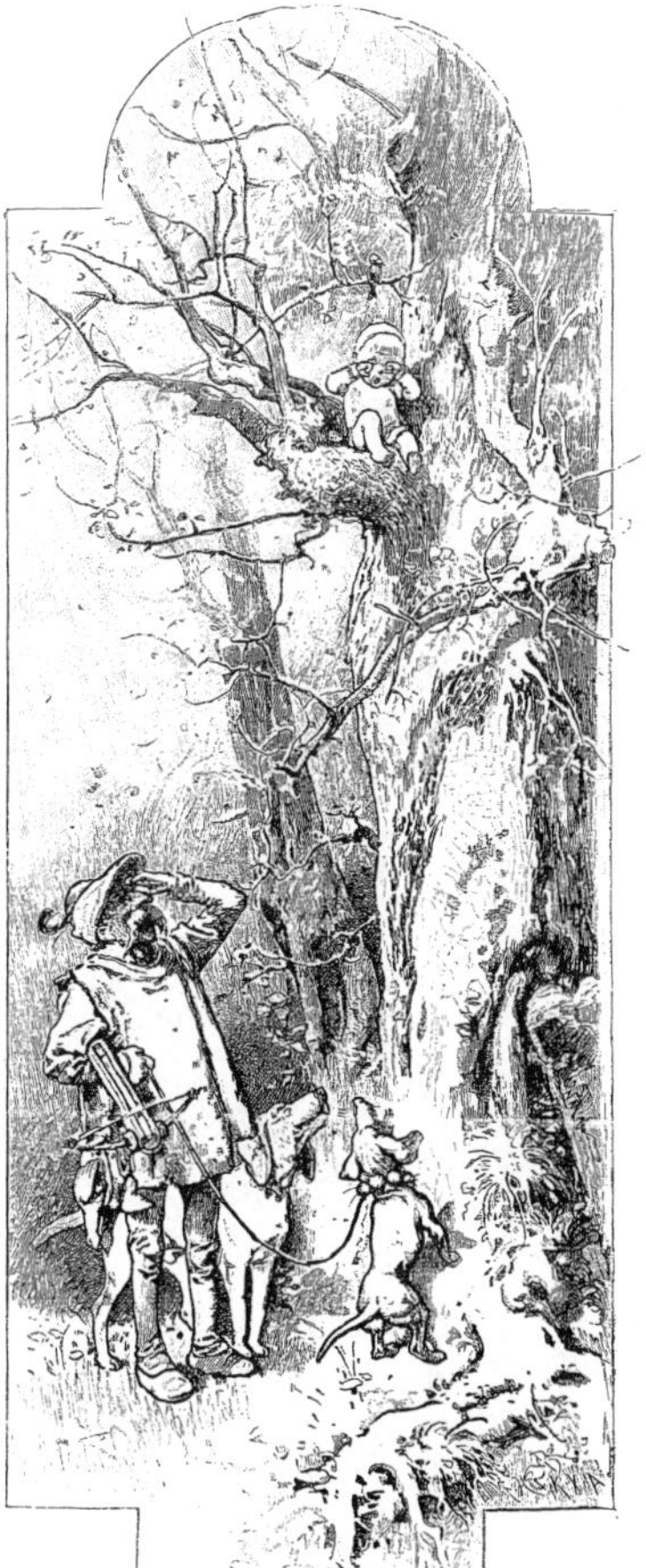

四　ホレの小母さん

ある寡婦《やもめ》が娘を二人持つて居ました、そのうち一人は美しくて働《はたら》き者であり、も一人のは容貌《きれう》が悪くつて怠《なま》けものでありました。それだのに寡婦《やもめ》は、自分のほんとうの娘だつたものですから、容貌の悪い怠けものの方を、幾層倍も可愛がつて居ました。そして、も一人の方は、家《うち》ぢうの仕事を獨りでやつて、埃《ごみ》だらけ灰《はひ》だらけになつて働かなければなりませんでした。可哀さうに、この女の子は、毎日大通《おほどほり》へ向つて井戸の傍《そば》へ坐らなければなりませんでした。そして、いくらでも絲を績《つむ》がなくてはなりませんでしたので、指からは血がほとばしりました。ある時、絲巻《いとまき》が血だらけになりましたので、女の兒は井戸のなかへ屈《こご》んで、絲巻の血を洗落《あらひおと》さうと思ひました。ところが、絲巻は女の兒の手から飛んで、井戸のなかへ落ちました。女の兒は泣いて、繼母のところへ駈けてつて、大變な失策をしたことを話しました。すると、繼母は女の兒を酷《ひど》く叱付けまして、可哀さうだとは露ほども思はず、『絲巻は、お前が落《おつこ》としたんなら、矢張《やつぱ》りお前が取つて來《く》るさ』と言ひました。かう言はれて、女の兒は井戸端《ばた》へ引返しはしましたけれど、どうしたら好いか見當《けんたう》がつきませんでした。それで心配が嵩《かう》じて、女の兒は、絲巻をとりに井戸のなかへ跳込《とびこ》み込《(ママ)》した。女の兒は正氣を失ひました。それで、眼が覺めて、自分《われ》に返つたときには、女の兒は綺麗な草原に居りました、草原には日が射《さ》してゐて、何千といふ花が咲いて居りました。女の兒は此の草原をずんずん歩いて行きました、そして、パン竈《がま》のあるとこへ來ました。パン竈にはパンが一ぱい詰つてゐました。パンは聲を張上げて、『ああ、ああ、わたくしを引張りだして下さい、わたくしを引張りだして下さい、でないと、わたくしは燒死んぢまひます。わたくしはもう疾《とつ》くに燒けてゐるんです』と叫びました。これを聞くと、女の兒はそこへ行つて、パンを搔出す道具を持つて、パンを順々に殘らず外《そと》へ出してやりました。それから、また先へ歩いて行きますと、一本の樹のところへ出ました。その樹には林檎が鈴生《すずなり》になつて居りまして、聲を張上げて、『ああ、ああ、僕をゆすぶつて下さい、僕をゆすぶつて下さい、僕たち林檎はみんな熟し切つて居るんです』と、女の兒に言ひました。これを聞くと、女の兒はその樹をゆすぶりましたので、林檎は雨の降るやうにばらばら落ちました。かうやつて女の兒は、樹に一つも無くなるまでゆすぶりました。それから落ちたのを一山《ひとやま》に積上げて置いて、女の兒はまた先《さき》へ歩いてゆきました。さんざ歩いた揚句に、女の兒は小さな家《うち》のところへ來ました。その家《うち》のなかからは、婆さんが一人覗いて居ました。けれどもその婆さんは大きな齒《は》が生えてゐましたので、女の兒は氣味が悪くなりました、そして、女の兒は逃出さうとしました。すると、婆さんが後《うしろ》から大きな聲で、『お前は好《い》い兒だ、何故《なぜ》こわがるの！　わたしの許《とこ》におゐで！　お前が家《うち》の仕事を何《なん》でもきちんとやつてくれる決心《つもり》なら、わたしが屹度お前を幸福《しあはせ》にしてあげる。いいかい、お前はよくよく氣をつけてね、わたしの寝床《おとこ》をちやんとして、それを一生懸命にばさばさふるつてね、羽毛《はね》を飛ばすのだよ。さうすると、人間の世界へ雪が降《ふ》るのさ。わたしは、「ホレの小母《をば》さん」だよ』と言ひました。婆さんの言ふことには、いかにも親切が溢れてゐましたので、女の兒は思切つて婆さんの言ふことをきいて、婆さんに奉公することにしました。女の兒は、婆さんに吩咐けられたとほりに、何《なん》でも婆さんの氣に入るやうに仕事をしました。そしていつでも婆さんの寝床《おとこ》を力任せにふるひましたので、羽毛《はね》は雪《ゆき》の花のやうに四邊《あたり》に飛散《とびち》りました。かうやつて好く働く代りに、女の兒は婆さんのところで、叱られることもなく、毎日毎日煑たものや焼いたものばかり食《た》べて、樂しく暮して居りました。女の兒は、かうやつて少時《しばらく》の間「ホレの小母《をば》さん」の許《とこ》に居りましたが、そのうちに何となく物悲しくなりまして、最初《はじめ》のうちは、自分でも、何處《どこ》がどうしたのだか解りませんでしたが、結局《しまひ》に、これは生れ故郷《こきやう》が戀しくなつたのだと、氣が付きました。此處《ここ》にゐれば、自宅《うち》にゐるより何千倍幸福《しあわせ》だか知れないのですけれど、女の兒は、それでも矢張《やつぱ》り自分の宅《うち》へ歸りたかつたのです。女の兒は、その事をとうとう婆さんに話しました、『わたくしは自宅《うち》へ歸りたくなつて爲様《しよう》がございません。此處《ここ》に地《ち》の下《した》にゐれば幸《しあ》福《わせ》なのは知れきつて居りますけど、もうどうしても辛棒出來ません、地面の上のお母《かあ》さんや妹《いもうと》のところへ歸らずには居られません』すると、「ホレの小母《をば》さん」は、『お前が自宅《うち》へ歸りたくなつたのは、嬉しいこつた。お前はこれまで影日向《かげひなた》なくわたしに奉公してくれたから、わたしは、お前を自分で上《うへ》へ連れてつたげよう』と言ひました。それから、「ホレの小母さん」は、女の兒の手をとつて、大きな門の前へ連れて行きました。門は開かれました、そして女の兒が丁度その下《した》へ立つたときに、ひどい黄金《きん》の雨が降《ふ》つて來ました、その黄金《きん》が殘らず女の兒の體《からだ》へぶら下がりましたので、女の兒は、何處《どこ》から何處まで黄金で掩はれてしまひました。『それはお前にあげる、お前はよく働いてくれたから』と、「ホレの小母さん」が言ひました、そして、女の兒の手を辷つて井戸のなかへ落《おつこ》つた例の絲巻も返して呉れました。それで門《もん》がしまりました、そして女の兒は、地面《ぢめん》の上《うへ》の、人間の世界に居りました。しかも、母親の家《うち》から遠くないところでした。それから、女の兒が構《かまへ》うちへ入《はい》りましたら、牡鶏《をんどり》が井戸の上にとまつてて、

『キッケリキー、

うちの黄金《きん》のお孃さまがお歸りだ』

と、大聲《おほごゑ》を張上げました。（註。鷄の聲は日本人には、コケコッコーと聞えることになつてる。）女の兒は、家《うち》へ入《はい》つて、お母《かあ》さんのところへゆきました。そして、この兒が體《からだ》ぢうへ黄金《きん》をくツつけて來たものですから、お母さんも妹もちやほやして呉れました。

女の兒は、これまでのことを悉皆《のこらず》話しました。それで、母親はこの娘がこんな物持《ものもち》になるまでの經路《すぢみち》を聞いて、も一人の容貌《きれう》の悪い怠けものの娘にも同じ好運《しあわせ》を招かせたいものと思ひました。娘は、井戸端《ばた》へ座つて絲を績《つむ》がせられました。そして、絲巻を血だらけにするために、娘は自分の指を突指《つきさ》し、手を荊蕀《からたち》の生垣《いけがき》のなかへ突込みました。それから、絲巻を井戸のなかへ抛込《はふりこ》んで、自分もそのなかへ跳込《とびこ》みました。娘は、先《せん》のと同じやうに、綺麗な草原へ出ました。そして同じ細經《ほそみち》を歩いて行きました。娘が例のパン竈《がま》のところまで行きますと、パンはこの前《まへ》と同じやうに、『ああ、ああ、わたくしを引張《ひつぱ》り出して下さい、わたくしを引張り出して下さい、でないと、わたくしは燒死《やけし》んぢまひます。わたくしはもう疾《とつ》くに燒けてるんです』と聲を限りに叫びました。すると、怠けものの娘は、『あたしのからだをきたなくして貰ひたいといふんだね』と答へて、さつさと行つてしまひました。間もなく、娘は例の林檎の樹のところへ來ました。樹は、『ああ、ああ、僕をゆすぶつて下さい、僕をゆすぶつて下さい、僕たち林檎はみんな熟《じゆく》し切つてゐるんです』と叫びました。『隨分《ずゐぶん》むしが好《い》いのねえ、あたしのあたまの上へ落ちたらどうして？』と筈（ママ）へました、そして、かう言棄てて、さつさと行つてしまひました。娘は、「ホレの小《を》母《ば》さん」の家《うち》へ來ても、「ホレの小母さん」は大きな齒が生《は》えてるといふことを豫《かね》て聞いて居りましたから、怖《こわ》がりませんでした。そして、早速雇はれてしまひました。最初の日は、無理をして精《せい》を出し、「ホレの小母さん」に何か言はれますと、そのとほりに働きました。娘は、小母さんが黄金《こがね》を澤山呉れるだらうと、それぱかり考へてゐたからです。けれども、二日目には、もう怠《なま》けだしました、それから三日目には、もつと怠け、朝になつてもどうしても寝床から起きませんでした。「ホレの小母さん」の寝床《おとこ》をなほすのは娘の役目なのですが、娘はそれをやりませんでしたし、その寝床《ねどこ》を、羽毛《はね》が舞上《まひあが》るやうにふるふこともしませんでした。「ホレの小母さん」は、たちまち、うんざりして、こちらから奉公をことわりました。怠け者は大きに喜んで、いまに黄金《きん》の雨が降《ふ》つて來るだらうと思つてました。「ホレの小母《をば》さん」は、今度《こんど》も娘を門のところへ連れて行きました。けれども、娘が門の下へ立ちますと、黄金《きん》のかはりに、瀝土靑《チヤン》の大釜がざあつとぶちまけられました。『これが、お前の爲《し》てくれた仕事の御褒美だよ』「ホレの小母さん」はかう言つて、門をしめてしまひました。怠け

娘は自宅《うち》へ歸つて來ましたが、體《からだ》ぢう瀝土青《チヤン》が一面にくツついて居りました。そして、井戸の上にゐた牡鶏《をんどり》は、

『キツケリキー、
うちのきたないお嬢さまがお歸りだ』

と鳴きました。この瀝土青《チヤン》は娘のからだへこびりついてて、生涯、どうしても脱《と》れませんでした。

第四　ホルレー夫人

Text : Lesebuch S. 3. Grimm S. 75.
Präp : bei Just S. 5. Bei Hiemesch, S. 39.
Bilder : Grimm-Vogel S. 95.

目的　或勉強なる少女と、怠惰なる少女との話をしませう（S. Just S. 5.）

第一節　お金孃

(a)　みなさんは、勉強なる子はどんなことをするものだか、よく知つて居ませう（部屋を整頓《カタツケ》るとか、掃除をするとか、小川から洗濯の水を汲むとか、絲巻に縒絲《ヨリ》を巻くとか、裁縫をするとか、縫箔をするとか、總べて家に居つてなすべきことをよくするものです）勉强でない子は、どうしますか、（朝寝をして、それでお白粉《シロイ》

四「ホレさま」

（テクスト　読本3頁。グリム75頁。
授業案　ユスト5頁。ヒーメッシュ39頁。
絵　グリム-フォーゲル95頁。）

目標　**働き者の少女と怠け者の少女について**（ユスト5頁。）

第一編　**黄金のマリー**

a　その子どもが働き者だということはすぐわかったでしょう。（少女は部屋を片付けて掃き、小川から洗濯の水を汲んできて、糸巻きにより糸を巻き、縫い物や編み物をして——家の中でしなければならないことをしました。）もう一人は？（その女の子は明るくなるまでベッドに寝ていて、お化粧やおめかしをして、椅子

をつけたり、お洒落《シャレ》をしたりして、それから椅子に腰かけて窓からボンヤリと眺めて居ります）

(b) ところが、お金嬢といふ子は、大變に勉強な子であッたのです、そして、あるとき、小川に行つて洗濯をして居りましたが、其時、とんでもない災難に出逢ひました、それは、水の中に落ちこんでしまつたことです。

S. Just S. 5.

Siehe Landmann, IV. Heft. Aus dem Pad. Univ. Sem. S. 128.

其小川は、大變深くて、而かも近所に人が居なかつたものですから、お金嬢は、つい、水の中に沈んで仕舞ひました、併しお金嬢は決して溺れ死んだ譯ではなくて、すぐと、生き返つて目を覺まして見たら、澤山の花や、綠の草が脚下《アシモト》に生へてある、大變綺麗な、牧場のやうな所に出ました、そして空を見ると、太陽が美しく輝いて、青空が如何にもはれ〴〵して居ります。

(c) すると、其處に、パン焼釜が來て、其中のパンが「私を引き出して下さい」といふのです、勉強なる少女がどうしましたらうか、（みんな其れを引き出しました）

(d) ところが、今度は、林檎の樹が來ましたが、其林檎はよく熟して居りました、そして、其樹が「私を振ッて下さい」といひました、其處で、子供はどうしましたでせう（振つたら、林檎がバラ〴〵落ちたから、それを拾ひました）

に座って窓から外を眺めていました。）

b　でも働き者の子どもには小川で（ランドマン参照。第Ⅳ冊教育大学集、128頁。）洗濯をしているときに（ユスト5頁。）悪いことが起りました――落ちたのです。小川はとても深く、近くには誰もいなかったので、子どもは沈んでしまいました。それでも子どもは溺れ死んだのではありません。気がつくときれいな草原にいました――足元にはたくさんの花と緑の草がありました。そして上は？　明るい太陽と青い空が見えました。

c　考えてください。子どもがパン焼き窯のところに来ると、パンが大声で言いました、取り出して。すると働き者の少女は？（みんな取り出しました。）

d　それからりんごの樹のところに来ました。そこにはりんごが実っていました。すると樹が叫びました、（ゆすって！）子どもは？（ゆすったので、りんごが雨のように落ち、子どもはそれを集めました。）

（e）　あなた方は、此子が何處へ行つたらうと思ひますか、或る小さな家に、ホルレー夫人は、大きい齒を出して、「私をこわがらずに私と一所にお住《イデ》なさい、お前が、勉強でさへあるならば、決して悪くはしてやらないから、汝は、毎日、私の床の塵をふりはらはなければなりませんぞ、若し床の中の羽が飛んだら、それが世界に雪となッて降るのだからね」、といひました、そこで少女は？（精を出して、働いて、毎日煮焼きの業《ワザ》を務めました）

（f）　さうして居る中に、大變、自分の家《ウチ》が戀しくなッて、今は、お母さんに逢ひたくつて堪らなくなりました、そこで、其子が、何といひましたか（私はあなたのお蔭で、大變仕合に暮して居りますが、どーも、私は、この間から、私のお母さんが戀しくなつて仕方がありませんから、どうぞ歸してやつて下さいませんか）すると、ホルレー夫人は？（それは、ごく宜しい、お前が大變まめに働いたから、私はお前をお母さんの處へ届けてあげやう）

（g）　ホルレー夫人は、お金孃を大きい門の方に連れて行きました、すると、金の雨が、勢よく降って來て、其金がお金孃にふりかかつて、くッつきました、額には金の環、耳には金の耳金、頸には金の鎖、胸には金の飾針《ブロッシェ》、上着には金の鈕、腕のまはりには金の線《スヂ》、指の上には金の指環、着物には金の小珠、胴のまはりには金の帶、靴の上には金の

---

e　それから子どもがどこに来たか、みなさんは知っていますか？　小さな家に来ました。大きな歯のホレさまです：怖がらなくてもいいよ。私のところにいなさい。お前がよく働いたらいいことがあります。お前は私のベッドを振るってきちんとするのです。羽根が飛ぶと地上では雪が降ります。そこで少女は？（よく働いて毎日煮たもの焼いたものを食べました。）

f　でもホームシックになって、お母さんが恋しくなりました。何て言いましたか？（あなたのところにいるととてもいいのですが、でも、私はまた家族のところに帰らなくてはなりません。）するとホレさまは？（家に帰りたいと言うのは嬉しい。お前はとても誠実だったから、私が自分でお母さんのところへ連れて上ってあげよう。）

g　ホレさまは手をとって大きな門のところへ連れて行きました。門が開かれると強い黄金の雨が降りかかり、黄金はみんな子どもに付きました。額には黄金のティアラ——耳には黄金のイヤリング。首には——黄金のネックレス。胸には——黄金のブローチ。上着には——黄金のボタン。腕には——黄金のブレスレット。指には——黄金の指輪。服には——黄金の玉飾り。体には——黄金のベルト。靴には——黄金の留め金。という具合にどんどん黄金で覆われました。「これがお前の報酬。とても働き者だったからね。」

h　そして今や子どもは黄金の衣服を身に着けて家に帰った

扣金《シメガ子》が出來て、もー何處もかも、金で掩はれました、「之が汝が精を出して働いた御褒美だぞ」といふことでありました。

(h) そして、其子が金の着物を着て家へ歸つてきましたら、(雞がオカヘリカーと鳴いて、夜が明けました)

總括 勉強なる少女が、家に於て、小川に於て、パン燒釜に於て、林檎の樹に於て如何にありしか又ホルレー夫人の處で、次に其處の門口の處で、次に家に歸ったところで、如何になりしか、

第二節 瀝青《チヤン》孃

部分目的 怠惰なる少女が小川の中に落ちしこと。

(a) 家に居つて、瀝青孃は、お金孃が、金飾りで還つたのを見て、大變に不機嫌で、又其れを嫉みました、ゝして考へましたね、「私だつてゝんな金なんか持つて來て見せるわ」と。

(b) 小川で、丁度、前と同じやうになつて、(牧場に出ました)

(c) パン燒釜が來て、前の通り、パンが「私を出して下さい」といひました、けれども怠惰な子ですから「なーに私は汚《ヨゴ》れたまゝにして置くのが好きだよ」といつて居ました。

(d) 林檎の樹が來て、私を振つて下さいといつたら(「もし私が振つたらば、頭の上に林檎が落《オッコ》ちるだらうから否だよ」と

のです。(鶏の関の声。再会)。

まとめ　家での働き者の少女、小川で、パン窯のところで、りんごの樹のところで――ホレさまのところで、門の下、家で。

第二編 **松やにマリー**

部分目標 **怠け者の女の子が自分で小川に飛び込んだこと。**

a **家の中で。**女の子は腹を立てて妬み、考えました、待っているがいい、私だってあんな黄金を持ってくるわ。

b **小川で。**そして同じようなことになりました。(草原に来ました。)

c **パン焼き窯で。**まったく同じ(私を取り出して。)でも?(汚れることをする気があればね。)

d **りんごの樹のところで。まったく同じ(ゆすって。)**でも?(お門違いね。私の頭にりんごが落ちるかも知れないでしょ。)

e **ホレさまのところで。**(一日目は働き、二日目はのろの

言ひました）

(e) ホルレー夫人の處では、一番始めの朝はよく働きましたが、二日目には惰《ナマ》け出して、三日目にはお晝時分まで寝坊をして居ました、そして、お床を振るのをどうしたかといふと、之も世界に雪になつて降る位、振らなかつたのです。

(f) お前は、あんまり惰けるから家にはおけない。

(g) 門のはたでどうなつたかといふと、瀝青を入れた大きな鍋で頭からかけられたから、彼の女は、そりや見られたものぢやない、どこもかも、みんな瀝青がくつ付いて仕舞ひました。

(h) 彼の女が、家に歸つて來たときに、牡雞はどんなときをつくつたでせうか。

總括　怠慢な少女の成り行きは如何になりしか。

第二階段、b、

吾々は、瀝青孃が、瀝青をかけられて家に歸つて來た話をきいて、氣の毒だと思はなければなりますまいか。

いゝえ、決してさうでありません、それは、當り前のことです、家に居つたつて、寝坊をして、お針仕事も、お掃除もしないやうな、又、途中で、パンも、林檎も、一向かまはず、ホルレー夫人の處では、夜具をふるひもせず、そんな懶けものが瀝青をあびせられたのは、當り前のことです。

第三階段

ろ、三日目はお昼まで寝ていた。）お布団ふるいは？　地上で雪は？

f　「お前はもう私のところにいることはできない。怠けすぎ！」

g　**門の下で。**松やにの入った大きなお鍋！　ひどいこと！　ぜんぶついた！

h　さあ家に帰ってきました。すると鶏は？

まとめ　**怠け者の女の子がどうなったかということ。**

Ⅱb　**私たちは松やにだらけになって帰ってきたかわいそうな女の子のことを憐れむべきではないでしょうか。**

いいえ。そうなったのも当然です。その子はとても怠け者でした。家では洗濯もせず、縫い物もせず、掃き掃除もしませんでした。道の途中でも、パン、りんご。ホレさまのところでは、羽根をふるいませんでした。怠け者でした！　だからそうなったのです。

Ⅲ　皆さんはもう一人の女の子にはうまく行ったのを知って

あなた方が、なぜ、前の少女が仕合になつた（金の着物を指す）かを知って居ますか、それは、勉强だからです、家に居ても、途中でも、ホルレー夫人の處でも、みんな勉强であつたからです、それだから、私達は、善い少女の仕合になつたのが、大へん、目出度いことであると思ひます子、どんな人が、かういふ勉强な少女を愛するでせうか、お母さん、ホルレー夫人、愛らしき神、吾々は如何です。吾々は、たゞ、其れが、目出度いことだと思ふ丈けでなく、又それを學ばうと思はなければなりません、どうしたらよくありませうね。

第四階段

(a) 汝、怠惰なるものよ、蟻の許に行いて、蟻の仕事を見習へよ。

(b) 働かうと思はぬ人は、食うてはならぬ。

(c) 祈れ、且つ働け。

第五階段

(a) あなた方も勉强な人となることが出來るだらうか、どうして？

(b) 「勉强なる子供は、純白《マッシロ》て、清潔《サッパリ》と見える、怠惰なるものは、黒く穢《キタナ》く見える」といふことがありますが、どうしてさうなるでせう、今のお話は、其れに合ひますか（お金孃と瀝青孃）

いますね？（黄金の服？）はい、私たちは知っています。勤勉だったのです――家でも、道の途中でも、ホレさまのところでも。私たちは喜んでその子が貰うのを認めます。その子が働いて手にしたものです。働き者の女の子のことを喜んだのは誰ですか。お母さんです。ホレさまです。神様です。そして、私たちは？

Ⅳ a **汝、怠け者よ、蟻のところへ行き、学べ！**

b **働かざるもの、食うべからず。**

c **祈れ、そして働け！**

Ⅴ a 君も勤勉に働くことができますか？ どんな風に？

b **勤勉な子どもたちはまっ白で、清潔に見えます。怠け者は黒く汚く見えます。**なぜそうなるのでしょうか。私たちの話に当てはまるものは？（松やにのマリーと黄金のマリー。）

c 働くことの**できない人**（年を取っている、からだが弱い）、この人たちも食べてはいけませんか？ いいえ。赤帽ちゃんのおばあさんにお母さんがしたようにしなければいけま

(c)　働くことの出來ぬ（年とりて、弱くて）人も、矢張りお飯もなにも、たべてはならないものでせうか、否、其時は、紅井帽子の祖母さんの處へ、帽子のお母さんが物を貢いであげたやうにしなければなりません、あなた方が、兩親に對してさう仕やうと思ひますか、それには、あなた方は、よく勉強な子にならなければなりません、それは何故ですか。

(d)　あなた方は、怠惰な少女に就いて、何が一番悪かつたか分りましたか、懶けることです、それと報酬《ムクイ》のほしさに働かうと思つたことが、もつと悪いことでありました、またこれよりも、もつと悪いことは、自分の姉妹が仕合せな目にあつたのを嬉しいと思はなかつたことであります。

(e)　前にいうた格言の中で、之に適するものがありますか「善良で信仰なるものは神の助けを受くべし」……（勉強な少女）「悪事をせぬものには禍は來らず」（即ち「禍は自ら招くものなり」）……（怠惰なる少女）

Eine Fülle Passender Begleitverse bei Just, so auch bei den übrigen Märchen.

せん。（人を遣って、助ける。）皆さんはいつか両親にそうしたいと思いますか？　それなら勤勉でないといけません。なぜですか？

d　まだほかにこの怠け者のとても悪いことを知っていますか？　怠け者ですが、もっと悪いことは、報酬のためだけに勤勉になろうとしたことです。一番悪いことは、彼女が姉妹が好いものを貰ったことを喜ばなかったことです。

e　ここでも格言は当てはまりますか？　善良で信心深い人は神様がお助けになる。（勤勉な少女。）悪いことをしてはいけない、そうすれば悪いことは起らない。（怠け者の少女。）（これに合う詩句はユストにも他のメルヒェンにも多くある。）

五　ならずもの

牡鶏《をんどり》が牝鶏《めんどり》に言ひました、『いよいよ胡果《くるみ》が熟す季節になつたね。一緒に山へ行つて、一番《ひとつ》、うんと喰べてやらう、栗鼠《りす》めがみんな持つてつちまはないうちに』牝鶏が答へました、『好《い》いでせう、行らつしやい、二羽《ふたり》で面白い思をしませう』そこで二羽《ふたり》は打揃つて山へ出掛けました。そして、その日は朗《ほが》らかな日だつたので、二羽は日の暮れる迄居ました。ところでですね、二羽が喰過《たべす》ぎて太皷みたいになつちまつたんだか、それとも高慢《かうまん》ちきになつちまつたんだか、私《わたし》にや解《わか》りませんがね、兎に角、二羽《ふたり》は歩いて歸る氣がなくなりました。仕方が無いから、牡鶏は小さな車を胡果《くるみ》の殼で製造《こしら》へました。車が出來あがりますと、牝鶏はその中へ坐《すわ》りこんで、『お前さんは前へくつついて馬になつたら好いでせう』と牡鶏に言ひました。『ヘン、有難い幸福《しあはせ》だ』と牡鶏が言ひました、『馬になる位なら、歩いて歸る方が得《まし》だ。馬鹿な！　冗談ぢや無いぜ。馭者んなつて、馭者臺へ坐るならまだしも、自分で輓《ひ》くなんて厭《いや》なこつたい』

二羽《ふたり》がかうやつて口喧嘩をしてゐるところへ、鴨がぎやツくぎやツく啼き乍らやつて來ました、『やい、泥棒、誰が手前達《てめえたち》に俺様《おれさま》の胡果《くるみ》山《やま》へ入《はい》れつてつた？　待て、酷《ひど》い目に會はしてやる』かう言つて、嘴《くち》をあけるだけ巨《おほき》く開《あ》いて牡鶏を目がけて突掛りました。けれど、牡鶏も負けてはゐず、鴨の胴體《どうなか》へうんとのし掛つて、終《しまひ》には蹴爪《けづめ》で鴨をばりばり搔搦《かきむし》りましたので、鴨は降參してしまひ、罰として車の前面《まへ》へ立つことを承知しました。牡鶏は馭者臺へ坐込みました。馭者です。そして、『鴨公《かもこう》、出來るつたけ迅《はや》く走れ』とばかり、驀然《まつしぐら》に車を飛ばせました。好い加減走つた頃に、一行《かう》はてくてく歩いてる二人の者に出會《でつくわ》しました。留針《とめばり》と縫針《ぬひばり》とです。針は、『止れ！　止れ！』と怒鳴つて、それから、もう直《すぐ》に眞暗になる、さうすると留針も縫針も一歩《あし》も歩けない、それに道路《みち》も大變穢い、車の端つこへでも乘るわけに行くまいか、實は二人とも市外《まちはづれ》の仕立屋の宿《やど》に居たのだが、ビールを飲んでて遲くなつてしまつたのだと言ひました。何しろ瘦《や》せた人達で、大して場處も取らないものですから、牡鶏は兩人《ふたり》を乘せてやりました。尤も兩人は、牡鶏と牝鶏の足を蹈まない約束をしなければなりませんでした。晩遲くなつて、一同はとある旅籠屋《はたごや》へ着きました。そして連中は此の夜はもつと先へ行くのを好みませんでしたし、鴨も歩くのは巧手《じやうづ》でなく、左右へよたよた轉《ころ》げましたので、一同《みんな》此處《ここ》へ宿泊《とま》ることになりました。宿《やど》の亭主は、最初は家《うち》がもう一ぱい塞《ふさ》がつてゐるからと、いろんな謝絶《ことはり》の辨疏《いひわけ》を持出しました。それに此の連中はどうせ品《ひん》の良《い》い擅那方《だんながた》ではなささうだとも考へたのです。けれども最後《しまひ》には、一同が、途中で牝鶏の産《う》んだ卵をあげるとか、鴨も取つて置きなさい、これは毎日卵を一個《ひとつ》づつ産む筈だなんて、うまい言《こと》を言つたので、亭主もとうとう、それでは今晩のお宿を致しませうと言ひました。そこで一同は御馳走を新しくして、飲めや唄への底抜騒《そこぬけさわぎ》をやりました。夜の白々明《しら〳〵あけ》に、まだ一同《みんな》寝て居るうちに牡鶏は牝鶏を起して、卵を取出し、嘴《くち》で穴を明《あ》けて、二羽《ふたり》して中味を悉皆《すつかり》食べてしまひました。そして殼《から》は竈《かまど》のなかへ抛込みました。それから、二羽はまだ寝込んでゐる縫針の許《とこ》へ行つて、頭を撮《つま》んで、それを亭主の安樂椅子の蒲《クツ》團《シヨン》へ挿し、留針の方は亭主の手拭に挿して置いて、後は野となれ山となれ、二羽は曠野《あれの》を飛ぶやうに逃げてしまひました。鴨は野天《のでん》に寝る方が澁手なので、庭に居りましたが、鶏《にはとり》どものバサバサ逃出す音を聞いてすつかり目が覺めてしまひ、小川を見つけて、川下《かはしも》へ泳いで行つてしまひました。この方が、車を引張つてくよりよつぽど迅《はや》くありました。それから二三時間經《た》つてからやつと亭主が羽根蒲團のなかから這出しまして、顔を洗ひ、手拭で拭《ふ》かうとしますと、例の留針がすうつと顔へ當つて、耳から耳迄へ紅い蚯蚓腫《みみずばれ》をこしらへました。それから、亭主は臺所へ行つて煙草の火を點けようとしましたが、亭主が竈の傍《そば》まで來ますと、卵の殼が跳ねて眼へ入りました。『今朝はいやに頭《あたま》へ崇《たた》るな』と亭主が言ひました。そして、むしやくしやして安樂椅子へどつかり腰を下《おろ》しました。が、腰を下すが早いか、亭主は飛上つて、『おう、痛《いた》え！』と喚《わめ》きました。縫針が亭主を先刻《さつき》よりも酷《ひど》く、今度は頭でない處へ突通したのでした。亭主はすつかり腹を立つて、昨晩《ゆうべ》遅く着いたお客に嫌疑《うたがひ》を懸《か》けました。それで、出掛けてつてお客を見ましたら、立つてしまつた後《あと》でした。此の爲態《ていたらく》に亭主は、今《これ》後《から》は無頼漢《ならずもの》はどんな事があつても一人も家へ泊めまいと覺悟をきめました。無頼漢は、無暗に食べて、一文《もん》も拂はず、おまけに、お禮に飛んでもない悪戯《いたづら》をしますから。

第五　無頼漢

Text Lesebuch S. 7. Grimm S. 30.
Präp. : bei Just S. 36. Hiemesch S. 44.
Bilder : Münchener Bilderbogen No. 375. Grimm—Vogel S. 48.
Stofskizze : Mat. z. spez. Did.（ママ）§ 65.

五「ならず者」

（テクスト　読本７頁。グリム30頁。
授業案　ユスト36頁。ヒーメッシュ44頁。
絵　ミュンヒェン一枚絵375番。グリム-フォーゲル48頁。
資料梗概　Mat. z. spez. Päd.§65.）

目的　牡鶏と牝鶏とが、或る時、堅い胡桃を食はふと思ひしこと。

第一單元　貴族

食事

(a) 彼等は、パンでも穀類でも何でもたべることが出來る身分ですが、それが、餘りうまくないと言つて、もつとうまいものを喰べやうと思ひました、そこで牡鶏《オンドリ》（距と斑な尾とを持つて居る）が言ふのには、「牝鶏《メンドリ》さん、胡桃が熟したよ、山に行つて、一遍、たらふく喰つて見やうぢやないか」すると牝鶏が總《フサ》のやうな尾を持つた、木上りのすてきに上手な、小さい鳶色の動物（即ち栗鼠）のことを、思ひ出していふのには、「成程、私達がどうにかしないと、其中に、栗鼠の奴《ヤツ》めが、みんなとつて行くかも知れませんね」、こそで、二匹が山へ行つて、暮方まで胡桃を喰ひました。

喧嘩

(b) それからどうしたの？　家へ歸りかけました、歸りついたの？　い丶え、途中で二匹のものが悪いことを考へました、即ち、牡鶏も牝鶏も、あるくのがいやだから、車で歸

目標　**雌鶏と雄鶏が一度たらふくクルミをたべようとしたこと。**

第Ⅰ単元　**高貴な人たち**

食事

a　そうです。彼等はパンを食べることはできました。穀類でも。でも違ったのです。そうしたものはあんまり美味しいとは思えなくて、もっと美味しいものが食べたかったのです。そこで（蹴爪があって、色とりどりの尻尾がある）雄鶏が言いました、雌鶏よ、クルミが熟したから、一度山へ行って腹いっぱい食べようじゃないか。すると雌鶏は、房のような尻尾を持って、すばやく木に登ることができる小さな茶色い動物のことを思い――リスですが、言いました、行かないとリスが全部持って行ってしまうわね。それで？　彼等は行って、夕方になるまで食べました。

言い争い

b　それから？　それから歩いて帰りました。歩いて帰った？　皆さんは雌鶏と雄鶏のことがよくわかっていませんね。

らうと思ひました、併し、彼等は車を持たなかつたものですから、胡桃の殼で其れを拵へました、車がすつかり出來ましたが、今度は曳いて行くものがないものですから、牡鷄は車に乘つて言ふのには「牝鷄《アナタ》がお曳きなさい」牡鷄が聞かないで「否やです〳〵、そんなことする位なら、家まで歩いた方が餘程ましだわ、わたしがお前さんの馬になつて堪るもんですか、馭者になつて乘つて居るのならよいけれとも、曳くのなら否やです〳〵」

（c）

鵞《アヒル》との戰

かうなつては、彼等が、胡桃山に殘つて居るより外はないのですが、それも否やであるし、さうかといつて歩るいて、家に歸るのもいやである、どうも、こまりものですね、一躰、彼等は餘り威張り過ぎるのである、併し、こんなに威張つたあとはどうなるか餘程面白いことですね、彼等が頻りに爭つて居つたら、道から、喧嘩を吹きかけて、怒鳴つて來たものがあります、「おい泥棒、貴樣達は己《オ》れの山から、胡桃を取りやがつたな」といふものだから、サー仕舞つた、山の持主が來たわい、と思つたところが、幸にもさうでなくて、それは胡桃山を自分一人のものに仕やうと思つて居る鵞でありました、併し、有無をいはせず、嘴を以て、牡雞の處に、突貫して參りました、サアー、パ

雌鶏と雄鶏は車で帰ろうと思ったのです。そうです、でも、車を持っていなかったでしょう？　そこで、クルミの殻で作ったのです。それは実によく出来ていました。でも、誰が曳くことになるのですか？　雌鶏は中に座って言いました、あなたが曳いたらいいでしょ。でも雄鶏は曳きたくなかったのです。雄鶏は言いました、そんな賭けはしていなかったね。歩いて帰る方がましだ。お前の馬になれって言うのか？　俺は御者台に乗って御者になるよ。自分で曳くなんて、俺はしないからね。

鴨との戦い

c

そうなのです。そうすると彼等はクルミ山に居なければなりません。でもそれはしたくなかったのです。では歩いて帰らなくてはいけないでしょう。ああ、自分たちがとても高貴だと思ったのです。そこでどうなるか、知りたいですね。そうやって言い争っていると、誰かがガミガミガアガア言いながらやってきました。「この泥棒め。私のクルミ山からすぐ出て行ってもらいましょうか。」ああ、この山の持ち主ですね。いえ、いえ。クルミ山を自分だけのものにしておきたかった鴨です。でも言葉だけでは十分でなかったので――嘴で雄鶏めがけて飛びかかりました。パンなんかではつまらなくて、歩いて行くなんて卑しいという高貴な人たちです。それなのにこの人た

ンが旨くないとか、歩いて行くのがあまり下等だとかいつて、威張つて居つた貴族様達がビックリ仰天して仕舞ひましたね、そうして咎めたてられたおまけに、嘴で以てつゝかれるといふざまになつたのです、けれども、牡雞は、それで斃されて仕舞はずに、自分だつて、大丈夫な武器があるんだから、距で以て鶩の處に打ちかゝりました、そして、とうとう鶩を負かして仕舞ひましたから、それを擒にして、車を曳かせることか出來るやうになつたのです、もつとも、鶩は、それを嫌やと思つて居るのではありますけれども、牡雞が、無理々々曳かせるものだから、仕方なく、ひいたのです、そこで、鶩は仕方なしに車の前の方に立つたのですが、牡雞は、得意になつて馭者の席に坐わつて居るし、牝もまた車の上に乘つて、最早や自分で車を曳くことはいらなかつたのです、そして、二匹は、大變威張つて、今は命令をすることが勝手に出來ますから、「さー鶩よ、モちつと精を出して走らんか」と、續け様に叱りとばしました。

(d)　縫針と留め針

段々暗くなつたから、大急きに還つて來ると、暗い往來で「待てよ〳〵」といふものがあります、さー、其處に居つたものは何者でせう、彼等は摑まいられたろうか、なぜだつて、彼等が胡桃山に入つたり、喧嘩をしたり、おまけ

ちはひどく怒鳴られ、しかも嘴で突かれました。雄鶏はこれが気に入りませんでした。彼は強力な武器を持っていて、鴨めがけて蹴爪で突進しました。鴨は負かされ、突然車を曳く人ができました——鴨です。でも鴨は曳きたくはなかったのです。そうです、雄鶏が無理にそうさせたのです。鴨は車の前に繋がれないわけにはいきませんでした。いまや雄鶏はしたいようにしました。御者台に座って、御者になったのです。雌鶏もそうで、車の中に座っていて、車を曳く必要はありませんでした。

二人とも偉そうにして、命令することができました。実際そうして、何度も叫びました。「鴨よ、力いっぱい走れ。」

縫い針と待ち針

d　すると暗くなってきたので、全速力で走りました。突然、暗い街道から呼ぶ声がしました、「止まれ、止まれ。」誰だったのでしょう。雄鶏と雌鶏は捕えられたのでしょうか。ク

に鶩に車を曳かせたりして、大分わるいことをしたからです、ところがさうではなくて、呼び止めたものは、二人の歩行者で、仕立山といふ山から來る縫針と留め針との二人でありました、彼等は「どうぞ、私達と道連れになつて下さい」といひました、縫針が、「もー暗くなつて、私は自分の一つの眼では、もはや道を歩くことは出來ませんから」といふことであるし、留針は、馬車に乘つて居るものどもの頭を、あつち、こつち突《ツ》つきながら、「吾々を乘せよ」といひはつて居ります、牝鷄と牡鷄とが、どうしただろうかといふに、彼等は、萬事高尙に構へるのがすきだから、牡鷄が「此痩せこけた奴等は、己れの車に乘つたつて、どーせ碌な場所をふさぐ譯でもあるまいから、宜しい、乘せてやるから乘れ」といひました、ゝれで、縫針と留針とは、造作もなく、車に乘ることが出來て、而かも、車を曳くことが、いらなかつたのです、尙ほ牝鷄、牡鷄が、注意を與へて、「お前達は蹈み付けられないやうに、氣を付けよ」といひました。

宿泊

(e) わるくすると、彼等は徒歩で家に行かなければならぬことになるかも知れない、なぜですか、鶩が疲れて仕舞ふからです、さやう、其れから、又、あなた方は、鶩といふものは、駈けるときに、どんな様子をするか、知つて居ませ

ルミ山にいたから、それとも言い争いをしたから、それとも鴨を車の前に繋いだからでしょうか。いいえ、それは仕立屋専門の安宿から歩いていた縫い針と待ち針でした。二人は一緒に行きたかったのですが、なんと言ったのでしょう。どうか一緒に乗せてください。縫い針は言いました、もうすっかり暗くなりました。私は目が一つですから、もう道が全然わからないのです。待ち針はやたらに頭をぶつけました。中に入れて下さい。雌鶏と雄鶏はどうするでしょうか。何事にも上品にしようとしたのでしょうか。雄鶏は言いました。「おやまあ、細身の方々。あんた方は車の中でそんな場所をとりません。さあ、乗ったり。」そう言うのは簡単なことでした。だって自分たちが車を曳く必要はないのですから。でも付け加えました。「俺たちの足を踏まないように気をつけてくれよ。」

宿泊

e　いくら卑しいことだと思っていても、とうとう歩いて家に帰らなくてはなりません。なぜですか。鴨が疲れたのです。そうですよね、鴨がどんな歩き方をするか見たことがあります

う、鶩はこつちへよろ〳〵、あつちへよろ〳〵して、引つ繰り返つたりなんかして居るのです、おまけに闇夜ではあるし、どうしたらうと思ひますか、車を止めて下りたらうか。

否々、彼等は、大變威張つて居るのですから、車から下りなどはしません、そこにぢつと乗つて居つて、「次の旅籠屋まで車を曳《ひ》け」といふて居る丈です、けれども、旅籠屋に行つて、誰が宿料を拂ふことが出來ませうか、あゝ、彼等は、旅籠屋にすらも、宿ることの出來ない位の貴族さまであるのですよ、おかしな貴族ですね、宿屋の主人は、ちやんと彼等を見通しました、(羽がむしられて居るし、車が胡桃殻から、出來てあるし、馬も當り前の馬でないから、)けれども、彼等は、威張つて「宿料」を拂はんなどいふことがあるものか、牝雞が、一つの卵を生むだろう、其れを、汝が取つたら宜いぢやないか」、といふと、主人は、「左様併し、そればかりぢや、何にもなりません」といふもんだから、又「其上、吾々は、お前の所に、鶩を置いていかう、それが、毎日、一つゞ、大きい卵を生むのだよ、吾々は貴族だから、お前に決して損をかける様なことはせぬから、心配をするに及ばない」といひました。彼等は、寝せて貰ふ丈けでは滿足をしなかつた、長い間、乗り廻はッたために、腹がすいて來たから、夕飯を食べやうと思

ね。一方から一方へ転ぶように歩くのです。その上？　暗い夜でした。それで？　車を止めて降りる。

違います。彼らは高貴な人たちです。「そのまま車の中に居て下さい。次の宿屋まで行きましょう。」そうですか？　でも、誰がお金を払うのですか。ああ、とても高貴な人たちですから、ちゃんと宿屋に泊まることが出来ます。まあ、宿屋の主人はこの人たちのことを素早くも見て取ります。（よれよれの服、クルミの殻の馬車、ちゃんとした馬ではない。）でもまた彼等は偉そうにしました、「宿賃は払うよ。雌鶏が卵を産んでいるから、これをやろう。」「はい。ですが少なすぎます。」「鴨も残しておこう。もっと大きな卵を毎朝一個産む。俺たちは高貴なお方様だ。たっぷり払ってやるから心配するな。」

彼等は泊まるだけでは満足しませんでした。長旅でまたお腹が空いていたのです。（晩ご飯が食べたかったのです。）しかも穀物やパンのくずなんかではだめだったのです。（ああ、いけませんね。宿の主人になにか美味しいものを出させました。）

以下の表題で再話。

1　雌鶏と雄鶏がクルミ山に行く。
2　誰も馬になりたがらない。
3　鴨が車を曳かなければならない。
4　縫い針と待ち針が車に乗るのを許される。
5　皆宿屋に入る。

ひました、而かも、只の米粒や、パン屑ではなく、旅籠屋で一番上等の御馳走を出せと命じたのです。

左の表題に從つて復述せしむ。

1　牝鷄と、牡鷄とが胡桃山に行きしこと。
2　誰も馬になることを嫌ひしこと。
3　鶩が車を曳かねばならざりしこと。
4　縫針と、留針とが、馬車に乘せられしこと。
5　總勢が旅人宿に宿まり込みしこと。

子供を呼び出して、互いに對談せしめ、又は此物語を演ぜしむるも可なり、（之れ即ち模寫せしむるなり）

第二階段、b、

左樣、彼等は、汝等が今述べたる通りのことをしました、即ち、パンは餘りに甘くないとか、徒歩であるくことは、餘りに下等だとか、馬になるのは餘りミツトもないとかいつて、一人の僕を横領し、彼等の車を曳かしめ、憐れなるものを之に使ひました、彼等は旅籠屋に於て夜を明かし、立派な人のやうに飲食をしました。

併しながら、彼等の行を見ては、之がえらかつたと思はるゝ點は一つもない、車上の爭、鶩との鬪爭、鶩を驅り使つたことなどは、何もえらいことではないのだからね。

第三階段

子どもたちによる物語の演技（表現）。

第Ⅱ段落b　**この人たちは、本当に高貴なのでしょうか。**

はい、そのように振舞っていました。この人たちにはパンはつまらないものでした。歩くのは貧乏くさいことでした。馬になるのはあまりにも卑しいことでした。彼等は一人の召使を雇いました。彼等は自分たちの車を持っていて、かわいそうな人を乗せてあげました。宿屋に泊まり、身分の高い人のように飲み食いしました。

でも、彼等が高貴で**あったこと**を、私たちは何一つ見ておりません。車での争い、鴨との殴り合い、鴨に無理強いしたことは、高貴とは見えません。

第Ⅲ段階　偉そうにしたり身分が高いように振舞うことは

大言《ホラ》を吐《フ》き、高慢をするといふことは、實に下らないことですね、彼の森林官なる獵人が、決して、大言などを吐かなかつた、默つて居つて、而かも見鳥を助けたのである、彼の廉子も、「私はあなたを見捨てませぬ」と、斷乎《ハツキリ》いうたやうに、如何にも、シツカリした子でありました、又勉强なる少女が、少しも勞働を賤まず、よく働いたけれども、決して其れに付いて、何も高ぶるやうなことは仕なかつたのです、つまり人間は「誠を以て事を爲す」といふことが、極めて大切なのである。

第四階段

大言《ホラ》をふく丈けでは何にもならぬ、大言のみで事が出來るなら、乞食が王になることも造作なきことなるべし。

(b) がらにもなき事を企つる勿れ。(汝の被覆に從つて汝を擴げよ)

第五階段

(a) 子供は、折々大言を吐くが、あなた方が、何かそんな例を知つて居ますか、「氷上の小兒」といふ讀章より、「何處までも提携せんとせる小兒のこと」を取り來るべし。

(b) 數ひ歌、一皇帝《カイゼル》、二王者《ケーニヒ》、三貴族《エーデルマン》、四市民《ビュルゲル》、五農《バウ》民《エル》、六乞食《ベッテルマン》。

牝雞と牡雞とが、どんな様にしましたか、(王のやうに)そうして實際は如何なりしや、(乞食のやうに)

大事なことではありません。森番はほんとにひそやかに見つけ鳥を助けました。わたしはあなたを捨てない、と言ったときのレンチャンは本当に控え目でした。働き者の少女には、どんな仕事もひどすぎるということはなく、その仕事をして、しかも思い上がることはありませんでした。大事なことは、何をするかということ、何を心の中で考えるかということです。

第Ⅳ段階 a **偉そうにするとただでは済まない。乞食が王様になるかもしれない。**

b **身分相応にせよ(布団に合わせて体を伸ばせ)。**

第Ⅴ段階 a 子どもたちも時々偉そうにします。皆さんの経験からの例。読本から、氷の上の男の子。どこでも連れて行ってもらいたがった男の子について。

b 数え歌、皇帝、王様、貴族、市民、百姓、乞食。牝鶏と牡鶏はどのように振舞いましたか(王様たちのようにしました)、そして、どうでしたか(乞食のようでした)。

c ほら吹きハンスの話。

(c)「芬人の法螺話」をも、之に因みて談話し問答せよ、

第二單元　賤民

第一階段　目的、彼らが悔ひ改めざりしか如何に、

彼等、恐くは主人に對して、甚だ悪るかつたことに氣が付いて、彼等、自身、始終熟考し、さて、主人に向かつて、心の中でいふのには、吾々は、汝に鶩を殘し置いて行く譯には行かないが、惡く思うて吳れるな、實は、鶩は、吾々のものではなかつたのだから、併も永久汝に拂はないといふ譯ではないから。

總勢出立のこと

(a) よく考へて御覽、主人が朝早く起きたら、はや、客は、ずつと山又山を越えて行つて、仕舞つたのですよ、彼等は、密かに逃げ出したのです、然らば、なぜ逃げたのだらうか、主人の方では、雞が彼れに與へんと約束したもので、滿足して居つたのであつたのです、それは、どんなものでしたか、(卵と鶩) 彼れ主人が彼等を見失なつたときに、先づ第一に、彼れが何をさがしたのであつたか、知つて居ますか、卵です、ところが、彼れは、とう〳〵見付けなかつた、(なぜなら、牡雞が、一度よい時分に起きて、牝雞を呼び起して、それから、卵を啣んで仕舞ひましたから)、併し乍ら、卵殼を其處に置く筈であるのに、彼れは一向見付

第Ⅱ単元　粗野な人たち

1　目標　**彼等は良くならなかったでしょうか。**ひょっとすると皆さんは考えたかもしれませんね。彼等が宿屋の主人に対してどんなに悪かったか、その後一晩中考えて、それから——宿屋の主人に言ったかもしれない。そんなに腹を立てないで下さい、私たちは鴨を残して行くことはできません。私たちのものではないのです、でも、私たちは働いて宿代を払います。

みんな行ってしまった

a　さあ、考えてごらんなさい。宿屋の主人が朝早く目を覚ましたとき、お客たちはもう山の彼方にいました（こっそりと逃げたのです）。でもどうして？　主人は、彼等があげようといったもので満足していたのです。それは何でしたっけ？　卵と鴨です。お客が見つからなかったとき、主人は何をさがしたか、皆さん知っていますね。卵です。でも見つかりませんでした。（雄鶏が早く起きて雌鶏を起こし、卵を突いて食べてしまったのです。）でも、卵の殻はあったはずです。でも見つかりませんでした。それから客たちは行ってしまったのです。鴨は？

けなかつた、かくして、彼等がちやんと逃げて仕舞つたのであるから、そして鶩は？　鶩も一向見えない、鶩は牡雞と牝雞とが密かに、逃げ出したのを聞きつけました、そこで彼等は、青天白日の身となつて、よろこんで眠つて居りました、しかし、段々彼等が、考へた上で、マアー、私は、こゝに留まつた方が、よからうとて、別に夜逃げもせず、ヨロ〳〵進みました、それから、小川の上に浮びました、それから、車に乗つたやうに、速かに進みました。

(b)　紀念物

そこで、主人は、二人連れの他の旅行者、即ち縫針と留針とのことに考へつきました、彼等は、大きくないから、中々見付け憎くいといふので、綿密に探がしたけれども、一向見付らなかつた、彼等が何處へ、行つたのだらうか、そこで主人は考へましたね、私は先づ顔を洗つてから、屹度見付けて見やう、それで？　彼れが顔と手とを洗ひました、して、彼れは、自分で、顔や手を拭ふたら、留針がそこにあつたと見えて、顔を引ッ掻いて、片一方の耳から他の片一方の耳まで、赤く線を付けました。それから、彼れは、臺所で煙管に火を附けやうと思ひました、何處で？　爐で、

　ところが、卵殻がドンといふまゝ、眼のところへ跳ねました、「オヤ、今日は、色々のものが、イヤニ己れの頭を

鴨も見つかりませんでした。鴨は二人がこっそり逃げていく音を聞いてしまいました。鴨は外で寝るのが好きなので、中庭にいたのです。いいですよ、ここに居ましょう、と考えたのです。鴨はヨチヨチ逃げました。それからラッハ川を川下に泳ぎました。これは車の前で歩くよりは速く行けました。

おみやげ

b　そこで主人は別の二人、縫い針と待ち針のことを考えました。大きくないので見つけにくい。主人は厳密に調べました。それでも見つかりませんでした。どこへ入り込んだのでしょう。そこで主人は考えました、まず顔を洗おう、そうしたらきっと見つけられるだろう。それで？　それで顔と手を洗いました。それから？　拭きました。すると、待ち針が顔の上を走り、片方の耳からもう片方の耳まで、赤い線をつけました。それから主人は台所でタバコを一服つけようとしました。どこで火をつけるの？　かまどの火で。すると卵の殻が目に飛び込みました。「今朝はなんでも俺の頭を狙ってくるな」と主人は言って、腹立たしげに大きな安楽椅子に座ろうとしました。でもまたサッと飛び上がり、叫びました、ウワ、痛い。なぜです

狙ひやがるな」といひながら、憤つて、阿爺さんの椅子に腰をかけた、ところが、又もや、彼れが「オヽいたい」と急にとび立ちました、なぜでせう、縫針が今度頭ぢやなく、お尻をひどく刺したのですね。

怒

(c)　そこで、彼れは、どうなるかを直に考へました（昨日、晩く來たお客さんが、私を刺さうと思つて、手拭には留針、椅子には縫針をさして置いたのに違ひないな）然り、其やうにも考へらるのでありますね、（見て居れ、あんな無頼漢を、二度と家に宿めるものか、食ひ放題食つた上に、鐚一文拂はないのみか、お禮の一つもいはぬなんて、丸で人を馬鹿にして居やがる）

第二階段

(b)　なぜ、主人が客を無頼漢と呼びましたか。

彼等が、食ひ且つ飲んだ上に、逃げて行つたりして、約束を守らなかつたから、極つまらない人間であるし、また、彼等は、其心が意地悪るで、人を苦めたから、それで浮浪《ゴロ》者《ツキ》であります、こんな、つまらない浮浪共は無頼漢といふて善いでせう、これでも、自分一人でえらい貴族だつて！可笑しいぢやありませんか。

第三階段

か。縫い針がもっとひどいことをして、頭ではないところを突き刺したのです。

腹を立てて

c　そこで主人はすぐにどうしてこんなことになったのか考えました。（昨日の夜、あんなに遅くやってきたあの客が、私に突き刺さるように待ち針を手ぬぐいに刺し、縫い針を椅子に刺しておいたのだ。）

主人がそこでなんと言ったか考えられますね。（もうあんなならず者は家に入れないぞ。山ほど飲み食いして、代金は払わず、おまけにお礼に悪ふざけをするのだからな。）

Ⅱb　**なぜ主人は客をならず者（ルンペンゲジンデル）と言ったのでしょうか。**

食べて飲んで、こっそり逃げて、約束をしながら守らなかったのでルンペン（やくざな）、お礼にはもっと怒らせてからかったからゲジンデル（無頼の徒）。それなのに自分達はとても高貴だと思っていた。

Ⅲ　レンチャンはどれほど違っていたでしょう。約束を守り廉子は之と大變に違つて、よく約束を守りましたね（私はあなたを見捨てません云々）ホルレー夫人は、勉強なる子供にどうしてやりましたか、（汝は、私の處で仕合を受ける）お母さんと道草を食ひませんと約束した紅井帽子は、一體、悪るい子でなかつたけれども、約束を守ることを怠つたのが惜しいことでした、あの子が、約束を守つたら、よい子であつたでしたらうのに。

第四階段

(a)　子供は子供、大人は大人丈けに、自分に出來る丈けのものを約束し、既に約束したる以上は、必らず之を守るべし。

汝等《アナタガタ》は之までのお話をきいて、何が悪かつたと思ひますか、傲慢、然り、此度丈けは免れたけれども、次の度は、天罰を遁れることは出來るもんぢやないのです。

(b)　傲慢が善をなすこと少し、如何なる傲慢も、皆鞭韃を免れざるものなり。

第五階段

(a)　汝等は高慢なるものを知れるか、木攀《ノボ》り小兒。

「子供登れり、木の上に、
高く登れり、見えぬまで」、の詩。

(b)「不正を加ふるものよりも、不正を蒙るものは優れり」との格言は、誰に適するか、（主人に、なぜなら、客は不正

ました。（私はあなたを捨てない）。ホレさまも働き者の少女に約束を守りました。（私のところに居たらうまくいきますよ。）赤帽ちゃんは、お母さんに道草をしないと約束をしました。この子は悪くはなかったのですが、約束を守るのは当然だったはずです。

Ⅳa　**約束をしてそれを守るのは若者にも老人にもふさわしい。**

まだ他にも罪があることがわかりますか。思い上がりです。彼等は今回は罪を逃れましたが、次の時は逃れられませんよ。

b　**思い上がりがうまく行くことはめったにありません。思い上がりは鞭から逃れられません。**

Ⅴa　ほかに思い上がっていた人を知っていますか。木に登る男の子です。

「男の子が木に登る――
おお、とても高くて見えないぐらい――」

b　**不正に苦しむ方がいい**――これに当てはまるのは誰で

な事をなせるものにして、主人は其災を蒙りたるものなればなり）

偽りをいふ勿れ、（卵をやる約束をして一向やらないなどは宜しからず）

(c)　汝等、學校に來るときに、兩親にどう約束しますか、（勉強して注意して居ることを）然らば汝等はどの格言を考へねばならぬか。

すか（宿屋の主人です。災難にあって、客が不正なことをしました）。

嘘をついてはいけません（彼等は卵を約束しましたが、渡す気は全然ありませんでした）。

c　皆さんは学校に行くとき、両親に何を約束しますか。（よく勉強する、注意深くしている。）どんな格言を思い出すことができますか。

六　牝鶏の死んだ話

或る日、牝鶏《めんどり》と牡鶏《をんどり》と一緒に胡桃《くるみ》の山へ行きました。胡桃を見つけたら、どつちが見つけても、分けることにしよう、と約束をして置きました。牝鶏は大きな大きな胡桃を一つ見つけましたが、なんとも言はないで、自分だけで食べようとしました。ところが、その殼《から》が馬鹿に大きくつて、牝鶏は鵜呑《うのみ》にしてしまふことが出來ず、殼《から》は牝鶏の咽《のど》へひつかかりましたので、これでは呼吸《いき》が止《と》まるにちがひないと、牝鶏は大心配をはじめました。それで、牝鶏は、『ちよいと、あなた、後生《ごせう》ですからねえ、出來るつたけ早く駈けてつて、水を持つて來て頂戴よう。でなきや、あたし呼吸《いき》が塞《つま》つちまふ』と牡鶏に怒鳴《どな》りました。牡鶏は出來るつたけ早く泉へ駈けつけて、『泉さん、わたしに水を下さい。牝鶏《めんどり》が胡桃の山にゐて、大きな胡桃を呑込んで、いま呼吸《いき》が塞《つま》つて死にさうになつてるんです』と言ひました。泉は、『水を貰ふ前にね、花嫁《はなよめ》さんのとこへ駈けつけて、紅《あか》い絹《きぬ》を貰つといで！』と返答《へんじ》をしました。牡鶏は、花嫁さんのところへ駈けつけました。『花嫁さん、わたしに紅い絹を下さいな。紅い絹をわたしが泉にやつて、泉はわたしに水を呉れて、その水をわたしが牝鶏んとこへ持つてくのです。牝鶏は胡桃《くるみ》の山の上にゐて、大きな胡桃を呑込んで、それで今呼吸《いき》が塞《つま》つて死にかけてます』花嫁さんは、『その前にね、一ッぱしり行《い》つて、あたしの頭の花環を取つて來て頂戴《てうだい》！　柳《やなぎ》の樹《き》にひつかかつてるわよ』と返答《へんじ》をしました。そこで、牡鶏《をんどり》は柳の樹のとこへ駈けつけて、かわいい花環を枝から引張《ひつぱ》りとつて、それを花嫁さんへ持つてきました。花嫁さんは、そのかはりに牡鶏に紅い絹を與《や》りました。紅い絹を牡鶏は泉へ持つてきました。泉は、その代《かは》りに牡鶏に水を與《や》りました。牡鶏《をんどり》はその水を牝鶏のところへ持つてきました。けれども、牡鶏はそこへ行きましたが、そんなことしてゐた間《あひだ》に牝鶏は呼吸《いき》が塞《つま》つて、ころりと轉《ころが》つて死んでゐました、そして、ぴくりとも動きませんでした。これを見て、牡鶏は悲しくつて悲しくつて、大きな聲を揚げて啼きました。さうすると、いろんな獸類《けだもの》がみんなやつて來て、牝《めん》鶏《どり》を嘆《なげ》きました。それから、六匹の廿日鼠《はつかねづみ》が小さな車をこしらへて、牝鶏をそれへ乗《の》つけてお墓へ輓《ひ》いてくことになりました。車が出來あがりますと、鼠《ねづみ》たちは車の前へくッついて、牡鶏は上へ乗りました。途中で、狐がやつて來ました、『牡鶏さん、何處《どこ》へ行くの？』『あたしの女房《にようぼ》の牝鶏を葬《はうむ》りに行く』『わしも乗つかつて宜《い》いかい？』

『宜《い》いがね、乗るなら車のうしろにしておくれ、
前面ぢやあたしの小さなお馬が厭《いや》だツてえかもしれないよ』

狐は車のうしろの方へ乗りました。それから狼が來て、熊が來て、鹿が來て、獅子が來て、森にゐる獸類《けだもの》がみんな來て車へ乗つかりました。かうやつて、がら〳〵ごろ〳〵行くうちに、小川《をがは》の岸《きし》へ出ました。『どうして渡つたらよからう?』と、牡鶏が言ひました。すると、小川の岸に藁《わら》が一本ねころんでゐて、その藁が、『わたくしが横に寝ころんだげませう、そしたら、みなさんがた、わたくしの上が渡れるでせう』と言ひました。ところが、六匹の廿日鼠がその橋を渡りかけますと、藁が摩《ず》落つて水へ落《おつこ》ちました。それで、六匹の廿日鼠は、みんな水の中《なか》へ落ちて溺れて死にました。これで大變困つたことがまた湧上《わきあが》つたわけです。そこへ炭《すみ》がやつて來まして、『わたくしは大きさも丁度よろしうございます。わたくしが寝ころんで、みなさん方を渡してあげませう』と言ひました。口《くち》ばかりでなく、炭はほんとに川端《かはべり》へごろりと轉《ころ》がりましたが。運《うん》悪くも、炭が水にちよいと觸《さは》りますと、炭はちゆうつと音をさせて、消えて、死んでしまひました。これを石《いし》が見て、いかにも不憫《ふびん》に思ひましたので、牡鶏に力をかしてやらうと思つて、自分が水の上へ横になつてやりました。そこで、今度《こんど》は牡鶏が自分で車を輓いて、間《ま》もなく石を渡つて、死んだ牝鶏《めんどり》を對岸《むかふぎし》へ連れてきました。それから、うしろに乗つかつてる者たちも引張《ひつぱ》つてやらうとしました。ところが、乗つてる者はいつの間《ま》にか大變に殖《ふ》ゑてゐましたので、車が逆戻《ぎやくもどり》をして、みんな一緒くたに水の中へ落《おつこ》ちて、溺れてしまひました。けれども、牡鶏《をんどり》だけは死んだ牝鶏と一緒に居りまして、牝鶏にお墓を掘つてやつて、牝鶏をその中へ寝かせ、その上へ土饅頭《どまんぢう》をこしらへて、土饅頭の上へ自分が坐つて、いつ迄もいつ迄も嘆《なげ》き悲《かな》しんでゐるうちに、自分も死んでしまひました。これで、みんな死んでしまつたわけです。

第六　牡鶏の死

Text : Lesebuch S. 10. Grimm S. 224.

六「雌鶏の死」

（テクスト　読本10頁。グリム224頁。
授業案　ユスト23頁。ヒーメッシュ47頁。

Präp.：Just S.23. Hiemesch S. 47.
Bilder：Münchener Bilderbogen No. 375. Grimm- Vogel S. 281
Stoffskizze Mat. zur spez. Did.* § 65.（＊中山註。Päd.）

(1)　死

目的　牝鶏か罰せられしこと、

第一階段

牝鶏と牡鶏とは、後に改心したろうか、又は何時までも悪者になつて居たろうか、これが考へねばならぬことです、それをこれから話しませう。

彼等が、さきに約束したのには、誰でも、胡桃を見付けたものは、他のものに分けやうといふことであつたのですが、彼等は、丸でそんなことは守らなかつたのです、けれども、まだ改心の道はあつたのです、それなら改心したかといふと、決してさうぢやない、牝鶏は、大きい〲胡桃を見付けたときに、若し、牡鶏がこつちを見て居ないかと思つて、あたりを見廻はしてから、愈々見て居ないもんだから、少しも分けてやらないで、自分一人で、其れを喰ッて仕舞ひました、今のやうにして、牝雞が、其胡桃を丸呑みしやうと思ッたところが、殻があんまり大きかッたものだから、それで？　胡桃が喉に詰まッて仕舞ひました、其

絵　ミュンヒェン一枚絵375番。グリム-フォーゲル281頁。
資料梗概　Mat. zur spez. Päd. §65.｛中山註。Päd. は、原典では Did.（=Didaktik）。しかし、このような本は見当たらない上、指示されている§65は Päd. に該当しているので改めた。｝

1　死

Ⅲ　目標　**雌鶏がどんな風に罰を受けたかということ。**

Ⅰ　これは、ついに雌鶏と雄鶏がついにやっと善くなったか、それとも悪いままであったかによるでしょう。では私がお話してあげましょう。二人は決めていたのです、胡桃を見つけた人は、もう一人と分けること。おや、これはまったく違うみたいですね。二人はずいぶん善くなっていたのです。でも、二人はそうするのでしょうか。雌鶏は大きな、大きな胡桃を見つけました。そこで雌鶏は横を見ると、雄鶏がこちらを見ていなかったので、考えました。じゃ、このことは言わないでおきましょう。これは私が一人で食べるわ。そこで胡桃を飲み込もうとしたのですが、胡桃が大きすぎて、それで？　それで喉に詰まってしまいました。そこで雌鶏は助けを求めました。どんな風に？（雄鶏さん、お願い、大急ぎで走って行って水をもってきてちょうだい。そうじゃないと息がつまって死ぬわ。）

れから？　牝雞が助けて下さいと叫びました、何といッて
か、（牡雞さん、どうぞ、あなたの出來る丈、駈けていつて、
水を持つて來て下さい、さうでないと私は息が詰まッて死んで
仕舞ひますから）
そこで、牡雞が、どうしましたか、出來る丈け早く井戸に
馳せていきましたが、餘り、遠いもんだから、仕方なく、
胡桃山まで行ッて、其水を持ッて來なければならなかッた
のです、とかくする中に、憐れにも、牝雞は、死んで仕舞
ひました。

總括　牝雞が、胡桃山に於て窒息せしこと。

（2）　葬式の行列

牡雞は、牝雞が死んで居るのを見て、大變高く叫びまし
た、さうすると、森中の動物が走り集まッて來ました、之
は音高い叫びを聞いたからですね、そして、彼等は、集ッ
たついでに、牝雞の葬式をしやうと思ひました。
そこで、彼等は例の通り、車が一ッ入り用になりました、
併し、それは前のとは違ッで、牡雞が其れを拵へることが
出來ません、牡雞は只泣いて叫んで居るばかりでありま
す、ところが其處に、六匹の小さな鼠が來ました、何處か
ら來たのでせう（彼等は地中から這ッて來て、自から進んで
車を拵へたばかりでなく、之を曳く役目にも當りました）、そ

それで雄鶏は？　雄鶏は全速力で井戸に走りました。でも井
戸はとても遠くにありましたし、それから水を胡桃山に持って
こなければならなかったので――その間に雌鶏は死んでしまい
ました。

まとめ　**雌鶏が胡桃で窒息死したこと。**

2　葬列

そこで雄鶏は大声で叫びました――雌鶏が死んでしまったか
らです。森中の動物が集まってきました――大きな叫び声を聞
いたからです。みんなは雌鶏を埋葬しようと思いました。
そこでまた、あのときのように、車が必要でした。でも事情
が違いました。雄鶏は車を作ることができません、ずっと泣き
叫んでいました。すると小さな六匹の二十日鼠がやってきまし
た。どこから？（地面の穴から這い出してきて車を作りました。）
そして今度は誰が車を曳くかの喧嘩はありませんでした。（二
十日鼠が自分からすすんで曳きました。）あのときと同じでした。

れは、例の通り、牝雞と牡雞とが二人ともに、車の馭者の坐はる處に並んで、坐はるとは坐はりましたけれども、併し前とは違ッて、牝雞は死んでしまッて、御葬式でありますから、前の様に、樂しいさまではないのです、

かうやッて、だん／＼行くと、先きにもかういふやうなものがあッた通り、又もや、其車に乘せて貰い度いといふ者が來ました、第一に來たのは狐です、何といふたでせう（牝雞さんどつちへお出でです）すると牡雞は？私は家内《ウチ》の牝雞を葬むるために行くのです、私も一所に行つて宜しうムいますか、左様宜しうムいますが、車の後の方に乘つて下さい、前の方では、私の馬が曳くことが出來ませんから、そこで、狐が車に乘ると、他の動物が又森からやつて來ました、即ち狼、熊、鹿、獅子其他森中の獸どもです。

總括　牝雞が墓場へ運ばれしこと、

(3)　墓場

彼等動物が、皆車に乘って小川まで來ましたら、こゝで、一つ、困つたことが出來ました、それは、小鼠が、餘り早く車を曳いたもんだから、彼等が引つ繰り返つて溺れて死んで仕舞つたことです、ところが、石が、それを見て、可哀さうだと思うて、小川の上に自分を突き出しましたから、其石の上を、ドーニカ、コーニカ、曳いて渡るとが出

車の中には雌鶏がいて、雄鶏が御者台にいました。でも、とても違っていました。

そして、あのときのように、馬車に乗りたいという人々がやってきました。最初に狐。狐はなんと言いましたか？（雄鶏さんよ、どこに行くのかね？）そうすると雄鶏は？　雌鶏を埋葬するのさ。一緒に行っていいかい？　いいよ、でも、後ろの車に乗ってくれ。前に乗ると私の馬が曳けないのでね。

そこで狐は馬車に乗り、それから森のほかの動物たちも乗りました。つまり、狼、熊、鹿、ライオンと、森の動物みんな。

まとめ　**雌鶏が埋葬されること。**

3　埋葬

みんなが小川のところにやってきたとき、不幸なことが起りました。二十日鼠があんまり速く走ったので——落ちて溺れ死にました。それを石が見て気の毒に思い、小川の上に横になり——雄鶏は車を向こうへ渡すことが出来ました。でも、皆さんは知っていますね、動物たちがどこに乗っていたか——車の後

來ましたが、其時乘つて居つたのは牡雞だけてありました、外の動物は、あなた方の知つて居る通り、みんな車の後の方に坐はつて居つたのですね、それが悪るかつたのです、それで、其車を急いで曳いたために、總ての動物が河の中に落ちこんで、とう〳〵皆死んで仕舞つたのです、今は生き殘つて居るものといつたら、牡雞ばかりです、それがどうしましたか、一人で墓場に行つて、死んだ牝雞を埋めて土を其上にかけました。

併し、牡雞は、長く生きて居ることは出來ませんでした、牡雞は、墓の上で、大變悲しんで、とう〳〵死んで仕舞ひました、それで皆殘らず死んで仕舞つた譯です。

總括　牡雞も墓の上で死せしこと。

第二階段

(b)　なぜ牝雞が死ぬことになりましたか、只一人で、胡桃を喰はうと思つて、早く飲み下さうとしたために窒息したのです、

牝雞は、牡雞と共に、前にも、大變悪いことをしたのです、胡桃山ででも、旅籠屋ででも、あんなことをしたのですから、とう〳〵罰が當つたのです、そうして、牡雞も、大變な悲しい目を見て、始て目を覺まして、始めには、牝雞のために車を曳かうなど丶は、思はなかつたのが、今で

ろの方です。これはまずいことでした——雄鶏が車を向こうへ渡してしまうと、動物たちはみんな落ちて死にました。そして誰が残っていたでしょう？　雄鶏はまだいました。雄鶏はどうしたでしょう？　お墓を掘って死んだ雌鶏を中に入れて、その上に土をかぶせました。

でも雄鶏ももう長くは生きていることが出来ませんでした——雄鶏はお墓の上に座って嘆き悲しみ、とうとう死んでしまいました。そして？　そしてみんな死にました。

まとめ　**雄鶏もお墓の上で死んだこと。**

Ⅱｂ　どうして雌鶏は死ななければならなかったのでしょうか。木の実を一人で食べようと思って、大急ぎでのみ込んで、窒息して死んだのです。

雌鶏は前にも雄鶏と一緒にとても悪いことをしたのです：胡桃山でも宿屋でも——いまや罰が雌鶏を襲ったのです。そして牡鶏も大きな痛手を受けました。雄鶏はずっと善くなっていました。はじめは雌鶏のために車を曳こうとはしませんでしたが、いまはすべて雌鶏のためにしましたが、遅すぎたのです。

は、どんなことでも、牝雞のためにしてやらうと思うやうに、大變よい心に立ち返つたのです、けれども、併し、もう其時は遲かつたのです。

第三階段

吾々は、牡雞が、始めと今とで、どんなに違ふかを比べて見ると、始めには不親切で、さうして悪しく、又牝雞が死んだ後には、誠實で善良であつたと思ひます。

第四階段

(a)　機會《チリ》だにあらば、時をはづさず、汝の同胞に對して善を爲せ。

而して、吾々は、今の雞の話でも、又山羊の話の中にある狼のこと、及び、紅井帽子の話にある狼のことなどを考へ合せて見て、次の格言が、いかにも大切なることを感じますね。

(b)　足るを知るは總べてのものに必要なり。

他の動物（六匹の鼠の如き）善良に、且つ、同情深くありしことよりはつぎのこと、

(c)　喜べるものと共に喜び、泣くものと共に泣け、

第五階段

(a)　汝等は、機會あるごとには、何時《イツ》でも兩親に孝行しやうと思ひますか、若し、茲に、其兩親が、老いたる時に、始めて、薔薇や、碧花草（フェルギツスマインニヒト）や、美

Ⅲ　はじめの雄鶏と今の雄鶏を比べると、はじめは親切ではなく、意地悪でしたが、雌鶏が死んだ後では良くなって誠実です。

Ⅳa　**家族に対して親切でいなさい、出来るうちに！**

これは雌鶏のことで分りますが、子山羊や赤帽ちゃんの狼でも分ります。

b　**節度を保つことは、どんなことにも役に立ちます。**

動物たちは親切で同情的でした。

c　**喜んでいる人と一緒に喜び、泣いている人と一緒に泣きなさい。**

Ⅴa　皆さんもまだ間に合ううちにご両親にいつも親切にしようと思いますか？　両親を喜ばせたり、両親が年をとってから、お部屋をバラや勿忘草で飾ろうと考えていたのに、その良いことを先延ばしにして、お父さんもお母さんも死んでしまっ

しい花を以て其室を飾つて上げやう、なんでも、父母の死するまで、其好意を猶豫せんとする子供等あらば、考へよ。

　うるはしき、千草を植えて、咲く花を、見せまく、思
　　はゞ、今よ今、
　薔薇《バラ》、すみれ、花の臺に、とこしへに、眠りし人に、
　　捧ぐとも、そは遲し。

兩親が病氣となり、又は兩親が死せるのちに、あゝ兩親の生前に孝行すべかりしをと、悔いる子供に就いては、

　オゝ、汝は、愛し能ふ丈け愛せよ、
　オゝ、汝は、愛し度い丈け愛せよ、
　時は來る、時は來る、
　汝が、墓邊に立ちて、嘆願するところの。

（b）どんなものを節減し得べきか、食ひ物、飲み物、遊び、おしやべり、依頼《タノミ》（願）

（c）「惡事をせぬならば、汝に惡事を仕向くるものなからん」との語を應用せよ、（無頼漢は惡事をなししために災を受けたり）

困難なるものを助けよ、（木石とて、無情の如くいはるゝ石すらも、慈悲心ありしこと、小鼠の援助せしこと）善き仲間は、不幸に際しては、之を傍觀せず、（牡雞が牝雞に、水を與へたやうに）高慢が善をなすこと殆んど之れ無し、頭《ツ》の

た子どもたちについて。

「お世話をしたり、細やかにお仕えしようと思っていた人
は
疾うにバラや勿忘草の下に眠っていた」

両親を悩ませ、両親が亡くなったときに、良くしておけばよかったと思う子どもたちについて。

「愛せるうちに愛しなさい、
愛したいうちに愛しなさい、
時は来る、時は来る、
お前が墓に立ち、嘆くときが。」

b　どんなところに節度を保ちますか。食べもの、飲みもの、遊び、騒ぎ、頼みごと。

c　応用しなさい。悪いことはしないこと、そうすれば何も悪いことは起らない。（ならず者たちは悪いことをして、不幸な目にあいました。）困っている人は、助けなさい。（硬い心の石でさえ哀れみます。二十日鼠は助けます。）よい仲間というものは不幸な時に逃げてはいけません。（雄鶏は雌鶏に水を持ってきました。）

思い上がりはめったに善いことをしません。頭をあんまり高く上げていると、すぐに首吊りになるでしょう。

d　ハイのカナリア（副読本）。

高き人はヒッかゝる。

(d) 伴隨的教材として「ホイーのカナリヤ」を用ふべし

七　藁と炭と隱元豆

或る村に貧乏なお婆さんが住んで居りました。お婆さんは、隱元豆《いんげんまめ》を一皿寄集《よせあつ》めて、それをぐつぐつ煮ようと思ひました。それで、お婆さんはお竈《へつつい》へ火を起しました。そして、その火が早く燃えるやうに、お婆さんは一つかみの藁《わら》へ火をつけました。お婆さんが隱元豆をお鍋のなかへあけましたとき、一粒《ひとつぶ》お婆さんの手から知れないやうに辷落《すべりお》ちたのがありまして、それが偶然《どうかして》床《ゆか》の上へ、藁《わら》のお隣へころがりました。間《ま》もなく、眞紅《まつか》になつた炭が一つお竈からはね出して二人のとこへ落ちて來ました。藁が口を開いて、『お兩人《ふたり》とも、何處《どこ》から來なすつた！』と言ひました、『わたしはね、うまく火の中から飛出して來たのさ。わたしがね、無理矢理に遁出《にげだ》して來なからうもんなら、死んぢまつたところさ。何しろ燃えて灰《はひ》んなつちまふんだからね』と、炭が答へました。『わたくしもね、怪我《けが》のないうちに遁出してまゐりましたの。わたくしをお婆さんがお鍋んなかへ入れようもんなら、わたくしはお友達と同じやうに、情用捨《なさけようしや》もなくぐつぐつ煮られて、どろどろになつちまつたところだわ』と、隱元豆が申しました。『いや、吾輩《わがはい》も似たり寄つたりの目に遇ふところだつたのさ』と、藁が申しました、『吾輩の兄弟分は婆さんが一人殘らず火をつけて煙にしちまつた。婆《ばばあ》め、一《いち》どきに六十引摑んで命を奪《と》つたもんだ。幸運《しあはせ》と吾輩は婆の指の間から辷落《すべりお》ちたがね』さうすると炭が、『だが、これからどうしたら好いんだ？』と申しました。『わたくしはかう思ひますわ。わたくし達はすんでのことで死ぬところをうまく脱《のが》れたのでせう、ですから、みんなかたまつて仲《なか》の好《い》いお友達んなつて、でも此處にゐてまた酷《ひど》い目に遇ふといけませんから、一緒に出かけて、何處《どツ》か外國へ行つたら如何《どう》！』と、隱元豆が答へました。

この話はあとの兩人に氣に入りました、それで、連立つて旅に出かけました。ところが、三人は間もなく小さな川の岸に出ました。そして、橋も無ければ橋の代りになるものもなかつたので、三人はどうして對岸《むかふ》へ渡つたら好いかわかりませんでした。藁は巧《うま》いことを思ひつきました、そして、『吾輩《わがはい》が横に寝轉《ねころ》ばう、そしたら、あんた達は橋を渡るやうにして吾輩の體《からだ》の上を渡れるだらう』と申しました。それで、藁はこつちの岸から對岸《むかふぎし》へかけて寢ころびました。炭は、生れつき性急《せつかち》でありましたので、本性たがはず出來たての橋の上へ勢よく小《こ》股《また》に駈出《かけだ》しました。けれども、眞中まで來て、自分の下に水がざあ〳〵流れてるのを聞きましたら、初の勢に似ず怖《こわ》くなりました。炭は立停つて、その先《さき》歩く勇氣が出ませんでした。ところが、藁の方は燃えはじめて、二つになつて小川の中へ落ちました。炭は脚を辷《すべ》らせて、水の中へ入《はい》つてちゆうツと言つてお陀佛《だぶつ》になつてしまひました。隱元豆は用心をしてまだ此方《こちら》の岸に殘つて居りましたが、これを觀《み》たら馬鹿々々しくつて笑はずに居られませんでした。いくら笑つても笑がとまりませんでした。そしてあんまりひどく笑つたものですから、體《からだ》がぱちーんと破裂しました。この時折よくも修業《しゆげふ》に歩いてる仕立屋《したてや》の職人がこの小川の岸に休憩《やす》んで居りましたが、若し此の職人が居なかつたら、豆も藁や炭と同《おんな》じやうに死んでしまふところだつたのです。此の職人は慈悲深《なさけぶか》い人だつたものですから、針と絲とを取出して豆を縫《ぬひ》合《あ》はせてやりました。豆は職人に厚くお禮を述べました。ところが、職人は黑絲《くろいと》を使ひましたので、それからといふものは、隱元豆にはどれにでも黑い縫目《ぬひめ》があるのです。

第七　藁と石炭と菜豆

Text：Lesebuch S. 6. Grimm. Kinder- und Hausmärchen. Grosse Ausgabe ohne Bilder W. Herz 1890. S. 55.

目的　三人、他國に旅行せんと欲せしこと、

（1）危險

第一階段及第二階段（Präp.：in darstellender Form Just S. 12. In darbietender Form mit Vorbereitung（Analyse）und Darbietung（Synth）. Lehmensick, Päd；Studien 1894 Heft I in dem Aufsatze：Warum Märchen? Stoffskizze Mat. zur spez Did. § 63.）

どこで、三人が出會つたゞらうか。藁が、野から穀倉の前に來るし、石炭は地の底から石炭箱の中に來るし、菜豆は花園からテーブルの上に來ました。何處で彼等が出會つたらうか、なんでも、石炭は赤熱の石炭であつたそーだ、あゝ其れではストーブの前でですか。左樣、石炭がパチッといふまゝ跳ぬ出して來ると、藁は焚《タ》き付けを置くところから、逃げて來るし、菜豆は爐の上の紙袋から出て來ました。

三人はどうして落ち合ふことが出來たらうか、年寄つたお婆アさんが、菜豆の汁を煮て居る時のことでありました、手がブル〳〵震ひて居るから（スベッコイ、圓い細い莖がツ

七「麦藁と石炭と豆」

（テクスト　読本6頁。グリム『子どもと家庭のメルヒェン』大版。挿絵なし。W.Herz 1890. 55頁。）

目標　**三人がよその国に行こうとしたこと。**

第一編　**危機から逃れて**

I、II　**三人はどこで出会ったのでしょうか？**

〔授業案　口演形式はユスト12頁。準備（分析）と提示（総合）付き提示形式は Lehmensick, Päd. Studien. 1894. Heft. I in dem Aufsatze : Warum Märchen?
資料梗概　Mat. zur spez. Päd. § 68.〕

やっぱり麦藁は畑から納屋へ、石炭は深い地中から石炭箱へ、豆は庭から食卓の上に。三人が出会ったのはどこでしょうか？　石炭は燃えていました。ああ、かまどからですね！　落ちたのです。麦藁は？　火を起こすときに逃げたのです。豆は？　お鍋に入れるときに、跳ねて逸れたのです。

どうして三人は落ちたのですか。豆のスープを煮ていたのは年をとったおばさんでした。震える手です（だからツルツルした丸い細い麦藁は落ちたのです）。もう耳も（豆が炉の前の鉄板に

ルリと落ち）モー、耳も聞こえないから、（菜豆がストーブのブリキの上に飛んでも）、モーよく見えないから（赤熱の石炭でさへも）

總括　如何にして三人が一所になりしか。

（2）　計畫

なぜ彼等が家に居ることを欲せざりしか、石炭は？　死ぬのがいやだから、彼れは、始めは黒い着物でしたけれども、燃え始めると、心配のあまり、氣もムシヤクシヤして熱くなり、そして段々顔が眞赤になつて仕舞ひました、そこで石炭は非常に性急《キミヂカ》になつて、ストーブの戸を打ち開いて飛び出しました、其れ故、何處かへ行かうと思つたのです、菜豆は、湯の中で焼けどをし度くないから、摺りこ木が、手で以て、堅い摺鉢の壁の上に、自分の頭をひしぎ付けて潰《ツブ》して仕舞はうとするから、藁は年寄り婆あさんが、一遍に六十本も束ねて、其れを燃やして仕舞はうと思つて居るから、

併しながら、彼等は、どんな考で漫遊を思ひ立ちましたか、藁がいふには「愛らしき友達よ、君等は何處から來たか」先づ石炭が答へるには、（あゝあ、も少しのことで、燒かれて仕舞ふのであつた）菜豆が（あゝあ、やつと滿足な皮で逃げて來た）最後に、藁が（僕も命かな〱逃げて來た）そ

落ちたのが）よく聞こえませんでした。もう（燃えている石炭でも）よく見えませんでした。

まとめ　三人が一緒になったこと。

第二編　計画

でも、どうして三人は家にいるのが嫌だったのですか。石炭は？　死にたくなかったのです。その黒い服が燃え始めると、不安でとても熱くなり、顔が真っ赤になりました。いずれにせよカッとくる性格だったので、炉の口が開いたときに飛び出したのです。だから逃げようとしたのです。それで豆は？　豆は熱い湯の中で煮られたくなかった。かき混ぜお玉の先で鍋の硬い縁で潰されてはたまらない。麦藁は、おばあさんが藁を六十本も一掴みにすると、藁が火の中で煙をあげ始めるのを見たのです。

でも、どうして旅に出ようという考えになったのですか？それはこうです。麦藁が言いました、みんな、どこから来たの。すると石炭がまず答えました、つまり？（幸いにも火から逃げたのさ。）それから豆が（無傷で脱出したのよ）。最後に麦藁が（きわどいところで死ぬのを免れたんだ）。そして豆がよい提案を

こで、菜豆は漫遊すべきことを申し出でた、併しながら、てん〴〵ばら〴〵ではなく（一所になつて決して離れないで）恰も、彼等が、もと臺所に居つたときのやうにして、若し彼等が部屋に居るときは、一人で出かけないやうにして、（何時までも眞の善い仲間であるやうに）どうしてお互に助けることが出來るだろうか、石炭は夜になつて（赤く提灯をつけて先きに立つ）けれども、雨が降ると、石炭は困つて來るが、（其時は外の二人のものが一所に雨をよけなければならない）又藁は、風に吹かれると弱るから（菜豆が其れを助けなければならない）

總括　三人が漫遊せしこと。

(3)　新たな橋

ところが、よい言ひかはしが、中々お安いことではなかつた、彼等は、或る小川に通りかゝりました、（その川はロイトラ又はゲンブデン川位も廣くない）其川には橋もなければ丸木もない、さアどうしやうか、其中の一人が渡ることが出來ました、即ち藁が渡るとが出來ました、なぜ？（大變長いから）どうして？　川の上に横になつて、そして兩脚を後から運んで、向ふ側についたのです、それでは、左様ならといつて一人行つて仕舞つたのですか、いゝえ、彼等は仲のよい仲間にならうと約束をしたのですから、藁がい

しました（旅に出よう）。でも、それぞれ一人ではなく、（一緒に出て、一緒にいて、一緒のままでいよう）。そうです、この台所に一緒にいるように、です。まるで一つの部屋にいるように、誰も離れないようにです（良い仲間でいよう）。三人はどんなふうに助け合うのですか？　石炭は夜に。（赤い提灯で先に立ちます）。雨が降ると石炭は危いので、ほかの二人も一緒に雨宿りをしなければなりません。風は麦藁には良くありません。（豆が麦藁を摑まえていなくてはなりません。）

まとめ　3人が旅に出たこと。

第三編　**新しい橋**

でもまもなく良い方策も犠牲が大きくなりました、**三人は小川のところに来たのです。**（ロイトゥラ川とか、ゲンブデン川のような川ですが、そんなに幅が広くはありません。橋もなければ、渡り板もありません！　さあ、どうしましょう。）三人のうち、一人は渡ることが出来ました。麦藁です。なぜ？（十分長かったのです。）どんな風に？　その上に横になって、脚を引っ張ってよその国に入ります。さようなら！　**違います。**みんな仲間でいたかったのです。麦藁は言いました、私が橋になろう。それ

ふのには、「私が橋になりますから、私の背中をお渡りなさい」と言ひました、それは誠によいことですが、恐くは、あぶない橋であつたでせうね、圓いから（轉ぶかもしれない）細いから（蹈みはづすかもしれない）すべつこいから（皆わるくすると滑べる、殊に菜豆なんどは）

總括　三人が小川を渡らふと思ひしこと。

(4)　不幸

どうして川を越えましたか、知りたいと思ひませうね、どうです、誰がさきに渡つたと考へますか、無論石炭です、石炭は性急《キミヂカ》だから待つて居ることは出來ないのです、石炭はずん〳〵大膽に渡り始めたが、やがて立ち止まりました、なぜでせう、目眩《マ》ひがして來たのです、何故といふに、水が非常に強く迸るし、波が烈しいからです、ところが、石炭はモー眞赤になりました、そして石炭は藁の上に立ち止まったきりですから、堪まるもんぢやありません、石炭は川の中に落つこちました、そこで、石炭は、轉げおちました、其聲は、ざんぶときこえました、（其聲はたしかに、助けの叫びです）けれども、つひ命を失つて仕舞ひました、そこで光りが消えて仕舞ひましたから、石炭は黒く冷くなつて、今は河底に死んで横はつて居るのです。

總括　藁と石炭が命を失ひしこと。

はよいことでした。もちろん危険な橋でした。丸くて（転がるかもしれません）細く（横に足を踏み外すかもしれません）、ツルツルしています（滑り落ちるかもしれません、特に豆は。）。

まとめ　三人が橋を渡ろうとしたこと。

第四編　**事故**

どうやってみんなが向こう岸に着いたか知りたいですか？　誰が最初に行ったか、それは考えられるでしょう！　もちろん石炭です。石炭はとても熱くなりやすい性格ですから、待つことが出来ないのです。大胆に麦藁に乗りました。ところが石炭は突然立ち止まりました。なぜか分りますか？　目まいがしたのです、水がとても強くざわめき、波がとても早く流れていました。でも、石炭は真っ赤に燃えていたのですね。そして麦藁の橋の上に立ち止まったのですね！　何が起りましたか？　麦藁は燃え出し、二つに折れて小川に落ちました。それで石炭は？　石炭も後から滑り落ちて、水に入るときにシュッと言って（それは助けてと言ったのですが）魂をなくしました。そして火も消えました。黒く冷たく小川の底に死んでいました。

まとめ　麦藁と石炭が命を失ったこと。

(5)　他人の迷惑を喜ぶ

愛らしき友達が、實に可哀さうになつて仕舞つたので、菜豆がどう思つたであらうか、（只墓上の牡雞のやうに泣いて嘆くばかりであつたでせう）然り、誰もさう思はなければならない、併しまあ御覽よ、菜豆は實に泣きも嘆きもしないで、事柄が丸で滑稽になつて仕舞つたものだから、あッはッはッはッと、一人で噴き出して、笑ひつゞけて居りました、ところが、其れが、今度は、自分にとつてひどい始末になつたのです、なんだか、笑ひ聲がふつと聞こえずになつたと思つたら、餘り笑つたものだから其れがために、バチッといふまゝ、口から破裂して仕舞ひました。

總括　菜豆の破裂せしこと。

(6)　救ひ手

仕立師が菜豆を助けました、彼れは、散歩して、其處に通りかゝりましたが、其處に、菜豆があるのを見ましたから、可哀さうに思つて助けてやらうと思ひました、ところで、どうしたらうかね。

彼れは、縫針と撚絲《ヨリ》を出して、（菜豆の口を縫ひ付けました）あなた方が知つてる通り、菜豆は今でも、黒い縫ひ目がありませう、あれは、仕立師が縫ひ付けるときに黒い絲を使つた爲めです。

第五編　**他人の不幸を喜ぶ**

仲間がそんなに惨めに死んだことについて、**豆は何と言ったことでしょう！**（お墓の上の牡鶏のように泣き喚きました。）そうです、そう考えなければいけません。でも思い出してごらんなさい、豆には出来事がとても面白く思えたのですよ。豆は笑い出し、笑い続けた。でも悪いことになった。突然笑い声が聞こえなくなりました。真ん中で二つに裂けたのです。

まとめ　豆が裂けたこと。

第六編　**救い主**

一人の仕立屋が豆を助けました。仕立屋は修行の旅でやってきて、そして？　豆が横たわっているのを見つけました。仕立屋は心の善い人で、考えました。（助けてあげよう。）でもどんなふうにして？　仕立屋は針と糸を取り出しました。（そうです。そうして仕立屋は豆をまた縫い合わせました。）今でもどの豆にもそれが見えることを知っていますか？　仕立て屋は黒糸を使ったのです。そのため、この時から豆には黒い縫い目がある

總括　仕立師が荣豆を助けしこと。

第二階段

(b)　それで、彼等が曾て約束した通り、本統に忠實な友誼を盡したでせうか。

藁が、自ら進んで小川の上に横はつたが、彼れは實に最もよい友誼あるものでありました、なぜなら、難儀に際して、お友達を助けたからです。

第三階段

(a)　見鳥と廉子とか、不幸に逢ツても見捨てなかツたやうに、そして又、幸にも本望を達したやうに、

(b)　なぜ彼等は本望を達することか出來なかッたらうか、それは、石炭があんまり無勘辨なことをしたからです、石炭は、始めにやり出したけれども、中頃になツて、勇氣が沮《キ》喪《エ》て仕舞ツたのです、それだから、結局こんな不幸に陥ツたのです、彼等は、こんなことにならうとは思はなかつたらうけれども、自分等が責任があるのだから仕方がない。子山羊も無勘辨であつたし、紅井帽子もさうであつた、そして彼等は共に不幸に陥つた。

(c)　併しながら、何より悪い友達は荣豆であつた、他人が難儀に逢つてるのに、笑つてるやうなひどい仕方である、而かも、自分で眞先きに「私達は、ごく親しい友達であるやのです。

まとめ　仕立屋が豆を助けたこと。

（中山註ⅡとⅢの部分の記号の乱れは原文のまま。）

Ⅱb　**三人は、約束していたように、誠実な仲間でしたか？**

a　一番良いのは、すすんで小川に身を横たえた麦藁でした。麦藁はよい仲間でした。なぜなら困っている仲間を助けたからです。

Ⅲ　ちょうど見つけ鳥とレンチャンが不幸にあってもお互いを捨てることなく幸せに過ごしたようにです。

b　そうです。どうして三人は全うすることができなかったのでしょうか？　それは石炭のせいです。不注意すぎました。まず麦藁の上に突進して、あとから真ん中で勇気がなくなりました。そうです、そうなのです。だから不幸になったのです。石炭はそんなつもりではなかったのですが、でも罪があるのです。

Ⅲ　子山羊たちも不注意でした。赤帽ちゃんもそうです。彼らも災難にあいました。

c　でも一番悪い仲間はなんと言っても豆でした。不幸なときに笑うのです。豆自身が最初に言っていたのです、よい友達でいよう、よい仲間でいよう。

Ⅲ　不幸な目にあった牝鶏に対する牡鶏とはなんと違うこと

うに」といひだして置きながら、彼の牝雞が死んだときに、牡雞がなしたとは全く違ふことをしました、又、栄豆の不幸を見て決して笑ひなどしないで、之を救ひやうと思ふた仕立師とも丸で違ひますね。

第四階段

吾等は何を注目すべきか、

一　吾等は、仲よき友達で、互に助け合ふやうにせざる可らず。（見鳥を見よ）（友誼に富める藁を見よ）

二　先見あれ。（無勘辨なる石炭を見よ）

三　他人の不幸を喜ぶものは、又自分の不幸を喜ばるゝに至るべし。（即ち他人の不幸に際して笑つたやうな栄豆を見よ）

第五階段

(a)　栄豆は、多分後でどうなるだらうかね、（思ふに、栄豆は二度と親友を得ることが出來ますまい、栄豆は、決して親友を得べき價値《ネウチ》がありません）而して、其後、栄豆は考を違ひたでありませう（恥ちて泣いて「若し私が二度と友達を見出したなら、必ず親友となるべし」と心がけて）

(b)　汝等《アナタガタ》は、矢張りお互に助けることが出來ますね、（若し道踏み迷うて居る子供、雪に落ちこみし子供、ひどく物に躓いた子供などのあるとき、それを助けること）どうして、汝等は、汝等の學友が病氣して居るときに、好意を致すことが

でしょう。豆の不幸を笑わなかった仕立屋とはなんと違うことでしょう。

Ⅳ　私たちは何に注意しますか？

1　**私たちは良い仲間でいましょう、そして助け合いましょう。**（見つけ鳥を見なさい。）（仲間がいのある麦藁。）

2　**注意深くしなさい。**（不注意な石炭。）

3　**他人の不幸を喜ぶ人はかならずそうなります――**

つまり、自分の笑った不幸に自分もあうのです。（他人の不幸を笑う豆。）

Ⅴa　豆は後でどうなったでしょう。（良い仲間は、きっと二度と見つからなかったでしょう。豆も良い仲間には値しません。）それまでと考えを変えたでしょう。（恥じて、泣いて、こんど友達を見つけたら、良い仲間でいましょうと決心する。）

b　みなさんはきっと助け合うことが出来ますね？（道に迷った子ども、雪の中に倒れた子ども、ぶつかって血を出した子ども。）病気のお友達にどのように友情を示すことができますか？（早く治るように願い、お見舞いします。その人のために神に祈ります。治ったら喜びの声をかけます。）

c　注意は？　お話の中の三人は、最初、かまどのところに

出來ますか、（快復を願ひ且つ見舞ひ、彼れの爲めに祈り、若し達者になつたならば、彼れを祝はん）

(e) 先見に就いては、どういふことを氣を付けねばならないか、此話にある三人は、始めは竈の中にあつたのですね、竈の話に因んでいふて置きますが、あなた方は、火を弄んではなりませんぞ、（火を持て遊ぶ勿れ、燈火を持て遊ぶ勿れ）

小刀、肉叉、剪刀、燈火は、
小さな子供の使ふものでない。

又、三人は、郊外に出かけたのですが、あなた方も、郊外に出て、橋などを渡ることがあるときには、落ちない様に氣をつけねばなりませんぞ。

(d) 或る子供が、誤つて指を燒けどしたならば、笑ふべきか、助けよ、一匹の小鳥が攫まいられ、雀が部屋の中に捕へられ、犬が震ひ凍えて居るときに、子供が其れを救はずに、笑つて居るやうなことがあつてはならぬ。

動物を苦しめて樂みとする勿れ、如何となれば、
其苦みは、汝が受くる苦みと同じければなり。

(e) 話の演戯、或る時、子供が氷の上で倒れて泣いて居りましたら、或る他の子供が傍に立つてそれを見ながら、笑つて居りました、すると、バタツといふまゝ自分も轉げました、そこで、彼れが考へるのには、あゝ、これは隨分痛い

いました。（火で遊んではいけません。灯火でもいけません。）

ナイフ、フォーク、鋏、灯火は
幼い子どものものではありません。

三人はそれから外に出ました。小川のところです。入ってはいけません。

d　一人の子どもが指にやけどをしました。笑うのですか？　助けるのです！　小鳥が挟まれました。雀が部屋に閉じ込められました。犬が震えて凍えています。男の子がその犬を入れてやらないで笑っています。

いたずらに動物をいじめてはいけません。
お前と同じように痛みを感じるのです。

e　お話の劇。子どもが氷の上で転んで泣いている。一人の男の子がその傍に立って笑っている。バタンとその子も倒れる。あ！とその子は思う。痛いのです。だから笑ってはいけません。

f　副読本として、ハイの雀と馬。

もんだな、これでは笑ふもんぢやない。

(f) 伴隨的教材として、「へーの雀と駒」の話をせよ。

八　麥の穂

大《おほ》むかし、まだ神様が地面《ぢめん》を歩《ある》いてゐらしツた頃には、土地《とち》の豊《みのり》のいいことは今とは比《くら》べものになりませんでした。その頃は、麥《むぎ》の穂《ほ》が五十か六十などといふことはなく、四百から五百ぐらゐついてゐたものです。それですから、麥《むぎ》の粒《つぶ》は下《した》の方《はう》から上《うへ》の方までべた一面莖《めんくき》にくツついてゐました。莖《くき》も長いかはりに穂《ほ》もそれはそれは長いものだつたのです。けれども、人間《にんげん》の常《つね》として、物《もの》がふんだんにあると、神様からいたゞくお惠《めぐみ》をさほど有りがたく思はなくなり、どうでもいいといふやうな輕《かる》はづみな氣分《きぶん》になるものです。

或る日のこと、一人の女が麥畠《むぎばたけ》のそばを通り過ぎました、幼《ちひさ》い子供が母親とならんでぴよん〳〵跳《は》ね歩《ある》いてをりましたが、それが水溜《みづたま》りへ落ちて着物をよごしました。すると、母親《ははおや》はみごとな麥《むぎ》の穂《ほ》をむしり取つて、それで子供の着物を拭《ふ》いてやりました。丁度《てうど》其處《そこ》をおとほりになつた神様がこれを御覧《ごらん》になツて、お怒《おこ》りになツて、『これからは麥《むぎ》の莖《くき》にはもう一切穂《さいほ》をつけてやらん。人間どもはこのさきは天《てん》國《ごく》の賜物《たまもの》を受ける價値《ねうち》が無い』と仰せになりました。周圍《まはり》にゐてこれを伺《うかゞ》ツた者たちは吃驚仰天《びッくりげうてん》してペツたり膝をついて、どうぞぽッちりばかり穂《ほ》を莖《くき》へ殘して置いてくださいますやうに。人間どもはさういふことをしていたゞく價値《ねうち》がございませんでも、さもなければ辜《つみ》もない鷄《にはとり》が餓死《ひぼし》になつてしまひますから、どうぞ鷄《とり》のためと思召《おぼしめ》して』と、しきりにお願ひいたしました。神様には、さきへ寄《よ》ってみんなの難《なん》儀《ぎ》をするのがよくおわかりですから、それを可哀《かはい》さうにおぼしめして、このお願《ねがひ》をお聴きとどけになりました。それで、麥《むぎ》の穂《ほ》は今のやうに上の方にだけは殘つてゐるのです。

第八　穀物の穂

Text: Grimm, Kinder und Hausmärchen Berlin, Wilh. Herz 1890.
Grosse Ausgabe: Ohne Bilder S. 484.

目的　なぜ、穀物の莖の尖《サキ》の方にばかり穂が出來るやうになつたか。

あなた方は、穂が、只、莖の上の方にばかり生長することを、よく知つておる筈である、何處で見ましたか（ドルンブルゲル町のそばの畠で）(Heimatliche anschauliche Vorstellungen heranziehen, bestimmt lokalisieren lassen!) 其様をいうて御覽、莖が、滑かで圓くつで、節で以てきりが付いてありました、そして、穀粒が、只穂のズッと上の方にばかりついてありました、そんなでなく、穂が莖の下から上まで一杯になつたらば、どんなによかつたらう、そしたら、農夫がどんなに澤山取り入れることが出來たつたらうに（Der Klassenausflug arbeitet diesem Märchen vor, so auch bei den übrigen.）穂が大きくつて、實がそれに一杯くつつけば、皆の人が澤山の粉を持つことが出來ませうし、パンもお菓子も、澤山出來るに違ひありませんね。其の上、吾々は小さい穂を以て、長い莖を計かつて見たら、大概の莖は、穂の二十倍も長がいでせう、しかるに、それ丈けの莖に、一杯、實がな

八「麦の穂」

（テクスト　グリム『子どもと家庭のメルヒェン』Berlin, Wilh. Herz 1890. 大版　挿絵なし。484頁。）

目標　どうして**麦は上の方しか穀粒がつかなくなったか。**

はい、皆さんは穀粒は上だけしか生えていないことを知っていますね。これは外ではっきりと見ましたね。どこで？（ドルンブルガー通りの畑で。）（故郷の具体的なイメージを引き合いに出させ、はっきりと地域化させること！）つまり？　茎は滑らかで丸く節で区切られています――でも穀粒はほんとうに上の方の穂の中にあるだけです。これは残念なことです。もし下から上まで全部穀粒が生えていたなら、はるかに多く取れるはずです。（クラスの遠足がこのメルヒェンの予習になる。他の場合も同様。）どうしてそれが好いことなのですか？　はい、もしそうなら小麦粉はもっと多く、パンもケーキも多いでしょう。私たちは小さな穂で長い茎を測りました。おおかたの茎は穂の二十倍でした――つまり、今より二十倍の穀粒があった筈です。それは**貧しい人たちに**本当に良いことだったでしょう。パンは二十分の一の安さで、きっと一ペニッヒで二ポンドのパンが手に入ったでしょう。

るとなれば、今よりも二十倍の實が取れる譯ですね、そして其れが貧民に對しては、非常な幸なことでありますね、なぜなら、パンが二十倍もやすくなり、一「ペンニー」で二磅に價するパンが得られる譯になりますから、實に、其通りです、昔、愛らしき神が、尚ほ地上に居らつしやる時分には、其通りであつたのです、其頃はソラー、大さうなもので、莖の下から上まで一杯に實がついて、其莖の長け丈け、穂が長がかつたのです、然らば、なぜ今はさうでないか、それは、曾て生活せる人間（昔の人）が悪かつたからです、其の人達は愛らしき神が、彼等にパンを餘る程下さることを、有り難く思つたゞらうかといふに、さうではなく、彼等は全く、そんなことを考へずに、無頓着に、粗末に思ふやうになりました。

或る一人の女が、丁度、吾々がドルンブルゲル町に行かうとすると、いつでも穀物の畠を通り過ぎると同じやうに、今お話したやうな、豊かに登《ミノ》つて居る畠を通りて、國道の方へ行きましたが、其時は、雨が降つて路が悪るかつたので、彼の女の子供が、傍にピン〳〵跳ねまはりながら歩いていつたもんですから、其處に、或る馬鹿らしいことが起つたといふのは、子供が、溜り水に落て着物が汚《ヨゴ》れたのです、すると母が抱き上げて、そして、どうしたかといふと、其子の着物を拭いてやらうと思つて、丁度、何も手に

まったくその通りです。はるか昔、まだ神様が地上を歩いておいでになった頃、そうだったのです。その頃、穀粒は茎の下から上までついていて、茎の長さだけ穂の長さがありました。でもどうしてそうではなくなったのですか？　それは、そのころ生きていた人間の責任です。でも、その人たちも神様がパンをあり余るほどプレゼントして下さったことを喜んでいたのではありませんか？　いいえ、その人たちは全然気がつかず、いい加減で軽はずみになっていました。

　ある日、一人の女がそんな風に豊に実った街道沿いの麦畑のところを歩いていました。ちょうど私たちがドルンブルガー通りの麦畑のところを通ったようにです。その前に雨が降っていました。それで道は汚れていました。女の人の横に子どもが跳びはねて歩いていましたので、いやなことが起きました。子どもが水溜りに入って服が汚れたのです。お母さんは子どもを引き上げて、それで？　子どもの服をきれいにしようと思いました。ちょうど手には何も持っていなかったのと、麦の穂の畑のところにいたので、お母さんが何を使ったのか、皆さんは知っていますね？　お母さんはすばらしい穂を一握り取って、それで子どもの服をきれいにしました。

　ちょうどその時、神様がその同じ麦畑を通りかかり、それをご覧になりました。それで？　神様は腹を立てました。神様は言われました、「これからは穀物は穂をつけないことにする。」

持つて居なかつたものですから、畠にいつて……皆さんは何を取つたか分りませう、マアー、見事な穗を、一摑みも引き抜いて、其れで以て着物を拭ふたといふことです。ところが、丁度、神様が其畠の處を御通り過ぎになつて、それを御覽になりましたから、神様はお憤《オコ》りなすつて、「これから、莖に一つの穗もつけてやらないぞ」と仰つしやいました、なぜでせうか、人間が、神様から下すつたものを、大切にしなかつたからです、けれども、女も男も總べて其周りに立つて居つた者共は、びつくりして「若し一粒の穀物をも、最早や下さらないとなると、吾々はどうなるだうか、吾々は、總べて餓死しなければならないだらう」と、そこで、彼等は皆跪づいて、神様にお願ひをして「愛らしき神様よ、幾らでも宜しうムいますから、莖に實を生《ナ》らして下さい」といひました、そうして、彼等は尙ほ附け加へていふのには、（たとひ、私共が穀物を戴く價のないものでありましても、どうぞ、罪の無い家禽のために、私共の願をきいてやつて下さい、さうでないと家禽まで餓死しなければならないのですから」といひました、さうして、愛らしき神様は？　其の成り行きを、大變氣の毒に御考へになりました、其處で、今、吾々が見る通り、莖の一部分に實がなるやうになりました、即ち、願ひ通り、上の方丈けに實をならして下さつたのです。

なぜですか？「人間たちは天の贈り物を受ける価値がない。」しかしその女と居あわせた人たちはそれを聞いて驚きました。穀物がなくなったら、どうなるのだろう？　みんな餓死しなければならない。そこでみんなは跪いて神様にお願いしました。神様。どうか茎に少なくともいくらかはつけて下さい！　そしてつけ加えました。たとえ私たちがそれに値しないとしても、何の罪もない牝鶏たちのために、そうして下さい。そうしなければ餓死しなければならないのです。それで神様は？　神様は起るはずの大変悲惨な状況のことを考え、気の毒に思われました。そしてどうなったかは、今、私たちのところに生えている茎を見れば分ります。神様は願いを聞き入れ、上の方だけ穂を残されました。

総括　愛らしき神様が、穀類を粗末にせし女を見給ひしこと。
神は人間から穀物を取り返へさうと思はれても、
さうはせずに、矢張り上の方に丈け残し置かれき。

第二階段

(b)　人間が、曾て神の賜を粗末にしたといふことは本統だらうか、さうですとも、神は、曾て、人間か其御蔭で餓えないことが出來るやうに、穀物を生長せしめ給ふたのです、けれども、曾ては？　彼等が、穀物を穢い處に蹈み付けたりなどして、そんなことが、殆んど毎日あつても、誰も何ともいふものがない位でありました。

第三階段

今日でも、そんな悪い事をする、子供がありますよ、パンを投げ棄てるとか、又は運動場の處に置きざりにすることが折々ある、これは神の賜を大切にしない悪い子ですね、それから、穀物の畠を駈けまはるとか、穀物の花や罌粟の花や、ラーデン草などを引き抜いて持ッて來る人もある、而かも、脚で以て蹈みにじッて、其れをめちゃ／＼にして仕舞ふものさへある、それから、又、穂を引き抜いて、それを投げ棄てるとか、又は撒き散らすとかするものもある。

まとめ　神様は女が穀物を大事にしないのをご覧になりました。
神様は人間から穀物を取り上げようとされました。
神様は穂を上に残されました。

Ⅱb　当時の人たちが神様の贈り物を大事にしなかったというのは本当ですか？　その通りです。神様は人間が飢えを凌ぐようにと穀物を生えさせたのです。しかし当時は？　当時の人はそれを踏みにじりましたが、これはいつものことでした、というのは周りにいた人たちは誰一人として何も言わなかったのです。

Ⅲ　今でもとても悪い行動をする子どもたちがいます。ここでパンをあちこち投げたり、席の下に放って置くような子どもたちのことです。この子どもたちも神様の贈り物を大事にしていません。それから、矢車菊や芥子や麦なでしこを取りに麦畑に走り――足で踏みにじって傷める子どもたちです。また、穂を引きちぎったり、投げ捨てたり撒き散らしたりする子どもたちです。

第四階段
吾々は、そんな眞似をしてはなりませんね、神様に戴いたものは、何時でも大切に思ッて居なければならない、どうして、大切だといふことを始終忘れないことが出來ますか、
(a) 吾々は愛らしき神様に、毎日願ふでせう、
　神よ、今日も吾々に日々のパンを與へ給へ。
(b) 吾々は又之がために考へる、
　總べて吾々の持てるものは、神の賜である、
　感謝せよ、食べ物に向ツても、飲み物に向ツても。
(c) 又、吾々は、次のことに氣を付けて用心しなければならぬ、
(d) 神が贈くる所のものは皆貴《ト》うときものなり。

第五階段
(a) 若し吾々が、一片のパンを見付けたときには、どうしたら宜からうか、小鳥が見付けるやうに、石の上に置きます、又は、魚や鶩などの爲めに貯へて置いて、其れをやります。
(b) それは、パン丈けで、さういふことをするのですか、いゝえ、總べて神様から戴いたものは貴《ト》うといものでありますどんな食べ物でも飲み物でも、唯其ればかりですか、外にどんなものがありませう、どうです、穀物など許

Ⅳ そのような行動はしないようにしましょう。いつも神様の贈り物を大事にしましょう。どうすればいいでしょうか？
a 神様に毎日お願いすること
毎日のパンを今日もお与え下さい！
b また、そのことを感謝すること
私たちが持っているものは、神様の贈り物です。
ゆえに食べ物と飲み物に対して神に感謝あれ！
c それを大事にし、護ること。
d **神が贈り給うた物は**
価値がある。

Ⅴa パン一切れを見つけたときはどんなことができるでしょうか？ 小鳥が見つけるように石の上に置く。魚や鴨のために拾い上げて与える。
b それはパンだけのことですか？ ちがいますか？ 神様の贈り物はすべて大切にするべきです。食べ物と飲み物すべてです。それだけではありません。そうではなくて？——穀物だけですか？ いいえ、生えているほかのすべてのものに対してもです。花、樹、藪。その例。
c 道にパンくず——

りですか、いゝえ、外の植物などもさうです、花とか木とか灌木とか、其他の例

(c) 道で、パン屑を見たらどうしますか、

(d) 人間が、新嘗祭をすることは、よいことでありませうか、

(e) 食前の祈禱、總てのもの、目は、主の上に待てり、主は、我々に時を誤たず食物を與へ給ひ、主は、手づから我等總ての生けるものが滿足して暮すことの出來るやうに、願を叶いさせ玉ふ、我等は誠を以て神に感謝するものなり。

(f) 愛らしき神についての詩片（神は子供に何をなし給ふか）

神は、父の如き手を以て、毎日のパンを與へ給ふ、

悲めるものはどこまでも助け玉ふ。

此お話で、小さい子供が、どうして其心配の場合を救はれましたか。

(g) 歌「我は疲れたり」

我、若し今日不正をなしたるとあらば、

愛らしき神よ、そを咎め給ふなかれ、

汝の愚かなる子なる吾々がなす所の、

有ゆる曲事を正し給へ。

愛らしき神は、また神の子なる我々人間が、爲した所の曲事をば正し給ふものなり。

---

d　人々が収穫感謝の祭りをするのは麗しい慣わしですか？

e　食卓の祈り。すべての目はあなたを待ち、あなたは彼らにしかるべき時に食物を与える。あなたは手を開き、そこに生きるものすべてを喜びで充たす。

f　神様の一句。（神が子どもになさること）父の手で子どもに毎日のパンを与えたまえ。子どもがどこにいようとも不安と困難から救いたまえ。

この話の小さな子どもを不安から救ったように救いたまえ。

g　歌の一節。私は疲れた——

今日私が正しくないことをしたのなら

神様、それを見ないで下さい。

あなたの愚かな子どもがした

すべての損害を償いたまえ。

そのように、神様はここでもなさいました。彼の子どもである人間が犯した損害を償いました。

h　でもなぜ神様は茎全体をまた穀粒いっぱいにしなかったのですか？　人間が神様の贈り物をもっと大切にすることを学ぶためです。過剰にあることは人間をまた傲慢にし軽率にするでしょうから。

(h) けれども、何故、神は、莖一杯に實を生《な》らして玉はらざりしか、人間が神の賜を、一層よく注意することを習ふ必要があるから、有り餘れば、また、奢つて輕忽にするから。

九　狼と狐

狼が狐を自分のうちへ置きました。狼がやらうと思つたことは、どんなこつても狐は爲《し》ないわけにいきませんでした。狐は、一番弱い獸《けだもの》だつたからです。それで、狐は此の御主人《ごしゆじん》と縁《えん》を切りたくつてしかたがありませんでした。ある時、かういふことがありました。狼と狐が、二匹で森をとほつて居りましたときに、狼が、『赤狐《あかぎつね》、何か喰《く》ふ物を持つて來い。持つて來なきや、手前《てめえ》を丸《まる》ツかぢりにしちまふぞ』と言つたのです。すると、狐は、『仔羊《こひつじ》の二つ三つゐる百姓家《ひやくせうや》を存じて居ります。思召《おぼしめし》があれば、一つ取ることに致しませう』と答へました。この話は、すつかり狼の御意《ぎよい》にかなひました。二匹はそこへ行きました。狐は仔羊を盗みだして、狼にあてがつて、自分はとつとと逃げてしまひました。狼はそれをぺろりと喰《た》べてしまひましたが、それだけではまだ物足りませんで、もう一匹のも欲《ほ》しいと思つて、取りに行きました。ところが、狼はやりかたが拙《まづ》かつたものですから、仔羊の阿母《おつか》さんがそれを見つけて、大騒ぎをしてなき立てましたので、百姓たちが駈けつけて來ました。百姓たちは狼を見つけて、ぽか〳〵撲りつけて、ぎうといふ目に遇はせましたので、狼は跛足《びつこ》を曳《ひ》いて、わう〳〵吠《ほ》えながら狐のゐるとこへ行きました。『手前《てめえ》、おれをえらく騙《だま》かしやがつたな。もう一匹の仔羊《こひつじ》を取らうと思《も》つたら、百姓めらがおれをとつ捉《つら》めえてぶん撲《なぐ》つたんで身體《からだ》がぐにや〳〵んなつちやつた』と、狼が言ひました。狐は、『あなたは、どうしてそんな底拔けの食辛棒《くひしんぼ》なんでせう』と答へました。

その翌日《あくるひ》、二匹はまた野原へ出ました。食辛棒《くひしんぼ》の狼は、またもや、『赤狐、何か食ふ物を持つて來い。持つて來なきや、手前《てめえ》を丸《まる》ツかぢりにする』と言ひました。すると、狐は、『わたくしが百姓家《ひやくせうや》を一軒存じて居ります。あの家《うち》で、おかみさんが今晩卵燒《たまごやき》を燒きます。あれを取つてやりませう』と答へました。二匹は出かけました。狐は家《うち》の周圍《まはり》をぐる〳〵廻つて、ちよい〳〵覗《のぞ》いて、鼻をふん〳〵やつてゐまし（ママ）が、とう〳〵お皿の在處《ありば》を探しだしました。それから卵焼を六つ引摺《ひきず》りおろして、狼のとこへ持つて來ました。『召上《めしやが》り物が出來ました』狐は狼にかう言つて、さつさと行つてしまひました。狼は、その卵焼を目瞬《めばたき》をする間《ま》にぐツぐツと鵜呑《うのみ》にしてしまひました、そして、『もつと食《く》ひたくなつた』と言つて、出かけてつて、いきなりお皿をまるごとぐツと、引摺《ひきず》りおろしましたので、お皿は粉々《こな〴〵》にこはれました。大變な音がしましたので、おかみさんが出て來ました。おかみさんは狼を見て、男どもを呼立《よびた》てました。男どもは、急いで出て來て、打《ぶ》つたも打《ぶ》つたも、いやつてえ程打《ぶ》ちのめしましたので、狐（ママ）は脚《あし》を二本跛《ちんば》にして、大きな聲をあげてをわう〳〵吠《な》きながら森へ逃げ込んで狐のゐるところへ行きました。『手前《てめえ》おれを飛んでもねえ騙《だま》しかたをしやがつたな』と、狼が怒鳴《どな》りました、『百姓めら、おれを取《と》ツつらめえて、皮《かは》の剝《む》ける程ぶつたたきやあがつた』狐は、『あなたは、どうしてそんな底拔けの食辛棒《くひしんぼ》なんでせう』と答へました。

三日目《みつかめ》に、二匹は揃《そろ》つて外へ出ました、狼は跛足《びつこ》曳《ひ》き曳きえんやらやつと歩いてるくせに、またもや、『赤狐、何か食《く》ふ物を持つて來《こ》い。持つて來なきや、手前《てめえ》をまるツかぢりにする』と言ひました。狐は、『ある男を存じて居ります、奴《やつこ》さん、だいぶ屠殺《ほふ》りましてね、鹽《しほ》漬《づけ》の肉が樽詰《たるづめ》になつて窖《あなぐら》にございまさ。あれを取つてやりませう』と答へました。『おれも直《すぐ》一緒に行くぞ、歩《ある》けなきや手前《てめえ》に手をかして貰ふんだから』と、狐（ママ）が言ひました。『どうとも宜《よろ》しいやうに』と、狐が言ひました。それから、狼に拔路《ぬけみち》やちよい〳〵した歩き路を教へて、そこを通《とほ》つてとう〳〵窖《あなぐら》の中へ辿《たど》り着きました。窖《あなぐら》にはこの時肉がうんとこしよとありました。狼はすぐにかぶりつきました、そしてお腹《なか》のなかで、『こいつあなか〳〵食《く》ひでがあるぞ』と思ひました。狐も舌鼓《したつづみ》を打つてお招伴《せうばん》しましたが、そこいらぢうを見まはして、それから、自分たちの忍込《しのびこ》んだ孔《あな》のとこへ幾度《いくたび》も幾度《いくたび》も行つて、自分のお腹《なか》の大《おほ》きさがその孔を通拔《とほりぬ》けられるぐらゐかどうか試《ため》し試《ため》ししてゐました。『狐君《きつねくん》、なんだつてそんなに彼方《あつち》へ駈けてつたり此方《こつち》へ駈けてつたり、孔《あな》から出たり入《はい》つたりしてるんだい？』と、狼が言ひました。『でも、やつて來《く》る者がありやしないか、見なきやなりませんや。あなた、あんまり召上《めしあが》り過ぎないやうになさいまし』と、狡猾者《づるや》が答へました。すると、狼は、『おれあ此の樽が空《から》ツぽになるまで退《ど》きやしねえ』と言ひました。そやつてるうちに、百姓が、狐の跳《は》ねまはる音を聞きつけて、窖《あなぐら》へやつて來ました。狐は、百姓の姿を見ると、ぴよんと一躍《ひととび》に孔《あな》の外へ跳びだしました。狼は後《あと》に續かうとしました。けれども、狼はあんまり食《た》べ過ぎてお腹《なか》が膨《ふく》れてゐたものですから、孔をもぐることが出來ず、胴體《からだ》が拔けなくなりました。そこへ百姓が棍棒を持つて來て、狼を打《ぶ》ち殺してしまひました。狐は森へ跳《と》んで歸つて、底抜けの食辛棒《くひしんぼう》のおぢいと縁《えん》が切れたのを喜びました。

第九　狼と狐

Text : Lesebuch S. 14. Grimm 215.
Präparation : Jnst 29. Hiemesch 56.

目的　狼が、狐に向つて「汝は余の僕になれ」と迫りしこと。

(1)　脅迫

何のために狼が僕を要するか、彼れは、自分で盗むのが嫌やだから、狐を使はうと思うに違ひありません、狐を？左様、狐は盗むことが上手ですから、（狐汝は鵞鳥を盗んだ云々の件）、けれども、狼は自分で喰はうと思ひましたが、中々大食者でありますから、大變澤山入用なのです、（六匹の子山羊と紅井帽子及びお婆さんを喰ひしとの件）どうして狼が狐を脅迫することが出來ましたらうか（强者ですから）狐は、其仕事を快よくつとめて居つたでせうか否、狐は、彼れの主人から如何にかして、逃げることが出來まいかと考へて居つたのです。

總括　狐が、彼れの主人の許を、逃げんと望みしこと。

九「狼と狐」

（テクスト　読本14頁。グリム215頁。
授業案　ユスト29頁。ヒーメッシュ56頁。）

目標　**狼が狐に無理強いをしたこと・・お前は俺の召使だ。**

第一編　**無理強いされて**

どんなとき狼は召使が必要ですか？きっと狼は自分では盗みをしたくないので、狐を行かせようとしたのです。狐を？　はい、狐は盗みのことを良く知っています（狐よ、お前は鵞鳥を盗んだな）。狼は自分が食べたかった、しかも沢山（六匹の子山羊、赤帽ちゃんとおばあさん。）狼はどうして狐に無理強い出来たのですか？（強いのです。）それは狐の気に入りましたか？いいえ、狐はどうすれば主人から逃げられるかと考えました。

まとめ　**狐は主人から逃げたかった。**

⑵　一匹の子山羊

或る時、森で、狼が「赤狐よ、食ふものを取つて來い」と言ひました、尚ほ、狐を威かして「取つて來ないと汝を喰ふぞ」と言ひました、狐は「私は二匹の子山羊が居る所の百姓の庭を知つて居りますから、あなたがお望みなら、私が一匹取つて來ませう」と言ひました。そこで狼は？　それがよい、そこで？　狐は出かけて、それを取つて來ました、が、誰が其れを食つたかといふと、狼です、狼は、何時だつて、狐に何物も呉れたことはないのです、さうして、狐は、別れてゆきました、

けれども、狼は、一匹位の羊の子を食つたところが、仕様がないでせう、實際、其れが十分でなかつたから、もつと欲しいと思つたけれども、モー、狐は居ないから、自分で行かなければならないことになりました、しかし、彼れは、一向賢くはなかつたから、強情にも廐の戸口へ駈けて行つて、手桶を打ち破はし、さうしてね、羊の母を蹈み倒しました、ところが、羊の母が怒つて、聲高か〳〵と叫びました、其れから？　其れを農夫が聞き付けてやつて來ました、それから？　農夫が狼を見るや否や、から竿を取つて、ウンといふ程、なぐり付けました、さうしたら、狼は一生懸命に逃げ出しました。

狐は遠くに居て、どんな事件が起つたかを、チヤンと見て

第二編　子羊

あるとき森の中で狼が言いました。赤狐よ、何か食い物を持ってこい。そして狐を脅しました。取ってこないとお前を食うぞ。狐は言いました。子羊が何頭も居る農場を知っています。（地域化すること！）よろしければ取りに行きましょう。するとと狼は？　満足しました。それで？　行きました。狐は？取ってきました。誰が食べましたか？　狼です、なぜならいつも狼は狐には何もやりませんから。それで狐は、逃げることにしました。

でも狼に子羊が一匹なんて！　そうです、それでは十分ではなかったのです。もっと欲しかったのです。そこで？　狐は逃げてしまっていたので、狼は自分で行かなくてはなりませんでした。でも狼はあんまり賢くなかったのです。納屋のドアに頭をぶつけ、バケツをひっくり返し、子羊の母親の脚を踏んづけました。それで？　母羊は大声で叫んで鳴きました。それで？それを農夫たちが聞いてやって来ました。それで？　農夫たちは狼を見つけると、からざおを取ってひどい目にあわせました。それから？　狼は走りに走って逃げました。

狐は何か起るだろうと、遠くから見ていました。狐は狼がびっこをひいているのを見ました。農夫たちが左の後ろ脚を殴って動かなくしたのです。狐は狼がひどく惨めに吠えるのを

居りましたら、狼が跛をひきながらやつて來ます、狐は、默つて見て居ると、狼は、「一躰、狐の奴が案内のしやうが悪いんだもの」と獨言を言ひながら、ウン〳〵唸つてやつて來ました、そして、狼は、狐に向つて「己れは、まだ、他の羊をさらつて來やうと思つたら、あの百姓めが、己れを不意に摑まへて、酷く己れをなぐつた」というて聞かせました、狐が狼の話を聽いて氣の毒に思つたでせうな、イ、エ、心の中では「汝のやうな大食者もないもんだな」と嘲つて居つたでせう。

總括　狐が子山羊を捕へんとせしこと。

(3)　麵包

或時、狼と狐とが、田圃に行きましたが、狼は、例の通り「赤狐よ、己れに食ふ物を持つて來い、さうでないなら汝を食ふぞ」と言ひました、ところが、狐は一人の女が、パンを焼いて居るところ、即ちパン屋を知つて居りましたから、狐は、狼に其事をいふたのです、そこで、どうしたらうか、彼等は、二人で行きました、サー、どうして、麵包のある大きな盤《サヲ》を見付たかといふと、狐が、家の方に潜んで行つて覗いてからに、それを見付けるまで嗅きまはりました、それから、どうしたかといふと、彼れは、窓へ伸びあがつて、十分用心しながら、前足を以て、一つつゞ下に

聞きました。お前は俺を見事にだましたな。狼は狐に言いました。もう一匹子羊が欲しかったのだが、農夫たちが俺をひっとらえて殺さんばかりに殴った。狐は狼に正しく対応しましたか。いいえ、あなたはなんて大食漢なんでしょうね。

まとめ　**狼は子羊を盗ってこようとする。**

第三編　**パンケーキ**

またあるとき、彼らは野原にいましたが、また同じようなことが起りました。狼が言いました、赤狐よ、何か食べるものを持ってこい。さもないとお前を食うぞ。狐は一軒のパン屋を知っていました。（地域化すること！）そこで一人の女がパンケーキを焼きました。狐はそのことを狼に言いました。どんな風に？　それから？　それから二人はまた出かけて行きました。でもどうやってパンケーキのお皿を見つけようというのですか？　狐は家の周りをそっと歩き回り、ながいこと覗いたり嗅いだりして、とうとう見つけました。それで？　それから狐は

引き出しました、さうして、パンが六つ丈けたまつた時に、狼の處に駈けて行つて、「はい、お上りなさい」と、狼に差し出しました、さうすると、狼が一度に嚥み下して仕舞ひました、狐は默つて、自分の道をさつさと別れて行つたのです。

この先き、どうなるかあなた方が考へることが出來ませう、狼は、それで滿足が出來なかつたから、「パンはあと口が、よいなあ」というて居りましたが、例によりて、不器用な性《タチ》ですから、兩方の前脚《マヘアシ》で以て盲探しに探しました、ところで、何が起ッたかと云うと、パンの入れてある、大盤が、ガチンドーンといふまゝ、ひどい響をして落ちて破れ砕けました、そこで、どうなつたか、其處に、女が來て「早くいらッしやい、みんな早くよ、早くよ、こゝに狼が居ます」と呼びました、すると、彼等が集つて來て、狼を打ちました、其の時は手當り次第の物具を以てやつたのですから（混棒もあれば、ステッキもあれば、熊手もあれば色々でした）

　さうして、狼が再び森へ來た時には、最早や跛どころでなく、右の前脚は全く役に立たなくなりました、さうして、丁度前の通り、狼が吠えて、これは狐が悪いんだといつては罪を狐に負はして「汝は、己れの案内するのが拙いから、百姓共が、己れを不意に摑へて強く打つたのであ

窓のところに身を屈め、前脚で用心深く、一つまた一つと引き落としました。そうやって六個とも盗ってしまうと？　狐は狼のところへ走って持って行きました。「食べ物です！」　すると狼は？　一度に全部のみ込んでしまいました。すると狐は？　どこかへ行きました。

　そしてどうなったか、皆さんは考えることが出来ますね。狼は満足できず、言いました。旨くてもっと食べたくなるな。狼は今度もへまをして二本の前脚で手探りをしました。すると何が起きたでしょう？　お皿が下にどしんと落ちて、大きな音を立てて粉々に砕けました。それから？　すると女がやってきて叫びました。みんな、来て、来て、狼がいる！　それで？　みんなやってきて、道具（棍棒、杖、熊手とか、たまたま手に持っていたもの）がもつ限り狼を殴りました。狼は森へ戻るとき、前よりももっとびっこを曳いていました。右の前脚が打たれて動かなくなっていました。そしてまた前とまったく同じことでした。狼は吠え、狐に責任を押しつけて言いました。お前は俺をこっぴどくだましたな。農夫たちは俺をひっとらえ、皮をなめしてくれたわい。すると狐はまた答えました。どうしてあなたはそんなに大食漢なんですか。

る」と言ひました。狐は、前の通り答ひて「どうして、汝は其様に喰ひたがるだらう、困りましたね」と言ひました。

總括　狐が、パン菓子を食はんと思ひしこと。

(4)　逃亡

三度目に、彼等が市の城郭の邊に居つた時に、狼が、又例の通り「赤狐よ、己れに食ひ物を持つて來い、さうでないと汝を食ふぞ」と言ひました、然るに、狐は、屠肉者が、どうして肉を鹽漬にして貯へ置くかを觀察したことがあッたが、彼れは、屠殺してから、肉を樽の中に鹽漬にして、それを窖の中に運びましたから、狐は、そこで、彼れの主人なる狼に向つて、「私は一人でやッて行ッて汝に持つて來て上げませう」と言ひました、ところが、狼がきかないで「己れも一緒に行かう、若し、己れが逃げることが出來なかつたら、汝が、己れをたすけて吳れい」といふから、狐は已むを得ず之に從ひました、さうして狐は、狼に、窖に行く近か路を示し、暗い處を通ッて、愈々窖の中に來ました、さうして、彼等が、そこで、何を見出したらうか、勿論、其處に見出したのは、一杯に詰まッて居る鹽漬の樽です、そこで、狼は其れに近寄つて言つた「己れが、やめるまで默ッて待ッて居れよ」と、けれども、此度は、肉が

まとめ　狼はパンケーキを盗ってこようとする。

第四編　逃げた

三度目は町の外壁のところにいたときでした。（地域化すること！）狼がまた言いました。赤狐よ、何か食うものを持ってこい、さもないとお前を食うぞ。狐は一人の肉屋を知っていて、塩漬け肉を作るのを見ていました。豚を屠り、肉を樽に塩漬けにして地下室に運びました。そこで狐は主人に何と言いましたか？　つけ加えて言いました。一人で行ってあなたに持ってきます。でも狼はそれは嫌でした。俺はお前と今すぐ一緒に行く。俺が逃げられないときに俺を助けるのだぞ。そうです、狐はそうしなければなりませんでした。そして狐は狼に地下室に行く抜け道や行き方を教え、市の外壁のところを歩き、暗い通路を通って外壁のほんとに小さな穴から地下室に入りました。そこに何を見つけましたか？　樽にぎっしり塩漬け肉が上まで詰まっていました。それで狼は？　すぐとりついて言いました。食い終わるまで時間がかかるぞ。今度は肉があり余るほどあったので狐も一緒に食べました。でも時々じっとして耳を尖

餘り過ぎる程あるから、狐も、亦一緒に食ひました、それでも、狐は用心がよいから、折々佇立して、耳を欹て丶顧《ミ》望《マハ》し、さうして、始終もと這入つて來た穴を這ひ歩いて、見廻つて居ります、これは狐が、若しや、尚ほ彼れが、其れを通つて行くことが出來るか、どうかを見屆けるためであります、そこで、狼が「愛らしき狐よ、なぜ、汝は、そんなに、彼方此方に駈け廻り、出たり、這入つたり、内外に跳《ハ》ね廻るか」と云ひました、狐が、「私は若し、誰かゞ來ないかといふことを見なければなりませんから、そんなに澤山食ふことばかりしないで此のやうに見廻るのです」、狼「已れなんどは、樽が空になるまで止めるもんぢやないぞ」然るに、肉屋は、狐が跳ね廻る音を聞きつけて、ハテ變だと思ツたから、「何事が起ッたか、一度行ツて見なければならない」と思ひました、そして？　彼れが彼れの提灯をつけて、窖の中にやつて來て見たら、そこで、狼と狐とが腹一杯、肉を食ツて居る所ですから、肉屋は、すかさず、一ツの棍棒をおッ取つて、彼等を打ち殺さうと思ひました、けれども、狐は、素早くも穴を通して、外の方へ、ピユーといふま丶、逃げて出て仕舞ひました、狼は？　狐のあとに付いて行きましたが、あんまり腹一杯食ツたもんだから、腹が膨れて速く駈けられないために、穴の中に蹈み止まッて、うろ〱して居ました、そこで、

らせました。誰か来るのではないかと聞き耳を立てていたのです。そして時折自分たちが潜り抜けてきた穴を這って通り抜けました。何のために？　まだ通り抜けられるかどうか調べようとしたのです。そこで狼が聞きました。狐よ、どうしてお前はあちこち走り回って出たり入ったりしているのかね？　狐は言いました。誰か来ないか見ておかなくてはいけませんからね。そんなにたくさん食べないで下さい。それでも狼は言いました。樽が空になるまで止めないぞ。しかし肉屋は狐が跳びはねる騒がしい音を耳にしました。そして考えたのは？　何が起ったか見てこなくてはいけない。そして？　肉屋が灯りを持ってやって来て、狼と狐が肉に取り付いているのを見ました。そこで肉屋は棍棒を持ちました。そして打ちかかろうとしました。ところが狐は？　穴から飛び出して外へ出ました。狼は？　その後を追いました。でも当然のことですが、あんなにたくさん食べなければ良かったのです。狼は太くなりすぎていたので、穴に支えてしまいました。それで肉屋は？　肉屋はそんな悪者をどうするのかとっくに知っていました。彼は狼を打ち殺しました。でも狐は涙一つこぼしませんでした。あの大食漢のじいさんから解放されて嬉しいね！

肉屋は？　肉屋は、こんな悪漢《ワルモノ》はどう處分して、宜しいものであるか、チャンと知ツて居ますから、狼を打ち殺したのです、けれども、狐は、チツとも涙なんかを流さないで「ア、氣味がよいな、大食者が失せやがツた」と言ひました。

總括　狐が狼に別れしこと。

第二階段

(b)　あなた方が、なぜ、狐が氣味がよいといつたか、わかりますか、實際自分の主人が死んだのに、却ツて喜んだわけは、どういふわけです。

狼は、悪い主人であツたからです、狼の爲めには、狐は、どんなつらいことでもしなければならなかツたのです、（例へば……）そのくせ、狼は、狐に對して、一向其報いをしなかツたのです。

加之《オマケニ》何かいけないことが、ちつとでもあれば、其罪を、狐ばツかりに負はせるです、そして、狐は、いつでも、狼の前では、畏まりきつて居なければならなかつたのです、それだから、狼の死んだのは、狐に取つては、寧ろ嬉しいことであつたでせう。

第三階段

牡雞と牝雞とが、がや〳〵と、逃げて出かける音を聞いた

まとめ　**狐は狼から解放された。**

Ⅱb　**皆さんは私に言うことが出来ますね：なぜ狐は主人から解放されて本当に嬉しかったのでしょうか？**

狼は悪い主人でした。狐は主人のためにどんなことでもしなければなりませんでした（つまり？）、でも報酬は貰えませんでした。何かまずいことをすると狼は狐に責任を取らせました、怖れないわけには行きません。ですから解放されて嬉しかったのでしょう。

Ⅲ　同じように牡鶏と牝鶏が騒がしく去っていくのを聞いたとき、鴨も嬉しくて、すぐ逃げました。彼らは冷酷で、鴨に無

時、鷲が矢つ張り嬉しがつて、獨りで、雀躍《コオドリ》して、早速逃げたのでしたね、これも矢張り、牝雞が残酷な性質で、鷲を無理に使ひ廻はしたからです。

第四階段

(a) 僕は主人の鏡ぞかし

忠實なる主人には忠實なる僕あり。

(b) 弱いものをいぢむるな。

なぜ、狼が、そんなに多く、棍棒で打たれたのでせうか。狼は、實に他人の言ふことを聞かずに、我儘放題をする丈で、ちつとも善いものにならうなどゝいふ考がないからです、狐は、「なぜ、あなたが、そんなに食物を貪りますか、お止しなさい」というても、狼は、ちつとも聞きはしないのです、こんなに、狼が、食物を貪るとは、そら、何時かお話した「山羊を喰つた狼」でも、又「紅井帽子とお婆さんとを呑んで仕舞つた狼」でも、皆其通りでありましたでせう、又無頼漢のお話も、之と同じやうでありましたね。

(c) きかぬものは觸れねばならぬ（人の言ふことを用ひぬものは、打たるゝか、縛らるゝか、なにか、身體上の苦痛を感ぜねばならぬとの意）狼は、實際、貪食者でありましたか、さうですとも、一匹の子山羊位では、彼れに十分ではありませんでした、又、六つのパンでも駄目でありました、そし

理やり仕事をさせました。

Ⅳ a 主人があるように、下男もある。

誠実な主人、誠実な下男。

b **弱い人を抑圧してはいけません。**

どうして狼はそんなに叩かれなければならなかったのでしょうか？ そうです、狼は人の言うことを聞かず、自分を改めようとはしませんでした。「どうしてあなたはそんなに大食漢なんですか」と狐は言いました。でも狼はそれを聞き入れようとはしませんでした。これと同じなのは山羊を食べた狼、赤帽ちゃんとおばあさんを食べた狼、また、ならず者たちです。

c **人の言うことを聞こうとしない人は、体で感じなければなりません。**

そして狼は本当に大食漢だったのでしょうか？ 確かにそうです。子羊一匹では十分ではありませんでした。パンケーキ六個も取るに足らず、肉の樽のところでも言いました。「食べ終わるには時間がかかるぞ」そして「樽が空になるまで帰らないぞ。」そして、そんなことをした人たちがなるように、狼もひどいことになりました。

牝鶏も一度では十分食べることが出来なくて、そのため破滅しなければなりませんでした。そうです、その通りです。

て、肉を入れた樽を見ては、「己れが止めるまで待つて居れ」とか、「此樽が空になるまでは止めないぞ」とか言ひました。さうして、世間でそんな悪るいことをするものが、後になつて災を受けるやうに、矢張り同じく災を受けました、牝雞も、亦、曾て貪食して、其のために死なねばならなかつたのです、さうして見れば、次の言は如何にも眞理《ホントー》でありますね。

(d)　過ごすは不健全の本なり。

さうして、吾々は、此二人の悪い仲間に就いて、次のやうなことをよく〳〵注意して居らねばなりません。

決して僞つてはならぬ。

第五階段

(a)　曾て「不正をなすものよりは、不正を受くるものは寧ろ優れり」といふことを學びましたね、其の言は、今の話に合つて居ますか、否、何故《ナゼ》なら、狐は不正を受けたものには違ありませぬ、けれども、矢張り泥棒主人の言ふことを聞いて、不正をなしたものでありますから。

(b)　「悪事をなさゞるものに、災の來ることなし」といへる言は如何、實に、此言の通りであります、狼を見れば直《ス》ぐ分ります。

(c)　「欺《ダマ》さるゝな」は如何、慥に、狐の上に適合して居ります、さうして、此の事は悪るい子供が、汝を欺くときなど

---

d　**食べすぎは不健康です。**

さらに注目しなければいけないことは、二人の悪い仲間がそうであったことですが、

汝、嘘をつくなかれ。

Ⅴa　不正をするよりは、不正に苦しむ方がいいということは、私たちの話にあてはまりますか？　いいえ。なぜなら狐は確かに不正に苦しみましたが、泥棒の主人の言うことを聞いて、不正をしました。

b　悪いことをするな。そうすれば何も悪いことはおこらない？　もちろん、狼にも起りませんでした。

c　誘惑されてはいけません？　確かにそうです。狐にも当てはまります。

そして、君を悪い少年たちが誘ったら？　いいえ。なぜなら狼は誘ったのではなく、無理強いしたのです。

d　節度を守るということはすべてに役立ちます。きっと狼

と同じですか、否、狼は欺いたのではなく、無理に迫ったのでありますから。

(d)「足るを知るは萬事に必要なり」之も、狼のことに、慥に、適合します。

(e)「よき仲間は、たとひ、不幸に逢ふも、他を見捨てざるものなり」狐が、狼を見捨て丶仕舞ひました、彼等は、實に決して仲善き友達ではなかったのです、狼が、狐を無理に使つて居つたに過ぎないのです。

(f)「きかぬものは觸れねばならず」といふ言は、あなた方が既に聞いたことがありますか、然り、氷滑りに行くときに、お母さんが戒めて下さツたことがあります、又不作法をした時は、お父さんが罰を以て威されて、さう仰ツしやいました、若し、子供が學校で習ツたこと、例へば「節制せよ」とかいふやうなことを、氣をつけて守らなかツたら、どうでせう。

(g)「弱き友達をいぢむるな」「おい、貴様本を持ツて來い」といふやうに、他人を使ツてはなりませんね、其他、なんでもさうです、「持ツて來てお呉れ」など丶、無理に頼んではならないです。

(h) ヘルツの「狐と鷲」の話、

(i) 演戯、窖の中は暗いね、どうして窖は暗いだらう、そこに、お天道様や、お月さまの光が、さし込むことが出來る

にも。

e　良い仲間は不幸なときに捨ててはいけません。狐も狼を捨ててはいけませんでした。彼らは仲間ではなかったのですね。狼は狐に無理強いしたのでした。

f　もう判りましたね。言うことを聞かない人は、体で感じなければいけないのでしたね？　そうですとも。お母さんが道が凍ったときに用心するように注意するとき。腕白をするとお父さんが罰を与えると警告するとき。少年が学校で習ったこと、例えば節度を守るということに注意を払わないとき。

g　弱い仲間を脅かしてはいけません。仕えさせて本を運ばせたりしてはいけません。なにか取りにいってこいなどと無理強いしてはいけません。

h　ヘルツ社版グリムのメルヒェンの狐と鴨。（中山註。「狼と七匹の子山羊」註参照。）

i　劇。地下室で。地下室は暗い。地下室はどんなに暗いでしょう。太陽も月も差し込みますか？（知りたいと思うなら、地下室の窓の鎧戸のように、目の前に手を置くのです。閉じて！　閉じて！　閉じて！

k　盗んではいけません！　良い子どもは盗まないでしょう？　盗み食いをしますか？　嘘をつくものは盗む。盗むものは嘘をつく。例。

だらうか、（若し、あなたが、其れが何故だか知りたいならば、あなたは、彼の窖の窓の扉のやうに、目の前に手を翳しなさい）さあ、宜うございますか、閉ぢよ、閉ぢよ、閉ぢよ。

(k)「盗むな」善き子供は、どーしても、物を盗むなど〵いふことはないでせうか、盗み食ひなどをしますか、しませぬか、盗むやうな人は僞る　僞るやうな人は盗む、其例、

十　ブレーメンのお抱へ樂隊

ある男が驢馬《ろば》を一匹持つてゐました。その驢馬はもう永年袋《ながねんふくろ》を脊負《しよ》つては、厭《いや》な顔一つせず製粉場《こなひきば》へ通《かよ》つたものでしたが、さすがにいよいよ力が盡きて、だんだん仕事の役に立たないやうになりました。そこで、主人はこの驢馬に餌《え》をやるのはよさうと考へました。ところが、驢馬の方でも風向《かざむき》の良くないのを氣《け》どつて逐電《ちくでん》を致し、ブレーメンへ向つてとことこ出かけました。あすこへ往《ゆ》きや、市《まち》の常傭《じやうやとひ》の樂《がく》隊《たい》になれるかも知れない、と、驢馬は考へたのです。少時《すこし》歩いてゆきますと、往來に獵犬《かりいぬ》が一匹ころがつてるのを見つけました。獵犬は、駈けずり廻つてへとへとに疲れでもしたやうに、口をぱくぱくあいて、はあはあ云つてました。『どうした！　何《なん》でそんなにはあはあ言つてるんだい？「それ行《い》け」の大將！』と、驢馬が訊《たづ》ねました『おうさ、わしも齢《とし》をとつてな、體《からだ》は日増しに弱くなる、それで獵《れう》に出ても昔のやうにや駈《か》けられないもんだで、わしの主人はわしをぶち殺そうとしたもんぢや。殺されちや堪《たま》らんから、風《かぜ》をくらつて逃げはしたものの、さて、何をして飯《めし》を食《く》つたら好《い》いものやら』と、獵犬が言ひました。『物は相談だ。どうだい。おれはブレーメンへ往つて樂隊になるんだ。一緒に行つて、貴公も樂隊へ入《はい》んな。おれは琵琶《びわ》を彈く、貴公は銅《あか》の太皷《たいこ》を打ちなせえ』と、驢馬が言ひました。犬は承知しました、そして二匹は歩きだしました。すると間もなく、猫が一匹路傍《みちばた》に坐つてて、三日も雨に遇つたやうな顔をして居りました。『どうし

た！おい。何かどうかしたのかい、髯《ひげ》（ママ）のめかしやの婆さん！』と、驢馬が言ひました。『笠の臺が飛ばうつてえときに、誰が呑氣《のんき》でゐられるかい。あたしはね、もう齢《とし》をとつてね、齒は丸《まる》んぼうになる、鼠を追かけるよりストーヴの背後《うしろ》でごろごろ言つてる方が氣樂んなつたので、おかみさんがあたしに水雜炊《みづざうすゐ》をたべさせようとしたのさ。そりや、あたしも逃げるには逃げたがね、何處《どこ》へ行つたもんだらうか、うまい智惠《ちえ》がなくつて困つてるのさ』と、猫が答へました。『おれたちと一緒にブレーメンへ行《い》けや。お前は、ごろにやーお、ごろにやーお、ツて夜《よる》鳴くのが巧《うめ》えぢやねえか。お前は市《まち》の常傭《じやうやとひ》の樂隊になれるよ』猫は成るほどと思ひまして、一緒に行きました。やがて、三匹の脱走組は或る家《うち》の構《かまへ》そとを通りかかりますと、門の上に牡鷄《をんどり》がとまつて、胸が裂けさうな聲を出して鳴いてゐました。『骨《ほね》の髓《ずゐ》まで沁《し》みわたるやうな聲をしやがる何がどうしたんだい？』と、驢馬が言ひました『天氣は上等だつて知らせたのよ。聖母マリア様の日でな、マリア様がキリスト坊《ぼつ》ちやまのお襦袢《じゆばん》を何枚《なんまい》も洗濯なすつて、そいつを乾《かわ》かしなさらうつてえんだからな。ところが、明日《あす》は日曜で客が來るつて譯《わけ》で、おかみさんは情用捨《なさけようしや》もありやしねえ、明日《あす》はおれを肉汁《スープ》へ入れて食《く》つちまふんだつて、料理番の女に話してた。今夜はおれの首をちよん切らうつて寸法さね。だから、おれあ鳴けるうちに一生懸命《いツしよけめ》に鳴いとくのさ』と、牡鷄《をんどり》が言ひました。『馬鹿吐《こ》け、紅《あか》あたま』と、驢馬が言ひました、『それよか、おれ達と一緒に行きな。おれ達あブレーメンへ往くんだ。死ぬよりか氣の利いたこたあ何處行つたつてあらあな。貴公は良い聲を持つてる。おれたちが一緒んなつて音樂をやりや、異《おつ》なもんが出來るぞや』牡鷄は、なるほど面白いことを言出したものだと思ひました。それで、四匹揃つて出かけました。

ブレーメン市へは、一日《にち》では行かれませんでした。一同《みんな》は日が暮れてから森へ入《はい》りまして、そこで夜を過す事にしました。驢馬と犬はとある大木《たいぼく》の下へごろりと寢ました。猫と牡鷄は大枝《おほえだ》の繁みへ入込《はいりこ》みました、牡鷄は一番の天邊《てつぺん》まで飛上りました。ここは牡鷄には一番安心の出來る所なのです。牡鷄は寢《ね》る前にもう一度《ど》四方八方を見廻はしました。さうしますと、遠くの方に豆のやうな火の燃えてるのが見えるやうな氣がしました。それで、仲間《なかま》のものに聲をかけて、大《たい》して遠くない處《とこ》に家《うち》があるにちがひない、火光《あかり》がある、と言ひました。それと聞いて、驢馬が、『そんなら、もう一奮發《ひとふんばつ》でかけることにしようぜ、此處《こゝ》ぢや宿泊《とまり》が下等だわい』と言ひました。犬は、骨の二三本もあつて、それに肉が些《ちつと》でもくツついてりや占めたもんだと思ひました。こんなわけで、一同《みんな》は火光《あかり》のある方へ向つて出かけました。すると、間もなく、火光《あかり》が以前《まへ》よりも明るくきらめくのが見えました。そのうちに火光《あかり》は段々大きくなつて、一同はとうとう燈火《あかり》のかんかんついてる强盜の棲家《すみか》の前へ出ました。驢馬は、一番巨大漢《でかぶつ》ですから、窓へ近寄つて裡《なか》を覗《のぞ》きました。『何が見える？　おい、お爺《ぢい》！』と、牡鷄が訊《き》いてみました。『見えるにもなんにも』と、驢馬が答へました、『御馳走の載《の》つてる食卓《おぜん》が見える、食ふ物も飲む物もみごとだわい。强盗めらがその食卓《ぜん》へぶツ坐《つわ》つて、太平樂《たいへいらく》をならべてやがる』『せしめてやりてえもんだ』と、牡鶏が言ひました。『さうとも、さうとも、彼處へ行きてえもんだわい』と、驢馬が言ひました。そこで動物たちは、强盗共を追拂ふにはどうしたら好からうかと相談をしました。そして、種々《いろ〳〵》相談の揚句、かうやれば好からうといふことを一つ案出《かんがへだ》しました。驢馬は、前股《まへあし》を窓へかけました。犬は驢馬の背中へ跳上《とびあが》りました、猫は犬の上へ攀《よ》ぢのぼりました、それから一番最後《しまひ》に牡鶏が飛上つて、猫の頭《あたま》の上へとまりました。これだけの用意が出來ますと、一同は合圖に從つて、一《いち》どきに音樂をやりだしました。驢馬は破鐘《われがね》のやうな聲を出しました。犬はわんわん吠《ほ》えました、猫はにやあにやあ啼きました、それから牡鶏は塒《とき》をつくりました。さうして置いて、一同は窓から窓硝子《まどガラス》をがらがら打《ぶ》ちこはして室《へや》の裡《なか》へ跳込みました。强盗どもは、怖ろしい叫喚聲《さけびごゑ》を聞いてとびあがりました、そして、何れ怪物《ばけもの》が入《はい》つて來たにちがひないと思つて、震《ふる》え上つて外《そと》へとびだしざま、森の中へ逃込んでしまひました。そこで、四匹の連中は食卓《おぜん》へ座りました、食べ物は殘り物で我慢して置きました。けれども、みんなの食《た》べたことは、これから一月《ひとつき》も食べずにゐでもするやうな有樣でした。

四匹の樂隊は、食事をしまふと、燈火《あかり》を消して、自分たちの寢場所《ねばしよ》を探しました。各自《めい〳〵》自分の天性《うまれつき》に從ひ、それに工合のいい處を探したのでした。驢馬は堆肥《たいひ》の上へ、犬は戶のうしろへ、猫は竈《かまど》の上の暖い灰のなかへごろりと横になりました。それから、牡鶏は上梁《うつばり》の上へとまりました。そして、みんな遠道《とほみち》をして、草疲《くたび》れてゐたものですから、間もなくぐつすり寢込んでしまひました。眞夜中過ぎてから、强盗どもは、家《うち》のなかにもう燈火《あかり》が點《つ》いてゐず、ひつそり閑《かん》としてゐる樣子を遠くの方から見て、『おれたちが、物に怯《おび》えて遁げたとあつては一分《ぶん》が立たねえ』と、お頭《かしら》が言ひました。そして下手《てした》を一人やつて、家《うち》を搜索《さぐ》つて來いと吩咐《いひつ》けました。その手下は、來て見ますと、何處《どこ》も彼處《かしこ》もひつそり閑《かん》としてゐましたので、臺所へ往つて燈火《あかり》を點けようとしました。そして、火の燃えてるやうな猫の眼玉を火のついてる炭だと思つたものですから、火を呼ぶつもりで、その眼玉へ燐寸《マッチ》を押《おつ》けました。ところが、猫はあいにく融通が利きませんで、强盗の顔へ跳《と》びついて、ふあーツと言つて引搔《ひつか》きました。强盗は吃驚《びつくり》仰天して逃げだし、裏口から外へ跳出《とびだ》さうとしました。すると、そこに寢轉《ねころ》んでた犬が跳起《とびお》きて、强盗の脚へ啖《くら》ひつきました。それから庭を通《とほ》つて堆肥《たいひ》の傍《わき》を駈け脫《ぬ》けますと、驢馬《ろば》が、後肢《あとあし》でいやつてえ程强盗を蹴飛《けつと》ばしました。それに牡鶏はこの騷ぎに寢てゐるとこを起されて、しやツきりしてゐまして、上梁《うつばり》の上から、『キツケリキー』と怒鳴りました。强盗は、一目散にお頭《かしら》のところへ駈けて歸つて、『はてさて、あの家《うち》のなかには物凄い妖婆《えうば》が居りまする。そやつがわたくしに、ふあーッと息を吹掛《ふっか》け、長い指でわたくしの顔をばら掻《が》きに致しました。それから、戸の前には小刀を持つた男が立つて居りまして、わたくしの脚を突きさしました。それから、庭には眞黑《まっくろ》な爲躰《えたい》の知れないものが寝てをりまして、木の棍棒でわたくしに打つてかかりました。それから又、上には、屋根の上に裁判《さばき》をする奴《やつ》が居りまして、そやつが、その悪黨をおれのとこへ引張つて來い、と怒鳴りました。いやもう、わたくしは呆呆《ほう〳〵》の態《てい》で逃げてまゐりました』と言ひました。それからといふものは、强盗どもはもう重ねてその家《うち》へ入《はい》る勇氣がありませんでした。それから又、四匹のブレーメンの樂隊たちには、この家《うち》が大變氣に入りましたので、二度《ど》と再び外へ出ることはしませんでした。

この話はね、つひこの間《あひだ》も、その連中を見て來たばかりの人から聞きましたよ。

第十　ブレーメンの市街音樂家

Text : Lesebuch 27. Grimm 82.
Präparation : Just 41. Hiemesch 60.
Bilder : Grimm–Vogel 106. Deutscher Bilderbogen von Weise 207.

(1)　計畫

目的　四匹の動物が市街音樂者にならうと思ひしこと。

あなた方は、既に森の中の音樂者を知つて居ませう、即ち、鶫とかつくみとか鶯とか、掠鳥のやうな小鳥が、それでありますね、さうして、啄木鳥は大鼓を敲いて居りますね、又平野の音樂者がある、雲雀、蟋蟀、甲蟲蜂、穴蜂の

十「ブレーメンの音楽隊」

（テクスト　読本27頁。グリム82頁。
授業案　ユスト41頁。ヒーメッシュ60頁。
絵　グリム–フォーゲル109頁。ヴァイゼのドイツ一枚絵207番。ミュンヒェン一枚絵1065番。
資料梗概　Mat. zur spez. Didaktik. * §66. §162.）（中山註。Pädagogik ではないかと思われる。§66, §162は Pädagogik に該当している。「雌鶏の死」の中山註参照。）

第一編　計画

目標　**町の音楽家になろうとした動物たちについて。**

森の音楽家についてはもう知っていますね。小鳥たち、クロウタ鳥、鶫、アトリにホシ椋鳥。それから太鼓を叩く啄木鳥。野の音楽家もいます。ヒバリ、蟋蟀、甲虫、蜜蜂にマルハナ

やうなものがそれであります、さうして、池では、又、屢〻、音樂會を聞くことがあります、即ち、蛙の音樂會がそれでありますね、さー、それならば、市街音樂家とは何でせうか、まあー、氣を付けて御聞きなさい。

(a) 廐戸に於ける驢馬、(1)始めに、驢馬が一匹居りました、驢馬は一躰どんな仕事をしますかね（荷物を背負つたり、車を曳いたりします）さやう、ところが其驢馬は、餘り年寄つて仕舞ひました（荷物の下に、すくまつて仕舞ひ、車をも曳くことが出來ませぬ）(2)それでも、主人は、矢張り、驢馬を養つて置かなければなりません、（其れが困るから、食物を遣るまいと思ひました）(3)驢馬は、其れを聞いてどうしましたか、（中々うまいことを考へたのです、私は、市街音樂家にならう、其の方が、そんなに骨が折れない）私は、私の機械をちやんと持つて居る（私の聲）さうして中々うまく響くぞ（ヤー、イーアー、ヤー）そこで、彼れは愈〻出立して、ドルンビルゲル街を通つて、ブレーメンの方に行きました。

(b) 山路に於ける獵犬 (1)途中で、驢馬は、一匹の獵犬に出會ひました、（其獵犬は、獵師に飼はれて居つて、兎を探がし出して、其れを攫まへることを仕事として居つたものでありました）ところが、之れ又、あんまり年寄つてしまつて（最早や走ることも出來なければ、兎を攫まへることも出來な

蜂。池でもよくコンサートが聴こえます。蛙の合唱です。でも町の音楽家って？　まあ聞いてごらんなさい！

a　**家畜小屋の戸口のロバ。** α）最初はロバ。でもロバに他の仕事があるでしょうか？（袋を運ぶ、車を曳く。）そうです、でもその仕事には年を取りすぎました（袋の下で倒れ込む、もう車が曳けない）。β）主人は餌が惜しくなりました（主人は考えました。餌をやらなくてもいいようにしようか）。γ）ロバはそれを聞いて？（良い考えが浮かびました。町の音楽家になろう。これはそんなに辛くない。）楽器はいつも持ってるし（声）いい音色だし（そ、そーう、ね）。そうして出発し、（ドゥルンブルガー街道を）ブレーメンに向けて行きました。（北の方です。）

b　**森の道にいた猟犬。** α）するとロバは一匹の猟犬に遇いました（この猟犬は主人のために兎を追いたて、追い込んでいました）。この犬も年を取りすぎました（もう速く走ることが出来なくなって、兎を追い込むことができません）。β）主人は犬を打ち殺そうとしました。それで？　犬は逃げ出して、歩くのも大変な人のように、あえぎながら歩いていました。どうやってパンを稼ごうか？　γ）一緒に行こう、ブレーメンで町の音楽家になろう。太鼓が叩けるだろう。賛成。

c　**石の上の猫。** α）三日続きの雨降りのような顔。なにか嫌なことがあったのかい、鬚みがきの爺さん？　ご同様に年をとりすぎたのさ。首が危ないときに陽気にしてられるかよ。歯

い）(2)そこで、主人は其犬を打ち殺さうと思うて居りました、そこで、犬が考へるのには、若し、私が、逃亡を企てたにもせよ、非常に疲れ切るまで、駈け足でもした人のやうに、喘いでばかり居つては、到底、何處に行つても碌な仕事が出來ないにきまつて居る、如何したら、私が、私のパンをいたゞく丈けの値打ある仕事が出來やうか、(3)ブレーメンの方に行つて、市街音樂家にならう、あゝ、己れが銅鼓を打つことが出來る（聲のこと）

(c) 石の上の猫　(1)五月雨頃のことでありましたが、年寄つた髯先生（猫）どんな困難《コマツタ》ことが起つたかといふと、これも矢張り、年を取つて仕舞つて、仕様がないといふことでありました、「若し、鼠でも引つ攫まへることが出來たらば、面白からうが、私の齒は、鈍くなつたし、仕様がない、マア、ストーブの後にでも坐わつて、ごろ〳〵呻つてるより外、仕方がないかな、」(2)「家《ウチ》のお上《カミ》さんが隨分だよ、人の所を、小川の中になげ込んで、殺してしまわうと思つて居るなんて、さあ、これから、何處へ逃げやうかしらん、(3)「よろしい、お前は夜の音樂が好きであるから、吾々と一所に行け」と言はれました。

(d) 雞小屋の牡雞　(1)牡雞が、せい、一杯叫んで言ふには、「私は、何時でも、今日は、よい天氣だといふことを、朝の中にチヤンと豫言し、又、客が來るのをも、豫言したもの

が鈍ってしまったんだ、暖炉の後ろでゴロゴロ言っていたいんだ。β)だから奥さんが川で溺れさせようとしたのさ。逃げたね。どこへ行くの？　γ)お前はセレナーデが得意だよね！一緒に行こう。

d　**農場の門の上の雄鶏。**α)雄鶏は力の限り朝の声を上げる。お前は心底から叫ぶね、どうするつもり？　俺はいつも良い天気を予言してきたよ。明日の天気もね、客が来るのさ。β)誰も感謝してくれなかった。おさんどんが明日スープにせよと言われているので、今晩首を刎ねられる。γ)ロバは雄鶏に何と言いますか。死ぬことよりましなことはどこにでもある。お前はいい声をしているから、一緒に音楽をやろう。

まとめ　**ロバと犬、猫と雄鶏**（四人の逃亡者）**が音楽家になろうとしている。**

だ」、(2)「併し、今では、誰も、己れの所を、感謝しない、下女めが、今夜、己れを殺して、明朝、スープを拵へやうと、思つて居るとサ、こいつ、油斷は出來ぬぞ」、(3)そこで、驢馬が、彼れに言ふのには、「殺されるより、何か、よい道があらうぢやないか、君は、よい聲を持つて居るから、僕と一所に、音樂をやらうぢやないか」

總括　驢馬と、犬と、猫と、雞と（四匹の逃亡者）が、音樂家にならうと思ひしこと。

(2)　最初の音樂

(a)　樹木の上に於て、彼等は、森で、夜を明かさなければならなかつた、なぜなら、ブレーメンは、大層遠くて、一日では行くことが出來なかつたからです、ところで、どうしたでせうか、驢馬と、犬とは樹の下に居るし、猫と牡雞とは、樹の上に居りました、猫は樹の上に、牡雞は其枝のずつと上の方に居りました。

寢台か、どうも工合が悪るかつたですね、柔かでもなし、暖かでもなし、實に困つたのです、おまけに、食物とては少しも無いと來たから、牡雞は、あたりを見廻して叫んで言ふのには、「おい、チヨツト聞けよ、私は、火花を見たよ、あれが、屹度燈明《アカリ》であるに違ひない」さうしてどう考へたか、燈明《アカリ》は、テーブルの上にあるに違ひないし、テーブルは部屋の中にあるに違ひないし、部屋は家の中にある

第二編　最初の音楽

a　**樹のところで**。みんなは森の中で夜を過ごさなければならなりませんでした。一日ではブレーメンに行くことはできないのです。遠すぎます。でもどこで？　ロバと犬は樹の下で。猫と雄鶏は？　上で。猫は枝の上で、雄鶏はてっぺんで。

　その寝床はとても気に入ったというわけには行きませんでした。柔らかくもないし、暖かくもない。食べ物もない。雄鶏は四方の風の方向を見回しました。そして叫びました。ちょっと聞いてくれ。小さな火が見えるのだ。あれは灯りにちがいない。そしてみんなはどう思ったのでしょう？　灯りは食卓の上にあるのだろう、食卓は部屋の中にあって、部屋は一軒の家の中にある。それから？　ロバが、行こうじゃないか。この安宿は悪いから。犬が、いいとも、骨が二、三個とそれについた肉

に違ひない、それから、どうしたか、驢馬が「さあー、起きやうよ、どうも、此宿は餘り酷《ヒド》いものぢやないか」と言ふと、犬は「全くだよ、僕は僅かの骨殻と、其れにくつ付いて居る肉丈けで十分だから、其れ丈けは是非欲しいもんだ」といつて居る、其れから、彼等は、段々、燈明の方に近づいて行くと、行けば行く程、燈明が大きくなりました、そして森の中に、大變明るい家が、一軒立つて居りました、それは泥棒の家であつたのです。

(b)　家に於て　仲間の中で、一番身躰の大きい奴、即ち、驢馬が、覗き込みましたから、他の者は、驢馬が何を見たか知りたいと思つて、牡雞が、さきに問ひました、「君は何を見たか、灰駒君よ」、「何を見たつて」と驢馬が答ひました、「僕は、うまい飲食物を以て掩はれて居るテーブルを見たよ、しかし、泥棒がそこに坐わツて居て、大方、自分等ばかりて、みんな、食ツて仕舞ふらしいよ」そこで、彼等は、それを、どうかして、是非欲しいものだと考へました、牡雞は、言葉をついで、「チツト位は、吾々のものにしたいな」そして、驢馬は、立派な御馳走や、奇麗な、部屋を見たもんだから、涎を流して「イーヤー、僕も彼處に行きたいな」、と言ひました。

　彼等は、どうしたら、自分等が部屋の中に這入ツて、泥棒等をば、追ひ出すことが出來やうかと考へました、そこ

はうれしいね。それで？　近づけば近づくほど、灯りは大きくなりました。森の真ん中に明るく灯りのともった家。盗賊の家。

b　**家で。**みんなのうちの一番大きいのが中を覗きました。ロバです。他の者たちは、ロバが何を見たか、知りたがりました。雄鶏が尋ねました。何が見える、灰色葦毛さんよ？　何が見えるかって？　とロバが答えました。ご馳走と飲み物が載った食卓と、そこに座ってご機嫌の泥棒たちだ。そこでみんなは考えました。あれが自分たちのものだったらな。雄鶏はまた口火を切り、言いました。「我々にはちょっとしたものだな。」すばらしいものや部屋を見たロバも口の中によだれが出ました。ロバは言いました。そーう、そうだな。俺たちがあそこにいたいもんだな！

　みんなはじっくり考えました。どうしたら中に入って泥棒たちを追っ払うことができるだろうか。みんなは考えました。俺たちは音楽家なんだ。仕事をするのだ。俺たちの音楽で奴等を追っ払うのだ。順番に上に乗って一斉に音楽を始めて、窓から部屋の中に突撃するのさ。みんなはどうしましたか？　ロバはキイキイ叫びました。犬はワン、ワン、ワン、猫はニャオと鳴きました。雄鶏は？　力いっぱい声をはりあげました。その騒ぎが一番ひどくなったとき？　窓を破ったので、ガラスがガチャガチャ鳴りました。泥棒は？　びっくりして震え上りまし

で、彼等が考へるのには、吾々は、市街音樂者であるから、吾々の商賣でなんとか工夫するがよからう、吾々は、音樂をやツて彼の泥棒をおひ出さう、吾々は、間を置かずに、つゝけざまに音樂をやつて驚かしてやらう、そこで、驢馬はイヤーと嘶き、犬はワウ〳〵〳〵〳〵と吠え、猫はミユー〳〵となき、牡雞はせい一杯キケリキーと鳴きました、さうして、其騒ぎの最も劇しかツた時は、窓板がビン〳〵と鳴るほどでありました、それなもんだから、泥棒の奴等が、ビツクリして駈け出しました、泥棒共は、屹度、化物でも來たのだらう、即ち、色々の聲をする大きな動物でも來たのだらうと思ツたから、逃げ出したのです、さうして、とう〳〵森の中まで、逃げ出して、仕舞ひました、それから四人の遊び仲間が、どうしましたらうか、彼等はテーブルに坐わツて、幾週間分にあたる位貪食しました。

總括　四人の遊び仲間が、泥棒の家に入り込みしこと。

(3)　防禦

(a)　泥棒は、いかにも残念に思うて、彼等四人のものどもを、家の外に追ひ出さうといふことに、工夫を凝らしました、さうして、立ち歸つて來て、四人の音樂者を追ひ拂はうと思ひました、どうだらう、うまく其通りすることが出來るだらうかね、驢馬が脚を以て蹴ることが出來るし、犬

た。お化けが出たかと思ったのです——四色の声をした巨大な獣です。それで？　森の中へ逃げました。そして四人の音楽家は？　食卓に座って四週間も飢えていなければならないみたいに食べました。

まとめ　**四人の楽人が泥棒の家に押し入る。**

第三編　**防衛**

a　泥棒たちには残念なことでした。なにが？　とても気に入っていた家から簡単に追い払われてしまったことです。彼らはなにをするでしょう？　戻ってきて四人の音楽家を追い出します。音楽家たちは防ぐことが出来るでしょうか？　ロバは脚

は、嚙むことが出來るし、猫はひつ掻くことが、出來るし、雞は、蹶爪を以て打ち、嘴を以て突つくことが出來るけれども、泥棒だつて中々強いからね、おまけに、此四人の仲間の方は、眠つて居つたのですから、どつちが潶つか分らないのです、名々が、皆、丁度都合の宜い様な寢部屋を見付け出したものと見えて、驢馬は穢《キタ》ない處ではあるけれども、それでも、溫つたかい處を選んで、其處に寢て居つたやうであるし、犬は、戸の側《ワキ》に居つて、家の見張り番をしながら、寐て居るし、猫は溫つたかい灰のある竈の中に寢て居るし、雞は、止まり木の上に、高く上つて居りました、さうして、彼等が、すぐ寢入つて、而かも、グッスリ熟睡をして仕舞ひました、なぜかといふと、長い路を歩いて、大變、疲れたからです、ところが、泥棒共は、もはや、あれ等が眠つたといふ所を認めてから、うろ〳〵立ち寄つて、耳を欹てゝ聽いて居ると、シンとしてごく靜かであります、それから、家の様子を覗いて見ると、丸で、眞暗になつて居ります、之は燈明を全く消して仕舞つたからでありますね。

大將が、或一人の泥棒に言ひ付けて、家へ這入り込んで、家の中を探がさせました、言ひ付けられた、泥棒は、先づ、第一に、燈明をつけやうと思ひました、彼れは何處に行つたかといふと、臺所に行つたのです、そこで、彼れ

で打つことが出来ます。犬は嚙みます。猫は引っ掻きます。雄鶏は蹴爪で打ち、嘴でつつきます。でも？　泥棒たちははるかに強いのです。それに動物たちは眠っています。みんな自分に合った寝場所を見つけ出しました。ロバは暖かく寝られるように堆肥です。犬は家見張るつもりでドアの後ろです。猫は暖かいのが好きですから、暖かい灰のある暖炉です。雄鶏は高く飛びあがって、棟木の上です。そして皆はまもなく眠りにつき、ぐっすりと寝込んでしまいました。どうしてですか？　長い旅で疲れていたのです。泥棒たちは彼らが寝たことに気がつきました。聞き耳を立てると、静かでした。覗いてみると、真っ暗でした。動物たちは灯りを消していたのです。

首領が一人の泥棒に命じました。中に入って家を調べてみろ。彼はまず灯りをつけようと思いました。どこへ行ったのでしょうか？　台所です。そこではかまどの上に、なにかまだ燃えているようなものが見えたので、考えました。あれはまだ火のついている炭だな。あれで附木に火をつけよう。でもそれは猫の目でした。猫は起きていて、泥棒を注意深く見ていたので、目がとてもきらきらしていたのです。それで？　彼は附木を猫の目へ突っ込みました。すると？　猫に冗談は通じませんでした。猫は泥棒の顔に飛びかかり、唾を吐きかけ、引っ掻きました。泥棒はどうしたでしょう？（驚いて逃げ、後ろのドアから外へ走り出ました。）そこにも誰かが寝ていました。犬です。

は、竈の所で、ピカ〳〵光るものを見付けましたから、「ハヽア、まだ、石炭の燃え殘りがあるわい」と考へました、併しながら、それは、石炭ではなくて、キラ〳〵光る猫の眼でありました、猫は、其時、チヤンと泥棒を見つけて、何をするかと氣を付けて居つたのです、デ、其泥棒は、彼れの付け木を以て、猫の眼の方へ行きましたら、猫は、其のあはれな滑稽を理解することが出來なかつたから、顔に跳びかゝつて、フツと言つて引つ掻きました、泥棒は、ビツクリして、之は堪らんと、裏口から逃げ出しました、すると犬が跳びかゝつて、足を噛んでやりました、それから、彼れは庭を駈けて行くと、運悪くも、また、驢馬から、後脚で以てウンといふ程、蹴られました、彼れ此れする中、鶏が又目を覺まして、聲を揚げて「キケリキー〳〵」と叫びました。あなた方は、泥棒が、森に行つてから、何と言つたか分りませう、「竈の上に、物凄いやうな鬼婆が坐わつて居つて、私の所へ息を吹きかけて、長い爪で以て、私の所を引つ掻きました」と言つたのです、之は何のことだか、よく分りせう、實は、猫が爪で、以て引つ掻いたのです、ゝれから、後、何と言つたでせう、「窓の上にナイフを持つた男があつて、私の脚を突きましたよ」それは、犬が、牙を以て噛んだのを、いつたのですね、それから、どう言つたかといふと、「庭さきに大きい化物が

犬は跳びあがって、泥棒の脚を嚙みました。泥棒が農場を走っていると、また新しい災難が降りかかりました。ロバが後ろ脚でしたたかな一撃を与えたのです。雄鶏も目が覚めて、金きり声を響かせました。牡鶏は叫んだのです。「コケコッコー！　コケコッコー」

この泥棒が森でどんなふうに話したか、知っていますか？　彼は言いました。「あのかまどの上には恐ろしい魔女がいて、俺に息を吐きかけて長い指で俺の顔を引っ掻いたのさ。」それが本当は誰だったのか、私たちは良く知っていますね。鉤爪を持った猫です。次に彼が何と言ったか、知っていますか？「ドアのところには一人の男が横になっていて、刃物で俺の脚を突き刺した。」それは牙のある犬でした。さらに、「堆肥の上には大きな怪物がいて、それが棍棒で俺に打ちかかってきたのだ。」それはロバで、後ろ脚でやったのでした。そして屋根の上には裁判官がいて、叫んだ。ドロボーゥを連れて来い！　ドロボーゥを連れて来い！　それはコケコーッコと言った雄鶏のことです。それで泥棒たちは？　もう二度と家に入る気がなくなって、四人のブレーメンの音楽家は家に留まり、快適に過ごしました。

居つて、木の棒で以て、私の所を突きました」、それは、驢馬が、後脚で蹴たのですね、さうして、屋根の上には、指揮するものが坐わつて居つて、「泥棒連れて來い、泥棒連れて來い」と叫んで居ますと言ひましたらう、これは、雞が、キケリキーイと鳴いたのを、「泥棒連れて來い」と言つたのだと思つたのですね、そこで泥棒は、最早や、自分等は、其家に行かうとは思はなかつたから、ブレーメンの四人の市街音樂者ばかり、其の家に殘つて居つて、うまいことをして居つたのです。

總括　四匹が、彼等の家を防ぎ守りしこと。

第二階段

(b)　泥棒共が、大變氣に入つて居つた家から、どうして追ひ出さるゝやうになつたのでせう、彼等は、化物でも來たのかしらんと考へたのですが、さうではなくて、驢馬、犬、猫、牡雞の四匹の畜類でありました、どうして、そんな馬鹿な心配をしたんでせう、一人の泥棒が考へるのには、丁度、其處に指揮者があつて、「泥棒を連れて來い」と叫んだやうに思つたのです、牡雞が、實際さう、呼んだのでせうか、其聲が似て居ませうか、左樣似て居ます、（譯者曰く牡雞の聲はキケリキーといふの音なるが、泥棒を連れて來いといふことは、原語にては「ブリングト、ミヤ、デン、デーブ」なれば多少似たる所あれども、左程著しく似たる

まとめ　四人は家を守った

Ⅱb　どうして泥棒は快適に住んでいた家を追い出されることになったのでしょうか？　彼らはお化けが家に入り込んだと思ったのです。そうでしたか？　いいえ、それはただの四匹の動物たちで、ロバと犬と猫と牡鶏でした。はい、どうして泥棒たちはそんなに怖がったのでしょう。それは、上に裁判官がいて、「ドロボーゥを連れて来い！」と叫んだと思った泥棒を見れば判ります。雄鶏は本当はどんなふうに鳴きますか。似ていますか？　そうです。でも今はあの働き者の少女のことを考えてください。この少女も雄鶏の声を聞いたのです。少女はそのコケコッコーの声に何を聞いたのでしょう。少女には聞こえました。黄金のマリーだ！　お帰りだ！　どうしてそうなったのでしょう。少女は身に降りかかったたくさんの黄金のことを思

ものにはあらず） けれども、先きのお話で、勉強な少女が、牡雞の鳴き聲を何と聞きましたツけね、其れを考へてご覧、お金孃（ゴールド、マリー）と聞きました、 さてどうしてそんなに聞いたのだらうね、それは、澤山のお金が降ツて來て、さうして、大變に、喜んで居ツたものですから、牡雞も、之を見たら、喜んで、お祝をして呉れるだらうと思ツて居ツたからです、怠惰な少女がなぜ、瀝青孃（ベヒ、マリー）と聞いたでせう、それは彼女が瀝青を注《ツ》がれたので、牡雞が、之を見たら、可笑しくて噴き出すだらうと思ツて居ツたからです、さて、泥棒は？ 彼れは牢屋のことを心配して居るもんだから、牡難（ママ）が、キケリキーと鳴いたのを、ブリングト、ミヤ、デン、デイーブ、即ち「泥棒連れて來い」と聞いたのです、彼れ自身に、恐れ氣が生じて來るといふことは、自分の心が曲がツて居るからでありますね、なぜ、彼れが、自分の心配して居ることに就いて、愛らしき神に願はなかつたでせうか、なぜなら、彼れは悪いことをして居るのだから、神様にお願をすることが出來ないのです。

第三階段

無罪なる紅井帽子は、狼が來ても、一向心配をしませんでしたらう、それは、何も悪いことをしないからですね。

第四階段

い、うれしくなってそう思ったのです。雄鶏はこれを見て私に挨拶をしようと思ったのだわ。そして、怠け者の少女にはなぜ聞こえたのでしょう。松やにのマリーだ！――お帰りだ！――少女は自分についた松やにのことを考え、思ったのです。雄鶏は私のことをあざ笑おうと考えたのだわ。そして泥棒は？ 泥棒も自分の盗みのことを考え、人々からお金を奪ったこと、そして、自分を牢屋に閉じ込めるであろう裁判官のことを考えたのです。それで？ それでコケコッコーの声に聞いたのは、ドロボーゥを連れて来い！ 泥棒に恐怖を起したのは良心の苛責です。でも、泥棒はどうして不安なときに神様に祈らなかったのでしょう。泥棒は悪いことをしたので神様に祈ることが出来なかったのです。

Ⅲ　罪のない赤帽ちゃんは狼を全然怖がりませんでした。何も悪いことを知らなかったからです。

Ⅳa　**悪い心、悪い客は**

(a) 悪根性と悪るいお客とには
安眠も休息も與ふ可らず。
(b) 汝、何事の善き事をなさぬならば、
何等の善き物を得んと望む勿れ。
(c) 無罪と善心とは、
最良の枕なり。

第五階段

(a) 家で、盗み食をした子供は安心するヿ能はず。
(b) 樹木を代り倒して、而かも、自から其の父に告げた子供に就いて。
(c) 實際化物だとか、幽靈だとかいふものが有るだろうか、然り、それは、人間の頭の中に居るのです、即ち、幽靈を、見たり聞いたり感じたりする所の人の、頭の中に居るのです、併し、其外には決して居らない。
(d) 叢渡る風の音、木の葉の音のさわ〲と、
鳴るにも、心安からぬ悪漢《ワルモノ》こそは憐れなれ。
(e) 「誰人も、悪をなしては罰せらる」、といふ格言がありますね、之を泥棒の上に適用《アテ》て御覽。
(f) 暗い夜なりとて、恐るゝ勿れ、
天に在します神が、我々を守り給へばなり。
(g) 「合奏會が今日あるぞ」の詩（森の合奏）

憩いも安らぎももたらさない。
b 善いことをしないと
善いことが起らない。
c 無罪と良い心は
最上の枕

V
a こっそり盗み食いをして良心が安らぎを与えない子どもたち。
b 樹を折ってそのことを父に自ら言った少年について。
c お化けはほんとうにいるのでしょうか？　はい、見たり聞いたり、あるいは感じたという人自身の頭の中にいるのです。
d 悪人について。藪の風、樹の葉がざわめいて彼を恐怖に陥れる。
e 泥棒に応用せよ。悪い人は罰せられる。
f 私は暗い夜を怖がらない。私は神が天で見張りをなさっていることを知っている。
g 詩。今日はコンサートがあります。（森のコンサート。）

資料　グリム14話（第6版）――グリムの原話、および明治の日本語訳との対比

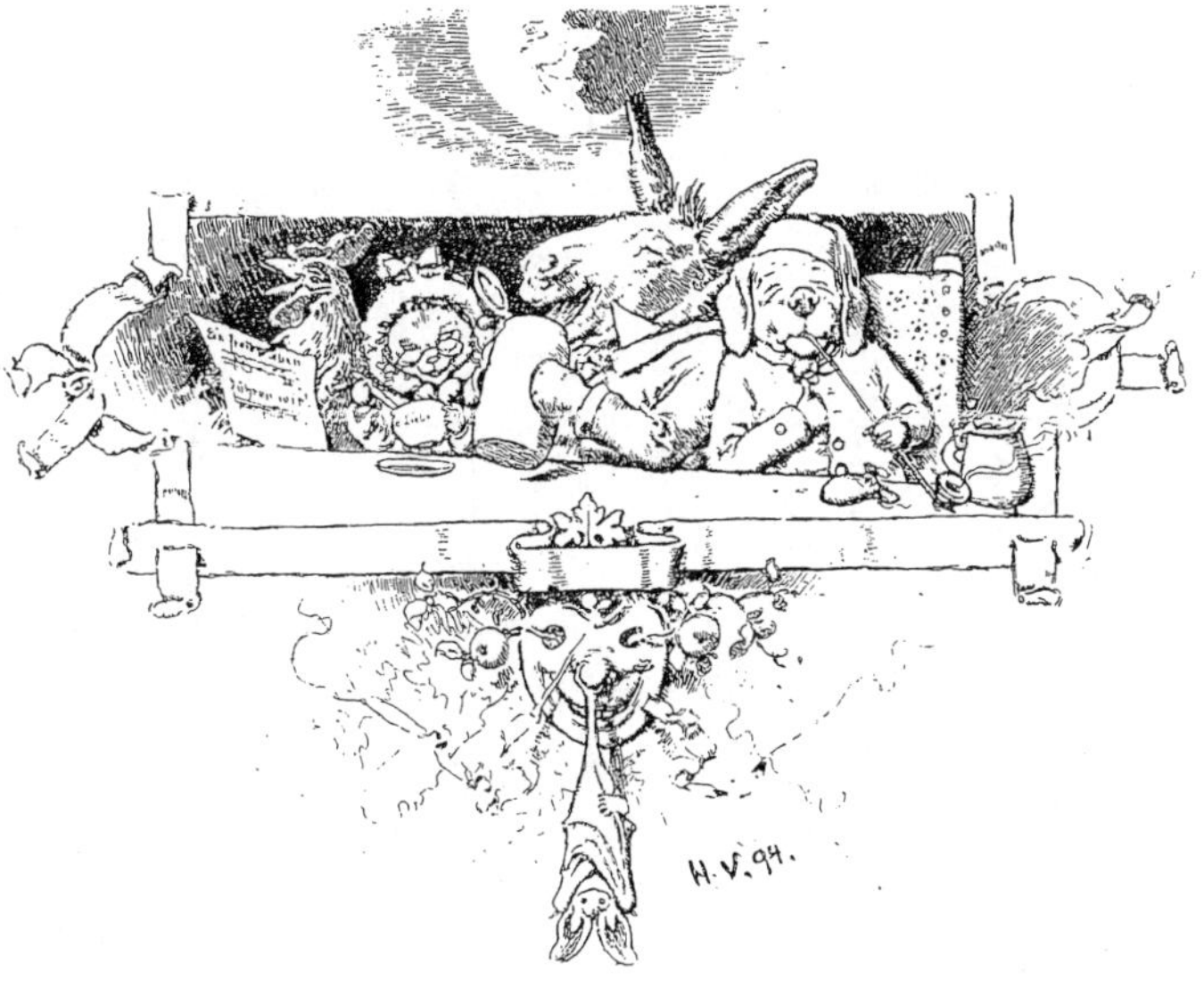

十一　雪白《ゆきじろ》と薔薇紅《ばらあか》

貧乏な寡婦《やもめ》がゐました、寡婦《やもめ》は小《ちひ》さな小屋《こや》のなかに淋《さび》しい生活《くらし》をしてゐました。小屋の前に庭がありました、庭には薔薇《ばら》が二本生《ほんは》えてゐました、一本《ぽん》には白い花が咲いて、もう一本《ぽん》のには紅《あか》い花が咲きました。寡婦《やもめ》は二人子持《ふたアりごもち》でした、子供二人《ふたり》はその薔薇《ばら》とおんなじでした。一人《ひとり》は雪白《ゆきじろ》といふ名前で、もう一人《ひとり》のは薔薇紅《ばらあか》といふ名前でした。子供たち二人《ふたアり》は、よくもかう揃《そろ》つたと思はれる程、まことに氣性《きだて》が善《よ》く、神信心《しんじん》が深く、まめやかに働いて倦《あ》くことを知りませんでした。すこうしちがふところと云へば、雪白《ゆきじろ》の方《はう》が薔薇紅《ばらあか》よりも靜《しづか》でをとなしいのでした。薔薇紅《ばらあか》は、原ツぱを駈《か》けずりまはつて、花を探《さが》したり蝶々《てふ〱》をつかまへたりする方《はう》が好《す》きでしたが、雪白《ゆきじろ》は家《うち》に居《ゐ》て、阿母《おつか》さんのそばで家《うち》の仕事《しごと》のお手傳《てつだひ》をしたり、なんにも爲《し》なくツていい時には、阿母《おつか》さんにご本《ほん》を讀んであげたりしてゐました。子供二人は大《だい》の仲好《なかよ》しで、一緒《しよ》に外《そと》へ出《で》るときには、いつでも二人手《ふたりて》をつないでゐました。雪白が、

『二人《ふたアり》は離《はな》れツこなしよ』と言ふと、薔薇紅《ばらあか》は、

『生《い》きてるあひだはね、屹度《きつと》ね』と言ひます、すると、阿母《おつか》さんは、

『一人《ひとり》が持《も》つてるものは、どんな物でも屹度分《わ》けてあげるのですよ』と、言ひ足《た》すのでした。子供たちは、二人ぎりで森のなかを駈けずりまはつて、眞紅《まつか》な苺《いちご》を採《と》ることがよくありましたけれども、けだものは二人《ふたり》に害《がい》を加《くは》へることはなく、みんな馴々《なれ〱》しくやつて來ました。仔兎《こうさぎ》は二人の手からキヤベツの葉を喰《た》べました、鹿《しか》は、二人のそばで草を喰べたり、樂《たの》しさうにわきを駈けてとほつたりしました、それから、禽《とり》は木の枝《えだ》へとまつたまんまで、自分たちの知つてるだけの歌をあらひざらひ歌ひました。二人《ふたり》の子供には間《ま》ちがひが起ることはありませんでした。森にゐる間に時間《じかん》が遲くなつて、いつの間にか夜《よる》になツてしまつたときには、二人《ふたり》ならんで苔《こけ》の上《うへ》に寝ころんで、朝になるまで寝《ね》ることにしてゐました、おツ母《か》さんはそのことを知つてゐて、別《べつ》に心配もしませんでした。或るとき、二人は森《もり》で夜をあかして、朝日に起されて見ると、白い光る衣裳《きもの》を着た美しい小兒《こども》が一人《ひとり》、二人の寝《ね》てるわきに坐《すわ》つてゐました。小兒《こども》は立ちあがつて、いかにもなつかしげに二人《ふたり》を眺めてゐましたが、やがて、なんにも言はずに森のなかへはいつて行きました。二人は四邊《あたり》を見まはしましたら、自分たちは高い崖《がけ》のすぐそばに寝てゐたのでした。暗黑《くらやみ》にまぎれて、もう一足《あし》か二足《あし》さきへ出ようものなら、屹度《きつと》下へ落ちたにちがひないのでした。

それは善《い》い子供の番をしてくださる天人《てんにん》だツたにちがひない、とおツ母《か》さんのお話でした。

雪白《ゆきじろ》と薔薇紅《ばらあか》は、おツ母《か》さんの小《ちひ》さな家《うち》をそれはそれは綺麗《きれい》にして置きましたので、家のなかを覗《のぞ》いてみるのも樂《たのし》みなくらゐでした。夏は、薔薇紅《ばらあか》が家《うち》の係《かゝ》りになりました。薔薇紅は、毎朝おツ母《か》さんが眼《め》をさます前に、おツ母さんの寝臺《ねだい》の前へ花束《はなたば》を置きました。花束のなかには例《れい》の薔薇《ばら》の花が一輪《りん》づつはいツてゐました。冬は雪白《ゆきじろ》が火をおこして、自在鍵《じざいかぎ》へお鍋《なべ》を吊《つる》しました、お鍋は眞鍮《しんちう》ですが、綺麗《きれい》に磨《みが》き立《た》ててあるのでまるで黄金《きん》のやうにぴか〳〵ぴか〳〵光つてゐました。日が暮れて、雪がちら〳〵降《ふ》つて來ますと、おツ母《か》さんが、

『雪白《ゆきじろ》や、閂《かんぬき》をしめておいで！』と言ひます。それから、三人《にん》して竈《かまど》ののそばへすわります。おツ母《か》さんは眼鏡《めがね》をかけて、大きなご本《ほん》を讀んで聞かせます、女《をんな》の兒《こ》二人《ふたり》は一生懸命になつて堅《かた》くなつておツ母さんの讀んでくださるのを伺《うかが》ツてゐます。傍《そば》には、仔羊《こひつじ》が一匹床《ゆか》に寝《ね》ころんでゐます、背後《うしろ》には白い小鳩《こばと》が一羽棲架《とまりぎ》にとまつて、いつの間《ま》にか既《ま》う羽翼《はね》の下へ首《くび》を突込《つッこ》んでゐます。

ある晩のこと、親子《おやこ》三人仲好《なかよ》く集つてゐるところへ、誰《だれ》だか入れて貰ひたいやうに、戸を敲《たた》くものがありました。

『早く、薔薇紅や、戸をおあけ！　宿《やど》をたづねて御座《ござ》る旅《たび》のお方《かた》にちがひない』と、おツ母《か》さんが言ひました。薔薇紅《ばらあか》は閂《かんぬき》を外《はづ》しに出《で》て行きました、いづれ可哀《かわい》さうな人だらう、と考へてゐたのですが、來たのはそんなものでありませんでした、お客《きやく》さまは一匹《ぴき》の熊《くま》で、ぼて〳〵した大きな黒頭《あたま》を戸のなかへニウツと突込《つッこ》みました、薔薇紅はきやツと云つて飛び退《の》きました、仔羊《こひつじ》は啼《な》きました、子鳩《こばと》は飛びあがりました、それから雪白《ゆきじろ》はおツ母《か》さんの寝臺の背後《うしろ》へかくれました。ところが、熊は口《くち》をきいて、

『怖《こわ》がらなくツていい、みなさんをどうも爲《し》やしません、寒くツて寒くツて五體《からだ》が凍《こほ》りつきさうなので、みなさんのとこで些《ちつ》と暖《あたた》めさしていたゞきたいのです』と言ひました。

『熊《くま》さん、お氣の毒な、さア、さア、火のそばへおいで。だが、お前、毛皮《けがは》を燃《も》さないやうに氣をおつけよ』おツ母《か》さんはかう言つて、

『雪白や、薔薇紅や、出《で》ておいで！　熊《くま》はどうも爲《し》やしないよ、熊は嘘《うそ》なんか吐《つ》かない』と、呼び立てました。かう言はれて、二人《ふたり》とも傍《そば》にやつて來ました、そのうちに、だん〳〵仔羊も小鳩も傍《そば》へ來ました、誰《だアれ》も熊を怖《こわ》がるものはありませんでした。熊は、

『お子供《こども》衆《しゆ》、わしの毛皮《けがは》にくツついてる雪《ゆき》をちツと拂《はら》つてくださいな』と言ひました。子供たちは箒《はうき》を持ツて來て、熊の毛皮を綺麗《きれい》に掃《は》いてやりました。熊は火のそばに長《なが》くなつて、いかにも嬉《うれ》しさうに、呑氣《のんき》さうに唸《うな》つてゐました。やがて、みんな仲好《なかよ》しになつて、五體《からだ》のぎごちないお客《きやく》に惡戲《いたづら》を始めました。手で毛皮を引張つたり、背《せ》なかへ足を載《の》ツけたり、ごろ〳〵轉《ころ》がしたりしました、さうかと思ふ

と、また榛樹《はしばみ》の枝なんかを持ツて來て、熊をぴちや〳〵打《ぶ》ツたりしました。そして、熊が唸《うな》ると、みんな笑ひました。熊はいいやうに玩具《おもちや》になツてゐました。たゞあんまり悪戯《いたづら》が過ぎると、生かして置いてお呉れ、お子供衆《こどもしゆ》、

『雪白《ゆきじろ》や、薔薇紅《ばらあか》や、
お前のお聟《むこ》さんをぶち殺《ころ》すぜ』

と言ひました。寝《ね》る時分《じぶん》になつて、他《ほか》の者がお床《とこ》へはいりますと、おツ母《か》さんは、

『お前さんは、構《かま》はずその竈《かまど》の傍《そば》にゐていいんだよ、其處《そこ》にゐりや、寒さも悪《わる》いお天氣もよけられるからね』と、熊に言ひました。夜《よ》の白白明《しら〳〵あ》けに、子供たちは熊を外へ出してやりました。熊は雪の上を駈けて森へ跳《と》び込みました。その日からして、熊は毎晩毎晩おんなじ時間にやツて來て、竈《かまど》のわきへ轉《ころ》がツて、子供たちに爲《し》たい放題《はうだい》の悪戯《いたづら》をさせて置きました。子供はもうすツかり馴《な》れきツて、この黒いお友達がやつて來《こ》ないうちは戸《と》を閉《し》めないことにしてゐました。

春が近《ちか》づいて、外《そと》が一面《めん》の緑《みどり》になりますと、熊は或る朝雪白に向つて、

『わしはもうお暇《いとま》をしなきやならん、夏ぢうは此處《ここ》へ來《く》るわけにいきません』と言ひました。

『一體《たい》、何處《どこ》へ行《い》くの？　熊さん』と、雪白が訊《き》いてみました。

『森のなかへはいつて、わしの寶物《たからもの》を一寸法師《はし》の悪黨《あくとう》どもに奪《と》られないやうにしなきやなりません。冬は地面《ぢめん》がかち〳〵に凍《こほ》つてるから、一寸法師《ほし》の奴《やつ》らも地《ぢ》の底《そこ》にゐるにちがひないし、孔《あな》を穿《あ》けることも出來ないんですがね、此頃《このごろ》のやうにお天道《てんと》さまが地面を溶《と》かして暖《あつた》めなさると、彼奴《キやつ》ら、孔《あな》を穿《あ》けて、上《うへ》へ出《で》て來て、物を探して盗賊《ぬすつと》をするのです。一旦《たん》彼奴《キやつ》らの手へはいつて、彼奴らの洞穴《あな》のなかへしまはれたが最後、寶物《たからもの》は容易《ようい》なこツて地面の上へ出《で》て來《く》るこツちやありません。』

雪白は訣別《わかれ》が辛《つら》くツてたまりませんでした。熊に戸を開《あ》けてやツて、熊が狹いところから無理《むり》に外《そと》へ出たときに、熊は戸の折釘《をれくぎ》へ引懸《ひつか》つて、皮《かは》がちつとばかり剝《む》けました、そのとき雪白は、なんだか黄金《きん》がきら〳〵と光《ひか》るのを見たやうに思ひました。けれども確實《たしか》ではありませんでした。熊は迅足《はやあし》で駈《か》けだして、間《ま》もなく樹《き》の澤山生《は》えてるうしろへ姿がかくれてしまひました。

その後《ご》、おッ母《か》さんが木の枝を集めに子供たちを森へ遣《や》つたことがありました。森のなかで子供たちは大きな木を見つけました、木は地《ち》面《べた》へ伐《き》りたふされてゐました、その幹《みき》の傍《そば》に、草の間《あひだ》になんだかぴよんぴよこぴよんぴよこ跳《は》ねてるものがありました。子供たちにはなんだか見わけがつきませんでした。近くへ行つてみましたら、しなびた、お爺《ぢい》さんの顔をした、何尺もあらうといふ雪のやうに白い髯《ひげ》をはやした一寸法師《ぼし》が見えました。その髯の尖《さき》が木の裂目《さけめ》へはさまつてゐました、倭奴《ちび》は繩《なは》でつながれてる小犬のやうに、彼方《あつち》へ跳《は》ね此方《こつち》へ跳《は》ねてゐましたが、どうすることも出來ませんでした。一寸法師は、眞紅《まつか》な火のやうな眼《め》を剥《む》いて女の兒たちを睨《にら》みつけて、

『貴様《きさま》ら、そこに突立《つッた》つてるばかりで、此處《ここ》へ來て俺《おれ》に手をかせないのか、やい』と怒鳴《どな》りつけました。

『お前、なにをしたの？　一寸法師のをぢさん』と、薔薇紅が訊《き》いてみました。

『馬鹿《ばか》め、聞きだかいやつだなア、』と一寸法師が言ひました、『臺所《だいどこ》の小《ち》ツぽけな薪《まき》をこさへるんで、この木を跡らうと思ツたんぢや。太《ふと》いやつを使《つか》や、俺《おれ》たちが食《く》ふだけの食物《くひもの》は直《ぢき》出來ちまふ、おれたちや、貴様《きさま》らのやうな大食《おほぐら》ひな餓鬼《がき》みたいにさらひ込むこたないからな。おれや、楔《くさび》をうまく打込《ぶちこ》んで、萬事《ばんじ》計畫《おもはく》どほりにいつたんだが、もうすこしのところで、楔《くさび》の野郎《やらう》め、つるツと辷《すべ》ツて、いつの間《ま》にか外《そと》へ飛出しやアがツた、途端《とたん》に木がぱくんと合《あ》はさツて、おれさまの此のみごとな白い髯《ひげ》がどうしても抜けなくなツちまやがツた。髯がひツぱさまツてるんで、おれさまア此處《ここ》を退《ど》くことが出來やしねえ。それを見て、貴様ら、瀬戸物《せともの》みたいなつる〱な面《つら》アしやがツて笑《わら》ひくさる。なンてえ心のきたねえ奴《やつ》らだい！』

子供たちは一生懸命《せうけんめい》にやつてみましたが、髯《ひげ》はしツかり挾《はさ》まつてゐて、どんなことをしても抜けませんでした。

『あたし、駈《か》けだしてツて誰《だれ》か連《つ》れて來るわ』と、薔薇紅《ばらあか》が言ひました。

『羊《ひつじ》の頭《あたま》（註。馬鹿のこと。）の氣ちがひめら、貴様ら二人《ふたり》でも多過《おほす》ぎるのに、まだ人《ひと》が呼びてぇのか。貴様らにやアそれだけの知恵《ちゑ》しきや出《で》ねぇのか』と、一寸法師《すんぼし》が唸《うな》りました。

『そんなにぢれるもんぢや無い！　いま、好《い》いことしたげるから』雪白《ゆきじろ》はかう言つて、自分の衣袋《かくし》からかわいい鋏《はさみ》を出《だ》して、髯《ひげ》のさきをちよきんと切りました。一寸法師は、五體《からだ》が自由《じゆう》になるが早いか、木の根の間にある金貨の一ぱいつまつてる袋《ふくろ》をつかみました、そして、その袋《ふくろ》を引きずりだして、

『無作法《ぶさはふ》な奴《やつ》め、ひとの大切《だいじ》な髯《ひげ》を切《き》りやがツた！　覺《おぼ》えてゐろ！』と言ひながら、袋を背中へひよいとかついで子供たちには見向きも

しず、すた〳〵行つてしまひました。

その後程《のちほど》たつて、雪白と薔薇紅が御飯《ごはん》のお菜《さい》にするお魚《さかな》を釣《つ》りに行つたことがありました。河《かは》の近くで、なんだか蝗《いなご》の大《おほき》いやうなものが、河の方《はう》へぴよん〳〵跳《は》ねて、まるで水のなかへ飛込《とびこ》みたさうにしてゐるのが見えました。兩人《ふたり》は駈《か》けだしてツて見ましたら、それは例《れい》の一寸法師《すんぼし》でした。

『お前、何處《とこ》へ行《い》かうてえの？　眞逆水《まさかみづ》ンなかへ飛込みたいンぢやないでせう』と、薔薇紅《ばらあか》が言ひました。

『おれやそんな阿呆《あはう》ぢやない』と、一寸法師が怒鳴《どな》りつけました、『貴様ら、この糞忌々《くそいま〳〵》しい魚《さかな》のやつがおれを水ンなかへ引張《ひつぱ》りこまうとしてるのが見えねえのか？』

倭小《ちび》ツこは、そこへちよこなんとすわり込んで釣魚《つり》をしてゐたのですが、運《うん》わるく、風が髯《ひげ》を釣糸《つりいと》とこぐらかしてしまつたところへ、生《あひ》憎《にく》大きなお魚がかゝツて、力《ちから》の弱い一寸法師にはお魚を離すことが出來ず、お魚の方《はう》が強《つよ》くツて、一寸法師を自分の方へずる〳〵引寄《ひきよ》せるのでした。一寸法師はつかまれるだけの草の莖《くき》や燈心草《とうしんさう》なんかにつかまつてはゐるのですが、根《ね》ツから役《やく》に立ちません、お魚の動くとほりになつて、いまにも水のなかへ引摺《ひきず》り込まれるばかりになつてゐるのでした。女の子たちは丁度うまい時に來《き》あはせましたので、二人《ふたり》して一寸法師《ぼし》をしツかり抑《おさ》へて、一生懸命に釣絲《つりいと》から髯《ひげ》を引きはなさうとやつて見ましたがとても駄目です、髯と釣糸はしツかりからみ合つてゐるのです。他《ほか》になんと爲様《しよう》もありませんので、またいつかの小さい鋏《はさみ》を出して髯《ひげ》をちよきんと切りました。切ツたから、髯の尖《さき》がちツと許《ばか》り無《な》くなりました。一寸法師はこれを見て、

『蟇《ひきがへる》めら！　他人《ひと》の面《つら》ア汚《よご》して、いゝと思ふのか。手前《てめえ》たち、おれさまのお髯《ひげ》のさきを摘《つ》み剪《き》つたのに、それでもまだ足《た》りねえで、こんだアお髯《ひげ》の一番大切《だいじ》なとこをちよん切《ギ》りやがツた、うちのやつらに面《つら》ア見せることも出來ねえやうにしやがツたな。駈《か》けて駈《か》けて靴《くつ》の底《そこ》でもなくしやがれ！』と、怒鳴《どな》りつけました。それから、蘆《あし》のなかに置いてあつた眞珠《しんじゆ》のはいつてる袋《ふくろ》を持つて來て、なんとも言はずにその袋を引きずツて、石のうしろへ姿をかくしてしまひました。

それから間《ま》もないこと、お母《か》ツさんが娘二人《ふたり》を、麻糸《あさいと》だの針だの細糸《ほそいと》だのリボンだのを買ひに町へやつたことがありました。路《みち》は曠野《あれの》を通《とほ》つてゐました、曠野には、あツちこツちに大きな岩《いは》のかけたのが散らばツてゐました。空《そら》には大きな鳥《とり》が一羽、翼《はね》をのしてゐるのが見えましたが、やがて二人の頭《あたま》の上を圈状《わなり》に舞《ま》つて、だん〳〵だん〳〵低く降《お》りて來て、それから突然《いきなり》ある岩の近くへつツと舞ひさがりまし

た。すると直《すぐ》に腸《はらわた》へしむやうな、世にも哀《あは》れな泣聲《なきごゑ》が聞《き》こえて來ました。兩人《ふたり》は駈《か》けてツて見ましたら、鷲《わし》が子供たちの昔馴染《むかしなじみ》の例《れい》の一寸法師を引ツつかんでて、それをさらツて逃げようとするところだツたのでぎよツとしました。情深《なさけぶか》い子供たちは、すぐさま一寸法師《ぼし》をしツかりとおさへて、あツちへ行《い》きこツちへ行《い》き鷲《わし》と引張《ひつぱ》りツこをしてゐるうちに、鷲《わし》はとうとう獲物《えもの》を放してしまひました。一寸法師は怖《こわ》くツて氣が遠くなつてゐましたが、やがて氣がつくと、例《れい》のおきまりの金切聲《かなきりごゑ》を振りしぼつて、

『貴様たち、もちツと丁寧《ていねい》におれさまを扱《あつか》ふことはならねえのかい。おれさまの薄《うす》い衣服《きもの》をこんなにぼろ〳〵に穴《あな》だらけに引裂《ひツつア》いてしまやがツた、ほんとに爲《し》ようのねえ頓馬《とんま》な奴《やつ》らぢやアねえか』と我鳴《がな》り立《た》てました。それから、寶石《ほうせき》のはいつてる袋《ふくろ》を取つて、岩の下の自分の洞穴《ほらあな》へ辷《すべ》り込んでしまひました。女の子たちは、この一寸法師の恩知《おんし》らずには馴《な》れきつてゐますので、なんとも思はず、そのまゝすた〳〵行つてしまひました、そして町の用を濟《す》ませました。歸途《かへりみち》にまた曠野《あれの》へさしかゝりましたら、一寸法師が寶石《ほうせき》のはいつた袋《ふくろ》をきれいな處《ところ》へぶちまけたところでした、一寸法師は、こんなに遲《おそ》く誰《だれ》も來《こ》ようとはおもはなかつたので、子供たちを見て吃驚《びつくり》しました。夕陽《ゆふひ》は輝《かゞや》く石を照《て》らして居りました、石は、それはそれは美しく、いろんな色にきら〳〵光ツてゐましたので、子供たちは立ちどまつて、その寶石《ほうせき》をしげしげと眺《なが》めたのでした。

『なんだツてそんなとこに突立《つつた》ツて、口《くち》を開《あ》いてるンだい！』一寸法師《ぼし》がどなりつけました。怒《おこ》ツたので、一寸法師の灰色《はひいろ》の顔が眞紅《まつか》になりました。一寸法師はまだなにか惡體《あくたい》を吐《つ》かうとしたところへ、おそろしく大きな唸《うな》りごゑがきこえて、黑熊《くろくま》が一匹森《もり》のなかから駈《か》け出《だ》して來ました。ぎよツとして、一寸法師は跳《と》びあがりました、けれども、このときは既《も》う熊がすぐ傍《そば》へ來《き》て居《ゐ》たものですから、自分の匿處《かくれが》へ逃げ込むことが出來ませんでした。一寸法師は、

『お熊《くま》さま、御勘辨《ごかんべん》くださいまし、あたくしの寶《たから》ものをみんなあなたに差しあげます。ほれ、こゝにある寶石《ほうせき》をみんな差《さ》し上げます。生《いの》命《ち》ばかりはあたくしに下さいまし、こんな瘦《や》せツぽちは、あなたさまにや、なんにもなりや致しません。召上《めしあ》がツたところで、お齒《は》のあひだへはいツたかはいらないかわかりや致しません。それよりか、こゝにをります爲《し》ようのない娘《むすめ》どもを引摑《ひつつか》んで御覽《ごらん》なさいまし、これは柔《やわら》かでおいしうございます、若い鶉《うづら》のやうに脂肪味《あぶらみ》が澤山《たくさん》ございます、御遠慮《ごゑんりよ》なくこいつらを召上《めしあ》がれ』と悲鳴《ひめい》をあげました。熊は一寸法師の言ふことにはまるで頓着《とんちやく》しず、この惡者《わるもの》を前肢《まへあし》で一つなぐりつけました。一寸法師は、それツきりぴくりとも動きませんでした。

　女の兒たちは一足跳《いつそくと》びに遁《に》げました。すると、背後《うしろ》から熊《くま》が、

『雪白《ゆきじろ》や、薔薇紅《ばらあか》や、怖《こわ》かない。お待ちツてば。一緒《しよ》に行《い》かう』と呼びかけました。女の兒たちは、熊の聲が解《わか》ツたので、立ちどまりました。熊は兩人《ふたり》の傍《そば》へ來ると、突然《いきなり》熊の皮が剝《む》けて落ちました。そして、其處《そこ》に立つたのは、美しい男の人で、金絲《きんし》の衣裳《きもの》を着《き》てゐました。

『わたしは或《あ》る王樣《わうさま》の子《こ》だよ』と、その人が言ひました、『わたしの寶《たから》ものを盜《ぬす》んだ、あの大惡漢《おほわるもの》の一寸法師めに呪《のろ》はれて、あいつめが死《し》ぬまでは熊になつて森のなかを駈けまはつてることになつてゐた。一寸法師《すんぼし》め、今度《こんど》こそとう〳〵罰《ばち》があたツた、あのくらゐの罰《ばち》は當然《あたりまへ》さ。』

雪白《ゆきじろ》はこの王子《わうじ》のお嫁《よめ》さんになりました、薔薇紅《ばらあか》は王子の弟《おとうと》のお嫁《よめ》さんになりました。兩組《ふたくみ》の御夫婦《ごふうふ》は、例の一寸法師が自分の洞穴《ほらあな》へ集めて置いた澤山《たくさん》のお寶《たから》ものを分けました。齢《とし》をとツたおツ母さんは、それからまだながいこと子供たちの家《うち》で落ちついて、何不足《なにふそく》なく暮しました。例《れい》の薔薇《ばら》の木二本《ほん》はおツ母《か》さんが持つて行《ゆ》きました、薔薇《ばら》はおツ母《か》さんのお室《へや》の窓《まど》の外《そと》に植《う》わツてゐて、毎年《まいねん》〳〵白《しろ》と紅《あか》の、それはそれは美《うつく》しい花が咲きました。

第十一　雪野白子と薔薇野紅子

Text：Lesebuch 22. Grimm 405.
Präparation：Just 60.
Bilder：Grimm Vogel 252. Münchener Bilderbogen No. 776.

主要目的　或る山家に、熊が見舞ひしこと。

重なる分解、山家とは　紅井帽子のお祖母《バア》さんが住居したやうな家や、又は、見鳥を拾ひ上げて、大變、親切に育て、呉れた、森林官の住まつたやうな家、又は、ブーレメン（ママ）の市街音樂家が這入り込んだ、泥棒の家のやうな

十一「雪白とバラ紅」

（テクスト　読本22頁。グリム405頁。
授業案　ユスト60頁。
絵　グリム‐フォーゲル252頁。ミュンヒェン一枚絵776番。）

（提示授業）

主目標　**森の家に熊が訪れる。**

主分析　森の家？　赤帽ちゃんの**おばあさん**が住んでいたような家、あるいは見つけ鳥を親切に迎え入れた**森番**の住んでいたような家、あるいはブレーメンの音楽隊が入り込んだ泥棒た

ものです。

今、吾々は、何を知らうと思ふのか、誰が、其山小家に住んで居るのか、熊が、其處に行つて何をする積りか、熊が、其家の人に、幸を持ち來たすか、又は、不幸を持ち來すか、あなた方は何んと考へるか、吾々の話は、此三つの疑問に答ひなければならない、吾々の話は、三つの部分から成つて居る、第一に何れ《ド》を話さなければなるまいか。

第一の部分　子供等

部分目的　母と共に、山小家に住みし二人の少女のこと。

第一階段（分解）

(1)　二人の少女は、廉子と見鳥とのやうな善い子なりしか、無頼漢の如く高慢なりしか、お金孃、瀝青孃の如く、一人は善く一人は悪しくありしか。

第二階段

第一節の提示、（こゝに提示とは、開發することなくして、話し聞かすことにして、此方法に從へば、從來、兒童の誤つて考へ居れる所をば、是正し、補足し、事物上の智識をば、一層深究しつゝ、反復說話するなり）

或る點に於いては、二人の樣子が異なつて居るけれども、或る點に於いては、互に同じでありました、これか

ちの森の家。

さあ、私たちはなにが知りたいですか？　だれがこの森の家に住んでいるのですか？　そこで熊はなにをしようとしたのですか？　熊は人々に幸せをもたらしたでしょうか、不幸をもたらしたでしょうか？　どう考えますか？

お話にはこの三つの問の答えが全部あります。物語は三部になっていて、私は最初になにを話さなくてはいけないでしょうか？

第Ⅰ部　**子どもたち**

部分目標　森の家に母と住む二人の少女はどのようでしたか。

Ⅰ（分析）１　二人はレンチャンと見つけ鳥のように良い子たちでしたか？　ならず者のように思い上がっていましたか？　黄金のマリーと松やにのマリーのように一人は良い子で、一人は悪い子でしたか？

Ⅱ　第一単元（単元の区切りは読本にある）の提示（つまり、ここでは語る（物語の展開はなし）。その後で訂正、補足、客観的な掘り下げを加えて再度語る。）。少女たちはどこが一緒でどこが違いましたか。家にいる穏やかな雪白、草原にいる元気なバラ紅。

ら、家に於けるやさしい雪野白子孃と、野に於ける荒々しき薔薇野紅子孃とのことを話して聞かせます。

(2) 子供等が、どうして森に行ツたでせうか、あなた方が、それを想像することが出來るでせう、獸に逢ひし時、如何なりしならんか、獸が、彼等に何をなししならんか、

第二節の提示、彼の少女等が森に於て、爲しゝこと、即ち、獸類の餌食にならんかと心配し、而かも、安らかなる良心によりて、勇氣出でしこと、天使の守護《マモリ》を受けしこと等を話し聞かす。

(2) 彼の少女等の母が如何《ドー》にかして助けたらうか、紅井帽子の如くにしてか、或は、又、それと違つてか、一日中にすべきことは、どんなことなりしか、ホルレー夫人に就いて考へよ。

第三節の提示　彼の少女等が、家事を世話せしこと、即ち(1)夏における薔薇野紅子のこと(花束《タバ》)(2)冬における雪野白子のこと(火上の釜)　冬の晩になしゝこと(ストーブのそばにて朗讀せしこと)

總括　熊が來た家の子供等、即ち、前に述べたる少女等に就いてありし事ども。

第二の部分　熊

吾々は、熊に就いて、まーだ、ちつともお話しませんでしたらうかね、さあ、吾々は、どんなことを學ぶことが出來

2　森の中では子どもたちはどうでしたか?　皆さんも考えることが出来ますね。動物たちと一緒?　動物たちも少女たちと一緒?

提示　(第二単元)。少女たちが森の中でしたこと。動物との平安。安らかな心。天使の護り。

3　少女たちはどのようにお母さんを助けましたか?　赤帽ちゃんのように?　ほかにもっと?　一日中どんなことをしなければなりませんでしたか?　ホレさまのことを考えなさい!

提示　第三単元。少女たちはどのように家のことをしたか。a　夏のバラ紅(花束)　b　冬の雪白(火の上のお鍋)。そして冬の夜は(暖炉の前で朗読)。

まとめ　**熊のきた家の子どもたちはどんな子どもたちであったか。**

第Ⅱ部　**熊**

でも私たちは熊についてはまだ何にも聞いていませんね?で

ますかよく聽いてお居で。
部分目的　熊が、子供等の行つて居つた小屋に、やつて來たお話をしましう。
第三階段、この子供等は、總べての獸に對して、よく親切にしましたが、熊に對しても、矢張り、親切にしたでせうか、彼等は、熊を幾分か恐れなければならなかつたでせうね、熊は、彼等に向つて、何か悪るいことをしなかつたでせうか、
第四節の提示、熊が來りしこと、（一人のうろつき者よ、運を天に任せん、遊び仲間、眠り時）等を話し聞かす。
(5)　熊が、何時までも彼等のそばに居りませんでした、彼れは、春になつてから彼等に離れました、なぜ、彼等が、其際、何を言ひしか。
第五節の提示、熊が別れしこと（悪しき一寸法師のこと、外套《マントー》の下の黄金のこと）
總括　熊の入來、逗留及び歸去。
　第三の部分　一寸法師
部分目的　二人の子供が、一人の一寸法師と知已となりしこと。
第一階段
　どうして、そんなことが出來ましたか、元來、一寸法師は、地下にありしものなり、然れとも、彼れは、一度外に

は何が知りたいでしょうか？
部分目標　熊がこの家の子どもたちのところへ来たこと。
Ⅲ　子どもたちはどんな動物にも親切でした。子どもたちは熊に対しても親切でしたか？　それでも子どもたちはやっぱり怖かったに違いありません！　熊は子どもたちに何か危害を加えましたか？
提示　第四単元　熊はどのようにしてやってきましたか。（旅人。驚き。「火の傍に寝なさい」。遊び仲間。寝るとき。）
5　でも熊はいつも子どもたちの家にいたわけではありませんでした。春には去っていったこと。なぜですか！　それに対して子どもたちは何と言いましたか。
提示　第五単元。熊が別れて行ったこと。（悪い小人たち！マントの下の黄金。）
まとめ　**熊がやってきて、留まり、行ってしまったこと。**
第Ⅲ部　**小人**
部分目標　二人の子どもが小人の一人と知り合いになったこと。
Ⅰ　どうしてそんなことができたのですか？　小人たちは地下にいるのでしょう。でもその小人は一度上ってきたのです。

出かけました、どんな場合にか。

第二階段

(6) 彼等が、一寸法師と別れて、樹の幹から森の方に逃げしこと、

提示、(森に於ける場所、薪、困難、無作法な話、助ける所の剪刀、忘恩) 何處で、一寸法師が金を得ましたか。

(7) 彼等が、困難の場合に、再び、一寸法師に出あひしこと、即ち、或る小河の岸、ミュール谷の近處で出あいしこと、(ロンタルウェーグ)(地方により之を變更するも可なり) 小河の困難とは何の事だらう、「藁と石炭と菜豆」の話を考へよ。

第七節の提示、グリムの書四百八頁を見よ、

彼等が小河で魚腹に葬らるゝことを助けられました、倒さまの世の中ですね、魚が、一寸法師を釣つたといふことです、無益な試《タ》めし、銛《マサカリ》に就いて、非常なる感謝、一寸法師が、小河で眞珠を見出ししこと。

(8) 彼等が、困難の場合に、再び、一寸法師に出會ひました、それは、山での話です。

何處か、(級の遠足で行つて見た場合にて可なり) 恐らく、どんなか困難に出會つたらうか。

第八節の提示、

(a) 岩に於て、助けの叫び、鷲、子供によつて免れしこと、

どこに?

Ⅱ 第6単元。森で子どもたちは木の幹に挟まれた小人を自由にしてあげました。

提示 (森のある場所。薪。苦境。大まかな話。役に立つ鋏。恩知らず。) 小人はどこで黄金を手に入れましたか?

7 また、子どもたちは小人が小川のほとりで困っているのに出くわしました! ミュールタール (ロンマーヴェーク) (地域化する) の、ある場所で。小川ではどんな危難がありましたか? 藁と炭と豆のことを考えてごらんなさい! 提示。第7話 (グリム468頁)。子どもたちは小川で魚から小人を放してあげました。(さかさまの世界、魚が小人を釣る。無駄な試み。鬚をもう少し。すばらしい感謝。) どうして小人は真珠を小川のところで見つけたのですか?

8 さらにもう一度、子どもたちは困っている小人に出会いました。それは山の中でした。それはどこですか? (「例えばイエンツィッヒで」あるいはどこかクラスが遠足で行ったところ。) そこではどんな困ったことがあったのですか?

提示 第8単元。a 岩の中で。助けを求める声。鷲。子どもたちによって自由になる。引きちぎられた上着。(あらまし)

9 さて、これからどうなるのでしょう? 小人はまだ罰をうけないのですか? 二人の少女は遊び仲間にもう会えないのでしょうか? 小人は森で黄金を手に入れ、小川で真珠を手に

粉砕したる岩かけ、

(9) さあー、恐らく、之からどうなるだらうか、一寸法師が、まーだ、罰が當らないでせう、二人の少女等が、二度と、遊び仲間の一寸法師を見ることが出來ぬだらうか、一寸法師は、森で、金を得、小河で眞珠を得ましたが、岩で何を得たか。

第九節の提示、熊が、一寸法師を罰し、一人の王子に化けしこと、(1)夕陽の光に於ける寶石、熊、どうぞ少女を包め、報い、(2)疑團氷解、幸なる結果、

總括、一寸法師が三度助かつて、とうとう、彼れの罰を受けしこと。

全躰の總括、

内容の縮約、吾々は、是までのお話に、三部分あるを見るなり、即ち各の部分に子供が現はれて居る、其各の部分が更に三つの小節を有す、有ゆる小節に少女が現はれて居るを見る、山小家に於ける家族に就ては、第一の部分にて之を述べたり、第一の部分は、三つの小節を有せるとは言ふまでもなし、熊に就いては、其の次の二つと、最後の小節とに於て述べ、一寸法師と少女とに就いては、其間にある、三つの小節を充てたり、若し、汝が、畫家であつたならば、此話の中から、どんな繪を畫かうと思ひますか、(此かることは、外の物語にも適用することを得べし) 物語の筋を演ぜしむること。

第二階段

入れました。では岩では何を手に入れましたか?

提示　第9単元。熊が小人を罰し、王子に変身する。(a　夕陽に輝く宝石。熊。「私を大事にせよ。少女を捕まえろ!」報い。b　魔法が解ける。ハッピーエンド。

まとめ　**小人が三回救われ、それから罰を受けたこと。**

総まとめ　内容の圧縮。三部あることがわかる。各部に子どもが出てくる。各部は三単元ある。どの単元にも少女が出てくる。

森の小さな家の家族については最初の三単元。熊については次の二単元と、最後の単元。小人と少女については、その間の三単元。

もしあなたが画家だとすれば、この話のどこを絵に描きますか?(これは他のすべてのメルヒェンにも適用できる。)話の劇をする。

Ⅱb　**みなさんは雪白とバラ紅にはとてもよいことが起り、**

(b) あなた方は、雪野白子嬢や、薔薇野紅子嬢には、大變仕合なことがあつて、一寸法師には、大變不幸なことがあつたのを見て、驚くべきことと思ひますか、否少女等は、よい子でありますから、お互にもよければ、お母さんに對してもよく、其他熊に對しても、有ゆる動物に對しても、一寸法師に對しても、何れも、よい子でありました、一寸法師は、悪るい者でありました、彼れは、盗みをし、人を罵詈し、恩を忘れたために苦しみました。

第三階段

吾々は、七匹の子山羊、紅井帽子、狐等における狼、又は、無頼漢、お殘婆、栄豆、泥棒等のお話に就いて、何時でも、悪る者といふものは、一寸法師と同じ運命を持たねばならないものだといふことが分りますね、さうして、若し、悪る者が難儀に逢ふと、皆人《ミンナ》が、其れは、當り前だといふ丈けで、一向、氣の毒とも何とも思ひませんね、どうでせう、悪るい事をしてならないことは、こんなハツキリしたことであるのに、それでも、未だ自分の身を改むることを得ない弱蟲がありますかね。

それは、さうとして、善い者が仕合を得るといふと、皆の人が喜んで呉れますね、見鳥の話の通り、又お金嬢の話の通りです、若し眞實《ホントウ》に悲しい目に遭つて、どうすることも出來ぬやうなことがあれば、善い人達は、皆氣の毒に思

小人にはとても悪いことが起ったことを不思議に思いますか？

いいえ。少女たちはよい子でした。お互い同士、お母さんにも、熊にも、すべての動物にも、小人にも親切でした。小人は悪く、盗み、悪態を吐き、恩知らずで悩ませました。

Ⅲ　私たちは、悪い者たちにはそうならなくてはならないということを、もうずっと見てきましたね。七匹の山羊たちの狼、赤帽ちゃん、狐、ならず者、ザンネ婆、豆、盗賊たち。悪い人たちに悪いことが起ると、みんなは言います。それでいいのだ。そしてひょっとすると何人かは良くなるでしょう。

善い人たちによい事が起きると、みんな喜びます。見つけ鳥、黄金のマリー。善い人たちに本当に悲しいことが起きて、その人たちが何も出来ないと、善い人たちみんなを気の毒がらせます。

私たちが特にこの話から知ることは、善い子どもたちが動物とどんな風であったかということです。子どもたちは、食べるものがないとき、特に冬、動物たちには餌を与え、小鳥たちの巣を邪魔したりしません。子どもたちは動物たちをいじめたりしません。子どもたちは家にいる動物たちに親切です。

うて呉れます。
其他、此の話を聞いて、殊によく分ることがまり（ママ）ませう、即ち、善い子といふものは、禽獸をどんなに取り扱ふものかといふことです、善い子供は、若し、冬になつて、動物が、なんにも、食物がない時には、折々、養つてやるとか、又、小鳥の巣なんぞには、決して悪戯《イタヅラ》をしないものです、つまり、彼等は、決して動物を苦めないのです、彼等は、又、犬とか猫とかいふやうな、彼等の側《ソバ》に住んで居る所の動物に對して、よく、大事にしてやるものです。

第四階段
（a）正しきものは、彼れの家畜を憐めども、神を無みするものは、其心、無慈悲なるものなり。
（b）見よ、兄弟仲睦まじく一所に遊び居るは、如何に美はしく愛らしくあるかを。
（c）善い人が、仕合なことがあれば、吾々は、お目出度いと言つて祝ひます。

第五階段
（a）冬の食堂（譯者曰く、こは、冬時、小鳥などに餌を撒いてやることに就いて話すをいふ）吾々人間は、他人に依頼して宜しいものと思ひますか、イーエ、なぜ、
（b）若し、人が、禽獸に對して、親切にしてやれば、何か、

Ⅳ
a　**正義ある者は家畜に慈悲をもち、神に背く者は無慈悲である。**
b　**ごらんなさい。兄弟が睦まじく一緒に住んでいるのはどんなにすばらしく好ましいことでしょうか。**
c　**善良な人がうまくいくと、私たちは言います。それはいい。**

Ⅴ
a　冬の餌場。私たちも一つ作りましょうか？　なぜ？
b　人が親切だと、動物は報いますか？（猫は怖がらなくなり、犬は荒々しくなくなり、小鳥は手から餌を啄ばむ等々。体験からの例。）
c　アンデルセンの熊使いが副読本。

之に報ゆるものですか、（猫は、最早や、臆病でなく、よく、なづいて來、犬は、最早や、荒々しくなくて、素直になり、小鳥は、手から、すぐに、物を食べるやうに親しくなります、）各自の經驗より其例を言はしむ。

(c) 伴隨的教材として、外の「熊遣ひの話」をせよ。

(d) 「喧嘩口論ある處には、不秩序にして、自慢なる惡る者がある」といふことがありますが、其れを説明して御覽なさい。

(e) 外のものが、動物を苦める時に、あなた方が、それを、どうしますか、（それを止《ト》めます、又は大人に告げます）けれども、彼等は、あなた方をお饒舌といふまいか、いはゞいへ構はないです、そんな惡る者は告げられねばなりません。

(f) 若し、他日《イツカ》、あなた方の兩親が年寄つた時に、あなた方は、どうしたら宜いものでありませうか、其心得が、此二人の少女の話を聞いて分かりましたか。

(g) 如何なる處と雖、天使が、靜に見廻はさゞる處なし。

(h) 「汝盗むこと勿れ」といふ言を適用せよ（一寸法師）

---

d 喧嘩や争いのあるところは無秩序で真に悪いことです。説明しなさい！

e 他の人が動物を苛めていたら、あなたはどうしますか。（止める。大人に言う。）そうしたら「告げ口屋」と言われたら？ 平気です。そんな悪いことは言わなくてはいけません。

f　この二人の少女のお母さんのようにあなたのご両親が年を取ったときのために、あなたはこの少女たちから何を学びますか？

g　天使はすべての土地を静かに歩き回っています。

h　応用しなさい。汝盗むなかれ。（小人）

十二　おいしいお粥

むかし昔、貧乏《びんばふ》な信心《しんじん》深い少女《むすめ》がありました。少女《むすめ》は阿母《おつか》さんと二人《ふたあり》ぎりで暮してゐました。阿母《おつか》さんと少女《むすめ》は、もう食《た》べる物がなんにもありませんでした。子供《こども》は森《もり》へ行きました。子供に出會《でつくわ》したのは一人《ひとり》のお婆《ばあ》さんでした。お婆《ばあ》さんは子供の心配《しんぱい》をちやんと知つてゐまして、子供につぼ深いお鍋《なべ》を一つ與《や》りました。このお鍋《なべ》に、この兒《こ》が、『お鍋や、ぐつ、ぐつ！』と言ひますと、お鍋は上等な美味《おいし》い黍《きみ》のお粥《かゆ》をぐつ〳〵こしらへます。それから、『お鍋や、おしまひ！』と言ひますと、お鍋は御馳走《ごちさう》こしらへをやめるのでした。少女《むすめ》はこのお鍋を阿母《おつか》さんのとこへ持つて歸りました。それからといふもの、阿母さんと少女《むすめ》は貧乏もなくなり、お腹《なか》のひもじいこともなくなりまして、食《た》べたい時にはいつ何時《なんどき》でもおいしいお粥《かゆ》を食《た》べてゐました。ちよいとの間《あひだ》、少女《むすめ》が外《そと》へ出てゐたことがありました。阿母さんが、『お鍋や、ぐつ、ぐつ！』と言ひました。そしたら、お鍋はぐつ〳〵御馳走ごしらへをはじめました。阿母さんはお腹《なか》一ぱい食べました。お腹《なか》が張《は》りましたから、阿母さんはお鍋《なべ》にぐつぐついふのをやめて貰《もら》はうと思ひました。けれど、阿母さんは文句《もんく》を知らないのです。それですから、お鍋はいつまでもいつ迄もぐつ〳〵ぐつ〳〵煮《に》えてます。お粥《かゆ》は鍋椽《ふち》から溢《あふ》れて來ても、矢《や》つ張《ば》りぐつ〳〵ぐつ〳〵いつてます。臺所《だいどころ》ぢうがお粥《かゆ》になり、家《うち》ぢうがお粥になり、お隣《となり》の家《うち》がお粥になり、それから往來《わうらい》がお粥《かゆ》になり、まるで、世界ぢうの人にお腹《なか》一ぱい食《た》べさせなくつては承知《しようち》が出來ないといふ風《ふう》でした。まことに大變《たいへん》なことになつたものですが、さてどうしたら宜《い》いか、何處《どこ》の誰《だれ》にもわかりません。やつとのことです、お粥の押込《おしこ》んで來ない家《うち》がそれでもたつた一軒殘《のこ》つてゐたときに、子供が戻《もど》つて來て、たつた一言《こと》、『お鍋や、おしまひ！』と言ひましたら、お鍋はぐつ〳〵いはなくなりました。この町へ入《はい》つて來ようとする者は、ぱく〳〵ぱく〳〵通《とほ》り路《みち》を食《た》べあけなければなりませんでした。

第十二　甘き粥（読本の二頁、及びグリムの二百九十二頁）

目的　母諸共に、最早や食ふべき何物をも持たざりし少女に就いて、

貧窮

(1)　之は、また、如何にも哀れな子供でありました、お晝になつても、食べるものとては、一向ありませんで、夜になつても、お腹《ナカ》がすいた儘で、床に這入らなければならないといふ有様でした、朝方に、早く目を覺ました時には、どうかといふと、可哀さうに、温かい食べ物とては一つもなかつたのです、パン箱を覗いて見ても、からつぽです、其處には、何も這入つて居りませんでした、それから臺所に來て見たら、どうかといふと、有りと有ゆる甕共が、からになつて、何も食べ物が入れてありませんのです、それでも、其女の子はね、どこまでも、お母さんを便りに思つて居るでせうか、其の子が、「カアチヤン、私は、お腹がすいて、堪まりません、何か食べる物を頂戴な」と、かう言

十二「甘いお粥」（テクスト　読本2頁。グリム292頁。）

目標　**お母さんともども食べるものがなくなった少女について。**

貧乏

I　それはもちろん可哀そうな子どもです。お昼になっても、食卓に食べ物はありません。夕方には、お腹を空かせてベッドに行かなくてはなりません。朝、起きると？　やっぱり暖かいものはありません。パンの入っている棚を覗いたとき？　中には何もありませんでした。お台所に行くと？　お鍋はみんな空っぽでした。ではきっとお母さんに助けを求めるでしょうね？　その子どもはきっと言うでしょうね。お母さんお腹が空いたの。何かちょうだい。するとお母さんは？　そう、みなさんはわかりますね、お母さんは子どもを可愛いがっていて、何かあるなら喜んで子どもにあげたでしょう。でも、お母さんはもう何も持っていなかったのです。そう、では、お金を稼ぐこ

うて、お母さんに頼むことがあれば、お母さんは、「お前も、よく考へてお呉れ、カアチヤンは子、お前をかわゆいと思うて居るから、之から、カアチヤンが、何か、遣るものさへ持つて居るなら、食べさして上げたいことは山々ですよ、けれども子、お前も見る通り、家《ウチ》は貧乏で、食べ物も何も、最早や無くなつて仕舞つたから、これから、カアチヤンが、何かお働きをして、お錢を儲けることをしませう、それだから辛棒してお呉れ」と、言うては見るのですが、サアー、何がさて、此お母さんの手で、ちつとでも儲けることが出來ませうか子、或は、山に行つて、薪を拾ひませうか、或は、人のために、洗濯や、裁縫や、お部屋の掃除などをしませうか、其等のことが出來る身躰なら、どれでもよろしい、お母さんが、喜んでするでせう、けれども、其おつかさんは、寢臺に横になつたまゝ、碌々、動くことすらも、出來なかつたのです、彼の女は、病氣でず、そこで、あなた方が、其の女の子が、餘り泣いたり、ねだつたりするやうなことをしなかつただらうといふことは、考へることが出來ませう、なぜ、しないのでせう、それは、お母さんに心配をかけまいと思ふからです、それで、其子は、ごく辛抱強く、堪らへて居つたのです、さうして、其の子は、モー、此れ、一つしかないといふ、最後の一切れのパンを、どうして食べたか、あなた方は知つて居

とは出来ますね？　森で薪を集めたり？　それともよその人のお洗濯をしてあげるとか、縫い物をしたり、お部屋を磨き上げるとか。こんなことが出来るのなら、子どもが飢える必要がないように、どんなことでも喜んでしたでしょう。でも、お母さんは寝ていて、出来なかったのです。病気だったのです。そして、みなさんは知っていますね。女の子は泣いたり嘆いたりしませんでした。なぜでしょう？　可哀そうなお母さんを心配させたり悩ませたりしたくなかったからです。子どもは我慢強く耐えました。そして、その子どもが最後のパンの一かけをどうしたか、みなさんは知っていますか？　子どもはそれを病気のお母さんにあげて言いました。お母さん、私はちっともお腹が空いていないの。さあ、また元気になって、力がつくように、これを食べてください。このことからわかることは？　この子どもは可哀そうな子どもというだけではなかったのです。善い子でもあったのです。私たちは何を望みますか？　神様がこの子どもとお母さんをこの苦しみから救い出して下さることです。つまり？　お母さんがまた元気になるようにして下さることです。

まとめ　お母さんと子どもは食べるものがなかったこと。

ますか、病氣して居るお母さんに向つて言ふのには、「カアチヤン私は、ちつとも、お腹がすきませんから、あなたが、其れを食べて、早く、お達者になつて下さい」といふのです、吾々が、この言葉を聞いたら、どういふことが分りますか、其子供は、啻に、哀れな貧しい子供だといふばかりでなく、實に、孝行な良い子であつたと謂はなければ、なりませんね、さうして、吾々が、此の子のために、何を願ひますかね、「愛らしき神が、其の女の子と、お母さんとを助けて下ださるやうに」と思ひます、ところで、果して、神様が助けて下ださつたか、どうかといふと、有り難いことに、お母さんは、だん/\病氣が癒つたのです。

總括　なぜ、母と子供とは、食べ物さへも持たざりしか。

驚くべき缸《カメ》

(1)　けれども、吾々は、考へねばなりませんね、一躰、其の子が、他人に厄介をかげずに、一人で生活をして行くことが出來ないのであつたらうか、どうだらう、人間といふものは、手を前掛の上に載せたまゝ、棚の上から、牡丹餅の落ちて來るのを待つて居るやうに、他人ばかり力にしたつて、決して仕様のあるもんぢやないのですね、此の女の子は、薔薇野紅子とか、又雪野白子などの思うたやうなことを考へればよかつたらうぢやないかね、一躰、大低の人

不思議なお鍋

Ⅱ　しかし私たちは考えなければいけません。少女が自分で困難から抜け出すことは出来なかったのでしょうか。手を懐に入れたまま、誰かが助けてくれるのを待つというのは、やっぱりいけません。この子は薔薇紅と雪白がしたようには考えないのでしょうか。ですから考えなさい。大きくなったら、きっとお母さんのお世話をします。この子どももそう考えたのです。でも、もちろんそれでは遅すぎでしょう。この子どもは、今の

は、下の様に考へる「私は、もつと、大きくなつたならば、お母さんに、よくお世話をして、孝行をしてあげやう」、といふやうなものである、此の子も、そんな考をして居つたのぢやないかしらん、そんなら、間違つて居るね、大きくなつたらなどと言つて居ると、何時も遲くなるものである、はて、此の子は、今に、其の事を考へ付けぬのかしらん、否々、樵に考へて居るのであります、其の子が考へたのには、「私は今何か、口過ぎの足しになることをし得たらば、何よりも宜しいことであるから、さういふことをしたい」と、恐らくどんなことが、此の子に出來るだらうかね、はて、私は、お洗濯が出來るだらうか、又、お仕立が出來るだらうか、又は、餘所の家のお部屋のお掃除が出來るだらうか、けれども、其の身を振り返つて見れば、何時も、同じ故障を言はなければならない、それは「私がまだ小さい過ぎることと、お母さんの看病をしなければならないから、丸で一日と、餘所の家に行つて居ることが出來ないといふこと」とである、併し、近所に森がありました、其處へ、其少女が行きました、其處で、何をしやうとするのでせうか、其處で、蕈を採つたり、苺を採つたり、又は野蒜を摘んだりしやうと思つたのです

さうして、どうする積りでせうね、其れを賣つて、其お錢で、パンを買つて歸らうと思つたのです、これは、誠に

ことを考えなかったのですか。確かに。その子どもは考えました。今、何か食べるものを手に入れるために、私は何が出来るかしら。いったいなんでしょう。お洗濯が出来るでしょうか。それとも縫い物。それともよその人のお部屋を磨き上げること。でも、いつも同じことを言わなければなりませんでした。私は小さすぎるし、それに、一日中家から出ているわけにも行かない。でも近くに森がありました。そこへ少女は行きました。そして？　そしてキノコを集めたり、苺を摘んだり、薬草を探したりしようと思いました。そして？　そして、それを売って、そのお金でパンを買ってお家に持って帰ろうと思いました。それは良い考えでした。なぜなら、そのようにして最悪の苦難から救い出されるかも知れなかったからです。

そうしてその子どもが森の中でイチゴを摘んでエプロンに集めていると、一人のおばあさんに会いました。そのおばあさんはその子が困っていることがすぐわかりました。普通、子どもたちが森へ来る時の様子とは違っていたのです。つまり、跳びはねたり笑ったり歌ったり楽しそうにしているのとは違っていたのです――少女は真剣な顔をして前を見下ろし、一つまた一つと苺をエプロンに摘んでいたのです。そしてまた、苺を摘むときに普通子どもたちがするのとは違っていたのです。苺を摘むとき、子どもたちは大抵自分で食べます――でもその子どもはキュッと口を結んで一つたりとも食べませんでした。なぜな

善い考です、かうすれば、今のやうな、見る影もない、ひどい〳〵貧乏な境遇を、どうにかして、幾分にても、助けることが出來るかもしれませんから。

子供が、森へ行つて、前掛の中に、苺を摘んで居りましたら、其處で、一人のお婆さんに出會ひました、お婆さんは、其の子が、貧乏であることを、直ぐと知りつけました、どうして分つたかといふに、餘所の子ならば、森に行けば、よく、躍《ト》んだり、跳ねたり、笑つたり、謠たつたりして、如何にも愉快げにあるものでありますが、此の子は、一向、さうではなくて、ぢつと、下の方を見詰めて、一生懸命に、苺を摘んでは、前掛に入れ、復た、苺を摘んでは、前掛に入れして、更に、餘念なかつたからです、又、他の子供なら、苺を摘めば、大概は、自分一人で食べて仕舞ふのでありますが、此の子は、其れと違ツて、自分の口をしツかり結んで、タツタ、一つも食べません、其の譯は、之で以て、パンを買ツて上げたら、貧乏で困ツて居る、我かお母さんも、パンの食べ味が、毎《イツ》もに違ツて、大變よく、又此の中の幾からをお食事の後に上げたら、嘸ぞお喜びなさるだらうと考へたからです、お婆さんは、どうも感心な子であると思うて、其の子に向ツて問ひかけました、（どんなことを問ひましたらう）そしたら、其の子がよく答ひました（何と言ツたでせう）さうして、お婆さん

らその子どもは考えていたからです。パンは可哀そうなお母さんに美味しいでしょう。そこでおばあさんはその子に尋ねました（つまり？）そして子どもは答えました（つまり？）そして今こそおばあさんはその子のすべての苦しみを知ったのです。

それは良いおばあさんでした。おばあさんがなんと言ったか知っていますか。可哀そうに。もっと。おばあさんは言いました。私が助けてあげよう。おばあさんは少女に何をあげたと思いますか。パンですか、お肉ですか、それともお金ですか？ おばあさんは——お鍋をあげたのです。お鍋？ そうです。みなさんは何が聞きたいのですか。お鍋には何が入っていたかということ。そうです、その子もそう考えました。でも、どれだけ覗き込んでもお鍋には何も見つかりませんでした。それからお鍋をひっくり返してゆすってみました——でも？ 何も落ちてきませんでした。終に少女は、底に何かあるかも知れないと思って、手をお鍋の中へ入れました。でも、お鍋は空でした。みなさんは何をたずねているのですか？ 少女は空のお鍋でどうせよというのでしょうか。これではお腹はふくれません。空のお鍋ならたくさん持っていました。そこで少女はおばあさんをどんな風に見たでしょうか。（不思議そうに、たずねるように。）どこでお鍋の中に何か入れてもらえるのでしょうか。それは特別なお鍋でした。ひとりでに上等の甘いお米のお粥を煮るのです。ミルク粥です。お鍋の中には何も入れる必要はあり

は、此の子が、如何にも可哀さうな子だといふことをよく知りました。

其婆さんは、大變良い人でありました、汝等は、此のお婆さんが、何と言ツたか分りませう、「マア、お可哀さうですね、」もつと何とか言ひましたか、「私は、あなたを助けて上ませう」と言ひましたらう、どうです、あなた方が、お婆さんは此の女の子に、何か遣ツたと考へますか、パンか、肉か、お錢か、イーエ、此のお婆さんは、其の子に、一ツの缸《カメ》を呉れました、缸ですか、エー、さうです、あなた方は、缸に、何か這入ツて居るだらうと思ふでせうね、實は、其の女の子も、さう思うて、中を覗いて見たのですが、中には何もなかツたのです、そこで、缸を倒にして、振ツて見たのですが、無論何も落ちては來ない、それで、其の子は、手を中に、入れて、若しや、底の方に、何か、くツ付いて居るかと、探ぐツて見ましたが、どこまでも、缸は、空缸に相違ありませんでした、サー、どうでせう、此の子は空缸をどうしたでせうね、そんな空缸を貰ツたツて、お腹のすいたのがなほりもしまい、空缸ならば、家にもある、そこで、女の子が其の缸をつく〴〵眺めて、（不思議に思つて來ましたね）「此の缸の中に、何を入れるのでせう」と聞きましたら、其れは、一種面白い缸でありました、まあ、面白いぢやありませんか、其の缸はね、ひとり

ません。お米も、ミルクも、お砂糖も、シナモンも、バターも入れなくていいのです。ただ一声かければいいのです。なんて？　お鍋よ、煮ろ！　そしておばあさんは子どもに言いました。（つまり？）「お鍋には言えばいいのさ。お鍋よ、煮ろ！　そうすると上等の甘いお米のお粥が煮えるのさ。それからまたどうすれば止めさせることが出来るかを言いました。お鍋には言わなくてはならない。どんな風に？　お前が、お鍋よ、止まれと言うならお鍋は煮るのを止める。

まとめ　**少女が不思議なお鍋を手に入れたこと。**

で、甘いお粥（即ち牛乳粥）を煑て呉れる缸なんですよ、人が、一向、何も其の中に入れなくても宜しい、お米も、乳も、砂糖も、肉桂も、バターも、入れることはないのです、たゞ、お粥を煑るときには、口上で、其事を言ひばよいのです、なんと言ふのですか、「缸さん、缸さん、煑てお呉れ」といふのです、お婆さんは、此の子に、其のことを言うて聞かせました（即ち）「缸さん〳〵煑てお呉れ」といふと、良い甘いお粥が煑えるのです、なほ、お婆さんは、其の子に向つて『若し、お前さんか、澤山だと思つたらば、「缸さん〳〵お止めなさい」といへば、直ぐ止めますから、それを忘れてはなりませぬ』といふことを、言うて聞かせました。

總括　少女が、不思議な缸を貰ひしこと。

本復

(3)　そこで、子供は、大變喜んで、缸を頂いて家に歸り、今日のありし次第を、悉くお母さんに、お話しました、「缸さん〳〵煑てお呉れ」と言ふ間は、どん〳〵良い、甘い、お粥が煑えて行きますし、「缸さん〳〵お止めなさい」といへば、すぐ煑えるのが止まります、といふとを、言うて聞かして上げました、さうして、お母さんがどうしたか、お母さんは、長い病氣のことで、大變、衰へて居りましたけれども、それでも、一度試めして見たいものだと思ひま

健康

Ⅲ　それで？　子どもは大喜びでお鍋を持って家に帰りました。そして？　そしてみんなお母さんに言いました。つまり？　森の中で一人のおばあさんに出会って、私にこのお鍋を下さったの。お鍋には言えばいいの。「お鍋よ煮ろ！」。そうするとお鍋は上等の甘いミルク粥を煮て、「お鍋よ、止まれ！」と言えばお鍋は煮るのを止めるの。それでお母さんは？　お母さんはとても弱っていたのですが、でもすぐに試してみないわけには

したから、缸を、竈の上に置いて、「缸さん〳〵煮てお呉れ」と言ひました、サー、そこで、どうなつたかと思ひますか、

すると、良い、甘い粥が、煮え始まりました、其お粥は、誠に、良い、甘い、お粥でありますから、砂糖も入らなければ、肉桂も入らないのですね、何が入りませう、左様、唯、皿と匙ばかり入用なのですね、そこで、小女は、早速、皿と匙とを持つて來て、「缸さん〳〵お止めなさい」と言ひました、すると、煮えるのが、止んだもんですから、その缸を取り巻いて、十分に食べました、そこで、彼等は、最早や、ひどい難儀といふものがなくなつて仕舞ひまして、旨まいお粥を食べやうと思へば、何時でも、食べることが出來るやうになりました、さうして、小女が、お母さんに就いて願つて居つたことが、愈々叶つて參りました、即ち、お母さんの病氣も、次第に本復して、今では、立つて歩くことが出來るやうに、丈夫になりました。

總括　母が本復せしこと。

（4）　洪水

お母さんは、直ぐと病氣も宜くなつて、部屋の中に閉ぢ籠つてばかり居る要がない、モー外に出かけられるやうになりました、さうして、お母さんが出かける時には、缸をよく〳〵氣を付けるやうに、子供等に、堅く言ひ付けて出

行きませんでした。お鍋は竈の上に置かれ、お母さんが「お鍋よ、煮ろ！」と言いました。すると何が起ったか、考えてごらんなさい。お鍋が煮始めたのです。上等の、甘い、お砂糖とシナモンの入ったお米のお粥です。ほかに要るものは？　お皿とスプーンです。これは少女が大急ぎで取ってきました。それから少女は言いました。お鍋よ、止まれ！　するとお鍋は止まり、二人は座ってお腹いっぱい食べました。これで最悪の苦難も終わりました。二人はもう飢えに苦しむこともなく、甘いお粥を何度でも食べました。そして、少女がお母さんに望んだことが本当になり、お母さんはまた力がついて元気になり、また起きることができるようになりました。

まとめ　お母さんが健康になったこと。

氾濫

Ⅳ　まもなくお母さんは部屋に籠っている必要はなくなりました。外に出られるようになったのです。出かけるときは子どもに、特にあるものに注意するようにと頼みました。お鍋で

かけました、どう言ひ付けたと思ひますか、「決して、其れを破《コ》わさぬやうに氣を付けなさいよ、さうして、手をつけるといけないから、お母さんが來るまでは、其儘にして置きなさい、お母さんが、歸つて來たら、晩に、お粥を煮て上げるから」と言ひました、子供等は、お母さんの言ふことをきいて、よく其の通り守りました、ところが或る日のこと、お母さんが復た、餘所に出かけましたが、子供等は丁度、何だか、牛乳粥を食べたくなつて堪らなくなつて來ました、そこで、何を考へたかといふと、「ア、、よし〱、お母さんが居なくても、私一人で、あの缸を取り出して、お粥を煮やう」さうして、十分用心をして、「缸さん〱煮てお呉れ」と言ひました、すると、煮え始めましたから、皿と匙とを持つて來て、一人で、食べ始めました、彼れ此れする中に、お粥が缸から溢れて、テーブルの上に廣がりました、どうして、さうなつたかといふと、其の少女が、其缸がお粥を煮て居るのを止めさするには、何といへばよかつたか、其言葉を忘れてしまひました、即ち、さきに、お婆さんに教へて頂だいたやうに言はなかつたのですから、どうしてもお粥の煮えるのが、止まらないのです、そこで、其の子は、慌て、、「止めよ」などと叫んで見ましたが、さう言つたのでは、止まりません、それから、どうしたらば止まるかと思つて、「モー、澤山だ

す。そんな時お母さんは何と言ったでしょう。あれを割らないように注意しなさい。いじらないで私が帰るまで待ちなさい。夕方お粥を煮てあげます。それで子どもは？　お母さんの言葉を聞いて、よく守っていました。でもある日、お母さんがまた出かけたとき（我々は、メルヒェンをこのように変更することは遺憾なことではなく、倫理・宗教に使用するためには必要なことと考える。）、子どもは本当にミルク粥が食べたくなりました。そこで子どもはどう考えたのでしょう。（まあ、なんでもないわ、お鍋を下ろして煮るの。ちゃんと注意するわよ。）そしてほんとうに注意深くしたのです。で、言いましたか？「お鍋よ、煮ろ！」すると？　すると煮始めました。それで？　それでお皿とスプーンを持ってきて食べ始めました。その間にお鍋はふきこぼれ、ミルク粥がお鍋の縁からテーブルの上に溢れました。どうなりましたか。少女はお鍋に止めさせるのを忘れたのです。そこで叫びました。やめてってば！　でも？　でも止まりませんでした。子どもは叫びました。これで十分！　止まれってば！もう煮ないで！　止まれ！　止まれ！　でもこの言葉はみんな役に立ちませんでした。子どもは正しい言葉を忘れていたのです。それで？　それでお鍋はどんどん煮て、お粥はお台所いっぱいになり、椅子やテーブルの高さまできたので、少女は逃げなければなりませんでした。子どもがドアを開けると、お粥は中庭に落ちて埋め尽くしました。そこで子どもはもう家に居る

よ、靜まれよ」と言つて見たり、「モー、煮ることはないよ」と言つたり、「止《ヨ》せ〳〵」と言つたりしましたが、みんな駄目でした、つまり、正しい言葉を忘れて仕舞つたのですね、サー、そこで、どうなつたか、だん〳〵續いて、煮えて行つたもんだから、モー、臺所一杯になつて、お粥が、椅子や、テーブルの高さにまで上つて來て、はや、外に逃出さなければならないやうになりました、とかくする中に、其のお粥が、戸を押し開いて、庭に流れ出して、庭一杯にお粥が溢《アフ》れました、子供は、最早、家に止まることが出來ませんから、すぐに、戸を開けて、急いで逃げました、けれども、お粥は、後から追ひかけて來て、通路《トホリ》の方へ流れて來ましたが、他の大人達や、他の子供達は、これは良い御馳走が溢れて來たわいと、大喜びに喜んで、匙を持つて、やつて來て、食べるものもあれば、手で以て直下《ヂカ》にすくひ上げて食べるものもあります、さうして、笑つて騒いで居りました、ところが、もう、今度は、段々と、笑ひ所ではなくなつて來て、彼等は、最早や、通路の中に止まつて居ることが出來ません、家に這入つて戸を〆めなければならないことになりました、さうすると、お粥が、段々増量《カサ》んで來て、小さい家などは、大雪に降り籠められたやうになつて仕舞ひ、部屋の中に、燈明《アカリ》を點《トモ》さなければならぬやうになり、さうして、丁度、竈の上に、腸詰なん

ことが出来なくなって、急いで門を開けて、外に急ぎました。でもミルク粥は後から道に出ました。すると人々がどうしたか、みなさんわかりますね。子どもたちもどうしたでしょう。スプーンを持ってきて食べました。じかに手で掬って笑っている子どもたちもいました。でもすぐに、とても困った状態になりました。もう道に居ることが出来なくなったのです。みんなは家の中に走りこんで、ドアを閉めると、お粥は高く登って、家は雪に降り込められたようになり、部屋に明かりをともさなくてはならず、ちょうど竈でソーセージを焼いている人のところでは、ミルク粥が煙突のところからフライパンに落ちました。開いていた一軒の家ではお粥がいっぱいになったので、家の人は屋根に座って、お昼ご飯を道からお粥を掬って食べなくてはなりませんでした。お鍋はどんどん煮続け、まるで世界中の人をお腹いっぱいにしたいようでした。でも、もう笑い事ではなくなりました。大変困ったことで、どうしたらいいのかわかりませんでした。

まとめ　**町中が埋め尽くされたこと。**

どを廣げて置いた所では、それに、牛乳粥が這入つて來て、鍋の中に落ち込むといふ始末になりました、又、家の戸を開いて置いた所では、一杯に流れ込んで、食事をするのには、もう、屋根の上に坐わつて、通路から酌《ス》くひ取らなければならいやうになりました、さうして、其お粥か、丁度、全世界に飽きさせるやうにしてやらうと思つてるやうで、何時までも煮えて行きます、それで、もう、はや、冗談どころの騷ぎぢやない、大變な難儀になつて仕舞つて、誰も、之を救ふ道を知らないのであります。

總括　全市街が、粥にて埋められしこと。

埋沒

(5)　或る山の上に、一軒の家が立つて居りました、丁度、ガルゲン山上に吾々の家があるやうに、又は、ランドグラーフ山上の家、又はハウス山上のウヰルヘルム邸の樣にですね、さういふ家だけは、訳合に困ることが少くなかつたのです、

なぜなら、其處までは、お粥の洪水が、中々容易には屆かなかつたからです、ところが、其山家に、お母さんが這入り込んで來ました、サー、そこで何を見たんでせうね、谷間が、丸で眞白になつて、有りと有ゆる家が、眞白に蔽はれて、たゞ其山中の一軒家が殘つて居るばかりであるのです、さうして、少女《ムスメ》の子が、彼の女（母）の方に向つ

埋没

V　ただ一軒の家が山の上にありました。私たちの近くにあるガルゲンベルクとかラントグラーフェンの家とかハウスベルクのヴィルヘルムス・ヘーエのようなところです。ここはましでした。お粥の洪水はここまではすぐには来ませんでした。そこにお母さんが帰ってきて、何を見たでしょう。谷は真っ白で、家はみんな覆われて、一軒だけ残っていました。すると少女がお母さんに走りよってきました。お母さん、怒らないで下さい。お鍋にお粥を煮させたのですが、止める言葉を忘れました。するとお母さんは？　お母さんは落ち着いて言いました。お鍋よ、止まれ！　すると？　するとお鍋は煮るのをやめまし

て、山を駈けて登つて來たが、「かあさん、堪忍して頂戴な、私は、缸で、お粥を煮ましたが、止《ヤ》めさせる言葉が何といふのでありましたか、忘れましたために、こんなことになつたのです」と言ひました、それで、お母さんは、どうしたと思ひますか、彼の女は、落ち付いて「缸さん〳〵止めてお呉れ」と言ひました、さうすると、煮えるのがやみました、サアー、かうなつて仕舞つては、誰あつて、町の中に出かけやうと思ふものがありませうか、次の朝になつて、牛乳配達をする男などが、これを知らずに、山の方からやつて來て、どうしたでせうね、皆、果して、「ヤー、なんだ、茲に、家とお寺とある切りでないかね」、「ハテ變だな、外のものは、何處へ行つて仕舞つたゞらう」と思ひました、「併し、吾々は、これから、あそこの方へ行かなければならないが、どうして行かうかな」「オヤ〳〵、何だと思つたら、お粥だわい」といふ有様で、それは〳〵、大騒ぎをしたのです、それで、誰でも町へ行かうとするものは、そのお粥を、食ひ通ほして行かなければならないのですね、

總括　母が家路につきしこと。

(1) 全躰の統括
(2) 話の演戯
(3) どんな繪を吾々が書き能ふか、

た。でも、また町に入ろうとした人は？　ミルク運びの人などが次の朝？　驚いて考えました。ここには家があって、教会が一つあったよね？　みんなどこへ行ってしまったのだろう。私たちもどうしたら中に入れるのでしょうか。あ、これはミルク粥です。町へ入ろうとする人は、食べて行かなくてはならないのです。

まとめ　**お母さんが家に帰ってきたこと。**

1　総まとめ。
2　話を劇にする。

第二階段

(b) 少女は、さきに、缸を貰つて、其困難を救はれましたが、其缸のことで、再び困難に出逢ひましたね、その救はれたのも、困難に出會つたのも、何か譯がなければなりません、皆さんは、どうして、さうなつたと思ひますか、少女が、其困難を免れ、彼の女の母諸共に、飢餓《ヒモジ》い苦みを脱《ノガ》れることの出來たのは、何までもなく、澤山のお粥を煮て呉れた缸のお蔭ですから、其缸に、御禮をいはなければならないのですね、なぜ、其お婆さんが、その缸を、少女に與へたかといふと、それは、其の子が、誠に善い子で、たゞ懐手して、他人の助けを待つて居るやうな、そんな意氣地のない子ではない、何でも自分で出來る丈けのことを働いて、其困難を免かれやうといふ氣象のある子だから、それをほめて、缸までも呉れたのですね、此の子は、森に行つて、苺を見付けて、其れを賣つたお錢で、パンを買はうとして居る感心な子ですから、神様が、其お婆さんをお遣しになつて、あの缸を、下さつたのでせう、神様は、なんでも、「自分でやれる丈けやる」といふ子を可愛がつて下さりますから、さういふ善い子を、助けてやらうと思ひなすつたのです、(譯者曰く「神は自ら助くるものを助く」の意)

---

3 どんな絵が描けますか。

Ⅱb **少女は一つの苦難から救われましたが、またもや苦難に陥りました。**どうしてそんなことになったのでしょう。少女が苦難から救われ、お母さんともども、もう飢えに苦しむ必要がなくなったのは、お粥をたくさん煮るお鍋のおかげです。そのお鍋はおばあさんから貰いました。おばあさんは少女が良い子で、じっとしているのではなく、自分で何とかしようとしているのを見て取ったので、助けたのです。苺を探し、それでパンを買うために森に入ったことです。だからこそ神様はその子どもにおばあさんを遣わされたのです。子どもが自分で何かをしているので助けようと思われたのです。

第三階段

神は、勉強なる少女を助け、又、山羊の母を助け、見鳥と廉子とを助け、總べて、かやうに、困難に際して自ら助くるものを助け給ふのであります。

(a)汝自らを助けよ、然らば、神は汝を助け給ふべし。

さて、然らば、なぜ子供が再び、ひどい目に逢ひましたらうか、それは、自分に落度があります、始めの中は、よくお母さんの言ひ付けを守りましたけれども、後の日には、守らなかつたからです、なんでも、「私は、モー一人でそんなことが出來る」と考へて、小癪めいた、生意氣めいたことをしたのが、何よりの悪るいことであつたのですね。

又、外の者でも、之と同じことがありますね、無頼漢も、そんな生意氣なことを考へましたらう、それから、あなた方が、自分でも、親の言ひ付けに從はないで、自分一人で出來るだらうと、生意氣なことを考へて居る子供を知つて居ませう、こんな子供には、世間の人がかういふのです。

(b)熟慮せよ、已れを餘り信じ過ぎるな（生意氣なことをしなさるな）

なほ、外に、此の子が、缸の煮えるのをとめる時に、何んといふのであつたか、其言葉を忘れて仕舞つたといふこと

Ⅲ　そのように神様は働き者の少女を助け、山羊のお母さんを助け、見つけ鳥とレンチャンを助け、苦しみの中にあり、自分で何とかしようとしている人をすべてお助けになるのです。

a　**汝自らを助けよ、されば神は助く。**

そしてなぜ子どもはまた困難に陥ったのですか。それは自分の責任です。最初はお母さんの言われる通りにしていましたが、ある日、言うことを聞かなかったのです。自信を持ちすぎて考えたのです。一人でちゃんと出来るわ。

他の人たちもそうです。ならず者もそうでしたし、きっとみなさんたち自身も、なんでも一人で出来る、親は要らないと考える子どもたちを知っていますね。そんな子どもには言わなくてはなりません。

b　**よく考えなさい。**

自信を持ちすぎないこと。

そしてまだ他にも責任がありました。子どもは言葉を忘れたのです。そうです。それはしてはいけないことでした。それは大事なことでした。赤帽ちゃんもお母さんの言いつけを忘れました。

c　**大事なことは忘れてはいけません。**

も、一つの落度であります、なんでも、大切なことは、忘れてはならぬものです、紅井帽子も、亦、お母さんの言ひ付けを忘れて仕舞つたために、ひどい目に逢つたことがありましたね。

(e) 大切な事を忘るゝな。

第五階段

(a) 例を擧げよ、母から、池のそばに行つてならぬとか、窓の上に上がるなとか、知りもせぬ果物を食べるなとか、又は、火を持つて遊ぶなとか言はれた時には、どうしませう、なぜ、總べて此等のことが大切なことでありますか、

(b) あなた方は、「そんな事は、大人の人に頼む方がよいと思ふやうな、危《ア》ぶない事」を企てる子供を、見もし、聞きもしたでせう……例

(c) どんな困難からも、汝は、汝自ら脱《ノガ》れんと、試むることを得べし。

(d) 脱れることの出來難いものは、どんなものでありませうか、………病氣等、

(e) 「祈れ而して働らけ」といふ格言を、今のお話に適用《アテ》てご覧なさい、(少女は其通り、祈ることゝ、働くことゝの二つのことをなしたものであります) 誰でも、働かうと思はぬ人は、食つてはならぬか、此の子は、働かうと思ひました子です、……善き人に仕合あるときには、吾々は其れを見

Ⅴa 例えば？ お母さんが言われることがあります。沼の近くにあんまり寄ってはいけません。あるいは、窓から身を乗り出してはいけません。あるいは、知らない苺を食べてはいけません！ あるいは、火で遊んではいけません。なぜこうしたことは大事なのですか。

b 今までに、危険なことをして大人を呼ばなくてはならなかった子どもたちのことを見たり聞いたりしたことがありますか。

c どのような困難なら自分で抜け出すことができますか。

d どのような困難からは、出来ませんか。病気など。

e この話にどのようにあてはまりますか。祈ることと働くこと。

（少女は二つともしました）。働かない人は食べてはいけませんか。（この子どもは働こうとしました。）良い人たちがうまく行っていると私たちは言います。それはよいことでしょうか？ 障碍によって人は賢くなるでしょうか？

て、御目出度いと言ふのが宜しいでせうか、……又禍によつて、人が利口になるといふことがありますか。

十三　星の金貨

むかし昔、齡《とし》のゆかない女《をんな》の兒《こ》が居りました。女の兒のお父《とう》さんもお母《かあ》さんも死んでしまひました。女の兒は大變貧乏《びんばふ》で、住《す》む室《へや》もなくなつてしまひ、寢《ね》るお床《とこ》も無《な》くなつてしまひ、とう〳〵揚句《あげく》の果《はて》には、體《からだ》へつけた着物と、それから手に持つたパン一片《きれ》のほかには塵《ちり》一《ひと》ツぱ無いやうになつてしまひました。このパンといふのは、或る慈悲《なさけ》深《ぶか》い人が惠《めぐ》んでやつたのでした。女の兒《こ》は、まことに善《よ》くできた信心《しんじん》ぶかい性質《たち》でした。今では誰一人《だれひとり》かまつて呉《く》れ手《て》もないので、神様ばかりを頼《たよ》りにしてぼとぼと野原《のはら》へ出《で》ました。出會《でつくわ》したのは一人の尾羽《をば》打ち枯《か》らした男の人で、

『なにか食《た》べるものを下《くだ》さい。空腹《ひもじ》くつてしかたがない』と言ひました。女の兒はパンをみんなやつてしまつて、

『神様のお惠《めぐみ》がございますように！』と言つて、サツさと行つてしまひました。すると、子供が一人《ひとり》やつて來て、泣きながら、

『頭《あたま》が寒《さむ》くつて仕方《しかた》がない、なにか被《かぶ》るものをください』と言ひました。女の兒は自分の帽子を取つて、子供にやりました。またすこし行くと、また子供が一人《ひとり》やつて來ました。この兒《こ》は上衣《うはぎ》を着てないで、寒《さむ》がつてゐましたので、女の兒は自分のをやりました。それから、また少《すこ》し行くと、また一人子供が來て、腰《こし》から下の着物《きもの》が欲《ほ》しいと云ひました、女の兒はこれも脫《ぬ》いでやつてしまひました。そのうちに、とう〳〵森へ着きました、森へはいツた時には旣《も》う暗《くら》くなつてゐました。そこへまた一人《ひとり》子供がやつて來て、繻袢《じゆばん》を下さいと云ひました。女の兒は素直《すなほ》な兒ですから、『夜《よる》になつて眞暗《まつくら》だから、誰にも見られやしない、あたしの繻袢《じゆばん》をやつてしまつても宜《よ》からう』と考へて、繻袢を脫《ぬ》いで、とうとうこれも與《や》つてしまひました。今度《こんど》こそ女の兒はほんとうに何一つ持たず、裸《はだか》でぼんやり立つてゐますと、俄《にはか》に、空《そら》からお星《ほし》さまがばら〳〵降つて來ました、そして、下へ落ちたときには、どれもこれもみんなぴか〳〵光つた金貨《きんくわ》ばかりでした。それから、女の兒は自分の繻袢を脫《ぬ》いで與《や》つてしまつたのに、ちやんと新しいのを着てゐました。しかもその繻袢は極《ご》く上等なリンネルでありまし

た。女の兒はその金貨を拾ひあつめて、一生《せう》お金持で暮しました。

第十三　星銀孃

Text: Lesebuch S. 1. Grimm 399.
Präparationen: Bei Just S. 1. Bei Hiemesch S. 9.
Just in der Praxis der Erziehungsschule Jahrg. II. Heft 4.
Zweigler Deutsche Blätter 1887.
Beyer: Das erste Märchen 4. Jahrbuch des Vereins für wissenschaftliche Pädagogik.
Ein ganz ausführliches Unterrichtsbeispiel im Schulfreund 1896 No. 6 und 7 (Würzburg bei Memminger).
Die Besprechung dazu Jahrgang 1897 No. 7 ff.
Bilder: Münchener Bilderbogen No. 235. Grimm-Vogel S. 285.

目的　お粥の話の子供よりも、もつと悲しい目に逢つて居る一少女に就いて、

哀れな子

第一階段及第二階段

お粥の話の子よりも、もつと悲しい目に逢つて居る子といつたら、どんな子でせうね、たゞ、お母さんが病氣で居られるばかりではなく、お父さんも亦病氣であつたので

十三「星の銀貨」

〔テクスト　読本1頁。グリム399頁。
授業案　ユストは1頁。ヒーメッシュは2頁。さらにユストのPraxis der Erziehungsschule Jahrg. II. Heft 4。同様にZweigler のDeutsche Blätter. 1887.　他にBeyer: Das erste Märchen 4. Jahrbuch des Vereins für wissenschaftliche Pädagogik. Ein ganz ausführliches Unterrichtsbeispiel im Schulfreund 1896 No. 6 und 7 (Würzburg bei Memminger)。Die Besprechung dazu Jahrgang 1897 No. 7 ff. この草案は特にユストの改作に倣っている。
絵　ミュンヒェン一枚絵235番。グリム-フォーゲル285頁。〕

目標　**お米のお粥の子どもよりももっと悲しいことが起った小さな女の子について。**

かわいそうな子ども

I・II　もっと悲しい？　はい、この子どもはお母さんだけではなく、お父さんも病気でした。そして良くなるのではなく、大きな不幸が起りました。お父さんが亡くなったのです。

す、而かも、お父さんは快《ヨ》くならないで、不孝にもとう〳〵亡《ナ》くなつて仕舞はれたのです、そして、お母さんも、病氣が、次第々々に重くなつて、最早、醫者の手に合はないことになつて、是れ亦、とう〳〵亡くなつて仕舞はれたのです、それだから、お粥の話の子供よりも、もつと不仕合な譯です、今はモー、自分を可愛がつて下さるお方が、一人もありません、其の子は此世界から見捨てられたものと謂うてもよいのですね、此の世の中には、其の子のために、世話をして呉れるものが、一人もないのです、食はして呉れるものも、飲まして呉れるものも、着物を着せて呉れるものも、其他、入用なものを與へて呉れるものも、一人も無いといふ哀れな子です、マアー、考へて御覽、實に、其の子は住まうべき一つの部屋をも最早や持たず、眠るべき一つの寢臺をも、最早持たないのですよ、只、此の子が持つて居るものといつたら、身躰に纏うて居る着物ばかりです、それと、外に、まだ持つて居るものといつたら、手に持つて居つた一切れのパン丈けであります、其のパンといふのは、或る情け深い人が、其の子に與へて下さつたパンであります。

總括　可憐なる少女のこと。

善き子

どれ丈け悲しい目に逢つても、其子は、泣きもしなけれ

それからお母さんの病気もだんだん重くなり、もうお医者さんも助けることが出来ませんでした。お母さんも亡くなったのです。そしてお米のお粥の子どもよりももっと悲しいことになりました。可愛がってくれる人が誰もいなくなったのです。その子どもは世界中で一人ぼっちになったのです。世話をしてくれる人がこの世に一人もいなくなったのです。食べるものや飲むものをあげたり、服を着せたり、そのほか、必要なものをあげる人が一人もいなくなったのです。そうです。考えてもごらんなさい。住む部屋もなく、もう寝るベットもなかったのです。持っていたものは？　身に着けている服だけでした。そのほかにはやさしい人にもらったパンを一切れ手に持っているだけでした。

まとめ　**この小さな女の子がどれほど悪い状態であったか。**

善い子

ば訴へもしません、胸の中で「ア、、これも、仕方ない運だ」と締めて居りました、此の子は、實に信心深い子供であつたのです、どういふ氣で居つたかといふと、愛らしき神が、私を守つて下さるに違ひないと思つて居つたのです、こんな考をしながら、平野の方に出かけて行きましたら、其處には、穀物が植わつて居つて、色々の花もあれば、馬鈴薯なども植わつて居りました、そんな間を歩るいて居ると、其處に、腰の曲がつた、白髮の生えた人が、うろ〳〵と歩るいて來るのに出會ひました、其人は、又、此の子よりも貧乏な人で、一切れのパンすらも持つて居りませんでした、そして、大變空腹《ヒモジ》くて堪らないと見えて「私は、お腹がすいて堪まりませんから、何か、食べるものをお持ちなら、下さいませんか」と言ひました、其の時に、此の善き少女は、どう思ひましたらうか、自分の持つて居る一切れのパンを、悉く呉れてやつて仕舞つて、「はい、之は、神様があなたに下さるのですよ」と言つて、通り過ぎました。

總括　子供が一切れのパンを與へしこと。

それですから、今は、其の少女の持つて居るものといつたら、着物丈けですね、即ち、頭の上に帽子を被ぶつて居り、身躰には胴衣《チヨツキ》と上衣を着けて居り、其の下に、襯衣をつけて居る丈けでありました、ところが、今度は、其の子

どれほど悲しいことが起ろうとも、その子は泣いたり嘆いたりはしませんでした。なぜなら、その子は信心深かったからです。その子はなんと考えたのですか？　神さまがきっと助けて下さる。こう考えてその子は畑に行きました。そこには穀物が生え、花やじゃが芋があったからです。すると一人の男の人に出会いました。ゆっくりと歩き、背中を丸め、もう白髪になっていました。その人はこの少女より貧しかったのです。なぜなら、少女は手にパンを一切れ持っていましたから。その老人はお腹を空かせていました。その人は何と言ったのでしょう？　私はとてもお腹がすいています。何か食べるものを下さい！　その善良な小さな少女は？　パンを全部あげて言いました。「神様の祝福がありますように。」そして先に進みました。

まとめ　**子どもは自分のパンをあげる。**

少女はもう着ているものしか持っていませんでした。つまり？　頭には、小さな帽子。体には、ヴェスト。それにスカート。その下に肌着。すると一人のもっと貧しい子どもに出会いました。その子の頭は凍えていました。帽子をかぶっていな

よりも、もつと貧しい一人の子供に出會ひました、其の子といふのは、頭に被ぶり物がないのですから、丸で耳なんぞが凍えて居りました、さうして、其の子が、何と言ひましたか、……其の時、善き少女は、どうしましたか、……被ぶり物を取つて其れを呉れました。

　暫く經《タ》つて、又一人の子供が來ました、一向に、胴衣をも持たなかつたのです、さうして、善き少女がどうしましたか、其胴衣をも遣つて仕舞ひました。

　又、暫く經つと、一人の子供が來て、「あなたの上衣を下さい」と言ひました、そこで、また、上衣までも、呉れて仕舞ひました。

總括　少女が、帽子と襯衣と上衣とを、他人に與へしこと。

　さて、其の少女が、森に着きました、其處には、高い木が茂げり立つて居ツて、キンクルマ草（菊科の植物）や、苺やが、其下に生えて居るし、鹿や、野兎やなどが、遊んで居るやうな處であります、其處で、出逢ツた子こそは、此の世の中で、一番の貧乏者と謂ツても宜《ヨ》う厶いませうが、其の子は、丸で一つの襯衣をも持たなかつたのです、信心なる少女は、そこでどうしたらうか、それが、早や「誰《タ》そ彼《ガ》れ時《トキ》」のことでありましたが、あなた方の考では、此の少女が、どうしたと思ひますか、「モー、暗い晩だから、誰も、私を見て笑ふものもないだろう、私は、襯

かったのです。その子は何と言いましたか？　その善良な小さな少女は？　少女は帽子を脱いでその子どもにあげました。

　しばらく行くとまた一人、ヴェストを着けていない子どもに出会いました。その善良な小さな少女は？　ヴェストもあげました。

　さらに一人の子どもがスカートを下さいと頼みました。それで？　少女はスカートもあげました。

まとめ　**子どもは帽子も、ヴェストもスカートもあげました。**

　さて少女は森にやって来ました（地域化すること）。高い樹が生え、森の花や森の木の実があり、鹿や兎がいました。すると一番貧しい子どもに出会いました。下着も着ていなかったのです。信心深い少女はどうすればよかったのでしょう？　もう暗い夜になっていました。その少女がどう考えたか知っていますか？　暗い夜だから、誰も私のことを見る人はいない、だから下着もあげてもいいの。それで？　そこで少女は下着を脱いであげてしまいました。もうその子は本当に何も持っていなくて、まったくの貧乏になりました。この子はどうなるのでしょう？

衣までも脱いでも構ひません」といツて、襯衣までも取り去ツて、それを、其の貧乏な子にやりました、サー、今となツては、此の少女も、全くの無一物で、此の上もない本統の貧乏者であります、さて、此の子は、後で、どうなるだらうと思ひますか。

總括　子供が、襯衣までも脱ぎ與へしこと。

幸なる子

愛らしき神は、其始終を御覽になツて、「ア、、此子は、實に善い子だ、こんな善い子は、助けなければならない」と仰せあツて、其の子をお助けになりました、考へて御覽、どんなことが起つたゞらうね、不意に、天から星が落ちたと思ツたら、落ちて來たのは、星ではなくて、奇麗な堅い、白い銀貨でありました、其の子は、カチン〳〵と響いて、コロ〳〵と轉がるのを聞いたから、よく見ると、其れが、みんな、ピカ〳〵と光ツて居る銀貨でありました、それから、新らしい襯着が、お空から落ちて來ました、それは、ごく奇麗な、リン子ルの襯衣でありました

そこで、子供はどうしたか、子供は、襯衣を着てから、其の銀貨を浚へ集めました、さうして、今は、之までと、全く別の子供のやうになツて、やす〳〵と暮しの出來るやうなお金持になりました。

第二階段

まとめ　子どもは下着もあげてしまう。

幸せな子ども

神様はすべてのことをご覧になって、少女を助けました。なにが起ったか考えて下さい！　突然空から星が降ってきました。それが下に落ちると、まぎれもない硬い光ったターラー銀貨でした。子どもは銀貨が音を立てて転がるのを聞き、まばゆく光るのを見ました。それと一緒に空から下着も降ってきましたが、それはこの上もなく上等の亜麻布でした。子どもはどうしましたか？　下着を着け、ターラー銀貨を集めました。そしてその子の状態はまったく違ったものになりました。一生お金持ちになったのです。

Ⅱb　その小さな少女は神様がそうあって欲しいと思われる

(b) 少女のした事は、愛らしき神の思召に適ツたことですか、慥にさうです、此の子は、自分のパンやら、持ち物やら、すべて自分の持てるものを他人に施しましたから。

第三階段

　廉子と見鳥とも此の通りでありました、雪野白子と薔薇野紅子とも此の通りでありました、しかし、泥棒や、牡雞などは、之と違ひました。

第四階段

(a) 飢ゑたるものにパンを與へよ、而して、裸なるものに着せよ。

　此の子は、又、信心でありました、「愛らしき神は、吾々を助け給ふものなり」とのことは、常に忘れませんでした、而かも、神は、其の通りに少女を助けました、それだから、たとひ吾等は地上に於て、最早や、一人の父をも持たないやうな不幸に陷ることがあツても、尙ほ、天に在しまして、吾等を保護し、吾等のことを何くれとなく世話し給ふところの、一人の父があることを忘れてはなりません。

　見鳥だツて、紅井帽子だツて、病める母を持ツて居る少女（甘き粥のお話にある）だツて、皆其の通りです、實に神に對しては、總べてのものは、老いたるも若きも、下の如く言うて祈ることが出來る。

ような子どもでしたか？　そのとおり、善良でした。持っているものを与えました。パンと衣服などです。

Ⅲ　レンチャンと見つけ鳥のように、雪白とバラ紅のように、でも盗賊のようではなく、牡鶏のようでもありませんでした。

Ⅳ a　**お腹を空かせた人がいたら、あなたのパンをあげ、裸の人を見たら服を着せてあげなさい。**

また、その子は信仰深いのでした。（神様がきっと助けて下さいます！）実際、神様はその子どもを助けました。その子にはもうこの世にお父さんがいなくても、それでもまだお父さんがありました。つまり天上のお父さんで、子どもを護り、子どものことを心配して下さるのです。

見つけ鳥も赤帽ちゃんも、病気のお母さんのいる（甘いお粥の）少女もそうでした。そうです、みんな祈ることが出来るのです。地上にいるどの人も、大人も子どもも、みんな言うことが出来るのです。

b　**天にましますわれらの父よ。**

(b)　天に在します吾等の父よ、

第五階段

(a)　「天に在します汝の神が、慈悲深く在します給ふ如く、慈悲深くあれ」といふことは、どんな意味ですか、説明して御覽、……實例、

(b)　冬になつたならば、あなた方が、どんな事をして慈悲深くあることが出來ますか、鳥に對しては（餌）貧兒に對しては、（温めてやること）貧民に對しては、（パンをやること）耶蘇降誕祭の日ならば、（何なりと汝の餘つて居るものを遣ること）

(c)　或る子供が、大變暑い日に、犬に向つて、「犬よ來い〳〵飲まして上げやう」と言つて、犬を呼び、よいものを飲ませました、彼れが、どう考へたのでせうか、そして、何をなしましたか、何故、それが正しい事ですか、

(d)　此の少女のやうな、善い子が、今もあるだらうか、あなた方が、そんな子を知つて居ますか、其の子に就いてお話して御覽、

(e)　信心な子が、天から落ちて來た銀貨（即ち星銀）を得たゝめに、大變に仕合になつたといふのは、何故ですか、それは、之で以て、思ふ様に善い事をして行くことが出來ることになつたから、仕合だといふのです、あの子が、星銀によつて大變に有福になつたのですもの。

Ⅴ a　「天の父のように情け深くありなさい。」説明しなさい！　例。

b　冬、どのようにすれば情け深くできるのですか？　小鳥たちに対しては？（餌を与える。）貧しい子どもたちに対しては？（暖めてあげる。）貧しい人には？（パンをあげる。）クリスマスには？（余ったものをあげなさい）。

c　一人の少年がとても暑い日に犬に言った。「犬ちゃん、おいで。飲むものをあげよう！」少年はどう考えたのでしょうか？　何をしたのでしょうか？　どうして少年は正しく行動したのでしょうか？

d　今でもこの小さな少女のように善良な人がいるのでしょうか？　そんな人と知り合いになったことがありますか？　そのことを話して下さい。

e　どうしてこの信心深い少女は、銀貨、空から降ってきた星の銀貨で幸せだったのでしょうか？　その子はいまや本当に善いことをたくさんすることができました。お金持ちになったのですからね。

f　お金持ちなら善いことが出来ますね？　どうして？（たくさんあげる。）貧しくても？（少ないものを善い心であげる。）でも全然何も持っていないと？（目の見えない人の道案内をする。）

(f)　若し、人が、金持であつたら、善い行をなすことが出來ますか、どうしてさうか、（多くのものを與へることが出來ますから）若し、人が、貧乏であつた時には、どうですか、（僅かの物を善い心を以て與へる）若し、丸で、何も持たなかつたら、（盲の人が、路を歩いて困まつて居るやうな時には、案内をしてやります）

(g)　牧場の位置、

g　餌場の設置。

十四　貧乏人とお金もち

おほ昔《むかし》、まだ神さまが御自分《ごじぶん》で、この下界《げかい》を、人間どもの間《あひだ》をのそのそ歩《ある》いてゐらしつた頃のこと、或る晩、神さまがお草疲《くたび》れになつて、何處《どこ》か泊るところへおいでにならないうちに夜《よる》になつてしまつたことがありました。その時、路《みち》に、神さまの前に家《うち》が二軒向ひあつて立つてました。一軒は、見たところ大きくつて綺麗《きれい》であり、もう一軒のは、小《ちい》さくもあり貧乏くさくありました。大きい方《はう》は或るお金持《かねもち》のもので、小さい方は貧乏人のものでした。これを御覧になつて、神さまは『金持《かねもち》なら、迷惑《めいわく》をかけることもあるまい。あすこへ泊《とま》らう』とお考へになりました。お金持《かねもち》は、自分の家《うち》の戸をとん〳〵と敲かれるのを聞いて、窓をあけて、何御用《なにごよう》ですかと、見たことのない人に訊《き》きました。神さまは、『一晩《ばん》泊《と》めてお貰ひ申したい』と返答《へんじ》をなさいました。お金持は、この旅の人を頭から足のさきまでじろ〳〵眺めました、ところが、神さまは粗末《そまつ》な召物《めしもの》を召《め》してゐらしつて、とても衣袋《かくし》にお金を澤山持つてる人のやうには見えなかつたものですから、お金持は頭《かぶり》を振《ふ》つて、『お前さんを泊《と》めたげることは出來ない、宅《うち》の室《へや》には何處《どこ》も彼處《かしこ》も野菜や種《たね》ものが一ぱい入《はい》つてるでな。それに、わしにしたところで、宅《うち》の戸を敲《たた》く者を誰《だれ》でも彼《かれ》でも泊《と》めた日にや。肝心《かんじん》のわしの方《はう》が乞食《こじき》になつて、とぼ〳〵歩《ある》かにやならぬ始末《しまつ》にならうも知れぬわ。お前さんは、まあ何處《どつ》か他《よそ》へ行つて宿《やど》を探《さが》したが好《い》い』と言ひました。そして、窓《まど》をぴつしやり閉めて、神さまの立つてらつしやるのを構《かま》ひつけませんでした。そこで神さまはお金持に背中《せなか》を向けて、向側《むかふがは》の小《ちひ》さな家《うち》へおいでになりました。神さまが、とん〳〵とお敲《たた》きになりますと、貧乏人は直《すぐ》さま小さな戸の鎖《かけがね》を外《はづ》して、さあ、どうぞお入《はい》り下さいと、旅の人に言ひました。『今夜《こんや》はわたしのとこにお泊《とま》りなさい。既《も》う眞暗《まつくら》でさ。今日《けふ》は、あなた、どうしたつて先《さき》へ行かれやしませんよ』この様子がいかにも神さまのお氣に召しましたので、神さまは貧乏人の家《うち》へお入《はい》りになりました。貧乏人のおかみさんは、神さまと握手《あくしゆ》をして、神さまを歡《よろこ》び迎《むか》へ、どうかお氣樂《きらく》になすつて下さいまし、それがせめてもの御馳走。宅《たく》には何《なん》の貯《たくは》へも一向《かう》ございませんが、宅《たく》にあるものは何《なん》なりと差上げたいと存じます、と言ひました。それから、おかみさんは馬鈴薯《じやがいも》を火へ懸けて、馬鈴薯の煮《に》える間《あひだ》に山羊《やぎ》の乳《ちち》を搾《しぼ》りました。これは、少許《すこしばかり》馬鈴薯へ入れるためでした。御飯の支度《したく》が出來ますと、神さまは腰をおろして、夫婦《ふたり》を對手《あひて》に召上《めしやが》りました。食物《たべもの》は粗末なものでしたが、自分たちの身分《みぶん》に安《やすん》じてその日その日を樂《たの》しんでる人たちと一緒でしたから、神さまはおいしく召上《めしやが》りました。御飯《ごはん》が濟《す》んで寢《ね》る段《だん》になりますと、おかみさんは密《そつ》と亭主《ていし》を呼んで、『ちよいとねえ、お前さん、あたしたちは今夜《こんや》は寢藁《ねわら》をこしらへてね、あのお氣の毒な旅の方《かた》をあたしたちの寢床《おとこ》へ寢《ね》かして、ゆつくり憩《やす》ませて上げませう。あの人は終日《いちんち》歩《ある》きどほしなんだから、あれぢやあ誰でも疲《つか》れらあね』と言ひました。『さうとも、さうとも。あれを客人《きやくじん》のにしよう』亭主はかう答へまして、神さまのとこへ行つて、お否《いや》でなくば、あたしたちの寢床《ねどこ》へ横になつて、手足を本式《ほんしき》におやすめなさるが好《い》い、と言ひました。神さまは、爺《ぢい》さん婆《ばあ》さんの寢床《おとこ》を取上《とりあ》げるのはお厭《いや》なのでしたが、夫婦《ふたり》の者がしきりにさう言つて呉れますので、神さまは、とう〳〵その言ふなりになつて、夫婦《ふたり》の寢床《おとこ》へお入《はい》りになりました。夫婦《ふたり》は、自分たちは床《ゆか》へ藁《わら》を敷《し》いてこしらへました。翌朝《あくるあさ》、日の出《で》ないうちに貧乏人夫婦《びんぼうにんふうふ》は起きて、いろんな算段《さんだん》をしてお客さまに朝の御飯《ごはん》をこしらへました。それから、お日様が小《ちひ》さな窓《まど》から射込《さしこ》む時分《じぶん》には、神さまも起きてゐらしつて、また夫婦を對手《あひて》に御飯をあがつて、おでかけにならうとしました。神さまは入口《いりぐち》の閾《しきゐ》の上に立つて、後《うしろ》へ振向《ふりむ》いて、『お前がたは憐憫深《あはれみぶか》いものであり、誠《まこと》の道《みち》にかなつた者どもであるによつて、何《なん》ぞ三つ望《のぞみ》を申すが宜《よ》い。わしがかなへてつかはすぞ』と仰せになりました。すると、貧乏人は『ゆく〳〵は極樂《ごくらく》へ參りたうございます、それから、わたくし共兩人《ふたり》、生存《いきなが》らへて居ります間《あひだ》は健康《すこやか》にいたして、日々《ひゞ》の食事《しよくじ》に事缺《ことか》かぬやうに仕《つかまつ》りたく、この他《ほか》には何をお願ひ致しませうや。三《みツ》つ目《め》には何を望みませうやら、とんと解《わか》りかねまする』と言ひました。神さまは『この古い家《うち》のかはりに新《あたら》しいのが欲《ほ》しいことはないか』と仰せになりました『へえ、へえ』と貧乏人が言ひました、『さういふものまで頂戴《ちやうだい》出來ますれば、まことにはや嬉しいことで』そこで、神さまは貧乏人夫婦の望《のぞみ》をかなへておやりになり、古《ふる》い家《うち》を新しいのに化《ば》けさせておやりになつて、それからもう一度《ど》福《ふく》を授けて、そこをおたちになりました。

お金持が起きたのは、すつかり晝間《ひるま》になつてからでした。お金持は窓《まど》から乘《の》りだしてみますと、向側の、以前《せん》に古い小屋《こや》のあつた處に、赤瓦《あかがはら》の新しい小《こ》ざつぱりした家《うち》がたつてゐました。お金持は眼《め》を大きくして、おかみさんを呼寄《よびよ》せて言ひました、『こりやあ、どうしたつてえんだい？　昨夜《ゆふべ》までは古いみツともない小屋がたツてたのに、今日《けふ》は綺麗な新しい家《うち》が立つてるんだぜ。お向《むか》ふへ行《い》つて、譯《わけ》を聞いとで！』おかみさんは出かけてつて、貧乏人に訊《き》きただしました。貧乏人は、おかみさんに、『昨晩《さくばん》、旅の人が見えまして、泊《と》めて呉れろつて申しました。その人が、今朝《けさ》出發《た》ちしなに、わたくしどもに望《のぞみ》を三つかなへて呉れました、極樂《ごくらく》へ參ることと、生きて居ります間《うち》は息《そく》災《さい》で毎日の食事に事を缺かないことと、それから一番おしまひに、わたくし共の古い小屋《こや》を綺麗な新しい家《うち》にしてくれたのでございます』と話してやりました。お金持のおかみさんは家《うち》へ駈《か》けて歸つて、亭主に譯《わけ》をすつかり話しました。亭主は、『この身體《からだ》を八裂《やつざき》にしてくれようかい。知らなかつたのが殘念《ざんねん》だ！　その知らねえ奴《やつ》あ、初手《しよて》に此處《ここ》へやつて來て、泊めて呉れつて言《い》やがつたんだが、おれが斷《ことわ》つちまつたんだ』と言ひました。『急いで、急いで』と、おかみさんが言ひました、『お前さん、馬へお乘りよ。さうしたら、その男にまだ追付《おツつ》けるかも知れない、追付《おツつ》いたら、お前さんだつて望《のぞみ》を三つかなへさして貰《もら》はなくつちや駄目だよ』

お金持は、こいつはうまいと、言はれたとほりに馬でかけ出してつて、神さまに追付《おひつ》きました。お金持《かねもち》は、いかにも慇懃《いんぎん》に、愛嬌《あいきよう》をぽた〳〵こぼして、あの時、すぐに内《うち》へお入《い》れ申さなかつたのを、どうぞ惡《わる》くおとり下さらないやうに。實《じつ》は戸の鍵《かぎ》をさがして居りました間《あひだ》に、何處《どこ》へかいらしつておしまひになりましたので。この路をお戻りにでもお通《とほ》りになりました節《せつ》は、是非手前《てまへ》どもへお泊《とま》り願ひたう存じます、と言ひました。『はい、戻《もど》りに通《とほ》りでもしたら、さうしませう』と、神さまが仰せになりました。すると、お金持は、わたくしも隣《となり》の男みたやうに、望《のぞみ》を三つ出しましてはいけませんでせうか、とお訊《たづ》ねしました。神さまは、『左樣《さよう》さ、そりや差支《さしつかへ》はないがね、お前さんにや面白かあるまいよ。お前さんは望《のぞみ》なんかしなさらん方《はう》が好《よ》からうな』と仰せになりました。お金持は、若し望《のぞみ》が屹度《きつと》かなふといふことが解《わか》りさへすれば、自分の幸福《しあはせ》になることを何か屹度《きつと》さがしだしてお目にかけますと、思つてるとほりを言ひました。すると、神さまは、『宅《うち》へお歸り！　お前さんの望《のぞみ》は、三つともかなへてあげるよ』と仰せになりました。

これで、お金持は願《ねがひ》がかなひましたので、馬でとこ〳〵自宅《うち》の方へ向ひながら、何を望んだものかと考へはじめました。かうやつて頻《しき》りに考込んで、手綱《たづな》を放《はな》したものですから、馬は跳《と》びはじめて、お金持は始終瞑想《しよつちうかんがへ》の邪魔《じやま》をされて、どうしても考をまとめることが出來ませんでした。お金持は馬の平頸《ひらくび》を叩《たた》いて、『リーゼ、溫順《をとなし》くしろ！』と言ひましたが、馬は又もや棒立《ぼうだち》になりました。お金持はとう〳〵癇《かん》癪《しやく》を起《おこ》して、『言ふことききかなきや、頸《くび》の骨《ほね》を折《を》つちまふが宜《い》い！』と、むしやくしや腹《ばら》で怒鳴《どな》りつけました。かう言ひきつた途端《とたん》に、どたーりツ、とお金持は地面《ぢびた》へ落《おつ》こちました。馬は息《いき》が絶えてごろりところがつて、もうぴくりとも動きませんでした。これで一番目の望がかなつたことになりました。ところで、この男《をとこ》は性來吝嗇坊《うまれつきけちんぼ》でありましたから、鞍《くら》を打《う》つちやつて行くのは惜しいと思つて、鞍《くら》を切りはなして、それを自分の背中《せなか》へぶら下げました。今度《こんど》はてく〳〵歩かなければならなくなつたのです。『いいや、まだ望は二つ殘つてらア』かう考へて、あきらめてゐました。お金持は、砂《すな》の中をとほつてのそ〳〵と歩いて行きましたが、丁度お正午頃《ひる》のお天道《てんと》さまがぢり〳〵ぢり〳〵照りつけて、暑くつて氣分《きぶん》がむしやくしやして仕方がありませんでした。鞍《くら》は背中《せなか》をぎゆう〳〵壓付《おしつ》けるのに、いくらかかつても何を望んだら宜《い》いのか、てんで考がつきませんでした。『よしんば世界ぢうの國、世界ぢうの寶《たから》を望んでみたところで、後《あと》になりやア、これだのあれだの、まだ〳〵いろんなことが思ひつくもんさ。そんなこた、こつちは前から承知してるからな。後《あと》になつて、これでもう欲《ほ》しいものが一つも殘《のこ》つてないつてやうな鹽梅式《あんばいしき》にやりたいもんだな』と、お金持は獨言《ひとりごと》を言ひました。それから、溜息《ためいき》を吐《つ》いて、『さうだ、あのバイエルンの百姓が羨《うらや》ましいな。あいつは、矢張《やツぱ》り望を三つ言へと言はれたら、何《なん》の苦《く》もなくやつてのけた。先づ最初に、ビールがうんと欲しいと望んだ、それから二番目には、自分の飲めるだけのビールを望み、それから三番目にや、もう一つおまけにビールが一樽《たる》欲しいと吐《ぬ》かしたもんだ』と言ひました。どうかすると、それだ、それだと思ふことが無いでもありませんでしたが、後《あと》になると矢つぱり少《すく》な過ぎるやうな氣がしました。すると、不圖《ふと》、女房《にようぼ》は今頃は、さぞ樂々《らく〳〵》としてゐるだらうな、宅《うち》の涼《すゞ》しい室《へや》へ坐《すわ》り込《こ》んで、うまい物でも食《た》べてやしないかと考へました。さう思ひだすと、腹《はら》が立つてなりませんでした。で、うつかりと『この鞍《くら》の野郎、おれが背中へ引脊負《ひツちよ》つて歩かねえで、女房《にようぼ》のやつが此の鞍《くら》の上へぶツつわつて、降《お》りられねえと宜《い》い』と獨言《ひとりごと》を言ひました。この最後《おしまひ》の言葉がお金持の口《くち》から出ますと、鞍《くら》は背中《せなか》から消えて無くなつてしまひました。そして、お金持は、二番目の望もかなつたことに氣がつきました。今度《こんど》こそほんとうに暑くなりました。お金持はどん〳〵駈《か》けだしました。男は一人《ひとり》つきりで自分の室《へや》へとび込んで、根《ね》つ切《き》り葉《は》つ切りこれつきりの望に、何か素晴《すば》らしいことを案出《かんがへだ》してやらうと思ひました。ところが、お金持が宅《うち》へ着いて、室《へや》の扉《と》を開けてみますと、室《へや》の眞中《まんなか》におかみさんが鞍《くら》の上へ坐《すわ》つたぎりで降《お》りることが出來ず、泣き叫《さけ》んでゐるところです。それを見て、お金持は、『まあ好《い》いぢやあないか。世界ぢうのお金《かね》を祈《いの》り寄せてあげるよ。いいからさうやつといで！』と言ひました。けれども、おかみさんは亭主《ていし》のことを羊の頭《ひつじあたま》（註。わからずやの馬鹿のこと）だと罵《ののし》つて、『あたしが鞍の上に坐つてたんぢやア、世界ぢうのお金を貰つたつて何《なん》になるものかね。お前さんがあたしをこんなとこへ祈《いの》りあげたんだから、お前さんがあたしを舊《もと》のやうに降《お》りられるやうにして呉れるのが當然《あたりまへ》ぢやないか』と言ひました。亭主《ていし》は否應《いやおう》なしに、女房《にようぼ》が鞍から離《はな》れて下《した》へ降《お》りられますように、と三番目の望を申出《まをしで》なければなりませんでした。この望は直《すぐ》さまかなひました。こんなわけで、お金持は、腹《はら》を立てて、草疲《くたび》れて、叱《しか》られて、おまけに馬をなくしたのが結果《おち》でした。けれども、貧乏人《びんぼうにん》の方《ほう》は、その日その日の事に慾を出すこともなく、穏《をだや》かに、誠《まこと》の道を踏み乍ら歳月《としつき》を送り迎へて、やがて大往生《だいわうぜう》を遂《と》げました。

第十四　富者と貧者

Text : Lesebuch S. 31. Grimm S. 242.
Präp. : Just (darstellend) S. 72.
Bilder : Grimm-Vogel S. 205.

（提示的教授）

目次

(a) 二人の所行、(a)富者の無情(1) (b)貧者の愛(2)
(b) 二人の願望、(a)貧者の幸 (b)富者の魯鈍

十四「貧乏人と金持」

〔テクスト　読本31頁。グリム242頁。
授業案　ユスト（口演形式）72頁。
絵　グリム-フォーゲル205頁。〕

（提示授業）

概要

A　二人の行動　a　金持の薄情さ（1）
　　　　　　　b　貧乏人の愛（2）

目的　貧者と富者とありて、各、其希望する所のものを、愛らしき神に願ふことが出來るとのことにて、兩者、何れも祈願せし話。

(1)猜忌（摸傚）(4)
(2)願（呪詛）(5)
(3)結果（悪）(6)

第一階段（分解）　豫備的問答

希望

(a)　あなた方は、若し、何なりと、望みのものを、言へといはれたらば、何を望みますか、あなた方が、若し神樣に問はれたときには、何と答ひますか、

(b)　兩方の者が、恐らく、どんなことを希望するだらうと思いますか、貧者は、非常に澤山のものを望み、富者は、僅かを望み、貧者は必要品を望み、富者は面白きものを望むと思ひます。

許可

(c)　愛らしき神が、それを聞き届けて、おやりになることが

B　二人の願い

a　貧乏人の幸せ（3）
b　金持の愚かさ

α　妬み（追いかける）（4）
β　願い（呪い）（5）
γ　結果（立腹）（6）

目標　**欲しいものを願うことを神さまから許された貧乏人と金持について。**

（分析）事前の話し合い（**願い**）

a　もし皆さんがそうするようにと言われたら、何を願うでしょうか。神さまが皆さんにたずねられたら、皆さんは何を願うでしょうか。

貧乏人と金持

b　二人はいったい何を願ったでしょうか。貧乏人はきっとずいぶんたくさん。金持は少し。貧乏人は役に立つもの、金持ちはアクセサリー。

許可

出來るでせうか、二人のもの丶願ふ所が、大變に掛け離れたことがあつても、やつぱり、すぐに叶ひて下さるのですか、勿論、さうですとも、若し貧者富者二人ともに、慥かに甚だ善良なものであつたなら、勿論、さうなければなりません、しかし、多分貧者に向つて、神が大變滿足に思召さる丶ことになるでせう、それは、これから、後をごらんなさい、

待ち設ちらる（ママ）べき疑問の列記、

(a) 彼等二人は、どんなことになりましたか、

(a) 富者は

(b) 貧者は、

(b) 彼等は、元來、何を望んだのであつたですか、

(a) 富者は、

(b) 貧者は、

第二階段提示（總合）

第一の部分　拒絕

(a) 富者は如何になりしか、談話（讀本の三十一頁）愛らしき神……家の前……謙遜なる願、……窓を閉ぢ、……外の場處を探がせ。

(b) 再び話さしむ（ざつと要を摘ま丶しむること）

(c) 說明的問答　愛らしき神は、其れがために、富者の願を

---

c　神さまはどうして二人にそんなことをお許しになったのでしょうか。しかも同時に、非常に違う二人に？きっと二人とも本当にとても親切だったのです。気の毒な人に。そこで神様が二人のことをお喜びになったのです。

予想される答の整理

A　どうしてそうなったのか？

a　金持　　b　貧乏人

B　何を願ったのか？

a　貧乏人　　b　金持

Ⅱ　**提示**（総合）

第一編　**拒絶されて**

a　どうして金持は願いが許されることになったのですか。

物語（読本31頁）。神様。家の前。ささやかな願い。閉じられた窓。どこか他を探すんだな！

b　**もう一度語る**（粗まとめ）。

許さなかつたでありませうか、それがためとは、何のことですか、彼れが、窓をあけて、頭を振り、一言の下に、彼れを拒絶し、そうして窓をしめたことです、いゝえ、其のためではありません。

(d) 標題　富者が、神に玄關拂ひを喰はせしこと、

(e) 要領を判然と把捉せしむ（連續して復述せしむ）

第二の部分　お這入りなさい

部分目的　吾々は、先づ神が、貧者よりして、如何に取り扱はれしかを見やうと思ふ。

(a) 説話　歡迎、……嬉しき食事、……心地よき休息、

(b) 再び話さしむ、（ざつと大躰を把捉せしむ）

(c) 説明的問答　あなた方は、富者と貧者との間に、大變に違ひのあるのが分りましたか、貧者が、戸の閂を外づし、用向を問ひ、彼れを案内せしこと、又、其細君が、慇懃に握手の禮を取りしこと、貧者夫婦は、神と食事を共にせしこと、床を神に讓りしこと、

(d) 標題　貧者が、彼れを親切にもてなしゝこと、

(e) 要領を判然と把捉せしむ（連續して復述せしむ）

第三の部分　三つの願

---

c　**説明的に話し合う**。でも神様はそのために願いをお許しになったのではないでしょう？　なんのためだと考えますか？　金持が窓しか開けず、頭を横に振って、言い訳をして神様の願いを断り、窓を閉めたということです。いいえ、そのためではありません。

d　**標題　金持は神様にドアを開けることを断る。**

e　**整理した総まとめ**（関連描写）。

第二編　お入りください

部分目標　では貧乏人のところでは神様にはどんなことが起ったか見てみましょう。

a　**語る**　ようこそ。召し上がれ。心地よい静けさ。

b　**もう一度語る**（粗まとめ）。

c　**説明的に話し合う**　皆さんは大きな違いに気がつきましたか？　貧乏人はドアを開けると、わけを尋ね、神様を中に入れました。妻は手をさしのべました。二人は神様と食べ物を分け合い、二人のベットを神様に譲りました。

d　**標題　貧乏な男は神様を親切に迎えた。**

e　整理した総まとめ（関連描写）。

第三編　三つの願い

部分目的　吾々は、貧者が、どんなことを願つたのであるか、それに就いては、まーだ、何もお話しませんでした。

(a)　説話　朝早く起きしこと、……永久の惠、……健康とパン、……新らしき家、

(b)　復述（大躰を、ざつと把捉せしむ）

(c)　説明的問答　外の人々は、貧者をば、希望を滿足せしことに就いて、大變に、驚いたのでありませうか、永久の惠を得たことに就いてですか、それは、ズツト後にならなければ、希望を滿足せしむることが出來ないのですから、別に、目立つこともあり、從つて驚ろくこともなかつたのでせう、健康と、パンとは、それが、何處から來たのか、世人は、一向知らずに、居つただらうと思ひます、けれども、新らしき家だけは、それ丈けは、世人も、早速、之を知り付けて、皆の人が、ゝそれを覗いて見たゞらうと思ひますね、

(d)　標題　貧者が、三つの願ひを充たせしこと、

(e)　要領を判然と把捉せしむ（連絡して復述せしむ）

第四の部分　非常なる猜忌《ネタミ》

部分目的　然るに、富者は、其の事を聞いて、なんと言ひ出したでせうか、

(a)　説話　見て居れ、巳れだつて負けるもんか、オ、、私は

部分目標　願いのことはまだ聞いていない。

a　**語る**　朝早く起きる。――永遠の至福――健康とパン――新しい家。

b　**もう一度語る**（粗まとめ）。

c　**説明的に話し合う**　他の人たちは望みがかなえられたことを本当に驚くでしょうか。永遠の至福？　それはずっと後になってかなえられます。健康とパンは？　人々はそれがもたらされることを知りません。新しい家は！　人々はのぞき込んだでしょう。

d　**標題**　**貧乏な男は神様を親切に迎えた。**

e　**整理した総まとめ**（関連描写）。

第四編　**妬みがいっぱい**

部分目標　**それに対して金持は何と言ったのでしょう？**

a　**語る**　見ろ！　走れ！　俺はなんて馬鹿だったのか！

何たる馬鹿だつたらう、急げ、彼れに追つ駈けよ、

(b) 復述（大躰をザット把捉せしむ）

(c) 説明的問答　富者が、又、どうして、あんなに意地悪くやつたのでせうか、若し、餘處の人が、御出でになつたら、「お這入りなさい、ようお出で下さいました」とか「どうぞ、ユツクリ、私の處で御泊《トマ》りなして下さい」とか、言つたならばよかつたらうにね、なぜだつて、さうすれば、（私の思ふのには）三つの願を果たすことが出來たのだつたらうから。

(d) 標題　富者が貧者をねたみしこと、

(e) 要領を判然と把捉せしむ（連絡せる復述をなさしむ）

第五の部分　非常なる願

部分目的　神は、彼れに、願ひを叶ひ給ひしか、

(a) 説話　追ひ付きしこと、僞り、願ひ、寧ろ汝に何にも願はない、あつちこつち、荒らき馬、首を引き抜け、直に其の通りになりしこと、

(b) 復述（大躰を、ザット把捉せしむ）

(c) 説明的問答　それは、彼れの計畫の笑ふべき最後であつた、どうして、さうなりましたか、彼れは、美なるもの丶上に、なほ美なるもる（ママ）を考へたが、結局、何も得る所なく、却つて、或る物を失ふといふことに終りました

急げ！　あの人を連れ戻すのだ！

b　**もう一度語る**（粗まとめ）。

c　**説明的に話し合う**　金持はどうしてそんなに怒ったのでしょう？　あのよそ者に　お入りください！　喜んでお引き受けいたします！　私の家でもお泊まりになれますと言うべきだった。なぜ？　そうしたら自分も三つの願いを言うことが許されたのだ！

d　**標題　金持が貧乏人を羨む。**

e　**整理した総まとめ**（関連描写）。

第五編　願いがいっぱい

部分目標　神様は彼が願いを言うことを認めるでしょうか？

a　**語る**　連れ戻す。嘘。願い。願いをしない方がいいよ。あれかこれか。暴れ馬。「首の骨を折れ！」直ちに叶う。

b　**もう一度語る**（粗まとめ）。

c　**説明的に話し合う**　彼の計画はいやな結果になりました。どんなふうに？　いいもの、もっといいものと考え、結局何も貰えなかったばかりか、なにか失いました。

d　**標題　金持は最初の願いを言いました。**

ね。

(d) 標題　富者が、彼れの第一の願を話し丶こと、

(e) 要領を判然と把捉せしむ（連絡して復述せしむ）

第六の部分　憤怒

部分目的　彼れは、尚ほ二つの願を持つて居る、

(a) 説話　馬に鞍を置きしこと、太陽が輝く、頭が、餘り考へ過ぎたため、痛み出す、悪しき願、家にて、私の、有ゆる財貨を、私に下さることを、あなたに願ひます、否々、汝が、其さきに、馬から、又下ろして下さいと願つたではないか、

(b) 復述（大躰をザット復述せしむ）

(c) 説明的問答　富者か、三つの願を述べて、其事を叶ひて貰ひましたが、つまり、其の願は、富者のために、何にもならなかつたのですね、一躰、どうして、そんなことになりましたか、最初は、彼れが、悪口のために、第二には、悪るい願のために、第三の願は、彼れが否やでも應でも、さういはなければならないことになつて仕舞つたのです

(d) 標題　富者の第二及び第三の願、

(e) 要領を判然と復述せしむ（連絡して復述せしむ）

標題に便つて、以上の總躰を大躰把捉せしむ、

第二階段中、深究、a、

---

e　**整理した総まとめ**（関連描写）。

第六編　怒りがいっぱい

部分目標　でもまだ二つの願いが残っています。

a　**語る**　鞍がのしかかる。太陽が照りつける。考えすぎで頭が痛かった。悪い願い。家で。「ありとあらゆる宝物を願ってやるから！」「だめ、だめ！　あんたが私を鞍に乗るように願ったのだから、下りるのを助けてくれなくちゃ！」

b　**もう一度語る**（粗まとめ）。

c　**説明的に話し合う**　どうして金持は三つの願いがなくなってしまったのでしょうか？　一つ目は呪ったから。二つ目の悪い願い。三つ目はいやおうなくそうしないわけには行かなくなった。

d　**標題　金持の二つ目と三つ目の願い**。

e　**整理した総まとめ**（関連描写）。

題名を手がかりに全体の総まとめ。

Ⅱa　意思関係の**掘り下げ**（道徳的——宗教的感覚、判断、努力を会得するため）

意志的關係の深究（道義的宗教的の、感情と判斷と意向とを仕上ぐること）

抽象的目的、富者貧者の二人が、凞手に三ツの願を述べた所で、貧者は幸福を得、富者は幸福を得なかツたのですが、是は何のためでせうか、

先づ、富者の方を話しませう、彼の願は、本統に馬鹿げたる願でありましたね、第一の願は、頚骨《クビボ子》（馬の）を挫いてやりたい、第二の願は、私は鞍の上に安樂に乘ツて居たい、第三の願は、下に下りたいとかういふのでしたね、なぜ、こんな、馬鹿げたる願を申し立てる樣になツたかというと、彼れは、夫人を鞍の上に乘せやうと思ツたために、彼れは、再び、馬から下りることを願はなければならなかツたのですね、かくて、第三の願が、第二の願を申し立てたことから、自然、出て來たのですね、それから、又、馬が死んだために、彼れは、鞍を舁いで來たところが、あんまり暑くて、おまけに、鞍が、あんまり重かつたから、彼れは、鞍を棄てたくなツて來ました、こんな工合で、第二の願が、又第一の願から出て來ました、然らば、第一の願とは、何であつたかといふと、彼れが、どんなことを願つたらよいやらといろ〳〵考へて居るのに、馬が、それを妨げたものだから、彼れは、其首を引き抜いて仕舞ひたいと思ふたのですね。

概念の目標　**金持も貧乏人も同じように三つの願いができました。貧乏人は幸せになり、もう一人はまずいことになりました。どうしてそうなったのでしょうか？**

願い

まず金持のところで。こうだったのです。彼の願いは愚かなものでした。「首の骨を折れ！」「鞍に乗っていろ！」「では、お前が鞍から下りるように願おう。」どうしてこんな馬鹿げた願いになったのでしょう！　妻が鞍に乗るようにと願ったので、また下ろさなければならなかったのです。というわけで、三つ目の願いは二つ目の願いからでました。馬が死んだので、彼は鞍を運んでいました。暑くて、鞍がのしかかったので、鞍がなくなればいいと願いました。こうして二つ目の願いは最初の願いから出ました。最初のは？　彼が願いを何にしようかと考えているのを馬が邪魔したので、首の骨を折ったらいいと願ったのです。

私たちはもう判っています。最初の二つのような悪い願いは（馬、鞍）悪い心から来ています。

吾々は、初めの二つの願（馬と鞍）のやうな、悪るい願は、悪るい心から、來たものであるといふことを注意しなければなりません。

比較（連合）

第三階段（第一は、此話の内部の比較）

貧者の願は、永久の惠を願つたのであつて、即、健康と毎日のパンと新らしき家とを望んだのは、富者の願よりは、ズツと善良でありましたね、そして、最後の新らしき家といふ方は、自分で望んだのではなくて、寧ろ、神様が命じて下さツたものでありましたね、あれは、大さう善い願でした、貧者は富者のやうなそんな愚物ではないのです。

（他の童話中の人物との比較）

外のお話でも、既に馬鹿馬鹿しい願をしたものがありましたでせう、無頼漢の話の中にもありましたね、（牡雞と牝雞とが、威張ツて、貴族のやうなことを爲たいと思ツたこと、）

悪るい願といふものも、はや、前にありました、狼が、山羊や、紅井帽子や、其祖母さんなどを喰はうと思ツたり、又、狼が、狐にいひつけて、子羊や、パンや、肉やなんどを盗ませやうとしたり、其外、お殘婆が、森林官が拾つて來た、憐れなる餘所の子供を、殺して仕舞ひたいなど

比較（連想）

Ⅲ（まず**この話の中で**）貧乏人の願いの方が良かった。永遠の至福——健康と毎日のパン——新しい家。しかも最後のものは自分から言い出したのではなく、神様が言って下さったものです。これらはいい願いで、あのように愚かなものではありません。

（これまでの話の人物との比較）

愚かな願いはすでに別の話にも出てきました。「ならず者」では、牝鶏と牡鶏は身分不相応に身分の高い人のようにしようとしました。

悪い願いも出てきました。狼は山羊を食べようとし、赤帽ちゃんとおばあさんも食べようとし、狐と一緒に盗みをしようとしました。子羊、パンケーキ、肉。ザンネばあやは、森番の家に迎えられたかわいそうなよその子どもに悪い願いを持ちました。

でも**良い願い**のことも聞きました。レンチャンは見つけ鳥に一番良いことを願い、狩人もそうでした。藁と炭と豆も仲間でいようと願いました。動物たちはかわいそうな牡鶏を慰めようとしました。「甘いお粥」の幼い少女は、お母さんが健康にな

といふやうな、悪るい願をたくらんだりしたのは、皆、同じことです。

併し、吾々は、善い願を持つたものも、既に聞きましたね、廉子と、其お父さんとが、見鳥の仕合を願ひ、それから、藁と、石炭と、菜豆とか、善き友達でありたいと願ひ、動物が、憐れなる牡雞を慰めやうと思ひ、「甘き粥」のお話にあツた幼女が、お母さんのために、働き、且つ祈り、それで以て、お母さんを丈夫にして、喜ばせて上げたいと願つたやうなものは、皆之と同じです、

概念的のものを統括すること（系統）

第四階段

(a) 悪しき願は悪しき心より來り

(b) 善き願は善き心より來る、

(c) 願によりて、其の人と爲りを認むることを得、

行爲、

第二階段中、深究、b、

富者の場合では、其願は、悪るい心から起りました、彼らが、悪るい心を持つて居つたといふとは、彼れが、哀れなる漂泊者《ウロツキモノ》が、憐みを乞うて來た時に、どんなに取り扱つたかといふことを見て分りますね、彼れは、固く其戸を、しめました、彼れは、又、貧しき隣人に對しては、どうかといふと、彼れは、彼れの奇麗なる家を穢すと言つて、嫉

り、お腹いっぱい食べて楽しくなるようにと、お母さんのために働き、祈りました。

概念的なことの**まとめ**（体系）

Ⅳ a **悪い願いは悪い心から出ます。**

b **良い願いは良い心から出ます。**

c **願いを見ると人柄がわかります。**

行動

Ⅱ b **二度目の掘り下げ。**

金持の場合、願いは悪い心から出ました。彼が悪い心であることは、気の毒な旅人にどのようにしたかと言うことからもわかります。彼は冷酷に旅人を追い払いました。そして貧しい隣人についても、きれいな家を羨ましがりました。それから神様を追いかけて、おいで下さいと頼んだのも、間違ったことをし

んで居りました、それで、後になつて、彼れが、愛らしき神の跡を追ひかけて、神に願つても、神は、其れをお許しなさらないのです、なぜなら神は、彼れが、不正だといふことを知り、如何にもして、善良に立ち歸らしめんとしたからであります、神は、三つの願丈を聞いてやらうと思はれたから、前のやうな譯になつたのです、

第三階段　比較の中

(a)　此話の内部の事柄の比較　　貧者の場合は、丸で違ひます、彼れの願も、其心根も、よくありました、彼れは、哀れむべき餘所の人に對して、窓を開けて之を聽いてやつたばかりではなく、戸を開けて、之を迎ひ、啻に、哀むべき餘所の人に對して、荒々しく言はぬばかりではなく、まことに、親切に問ひました、彼れは、餘所の人を拒まないばかりではなく、愛情をこめてもてなしました、彼れは、餓ゑしめないやうに、自分の食物を分ち與へました、彼れは、堅い床に寢かさないで、自分の寢臺を與へました、彼れは、やさしい善良なる心根を持つて居ります、然るに、富者は悪るい、冷淡な根性を持つて居ります、

箇様に、心根から、願ひと行ひとが起つて來るもので、其の願ひと行ひとから、幸も禍も來るのであります。

(b)　前の、他の物語との比較　　こゝの貧者と同じやうに、星銀嬢も、よい子でありましたね、凍えて飢ゑて居る子供

たので、もう一度うまくして、三つの願いが叶えられるようにしようと思ったからです。

Ⅲ　二度目の比較。

A　この話の中で。

貧しい人のところではなんとちがっていたことでしょう。その願いは良く、その心も良かったのです。彼は見知らぬ人に窓を開けただけではなく、ドアも開けました。どなりつけるのではなく、親切に尋ねました。拒むのではなくやさしく迎え入れました。お腹を空いたままにさせてはおかず、自分の食べ物を分けあいました。堅い寝床ではなく、自分のベッドを空けてあげました。彼の心は柔らかく善良でしたが、金持は悪い固い心を持っていました。

つまり願いと行動は心から出て、願いと行動からは幸せと災いが出たのです。

B　これまで読んだ話では。

ここで貧しい男がとても親切であったように、親切だった人がいます。星の銀貨の少女です。この少女は自分自身がベッドも部屋も持っていなかったので、寒さに凍え、お腹を空かせた子どもたちを受け入れることも、食べ物や飲み物を与えること

を見ては、假令、自分が寢台を持たず、部屋をも持たないやうな有様であるから、其子を引き取つて、飲食までもさしてやることは出來なかつたにせよ、彼の子は、自分の持つてる丈けのものは、其子に與へたね、又、森林官が、哀れなる見鳥を、家へ連れて來て、あの子に、食べ物をやり、着物を着させましたね、彼れは、實に慈悲深い人でありましたね、又、雪野白子と薔薇野紅子との二人も、熊に、隠れ場と寢所とを與へて、親切にしてやつたのでしたね、吾々は、かういふやうな、色々の事をよく考へて見ると、次の事を忘れてはならないといふことが分りますね、

第四階段

(a) 餓ゑたるものにパンを分け與へよ、寄るべなきものを家に導け、裸かなるものに着せよ。

(b) 汝、若し、多くを持ち居らば、多くを與へよ、汝、若し、僅か持つならば、僅かにてもよし、誠の情を以て與へよ。

尚ほ、吾等の神なるエシュスが、すべての人類に宣へることあり、

(c) 汝等が、最も賤しき同胞《ハラカラ》になしたることは、即ち、汝等が余になしたることなり。

第五階段　應用、

もできませんでしたが、持っているものはあげました。

森番もかわいそうな見つけ鳥を家に入れ、食べ物や着る物を与えました。この人も憐み深い人でした。雪白とバラ紅も熊に住むところ、寝るところを与え、親切でした。

そうです、このことから次のことに気がつきます。

Ⅳd　**お腹を空かせた人に、自分のパンを割ってあげなさい。とても気の毒な人を家の中に入れてあげなさい。裸の人を見たら、衣服を着せてあげなさい。**

そしてまた

e　**たくさん持っているなら、たくさんあげなさい。少ししか持っていないなら、心を込めて少しのものをあげなさい。**

イエスさまがすべての人とあなたたちに言われた格言があります。

f　**あなたたちが私の貧しい兄弟にしたことは、私にしたことである。**

応用

(a)　吾々は、到底愛らしき神を家に引き取ツて、世話して上げることが出來ません、併しながら、吾々は、哀れなる人を引き取つて、彼れに、食べ物を與へ、彼れに、着物を與へることが出來ます、つまり、それは、誰に盡したのと同じですか、（我が主エシュスガ「それは、余に爲したることぞ」と宜へることを思ひ合はさしむべし）

(b)　善良なる人の願ふことは、今日と雖、神の聞き届け給ふ所となるべし、（神は、善良なる人に、永久の平和を與へ給ふ）

(c)　富者は、澤山のものを欲しいと思ツたのでしたが、それが、どうなりましたか、

彼れが、澤山望めば望む程、益、僅かになつて仕舞つて、結局、自分の損失に終ツて仕舞ひました、貧者はどうでありましたか、彼れは、地上の財貨を望むことに就いては、極めて謙遜なものでありました、彼れは、ごく僅かばかりのものを願ひました、然るに、神は、彼れには澤山與へて下さりました、

(d)　「各の人は、皆、幸福を作る鍛冶屋なり」とは如何なる意か、（彼れの願ひと行ひとの如何によツて、其應報は異なり）「人間の意志は天國なり」（なぜなら、貧しきものも、善きことを意志し、善き行爲をなせば、幸なる身となる故に）

(e)　山羊が、狼を、家へ這入らせまいとしましたね、なぜ這

---

a　私たちはもはや神様をお迎えすることは出来ません。でも？（でも貧しい人を迎え入れたり、食べ物をあげたり、着る物をあげたりすることは出来ます。）そして？（イエスさまは言っておいでになります。それは**私に**してくれたのだ。）

b　今でも神様は願いのうちの一つだけは善良な人に叶えてくださいます。（永遠の至福をお与えになります。）

c　金持は本当にたくさんのものを欲しがりました。でも？（欲しがれば欲しがるほど少なくなり、最後には損さえしました。）貧しい人の場合はどうでしたか？　彼はこの世の財産には無欲な願いでしたが、神様はたっぷりとお与えになりました。

d　説明しなさい。**幸せは自分で創り出すものである。**（自分の願いと行動で報いが得られる。）**その人の意思はその人の天国である。**（貧しい人たちは善い事をしようとしたので、善行においても至福になったのである。）

e　でもやっぱり山羊たちは狼を家に入れるべきではありませんでした。どうしていけなかったのですか？　狼もドアをノックしたではありませんか？　ああ、狼は悪者でした。悪者は部屋に入れてはいけません。

f　金持は報酬を得ようとしました。神様が願いを叶えるという支払いをなさるなら、善い事をしようと思いました。今でもそんなことがありますか？　それをどう思いますか？

g　子どもたちも良い願いを持つことができますか？　どの

入らせまいとしましたか、彼れは、悪漢《ワルモノ》であるからです、
吾々も、悪漢は部屋に入れてはならないのです、

(f) 富者は、先づ、報酬に着眼《メチツケ》しました、彼れは、神が、自分に、よい報酬を拂ふならば、善いことをしやうと思ひました、個様にして、彼れは、自分の希望を充たさうと思ひました、そんなことは、今日でもあることですか、あなた方は、それに就いて何と思ひます、

(g) 子供でも、矢張り善い事を願ふことが出來ますか、どんなことですか、

(h) 人といふものは、只、自分の都合のよいことばかりを、神様に願ふことが出來る筈のものでせうか、

(i) 伴隨的教材、(燕と馬)

(k) 演戯、

(l) 話のやうすを想像にて畫かすこと、

以上を以て、童話の教材は完結せり、以上の材料によりて、道義宗教的思想を如何ほど得たるか、之を總括列記すること頗る必要なるべしと雖、本書、未だ之に及ばざりしは、著者の頗る遺憾とする所なり。

此の外、教授用として可なる童話は、左の一二種ならん、即ち(一)「鶺鴒と熊」(Just: S. 47. Text Grimm 290. Bilder Grimm–Vogel S. 225.)(二)「奴隷」(Hiemesch S. 64. Text Grimm S. 67. Bilder Grimm–Vogel S. 87.)等なり。

ような?

h 自分のためだけに神様に何かを願うべきでしょうか?

i 副読本 雀と馬。

k この話の劇。

l この話からファンタジー溢れる絵を描く。

これでメルヒェン教材は終る。ただ、得られた道徳的・宗教的思想の総括が必要である。

後　書

東西ドイツが合併した一九九〇年の冬、ドイツにいた私は、香ばしい緑のサラダとして食べるフェルトザラートがラプンツェルとも呼ばれることを知った。ラプンツェル（Rapunzel 野萵苣《のぢしゃ》）はグリムの『子どもと家庭のメルヒェン』第十二話の美しい主人公の名前である。妊娠中の母親が魔女の畑のラプンツェルをどうしても食べたくなり、盗み食いをする。生まれた女の子はラプンツェルと名づけられ、十二歳になったとき、魔女によって出入り口のない高い塔に閉じ込められる。魔女がラプンツェルの十二尺もある金髪のお下げをよじ登って塔に入るというユーモラスなところがある。ラプンツェルの歌声に惹かれた王子が魔女と同じ方法で塔に入り、紆余曲折の末、ハッピーエンドというメルヒェンである。帰国後、日本でラプンツェルがどのように訳されているかを追求したのが私の明治のグリムとの出会いであった。大岡越前の絵姿の上に「ラプンチェル」と右から書かれた『家庭お伽文庫』（吉岡向陽編、明治四十四年、春陽堂）の絵は、西洋と古い日本が同居する明治の情況を示してインパクトがあった。

その後、明治期に「狼と七匹の子山羊」一話だけが突出して数多く訳された奇妙な謎を求めて、ラインらの『第一学年』が原点であることを突き止めた。グリムのメルヒェンがヘルバート学派と関係があることだけは、明治の文献などに「チルレル、ライン」などと書かれているので知られていたが、それ以上の記述の指摘はなかった。そこで石川春江氏の「ハウスクネヒトが伝えた」という言葉を受けて、東京大学史や教育学関係の文献を調べ、『第一学年』がテクストとして用いられたとの記述を探し出し、そこにグリムのメルヒェンがあるのではないかと推察したのは正しかった。ラインらの『第一学年』では「イェーナの十四話」と呼ばれるグリムのメルヒェンのリストが教授案のサンプルになっていて、その第一番目に「狼と七匹の子山羊」があるのを見つけたときは体が熱くなった。探索の面白さの醍醐味を味わったのだ。これは「狼と七匹の子山羊の謎」というタイトルの論文になった。改めて明治の童話集の前書などをよく読めば、樋口勘次郎とか木村小舟などにラインらの『第一学年』から引用されていることが明記されていたのだが、それに気づいてグリムのメルヒェンを論じた人はいなかったのだ。

『第一学年』は九版まであり、第三版、第四版、第五版、第七版、第八版、第九版は早い段階で見ることが出来た。それによると各版はかなり変化している。それなのに明治三十四年―五年の日本語訳が底本にしている第六版は手に入らなかった。『第一学年』の諸版の分析を専門とされる金子茂氏でさえ、一九九五年の論文で第六版は「未見」とされており、その後、これに関しての論文は、私の管見によれば、出されていない。そのような状況のとき、龍谷大学の図書館司書が大英図書館リストに第六版があることを見つけ、何度かの行き違いののち、はるかイギリスから百年以上も前の貴重な本があっさりと届いたのには感激した。だがそれは第六版ではなく一九〇八年の第八版であった。第六版でなければ意味がない。リストが間違っていたのか、先方の司書が本を間違えたのか、本当のところは不明のまま、とりあえず第五版のグリムのメルヒェン部分を「グリム十四話――明治教育の原点」として訳した。こうした紆余曲折のあと、ようやく第六版が手に入り、ここに訳すことができたので、ヘルバート学派教育学が日本のグリムのメルヒェン受容と、教育界、童話・児童文学界に与えた影響を指摘することが出来るようになり、明治の日本語訳との対比も可能になった。ただし、教育学は専門外のことでもあり、ましてペスタロッツィ以来、教育論議が盛んになって、用語の使われ方も微妙なため、「童話の価値」とか「童話教育について」などという教育論には立ち入っていない。

ラインらの『第一学年』に書かれていることを知った上で、昭和のはじめから大正、明治にかけて散在する童話集や研究書をアリアドネの糸のように手繰って遡ると、行き着くところは『第一学年』であった。日本の童話の特徴とされる幼い子どもへの語りかけの形式や教訓性などがそこにあり、巌谷小波らによる「口演童話」の原型もある。グリムのメルヒェンはヘルバート学派でひずみを受け、さらに日本語訳でも日本的ひずみが加えられていることもわかった。また、革新的、先駆的『童話の研究』を著し、碩学として知られる高木敏雄が、実はヘルバート学派のトロルの文献に依拠しており、ヘルバート学派に使われているグリムのメルヒェン十八話を翻訳している本も見つけたときは、発見の喜びを感じつつも、高木のオリジナルな研究ではなかったことに困惑を感じたりもした。当時は知的所有権の概念もなく、欧米の文献を紹介し、知識を移入することは限られたエリートたちの責務とも考えられ、原典との関わりは重視されていなかった。

われわれドイツ文学関係者は、グリム兄弟の『子どもと家庭のメルヒェン』の日本での受け止め方について違和感を覚え、事あるごとに「違うのだ」と声を上げてきたが、その「違ってしまった」「不幸（石川春江氏）」の原因について、私が今の段階で出来ること、しなければならないことをここに書いて一応の区切りをつけた。日本のグリムやメルヒェンの研究史と、童話・児童文学、教育学を再考察する一端になればと思う。

＊＊＊＊＊

この本は二〇〇〇年発表の「狼と七匹の子山羊の謎」を出発点として、前半には「グリム十四話――明治教育の原点」などの論文を含み込んでいますが、研究するにつれて、次々と新しく判ることがあり、幾つかの訂正をしました。その経験から、今後も訂正しなければならないところが多々あると思われますので、ご批判、ご叱責などいただけますなら、ありがたく思います。

ラインらの文献を提供して下さったライプツィヒ大学教育学のバーバラ・ドゥリンク教授、資料収集にお力を貸して下ったベルリン在住の光井クンダー智江さん、三島マンツ悦子さん、特にドイツ語関係の校正に鋭い目を注いで下さった古くからの同業仲間の岸佳子さん、大学の同僚で、ハウスクネヒトのフランス語の葉書を訳して下さった杉村昌昭さん、挿絵を提供して下さった大阪市立大学非常勤講師の国光桂子さん、文献調査や資料提供でお世話になった京都大学教育学部図書館と大阪府立国際児童文学館、その他数々の大学図書館、文献検索と入手に専門家として惜しみなく手を貸して下さった龍谷大学図書館のみなさま、そして臨川書店の小野朋美さんに感謝いたします。

中山淳子

二〇〇九年二月

索　　引

凡　例

この索引は、1　人名・事項、2　文献目録、3　作品目録の三部構成になっています。文献・作品の部は目録も兼ねています。

文献目録は著者名、タイトル、発行年、頁数の順に記載されています。

例：蘆谷重常（蘆村）　童話の研究（1913）　95, 105, 146-7, 149

欧文文献は、欧文タイトル、発行年、日本語タイトル、頁数の順序になっています。翻訳がある場合は、欧文タイトル、発行年、翻訳者名、日本語タイトル、翻訳発行年、頁数の順序になっています。

例1 : Bolte/Polívka［ボルテ・ポリフカ］ *Anmerkungen zu den Kinder- und Hausmärchen der Brüder Grimm*.（1913）［グリム兄弟『子どもと家庭のメルヒェン』注釈］ 146, 213

例2 : Bottigheimer, R. B.［ボティックハイマー］ *Grimm's Bad Girls and Bold Boys*.（1987）［鈴木・田中・広川・横山訳：グリム童話の悪い少女と勇敢な少年（1990）］ 103

欧文文献に日本語訳が複数ある場合は列挙しています。

例：Kern, H.［ケルン］ *Grundriss der Pädagogik*（1873）［教育学精義，大瀬命名：教育学綱要、山口訳：教育精義 全（1892），澤柳・立花訳：格氏普通教育学（1892），国府寺訳：ケルン教育学（1893），澤柳・立花訳：格氏特殊教育学（1893）］ 14, 20, 23, 38, 42, 46

作品目録は、

1　日本の昔話、神話、伝説、2　グリム兄弟の『子どもと家庭のメルヒェン』と『ドイツの伝説』、3　その他のメルヒェンと文学作品の三部に大別されています。

グリムのメルヒェンには、第7版（1857年。200話＋神話10話）のナンバーと原タイトルをつけ、複数の日本語タイトルがある場合は一段下げて列挙しています。

例：ホレさま（24　*Frau Holle*）　15, 32, 53, 59, 72-3, 78, 83, 86, 140, 227, 291

［ホルレー夫人］ 67, 73, 75, 82, 189, 291

［ホルレ］ 159

［ホレの小母さん］ 288
［竜宮のお婆さん］ 140

グリムの伝説には初版（1816–19年）のナンバーと原タイトルがついています。

例：テューリンゲンのアマラベルガ（544 *Amalaberga von Thüringen*） 49

人名・事項索引

あ行

か行

さ行

た行

な行

は行

ま行

や行

ら行

わ行

文献索引・作品目録

文献索引

[日本語文献]

愛柳子　幼年雑誌　93
蘆谷重常（蘆村）　教育的応用を主としたる童話の研究（1913）　96, 106, 148-9, 151
石井研堂　小国民（1889）　40, 195, 219
石井研堂　著者の告白（1911）　219
石井研堂　日本全國 國民童話（1911）　219
石井研堂　明治事物起源（1907）　195
木村定次郎　明治少年文化史話（1949）　105
石川春江　妖精がはじめて日本に来たころ―明治期のグリム童話の翻訳（1986）　11, 40, 206
市島春城　明治文學初期の追憶（1925）　226
井上寛一　西洋仙郷奇談（1896）　88, 104
巖谷小波　学校家庭　教訓お伽噺（1911）　178, 216
巖谷小波　こがね丸（1891）　175-6
巖谷小波　小波お伽全集（1911）　178, 216
巖谷小波　少年世界（1894～）　186-7, 197, 219
巖谷小波　世界お伽噺（1899）　175
巖谷小波　漣山人 武嶋羽衣君に答ふ（1898）　218
巖谷小波　日本お伽噺（1897）　96, 175, 177
巖谷小波　日本昔噺（1894）　166, 175, 177, 203
上田萬年　おほかみ（1889）　13-14, 40, 106, 113
植田敏郎　巖谷小波とドイツ文学（1991）　217
生方敏郎　明治三十年前後（1926）　226
大瀬甚太郎　教育学（1891）　27, 44
大瀬・中谷　教授法沿革史（1901）　27, 44
大藤時彦　柳田國男の学問とその影響（1906）　215
小河多右衛門　異制庭訓往来（1683）　129, 212
小川未明　赤い船　97
小川未明　金の輪（1918）　198
金子茂　W. ライン教授学の形成過程の分析1,2,3（1978,1979,1996）　100

金田鬼一　グリム童話集（1924）　102, 205, 221
上笙一郎・山崎朋子編纂　童話の研究（2006）　210
唐沢富太郎　明治教育古典叢書（1981）　40, 43-5
川戸・榊原　児童文学翻訳作品総覧（2005）　100, 138
川戸・榊原　明治期グリム童話翻訳集成（1999）　103
川戸道昭　グリム童話との出会い（1999）　208
川戸道昭　グリム童話の発見——日本における近代児童文学の出発点——（2000）106
川戸道昭　慶應義塾と初期の西洋文学翻訳者（1998）　208
菅忠道　日本児童文学史（1956）　97
菅忠道　日本の児童文学（1956）　95, 106-7, 206, 214, 218
菊池寛　グリム童話集（1927）　204
戯言養気集（1598–1611? 1615–1623 ?）　188, 218
岸邊福雄　お伽噺仕方の理論と実際（1909）　89, 96, 105, 119, 209
木村定次郎　教育お伽噺（1908）　10, 75, 77, 103, 189, 194, 219
木村定次郎　教科書の変遷（1949）　105
城戸幡太郎　教育学辞典（1939）　40, 46
教育研究会　話の泉（1904）　116
曲亭馬琴　玄同放言（1818–20）　129 → 滝沢馬琴
窪田空穂　明治前期の國語國文界の見取圖（1925）　105
久保天随　教育と家庭（1901）　208
［久保天随］　少年文學の教育的價値　105, 209
［久保天随］　少年文學の新要素　218
［久保天随］　少年文學の本領　115, 216, 218
［久保天随］　少年文學の真面目　218
久保得二（天髄）　塵中放言（1901）　208, 216
呉文聡　八ツ山羊（1887）　13, 39
桑原三郎　福澤諭吉と桃太郎（1996）　106, 216
桑原三郎　諭吉 小波 未明（1979）　107, 217
慶應通信　106-7, 216-8
國民教育奨勵会　教育五十年史（1922）　40
近藤敏三郎　グリムお伽噺（1910）　118
佐々木吉三郎　修身教授撮要（1902）　169
佐々木吉三郎　修身教授集成（1906）　169
佐々木・近藤・富永　修身訓話 尋常科　第一巻（1900）　169
佐藤天風　女鏡（1903）　103
山東京伝　骨董集（1813–5）　212

塩田・和田・樋口　樋口一葉全集（1976）　166, 216
渋江保　西洋妖怪奇談（1891）　93, 106, 113-5
渋沢青花　童話作家協会の創立と解散まで（1926）　217
島津久基　日本國民童話十二講（1944）　203
女学雑誌（1888）　90, 225
菅了法（桐南居士）　西洋古事　神仙叢話（1887）　93, 95, 106, 113, 208
鈴木重貞　シラー（1974）　43
鈴木重貞　ドイツ語の伝来（1975）　43
鈴木三重吉　赤い鳥（1918－）　7, 97, 196, 198
鈴木三重吉・小島政二郎　赤い鳥をつくった鈴木三重吉・・創作と自己・鈴木三重吉（1998）　220
鈴木満　図解雑学グリム童話（2005）　207, 260
関敬吾　日本の昔話（1977）　156, 213, 215
相馬庸郎　主体形成期の探求（1973）　215
太陽　182-3, 218
高木市之助　日本文学研究法概説（1960）　220
高木・大林　増訂 日本神話伝説の研究（1973-4）　123, 126, 210
高木・小笠原　日本國民傳説（1917）　124, 145
高木・関　童話の研究（1977）　126, 212
高木敏雄　暗号か伝播か（1912）　125
高木敏雄　英雄傳説桃太郎新論（1913）　124
高木敏雄（大葉久吉）家庭訓育童話（1918）　124, 145
高木敏雄　家庭文庫（1916）　127, 210-1
高木敏雄・九一郎　日本神話傳説の研究（1925）　124, 211
高木敏雄　虎狼古家漏（1910）　126
高木敏雄　修身教授　童話の研究と其資料（1913）　124, 138, 142-5, 148, 213
高木敏雄　世界動物譚話　新イソツプ物語（1912）　213
高木敏雄　童話の研究（1916）　10, 97, 123-4, 126-9, 132-3, 137-8, 142-3, 145, 147-9, 151, 157, 198-9, 212, 423
高木敏雄　日本建国神話（1912）　123
高木敏雄　日本古代の山岳説話　146
高木敏雄　日本神話物語（1911）　123
高木・大林　日本神話伝説の研究（1925, 大林　1973-74）　123-4, 126, 211
高木敏雄　日本説話のインド起源説に関する疑問（説明）（1901）　125, 211
高木敏雄　日本傳説集（1913）　124, 199
高木敏雄　日本童話考（1913）　124, 211 → 郷土研究

高木敏雄　早太郎童話論考（1914）　124-5
高木敏雄　比較神話学（1904）　123-4, 146, 155, 200, 210, 213
高木敏雄　人身御供論（1910）　124
高木敏雄　驢馬の耳（1910）　126
高木・柳田　郷土研究（1913-14）　124, 142, 155, 211 → 日本童話考
高木・山田　童話の研究（1977）　212
高島平三郎　教育に応用したる児童研究（1911）　121, 210
滝沢馬琴　燕石雑誌（1810）　129, 212 → 曲亭馬琴
滝沢馬琴　捜神記　201
谷本富　最新教育学大全（1923）　99
谷本富　大学講義全集　欧州教育の進化（1915）　42
田山花袋　明治三十年前後の文壇（1926）　226
坪内逍遥　新旧過渡期の回想（1925）　226
坪内逍遥　当世書生気質（1885-6）　225
帝國文學　105, 116, 123, 182-5, 188, 208-11, 218
寺崎・久木　日本教育史基本文献・資料叢書（1994）　41
寺崎・榑松　エミール・ハウスクネヒト研究（1979）　12, 41, 42
寺崎・榑松　特約生教育学科とドイツ人教師エミール・ハウスクネヒト（1979）　41
寺崎・竹中・榑松　御雇教師ハウスクネヒトの研究（1991）　12, 99
東京大学史紀要（1979）　40
東京大学百年史 通史 部局史　17, 40-1, 106
東京帝国大學五十年史（1932）　41, 43
十川信介　文明開化の伝統（1998）　217, 226
中川霞城（西翁）　狼と七匹の羊（1889）　13, 40
中田千畝　旅と伝説　157
中田千畝　日本童話の新研究（1926）　156-7, 215
中村徳助　世界新お伽（1910）　88, 105, 118, 209
中山淳子　狼と七匹の子山羊の謎（2000）　12, 15, 107, 213, 422, 424
中山淳子　グリム十四話―明治教育の原点（2005）　12, 100, 102-3, 422, 424
中山・山田　グリム・データベース（新版）　103, 206
滑川道夫　日本作文綴方教育史（1977）　206, 216
滑川道夫　日本童話選集の史的意義（1983）　209
二瓶一次　童話の研究（1916）　96, 151
橋川文三　柳田國男の青春体験（1973）　215
橋本晴雨　独逸童話集（1906）　114, 117, 159, 162, 168, 208
波多野・佐々木訳　小学校教授の実際（1902）　9, 60, 102, 208 → Rein/Pickel/Scheller :

Das Erste Schuljahr.
樋口勘次郎　教授法講義（1898）　167
樋口勘次郎　高等修身教科書　166
樋口勘次郎　修身童話（1898）　10, 33, 159-60, 161-2, 164, 167, 170, 175, 216-7
樋口勘次郎　女子乃友（1897）　158, 216
樋口勘次郎　尋常修身教科書　166
樋口勘次郎　統合主義各科教授案（1898）　167
樋口勘次郎　統合主義新教授法（1898）　161, 167-8
樋口勘次郎　童話の價値及話方一斑（1913）　106
福音新報（1884）　104
福澤諭吉　童蒙をしへ草（1872）　7, 94, 106
福田清人　明治の児童文学（1970）　105, 217
藤原喜代蔵　明治教育思想史（1909）　19, 41, 91
二葉亭四迷　浮雲（1887）　225
古澤夕起子　与謝野晶子 童話の世界（2003）　107
穂積陳重　法窓夜話（1980）　42
松村武雄　童話及び児童の研究（1922）　202
松本孝次郎　童話に関する研究（1901）　106
水田光　お話の研究（1916）　214
水田光　お話の実際（1910）　214
三田村鳶魚　明治年代の合巻の外観（1925）　104, 225
宮澤賢治　注文の多い料理店　（1924）　11, 221
森鴎外　渋江抽斎（1916）　106
森・松村・鈴木・馬淵　標準於伽文庫（1920, 日本お伽集（1972））　199
文部省　独逸教育論摘訳（1875）　19
柳田泉　明治初期翻訳文學の研究（1961）　39, 105
柳田國男　日本傳説名彙（1950）　124
山内秋生　明治大正の童話界（1927）　209
山県悌三郎　少年園（1888－）　90, 110
山口・佐々木訳　小学校教授の原理（1901）　60, 93, 102 → Rein/Pickel/Scheller : *Das Erste Schuljahr.*
山本光雄　イソップ寓話集（1942）　107
幼年雑誌（1891）　93
吉岡向陽　家庭お伽文庫（1911）　421
吉岡兵助　実際的児童学（1901）　106
吉武好孝　近代文学の中の西欧—近代日本翻案史—（1974）　218

若林・白井　改正教授術（1882）　19, 41
早稲田文學　104-5, 217, 226
和田垣・星野訳　家庭お伽噺（1909）　23, 117

［欧文文献］

Basile, J.［バジーレ］ *Pentamerone*［ペンタメローネ］（1634）　207
Bolte/Polívka［ボルテ・ポリフカ］ *Anmerkungen zu den Kinder‒ und Hausmärchen der Brüder Grimm*（1913）［グリム兄弟『子どもと家庭のメルヒェン』注釈］　146, 213
Bottigheimer, R. B.［ボティックハイマー］ *Grimm's Bad Girls and Bold Boys*.（1987）［鈴木・田中・広川・横山訳：グリム童話の悪い少女と勇敢な少年（1990）］　103
Brüder Grimm［グリム兄弟］ *Kinder‒ und Hausmärchen*（1857）［金田訳：子どもと家庭のメルヒェン，グリム童話集（1924）］　5-7, 9, 11, 13, 15, 39, 52, 70, 73, 83-4, 87, 93-4, 97, 102, 104, 111-3, 117-9, 123, 142, 144, 146-7, 176, 186, 201, 203-5, 207, 213, 226
Brüder Grimm［グリム兄弟］ *Deutsche Sagen*（1816–19）［桜沢・鍛冶訳：ドイツ伝説集（1987–1990）・中山抄訳：ドイツの伝説（1982–87）］　11, 49, 100, 103-4, 113, 117, 119, 124, 207
Compayré, G.［コンペーレ］ *Cours de Pédagogie théorique et pratique*（1885）［Payne, W. H. 英訳，能勢日本語訳：根氏教授論（1891–92）］　94
Cortez, M. T.［コルテス］ *Deutschland, Japan, Portugal. Eine Weltumsegelung des Märchens "Der Wolf und die sieben jungen Geißlein"*（1999）［ドイツ・日本・ポルトガル。「狼と七匹の子山羊」の世界航海］　14, 40
Dähnhardt, O.［デーンハルト］ *Eine Sammlung naturdeutender Sagen, Märchen, Fabeln und Legenden*（1907）［伝説・メルヒェン・寓話］　211
De Garmo, D. C.［デ　ガルモ］ *Essentials of Method*（1889）［本荘訳：俄氏新式教授術（1891）］　23, 33, 45
Deutsche Rundschau　101
Forster, O.［フォルスター］ *Das erste Schuljahr*（1908）［第一学年］　212
Goethe, J. W.［ゲーテ］ *Italienische Reise*（1829）［高木訳　伊太利紀行（1914）］　124
Goethe, J. W.［ゲーテ］ *Die Leiden des jungen Werthers*［久保訳：ヴェルター］　105
Gomme, Sir, G. L.［ゴンム］ *Folklore as an historical science*（1908）［歴史科学としてのフォークロア］　215
Grimm, J.［ヤーコプ・グリム］ *Deutche Rechtsaltertümer*［ドイツ古法］　10
Grimm, J.［ヤーコプ・グリム］ *Deutsche Mythologie*［ドイツ神話学］　10, 147, 199
Grimm, J.［ヤーコプ・グリム］ *Deutsche Grammatik*［ドイツ文法］　10, 147

Grimm–Vogel［グリム・フォーゲル］ *Kinder– und Hausmärchen*（1894）［子どもと家庭のメルヒェン］ 101

Grimm, W.［ヴィルヘルム・グリム］ *Deutsche Heldensagen*［ドイツ英雄伝説］ 10

Hagen, F. H.［ハーゲン］ *Gesamtabenteuer*［奇談集］（1850） 123

Herbart, J. F.［ヘルバート］ *Umriss Pädagogischer Vorlesungen*（1835）［藤代訳：独逸ヘルバルト教育学（1896），村上訳 ヘルバルト教育学要義（1897），是常訳：教育学講義綱要（1974）］ 43

Hey, W.［ハイ］ *Hundert Fabeln für Kinder*［子どものための百の寓話］ 72-3, 83, 102, 286

Hiemesch, K. H.［ヒーメッシュ］ *Der Gesinnungs–Unterricht.*（1885）, *2, Aufl*.（1910）［志操教育］ 100

Ikeda, H.［イケダ］ *The Introduction of Foreign Influences on Japanese Children's Literature through Grimm's Household Tales*（1963）［日本の児童文学に与えたグリムの家庭昔話の影響］ 40

Jahrbuch des Vereins für wissenschaftliche Pädagogik（1869）［教育学会年鑑］ 44

Jean Paul ［ジャンパウル］ *Levana*［レヴァーナ］（1806） 55

Just, K.［ユスト］ *Märchenunterricht.*（1895）, *2. Aufl.*（1905）, *3. Aufl*.（1912）［メルヒェン授業］ 100–1

Kehl, Z.［ケール］ *Die Praxis der Volksschule*（1872–1877）［村岡訳 平民学校論略（1880）］ 19, 41

Keller, E.［ケラー］ *Das erste Schuljahr*［第一学年］ 213

Kern, H.［ケルン］ *Grundriss der Pädagogik*（1873）［教育学精義，大瀬命名：教育学綱要、山口訳：教育精義 全（1892），澤柳・立花訳：格氏普通教育学（1892），国府寺訳：ケルン教育学（1893），澤柳・立花訳：格氏特殊教育学（1893）］ 14, 20, 23, 38, 42, 46

Klauwell, A.［クラウヴェル］ *Das erste Schuljahr*（1899）［第一学年］ 212

Landmann［ラントマン］ *Beiträge zum Märchenunterricht im ersten Schuljahr*（1892）［第一学年のメルヒェン授業］ 102

Lauer, B.［ラウアー］ *Petrosinella, Persinette, Rapunzel–––Zur Überlieferung eines europäisxhen Märchenstoffes*（1993）［ペトロジネラ，ペルジネッテ，ラプンツェル．ヨーロッパのメルヒェン素材の伝承］ 207

Lehmensick, F.［レーメンズィク］ *Darbietender Form mit Vorbereitung*（*Analyse*）*und Darbietung*（*Synthese*）（1894）［提示形式。準備（分析）と提示（総合）］ 101

Lesebuch. II. Schuljahr（1891）［第二学年読本］ 101

Lindner, G.A.［リントナー］ *Allgemeine Unterrichtslehre*（1877）［有賀訳：麟氏教授学（1888），湯原訳：倫氏教授学（1896）］ 42

Lindner–Fröhlich［リントナー・フレーリッヒ］ *Allgemeine Erziehungslehre*（1879）［稲垣

訳：麟氏普通教育学（1893），湯原訳：倫氏教育学（1893），湯原訳：倫氏教育学講義（1896）］　42-3

Lüthi, M.［リュティ］ *Das europäische Volksmärchen*（1947）［小澤訳：ヨーロッパの昔話（1995）］　12, 103, 211

Otto, F.［オットー］ *Der Jugend Lieblings–Märchenschatz*（1880）［少年お好み至宝のメルヒェン］　208

Pestalozzi, J. H.［ペスタロッツィ］［久保訳：酔人の妻と隠者の夕暮れ］　105

Rein, W.［ライン］ *Pädagogik im Grindriß*（1890）［能勢訳：莱因氏教育學（1895），湯本：ラインの教育學原理（1896），湯本訳：ラインの教育學原理（1900），波多野訳：ライン氏教育學（1901）］　56, 101-2

Rein/Pickel/Scheller［ライン・ピッケル・シェラー］ *Theorie und Praxis des Volksschulunterrichts*（1878–1885）［小學校教授の理論と実際。山口・佐々木訳：小學校教授の原理（1901），波多野・佐々木訳：小學校教授の実際。第一學年（1902）］　1, 7, 9, 11-3, 16, 18-20, 22, 24, 30, 33, 39-41, 47-9, 51-2, 54, 56-60, 70-1, 74-6, 80, 93, 95-6, 99, 102, 104-5, 110, 113, 115, 118, 136, 141-2, 155, 158, 161, 167-9, 189, 191, 193-4, 203, 208, 216, 227

Rousseau, J–J.［ルソー］ *Emile*［エミール］（1762）　29, 49, 55, 86-7, 149, 151, 184

Schiller, F.［シラー］ 鐘の歌　24

Taylor, E.［テイラー］ *Grimms Collection of German Popular Stories*（1823）［グリムのドイツ民話集］　106

Troll, M.［トロル］ *Das erste Schuljahr*（1907,1911）［第一学年］　136-9, 212

Troll, M.［トロル］ *Der Märchenunterricht in der Elementarklasse nach der entwickelnd–darstellenden Methode*（1911）［展開－口演形式による小学校メルヒェン授業］　212

Weber–Kellermann, I.［ヴェーバー・ケラーマン］ *Das Buch der Kinderlieder*（1997）［子どもの歌の本］　12

Wedekind［ヴェデキント］ *Frührings Erwachen*［春期発動］（1894）　153

Weise［ヴァイゼ］ *Deutsche Bilderbogen*［ドイツ一枚絵］　101

Willmann, O.［ヴィルマン］ *Pädagogischer Vorträge über die Hebung der geistigen Thätigkeit durch den Unterricht*（1886）［久保訳：ウキルマン教授新論］　184

Wundt, W.［ヴント］ *Grundzüge der physiologischen Psychologie*（1887）［元良・中島訳：ヴント氏心理学概論（1898–1899）］　210

Ziller, T.［ツィラー］ *Allgemeine Pädagogik*（1892）［一般教育学］　30-1, 44-5

Ziller, T.［ツィラー］ *Grundlegung zur Lehre vom Erziehenden Unterricht*（1864）［教育学の基礎］　29, 30, 44-5, 100

Ziller, T.［ツィラー］ *Materialien zur speziellen Pädagogik*（1886）［特殊教育の材料］　31, 45, 52

Ziller, T.［ツィラー］ *Stoffskizze in Materialien zur speziellen Pädagogik*（1886）［特殊教育のための教材梗概］ 232
Ziller, T.［ツィラー］ *Über den Märchen-Unterricht*（1869）［メルヒェン授業について］ 44

作品目録

［日本の昔話、神話、伝説］

［グリム兄弟『子どもと家庭のメルヒェン』から］

（カッコ内の数字はグリムのメルヒェン1857年版番号）

勇敢な仕立屋（20 *Das tapfere Schneiderlein*）
［大胆な裁縫師］ 150
灰かぶり（21 *Aschenputtel*） 16, 93-4, 104, 141
［灰団子］ 141
ホレさま（24 *Frau Holle*） 15, 32, 53, 59, 72-3, 78, 83, 86, 140, 227, 291
［ホルレー夫人］ 67, 73, 75, 82, 189, 291
［ホルレ］ 159
［ホレの小母さん］ 288
［竜宮のお婆さん］ 140
赤帽ちゃん（26 *Rotkäppchen*） 15, 32, 53, 59, 72-3, 75, 78, 83, 86, 104, 140, 227, 251
［紅井帽子］ 67, 73, 75, 82, 189, 251
［赤頭巾］ 140, 152
［紅帽子］ 75, 189
ブレーメンの音楽隊（27 *Die Bremer Stadtmusikanten*） 15-6, 31, 49, 53, 59, 72, 74, 83, 140, 145, 150, 227, 352
［ブレーメンの市街音楽家］ 67, 74, 75, 190, 352
［ブレーメンのお抱へ音樂隊］ 349
［ブレメンの音楽師］ 150
［畜生仁和賀］ 140, 213
［廃兵仁和賀］ 145
［市街音楽者］ 75, 190
黄金の髪の毛が三本ある鬼（29 *Der Teufel mit den drei goldenen Haaren*） 13, 16
ものわかりのいいハンス（32 *Der gescheite Hans*）
［怜悧なハンス］ 150
親指小僧（37 *Daumesdick*） 190
［拇太郎物語］ 190
六羽の白鳥（49 *Die sechs Schwäne*） 176
茨姫（50 *Dornröschen*） 85, 104, 111
見つけ鳥（51 *Fundevogel*） 15, 32, 53, 59, 72-3, 75-6, 80, 83, 141, 227, 263
［甲一と鳥藏］ 76
［鳥松］ 141
［見鳥］ 67, 73, 75, 82, 189, 263
［めッけ鳥］ 260
白雪姫（53 *Sneewittchen*） 85, 104, 190
［雪子姫］ 150
［雪姫物語］ 190
背嚢と帽子と角笛（54 *Der Ranzen, das Hütlein und das Hörnlein*） 150
狼と狐（73 *Der Wolf und der Fuchs*） 15, 31-2, 37, 53, 59, 67, 72-3, 76, 82-3, 140, 190, 227, 337, 339
［狼と狐との話］ 190
雌鶏の死（80 *Von dem Tode des Hühnchens*） 15, 53, 59, 72-3, 75, 80-1, 140, 227, 313
［牝鶏の死］ 67, 313
［牝鶏の死］ 73, 75, 190
［牝鶏の死んだ話］ 312
［牝鶏のお葬式］ 140
［牝鶏の最後］ 190
幸せなハンス（83 *Hans im Glück*） 16, 190
［半助の御褒美］ 190
貧乏人と金持（87 *Der Arme und der Reiche*） 16, 32, 53, 59, 72, 74, 123, 140, 146, 190, 227, 407
［貧乏人とお金もち］ 403
［金持と貧乏人との話］ 158
［金満家と貧乏人］ 140
［貧者と富者］ 83, 190
［富者と貧者］ 67, 74, 123, 146, 407

命の水（97 *Das Wasser des Lebens*） 152
ミソサザイと熊（102 *Der Zaunkönig und der Bär*） 32-3, 37, 59, 85, 140, 145
［鷦鷯と熊］ 34, 57, 140
［鳥獣大合戦］ 145, 213
甘いお粥（103 *Der Süße Brei*） 15, 32, 52, 53, 59, 72, 74, 76, 79, 80, 82-3, 86, 95, 141, 190-1, 227, 380
［甘き粥］ 67, 74, 76, 190, 380
［おいしいお粥］ 379
［御粥鍋］ 141
［粥の海になった話］ 190
賢い人たち（104 *Die klugen Leute*）
［賢い百姓］ 150
三人軍医（118 *Die drei Feldscherer*）
［三人兵士］ 152
鉄のハンス（136 *Der Eisenhans*） 176
三人の怠け者（151 *Die drei Faulen*） 29, 31, 59, 85-6, 140
［三人怠惰者］ 140
星の銀貨（153 *Die Sterntaler*） 16, 29, 31-2, 53, 59, 72, 74, 80, 83, 86, 140-1, 227, 396
［星の金貨］ 395
［星銀孃］ 67, 74, 82, 190, 396
［星の小判］ 140
［星娘］ 190
雪白とバラ紅（161 *Schneeweißchen und Rosenrot*） 15, 53, 59, 70, 72, 74, 76, 83, 86-7, 141, 171, 227, 370
［雪枝と桃枝］ 141
［雪野白子と薔薇野紅子］ 67, 74, 76, 82, 190, 370
［雪白と薔薇紅］ 83, 190, 364
麦の穂（194 *Die Kornähre*） 15, 53, 59, 72-3, 75, 82, 141, 227, 330-1
［穀物の穂］ 67, 73, 75, 86, 190, 331
［稲の穂］ 141

［グリム兄弟『ドイツの伝説』から］

聖エリザベートの伝説（557, 558） 49
タンホイザー（170 *Tannhäuser*） 124
テューリンゲンのアマラベルガ（544 *Amalaberga von Thüringen*） 49
イルメンフリート，イーリング，ディーテリヒ（545 *Sage von Irmenfried, Iring und Dieterich*） 49
よその森で狩りをすること（546 *Das Jagen im fremden Walde*） 50
ルートヴィヒのヴァルトブルク占領（547 *Wie Ludwig Wartburg überkommen*） 50
ルートヴィヒ跳躍王（548 *Ludwig der Springer*） 50
ラインハルトの泉（549 *Reinhartsbrunn*） 50
鍛えられた領主（550 *Der hart geschmiedete Landgraf*） 50
ルートヴィヒが貴族たちと土地を耕す（551 *Ludwig ackert mit seinem Adlichen*） 50
ルートヴィヒが城壁を築く（552 *Ludwig baut eine Mauer*） 50
ルートヴィヒの遺体が運ばれる（553 *Ludwigs Leichnam wird getragen*） 50
ルートヴィヒの魂がどうなったか（554 *Wie es um Ludwigs Seele geschaffen war*） 50

[フランス・イギリス系メルヒェン]

[文学作品・伝承等]

中山　淳子（なかやま　じゅんこ）
龍谷大学名誉教授
名古屋大学文学部ドイツ文学科卒業
大阪市立大学大学院ドイツ文学専攻科修士課程修了

グリムのメルヒェンと明治期教育学
――童話・児童文学の原点

二〇〇九年四月二十日　初版発行
著者　中山　淳子
発行者　片岡　敦
印刷製本　亜細亜印刷株式会社
発行所　606-8204 京都市左京区田中下柳町八番地
株式会社　臨川書店
電話(〇七五)七二一―七一一一
郵便振替　〇一〇七〇―二―八〇〇
落丁本・乱丁本はお取替えいたします
定価は函に表示してあります。
ISBN978-4-653-04004-0 C1098